하늘과 땅 사이에서 함께 자라는 것이다

자라고 깨닫고 도리를 지키는 마음은

• 정학유

詩名多識
시명다식

정학유 지음
허경진 · 김형태 옮김

한길사

시명다식

지은이 · 정학유
옮긴이 · 허경진 김형태
펴낸이 · 김언호
펴낸곳 · (주)도서출판 한길사

등록 · 1976년 12월 24일 제74호
주소 · 413-756 경기도 파주시 교하읍 문발리 520-11
　　　www.hangilsa.co.kr
　　　E-mail: hangilsa@hangilsa.co.kr
전화 · 031-955-2000~3　　팩스 · 031-955-2005

상무이사 · 박관순 | 영업이사 · 곽명호
편집 · 이현화 유 진 윤은혜 | 전산 · 김현정 | 저작권 · 문준심
마케팅 및 제작 · 이경호 | 관리 · 이중환 문주상 장비연 김선희

출력 · 지에스테크 | 인쇄 · 현문인쇄 | 제본 · 경일제책

제1판 제1쇄 2007년 8월 5일

값 35,000원
ISBN 978-89-356-5851-0　03810

「이 도서의 국립중앙도서관 출판시도서목록(CIP)은
e-CIP 홈페이지(http://www.nl.go.kr/cip.php)에서 이용하실 수 있습니다.
(CIP제어번호: CIP2007002232)」

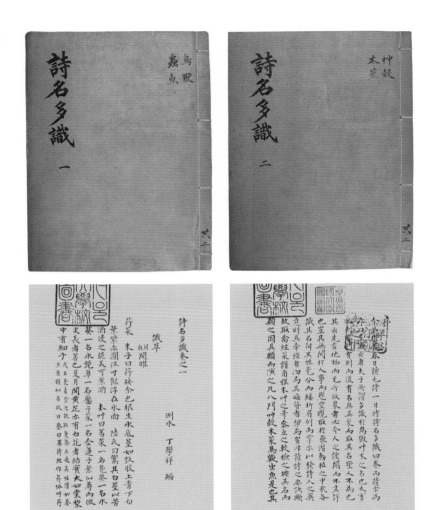

규장각본 『시명다식』

『시명다식』은 서울대학교 규장각본, 동경대학교 소창문고본,
버클리대학교 아사미문고본 등 세 가지 판본이 존재한다.
규장각본 『시명다식』은 빠진 부분이 없이 내용이 충실하고
필사 상태가 정연하다는 점으로 보아 선본(善本)이라 할 수 있다.

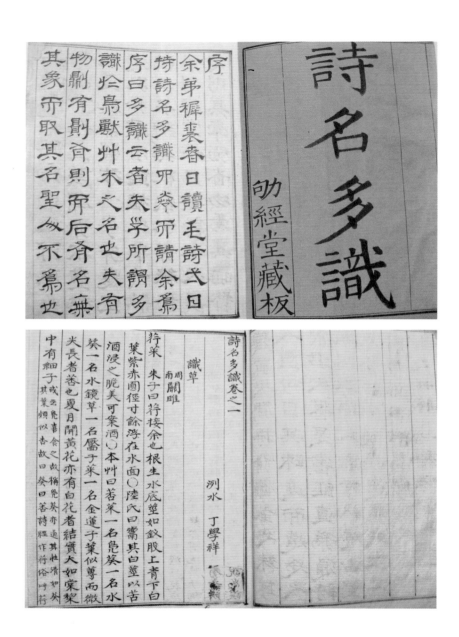

아사미문고본 『시명다식』

아사미문고본 『시명다식』은 규장각본과 소창문고본에서 확인할 수 있는
특성들을 두루 지니고 있다. 앞으로 실물을 입수하여 내용상의 가감 등을
서로 대비하여 그 선본 여부와 이본의 계열을 더욱 명확히 밝힐 필요가 있다.

〈농가월령가〉 중 12월령

정학유는 〈농가월령가〉의 저자로 널리 알려져 있다. 월령(月令)이란
그달의 할 일을 적은 행사표라는 뜻으로, 〈농가월령가〉는 1년 12달 동안
농가에서 할 일을 월별로 나누어 노래한 가사 문학이다.
당시의 농촌 풍속과 옛말을 알 수 있는 귀중한 자료이다.

다산 생가

정학유가 살았던 곳. 현재 경기도 남양주시 조안면 능내리에 있는 이 곳은
정학유의 아버지 다산 정약용의 생가로 널리 알려져 있다.

『시경』을 통해 자연을 탐구한 조선 인문학자의 생물백과사전을 만나다

• 머리말

『시경』은 기원전 11세기 서주(西周) 초기로부터 기원전 6세기 동주(東周) 중기에 이르기까지 약 500년 간의 중국 북방 지역 운문(韻文)을 모은 텍스트이다. 세계에서 가장 오래된 시집 가운데 하나이며, 과거 인류의 생활상과 희로애락의 자취를 그대로 간직한 소중한 문화유산이기도 하다. 유가(儒家)의 경전으로 『시경』이 지닌 가치는 논외로 하더라도, 그 안에 담긴 305편의 주옥 같은 시들이 시공을 초월하여 우리에게 주는 감동은 이루 다 표현할 수 없다.

일찍이 공자도 『논어』에서 『시경』의 중요성을 거듭 역설하였다. 예컨대, 「계씨」(季氏) 편에서는 아들 백어(伯魚)에게 『시경』을 배웠느냐고 물으면서 "사람이 시를 배우지 않으면 말을 할 수가 없다"고 하였고, 「양화」(陽貨) 편에서도 『시경』의 「주남」(周南)과 「소남」(召南)을 배웠느냐고 물으면서 "사람이 「주남」과 「소남」을 배우지 않으면 담장을 마주보고 서 있는 것과 같다"고 하였다. 특히 제자들에게 『시경』을 읽으면 "조수초목(鳥獸草木)의 물명(物名)에 대해서도 많이 알 수 있다"고 하였는데, 예로부터 여기에 착안한 동아시아 인문학자들이 그 생물의 정체성을 규명하고자 고증학에 입각해 다양한 연구를 진행하였다.

필자들 역시 평소 『시경』에 등장하는 다양한 생물의 정체성에 관심을 갖고 중국과 일본의 『시경』 물명 관련 서적들을 조사하던 중 『시명다식』(詩名多識)의 존재를 확인하게 되었다. 그리고 이 책이 우리나라에서는 『시경』에 등장하는 생물의 정체성을 규명한 유일무이한 저술이며, 특히 저자가 다산의 둘째 아들이자 가사 〈농가월령가〉의 작가로 널리 알려진 정학유(丁學游)라는 점에 이끌려 우리말로 옮겨 더욱 많은 사람들에게 소개하고자 했다.

　　김형태는 규장각본을 복사하여 원전 검토를 하였고, 허경진은 일본 동경대 소창문고본(小倉文庫本)을 복사해왔다. 김형태가 1차 번역한 원고를 허경진이 2차로 다듬었으며, 연민(淵民) 이가원 선생과 허경진이 1991년에 함께 펴낸 『시경신역』(詩經新譯)의 시들을 함께 수록하였다. 글로 설명하기 복잡한 동식물의 모습은 그림으로 보여주기로 하고, 김형태가 자료를 수합·편집하였다. 마침 연세대학교 귀중본을 해제하는 기회가 있어, 10여 종의 물명고(物名攷)와 유서(類書)들을 검토하며 해제를 작성했다.

　　『시명다식』이라는 표제는 앞서 언급했던 『논어』 「양화」 편의 "조수초목의 물명(物名)에 대해서도 많이 알 수 있다"(多識於鳥獸草木之名)는 구절에서 따온 것이다. 이 책은 『시경』에 등장하는 생물을 「식초」(識草), 「식곡」(識穀), 「식목」(識木), 「식채」(識菜), 「식조」(識鳥), 「식수」(識獸), 「식충」(識蟲), 「식어」(識魚)의 총 8개 항목으로 나누어 해당되는 『시경』 각 장의 편명과 물명을 적고, 이를 고증한 해설을 붙였다.

　　정학유가 『시명다식』에 주로 인용한 문헌에는 남송(南宋)대 주희(朱熹)의 『시전』(詩傳), 육기(陸璣)의 『모시초목조수충어소』(毛詩草木鳥獸蟲魚疏), 명(明)대 이시진(李時珍)의 『본초강목』(本草綱目)과 『이아』(爾雅), 진(晉) 곽박(郭璞)의 『이아주』(爾雅注) 등이 있고, 이외에도 한(漢)대 양웅(揚雄)의 『방언』(方言), 후한(後漢)대 허신(許愼)의 『설문해자』(說文解字), 송(宋)대 라원(羅願)의 『이아익』(爾雅翼)과 엄찬(嚴粲)의 『시집』(詩緝), 육전(陸佃)의 『비아』(埤雅) 등 매우 다양한 서적들을 참고하고 인용하였다. 이처럼 다양한 참고문헌은 유사한 주제를 다룬 중국이나 일본의 서적들과 비교해도 전혀 손색이 없으니, 정학유의 고증적 태도가 매우 세밀하다는 증거이다.

정학유에 대해서는 별로 알려진 바가 없다. 남양주시 화도읍 마석리 보학동에 있던 묘소마저도 한국전쟁 중에 유실되었다. 다만 15년 간 유배생활을 하면서 다산이 자식들에게 보낸 편지를 통해 단편적인 사실만을 확인할 수 있을 뿐이다. 다산은 평소 고증에 기반한 학술활동과 실천을 중요시하였는데, 그 영향을 받은 정학유는 벼슬에 뜻을 두지 않고 평생 향리에서 지내며, 몸소 양계(養鷄)를 시도하는 등 자신의 학문적 지식을 생활과 접목시켜 실천하고 살았다. 아울러 부친의 영향으로 추사 등 당대의 석학들과 교유하며, 학문의 폭을 넓혔다. 정학유는 그러한 지행합일(知行合一)의 성과물로 젊은 나이에 『시명다식』을 저술함으로써 『시경』의 생물에 대한 합리적 설명을 통해 독창적 고증 체계의 확립은 물론 실용성까지 추구하였다.

흔히 동양의 세계관을 '유기체적 자연관'이라고 한다. '유기체'란 어느 한 부분의 변화가 전체의 변화를 가져올 수 있고, 전체의 변화는 모든 부분의 변화를 낳을 수 있는 통일체를 의미한다. 이처럼 동양의 지식인들은 예로부터 세계 만물을 살아 소통하는 것으로 간주했다. 이러한 견해를 전제로 한다면, 이 세상의 생명 있는 것들은 하나의 커다란 유기적 통일체라고 할 수 있다. 따라서 어느 한쪽이 무너지면 조화와 균형이 어긋나고, 결국 사멸에 이를 수밖에 없는 것이다. 그런데도 우리 인간은 문명이라는 이기심에 눈이 어두워 그동안 너무나도 많은 생명들을 없앴고,

이제 그 결과는 환경오염이라는 화살이 되어 인류에게 날아들고 있다.

『시명다식』은 자꾸만 자연과 멀어지려는 현대인들에게 반드시 필요한 책이다. 불과 150여 년 전 이 땅에 살던 한 지식인의 생물에 대한 소박한 관심을 통해 박물학적 상식은 물론 풀 한 포기, 흙 한 줌도 소중히 여기던 우리 선조들의 아름다운 마음씨를 배울 수 있다. 아울러 우리가 잃어버렸던 자연과 환경의 고마움도 느낄 수 있을 것이다. 하물며 '기계론적 자연관'을 견지했던 서양도 신과학운동을 통해 동양의 '유기체적 자연관'을 배우고자 하는 지금에 있어서는 그 필요성을 더 말하지 않아도 될 것이다.

미국 버클리대학교 아사미문고본 『시명다식』의 사진을 사용할 수 있도록 배려해주신 다산학술재단 관계자분들과 계명대 김영진 선생께 감사드린다. 아울러 서울대학교 규장각의 이상찬 선생과 박숙희 선생께 감사드린다. 제자 김형태에게 더 넓은 학문의 세상을 볼 수 있는 안목을 길러주신 윤덕진 선생께도 깊이 감사드린다. 책이 나오면 가장 먼저 정학유 선생의 숨결이 살아 있는 남양주 능내의 다산 유적지를 방문하여 고유제를 지내고, 선생이 그 시대에 못다 이룬 뜻을 오늘에 되살리고 싶다.

2007년 7월
허경진 · 김형태

詩名多識

제3권 식수

識獸

제4권 식어

識魚

■ 일러두기

- 본 번역의 대본으로는 서울대학교 규장각본과 일본 동경대학교 소창문고본 『시명다식』을 사용했다. 단, 서문과 발문은 미국 버클리대학교 아사미문고본도 참고했다.
- 『시명다식』 원문에 인용된 각종 참고문헌은 주로 『사고전서』(四庫全書)에 실려 있는 해당 문헌의 원문과 비교·검토하여 차이가 있을 경우, 글자 및 내용을 교정했고 이에 대해 주석에서 설명하였다. 단, 『본초강목』은 2004년 북경 인민위생출판사(人民衛生出版社)에서 발간한 장통권(張同君) 편, 제2판 교점본(校点本) 『본초강목』도 참고했다.
- 이 책에 수록한 그림은 『사고전서』 등에 실려 있는 서정(徐鼎)의 『모시명물도설』(毛詩名物圖說), 『이아도』(爾雅圖)와 연재관(淵在寬)의 『육씨초목조수충어소도해』(陸氏草木鳥獸蟲魚疏圖解), 강원봉(岡元鳳)의 『모시품물도고』(毛詩品物圖攷)를 사용했다. 중국과 일본의 그림을 사용한 이유는 해당 물명(物名)에 대한 우리나라의 그림을 구할 수 없기 때문이다. 따라서 간혹 우리의 실정과 조금 다른 그림도 있음을 밝혀 둔다.
- 『시명다식』 원문에서는 각 물명이 등장한 『시경』의 편명만을 밝혀 적었으나 이 책에서는 시의 원문과 번역을 함께 인용하여 각 꼭지의 말미에 수록하였다. 이 책에 인용한 『시경』의 원문 및 번역은 1991년 이가원과 허경진이 펴낸 『시경신역』을 참고했다. 인용한 시의 내용에 여러 가지 물명이 나오는 경우, 『시명다식』에 수록된 물명 순서에 따라 맨 앞의 물명에만 시를 달았다.
- 각 표제어는 한자음·한자·한글 이름으로 구성되어 있다. (예: 행채_荇菜·노랑어리연꽃)
- 그중 한자어에 대한 우리말 물명은 『표준국어대사전』을 비롯한 각종 국어사전과 교학사판 『대한한사전』(大漢韓辭典)을 사용했다. 또한 유희(柳僖)의 『물명고』(物名攷)와 신작(申綽)의 『조수충어초목명』(鳥獸蟲魚艸木名)을 비롯한 조선 후기 물명 관련 서적들도 참고했다.
- 단, 식물명에 관한 우리말 물명은 『한국 식물명의 유래』(이우철, 2005)를 1차 기준으로 했다. 이 가운데 일반인들에게 널리 알려진 식물명과 달라 오기(誤記)로 읽힐 수 있는 부분은 『표준국어대사전』을 따랐다. (예: 자도 → 자두, 꼭두선이 → 꼭두서니)
- 『시명다식』 원문에 작은 글씨로 씌어진 내용은 이 책의 본문에도 작은 글씨로 반영하였다.
- 번역 과정에 사용한 사전류는 중문대사전편찬위원회의 『중문대사전』(中文大辭典), 한어대사전편집위원회의 『한어대사전』(漢語大詞典), 모로하시 데쓰지(諸橋轍次)의 『대한화사전』(大漢和辭典) 등이다.
- 번역문에 등장하는 각종 물명의 우리말 한자음은 한어대자전편집위원회의 『한어대자전』(漢語大字典)을 참고하여 원음(原音)에 가깝도록 했다.
- 번역문 중 설명이 필요한 물명에는 괄호 안에 차례대로 해당 한자, 우리말 이름, 같은 뜻의 한자 물명, 설명을 달았다. (예: '시이'[枲耳·도꼬마리·蒼耳. 국화과의 일년초.]) 단, 이 가운데 한 가지만 제시된 물명도 있다.
- 제2권 '識苵'의 경우, 규장각본 『시명다식』에는 '識'으로만 되어 있고, 소창문고본 『시명다식』에는 '識苵'로 되어 있다. 본문의 내용상 '識'보다는 '識苵'가 적합하여 소창문고본을 따랐다.
- 책의 제목은 『 』 각 편의 제목은 「 」 글과 시의 제목은 〈 〉로 각각 구별하여 묶었다. (예: 『시경』 「빈풍」 〈칠월〉)

서문

　내 아우 '치구'[1]가 봄날 『모시』를 읽더니 하루는 『시명다식』 네 권을
가지고, 나에게 서문을 지어달라고 청하며 말하였다. "'다식'이라는 것은
공자께서 '『시경』을 공부하면, 새와 짐승과 풀과 나무의 이름을 많이 알
게 된다'[2]고 말씀하신 뜻을 취한 것입니다. 대개 사물이 있으면, 법칙이
있고, 법칙이 있은 뒤에 이름이 있게 되니, 모양도 없으면서 그 이름을
취하는 것은 성인도 행하지 않으셨습니다. '먼저 다른 사물을 말하지만,
구체적 형상은 취하지 않는다'고 한 것은 필시 지금 사람들의 견문이 보
잘것없어 상세히 알지 못해서 그러한 것일 뿐입니다. 어찌 사람의 일에
관계가 없으면서 비잠동식(飛潛動植)[3]의 것을 허공 가운데에서 취하듯
가져다 쓰는 일이 있겠습니까? 만약 그 이름을 알고, 그 성질을 분별하여
아주 자세히 분석하고, 눈썹처럼 늘어세우며 손바닥처럼 보임으로써 시
인의 깊은 뜻을 나타낸다면, 억지로 끌어댄 것은 끝이 나고, 어둡던 것은
갈아엎어질 것입니다. 어찌 『시경』을 읽는 데 중요한 비결이 아니겠습니
까? 그러므로 『금경』(禽經), 『채보』(菜譜), 『이아』(爾雅), 『본초』(本草) 등
을 서로 참조하며, 비교하여 조사했습니다. 그 이름을 조사하여 분류하
고, 그 분류를 따라 자세히 설명했습니다. 모두 8문이니 풀, 곡식, 나무,

푸성귀, 날짐승, 길짐승, 벌레, 물고기입니다. 자세히 보고 평론하여 주옵소서."

내가 말했다. "훌륭하구나, 이 책이여. 맹자가 '백성을 어질게 하고서 사물을 사랑함'[4]이라 했으니 '백성은 형제자매와 같고, 사물과 나도 같다'[5]는 뜻이다. 지금 날짐승과 길짐승에게 알아서 깨닫는 마음이 있음은 사람과 더불어 같지만, 다만 마땅히 지켜야 할 도리의 마음은 없다. 풀과 나무에게 나서 자라는 마음이 있음은 사람과 날짐승, 길짐승이 모두 같지만, 다만 알아서 깨닫는 마음은 없다. 사람은 그 세 가지를 모두 가졌으니, 이것이 온갖 사물의 주인 되는 까닭이다. 그러나 세 가지는 모두 세상에 타고난 것이고, 하늘과 땅 사이에서 함께 자라는 것이다. 다만 치우치거나 온전한 차이가 있을 따름이니, 사람이 어찌 그가 성기고 멀다고 하여 잊을 수 있겠는가? 그대가 이 책을 지음은 다만 『시경』의 비흥[6]에 통하였을 뿐 아니라, 또한 옛 성인이 '사물과 내가 같다'고 했던 훌륭하고 아름다운 일을 말할 수 있는 것이다."

그와 더불어 말한 것으로 서문을 삼는다.

1805년 음력 5월에 치수[7]는 쓰노라.

序

余弟稺裘 春日讀毛詩 一日持詩名多識四卷 而請余爲序曰 多識云者 夫子[8]所謂多識於鳥獸艸[9]木之名也. 夫有物 則有則[10] 有則而後[11]有名 無其象 而取其名 聖人不爲也. 其云 先言他物 而无[12]所取象者 必今人之諛[13]聞 而不盡詳也. 豈其無関[14]於人事 而懸空攬取於飛潛動植之中哉. 若[15]識其名 辨[16]其性 毫[17]分而縷析 眉[18]列而掌示 以發詩人之奧意 則其牽強

者沕焉 其晦督者犁焉. 豈非讀詩[19]之要訣歟. 故取禽經菜譜爾雅[20]本艸之

等 參互之 較檢之. 按其名 而類之 因其類 而演之. 凡八門 艸穀木菜鳥獸

虫[21]魚 是也. 其詳覽 而評騭[22]之.

余日 善哉. 此書也. 孟子有言曰 仁民而愛物 民如同胞 物吾與也. 今夫

鳥獸有知覺之心 與人同 但無義理之心. 艸木有生長之心 與人及鳥獸同

而但無知覺之心. 人則統其三 而有之 此所以爲群物之主也. 然三者皆天地

之所賦 而同育於覆載之間 特有偏全之殊耳. 人豈可以其踈遠 而遺忘之哉.

君之著是書 非[23]直爲通詩之比興而已. 亦可以述古聖人物吾與之盛德矣.

　夫記其所與語者以爲序.

　乙丑 仲夏 樨修 書.

---

1) 정학유(丁學游). 1786~1855. 조선후기의 문인. 자(字)는 치구(穉裘). 호(號)는 운포(耘逋). 본관
　은 나주(羅州). 정약용(丁若鏞)의 둘째 아들. 〈농가월령가〉(農家月令歌)를 지었으며, 일생을 문
　인으로 마쳤음. 정학유는 『시명다식』에서 2개의 필명(筆名)을 사용했다. 1책에서는 '학상'(學
　祥)이라 했고, 2책에서는 그의 초명(初名)인 '학포'(學圃)를 사용했다.

2) 『논어』(論語) 「양화」(陽貨) 제9장.

3) '비잠'은 하늘을 나는 것과 물속에 잠기는 것. 조류(鳥類)와 어류(魚類). '동식'은 동물(動物)과
　식물(植物).

4) 『맹자』(孟子) 「진심」(盡心) 상(上) 제45장.

5) 장재(張載, 1020~77)의 『서명』(西銘)에 '民吾同胞 物吾與也'라는 구절이 있음. 이는 인간은 서
　로 형제자매와 같은 '동포' 관계이기 때문에 사회나 국가 모두 확대된 일가(一家)이고, 금수나
　사물을 가릴 것 없이 만물은 인간과 다 서로 일체가 될 수 있는 '동류'(同類)라는 뜻이며, 그러
　므로 인간은 모두 서로 애인(愛人)하면서 불우하거나 불행한 처지의 인간을 도와주어야 한다
　는 뜻임.

6) 『시경』 육의(六義) 가운데 '비'와 '흥'의 수사법. '비'는 비슷한 사물을 들어 옮기고자 하는 바를
　비유로써 표현하는 방법. '흥'은 다른 사물을 먼저 서술하여 표현하고자 하는 말을 이끌어 내
　는 방법.

7) 정학연(丁學淵). 1783~1859. 호는 유산(酉山). 정학유의 백형(伯兄).

8) 동경대(東京大) 소창문고본(小倉文庫本) 『시명다식』에는 '孚'이지만 규장각본(奎章閣本) 『시명

다식」 원문을 따랐음.

9) 소창문고본 『시명다식』에는 '茟'이지만, '艸'와 통하므로 규장각본 『시명다식』 원문을 따랐음.
뒤의 '艸'와 와 서명(書名) 중 '本艸'도 마찬가지임.

10) 소창문고본 『시명다식』에는 '剴有剴'이지만, '剴'과 '剴'은 '則'과 통하므로 규장각본 『시명
다식』 원문을 따랐음.

11) 소창문고본 『시명다식』에는 '后'이지만, '後'와 통하므로 규장각본 『시명다식』 원문을 따랐음.

12) 소창문고본 『시명다식』에는 '無'이지만, '无'와 통하므로 규장각본 『시명다식』 원문을 따랐음.

13) 소창문고본 『시명다식』에는 '謔'이지만, '護'와 통하므로 규장각본 『시명다식』 원문을 따랐음.

14) 소창문고본 『시명다식』에는 '關'이지만, '関'과 통하므로 규장각본 『시명다식』 원문을 따랐음.

15) 규장각본 『시명다식』에는 '啗'이지만, 소창문고본 『시명다식』과 버클리대 아사미문고본(淺見
倫太郎文庫本) 『시명다식』 원문을 따랐음.

16) 소창문고본 『시명다식』에는 '辯'이지만, '辨'과 통하므로 규장각본 『시명다식』 원문을 따랐음.

17) 소창문고본 『시명다식』에는 '豪'이지만, '毫'와 통하므로 규장각본 『시명다식』 원문을 따랐음.

18) 소창문고본 『시명다식』에는 '睂'이지만, '眉'와 통하므로 규장각본 『시명다식』 원문을 따랐음.

19) 소창문고본 『시명다식』에는 '訕'이지만, 규장각본 『시명다식』 원문을 따랐음.

20) 소창문고본 『시명다식』에는 '尒疋'이지만, '爾雅'와 통하므로 규장각본 『시명다식』 원문을 따
랐음. 뒤의 '爾雅'도 마찬가지임.

21) 여기에 인용된 다른 책들에는 '蟲'이지만, '虫'과 통하므로 『시명다식』 원문을 따랐음. 뒤의
'虫'도 마찬가지임.

22) 소창문고본 『시명다식』에는 '隖'이지만, '鵶'과 통하므로 규장각본 『시명다식』 원문을 따랐음.

23) 소창문고본 『시명다식』에는 '匪'이지만, '非'와 통하므로 규장각본 『시명다식』 원문을 따랐음.

詩名多識 卷之一 識草

시명다식 제일권 · 식초

행채__荇菜 · 노랑어리연꽃

❏ 周南 關雎[1]

주자가 말하였다. '행'(荇 · 노랑어리연꽃. 조름나물과의 다년생 수초)은 '접여'이니, 뿌리는 물 밑에서 자라고, 줄기는 비녀의 두 갈래 가지와 같으며, 위는 푸르고 아래는 희다. 잎은 자주색이고, 둘레는 지름이 한 치 남짓이며, 수면에 떠 있다.

육씨가 말하였다. 그 흰 줄기를 삶아서 식초에 담그면, 무르고 맛이 좋아 안주로 삼을 만하다.

『본초』에 말하였다. '행채'(莕菜)이니, 다른 이름으로 '부규'(蔿菜. 수련과의 다년초. 어린잎은 국을 끓여 식용함), '수규'(薄菜), '수경초', '엽자채', '금련자'(荇菜)이다. 잎은 '순'(蓴 · 蒓菜)과 비슷하지만, 작고 뾰족하며 긴 것이니 '행'(莕 · 노랑어리연꽃)이다. 여름철에 노란 꽃이 피는데, 또한 흰 꽃이 피는 것도 있다. 맺은 열매는 크기가 '당리'(과일나무의 이름)와 같은데, 속에 가는 씨앗이 있다. 어떤 사람이 "'부'(凫 · 물오리 · 野鴨)가 그것을 즐겨 먹기 때문에 '부규'라 일컫는다"고 하였는데, 또한 통한다. 그 성질은 '규'(葵 · 아욱 · 蕤葵 · 露葵. 아욱과의 이년초)처럼 미끌미끌하고, 그 잎은 '행'(莕)과 매우 비슷하기 때문에 '규'(葵)라 하고, '행'(莕)이라 한다. 『시경』에서 '행'(荇)이라 하였고, 세상 사람들은 '행사채'(荇絲菜)라 부른다.

『이아』에 말하였다. '행'(荇)은 '접여'인데, 그 잎은 '부'(符)라 한다.
『주』에 말하였다. 잎은 둥글고 줄기 끝에 있다. 길이는 물의 깊이를 따른다.

『운회』에 말하였다. '지주'(安徽省 貴池縣) 사람들은 '행'(荇)을 일컬어 '행공수'라 하는데, 대개 가는 줄기가 어지럽게 생겨나는 것이 마치 수염과 같아서인 듯하다.

朱子曰 荇接余也 根生水底 莖如釵股 上靑下白. 葉紫赤 圓徑寸餘 浮在水面. 陸氏曰 鷺其白莖 以苦酒浸之 脆美可案酒. 本艸曰 莕菜 一名鳧葵 一名水葵 一名水鏡草 一名蕍子菜 一名金蓮子. 葉似蓴[2] 而微尖長者 莕也. 夏月[3]開黃花 亦有白花者. 結實大如棠棃 中有細子. 或云 鳧喜食之 故稱鳧葵 亦通. 其性滑如葵 其葉頗似莕[4]故曰葵 曰莕. 詩經作荇 俗呼荇絲菜. 爾雅曰 莕接余 其葉苻. 注云 葉圓 在莖端. 長短隨水淺深. 韵會曰 池州人稱荇爲荇公鬚 盖細莖亂生有若鬚然.

올망졸망 노랑어리연꽃을	參差荇菜
이리저리 찾고,	左右流之
아리따운 아가씨를	窈窕淑女
자나 깨나 구하네.	寤寐求之
구해도 얻지 못해	求之不得
자나 깨나 생각하니,	寤寐思服
그리움은 끝이 없어	悠哉悠哉
이리저리 뒤척이네.	輾轉反側

1) 『시경』「주남」(周南)의 편 이름. 후비(后妃)의 덕을 읊은 시.
2) 『본초강목』에는 '蓔'이지만, '蓴'과 통하므로 『시명다식』 원문을 따랐음.
3) 『본초강목』에는 '俱'가 있지만, 『시명다식』 원문을 따랐음.
4) 『시명다식』에는 '舍'이지만, 『본초강목』 원문을 따랐음,

갈__葛 · 칡

☰ 葛覃[1]

주자가 말하였다. '갈'(칡. 콩과의 다년생 만초)은 풀이름이니, 덩굴로 자라고, 고운 칡베와 거친 칡베를 만들 수 있는 것이다.

『본초』에 말하였다. '갈'은 다른 이름으로 '계제', '녹곽', '황근'이다. 그 덩굴은 끊이지 않고 길다. 그 뿌리는 겉은 붉고 속은 흰데, 긴 것은 일곱 내지 여덟 자이다. 그 잎은 뾰족한 끝이 셋 있어서 '풍'(단풍나무. 단풍과의 낙엽 교목) 잎 같지만 길고, 앞면은 푸르며 뒷면은 빛깔이 엷다. 그 꽃은 이삭을 이루는데, 죽 연결되어 꿰미를 이루고 서로 이어져 있으며, 홍자색이다. 그 꼬투리(낟알이 들어있는 콩깍지)는 작은 '황두'(黃大豆) 꼬투리와 같고, 또한 털이 있다. 그 열매는 녹색인데, 납작하여 '염매자' (鹽麩子. 낙엽 교목. 높이는 두 발 남짓으로 과실은 납작하고 둥근 모양의 核果)와 같고, 씨는 날로 씹으면 비린내가 난다.

나는 이렇게 생각한다. '갈'의 꼬투리에 있는 열매는 '갈곡'이라 하는 것이 옳다. 이시진도 또한 소송이 "'갈' 꽃은 열매를 맺지 않는다"고 한 설명이 잘못이라 하였다.

朱子曰 葛艸名 蔓生 可爲絺綌者. 本艸曰 葛 一名鷄齊 一名鹿藿 一名

黃斤. 其蔓延長. 其根外赤[2]內白 長者七八尺. 其葉有三尖 如楓葉而長 面青背澹[3]. 其花成穗 纍纍相綴 紅紫色. 其莢如小黃豆莢 亦有毛. 其子綠色 扁扁如塩[4]梅子核 生嚼腥氣. 學祥案 葛莢有子所謂葛穀 是也. 李時珍 亦以蘇頌 葛花不結實之說爲誤.

칡덩굴이 뻗어	葛之覃兮
골짜기 안까지 자라	施于中谷
그 잎사귀 무성해라.	維葉莫莫
베어다 삶아내어	是刈是濩
고운 칡베 거친 칡베를 짜서	爲絺爲綌
아무리 입어도 싫증 안나네.	服之無斁

---

1) 『시경』「주남」의 편 이름. 주 문왕의 후비가 훌륭한 부도(婦道)로써 교화함을 읊은 시.
2) 『본초강목』에는 '紫'이지만, 『시명다식』 원문을 따랐음.
3) 『본초강목』에는 '淡'이지만, '澹'과 통하므로 『시명다식』 원문을 따랐음.
4) 소창문고본 『시명다식』에는 '鹽'이지만, '塩'과 통하므로 규장각본 『시명다식』 원문을 따랐음.

권이__卷耳·도꼬마리

◆ 卷耳[1]

　주자가 말하였다. '권이'(도꼬마리)는 '시이'(枲耳·도꼬마리·蒼耳. 국화과의 일년초. 잎은 삼, 씨는 귀걸이처럼 생겨서 붙여진 이름. 열매는 蒼耳子라 하며, 약용함)이니, 잎이 '서이'(떡쑥·鼠麴草·佛耳草. 국화과의 이년초. 잎과 어린 싹은 식용함)와 같고, 떨기로 나며, 마치 쟁반과 같다.

　육씨가 말하였다. '권이'는 다른 이름으로 '호시'(胡枲·蒼耳·蒪), '령이'이다. 잎은 청백색이고, '호유'(고수풀·香荽. 미나리 비슷한 재배식물)와 비슷하며, 흰 꽃에 줄기가 가늘고, 덩굴로 자란다. 삶아서 먹을 수 있는데, 미끄럽고 맛이 덜하다. 4월 중에 씨앗이 생겨나는데, 마치 부인의 귀에 달린 구슬귀걸이와 똑같아서, 지금 어떤 사람은 '이당'(귀걸이·耳環·耳珠) 풀이라 한다. 정강성이 이것은 흰 '호유'라 하였고, 유주[2] 사람들은 '작이'(枲耳)라 부른다.

　『본초』에 말하였다. '권이'는 다른 이름으로 '시이'(枲耳), '호시'(胡枲), '상사', '창이', '저이'(枲耳·蒪), '지규', '시'(도꼬마리), '양부래'(도꼬마리), '도인두'(枲耳), '진현'(枲耳) 나물, '갈기초', '야가'(枲耳), '겸사초'(蒪)이다. 잎은 청백색으로 '점호채'(털진득찰·豨薟·豬膏母.

32

국화과의 일년초. 열매·잎·줄기는 風症에 약용함)의 잎과 비슷하다. 가을 사이에 열매를 맺는데, '상심'(오디·뽕나무열매)과 비슷하고 짧으며, 작고 가시가 많다.

『이아』에 말하였다. '권이'는 다른 이름으로 '령이'이다. 『주』에 말하였다. 강동(江左. 揚子江 하류 南岸 지방. 楚의 項羽가 起兵했던 곳)에서는 '상시'라 부른다.

朱子曰 卷耳枲耳 葉如鼠耳 叢生如盤. 陸氏曰 卷耳 一名胡枲 一名苓耳. 葉靑白色 似胡荽 白華細莖 蔓生. 可煮[3]爲茹 滑而少味. 四月中生子 正如婦人耳中璫 今或謂之耳璫草. 鄭康成謂 是白胡荽 幽州人呼爲爵耳. 本艸曰 卷耳 一名菜[4]耳 一名胡荽 一名常思 一名蒼耳 一名猪耳 一名地葵 一名菔 一名羊負來 一名道人頭 一名進賢菜 一名喝起草[5] 一名野茄 一名縑絲草. 葉靑白 類粘糊菜葉. 秋間結實 比桑椹短小 而多刺. 爾雅曰 卷耳 一名苓耳. 注云 江東呼爲常枲.

도꼬마리를 캐고 또 캐도   采采卷耳
납작한 바구니에 차지 못하네.   不盈頃筐
아아, 내 님을 그리다 못해   嗟我懷人
바구니를 저 한길에다 내어던졌네.   寘彼周行

---

1) 『시경』 「주남」의 편 이름. 후비가 임금을 보좌하여 현신(賢臣)을 구하는 일에 마음 씀을 읊은 시. 일설에는 후비가 집 떠난 남편을 그리워하는 내용.
2) 옛 12주(州)의 하나. 순(舜)임금 때 기주(冀州) 동북의 땅을 나눈 유주(幽州). 지금의 하북성(河北省) 북부와 요녕성(遼寧省) 일대.
3) 『모시초목조수충어소』에는 '霬'이지만, '煮'와 통하므로 『시명다식』 원문을 따랐음.
4) 『본초강목』에는 '枲'이지만, '菜'와 통하므로 『시명다식』 원문을 따랐음. '胡枲'의 '枲'도 마찬

가지임.

5) 『시명다식』에는 '쏫'이지만, 『본초강목』 원문을 따랐음.

류__藟 · 덩굴풀

◆ 樆木[1]

주자가 말하였다. '류'(藟 · 덩굴풀)는 '갈'의 따위이다.

육씨가 말하였다. '류'(藟)는 다른 이름으로 '거과'(巨苽. 오이과의 일
년생 蔓草)이니, '연욱'(燕薁 · 머루 · 산포도. 포도과의 낙엽 만초)과 비
슷하다. 또한 널리 퍼져 덩굴로 자라고, 잎은 '애'(艾. 국화과의 다년초)
처럼 흰색이며, 그 열매는 붉은색인데, 먹을 수 있지만 시고 맛이 없다.
유주 사람들은 '퇴류'라 한다.

『본초』에 말하였다. '천세류'(덩굴로 자라는 灌木. 줄기에서 단 즙이
나오고, 그 열매는 식용함)는 다른 이름으로 '류무', '거과'(苣瓜)이다. 덩
굴이 나서 나무 위로 널리 퍼지며, 잎은 '포도'와 같지만 작다. 4월에 그
줄기를 따면 흰 즙이 나오는데, 맛이 달다. 5월에 꽃이 피고, 7월에 열매
를 맺는데, 청흑색이고 약간 붉다.

『이아』에 말하였다. 다른 이름으로 '제려'(藤 · 등나무. 콩과의 낙엽 활
엽 蔓木)이다. 『주』에 말하였다. 지금 강동에서는 '류'(欙 · 등나무)를
'등'이라 부르는데, '갈'과 비슷하지만 크다.

朱子曰 藟葛類. 陸氏曰 藟 一名巨苽[2] 似燕薁. 亦延蔓生 葉如艾白色

其子赤 可食酢而不美. 幽州謂之蓷³⁾薑. 本艸曰 千歲藥 一名虆蕌蕪⁴⁾ 一名
苣瓜⁵⁾. 藤生 蔓延木上 葉如葡萄而小. 四月摘其莖 汁白 而味甘. 五月開花
七月結實 靑黑微赤. 爾雅曰 一名諸慮. 注曰 今江東呼虆⁶⁾爲藤 似葛而麤
大.⁷⁾

남쪽에 가지 늘어진 나무가 있어	南有樛木
칡덩굴이 얽혔네.	葛藟纍之
즐거워라 군자여	樂只君子
복록 누리며 편안해라.	福履綏之

부이__芣苢·질경이[1]

◆ 芣苢[2]

주자가 말하였다. '차전'(질경이)이니, 잎이 크고 이삭이 길며, 길가에 잘 자란다.

육씨가 말하였다. 다른 이름으로 '당도'이니, 소 발자국 가운데에서 살기를 좋아하므로 '차전'·'당도'라 한다. 지금 약 가운데 '차전자'가 이것이다. 유주 사람들은 '우설초'(질경이)라 한다. 삶아서 먹을 수 있는데, 매우 미끄럽다. 그 씨는 부인의 난산을 치료한다.

『본초』에 말하였다. '부이'(芣苢)는 다른 이름으로 '마석', '우유', '차륜채', '지의', '하마의'이다. 초봄에 싹이 생겨나고, 잎은 땅에 퍼지는데, 마치 숟가락 앞면과 같으며, 여러 해 자란 것은 길이가 한 자 남짓까지 된다. 가운데에서 몇 줄기 싹이 터서 자라면 긴 이삭을 만드는데, 마치 쥐꼬리와 같다. 꽃은 매우 가늘고 많이 모여 있으며, 푸른색이고 약간 붉다. 맺은 열매는 '정력'(꽃다지·일년초. 씨는 葶藶子라 하며, 浮腫·喘息 등에 약용함)과 같으며 검붉은 색이다.

『산해경』, 〈왕회도〉, 허신, 위굉이 함께 "'부이'(芣苢)는 나무이름이다. 열매는 '리'(오얏)와 비슷하고, 마땅히 먹을 수 있는데, 서쪽 오랑캐에게서 난다"고 하였지만, 이것은 아마도 그렇지 않을 것이다.

또 모씨가 말하였다. 아이를 배는 데 마땅하다.

경원 보씨가 말하였다. 육기는 난산을 치료한다고 하였는데, 선생만 홀로 취했다.

朱子曰　車前也　大葉長穗　好生道旁[3]. 陸氏曰　一名當道　喜在牛跡中生 故曰　車前當道也. 今藥中車前子　是也. 幽州人謂之牛舌草. 可韀[4]作茹　大 滑. 其子治婦人難産[5]. 本艸曰　芣苢[6]　一名馬舃　一名牛遺　一名車輪菜　一 名地衣　一名蝦蟆衣. 春初生苗　葉布地如匙面　累年者長及尺餘. 中抽數[7]莖 作長穗如鼠尾. 花甚細密　靑色微赤. 結實如葶藶　赤[8]黑色. 山海經　王會圖 許愼　衞宏　並云　芣苢　木名. 子似李　食之宜　子出於西戎　此恐未然.[9] 又毛 氏曰　宜懷妊焉. 慶源輔氏曰　陸璣以爲治難産　而先生獨取之.

질경이를 캐고 캐자	采采芣苢
질경이를 캐자.	薄言采之
질경이를 캐고 캐자	采采芣苢
질경이를 가져오자.	薄言有之

---

1) 우수(牛溲). 차전초(車前草). 잎은 어릴 때 나물로 식용하며, 씨는 차전자(車前子)라 하여 한방에서 이뇨제(利尿劑)로 씀.

2) 『시경』 「주남」의 편 이름. 후비의 아름다움을 기린 시.

3) 소창문고본 『시명다식』에는 '傍'이지만, '旁'과 통하므로 『시집전』과 규장각본 『시명다식』 원문을 따랐음.

4) 규장각본 『시명다식』에는 '䕷'이지만, '韀'와 통하므로 『모시초목조수충어소』와 소창문고본 『시명다식』 원문을 따랐음.

5) 『시명다식』에는 '産難'이지만, 『모시초목조수충어소』 원문을 따랐음.

6) 규장각본 『시명다식』에는 '苢'이지만, '苡'와 통하므로 『본초강목』과 소창문고본 『시명다식』 원문을 따랐음.

7) 규장각본 『시명다식』에는 '数'이지만 '數'와 통하므로 소창문고본 『시명다식』 원문을 따랐음.

뒤의 '數'도 마찬가지임.

8) 『시명다식』에는 '靑'이지만, 『본초강목』 원문을 따랐음.

9) 규장각본 『시명다식』에는 '山海經 王會圖 許愼 衞宏 並云 茉苵 木名. 子似李 食之宜 子出於西戎 此恐未然'이 없지만, 소창문고본 『시명다식』 원문을 따랐음.

루__蔞 · 물쑥

◆ 漢廣[1]

주자가 말하였다. '루'(물쑥 · 蔏蔞. 국화과의 다년초)는 '루호'이니, 잎은 '애'와 같고, 청백색이며, 길이가 몇 치쯤 되는데, 강과 호수와 못 가운데에서 자란다.

육씨가 말하였다. '루호'는 정월에 뿌리와 새싹이 곁줄기에서 생긴다. 순백색일 때 날로 먹으면 향기롭고 연하면서 맛이 좋다. 잎은 쪄서 먹을 수 있다.

『본초』에 말하였다. '루호'는 못이나 늪 가운데에서 자란다. 2월에 싹이 나고, 잎은 어린 '애'와 비슷하지만, 갈라져서 가늘며, 앞면은 푸르고 뒷면은 희다. 그 줄기는 어떤 것은 붉고 어떤 것은 희다. 그 뿌리는 희고 연하다.

『이아』에 말하였다. '구'는 '상루'이다. 『주』에 말하였다. '상루'는 '루호'이니, 질이 좋지 않은 전답에서 자란다. 처음 나온 것은 먹을 수 있는데, 강동에서는 생선국에 쓴다.

朱子曰 蔞蔞蒿也 葉似艾 靑白色 長數寸 生水澤中. 陸氏曰 蔞蒿 正月根芽生旁莖. 正白 生食之 香而脆美. 葉可蒸爲茹.[2] 本艸曰 蔞蒿 生陂澤

中. 二月發苗[3] 葉[4]似嫩艾 而岐細 面靑背白. 其莖或赤或白. 其根白脆. 爾

雅曰 購 蔏蔞. 注云 蔏蔞 蔞蒿 生下田. 初出可啖 江東用羹魚.

빽빽이 우거진 섶나무 가운데	翹翹錯薪
저 물쑥을 베어다가,	言刈其蔞
저 아가씨 시집갈 적에	之子于歸
그 망아지에게 먹이리라.	言秣其駒
한수가 하도 넓어	漢之廣矣
헤엄쳐 갈 수도 없고	不可泳思
강수가 하도 길어	江之永矣
뗏목 타고 갈 수도 없네.	不可方思

---

1) 『시경』「주남」의 편 이름. 주 문왕의 덕이 널리 한수(漢水) 유역에까지 미침을 노래함.

2) 『모시초목조수충어소』에는 '其葉又可蒸爲茹'이지만, 『시명다식』 원문을 따랐음.

3) 『시명다식』에는 '二月開白葉'이지만, 『본초강목』 원문을 따랐음.

4) 『시명다식』에는 '葉'이 없지만, 『본초강목』 원문을 따랐음.

번__蘩 · 다북떡쑥

◉ 召南 采蘩[1]

주자가 말하였다. '번'(다북떡쑥 · 白蒿. 국화과의 다년초)은 '백호'(국화과의 다년초. 가을에 갈색 꽃이 핌)이다.

육씨가 말하였다. '번'은 '파호'(흰쑥)이다. 대체로 '애'는 흰색이라서 '파호'라 하니, 지금의 '백호'이다. 봄에 처음 생겨나서, 가을에 이르면 향기롭고 맛이 좋아 날로 먹을 수 있고, 또 삶아서 먹을 수도 있다. 다른 이름은 '유호'(游胡)인데 북해(고대에 멀리 북쪽 끝에 치우쳐 있던 궁벽한 지역) 사람들은 '방발'이라 한다. 그러므로 『대대례』 「하소정」[2] 전에 "'번'은 '유호'(游胡)이고, '유호'(游胡)는 '방발'이다"라 하였다.

『본초』에 말하였다. '번'은 다른 이름으로 '백호', '유호'(由胡)이다. 잎은 가는 '애'와 매우 비슷하고, 위에 까칠한 흰털이 섞여있어서 '청호'(제비쑥 · 菣 · 香蒿)보다 거칠다. 처음 생겨날 때부터 가을에 이를 때까지 다른 '애'보다 희다.

『이아』에 말하였다. '번'은 '파호'이다. 『주』에 말하였다. 세상 사람들은 '봉호'(쑥 · 쑥갓)라 부르는데, 김치를 만들 수 있다.

朱子曰 蘩 白蒿也. 陸氏曰 蘩 皤蒿. 凡艾白色爲皤蒿 今白蒿. 春始生

及秋香美可生食 又可蒸食. 一名游胡 北海人謂之旁勃. 故大戴禮 夏小[3]正
傳云 蘩 游胡 游胡[4] 旁勃也. 本草曰 蘩 一名白蒿 一名由胡. 葉頗似細艾
上有白毛錯澀 粗于靑蒿. 從初生至秋 白于衆蒿. 爾雅曰 蘩 皤蒿. 注云 俗
呼蓬蒿 可以爲葅.

다북떡쑥을 캐네   于以采蘩

연못가와 물가에서,   于沼于沚

어디에 쓸거나   于以用之

공후의 제사에라네.   公侯之事

---

1) 『시경』 「소남」(召南)의 편 이름. 부인이 직분을 잃지 않고 정성을 다하여 제사를 받드는 내용을
   읊은 시.
2) 『대대례기』의 한 편. 만물이 달마다 철을 따라 변화하는 주기적 현상을 기록함. 상대(上代)의
   네 계절에 행했던 일과 백성이 했던 일을 가리켜 보임. 후세의 월령(月令) 따위.
3) 소창문고본 『시명다식』에는 '生'이 있지만, 『모시초목조수충어소』와 규장각본 『시명다식』 원
   문을 따랐음.
4) 소창문고본 『시명다식』에는 '游胡'가 없지만, 『모시초목조수충어소』와 규장각본 『시명다식』
   원문을 따랐음.

궐__蕨 · 고사리

◉ 草虫[1]

　주자가 말하였다. '궐'(고사리. 고사리과의 다년생 양치류)은 '별'(고사리)이니 처음 나서 잎이 없을 때에 먹을 수 있다.

　육씨가 말하였다. '궐'은 산나물이니 주[2]와 진[3]에서는 '궐', 제[4]와 노[5]에서는 '별'이라 한다. 처음 생겨나면 '산'(마늘. 백합과의 다년초)과 비슷하고, 줄기는 자흑색이며, '규'처럼 먹을 수 있다.

　『본초』에 말하였다. 2~3월에 싹이 나는데, 구부러진 모양이 마치 어린아이 주먹과 같다. 자라면 펼쳐지는데, 마치 '봉'(봉황)의 꽁지깃과 같고, 높이는 서너 자이다.

　『석문』에 말하였다. 처음 생겨나면 '별'(자라)의 다리와 비슷하기 때문에 이름하였다.

　육전이 『비아』에 말하였다. '궐'은 처음 생겨나서 잎이 없으면, 모양이 마치 '작'(참새 · 작은 새)이 발을 오므린 것과 같고, 또 마치 넘어질 듯한 사람의 발과 같기 때문에 '궐'이라 한다. 그 싹은 '궐기'라 한다.

朱子曰 蕨 鼈也 初生無葉時可食. 陸氏曰 蕨 山菜也 周秦曰 蕨 齊魯曰
鼈. 初生似蒜 莖紫黑色 可食如葵. 本草曰 二三月生芽 拳曲狀如小兒拳.

長則展開如鳳尾 高三四尺. 釋文曰 初生似鼈脚 故名. 陸佃 埤雅曰 蕨 初
生無葉 狀如雀足之拳 又如人足之蹶 故謂之蕨. 其苗謂之蕨其.

저 남산에 올라	陟彼南山
고사리를 캤네.	言采其蕨
당신을 못 보았을 적엔	未見君子
내 마음 어수선터니,	憂心惙惙
당신을 보고 나자	亦旣見止
당신을 만나고 나자	亦旣覯止
내 마음 기뻐지네.	我心則說

---

1) 『시경』 「소남」의 편 이름. 대부(大夫)의 아내가 예절로써 자신을 잡도리함을 읊은 시. 일설에는
대부의 아내가 계절의 변화를 보고 부역 나간 지아비를 생각하며 읊은 시.
2) 무왕(武王)이 상(商)을 멸하고 세운 나라. 기원전 1006?~256.
3) 주(周) 효왕(孝王)이 백익(伯益)의 후손을 봉한 나라. 장공(莊公) 때에 대구(大丘), 곧 지금의 섬
서성(陝西省)으로 옮겼으며, 국력이 날로 강해져 칠웅(七雄)의 하나가 되었고, 시황제(始皇帝)
가 천하를 통일하였음.
4) 주(周) 무왕(武王)이 태공망(太公望)을 봉한 나라. 전국(戰國) 때 칠웅(七雄)의 하나가 되었으나,
진시황(秦始皇)에게 멸망당했음.
5) 주(周) 무왕(武王)의 아우 주공(周公) 단(旦)이 봉해졌던 나라. 지금의 산동성(山東省)과 강소성
(江蘇省) · 안휘성(安徽省) 일대의 땅을 영유하였음.

미__薇 · 고비

주자가 말하였다. '미'(고비)는 '궐'과 비슷한데 조금 크고, 가시가 있으며 맛이 쓰다. 산골 사람들은 그것을 먹으며, '미궐'이라 한다.

육씨가 말하였다. '미'는 산나물이니, 잎과 줄기는 모두 '소두'(팥)와 비슷하고 덩굴로 자란다. 그 맛 또한 '소두'나 콩잎과 같아서 국을 만들 수 있고, 또한 날로 먹을 수도 있다. 지금은 관청의 동산에 그것을 심었다가 종묘의 제사에 바친다.

『본초』에 말하였다. '미'는 다른 이름으로 '야완두'(들완두. 콩과에 속하는 이년초), '대소채'이다. 항씨가 "'소채'(들완두 · 豌豆 또는 완두의 새싹)에는 크고 작은 두 종류가 있는데, 큰 것이 '미'이니, '야완두'가 열매를 맺지 못한 것이고, 작은 것은 소동파가 이른바 '원수채[1]'이다"라 했다.

『이아』에 말하였다. '미'는 '수수'이다. 『주』에 말하였다. 물가에 난다.

『설문』에 말하였다. '미'는 콩잎과 비슷한데, 나물의 작은 것이다.

호씨가 말하였다. 짐작컨대, 『장자』에 이른바 '미양[2]'이라는 것이다.

나는 이렇게 생각한다. 육씨는 산나물이라 하였지만, 『이아』에서는 물가에서 자란다고 하였다. 이것은 이미 의심할 만하고, 백이와 숙제가 수

양산에 숨어 이것을 캐서 먹었으니, 그것은 물가에서 자라는 풀이 아님을 알 수 있다. 그러나 그것이 산에서 자라는 풀이라는 것이 확실한가는 알지 못하겠다. 우선 이렇게 써두고 아는 사람을 기다린다. 『본초』에 "'미'는 바로 '야완두'가 열매를 맺지 못한 것"이라 하였지만, 지금 그 그림을 조사해보건대, 짧은 꼬투리를 그려놓았으니, 무슨 까닭인지 알지 못하겠다.

朱子曰 薇 似蕨而差大 有芒而味苦. 山間人食之 謂之迷蕨. 陸氏曰 薇 山菜也 莖葉皆似小豆蔓生. 其味亦如小豆藿 可作羹 亦可生食. 今官園種之 以供宗廟祭祀. 本屮曰 薇 一名野豌豆 一名大巢菜. 項氏云 巢菜有大小二種 大者 卽薇 乃野豌豆之不實者. 小者 卽蘇東坡 所謂 元修菜也. 爾雅曰 薇 垂水. 注云 生於水邊. 說文曰 薇 似藿 乃菜之微者也. 胡氏曰 疑卽莊子 所謂 迷陽者也. 學祥案 陸氏曰 山菜也 爾雅曰 生於水邊. 此已可疑而夷齊隱於首陽山 采此食之 其非水屮可知. 然其的爲山草未可知 姑書此以俟知者. 本草云 薇 乃野豌豆之不實者 而今按其圖 作短莢 未知何故.[3]

저 남산에 올라	陟彼南山
고비를 캤네.	言采其薇
당신을 못 보았을 적엔	未見君子
내 마음 서글프더니,	我心傷悲
당신을 보고 나자	亦旣見止
당신을 만나고 나자	亦旣覯止
내 마음 편안해졌네.	我心則夷

1) 들나물의 이름. 소식의 〈원수채시서〉(元修菜詩序)에 따르면, 맛이 좋은 나물로 그의 고향에 살던 소원수(巢元修)가 즐겨 먹은 데서 붙여진 이름.

2) 미친 척하는 사람. 일설에는 산과 들에 자라는 형극(荊棘ㆍ가시나무)의 가시. "孔子適楚 楚狂接輿 遊其門曰 … 殆乎殆乎 畫地而趨. 迷陽迷陽 無傷吾行. …"(공자께서 초나라로 가시는데, 초나라의 미친 사람 접여가 객사(客舍) 문 앞에서 노닐면서 노래하였다. … 위태롭고 위태롭도다. 땅에 선을 긋고 따라가게 함이! 밝음을 가리고 밝음을 가려서 내 갈 길을 해치지 말지어다. …) 『장자』 제4편 「인간세」(人間世).

3) 규장각본 『시명다식』에는 '本草云 薇 乃野豌豆之不實者 而今按其圖 作短荚 未知何故'가 없지만, 소창문고본 『시명다식』 원문을 따랐음.

빈__蘋 · 네가래

◆ 采蘋[1]

　주자가 말하였다. '빈'(네가래 · 개구리밥 · 大萍 · 田字草. 네가래과의
다년생 수초)은 물 위의 '부평'(개구리밥)이니 강동 사람들은 '표'(蘋 · 개
구리밥. 개구리밥과의 일년생 수초)라 한다.

　육씨가 말하였다. 큰 것은 '빈'이라 하고, 작은 것은 '평'(萍 · 부평초.
개구리밥과의 다년생 수초)이라 한다. 계춘(늦봄 · 음력 3월)에 비로소 생
겨나는데, 곡식과 섞어 삶아서 먹을 수 있다. 또 식초에 담가서 술을 만
들어 쓸 수 있다.

　『본초』에 말하였다. '빈'은 다른 이름으로 '부채'(네가래 · 사엽채 · 전
자초. 네가래과의 다년생 수초), '사엽채'[2], '전자초'이다. 잎은 수면에
떠 있고, 뿌리는 물 밑으로 이어져 있으며, 그 줄기는 '순'이나 '행'보다
크다. 그 잎은 크기가 손가락 꼭대기와 같은데, 앞면은 푸르고 뒷면은 자
주색이며, 가는 무늬가 있다. '마제결명'(決明. 차풀과의 일년초. 그 씨를
決明子라 하며, 緩下劑 · 强壯藥 등에 약용함)의 잎과 매우 비슷하고, 네
쪽의 잎이 붙어 자라며, 가운데가 십자 모양으로 쪼개져 있다. 여름과 가
을에 작고 흰 꽃이 피기 때문에 '백빈'이라 일컫는다. 그 잎은 '평'(萍 ·
浮萍)처럼 모여서 떨기로 난다.

『이아』에 말하였다. '평'(萍)은 '평'(荓)이니, 그 큰 것이 '빈'이다. 『주』에 말하였다. 물 가운데의 '부평'인데 강동에서는 '표'(藻)라 한다.

화곡 엄씨 찬이 말하였다. '평'(萍)에는 세 종류가 있다. 큰 것은 '빈'이라 하니, 잎이 둥글고 매끄러우며 한 치쯤 된다. 중간 것은 '행'이라 한다. 작은 것은 '부평'이라 한다.

나는 이렇게 생각한다. '부평'은 본래 먹을 수 있는 나물이 아니니, 제사에 이바지하여 쓰는지는 알지 못하겠다. 만약 육씨를 따른다면, 이것은 지금의 '자평'(수초의 이름)이니, 잎이 푸르고 뒷면은 자주색이며, 아래에 마치 거품과 같은 점 하나가 있다. 늦봄에 곡식과 섞어 삶아서 먹는다는 것은 또한 '대조'라 이름하는 것이 이것이다. 만약 곽씨를 따른다면, 이것은 지금 연못에 별처럼 작고 많은 것이니, 또한 '표'(藨)라 이름한다. 어떤 것이 적합한지 알 수 없어서 우선 그것들을 기록하여 고증함을 갖추어둔다.

朱子曰 蘋 水上浮萍也 江東人謂之藻. 陸氏曰 粗大者謂之蘋 少者曰荓. 季春始生 可糝蒸以爲茹. 又可用苦酒淹以就酒. 本草曰 蘋 一名芣菜 一名四葉菜 一名田字艸. 葉浮水面 根連水底 其莖細於蓴荇. 其葉大如指頂 面靑背紫 有細紋. 頗似馬蹄決明之葉 四葉合成 中折十字. 夏秋開小白花 故稱白蘋. 其葉攢[3]簇如萍. 爾雅曰 萍 荓 其大者蘋. 注曰 水中浮萍 江東謂之藻. 華谷嚴氏 粲曰 萍有三種. 大者曰 蘋 葉圓滑寸許. 中者曰 荇. 小者曰 浮萍. 按浮萍本非可茹之菜 則用以供祭祀 未可知. 若從陸氏 則是今之紫萍 葉靑背紫 下有一點如沫. 季春糝蒸爲茹者 亦名大藻 是也. 若從郭氏 則是今之池星點點者 亦名藨也. 未知何者爲得 姑書之 以備考證.[4]

네가래를 뜯네   于以采蘋

50

남쪽 골짜기 시냇가에서,	南澗之濱
말을 뜯네	于以采藻
저 길가 도랑에서,	于彼行潦

---

1) 『시경』「소남」의 편 이름. 대부의 아내가 법도를 잘 따랐음을 읊은 시.
2) 수초(水草)의 이름. 부초(浮草)의 한 종류. 또는 창포(菖蒲)의 한 종류. 포아풀과의 다년초인 줄 풀(菰·菱白·眞菰)과 비슷함.
3) 소창문고본 『시명다식』에는 '攢'이 없지만, 『본초강목』과 규장각본 『시명다식』 원문을 따랐음.
4) 규장각본 『시명다식』에는 '華谷嚴氏 藜曰 萍有三種. 大者曰 蘋 葉圓滑寸許. 中者曰 荇. 小者曰 浮萍. 按浮萍本非可茹之菜 則用以供祭祀 未可知. 若從陸氏 則是今之紫萍 葉靑背紫 下有一點如 沫. 季春糝蒸爲茹者 亦名大藻 是也. 若從郭氏 則是今之池星點點者 亦名薀也. 未知何者爲得 姑書 之 以備考證.'이 없지만, 소창문고본 『시명다식』 원문을 따랐음.

조__藻·말

주자가 말하였다. '조'(말. 물속에서 자라는 민꽃식물의 총칭)는 '취조'[1]이니, 물 밑에서 자라고, 줄기는 비녀의 두 갈래 가지와 같으며, 잎은 '봉호'와 같다.

육씨가 말하였다. '조'에는 두 종류가 있는데, 하나는 잎이 '계소'(차조기·水蘇·蘇葉. 못 가운데에서 자라는 紫蘇. 꿀풀과에 속하는 일년초. 약용함)와 비슷하고, 줄기는 크기가 젓가락과 같으며, 길이는 네댓 자이다. 다른 하나는 줄기가 비녀의 두 갈래 가지와 같고, 잎은 '봉호'와 비슷하며, '취조'라 한다. 두 가지는 모두 먹을 수 있으니, 삶거나 데쳐서 주물러 비린내를 없애고, 쌀가루나 밀가루와 섞어 쪄서 먹으면 맛이 좋다. 흉년이 들면 양식으로 갖출 만하다.

『본초』에 말하였다. '조'에는 두 종류가 있는데, 물속에 매우 많다. '수조'는 잎의 길이가 두세 치이고, 둘씩 짝을 이루어 서로 반대쪽으로 자라나니, '마조'(藻草의 일종)이다. '취조'는 잎이 가늘어서 마치 실과 같고, 물고기의 아가미 모양이며, 하나하나 잇닿아 자라나니, '수온'인데, 세속에서는 '새초'(말즘. 수초의 일종)라 이름하고, 또 '우미온'이라 이름하니, 이것일 것이다.

『이아』에 말하였다. '군'(말·牛藻. 가래과의 다년생 수초)은 '우조'(말·牛藻. 그 잎이 쑥과 비슷하고 가늘지만, 가끔 잎이 큰 것도 있음)이다. 『주』에 말하였다. 가는 잎이 무성하고, 마치 실과 같아서 사랑할 만하다. 한 마디 길이는 몇 치인데, 긴 것은 이삼십 마디이니, '온'(솔잎말. 붕어마름과의 수초)이다.

이시진이 말하였다. '조'는 물에서 자라는 풀 중에서 무늬가 있는 것인데, 매우 깨끗하여 마치 물로 더러움을 씻어 없앤 것 같기 때문에 '조'(藻)라 한다.

내가 조사해보건대, 『이아』 한 책만 '우조'(牛藻)가 '우조'(牛藻)라 되어 있다.

朱子曰 藻 聚藻也 生水底 莖如釵股 葉如蓬蒿. 陸氏曰 藻有二種 一葉似[2]鷄蘇 莖大如箸[3] 長四五尺. 一莖如釵股 葉似[4]蓬蒿謂之聚藻. 二者[5]皆可食 熟[6]煮授去腥氣 米糆糝蒸爲茹 佳[7]美. 飢荒可充食.[8] 本艸曰 藻有二種 水中甚多. 水藻 葉長二三寸 兩兩對生 卽馬藻也. 聚藻 葉細如絲及魚鰓狀 節節連生 卽水蘊也 俗名鰓草 又名牛尾蘊 是矣. 爾雅曰 莙 牛藻也. 注云 細葉蓬茸 如絲可愛. 一節長數寸 長者二三十節 卽蘊也. 李時珍曰 藻乃水草之有文者 潔淨如澡浴 故謂之藻. 學祥案 爾雅一本 牛藻作牛藻.

---

1) 물속에서 자라는 일년생 풀의 일종인 수조(水藻). 또는 물속에 잠겨서 사는 다년생 풀인 수온(水蘊). 금어조(金魚藻).

2) 『모시초목조수충어소』에는 '如'이지만, '似'와 통하므로 『시명다식』 원문을 따랐음.

3) 규장각본 『시명다식』에는 '筋'이고, 소창문고본 『시명다식』에는 '節'임. 『모시초목조수충어소』 원문을 따랐음.

4) 『모시초목조수충어소』에는 '如'이지만, '似'와 통하므로 『시명다식』 원문을 따랐음.

5) 『모시초목조수충어소』에는 '藻'이지만, 『시명다식』 원문을 따랐음.

6) 『모시초목조수충어소』에는 '熟'이 없지만, 『시명다식』 원문을 따랐음.

7) 『모시초목조수충어소』에는 '嘉'이지만, '佳'와 통하므로 『시명다식』 원문을 따랐음.
8) 『모시초목조수충어소』에는 '饑荒可以當食'이지만, 『시명다식』 원문을 따랐음.

백모__白茅 · 띠

◉ 野有死麕[1]

　육씨가 말하였다. '백모'(띠. 벼과의 다년초. 뿌리는 약용함)는 '모'의 흰 것인데, 옛날에 예물을 싸 넣거나 제주(祭酒)를 받쳐 걸러 제사를 충당하는 데 썼다.

　『본초』에 말하였다. 봄에 싹이 생겨나서 땅에 퍼지면 마치 바늘과 같으니, 세속에서는 '모침'(띠꽃)이라 한다. 3~4월에 흰 꽃이 피어 이삭을 이루고, 가는 열매를 맺는다. 그 뿌리는 매우 긴데, 희고 부드러워 마치 힘줄과 같고 맛이 달다. 세상 사람들은 '사모'라 부르고, 점개(띠풀로 엮은 덮개. 특히 풀로 만든 옷이나 초가집)를 만들고, 포저(부들이나 띠풀로 만들어 魚肉 등의 식품을 싸는 용구)로 써서 제사에 이바지한다. 『시경』에 '모근'(띠 뿌리 · 白茅根)이 쓰이는 데가 이것이다. 그 뿌리를 말려서 밤에 보면 빛이 난다. 그러므로 썩으면 변하여 반딧불이 된다.

　『설문』에 말하였다. '모'는 '간'[2]이다.

　陸氏曰　白茅　茅之白者　古用包裹禮物　以充祭祀縮酒用. 本草曰　春生芽布地如針　俗謂之茅針. 三四月開白花成穗　結細實. 其根甚長　白軟如筋　而有節　味甘. 俗呼絲茅　可以苫盖　及供祭祀苞苴之用　本經所用茅根　是也.

其根乾之 夜視有光. 故腐 則變爲螢火. 說文曰 茅 菅也.

들판에서 잡은 노루 고기를	野有死麕
띠로 싸서 주며,	白茅包之
봄물이 오른 아가씨에게	有女懷春
멋진 총각이 꾀었네.	吉士誘之

---

1) 『시경』「소남」의 편 이름. 무례함을 미워한 시.
2) 사초(莎草). 화본과의 다년초. 방동사니과에 속하는 골사초·두메사초·산사초·선사초 따위의 통칭. 땅속의 괴근(塊根)은 향부자(香附子)라 하여 약용함.

가__葭 · 어린 갈대

◈ 騶虞[1]

　주자가 말하였다. '가'(어린 갈대)는 '로'(갈대. 벼과의 다년초)이니, 또한 '위'(갈대)라 이름한다.

　육씨가 말하였다. '가'는 다른 이름으로 '로담'[2], '완'(어린 억새 · 갓 나온 물억새)인데, '완'은 혹 '적'(물억새. 벼과의 다년초)이라 한다. 가을에 이르러 단단하게 여물면 '환'(물억새)이라 한다. 그것은 3월 중에 처음 생겨나는데, 그 고갱이(알심. 草本 식물의 포기 가운데 연한 부분)는 뻗쳐서 나오고, 그 아래 뿌리는 크기가 마치 젓가락과 같으며, 위는 뾰족하고 가늘다. 양주[3] 사람들은 '마미'(물억새)라 하는데, 지금의 말로 조사하면, '로'와 '완'은 다른 풀이다.

　『본초』에 말하였다. '가'는 다른 이름으로 '로', '위'이고, 꽃은 '봉농'이라 이름하며, 순은 '권'이라 이름한다. '위'가 처음 생겨나면 '가'라 하고, 이삭이 패지 않으면 '로'라 하며, 다 자라면 '위'라 한다. 낮고 습기가 많은 못이나 늪 가운데에서 자란다. 그 모양은 모두 '죽'(대)과 비슷하여, 잎은 줄기를 둘러싸고 나며 가지가 없다. 꽃은 희고, 이삭을 맺으면 '모'(띠. 벼과의 다년초)의 꽃과 같다. 뿌리는 또한 '대' 뿌리와 같아서 마디로 나누어졌다. 이시진이 말하였다. '로'에는 몇 종류가 있다. 그 길이가 몇 발

쯤 되며, 속이 비었고, 껍질이 얇으며, 흰색인 것은 '가', '로', '위'이다. '위'보다 짧고 작으며, 속이 비었고, 껍질이 두꺼우며, 색이 짙푸른 것은 '담'(어린 물억새), '완', '적'(물억새), '환'이다. 가장 짧고 작으며, 속이 차 있는 것은 '겸'(어린 갈대·이삭이 나오지 않은 갈대), '렴'(꽃 안 핀 물억새)이다. 모두 처음 생겨나거나 다 자란 것으로 이름을 얻었다. 그 몸은 모두 '대'와 같고, 그 잎은 모두 길이가 '약'(얼룩조릿대·箸竹·篛竹. 잎이 넓은 대의 일종으로, 줄기는 삿갓을 만드는 데에 많이 쓰며, 싹은 식용함) 잎과 같다.

『이아』에 말하였다. '가'는 '화'이니 '로'이다. '겸'은 '렴'이니 '환'과 비슷하지만 가늘고, 높이가 몇 자이며, 강동 사람들은 '렴적'이라 부른다. '가'는 '로'이니 '위'이다. '담'은 '완'이니 '위'와 비슷하지만 작고, 속이 차 있으며, 강동에서는 '오구'라 부른다. 그 싹은 '권'이니, 지금 강동에서는 '로'의 순을 '권'이라 한다. 그렇다면 '환'이나 '위'의 따위로, 그 처음 생겨난 것은 모두 '권'이라 이름한다.

朱子曰 葭 蘆也 亦名葦. 陸氏曰 葭 一名蘆菼 一名亂 亂或謂之荻. 至秋堅成 則謂之萑. 其初生三月中 其心挺出 其下本大如箸 上銳而細. 揚州人謂之馬尾 以今語驗之 則蘆亂別草也. 本艸曰 葭 一名蘆 一名葦 花名蓬蕽 筍名蘿. 葦之初生曰葭 未秀曰蘆 長成曰葦. 生下濕陂澤中. 其狀都似竹 而葉抱莖生無枝. 花白作穗若茅花. 根亦若竹根 而節踈. 李時珍曰 蘆有數種. 其長丈許中空皮薄色白者 葭也 蘆也 葦也. 短小於葦 而中空皮厚色青蒼者 菼也 亂也 荻也 萑也. 其最短小 而中實者 蒹也 薕也. 皆以初生已成得名. 其身皆如竹 其葉皆長如箸葉. 爾雅曰 葭 華 蘆也. 蒹 薕 似萑而細 高數尺 江東人呼爲薕蕭.[4] 葭 蘆 葦也. 菼 亂 似葦 而小實中 江東呼爲烏蘆. 其萌蘿 今江東呼蘆筍爲蘿. 然則萑葦之類 其初生者皆名蘿.

58

저 무성한 어린 갈대밭에	彼茁者葭
화살 한 대로 다섯 마리 암돼지	壹發五豝
아아, 사냥꾼이여.	于嗟乎騶虞

---

1) 『시경』「소남」의 편 이름. 부인의 덕을 읊은 〈작소〉(鵲巢) 장의 효과를 읊은 시. 천하가 크게 문
   왕의 교화를 입으니, 여러 종류가 번식하고 농한기에 사냥하여 어짊이 추우와 같으면 왕도가
   이루어진다는 내용.
2) 로초(蘆草)의 싹. 또는 풀이름으로 로완(蘆薍). 로완의 경우, 로와 완을 별개의 식물로 보기도 함.
3) 옛 구주(九州)의 하나. 지금의 강소(江蘇)・안휘(安徽)・강서(江西)・절강(浙江)・복건(福建) 여
   러 성(省)이 모두 그 땅임.
4) 『시명다식』에는 '江東呼爲薕'이지만, 『이아』 원문을 따랐음.

봉__蓬 · 다북쑥

주자가 말하였다. '봉'(다북쑥)은 풀이름이다.

『이아』에 말하였다. '설'은 '조봉'이고, '천'은 '서봉'이다. 『주』에 말하였다. '봉'의 종류를 구별하였다. 『소』에 말하였다. 『설문』에 "'봉'은 '호'(쑥)이다"라 하였으니, 풀 중에 가꾸지 않는 것이다. 종류가 하나가 아니므로 '설'은 '조봉'이고, '천'은 '서봉'이라 한 것이다. 『시경』「소남」〈추우〉에 "저 무성한 '봉'에"라 하였고, 『예기』「월령」에 "'려'(명아주. 명아주과의 일년초), '유'(강아지풀 · 狗尾草. 벼과의 일년초), '봉', '호'"[1]라 하였으니 이것이다.

진계유가 말하였다. '봉'은 '백호'이다.

나는 이렇게 생각한다. 주자가 〈백혜〉에 "그 꽃이 '류서'(버들개지 · 柳綿)와 같아서 모여 날아간다"고 하였는데, 그것이 '백호'인지는 또한 알지 못하겠다.

朱子曰 蓬 草名. 爾雅曰 藆 彫蓬 薦 黍蓬. 注云 別蓬種類. 疏云 說文云 蓬 蒿也 艸之不理者也. 種類非一 故有藆 彫蓬 薦 黍蓬 詩 召南 騶虞云 彼茁者蓬 月令云 藜莠蓬蒿 是也. 陳繼儒曰 蓬 卽白蒿. 按朱子於伯兮曰

其華如柳絮 聚而飛去 則其爲白蒿 亦未知也.[2]

저 무성한 다북쑥밭에	彼茁者蓬
화살 한 대로 다섯 마리 어린 돼지	壹發五豝
아아, 사냥꾼이여.	于嗟乎騶虞

---

1) "藜莠蓬蒿竝興." (명아주, 강아지풀, 다북쑥이 아울러 무성하게 될 것이다.)

2) 규장각본 『시명다식』에는 "陳繼儒曰 蓬 卽白蒿. 按朱子於伯兮曰 其華如柳絮 聚而飛去 則其爲白蒿 亦未知也"가 없지만, 소창문고본 『시명다식』 원문을 따랐음.

도__茶 · 씀바귀

◆ 邶 谷風[1]

　주자가 말하였다. '도'(씀바귀. 국화과의 다년초)는 '고채'(씀바귀)이니, '료'(여뀌 · 辛菜. 여뀌과의 일년초)의 따위이다.

　「주송」(周頌) 〈양사〉 주에 말하였다. '도'는 뭍에 나는 풀이고, '료'는 물에서 자라는 풀이니 같은 식물이지만, 물과 뭍의 다름이 있다. 지금 남방(揚子江 유역과 그 이남 지역의 범칭) 사람들은 아직도 '료'를 매운 '도'라 하며, 가끔 이것을 써서 시냇물에 독을 풀어 물고기를 잡으니 '도독'이라는 것이다.

　육씨가 말하였다. '도'는 '고채'이니, 산전(산중에 일군 밭 또는 기름지지 못한 밭)과 늪 가운데에서 자란다. 서리를 맞으면 달고 연하여 맛이 좋으니, 「대아」(大雅) 〈면〉(緜)에 "'근[2]'이나 '도'도 엿같이 달아라"라 한 것과 『예기』 「내칙」에 "'돈'(돼지)을 삶는 데는 이것을 '고'로 싼다"고 하여 '고채'를 쓴다고 한 것이 바로 이것이다.

　『본초』에 말하였다. '도'는 다른 이름으로 '고채', '고거'(野苣 · 苦蕒. 시화과에 속하는 다년초. 어린잎은 식용하며, 위장약으로 약용함), '고매', '유동'(고채), '편거'(고채), '로관채'(고채), '천향채'(고채)이다. 초봄에 싹이 나고, 붉은 줄기와 흰 줄기의 두 종류가 있다. 그 줄기는 가운데가 비었고 연한데, 자르면 흰 즙이 있다. 단단한 잎은 꽃핀 '라복'(무우·蘆菔·萊菔) 나물의 잎과 비슷하여 초록색인데 푸른색을 띠고 있고, 잎의 윗부분은 줄기를 둘러쌌으며, 잎의 끝부분은 '관'(황새)의 부리와 비슷하다. 잎마다 나뉘어 갈라져서, 줄기가 길게 나오면 마치 잎은 구멍 뚫린 모양처럼 된다. 노란 꽃이 피는데 갓 핀 '야국'(들국화)과 같다. 꽃 하나에 씨앗 한 떨기를 맺으니, '동호'(쑥갓)의 씨앗 및 '학슬'(여우오줌풀의 열매)의 씨앗과 같으며, 꽃이 다하면 거두어들이는데, 씨앗 위에는 흰 털이 무더기로 나 있어서 바람을 따라 나부끼거나 날려서 떨어진 곳에 난다.

『이아』에 말하였다. 이것은 맛이 쓰지만 먹을 수 있는 나물이니, 다른 이름으로 '도', '고채'이다. 『본초』에 "다른 이름으로 '도초', '선', '유동'이라 한다"고 하였다. 조사해보건대, 『역위통괘험현도』에 "'고채'는 차가운 가을에 나서 겨울을 지내고, 봄이 지나서야 다 자란다"고 한 것과 「월령」에 "맹하(4월)의 달에 '고채'가 더욱 자란다"고 한 것이 이것이다. 잎이 '고거'와 비슷하지만 가늘고, 자르면 흰 즙이 있다. 꽃은 노란색으로 '국'(국화)과 비슷하다. 먹을 수 있으나, 다만 맛이 쓸 뿐이다.

朱子曰 茶 苦菜 蓼屬也. 良耟注曰 茶 陸草 蓼 水草 一物有水陸之異也. 今南方人猶謂蓼爲辣茶 或用以毒溪取魚 卽所謂茶毒也. 陸氏曰 茶 苦菜 生山田及澤中. 得霜甘脆而美 所謂菫茶茹飴 內則云 濡豚包苦用苦菜 是也. 本艸曰 茶 一名苦菜 一名苦苣 一名苦蕒 一名游冬 一名褊苣 一名老鸛菜 一名天香菜. 春初生苗 有赤莖白莖二種. 其莖中空而脆 折之有白汁. 胖[3]葉似花蘿葍[4]菜葉 而色綠帶碧 上葉抱莖 梢葉[5]似鸛嘴. 每葉分叉 攑挺如穿葉狀. 開黃花如初綻野菊. 一花結子一叢 如茼蒿子及鶴蝨子 花罷則收斂 子上有白毛茸茸 隨風飄揚 落處卽生. 爾雅曰 此味苦可食之菜 一名茶 一名苦菜. 本艸 一名茶艸 一名選 一名遊冬. 案易緯通卦驗玄圖云 苦菜生於寒秋 經冬歷春乃成 月令 孟夏苦菜秀 是也. 葉似苦苣而細 斷之有白汁. 花黃似

菊. 堪食 但苦耳.

발걸음이 떨어지잖아	行道遲遲
마음은 여러 갈래,	中心有違
멀리 나오지도 않고	不遠伊邇
문 안에서 나를 내보내네.	薄送我畿
누가 씀바귀를 쓰다고 했나	誰謂荼苦
내게는 냉이처럼 달기만 해라.	其甘如薺
당신은 신혼살림 즐겁기만 해	宴爾新昏
형처럼 아우처럼 사이좋아라.	如兄如弟

---

1) 『시경』「패풍」(邶風)의 편 이름. 부부(夫婦) 간에 도리를 잃음을 풍자한 시.
2) '근'은 ①제비꽃(근초(堇草), 오랑캐꽃, 제비꽃과의 다년초) ②오두(烏頭, 바곳, 성탄꽃과의 다년초) ③한근(旱芹) 등을 의미함. '주자'는 『시집전』에서 '근'을 '오두'(바곳), '도'를 '고채'(씀바귀)라 하였음. '오두'의 뿌리는 '부자'(附子)라고 하는데, 독이 있어 마취제로 쓰임. 한편 '오두'는 한약 재료인 '가시연밥'을 가리키기도 함.
3) 소창문고본 『시명다식』에는 없고, 규장각본 『시명다식』에는 '胐'이지만, 『본초강목』원문을 따랐음.
4) 소창문고본 『시명다식』에는 '蕏'이지만, '葍'과 통하므로 규장각본 『시명다식』원문을 따랐음.
5) 『시명다식』에는 '茱'이지만, 『본초강목』원문을 따랐음.

제__薺 · 냉이

주자가 말하였다. '제'(냉이 · 薺菜. 십자화과의 이년초)는 단 나물이다.
『본초』에 말하였다. '제'는 다른 이름으로 '호생초'(들나물의 이름)이
다. 크고 작은 몇 종류가 있다. 작은 '제'는 잎과 꽃과 줄기가 작고 맛이
좋다. 그 가장 가늘고 작은 것은 '사제'(들나물의 이름)라 이름한다. 큰
'제'는 포기가 모두 크고 맛은 미치지 못한다. 그 줄기가 단단하고 털이
있는 것은 '석명'(냉이의 일종)이라 이름하는데, 맛은 매우 좋지 않다. 아
울러 동지 뒤에 싹이 나고, 2~3월에 줄기가 대여섯 치로 솟는다. 가늘고
흰 꽃이 피는데 가지런하기가 한결같다. 꼬투리를 맺는데 작은 '평'과 같
고, 세 개의 뿔이 있다. 꼬투리 안의 가는 씨앗은 '정력'의 씨앗과 같다.
그 씨앗은 '차'(냉이열매)라고 이름한다. 지금 사람들이 먹는 것이다. 잎
으로 김치나 국을 만드는데 또한 맛이 좋다.

『이아』에 말하였다. '석명'은 '대제'이다. 『주』에 말하였다. 세상 사람
들은 '로제'라 부르니, '제'와 비슷하지만 잎이 가늘다. 『본초』에 '멸석'
이라 이름하였고, 다른 이름으로 '태즙', '마신'이라 하였으니 이것이다.

朱子曰 薺 甘菜. 本艸曰 薺 一名護生草. 有大小數種. 小薺葉花莖扁味

美. 其最細小者 名沙薺也. 大薺科葉皆大 而味不及. 其莖硬有毛者 名菥蓂 味不甚佳. 并以冬至後生苗 二三月起莖五六寸. 開細白花 正正如一. 結莢 如小萍 而有三角. 莢內細子如葶藶子. 其子名蒫. 今人所食者. 葉作葅羹亦 佳. 爾雅曰 菥蓂 大薺. 注云 俗呼老薺 似薺 而葉細. 本艸 又名蕀蒬 一名 太蕺 一名馬辛 是也.

령 __莶 · 감초

◆ 簡兮[1]

　주자가 말하였다. ‘령’(莶)은 다른 이름으로 ‘대고’(甘草. 약초의 이름)
인데 잎은 ‘지황’[2]과 비슷하니, 바로 지금의 ‘감초’(콩과의 다년초. 여름
에 나비 모양의 노란 꽃이 피며, 뿌리는 노랗고 닮. 中和 · 甘味 · 解毒 등
에 약용함)이다.

　『본초』에 말하였다. 심괄이 『몽계필담』에 “『가우보주본초』의 주에서
『이아』를 끌어다가 ‘령’(蘦 · 감초)은 ‘대고’라 한 것과 곽박이 『이아주』
에 ‘감초’라 한 것은 잘못되었을 것이다. 곽박이 『이아주』에서 말한 것은
바로 ‘황약’(덩굴풀 · 黃藥子. 藤과 비슷함)이니, 그 맛이 매우 쓰기 때문
에 ‘대고’라 하였으며, ‘감초’가 아니다”라 하였다. 이시진이 말하였다. ‘대
고’는 다른 이름으로 ‘황약자’이다. 그 줄기는 높이가 두세 자인데, 부드럽고 마
디가 있으며, ‘등’(덩굴)과 비슷하지만, 실제로는 ‘등’이 아니다. 잎은 크기가 주
먹과 같고, 길이는 세 치쯤인데, 또한 ‘상’(뽕잎)과는 비슷하지 않다. 그 뿌리는
긴 것이 한 자쯤이고, 큰 것은 둘레가 두세 치이며, 밖은 다갈색(거무스름한 주황
빛 · 조금 검은 빛을 띤 붉고 누른 빛깔 · 黑黃色)이고 속은 황색인데, 또한 황적
색을 띠는 것도 있으며, 속살의 색은 ‘양제’(소리쟁이 · 牛舌菜. 여뀌과의 다년초)
의 뿌리와 매우 비슷하다.

『이아』에 말하였다. '령'(薋)은 '대고'이니, 덩굴로 벋어 자라고, 잎은 '하'(蓮. 연꽃과의 다년초)와 비슷하며, 청황색이다. 줄기는 붉으면서 마디가 있고, 마디에는 가지가 서로 마주나 있다. 『소』에 말하였다. '령'(薋)과 '령'(苓)은 비록 글자가 다르지만, 음과 뜻은 같다.

朱子曰 苓 一名大苦 葉似地黃 卽今甘艸也. 本艸曰 沈括筆談云 本艸注引爾雅薋大苦之注爲甘艸者非矣. 郭璞之注 乃黃藥也 其味極苦 故謂之大苦 非甘艸也. 李時珍曰 大苦 一名黃藥子. 其莖高二三尺 柔而有節 似藤實非藤也. 葉大如拳 長三寸許 亦不似桑. 其根長者尺許 大者圍二三寸 外褐內黃 亦有黃赤色者 肉色頗似羊蹄根. 爾雅曰 薋 大苦 蔓延生 葉似荷 靑黃. 莖赤有節 節有枝相當. 疏云 薋與苓 字雖異 音義同.

산에는 개암나무가 있고	山有榛
진펄에는 감초가 있네.	隰有苓
누구를 생각하나,	云誰之思
서방의 미인이로다.	西方美人
저 미인이시여	彼美人兮
서방에 계신 분이로다.	西方之人兮

---

1) 『시경』「패풍」의 편 이름. 현자(賢者)를 등용하지 않음을 풍자한 시.
2) 지금(地錦). 약초의 한 가지. 뿌리의 상태에 따라 선지황(鮮地黃)·건지황(乾地黃)·숙지황(熟地黃) 등으로 분류하며, 각각 해열(解熱)·보음(補陰)·보혈(補血)·강장(强壯)의 약재로 쓰임.

제 __ 荑 · 띠 싹

◉ 靜女[1]

주자가 말하였다. '제'(띠 싹)는 '모'가 갓 나온 것이다.

나는 이렇게 생각한다. 『가우도경』(蘇頌의 『圖經本草』)에 "'모'는 봄에 나는데, '모'가 땅에 퍼지면 마치 바늘과 같아서 세상 사람들은 '모침'(띠 꽃)이라 하고, 잎은 먹을 수 있다"고 하였으니, 이것은 틀림없이 '제'이다.

朱子曰 荑 茅始生者. 學祥案 嘉祐圖經云 茅春生 茅布地如針 俗謂之茅 針 葉可啗 此必是荑也.

들판에서 띠 싹 뽑아다 주니	自牧歸荑
정말 예쁘고도 남달리 뵈네.	洵美且異
띠 싹이 고와서가 아니라	匪女之爲美
고운님이 주신 것이라서지.	美人之貽

---

1) 『시경』 「패풍」의 편 이름. 위(衛)나라 군주는 무도하고, 부인(夫人)은 덕이 없는 시대를 풍자한 시.

자__茨 · 남가새

◆ 鄘 牆有茨[1]

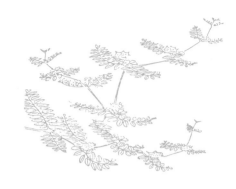

　　주자가 말하였다. '자'(남가새. 남가새과의 일년초)는 '질려'(남가새 또
는 열매. 바닷가나 모래땅에 나는데, 씨와 뿌리는 약용함)이니, 덩굴로
자라고 잎이 가늘며, 씨에 세 개의 가시가 있어 사람을 찌른다.

　　『본초』에 말하였다. '자'는 다른 이름으로 '질려', '방통', '굴인', '지
행', '휴우', '승추'이다. 잎은 갓 나온 '조협'(쥐엄나무 · 皂角. 낙엽교목.
가지에 가시가 있고, 가시와 열매와 껍질은 약용함)의 잎과 같으니, 바르
고 가지런하여 사랑할 만하다. '자질려'(약초. 종기가 나서 쑤시고 아픈
데 약용함)의 모양은 '적근채'(시금치)와 같고, 씨앗은 가는 '릉'(마름 또
는 열매. 마름과의 일년초)과 같아서 삼각형에 네 개의 뿔이 있으며, 열
매에는 씨가 있다. 그중에 '백질려'는 꼬투리를 맺으니, 길이가 한 치쯤
이고, 안에 씨앗은 크기가 '지마'(참깨 · 胡麻)와 같으며, 모양은 '양'의
콩팥과 같은데 녹색을 띠고 있으니, 지금 사람들이 '사원질려'(질려의 일
종. 陝西省 沙苑에서 나옴)라 한다.

　　朱子曰 茨 蒺藜也 蔓生細葉 子有三角刺人. 本艸曰 茨 一名蒺藜 一名
旁通 一名屈人 一名止行 一名休羽 一名升推. 葉如初生皂莢葉 正齊可愛.

刺蒺藜狀如赤根菜 子及細菱三角四刺 實有仁. 其白蒺藜結莢長寸許 內子
大如脂麻 狀如羊腎 而帶綠色 今人謂之沙苑蒺藜.

담장에 남가새는	牆有茨
쓸어버릴 수가 없네.	不可掃也
집안 이야기라서	中冓之言
말할 수도 없네.	不可道也
말해보자 한다면	所可道也
그 말이 너무 더러워.	言之醜也

---

1) 『시경』「용풍」(鄘風)의 편 이름. 위(衛)나라 공자(公子) 완(頑)이 군주의 어머니와 간통하여 나
라 사람들이 이를 미워하였으나, 입에 올려 말할 수 없었기 때문에 이를 풍자한 시.

당__唐 · 새삼

◆ 桑中[1]

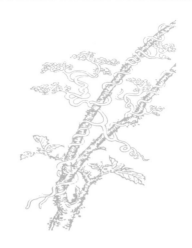

주자가 말하였다. '당'(새삼)은 '몽'(새삼 · 蓎蒙. 메꽃과의 일년생 만초)나물이니, 다른 이름으로 '토사'(새삼. 일년생 기생 만초)이다.

『본초』에 말하였다. '당몽'(새삼)은 다른 이름으로 '토사자'(새삼의 씨), '토루'(菟縷), '토루'(菟蔂), '토로', '토구', '적망', '옥녀'(새삼 덩굴), '화염초', '야호사', '금선초'이다. 싹과 줄기는 마치 노란 실 같고, 뿌리와 그루가 없어서 대부분 논밭 가운데에 붙어사는데, 풀의 겉을 휘감아 죽게 하며, 가끔씩 잎 하나가 난다. 꽃이 피고 열매를 맺는지는 분명하지 않으며, 씨앗은 마치 부서진 '서미'(기장쌀)의 낱알과 같다.

공씨가 말하였다. 「석초」에 "'당'은 '몽'이니, '여라'(松蘿 · 소나무겨우살이)라 이름하고, '여라'는 '토사'라 이름한다"고 하였으니, '당'과 '몽'은 어떤 경우에는 합치지만 어떤 경우에는 나뉘기 때문에 『시경』에서는 '당'이라 바로 말했으며, 『모전』에서는 '당'은 '몽'이라 말했다.

『이아』에 말하였다. '당'은 '몽'이니 '여라'이고, '여라'는 '토사'이다. 『주』에 말하였다. 네 가지 이름으로 구별했다.

朱子曰 唐 蒙菜也 一名菟絲. 本艸曰 唐蒙 一名菟絲子 一名菟縷 一名

菟蔞 一名菟蘆 一名菟丘 一名赤網 一名玉女 一名火燄草 一名野狐絲 一名金線艸. 苗莖似黃絲 無根株 多附田中 艸被纏死 或生一葉. 開花結子不分明 子如碎黍米粒. 孔氏曰 釋艸云 唐 蒙 名女蘿 女蘿 名菟絲 則唐與蒙 或并或別 故經直言唐 而毛傳言唐 蒙也. 爾雅曰 唐 蒙 女蘿 女蘿 菟絲. 注云 別四名.[2]

새삼을 캐러	爰采唐矣
매 고을로 갔지.	沬之鄉矣
누구를 생각하며 갔나,	云誰之思
어여쁜 강씨네 맏딸이지.	美孟姜矣
뽕밭에서 만나자 하고	期我乎桑中
상궁으로 나를 맞아들이더니	要我乎上宮
기수 강가까지 나를 바래다주었지.	送我乎淇之上矣

---

1) 『시경』 「용풍」의 편 이름. 음분(淫奔)을 풍자한 시.
2) 소창문고본 『시명다식』에는 "爾雅曰"이하가 "孔氏曰" 앞에 있지만, 규장각본 『시명다식』 원문을 따랐음.

맹__蝱 · 패모
◈ 載馳[1]

주자가 말하였다. '맹'(蝱 · 茵根. 백합과의 다년초. 관상용으로 심으며, 鎭咳 · 祛痰 등에 약용함)은 '패모'이니, 주로 '울결'(울적하고 답답함 · 엉기어 맺힘)의 병을 치료한다.

육씨가 말하였다. '맹'(蝱)은 지금 약으로 쓰이는 풀인 '패모'이다. 그 잎은 '괄루'(하눌타리 · 果蓏 또는 그 열매. 줄기와 잎 · 열매는 약용함)와 같지만 가늘고 작다. 그 열매는 뿌리 끝에 달렸고, '우'(토란 · 芋芳. 天南星과에 속하는 다년초)의 열매와 비슷하며, 순백색이다. 사방으로 이어져서 서로 달라붙거나 나누어지는 것이 있다.

『본초』에 말하였다. '패모'는 다른 이름으로 '맹'(茵), '근모', '고채', '고화', '공초', '약실'이다. 2월에 싹이 나는데, 줄기는 가늘고 푸른색이다. 잎도 또한 푸른색인데, '교맥'(메밀)의 잎과 비슷하고, 싹을 따라 나온다. 7월에 꽃이 피는데, 짙은 초록색이고, 모양은 '고자화'(메꽃 · 旋花. 약용함)와 같다. 길 가까이에 나고, 모양이 '패자'(자개 · 貝齒 · 紫貝 · 文貝. 腹足類에 속하는 조개의 일종)를 모아놓은 것과 비슷하기 때문에 '패모'라 이름한다.

『이아』에 말하였다. '맹'(茵)은 '패모'이다. 『주』에 말하였다. 뿌리는 작은 '패'(조개)와 같은데, 둥글고 흰 꽃이며, 잎은 '구'(부추. 백합과의 다년초)와 비슷하다.

朱子曰 蝱 貝母 主療鬱結之疾. 陸氏曰 蝱 今藥艸貝母也. 其葉如栝樓而細小. 其子在根下 如芋子 正白. 四方連累相着[2]有分解也. 本艸曰 貝母 一名莔 一名勤母 一名苦菜 一名苦花 一名空艸 一名藥實. 二月生苗 莖細青色. 葉亦靑 似蕎麥葉 隨苗出. 七月開花 碧綠色 形如鼓子花. 出近道 形似聚貝子 故名貝母. 爾雅曰 莔 貝母. 注云 根如小貝 圓而白華 葉似韭.

저 언덕에 올라가	陟彼阿丘
마음 달랠 패모나 캐볼까?	言采其蝱
여자는 생각이 많다지만	女子善懷
다 그럴 만한 까닭이 있다네.	亦各有行
허나라 사람들이야 날더러 탓하지만	許人尤之
다 유치하고도 어리석어라.	衆穉且狂

1) 『시경』 「용풍」의 편 이름. 허(許)나라 목부인(穆夫人)이 종국(宗國)이 전복됨을 민망히 여기고, 구원하지 못함을 스스로 서글퍼한 시.
2) 『모시초목조수충어소』에는 '著'이지만, '着'과 통하므로 『시명다식』 원문을 따랐음.

록__綠 · 댑싸리

◈ 衛 淇澳[1]

    정현(鄭玄)이 말하였다. '록'(綠 · 댑싸리. 씨는 地膚子라 하며, 약용함)은 '왕추'(조개풀 · 蓋草. 벼과의 일년초. 줄기와 잎은 황색 염료로 씀)이다.

    육씨가 말하였다. '죽'과 비슷한 풀이 있는데, 높이는 대여섯 자이고, 기수(河南省 북부의 林縣에서 발원하는 黃河의 지류) 가의 사람들은 '록죽'(菉竹)이라 한다. '록죽'(綠竹)은 하나의 풀이름이니, 그 줄기와 잎은 '죽'과 비슷하고, 청록색이며, 높이는 몇 자이다. 지금 기수와 오수(河南省 泌陽河의 지류) 가에서 나는데, 여기 사람들이 이것을 '록죽'(綠竹)이라 한다.

    『본초』에 말하였다. '록죽'(菉竹)은 다른 이름으로 '신초', '황초', '록욕', '려초'(菉草), '려초'(鼇艸), '왕추', '치각사'이다. 평지의 못가나 산골짜기를 흐르는 작은 시냇가에 모두 있다. 잎은 '죽'과 비슷한데 가늘고 얇으며, 줄기 또한 둥글고 작다. 형주(옛날 九州의 하나로 湖南省과 湖北省 지역)와 양주(湖北省과 湖南省 지역) 사람들은 삶아서 노란색 물을 들이는데 빛깔이 곱고 좋다. 세상 사람들은 '록욕초'라 이름한다.

鄭氏曰 綠 王芻也. 陸氏曰 有草似竹 高五六尺 淇水側人謂之菉竹也. 綠竹一艸名 其莖葉似竹 靑綠色 高數尺. 今淇澳傍生 此人謂此爲綠竹. 本草曰 菉竹 一名藎艸 一名黃草 一名菉蓐 一名蓐草 一名鼇艸 一名王芻 一名鴟脚莎. 平澤溪澗側皆有. 葉似竹 而細薄 莖亦圓小. 荊襄人煮以染黃 色極鮮好. 俗名菉蓐艸.

저 기수 물굽이를 바라보니	瞻彼淇奧
댑싸리와 마디풀 우거져 있네.	綠竹猗猗
빛나는 군자시여,	有匪君子
깎고 다듬은 듯	如切如磋
쪼고 간 듯하시네.	如琢如磨
의젓하고 당당하시며	瑟兮僴兮
빛나고 훤하시니,	赫兮咺兮
아름다운 우리 군자를	有匪君子
내내 잊을 수 없어라.	終不可諼兮

---

1) 『시경』 「위풍」(衛風)의 편 이름. 위 무공(武公)의 덕을 기리어 지은 시.

죽__竹 · 마디풀

정씨가 말하였다. '죽'(대)은 '편죽'(마디풀 · 萹蓄. 여뀌과의 일년초. 어린잎은 식용하며, 줄기와 잎은 약용함)이다.

『본초』에 말하였다. '편죽'은 다른 이름으로 '편죽', '편변', '편만', '분절초', '도생초'이다. 그 잎은 '락추'(地膚. 약초로 利尿劑나 陰蔞에 약용함)의 잎과 비슷하지만, 뾰족하지 않고, 줄기는 약하여 덩굴로 이어 나가는데, 마디와 마디 사이가 짧으며 마디가 많다. 3월에 가늘고 붉은 꽃이 피는데, '료람'(쪽)의 꽃과 같고, 가는 씨앗을 맺는다.

『이아』에 말하였다. '죽'은 '편죽'이다. 『주』에 말하였다. 작은 '려'(명아주)와 비슷한데, 붉은 줄기에 마디가 있고, 길가에서 잘 자라며, 먹을 수도 있고, 또 몸속의 회충을 죽인다.

나는 이렇게 생각한다. 앞의 '록죽'에 대한 두 항목은 주자도 풀지 못했고, 정현, 공영달, 육기 세 사람이 사실과 다르게 잘못 이해한 것이 이와 같으므로, 오직 그것을 기록하여 갖춤으로써 구별하여 말할 뿐이다.

鄭氏曰 竹 萹竹也. 本艸曰 扁竹 一名萹蓄 一名扁辨 一名扁蔓 一名粉
節草 一名道生艸. 其葉似落帚葉 而不尖 弱莖引蔓 促節. 三月開細紅花

如蓼藍花 結細子. 爾雅曰 竹 萹蓄. 注云 似小藜 赤莖節 好生道傍 可食
又殺虫. 學祥按[1] 右綠竹二條 朱子無此觧[2] 而鄭孔陸三家 曲觧如此 故聊
記之 以脩[3]辨別云爾.

---

1) 소창문고본 『시명다식』에는 '案'이지만, 규장각본 『시명다식』 원문을 따랐음. 뒤의 '按'도 마찬
   가지임.
2) 소창문고본 『시명다식』에는 '觧'이지만, '觧'와 통하므로 규장각본 『시명다식』 원문을 따랐음.
3) 소창문고본 『시명다식』에는 '備'이지만 '脩'와 통하므로 규장각본 『시명다식』 원문을 따랐음.

담__菼 · 어린 물억새

◆ 碩人¹⁾

주자가 말하였다. '담'(어린 물억새)은 '완'(어린 억새)이니, 또한 '적'
(물억새)이라 한다.

앞의 '가'(어린 갈대) 항목에 자세히 보인다.

朱子曰 菼 薍也 亦謂之荻. 詳見上葭條.

황하 물은 넘실거리며	河水洋洋
북쪽으로 콸콸 흘렀지.	北流活活
그물을 치면 철썩 물 부딪치며	施罛濊濊
철갑상어와 다랑어들이 파닥거렸지.	鱣鮪發發
어린 갈대와 물억새들이 하늘거렸지.	葭菼揭揭
여러 여인네들 화려하게 단장하고	庶姜孽孽
여러 수행원들도 늠름했었지.	庶士有朅

---

1) 『시경』 「위풍」의 편 이름. 나라 사람들이 장강(莊姜)을 민망히 여기고 걱정한 시.

죽_竹·대

◉ 竹笋[1]

『본초』에 말하였다. '죽'(대)은 오직 양자강[2]과 황하[3]의 남쪽에 많기 때문에 "구하[4]에는 드물게 있고, 오령[5]에는 이것이 많다"고 말한다. 대체로 모두 흙 속의 포순(겨울에 나오는 죽순·대의 어린 싹)이 각각 때가 되면 나와서, 열흘 만에 죽순 껍질이 떨어지고 '대'를 이룬다. 줄기에 마디가 있고, 마디마다 가지가 있으며, 가지에도 마디가 있고, 마디마다 잎이 있다. 잎은 반드시 세 쪽이고, 가지는 반드시 짝지어 나며, 뿌리 아래의 가지는 하나가 수컷이 되고, 둘이 암컷이 되는데, 암컷이 죽순으로 자란다. 그 뿌리인 편(대 뿌리)은 동남쪽으로 즐겨 나아가고, 마땅히 죽은 '묘'(고양이)를 묻으면[6], '조자'(皁莢·皁針. 쥐엄나무 가지와 줄기 위의 가시인데, 약용함)나 '유마'(참깨·胡麻·芝麻)처럼 두려워할 만하다. 5월 13일을 취일[7]로 삼는다. 육십 년에 한 번 꽃이 피고, 꽃은 열매를 맺는데, 그 '대'는 바로 시든다. '죽'이 시들면 '주'라 하고, '죽' 열매는 '복'이라 하며, 작은 것은 '소'라 하고, 큰 것은 '탕'이라 한다.

『설문』에 말하였다. 겨울에 나는 푸른 풀이다. 모양을 본떴다. 아래로 늘어지는 것은 '부'와 '약'(箬竹)이다.

本艸曰 竹惟江河之南甚多 故曰 九河鮮有 五嶺寔繁. 大抵皆土中苞筍
各以時而出 旬日落籜 而成竹也. 莖有節 節有枝 枝有節 節有葉. 葉必三
之 枝必兩之 根下之枝 一爲雄[8] 二爲雌 雌者生筍[9]. 其根鞭喜行東南 而
宜死猫 畏皁刺油麻. 以五月十三日爲醉日. 六十年一花 花結實 其竹 則
枯. 竹枯曰 䈿[10] 竹實曰 篠 小曰 筱[11] 大曰 簜. 說文曰 冬生青草. 象形.
下垂箁箬也.

가늘고 기다란 대 낚싯대 들고	籊籊竹竿
기수에 앉아 낚시질하네.	以釣于淇
어찌 그대를 생각 않으랴만	豈不爾思
너무 멀어서 만날 수가 없네.	遠莫致之

---

1) 『시경』「위풍」의 편 이름. 이웃 나라로 시집간 딸이 친정 부모를 그리워하며 읊은 시.
2) 장강(長江). 중국 대륙의 중앙부를 가로질러 흐르는 대하(大河). 전장 4,989Km.
3) 중국에서 두 번째로 큰 강. 길이 5,464Km. 고대에는 하(河)로 일컬었음. 이 강의 중류와 하류
   는 고대문명의 발상지임.
4) 우(禹)임금 때 황하의 아홉 지류(支流). 구회(九澮)·도해(徒駭)·태사(太史)·마협(馬頰)·복부
   (覆鬴)·호소(胡蘇)·간(簡)·혈(絜)·구반(鉤盤)·격진(鬲津).
5) 산 이름. 대유(大庾)·시안(始安)·임하(臨賀)·계양(桂陽)·계양(揭陽)의 오령(五嶺)을 이름.
6) 대 뿌리를 심을 때, 죽은 고양이를 함께 묻으면 조협나무의 가시나 참깨의 뿔처럼 액운을 물리
   치는 힘이 있다고 믿었음. "凡栽竹根埋死猫 則良畏皁刺油麻 …." 『왜한삼재도회』(倭漢三才圖
   會) 제85「우목류」(寓木類) '죽'(竹) 조(條).
7) 술에 취하는 날. 이날은 심은 대가 자라서 무성할 수 있는 날임. "以五月十三日爲醉日 此日栽竹
   能茂盛也." 『왜한삼재도회』제85「우목류」'죽' 조.
8) 소창문고본 『시명다식』에는 '一爲雄'이 서미(書眉)에 필사되어 있음.
9) 『시명다식』에는 '笋'이지만, 『본초강목』 원문을 따랐음.
10) 『시명다식』에는 '䈿'이지만, 『본초강목』 원문을 따랐음.
11) 『시명다식』에는 '篠'이지만, '筱'와 통하므로 『본초강목』 원문을 따랐음.

환란 __ 芄蘭 · 박주가리

◉ 芄蘭[1]

주자가 말하였다. '환란'(박주가리. 씨와 뿌리는 약용함)은 풀이니, 다른 이름은 '라마'(박주가리 · 새박덩굴. 박주가리과의 다년생 만초. 씨는 蘿摩子라 하며, 약용함)이고, 덩굴로 자라며, 자르면 흰 즙이 있고 먹을 수 있다.

육씨가 말하였다. '환란'은 유주에서 '작표'라 하는데, 부드럽고 약해서 늘 땅에 덩굴로 벋어나가다가, 의지하거나 붙잡을 것이 있으면 바로 일어선다.

『본초』에 말하였다. '환란'은 다른 이름으로 '관', '백환등'이고, 열매는 '작표'라 이름하며, 다른 이름으로 '작합자', '양파내', '파파침선포'이다. 3월에 싹이 나고, 울타리와 담에 덩굴로 벋어나가며, 매우 쉽고 무성하게 번창한다. 그 뿌리는 희고 부드럽다. 그 잎은 길고, 나중에 커지며 전보다 뾰족해진다. 뿌리와 줄기, 잎을 자르면 모두 흰 젖이 있는데 '구'(닥나무의 일종)의 즙과 같다. 6~7월에 작고 긴 꽃이 피면, 마치 방울 모양과 같고, 자백색이다. 맺은 열매는 길이가 두세 치이고, 크기는 '마도령'(쥐방울 또는 그 열매. 약용함)과 같으며, 한 끝이 뾰족하다. 그 껍질은 푸르고 부드러운데, 속에는 희고 고운 섬유질과 즙액이 있다. 서리 내린 뒤에 말라 쪼개지면 씨앗이 날리니, 그 씨앗은 가볍고 얇으며, 또한 '도령'(대 · 兜零 · 籠子)의 씨앗과 같다. 장사하는 사람이 그 고운 섬유질을 얻어 면을 대신하여 방석을 만들면, 가볍고 따뜻하다고 한다.

朱子曰 芄蘭 草 一名蘿摩 蔓生 斷之有白汁可啖. 陸氏曰 芄蘭 幽州謂之雀瓢 柔弱恒蔓于地 有所依緣 則起. 本艸曰 芄蘭 一名藋 一名白環藤 實名雀瓢 一名斫合子 一名羊婆奶 一名婆婆鍼線包. 三月生苗 蔓延籬[2]垣 極易繁衍. 其根白軟. 其葉長 而後大前尖. 根與莖葉斷之 皆有白乳如構汁. 六七月開小長花 如鈴狀 紫白色. 結實長二三寸 大如馬兜鈴 一頭尖. 其殼靑軟 中有白絨及漿. 霜後枯裂 則子飛 其子輕薄 亦如兜鈴子. 商人取其絨作坐褥代綿 云甚輕暖.

박주가리 가지여	芄蘭之支
어린아이가 뼈송곳 찼네.	童子佩觿
비록 뼈송곳까지 찼지만	雖則佩觿
나를 알아주지 않네.	能不我知
거들먹거리는 저 모습	容兮遂兮
늘어진 띠만 덜렁거리네.	垂帶悸兮

---

1) 『시경』 「위풍」의 편 이름. 혜공(惠公)이 교만하고 무례하여 대부가 이를 풍자한 시.
2) 『시명다식』에는 '籬'이지만, '籬'와 통하므로 『본초강목』 원문을 따랐음.

위 __ 葦 · 갈대

◈ 河廣[1]

주자가 말하였다. '위'(갈대. 벼과의 다년초)는 '겸가'(어린 갈대)의 따위이다.

『설문』에 말하였다. 큰 '가'(어린 갈대)이다.

앞의 '가'(어린 갈대) 항목에 자세히 보인다.

朱子曰 葦 蒹葭之屬. 說文曰 大葭也. 詳見上葭條.

누가 황하를 넓다고 했나?	誰謂河廣
갈대 잎 타고서도 건널 수 있네.	一葦杭之
누가 송나라를 멀다고 했나?	誰謂宋遠
발돋움만 하면 바라보인다네.	跂予望之

---

1) 『시경』 「위풍」의 편 이름. 송(宋)나라 양공(襄公)의 어머니가 쫓겨나 위(衛)나라로 돌아와서 아들을 그리워하며 지은 시.

훤초__諼草 · 원추리

◉ 伯兪[1]

　주자가 말하였다. '훤초'(諼草 · 원추리 · 忘憂草 · 萱草. 백합과의 다년
초. 어린잎과 꽃은 식용하고, 뿌리는 약용함)는 '합환'[2]이니, 먹으면 사
람으로 하여금 근심을 잊게 하는 것이다.

　『본초』에 말하였다. '훤초'(萱草)는 다른 이름으로 '망우', '료수', '단
극'(망우초), '록총'(원추리와 비슷한 식물), '록검', '기녀', '의남'(원추
리 · 망우초 · 宜男草. 아이를 밴 여인이 원추리를 몸에 지니면 아들을 낳
는다 하여 생긴 이름)이다. 낮고 습기가 많은 땅에 마땅하며, 겨울철에
떨기로 난다. 잎은 '포'(부들 · 香蒲. 부들과의 다년초)나 '산'(마늘. 백합
과의 다년초) 무리와 같아서 부드럽고 약하며, 새것과 옛것이 서로 대신
하여 네 계절 파릇파릇하다. 5월에는 싹이 터 자라난 줄기에서 꽃이 피다
가, 6월에는 드러나서 사방에 드리워지고, 아침에 피었다가 저녁에 시드
는데, 가을에 이르면 심해지다가 모두 없어지며, 그 꽃에는 붉은색과 노
란색과 자주색의 세 가지 색이 있다. 맺은 열매는 삼각형인데, 안에는 씨
가 있고 크기는 '오'(오동나무)의 열매와 같으며, 검고 윤이 난다. 그 뿌
리는 '맥문동'(백합과의 다년초. 뿌리는 강장제 · 진해거담제 · 이뇨제에
약용함)과 서로 비슷하고, 매우 쉽게 성하고 번창한다. 이시진이 말하였다.

정초가 『통지』에 "'훤초'의 다른 이름이 '합환'이다"라 한 것은 잘못일 것이다. '합환'은 '목부'에 보인다.

朱子曰 諼草 合歡 食之 令人忘憂者. 本艸曰 萱草 一名忘憂 一名療愁 一名丹棘 一名鹿葱 一名鹿劍 一名妓女 一名宜男. 宜下濕[3]地 冬月叢生. 葉如蒲蒜輩 而柔弱 新舊相代 四時靑翠. 五月抽莖開花 六出四垂 朝開暮 蔫 至秋深乃盡 其花有紅黃紫三色. 結實三角 內有子大如梧子 黑而光澤. 其根與麥門冬相似 最易繁衍. 李時珍曰 鄭樵 通志乃言 萱草[4] 一名合歡者 誤 矣. 合歡見木部.

어떻게 하면 원추리 얻어다가	焉得諼草
뒤꼍에 심을까?	言樹之背
내 님을 그리워하기에	願言思伯
내 마음까지 아프다네.	使我心痗

---

1) 『시경』 「위풍」(衛風)의 편 이름. 군자(君子)가 부역 가서 왕의 전구(前驅)가 되어 때가 지났으나 돌아오지 못하는 세상을 풍자한 시.
2) 자귀나무. 합환목(合歡木). 콩과의 낙엽 활엽 소교목(小喬木). 나무는 세공재(細工材), 껍질은 약재로 씀. 저녁이 되면 잎이 오므라들어 합하기 때문에 합혼목(合昏木)이라고 함.
3) 소창문고본 『시명다식』에는 '濕'이지만, '湿'과 통하므로 규장각본 『시명다식』 원문을 따랐음. 뒤의 '湿'도 마찬가지임.
4) 『시명다식』에는 '艸'이지만, '草'와 통하므로 『본초강목』과 『통지』 원문을 따랐음.

퇴__蓷 · 익모초

◆ 王 中谷有蓷[1]

주자가 말하였다. '퇴'(익모초. 꿀풀과의 이년초)는 '추'(雎 · 익모초)이니 잎은 '추'(萑 · 익모초 · 萑蔚)와 비슷한데, 줄기는 네모지고 꽃이 희며, 꽃이 마디 사이에서 나오니 바로 지금의 '익모초'(암눈비앗. 꿀풀과의 이년초. 잎과 줄기는 通經 · 收斂 등 부인병에 약용함)이다.

육씨가 말하였다. 옛 설명과 위[2]의 박사로 제음 출신인 주원명이 모두 '암려'(맑은대쑥 · 개제비쑥. 국화과의 다년초. 쑥과 같은 향기가 있고, 어린잎은 식용함)라 하였으니 이것이다. 『한시』와 『삼창』의 설명도 모두 "'퇴'는 '익모'이다"라 하였으므로 증자가 '익모'를 보고 은혜에 감동하였다.[3] 조사해보건대, 『본초』에 "'충위'(익모초. 잎과 줄기는 강장제 · 이뇨제 · 더위 먹은 데 등에 약용함)는 다른 이름으로 '익모'이다"라 하였기 때문에 유흠이 "'퇴'는 악취나는 잡초이다"라 하였으니, 악취나는 잡초는 바로 '충위'이다.

『본초』에 말하였다. '퇴'는 다른 이름으로 '익명', '정위', '야천마', '저마', '화험', '울취초', '고저초', '하고초', '토질한'이다. 물가나 습한 곳에 매우 무성하다. 초봄에 싹이 나는데 어린 '호'(쑥)와 같고, 여름이 되면, 길이는 서너 자가 되며, 줄기는 네모지고 '황마'(삼 · 大麻. 뽕나무과의 일년초. 줄기의 껍질이 매우 질겨서 옷감 등의 원료로 씀)의 줄기와 같다. 그 잎은 '애'(쑥) 잎과 같고 뒤는 푸르며, 가지 하나에 잎은 셋이고, 잎은 뾰족하고 갈라져 있다. 마디 하나는 한 치쯤이고, 마디마다 이삭이 나는데, 떨기로 모여 줄기를 둘러싸고 난다. 4~5월 사이에 이삭 안에서 작은 꽃이 피는데 홍자색이고, 또한 조금 흰색을 띠는 것도 있다. 꽃받침마다 안에 작은 씨앗 네 알이 있는데, 알은 크기가 '동호'(쑥갓)의 씨앗과 같고, 세 모서리가 있으며, 다갈색이다.

『이아』에 말하였다. '추'(萑)는 '퇴'이다. 『주』에 말하였다. 잎은 '임'(들깨. 꿀풀과의 일년생 재배식물)과 비슷하다.

나는 이렇게 생각한다. 『본초』에 '참채' 또한 '퇴'라 하였으니, '참채'는 바로 '충위' 중에서 흰 꽃이 핀 것이다.

朱子曰 萑 雛也 葉似萑 方莖白華 華生節間 卽今益母草也. 陸氏曰 舊說及魏博士濟陰周元明皆云 菴䕡 是也. 韓詩及三蒼說悉云 萑 益母也 故曾子見益母 感恩. 按本艸云 茺蔚 一名益母 故劉歆曰 萑 臭穢 卽茺蔚也. 本草曰 萑 一名益明 一名貞蔚 一名野天麻 一名猪麻 一名火枚 一名鬱臭艸 一名苦低草[4] 一名夏枯艸 一名土質汗. 近水湿處甚繁. 春初生苗如嫩蒿 入夏長三四尺 莖方如黃麻莖. 其葉如艾葉 而背靑 一梗三葉 葉有尖歧. 寸許一節 節節生穗 叢簇抱莖. 四五月間 穗內開小花 紅紫色[5] 亦有微白色者. 每蕚內有細子四粒 粒大如茼蒿子 有三稜 褐色. 爾雅曰 崔 萑. 注云 葉似荏. 學祥按 本艸 鏨菜 亦謂之萑 鏨菜 卽茺蔚之白花者也.

골짜기에 익모초	中谷有萑
가뭄에 말라 있네.	暵其乾矣
집 떠나온 여인이	有女仳離

깊은 한숨을 짓네.   嘅其嘆矣

깊은 한숨만 짓기는   嘅其嘆矣

집안이 당한 고난 때문이라네. 遇人之艱難矣

---

1) 『시경』 「왕풍」(王風)의 편 이름. 주(周)나라를 민망히 여긴 시. 부부(夫婦)의 정이 날로 쇠박(衰薄)해져서 흉년에 기근이 들자 실가(室家)가 서로 버린 것.

2) 지금의 산서성(山西省)에 있던, 서주(西周) 때 봉한 제후국. 전국칠웅(戰國七雄)의 하나. 뒤에 도읍을 대량(大梁)으로 옮기면서 량(梁)이라 일컬었음.

3) '익모'는 '어머니를 돕는다'는 의미이므로 감동한 것임. 증자는 '어머니를 이긴다'(勝母)는 마을에는 들어가지 않았음.

4) 소창문고본 『시명다식』에는 '一名苦低草'가 서미(書眉)에 필사되어 있음.

5) 규장각본 『시명다식』에는 '穗內開小紅花紫色'이지만, 『본초강목』과 소창문고본 『시명다식』 원문을 따랐음.

소__蕭·산쑥

◉ 采葛[1]

주자가 말하였다. '소'(산쑥. 국화과의 다년초)는 '적'(쑥·蕭. 국화과 의 다년초)이니, 잎은 희고, 줄기는 거칠며, 무더기로 자라는데, 향기가 있어서 제사지낼 때 태워서 기(넋)에 알린다.

육씨가 말하였다. '소'는 '적'이니, 지금 사람들이 '적호'라 하는 것이 이것이다. 어떤 사람은 '우미호'라 이르는데, '백호'와 비슷하여 흰 잎에 줄기가 거칠다. 허신은 '애호'(쑥·艾·蓬蒿)라 하였으나 잘못이다.

『본초』에 말하였다. '뢰'(쑥), '소', '적'이라 함은 모두 늙은 '호'(쑥)의 두루 쓰이는 이름으로 가을 기운처럼 스산하고 쌀쌀함에 힘입은 기운을 본떴다.

『이아』에 말하였다. '소'는 '적'이다. 『주』에 말하였다. '호'이다.

朱子曰 蕭 荻也 白葉 莖麁[2] 科生 有香氣 祭則焫以報氣. 陸氏曰 蕭 荻 今人所謂荻蒿者 是也. 或云 牛尾蒿 似白蒿 白葉莖麁 許慎以爲艾蒿 非 也. 本艸曰 曰蘱 曰蕭 曰荻 皆老蒿之通名 象秋氣肅頼之氣. 爾雅曰 蕭 荻. 注云 卽蒿.

산쑥 캐러 가세.   彼采蕭兮

하루라도 보지 못하면   一日不見

세 가을이나 된 듯해라.   如三秋兮

---

1) 『시경』 「왕풍」의 편 이름. 참소하는 말을 두려워한 시.

2) 소창문고본 『시명다식』에는 '蘁' 이지만, '麄'와 통하므로 규장각본 『시명다식』 원문을 따랐음. 뒤의 '麄'도 마찬가지임.

애__艾·쑥

주자가 말하였다. '애'(쑥)는 '호'(쑥)의 따위이니, 말리면 뜸질에 쓸 수 있다.

『본초』에 말하였다. '애'는 다른 이름으로 '빙대', '의초', '황초', '애호'이다. 산과 들에 많이 난다. 2월에 묵은 뿌리(늦가을에 줄기가 말라 죽어도 남아 있다가, 이듬해 다시 새싹이 나는 뿌리)에서 싹이 나 떨기를 이루는데, 그 줄기는 곧게 자라고, 흰색이며, 높이는 네댓 자이다. 그 잎은 사방으로 퍼지니, 모양은 '호'와 같고, 나뉘어 다섯 갈래가 되는데, 가장귀(식물 가지의 갈라진 아귀) 위에 다시 작은 갈래가 있으며, 앞면은 푸르고 뒷면은 희며, 잔털이 있으면서 부드럽고 두껍다. 7~8월에 잎 사이에서 이삭이 나오니, '차전'(질경이)의 이삭과 같고, 꽃은 가늘며, 맺은 열매는 많아서 가지에 가득 차는데, 속에 가는 씨앗이 있다. 서리 내린 뒤에 비로소 시든다.

『비아』에 말하였다. 『박물지』에 "얼음을 깎아 둥글게 만들어 들고서 해를 향하고, '애'를 가지고 해 그림자를 받으면 바로 불을 얻는다"[1]고 하였다. 그러므로 '빙대'라 부르고, 의원들은 온갖 병에 뜸으로 쓰기 때문에 '구초'라 한다.

朱子曰 艾 蒿屬 乾之可灸. 本艸曰 艾 一名冰臺 一名醫艸 一名黃艸 一名艾蒿. 多生山原. 二月宿根生苗成叢 其莖直生 白色 高四五尺. 其葉四布 狀如蒿 分爲五尖 椏上復有小尖 面靑背白 有茸而柔厚. 七八月葉間出穗 如車前穗 細花 結[2]實累累盈枝 中有細子. 霜後始枯. 埤雅云 博物志言 削冰 令圓 擧而向日[3] 以艾承其影[4] 則得火. 故號冰臺 醫家用灸百病 故曰灸草.

쑥 캐러 가세.	彼采艾兮
하루라도 보지 못하면	一日不見
세 해나 된 듯해라.	如三歲兮

---

1) "削冰令圓 擧以向日 以艾於後承其影 則得火." 『박물지』 권2.
2) 『시명다식』에는 '細'이지만, 『본초강목』 원문을 따랐음.
3) 『시명다식』에는 '耳'이지만, 『박물지』, 『본초강목』, 『비아』 원문을 따랐음.
4) 『시명다식』에는 '莖'이지만, 『박물지』, 『본초강목』, 『비아』 원문을 따랐음.

하화__荷華 · 연꽃

◆ 鄭 山有扶蘇[1]

   주자가 말하였다. '하화'(연꽃 · 蓮花)는 '부거'(연꽃 · 蓮)이다.

   육씨가 말하였다. '하'(蓮. 연꽃과의 다년초)는 '부거'이니 강동에서는 '하'라 부른다. 그 줄기는 '가'라 하고, 그 잎은 '하'라 하며, 그 뿌리는 '밀'이라 한다. 그 꽃은 피지 않은 것을 '함담'이라 하고, 이미 핀 것은 '부거'라 한다. 그 열매는 '련'(연밥)이니 '련'은 껍질이 푸르고 속에 흰 씨앗은 '적'(的)이라 한다. '적'(的) 속은 푸르고, 길이는 세 푼이며, 마치 낚시 바늘과 같고 '의'(연밥심. 련 열매 속의 부드럽고 파란 심)라 하는데, 맛이 매우 쓰기 때문에 속담에 "쓰기가 '의'와 같다"고 하는 것이 이것이다. '적'(的)은 5월 중에 나는데, 날로 먹으며 연하다. 가을에 이르면 겉껍질이 검게 된 '적'(的)이 열매를 이루는데, 어떤 사람들은 갈아서 밥을 만들곤 하니, 마치 '속'(조)과 같고, 이 밥은 몸을 가볍게 하고 기운을 더해주어 사람으로 하여금 굳세고 튼튼하게 한다. 또 죽을 만들 수 있어서 유주와 양주와 예주(옛날 九州의 하나로 지금의 河南省)에서는 얻어서 흉년에 대비한다. 그 뿌리는 '우'라 하는데, 유주에서는 '광방'이라 하고, 마치 '우'(소)의 뿔과 같다. 잎 가운데의 꼭지(꽃이나 열매가 가지 · 줄기 등과 서로 연결된 부분)는 '하비'라 한다.[2]

『본초』에 말하였다. 그 잎은 청명(春分과 穀雨의 사이로 양력 4월 5·6일경) 뒤에 나온다. 6~7월에 꽃이 피고, 꽃에는 붉은색과 흰색과 분홍색의 세 가지 색이 있다. 꽃의 중심에 노란 수염이 있는데, 꽃술의 길이는 한 치 남짓이고, 수염의 속이 바로 '련'이다. 꽃이 지면 련방(蓮蓬. 연밥이 드는 송이로 방처럼 칸칸이 나누어져 있는 데서 붙은 이름)에 '적'(菂)이 만들어지는데, '적'(菂)이 방에 있는 것은 마치 '봉'(벌)의 새끼가 둥지에 들어있는 모양과 같다.

나는 이렇게 생각한다. '밀'은 『이아』에 "줄기 아래의 흰 '약'(련의 줄기가 진흙 속에 들어있는 부분)이 진흙 속에 있는 것이다"라 하였지만, '약'은 바로 '포'(부들·香蒲. 부들과의 다년초)의 아랫부분이 진흙 속에 들어가 있는 것이고, 희다는 곳은 바로 뿌리 위에 처음 생겨난 싹이며, 잎은 그때 껍질에 해당한다. 이것은 다만 의미를 빌렸을 뿐이다.

朱子曰 荷華 芙蕖也. 陸氏曰 荷 芙蕖 江東呼荷. 其莖茄 其葉蕸 其本爲蔤. 其花未發爲菡萏 已發爲芙蕖. 其實蓮 蓮青皮裡白子爲的. 的中有青 長三分 如鉤[3]爲薏 味甚苦 故俚語云 苦如薏 是也. 的五月中生 生啖脆. 至秋表皮黑的成實[4] 或可磨以爲飯如粟 飯輕身益氣令人强健. 又可爲糜 幽州揚豫取備[5]饑年. 其根爲藕 幽州謂之光旁 爲如牛角. 葉中蔕謂之荷鼻. 本艸曰 其葉淸明後生. 六七月開花 花有紅白粉紅三色. 花心有黃鬚 蕊[6]長寸餘 鬚內 卽蓮也. 花褪蓮房成的 菂在房如蜂子在窠之狀. 學祥按 薏 爾雅曰 莖下白蒻在泥中者 蒻 卽蒲下入泥 白處 卽根上初生萌 葉時殼也. 此特假借耳.

| 산에는 부소나무 | 山有扶蘇 |
| 늪에는 연꽃이 있건만, | 隰有荷華 |

아름다운 사람은 아니 보이고   不見子都

미친 못난둥이만 보이네.   乃見狂且

---

1) 『시경』「정풍」(鄭風)의 편 이름. 아름답게 여긴 것이 아름다운 것이 아니었기 때문에 정(鄭)나
   라 사람들이 태자(太子) 홀(忽)을 풍자한 시.
2) 『시명다식』에는 이 문장의 출전(出典)이 없지만, 이는 『본초강목』 제33권 '련우'(蓮藕) 조에 있음.
3) 『모시초목조수충어소』에는 '鉤'이지만, '釣'와 통하므로 『시명다식』 원문을 따랐음.
4) 『시명다식』에는 '食'이지만, 『모시초목조수충어소』 원문을 따랐음.
5) 규장각본 『시명다식』에는 '脩'이지만, '備'와 통하므로 『모시초목조수충어소』와 소창문고본
   『시명다식』 원문을 따랐음.
6) 『시명다식』에는 '蕋'이지만, '蕊'와 통하므로 『본초강목』 원문을 따랐음.

유룡__游龍 · 털여뀌

주자가 말하였다. '룡'은 '홍초'(葒草 · 개여뀌 · 말여뀌. 여뀌과의 일년초)이니, 다른 이름으로 '마료'(大蓼)라고도 한다. 잎이 크고 색이 희며, 강과 호수와 못 가운데에서 자라고, 높이는 한 발 남짓이다.

『본초』에 말하였다. '유룡'(털여뀌. 여뀌과의 일년초)은 다른 이름으로 '홍혈'[1], '룡고'(蘢古 · 털여뀌), '석룡', '천료', '대료'이다. 그 줄기는 거칠고 마치 엄지손가락 같으며 털이 있다. 그 잎은 크기가 '상륙'(자리공의 뿌리. 浮症 · 積聚 · 利尿劑 등에 약용함)과 같고, 꽃 색은 옅은 홍색으로 이삭을 이룬다. 가을이 깊어지면 씨앗을 맺는데, 납작하고 '산조인'(山棗. 멧대추인 酸棗의 씨. 약용함)과 같으며 작고, 그 색은 적흑색으로 속 부분은 희며, 심하게 맵지는 않고, 불에 볶아서 먹을 수 있다.

『이아』에 말하였다. '홍'(털여뀌)은 '룡고'(蘢古)이고, 그 큰 것이 '규'(葒草 · 말여뀌)이다. 『주』에 말하였다. 세상 사람들은 '홍초'(紅草 · 말여뀌 · 마료 · 葒草)를 '룡고'(蘢鼓)라 부르니 말이 바뀌었을 뿐이다.

도은거가 말하였다. 지금 낮고 습기가 많은 땅에 매우 많이 나고, '마료'와 몹시 비슷하면서 매우 길고 크다.

나는 이렇게 생각한다. '유룡'에 대해서 주자가 "'유'는 가지와 잎이 제멋대로인 것이다"라 하였지만, 의심컨대 『본초』에서는 다른 이름으로 '유룡'이라 하였고, 동파의 시에서도 "'유룡'이 '고포'(줄풀과 부들)와 섞였다"[2]고 하였으니, 이것은 매우 의심할 만하다. 정씨도 또한 제멋대로 그것을 풀이했다.

朱子曰 龍 荭艸 一名馬蓼. 葉大而色白 生水澤中 高丈餘. 本艸曰 游龍 一名鴻蘛 一名蘢古 一名石龍 一名天蓼 一名大蓼. 其莖粗如拇指有毛. 其葉大如商陸 花[3]色淺紅 成穗. 秋深子成 扁如酸棗仁而小 其色赤黑 而肉白 不甚辛 炊爗可食. 爾雅曰 紅 蘢古 其大者蘬. 注云 俗呼紅草爲蘢鼓 語轉耳. 陶隱居曰 今生下湿地甚多 極似馬蓼 而甚長大. 學祥按 游龍 朱子曰 游 枝葉放縱也 疑本草曰 一名游龍 東坡詩 游龍雜菰蒲 此甚可疑. 鄭氏 亦以放縱釋之.

산에는 큰 소나무	山有橋松
늪에는 털여뀌가 있건만,	隰有游龍
충실한 사람은 아니 보이고	不見子充
교활한 사내만 보이네.	乃見狡童

---

1) '홍혈'은 순 우리말 '불경이'를 의미하기도 하는데, 이는 붉은색이 나는 썬 담배임.
2) 소식이 59세이던 1094년에 지은 시 〈과고우기손군부〉(過高郵寄孫君孚)의 한 구절.
3) 『시명다식』에는 '葉'이지만, 『본초강목』 원문을 따랐음.

여려__茹藘·꼭두서니

◆ 東門之墠[1]

주자가 말하였다. '여려'(꼭두서니)는 '모수'(꼭두서니)이니, 다른 이름으로 '천'(꼭두서니. 꼭두서니과의 다년생 만초)이라 하고, 진한 붉은색을 물들일 수 있다.

육씨가 말하였다. '여려'는 '천초'이니, 다른 이름으로 '지혈'이다. 제나라 사람들은 '천'이라 하고, 서주[2] 사람들은 '우만'이라 한다. 지금 채소를 가꾸는 사람들이 가끔 남새밭을 만들고 심어서 기른다.

『본초』에 말하였다. '여려'는 다른 이름으로 '염비초', '혈견수', '풍차초', '과산룡'이다. 12월에 싹이 나고, 덩굴로 벋는데 몇 자나 된다. 네모진 줄기의 속은 비었고 맥락이 있으며, 겉에는 가는 가시가 있고, 마디하나는 몇 치이다. 마디마다 다섯 잎이 있으니, 잎은 '오약'(樟과에 딸린 상록 灌木. 뿌리는 健胃劑·鎭痛劑 등에 약용함)의 잎과 같은데 거칠고 껄끄러우며, 앞면은 푸르고 뒷면은 초록색이다. 7~8월에 꽃이 피고, 맺은 열매는 작은 '초'(산초나무·大椒. 운향과의 낙엽 활엽 관목)와 같지만 크며, 속에 가는 씨앗이 있다. 보승이 "잎은 '조'(대추나무. 갈매나무과의 낙엽 교목)의 잎과 비슷한데, 위는 뾰족하지만 아래는 넓고 크며, 줄기와 잎은 모두 껄끄럽고, 네댓 개의 잎은 마디 사이에서 서로 반대쪽으로 자라며, 덩굴은 풀과 나무 위로 널리 퍼진다. 뿌리는 자적색이다"라 하였다.

朱子曰 茹藘 茅蒐 一名茜 可以染絳. 陸氏曰 茹藘 蒨艸也 一名地血. 齊
人謂之茜 徐州人謂之牛蔓. 今圃人或作畦種蒔. 本艸曰 茹藘 一名染緋艸
一名血見愁 一名風車艸 一名過山龍. 十二月生苗 蔓延數尺. 方莖中空有
筋 外有細刺 數寸一節. 每節五葉 葉如烏藥葉 而糙澀 面靑背綠. 七八月
開花 結實如小椒大 中有細子. 保昇曰 葉似棗葉 頭尖下濶 莖葉俱澁[3] 四五葉
對生節間 蔓延草木上. 根紫赤色.

동문 마당	東門之墠
비탈진 언덕에 꼭두선이가 있네.	茹藘在阪
그의 집이 가깝지만	其室則邇
그 사람은 멀기만 해라.	其人甚遠

---

1) 『시경』 「정풍」의 편 이름. 남녀가 예를 기다리지 않고 서로 음분(淫奔)하여 혼란함을 풍자한 시.
2) 구주(九州)의 하나. 지금의 산동성(山東省) 동남쪽에서 강소성(江蘇省)·안휘성(安徽省)의 북부
   에 걸친 지역.
3) 『본초강목』에는 '澀'이지만, '澁'과 통하므로 『시명다식』 원문을 따랐음.

도__茶 · 띠 꽃

◆ 出其東門[1]

　주자가 말하였다. '도'(荼)는 '모'(띠)의 꽃이니, 가볍고 희어서 사랑할 만한 것이다.

　공씨가 말하였다. 「석초」에 "'도'(荼)는 '고채'(씀바귀)이다"라 했고, 또 "'도'(蒤 · 감제풀 · 虎杖. 여뀌과의 다년초. 어린 줄기는 식용하며, 뿌리는 약용함)는 '위엽'(잡초)이다"라 했다. 「패풍」에 "'도'(荼)가 쓰다"[2]고 했으니, 바로 '고채'이다. 「주송」에 "'도'(荼)와 '료'"[3]라 했으니, 바로 '위엽'이다. 이것들은 '도'(荼)와 비슷한 것을 말했으나, 여기에서 말한 것은 '모'(띠) 풀의 패서 나온 이삭이니, 저 두 종류의 '도'(荼)가 아니다.

　정씨가 말하였다. '도'(荼)는 '모수'(띠 꽃)로, 가벼운 사물이고, 날아다녀 일정하지 않다.

　『전한예악지』에 말하였다. 얼굴이 마치 '도'(荼)와 같아서, 많은 백성들이 뒤쫓아 보며 서로 따랐다고 하였는데, 응소는 "'도'(荼)는 '야간'이니 '백화'(왕골)"라 하였고, 사고는 "아름다운 여자의 얼굴 모양이 마치 '모'나 '도'(荼)의 부드러움과 같다는 말이다"[4]라 하였다. '도'(荼)라는 것은 바로 지금의 이른바 '겸'(어린갈대 · 이삭이 나오지 않은 갈대)의 까끄라기이다.

내가 조사해보건대, 『이아』「석초」에 "'도'(荼)는 '호장'이다"라 하였고, 『주』에 "'홍초'(개여뀌·말여뀌)와 비슷한데 거칠고 크며, 가는 가시가 있고, 붉은 색을 물들일 수 있다"고 하였다.

朱子曰 茶 茅華 輕白可愛者也. 孔氏曰 釋艸 有荼 苦菜 又有葰 委葉. 邶風 荼苦 卽苦菜也. 周頌 荼蓼 卽委葉也. 此言如荼 乃是茅艸秀出之穗 非彼二種荼也. 鄭氏曰 荼 茅秀 物之輕者 飛⁵⁾行無常. 前漢禮樂志 顔如荼 兆逐靡. 應劭曰 荼 野菅白華也. 師古曰 言美女顔貌 如茅荼之柔也. 荼者 卽今所謂兼錐也. 學祥按 爾雅 釋草 葰 虎杖 注 似紅艸 而粗大 有細刺 可以染赤也.

저 성문을 나서니	出其闉闍
여인들이 띠 꽃 같아라.	有女如荼
비록 띠 꽃같이 많다지만	雖則如荼
내 마음속에 있지는 않네.	匪我思且
흰 옷에 빨간 수건 쓴 그 여인만이	縞衣茹蘆
함께 즐길 수 있으니까.	聊可與娛

---

1) 『시경』「정풍」의 편 이름. 공자(公子) 다섯이 임금 자리를 다투어 전쟁이 끊이지 않고, 남녀가 서로 버리니 백성들이 그 실가(室家)를 보전할 것을 생각하며, 난리를 민망히 여긴 시.
2) 〈곡풍〉(谷風) 장. "누가 '도'를 쓰다고 했나"(誰謂荼苦)
3) 〈양사〉(良耜) 장. "'도'와 '료'를 뽑아내네"(以薅荼蓼)와 "'도'와 '료'가 시드니"(荼蓼朽止)
4) "郊祀歌十九章 其詩曰 … 衆嫭並 絟奇麗 顔如荼 兆逐靡 …. 應劭曰 荼 野菅白華也 言此奇麗 白如荼也. 孟康曰 兆逐靡者 兆民逐觀 而猗靡也. 師古曰 菅 茅也. 言美女顔貌如茅荼之柔也. …"(임금이 교외에서 하늘과 땅에 제사지낼 때 쓰던 노래 십구 장의 노랫말에 … "많은 아름다운 여악(女樂)들이 나란히 줄을 지었는데, 아름답고 눈에 띄게 고와서 얼굴이 마치 '도'와 같으니, 많은 백성들이 뒤쫓아 보면서 서로 따랐다. …"고 하였다. 응소가 "'도'는 '야간'이니 '백화'이

다. 이것은 눈에 띄게 곱고, 희기가 마치 '도'와 같다는 말이다."라 하였고, 맹강은 "'조축미'라는 것은 많은 백성들이 뒤쫓아보면서 서로 따르는 것이다."라 하였으며, 안사고는 "'관'은 '모'이니, 아름다운 여자의 얼굴 모양이 마치 '모'나 '도'의 부드러움과 같다는 말이다."라 하였다.) 『한서』 권22 「예악지」 제2.

5) 『시명다식』에는 '非'이지만, 『모시정의』(毛詩正義) 원문을 따랐음.

간__藺 · 난초

◉ 藻洧[1]

　주자가 말하였다. '간'(난초)은 '란'(난초. 난초과의 香草. 蕙蘭 · 墨蘭 · 建蘭 등 여러 종류가 있음)이니, 그 줄기와 잎은 '택란'(쉽싸리. 꿀풀과의 다년초)과 비슷하고, 넓적하며 마디가 길고, 마디 가운데는 붉다. 높이는 네댓 자이다.

　육씨가 말하였다. '란'은 향기 있는 풀이니, 『춘추전』에 " '란'을 베자 죽었다"[2]고 함과 『초사』에 " '추란'을 묶어서"[3]라 함과 공자가 " '란'은 마땅히 임금의 향기가 있는 풀이라 할 만하다"고 한 것이 모두 이것이다.

　『본초』에 말하였다. '간'은 다른 이름으로 '수향', '향수란', '여란', '연미향', '대택란', '란택초', '전택초', '성두초', '도량향', '해아국', '천금초'이다. '란초'와 '택란'은 같은 무리이면서 두 종류이다. 모두 물가나 낮고 습기가 많은 곳에 난다. 2월에 묵은 뿌리에서 싹이 나 떨기를 이루는데, 줄기는 자주색이고 가지는 희며, 마디는 붉고 잎은 초록색으로, 잎이 마디에서 서로 반대쪽으로 자라나고, 작은 이 모양의 가시가 있다. 다만 줄기가 둥글고 마디가 길며, 잎이 윤기 있고 갈라져 있는 것을 '란초'라 한다. 줄기가 작고 네모졌으며, 마디가 짧고 잎에 털이 있는 것을 '택란'이라 한다. 어린싹일 때에 모아 비벼서 몸에 지닐 수 있다. 8∼9월

뒤에는 점점 늙으며, 높은 것은 서너 자나 되는데, 꽃이 피고 이삭을 이루면 '계소'(紫蘇 · 차조기)의 꽃과 같고, 홍백색이며, 속에는 씨앗이 있다.

『이아익』에 말하였다. 줄기 하나에 꽃 하나이고, 향기가 넉넉한 것이 '란'이다.

朱子曰 蕳 蘭也. 其莖葉似澤蘭 廣而長節 節中赤. 高四五尺. 陸氏曰 蕳 香艸也 春秋傳曰 刈蘭而卒 楚辭云 紉秋蘭 孔子曰 蘭當爲王者香艸 皆是也. 本艸曰 蕳 一名水香 一名香水蘭 一名女蘭 一名燕尾香 一名大澤蘭 一名蘭澤艸 一名煎澤艸 一名省頭艸 一名都梁香 一名孩兒菊 一名千金艸. 蘭艸澤蘭一類二種也. 俱生水旁下湿處. 二月宿根生苗成叢 紫莖素枝 赤節綠葉 葉對節生 有細齒. 但以莖圓節長 而葉光有歧者爲蘭草. 莖微方節短 而葉有毛者爲澤蘭. 嫩時幷可捼 而佩之. 八九月後 漸老 高者三四尺 開花成穗 如雞蘇花 紅白色 中有細子. 爾雅翼曰 一幹一花 香有餘者蘭.

진수와 유수는	溱與洧
넘실거리며 흐르는데,	方渙渙兮
남자와 여인이	士與女
난초를 들고 섰네.	方秉蕳兮
여인이 '가 볼까요' 하자	女曰觀乎
남자 말이 '벌써 갔다 왔는데'	士曰旣且
'그래도 다시 구경 가 봐요,	且往觀乎
유수 너머는	洧之外
정말 재미있고도 즐거울 텐데'	洵訏且樂
그 남자와 여인은	維士與女

서로 장난치고 히히덕거리다   伊其相謔

함박꽃을 주며 헤어졌네.   贈之以勺藥

---

1) 『시경』 「정풍」의 편 이름. 남녀가 진수(溱水)와 유수(洧水)에서 향초(香草)를 주고받으며, 봄놀이를 즐기는 내용. 인신하여 음란(淫亂)함.

2) "穆公有病日 蘭死 吾其死乎. 吾所以生也. 刈蘭而卒."(목공이 병이 나자 말하였다. "'란'이 죽으면 나는 죽을 것이다. '란'은 나를 낳게 한 것이다." '란'을 베자 과연 목공이 세상을 떠났다.) 『춘추좌씨전』 「선공」(宣公) 3년조.

3) 『초사』 〈이소〉(離騷) 12구(句) "추란을 묶어서 노리개 만드노라."(紉秋蘭以爲佩.)

작약 _芍藥 · 함박꽃

　주자가 말하였다. '작약'(芍藥 · 함박꽃. 작약과에 속하는 다년초. 뿌리는 약용함)도 또한 향기 있는 풀이니, 3월에 꽃이 피고, 향기와 색깔이 또한 사랑할 만하다.

　육씨가 말하였다. '작약'(芍藥)은 지금의 '약초'(芍藥)로, '작약'(芍藥)은 향기가 없으니 이것이 아니다. 지금 어떤 풀인지 자세하지 않다.

　『본초』에 말하였다. '작약'(芍藥)은 다른 이름으로 '장리', '리식', '백출'(삽주의 연한 뿌리. 소화제에 약용함), '여용', '연'이고, 흰 것은 '금작약'이라 이름하고, 붉은 것은 '목작약'이라 이름한다. 봄에 붉은 싹이 나서 떨기를 만들고, 줄기 위에는 가지 셋마다 잎이 다섯 개로, '모단'(모란 · 木芍藥. 작약과의 낙엽 관목. 花王으로 불리며, 뿌리는 약용함)과 비슷하지만 폭이 좁고 길며, 높이는 한두 자이다. 초여름에 꽃이 피는데, 붉은색과 흰색과 자주색의 몇 종류가 있으며, 씨앗을 맺으면 '모단'의 씨앗과 비슷하지만 작다. 최표가 『고금주』에 "'작약'에는 두 종류가 있으니, '초작약'(毛茛과의 다년초. 깊은 산에 자람)과 '목작약'이 있다. '목작약'이라는 것은 꽃이 크고 색깔이 짙으며, 세상 사람들이 '모단'이라 부르는데, 아닐 것이다"라 하였다.

朱子曰 勺藥 亦香艸也 三月開花 芳色亦愛. 陸氏曰 芍藥 今藥艸 芍藥 無香氣 非是也. 未審今何艸. 本草曰 芍藥 一名將離 一名梨食[1] 一名白朮 一名餘容[2] 一名鋋 白者名金芍藥 赤者名木芍藥. 春生紅芽作叢 莖上三枝 五葉 似牡[3]丹 而狹長 高一二尺. 夏初開花 有紅白紫數種 結子似牡丹子 而小. 崔豹 古今注云 芍藥有二種 有草芍藥木芍藥. 木者花大 而色深 俗 呼爲牡丹 非矣.

---

1) 『본초강목』에는 '犁食'이지만, '梨食'과 통하므로 『시명다식』 원문을 따랐음.
2) 『본초강목』에는 '余容'이지만, '餘容'과 통하므로 『시명다식』 원문을 따랐음.
3) 『시명다식』에는 '牧'이지만, 『본초강목』 원문을 따랐음.

모__莫 · 수영

◉ 魏 汾沮汝[1]

　주자가 말하였다. '모'(수영 · 酸模. 여뀌과의 다년초)는 나물이니, '류'(버들)와 비슷하고, 잎이 두껍고 길며, 털과 가시가 있는데, 국을 끓여 먹을 수 있다.

　육씨가 말하였다. '모'는 줄기 크기가 마치 젓가락과 같고, 마디는 붉으며, 마디에 잎이 하나이다. 지금 사람들은 고치를 켜서 명주실을 얻는다. 그 맛은 시면서 미끄럽고, 갓 나온 것은 국을 만들 수 있으며, 또 날로 먹을 수도 있다. 각 지방에서 모두 '산미'(꽈리 · 酸漿草. 가지과의 다년초)라 하고, 기주(옛 九州의 하나로 河北省 · 山西省의 대부분과 河南省 일부) 사람들은 '건강'이라 하며, 황하와 분하(汾河. 山西省에서 발원하여 황하로 흘러드는 강)의 사이에서는 '모'라 한다.

　朱子曰 莫 菜也. 似柳 葉厚而長 有毛刺 可爲羹. 陸氏曰 莫 莖大如箸 赤節 節一葉. 今人繰 而取繭緖. 其味酢而滑 始生可以爲羹 又可生食. 五方通謂之酸迷 冀州人謂之乾絳 河汾之間謂之莫.

　저 분수가 진펄에서　　　　　　　　　　彼汾沮洳

수영을 캐는	言采其莫
저기 저 분은	彼其之子
말할 수 없이 아름다워라.	美無度
말할 수 없이 아름답지만	美無度
대부 아들답지는 못해라.	殊異乎公路

---

1) 『시경』 「위풍」(魏風)의 편 이름. 임금이 검소하고 부지런하였으나, 예에 맞지 못함을 풍자한 시.

속__蕍 · 벗풀

　주자가 말하였다. '속'(벗풀·澤瀉. 택사과의 다년초. 못 또는 습지에 나며, 塊根은 약용함)은 '수석'(水舃)이니, 잎이 '차전초'(질경이)와 같다.

　육씨가 말하였다. '속'은 지금의 '택사'이니, 그 잎이 '차전초'와 같으면서 크고, 그 맛도 또한 서로 비슷한데, 서주 광릉(江蘇省 江都縣 東北 지역) 사람들은 그것을 먹는다.

　『본초』에 말하였다. '수사'는 다른 이름으로 '택사', '곡사', '급사', '유', '망우', '우손'이다. 봄에 싹이 나고, 얕은 물 가운데에 많이 있다. 잎은 '우설'(질경이)과 비슷하고, 외줄기이며 길다. 가을에 흰 꽃이 피고, 떨기를 이루면 '곡정초'(流星草 · 文星草 · 戴星草. 곡정초과의 일년생 풀. 논이나 못 가까운 주변에 남)와 비슷하다.

　『이아』에 말하였다. '속'은 '우순'이다. 『주』에 말하였다. '수석'(水舃)이니 '속단'(꿀풀과의 다년초. 뿌리는 약용함)처럼 한 치마다 마디가 있고, 뽑아도 다시 날 수 있다.

　내가 조사해보건대, 『이아』에 "'유'는 '석'(澤瀉)이다"라 하였고, 『주』에 "지금의 '택석'이다"라 하였다. 『모전』과 『육소』는 모두 '속'을 가지고 '택사'라 하였고, 곽박은 '속'이 '유'라 하였다. 풀이가 다르기에 지금 여기에 그것을 자세히 한다.

朱子曰 藚 水鳥也 葉如車前艸. 陸氏曰 藚 今澤瀉也 其葉如車前艸大
其味亦相似 徐州廣陵人食之. 本艸曰 水瀉 一名澤瀉 一名鵠瀉 一名及瀉
一名蕍 一名芒芌 一名禹孫. 春生苗 多在淺水中. 葉似牛舌 獨莖而長. 秋
時開白花 作叢似穀精艸. 爾雅曰 藚 牛脣[1]. 注云 水蕍也 如續[2]斷 寸寸有
節 拔之可復. 學祥按 爾雅 蕍 蕮 注云 今澤蕮. 毛傳 陸疏 皆以藚爲澤瀉
郭 則藚 蕍. 異釋 今玆識之.

저 분수가 한 구비에서	彼汾一曲
벗풀을 캐는	言采其藚
저기 저 분은	彼其之子
옥처럼 아름다워라.	美如玉
옥처럼 아름답지만	美如玉
대부 아들답지는 못해라.	殊異乎公族

---

1) 『이아』에는 '脣'이지만, '唇'과 통하므로 『시명다식』 원문을 따랐음.
2) 『시명다식』에는 '贖'이지만, 『이아주』 원문을 따랐음.

렴__蘝 · 가회톱

◆ 唐 葛生[1]

주자가 말하였다. '렴'(가회톱 · 白蘝. 포도과의 다년생 만초)은 풀이름이니 '괄루'(하눌타리)와 비슷한데, 잎이 무성하고 가늘며, 덩굴로 벋어 자란다.

육씨가 말하였다. 그 열매는 순흑색이고, '연욱'(머루)과 같지만, 먹을 수 없다. 유주 사람들은 '오복'이라 하고, 그 줄기와 잎은 삶아서 '우'(소)에게 먹여 열을 치료한다.

朱子曰 蘝 艸名 似栝樓 葉盛而細 蔓延也. 陸氏曰 其子正黑 如燕薁 不可食也. 幽州人謂之鳥服 其莖葉煮[2]以哺牛除熱.

칡덩굴이 자라 가시나무를 덮고	葛生蒙楚
가회톱 덩굴은 들판에 뻗어 있건만,	蘝蔓于野
내 님은 여기 없으니	子美亡此
그 누가 나와 함께 지내줄거나?	誰與獨處

1) 『시경』 「당풍」(唐風)의 편 이름. 진(晉)나라 헌공(獻公)이 공격과 전쟁을 좋아해, 나라 사람들이 죽는 이가 많았으므로 헌공을 풍자한 시.
2) 『모시초목조수충어소』에는 '鸒'이지만, '煮'와 통하므로 『시명다식』 원문을 따랐음.

고__苦 · 씀바귀

◈ 采荼[1]

주자가 말하였다. '고'(씀바귀)는 '고채'(씀바귀)이니, 산전과 늪 가운데에서 자라고, 서리를 맞으면 달고 연하며 맛이 좋다.

공씨가 말하였다. '고'는 '근'과 '도'(씀바귀)라는 것이다.

앞의 '도' 항목에 자세히 보인다.

朱子曰 苦 苦菜也 生山田及澤中 得霜 甜脆而美. 孔氏曰 苦 所謂菫荼也. 詳見上荼條.

씀바귀를 캐러 씀바귀를 캐러	采苦采苦
수양산 아래에 가다니,	首陽之下
남이 하는 거짓말	人之爲言
상대를 마소.	苟亦無與
듣는 척도 않고	舍旃舍旃
그렇게 여기지 않는다면,	苟亦無然
남이 거짓말 한대도	人之爲言
어찌 이루어지랴	胡得焉

1) 『시경』「당풍」의 편 이름. 참언(讒言)을 듣기 좋아한 진(晉) 헌공(獻公)을 풍자한 시.

겸__蒹 · 어린 갈대

◆ 秦 蒹葭[1]

주자가 말하였다. '겸'(어린갈대)은 '환'(물억새. 벼과의 다년초. 처음
돋은 것은 菼, 어린 것은 蒹, 다 자란 것은 萑이라 함)과 비슷한데 가늘
고, 높이가 몇 자나 되니, 또 '겸'이라고도 한다. '가'(어린갈대)는 '로'
(갈대. 벼과의 다년초)이다.

화곡 엄씨가 말하였다. '겸'은 다른 이름으로 '렴'(꽃 안 핀 물억새)이
고, 또 '적'(물억새)이라 이름하니, 같은 식물이지만 이름은 세 가지이다.

육씨가 말하였다. '겸'은 물풀이니, 단단한 열매는 '우'(소)에게 먹여서
'우'로 하여금 살지고 힘이 세게 한다. 청주(고대 九州의 하나로 지금의
山東省 일대)와 서주 사람들은 '겸'이라 하니, 연주(九州의 하나로 지금
의 河北省 및 山東省 일부)와 요동[2]에서도 통하는 말이다.

산음 육전(陸佃)이 말하였다. 지금 사람들이 이것으로 '렴박(대나 갈대
따위를 엮어 만든 발)'을 만들기 때문에 이름을 얻었다고 여긴다.

朱子曰 蒹 似萑而細 高數尺 又謂之蒹. 葭 蘆也. 華谷嚴氏曰 蒹 一名薕
又名荻 一物而三名. 陸氏曰 蒹 水艸也 堅實牛食之 令牛肥强. 青徐州人
謂之蒹 兗州遼東通語也. 山陰陸氏曰 今人以爲簾箔因以[3]得名.

어린 갈대는 푸르르고	蒹葭蒼蒼
흰 이슬 내려 서리가 되었네.	白露爲霜
바로 그이는	所謂伊人
강물 저쪽에 있건만,	在水一方
물결 거슬러 올라가 따르려 해도	遡洄從之
길이 험하고 멀어라.	道阻且長
물결 따라 내려가 따르려 해도	遡游從之
여전히 강물 가운데 있네.	宛在水中央

---

1) 『시명다식』에 '秦 蒹葭'라는 제목이 누락되었음. '겸가'는 『시경』「진풍」(秦風)의 편 이름으로, 진(秦)의 양공(襄公)이 주(周)의 땅을 획득했으면서도 주례(周禮)를 익히지 않아서 그 나라를 견고하게 할 수 없었음을 풍자한 시.
2) 요하(遼河)의 동쪽 지역. 지금의 요령성(遼寧省) 동부와 남부. 요하는 중국 동북부 지역의 남쪽에 있는 강. 길이 1,430Km.
3) 『비아』에는 '此'이지만, 『시명다식』 원문을 따랐음.

교__芘 · 당아욱

◉ 陣 東門之枌[1]

주자가 말하였다. '교'(당아욱 · 錦葵. 아욱과의 이년초)는 '비부'(笓芣)이고, 또 '형규'라 이름하기도 하며, 자주색이다.

육씨가 말하였다. '교'는 '무청'(순무 · 蔓菁)과 비슷하고, 꽃은 자록색이며, 먹을 수 있는데 약간 쓰다.

『본초』에 말하였다. '촉규'(접시꽃 · 胡葵. 아욱과의 다년초. 뿌리와 꽃은 약용함)는 '규'(아욱)와 비슷하고, 꽃은 '목근'(無窮花)과 같다. 한 종류가 있는데, 꽃이 작은 것은 '금규'라 이름하니, 바로 '형규'이다. 『이아』에서는 '교'라 하였는데, 그 꽃의 크기는 마치 오수전[2]과 같고, 분홍색이며, 자주색 실 무늬가 있다. 장우석이 "이것이 바로 '융규'이다"라 하였지만, 아닐 것이다.

『이아』에 말하였다. '교'는 '비배'이다. 『주』에 말하였다. 지금의 '형규'이니 '규'와 비슷하고, 자주색이다. 사씨가 "작은 풀이고, 꽃이 많으며, 잎은 적은데. 잎이 또 일어난다"고 하였다.

복씨가 말하였다. '비부'(笓芣)는 '자형'이니 봄철에 꽃이 피지만, 잎은 아직 나지 않고, 꽃은 자주색이며, 뿌리와 줄기로부터 위로는 서로 잇닿아 매우 **빽빽**하여 서캐(이의 알)나 알과 닮았다. 그러므로 『이아』에서

'비부'(蚍蚨 · 당아욱)라 이름하였고, 세상 사람들은 '화기'[3]라 한다.

朱子曰 茇 芘芣也 又名荊葵 紫色. 陸氏曰 茇 似蕪菁 華紫綠色 可食微苦. 本艸曰 蜀葵 似葵 花如木槿. 有一種 小花者名錦葵 卽荊葵也. 爾雅謂之茇 其花大如五銖錢 粉紅色 有紫縷文. 掌禹錫謂此卽戎葵 非矣. 爾雅曰 茇 蚍蚨. 注云 今荊葵也 似葵 紫色. 謝氏云 小艸 多華少葉 葉又翹起. 濮氏[4]曰 芘芣 紫荊[5] 春時開花 葉未生 花紫色 自根[6]及幹 而上連接甚密 有類蟻窠. 故爾雅 名蚍蚨[7] 俗曰火蟣.

좋은 아침에 놀러 가자고   穀旦于逝
여럿이들 몰려다니네.   越以鬷邁
그대 보니 당아욱 같아라.   視爾如茇
산초 한 줌을 내게 주었네.   貽我握椒

---

1) 『시경』「진풍」(陳風)의 편 이름. 유공(幽公)이 음황(淫荒)하니 풍화(風化)가 행하는 바의 옛 일을 버린 남녀가 자주 도로와 시정(市井)에 모여 춤추고 노래하였던 혼란함을 미워한 시.

2) 한(漢) 무제(武帝) 때 주조한 돈. 무게는 5수(銖 · 1냥(兩)의 1/24)였고, 앞면에 '五銖' 두 자가 새겨져 있음.

3) 『시명다식』에는 '大'이지만, 명(明) 풍부경(馮復京)의 『육가시명물소』(六家詩名物疏) 원문을 따랐음. 화기(火蟣)는 도미(酴醿)의 다른 이름으로, 장미과의 만생(蔓生) 관목. 거듭 빚어 만든 술인 도미주(酴醿酒)와 같은 색의 꽃이 피는 데서 일컬음.

4) 『시명다식』에는 '漢'이지만, 『육가시명물소』 원문을 따랐음.

5) 『시명다식』에는 '紫'이지만, 『육가시명물소』 원문을 따랐음. '자형'은 박태기나무로 콩과에 속하는 낙엽 활엽 관목. 줄기는 약재로 씀.

6) 『시명다식』에는 '相'이지만, 『육가시명물소』 원문을 따랐음.

7) 『시명다식』에는 '蜉'이지만, 『육가시명물소』 원문을 따랐음. 비부(蚍蜉)는 왕개미(말개미)를 지칭함.

저__紵 · 모시풀

◈ 東門之池[1]

　주자가 말하였다. '저'(모시풀)는 '마'(삼 · 大麻. 뽕나무과의 일년초)의
따위이다.

　육씨가 말하였다. '저'는 또한 '마'이다. 무더기로 자라 줄기는 몇십 개
이고, 묵은 뿌리가 땅속에 있어 봄이 되면 스스로 자라나니, 해마다 심지
않는다. 형주와 양주 사이에서는 한 해에 세 번 거둔다. 지금 관청의 동
산에 그것을 심어서 해마다 거듭 베지만, 베면 바로 나온다. 그 가죽을
벗기면 단단하기가 '죽'(대)과 같은데, 그 거죽을 벗기면 껍질이 두꺼워
지고 스스로 벗겨진다. 다만 그 속을 얻으면 질기기가 마치 힘줄과 같으
니, 그것을 삶아서 길쌈에 쓰고, 가는 '저'라 한다. 지금 남월(南粵. 지금
의 廣東 · 廣西 지역)에서 '저포'(모시 · 麻布. 모시풀의 껍질로 짠 피륙)
라 하면서 모두 이 '마'를 쓴다.

　『본초』에 말하였다. 지금 민[2]과 촉[3]과 강 · 절(江蘇省과 浙江省)에 많
이 있다. 그 껍질을 벗겨서 베를 짤 수 있다. 싹의 높이는 일곱 내지 여덟
자이다. 잎은 '저'(닥나무. 뽕나무과의 낙엽 관목)의 잎과 같은데 갈래가
없고, 앞면은 푸르며 뒷면은 희고, 짧은 털이 있다. 여름과 가을 사이에
가는 이삭을 맺고, 꽃은 푸르다. 그 뿌리는 연노랑색이고 가벼우며 속이

비었다. 이시진이 말하였다. '저'(모시. 쐐기풀과의 다년초)는 '가저'이다. 또 '산저'(모시풀 · 苧麻)도 있고, '야저'도 있다. 대체로 '마' 실의 가는 것으로 '전'(가는 베)을 만들고, 거친 것으로 '저'(모시 베)를 만든다.

朱子曰 紵 麻屬. 陸氏曰 紵 亦麻也. 科生數十莖 宿根在地中 至春自生 不歲種也. 荊揚之間 一歲三收. 今官園種之 歲再刈⁴⁾ 刈便生. 剝之以鐵若竹 刮⁵⁾其表 厚皮自脫. 但得其裡韌如筋者 煮⁶⁾之用緝謂之微紵. 今南越紵布 皆用此麻. 本艸曰 今閩蜀江浙多有之. 剝其皮可以績布. 苗高七八尺. 葉如楮葉 而無叉 面靑背白 有短毛. 夏秋間着細穗靑花. 其根黃白 而輕虛. 李時珍曰 苧 家苧也. 又有山苧 野苧⁷⁾. 凡麻絲之細者爲絟 粗者爲紵.

동문 밖 연못은	東門之池
모시풀 담그기 알맞아라.	可以漚紵
저 아름답고 고운 아가씨와	彼美淑姬
만나서 함께 이야기 나눌 만해라.	可與晤語

---

1) 『시경』 「진풍」의 편 이름. 군주가 음탕하고 어두움을 미워하여 현녀(賢女)로써 군자에게 짝할 것을 생각하며, 세상을 풍자한 시.
2) 월족(越族)에서 갈려 나온 소수민족의 하나. 지금의 복건성(福建省)에 거주하였음. 인신하여 복건성을 일컫는 말로 씀.
3) 지금의 산동성(山東省)에 있었던 춘추(春秋) 때 노(魯)의 땅. 또는 사천성(四川省).
4) 『모시초목조수충어소』와 『시명다식』에는 '劃'이지만, 『모시정의』와 『본초강목』 원문을 따랐음. 뒤의 '刈'도 마찬가지임.
5) 『모시정의』에는 '挾'이지만, 『모시초목조수충어소』와 『본초강목』과 『시명다식』 원문을 따랐음.
6) 『모시초목조수충어소』에는 '爲'이지만, '煮'와 통하므로 『본초강목』과 『시명다식』 원문을 따랐음.
7) 『본초강목』에는 '也'가 있지만, 『시명다식』 원문을 따랐음.

간__菅 · 띠

주자가 말하였다. '간'(띠 · 잔디 · 莎草. 벼과의 다년초)은 잎이 '모'
(띠)와 비슷한데, 반드럽고 윤이 나며, 줄기에 흰 가루가 있고, 부드럽고
질겨서 새끼줄을 만들기에 적당하다.

육씨가 말하였다. '간'은 '모'와 비슷한데, 반드럽고 윤이 나며 털이 없
다. 뿌리 아래로 다섯 치이며, 줄기에 흰 가루가 있는 것이다. 부드럽고
질겨서 새끼줄을 만들기에 적당하고, 물에 오래 담그거나 볕을 쬐면 더
욱 좋다.

『본초』에 말하였다. '간'은 다만 '모'가 산 위에 난 것이다. '백모'(띠)
와 비슷한데 길고, 가을에 들어서 싹이 터 자라난 줄기에서 꽃이 펴 이삭
을 이루면, '적'(물억새)의 꽃과 같다. 맺은 열매는 뾰족하고 검은데, 길
이는 한 푼쯤이고, 저고리에 달라붙어서 사람을 찌른다. 그 뿌리는 짧고
단단해서 가는 '죽'(대)의 뿌리와 같은데, 마디가 없고 조금 달며, 또한
약으로 쓸 수 있지만, 효과는 '백모'에 미치지 못한다. 『이아』에 "'백화'
(왕골)는 '야간'이다"라 한 것이 이것이다.

공씨가 말하였다. 「석초」에 "'백화'는 '야간'이다"라 하였고, 곽박은
"'모'의 따위이다"라 했으며, '백화'는 정현의 『모시전』(毛詩傳)에 "사람

이 들에서 '백화'를 베어서 이미 그것을 물에 오래 담갔다면 이름하기를 '간'이라 한다"고 했으니, 그렇다면 '간'이라는 것은 이미 그것을 물에 담갔던 것을 이름한 것이고, 담그지 않았다면 다만 '모'라 이름했던 것이다.

복씨가 말하였다. 『좌전』에 "비록 명주실과 삼실이 있더라도 '간괴'(띠풀)는 버리지 말지어다"[1]라고 하였으니, '괴'(기름새. 벼과의 다년초)와 '간'은 모두 '초'(갈대 이삭)를 말한 것이다. 누런 꽃이 핀 것은 세상 사람들이 누런 '망'(참억새. 띠처럼 생긴 벼과의 다년초)이라 이름하니, 바로 '괴'이고, 흰 꽃이 핀 것은 세상 사람들이 흰 '망'이라 이름하니, 바로 '간'이다.

朱子曰 菅 葉似茅 而滑澤 莖有白粉 柔韌 宜爲索也. 陸氏曰 菅 似茅 而滑澤無毛. 根下五寸中有白粉者. 柔韌宜爲索 漚及曝尤善. 本草曰 菅 茅只生山上. 似白茅而長 入秋抽莖 開花成穗如荻花. 結實尖黑 長分許 粘衣刺人. 其根短硬如細竹根 無節而微甘 亦可入藥 功不及白茅. 爾雅 所謂白華野菅 是也. 孔氏曰 釋艸云 白華野菅 郭璞曰 茅屬 白華 箋云 人刈白華於野 已漚之 名之爲菅 然則菅者已漚之名 未漚 則但名爲茅也. 濮氏曰 左傳云 雖有絲麻 無棄菅蒯 蒯與菅 皆謂苕也. 黃華者俗名黃芒 卽蒯也 白華者俗名白芒 卽菅也.

동문 밖 연못은	東門之池
띠 담그기 알맞아라.	可以漚菅
저 아름답고 고운 아가씨와	彼美淑姬
만나서 함께 속삭일 만해라.	可與晤言

1) "詩曰 雖有絲麻 無棄菅蒯. 雖有姬姜 無棄蕉萃. 凡百君子 莫不代匱. 言備之不可以已也." (시에 "비록 명주실과 삼실이 있더라도, 관괴는 버리지 말지어다. 비록 큰 나라 미녀가 있더라도, 여원 못난이를 버리지 말지어다. 무릇 모든 군자는 대신 쓰이지 못함이 없느니라"라 했다. 미리 갖춤을 그만둘 수 없다는 말이다.) 『춘추좌씨전』 「성공」(成公) 9년 조.

초__苕 · 완두

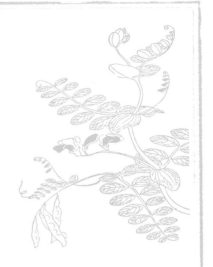

◈ 防有鵲巢[1]

　　주자가 말하였다. '초'(완두. 콩과의 식물)는 '초요'(苕饒 · 野豌豆 ·
薇. 콩과에 속하는 이년초)이니, 줄기는 '로두'(勞豆 · 들콩)와 비슷한데
가늘고, 잎은 '질려'(남가새)와 비슷한데 푸르며, 그 줄기와 잎은 녹색이
고, 날로 먹을 수 있으며, '소두'(팥)의 잎과 같다.

　　육씨가 말하였다. 유주 사람들은 '교요'라 한다.

　　『본초』에 말하였다. '교요'는 다른 이름으로 '요거', '야잠두', '소소
채'이고, 유주 사람들은 '초요'(苕搖)라 한다. 곳곳에 모두 있다. 촉 땅 사
람들은 가을에 심어서 봄에 캐고, 늙었을 때 갈아엎어서 논밭을 기름지
게 한다. 그러므로 〈벽전〉시에 "'완'(豌豆. 콩과의 일이년생 만초)의 새
싹을 다시 심고, 가을밭에 물을 대네"라 하였다. 덩굴은 '로두'(䇝豆 · 들
콩)와 비슷한데 가늘고, 잎은 처음 나온 '괴'(홰나무. 콩과의 낙엽 활엽
교목)의 싹 및 '질려'와 비슷한데 청황색이다. 3월에 작은 꽃이 피는데,
자백색이다. 꼬투리 열매를 맺는데, '완두'와 비슷하며 작다.

　　『이아』에 말하였다. '주부'(趜搖車)는 '요거'이다.

　　朱子曰 苕 苕饒也 莖如勞豆而細 葉似蒺藜而靑 其莖葉綠色 可生食 如

小豆藿也. 陸氏曰 幽州人謂之翹饒. 本草曰 翹饒 一名搖車 一名野蠶豆
一名小巢菜 幽州人謂之苕搖. 處處皆有. 蜀人秋種春采 老時耕轉壅田. 故
薛田詩云 剩種豌巢沃晚田. 蔓似䂊豆而細 葉似初生槐芽及蒺藜 而色靑
黃. 三月開小花 紫白色. 結角子似豌豆而小. 爾雅曰 柱夫 搖車.

방축에는 까치집   防有鵲巢

언덕에는 고운 완두.   邛有旨苕

누가 내 님을 속였기에   誰侜子美

내 마음 이다지도 시름겨울까? 心焉忉忉

---

1) 『시경』 「진풍」의 편 이름. 선공(宣公)이 참언(讒言)을 잘 믿어서 군자가 참소의 해를 걱정하고
   두려워한 시.

역__鷁 · 칠면초

주자가 말하였다. '역'(鷁 · 칠면초. 명아주과의 일년초)은 작은 풀이
니, 색깔이 섞여 있어 마치 인끈(印綬 · 印紱 · 印組. 관리가 몸에 지니던
印章과 그 끈 또는 인장의 끈)과 같다.

육씨가 말하였다. '역'은 다섯 가지 색으로 인끈의 무늬를 만들기 때문
에 '수초'라 한다.

『이아』에 말하였다. '역'(虉 · 타래난초. 난초과의 다년초)은 '수'이다.

안성 유씨가 말하였다. 『비아』에 "'역'은 본래 새 이름이니, 또한 '수
조'(칠면조)라 이름한다"고 하였으니, 목 아래에 마치 작은 인끈과 같은
주머니가 있고, 다섯 가지 색을 갖추었다. 이것은 '역'을 풀의 이름으로
풀이한 것을 옮긴 것이지, 어찌 그 '역'이라는 새와 비슷함을 따라서 뜻
을 얻었겠는가.

朱子曰 鷁 小艸 雜色如綬. 陸氏曰 鷁 五色作綬文 故曰綬艸. 爾雅曰 虉
綬. 安城劉氏曰 埤雅云 鷁 本鳥名 亦名綬鳥 咽下有囊如小綬 具五色. 此
傳所釋鷁艸之名 豈因其似鷁鳥 而取義乎.

뜨락 길에는 오지벽돌　　　　　中唐有甓
언덕에는 고운 칠면초.　　　　　邛有旨鷊
누가 내 님을 속였기에　　　　　誰侜予美
내 마음 이다지도 걱정스러울까?　心焉惕惕

포 _蒲 · 부들

◆ 澤陂[1]

주자가 말하였다. '포'(부들 · 香蒲. 부들과의 다년초)는 물풀이니, 자리를 만들 수 있는 것이다.

『본초』에 말하였다. '향포'(부들)는 다른 이름으로 '감포', '초석'이고, 꽃 이름은 '포황'(말린 부들의 꽃가루. 止血劑에 약용함)이다. 초봄에 새로 야들야들한 잎이 돋아나는데, 물속에서 빠져나올 때, 홍백색 무더기로 부드러운 모양이다. 그 고갱이가 땅속에 들어가 있는 것이 흰 '약'(어린 부들 · 부들의 어린 싹)이니, 크기는 숟가락 자루와 같고, 날로 먹는데, 달고 연하다. 또 식초에 담갔다가 죽순처럼 먹으면 매우 맛이 좋다. 여름이 되면, 떨기로 난 잎 가운데에서 가지를 뽑아내고, 꽃은 가지 끝을 둘러싸고 있어서, 마치 무사가 때리고 치는 데 쓰는 몽둥이와 같기 때문에 민간의 풍속에서 '포'의 몽둥이라 하고, 또한 '포악화'라 한다. 그 '포황'은 꽃 가운데 꽃술의 가루이니, 가늘기가 마치 금가루와 같아서 마땅히 피었을 때에만 바로 그것을 얻고자 해야 하는데, 저자의 가게에서는 이것에 꿀을 뒤섞어서 '과식'[2]을 만들어 판다. 이시진이 말하였다. '포'는 물가에 떨기로 나는데, '완'(왕골 · 莞草. 사초과의 일년초)과 비슷하지만 좁고, 등골뼈가 있지만 부드러우며, 8~9월에 잎을 거두어 자리를 만들고, 또한 부채를 만들

수 있는데, 부드럽고 매끄러우면서 따뜻하다.

　　朱子曰 蒲 水艸 可爲席者. 本艸曰 香蒲 一名甘蒲 一名醮石 花名蒲黃.
春初生嫩葉 出水時 紅白色茸茸然. 其中心入地白蒻 大如匕柄者 生啖之
甘脆. 又以醋浸 如食筍 大美. 至夏抽梗於叢葉中 花抱梗端 如武士棒杵
故俚俗謂之蒲槌 亦曰蒲萼花. 其蒲黃 卽花中藥屑也 細若金粉 當欲開時
便取之 市廛以蜜搜作果食貨賣. 李時珍曰 蒲 叢生水際 似莞而褊 有脊而柔 八
九月收葉以爲席 亦可作扇 軟滑而溫.

저 연못 둑에	彼澤之陂
부들과 연꽃이 있네.	有蒲與荷
아름다운 임이여	有美一人
이 아픈 가슴 어이할거나?	傷如之何
자나 깨나 하염없이	寤寐無爲
눈물만 주루룩 흘리네.	涕泗滂沱

---

1)『시경』「진풍」의 편 이름. 영공(靈公)의 군신(君臣)이 나라에서 음탕한 짓을 하니, 남녀가 서로
　좋아하여 근심하고 그리워하며 감상(感傷)한 세상을 풍자한 시.
2) 송(宋)대 음식물의 한 가지. 송(宋) 맹원로(孟元老)의『동경몽화록』(東京夢華錄)에 따르면, 칠월
　칠석에는 밀가루에 엿이나 꿀을 섞어 기름을 먹여 보조개 모양을 만들어 '과식'이라 하였는데,
　꽃 모양을 만들어 기교를 부리기도 하였음.

함담__菡萏 · 연꽃

주자가 말하였다. '함담'(연꽃)은 '하'(蓮)의 꽃이다.

『본초』에 말하였다. '함담'은 꽃봉오리가 맺혀서 아직 피지 않았다는 뜻이다.

왕언이 『연문석의』에 말하였다. '련'의 꽃이 맺혔을 때를 '함', 피었을 때를 '담'이라 한다.

앞의 '하화' 항목에 자세히 보인다.

朱子曰 菡萏 荷華也. 本艸曰 菡萏 含合未發之意. 王言 連文釋義曰 蓮花合時曰 菡 開時曰 萏. 詳見上荷華條.

저 연못 둑에	彼澤之陂
부들과 연꽃망울이 있네.	有蒲菡萏
아름다운 임이여	有美一人
훤칠하고도 의젓하셔라.	碩大且儼
자나 깨나 하염없이	寤寐無爲
엎치락뒤치락 베개에 머리만 묻네.	輾轉伏枕

장초__萇楚 · 보리수나무

◉ 檜 濕有萇楚[1]

　주자가 말하였다. '장초'(복숭아나무와 비슷하지만, 열매는 쓴 맛이 강함)는 '요익'이니 지금의 '양도'(보리수나무 · 꽃과 열매가 복숭아나무 비슷하며, 열매는 맛이 닮)이다. 열매는 '소맥'(밀)과 같고, 또한 '도'(복숭아)와 비슷하다.

　육씨가 말하였다. '장초'는 잎이 '도'(복숭아나무. 장미과의 낙엽 교목)와 같은데, 윤이 나고 뾰족하며, 길면서 좁고, 꽃은 자적색이다. 그 가지와 줄기는 약하여 한 자가 넘으면 풀 위로 덩굴져 늘어진다. 다른 이름으로 '업초'이니, 평지의 못가에 나고, 열매는 가늘어서 마치 '조'(대추)의 씨와 같으며, 싹은 나무가 될 수 없다. 지금 사람들은 '급관'이라 여기는데, 무거워서 물에 잘 가라앉으니, '양류'(버드나무)와는 같지 않다. 아래 뿌리 가까이는 칼로 그 껍질을 끊어서 뜨거운 재 속에 넣었다가 벗겨 붓을 집어넣는 대롱을 만든다.

　『본초』에 말하였다. '장초'는 다른 이름으로 '귀도', '양장', '세자'이다. 그 줄기는 크기가 손가락과 같고, 나무와 비슷하지만, 약하고 근본은 덩굴이며, 봄에 자란 어린 가지는 부드럽고 연하다. 잎 크기는 손바닥과 같은데, 위는 초록색이고 아래는 희며, 털이 있고, 모양은 '저마'(모시풀)

와 비슷한데 모여 있다. 그 가지를 물에 담그면 끈끈하고 미끄러운 즙액
이 있다.

나는 이렇게 생각한다. 도은거가 "모두 '가도'와 비슷하고, 또 '산도'
(소귀나무 · 楊梅. 소귀나무과에 속하는 상록 교목. 황적색 꽃이 피며, 열
매는 식용함)와는 다르다. 꽃은 매우 붉고, 열매는 작고 가늘며 써서 먹을
수 없다"고 하였으니, 지금 사람들이 말하는 '미후도'[2]는 아닐 것이다.

朱子曰 萇楚 銚弋 今羊桃也. 子如小麥 亦似桃. 陸氏曰 萇楚 葉如桃 而
光尖[3] 長而狹 花紫赤色. 其枝莖弱 過一尺引蔓于草上. 一名業楚 生平澤
中 子細如棗核 苗若不能爲樹.[4] 今人以爲汲灌 重而善沒 不如楊柳也. 近
下根 刀切其皮 著熱灰中脫之 可韜筆管. 本艸曰 萇楚 一名鬼桃 一名羊腸
一名細子. 其莖大如指 似樹而弱始[5]蔓 春長嫩條柔軟. 葉大如掌 上綠下白
有毛 狀似苧麻而團. 其條浸水有涎[6]滑. 學祥按 陶隱居曰 勝[7]似家桃 又
非山桃. 花甚赤 子小細而苦 不堪食. 今人謂獼猴桃非矣.

진펄에 보리수나무	隰有萇楚
그 가지 아름다워라.	猗儺其枝
싱그러운 가지 부드럽게 흔들려	夭之沃沃
세상모르고 사는 네가 부럽기만 해라.	樂子之無知

---

1) 『시경』「회풍」(檜風)의 편 이름. 나라 사람들이 그 군주가 음탕하고 방자함을 미워하고, 정욕
(情慾)이 없는 자를 그리워한 시.
2) 낙엽 덩굴 식물. 그 열매가 배와 비슷하여 미후리(獼猴梨)라고도 하는데, 원숭이가 즐겨 먹음.
식용 및 약용함.
3) 『모시초목조수충어소』에는 '如桃而光尖'이 없지만, 『시명다식』 원문을 따랐음.
4) 『모시초목조수충어소』에는 '一名業楚 生平澤中 子細如棗核 苗若不能爲樹'가 없지만, 『시명다

식」원문을 따랐음. '一名業楚'는 출전을 확인할 수 없었고, '生平澤中 子細如棗核 苗若不能爲
樹'는 『본초강목』 중 한보승의 설명에 포함되어 있음. 따라서 이 부분은 여러 서적을 착간(錯
簡)한 부분임.

5) 『본초강목』에는 '如'이지만, 『시명다식』 원문을 따랐음.

6) 『시명다식』에는 '延'이지만, 『본초강목』 원문을 따랐음.

7) 『본초강목』에는 '甚'이지만, 『시명다식』 원문을 따랐음.

랑___稂 · 가라지조

◈ 曺 下泉[1]

주자가 말하였다. '랑'(가라지조. 농작물을 해치는 잡초)은 '동량'이니 '유'(강아지풀 · 狗尾草. 벼과의 일년초)의 따위이다.

육씨가 말하였다. '화'(벼)와 '서'(기장)가 패서 이삭이 되어서도 여물지 못하고, 들쭉날쭉 가지런하지 않고 뒤섞인 듯한 것을 '동량'이라 이른다. 지금 사람들이 '숙전옹'이라 하고, 어떤 사람은 '수전'이라 한다.

『본초』에 말하였다. '랑'은 다른 이름으로 '동량', '랑아'이다. 물풀이 자라는 땅에 나고, '모'(띠)와 비슷한데 이삭을 만든다. 줄기와 잎과 이삭과 낟알은 '속'(조)과 아울러 같은데, 이삭의 색은 자황색이고, 털이 있다. 흉년에는 또한 캐서 먹을 수도 있다.

『이아』에 말하였다. '우'는 '랑미'이다. 『주』에 말하였다. '모'와 비슷하고, 지금 사람들은 또한 이것으로 지붕을 덮는다.

나는 이렇게 생각한다. 『이아』에서 또 '랑'은 '동량'이라 하였고, 그 『주』에 '우'는 '랑미'라는 항목도 함께 있어서, 서로 같지 않은데, 『본초』는 둘을 합하여 풀이하였으니, '랑'에 대해서는 매우 의심할 만하다.

朱子曰 稂 童粱 莠屬也. 陸氏曰 禾黍[2]秀爲穗 而不成 崱[3]擬然謂之童

粱 今人謂之宿田翁 或謂之守田. 本艸曰 稂 一名蕫童粱[4] 一名狼芽. 生澤地[5] 似[6]茅作穗. 莖葉穗粒并如粟 而穗色紫黃 有毛. 荒年亦可採食. 爾雅曰 孟 狼尾. 注云 似茅 今人亦以覆屋. 學祥按 爾雅 又有稂童粱 其注 與孟狼尾条 不同 而本艸 則合以釋之 於稂甚可疑也.

차가운 저 샘물 흘러내려	冽彼下泉
가라지조 포기를 적시네.	浸彼苞稂
잠만 깨면 '휴우' 한숨	愾我寤嘆
저 주나라 서울을 생각하네.	念彼周京

---

1) 『시경』「조풍」(曹風)의 편 이름. 조인(曹人)이 공공(共公)의 학정(虐政)을 보고 훌륭한 임금을 그리며 읊은 시.
2) 『모시초목조수충어소』에는 '黍'가 없지만, 『시명다식』 원문을 따랐음.
3) 『시명다식』에는 '則'이지만, 『모시초목조수충어소』 원문을 따랐음.
4) 『본초강목』에는 '蓈'이지만, 『시명다식』과 『이아』 원문을 따랐음.
5) 『시명다식』에는 '池'이지만, 『본초강목』 원문을 따랐음.
6) 『시명다식』에는 '以'이지만, 『본초강목』 원문을 따랐음.

시 _著·톱풀

　주자가 말하였다. '시'(톱풀·蓍草. 국화과의 다년초)는 점치는 풀이다.
　육씨가 말하였다. '뢰소'(쑥·苹)와 비슷하고, 푸른색이며, 무더기로
자란다.
　『본초』에 말하였다. 그것이 나면 '호'(쑥)와 같고, 높이는 대여섯 자이
며, 한 뿌리에 많은 것은 삼십에서 오십 줄기에 이르는데, 나면서 가지가
곧아서 여러 '호'와는 다르다. 가을 뒤에 꽃이 피니, 가지 끝의 위에서 나
오는데, 홍자색이고, 모양은 '국'(菊花. 국화과의 다년초)과 같으며, 맺은
열매는 '애'(쑥)의 열매와 같다. 그 줄기를 점대로 만들어 써서 길함과 흉
함을 알았기 때문에 신령스러운 물건이라 하는 것이다. 『사기』에 "'시'가
나서 백 줄기에 찬 것은 그 아래에 영험한 '구'(거북)가 있어 그것을 지키
고, 위에는 푸른 구름이 있어 그것을 덮는다"[1]고 했다.

朱子曰 蓍 筮艸也. 陸氏曰 似藾蕭 靑色 科生. 本草曰 其生如蒿 高五六
尺 一本多者至三五十莖 生便條直 異於衆蒿. 秋後有花 出枝端上 紅紫色
形如菊 結實如艾實. 用其莖爲筮 以知吉凶 故謂之神物. 史記云 蓍滿百莖
者 其下有神龜守之 上有靑雲覆之.

차가운 저 샘물 흘러내려   冽彼下泉

톱풀 포기를 적시네.   浸彼苞蓍

잠만 깨면 '휴우' 한숨   愾我寤嘆

저 주나라 서울을 생각하네. 念彼京師

---

1) 『사기』 「열전」(列傳) 제68 〈구책열전〉(龜策列傳).

환__萑 · 물억새

◆ 豳 七月[1]

주자가 말하였다. '환'(물억새)과 '위'(갈대)는 바로 '겸가'(갈대)이다.

공씨가 말하였다. 처음 생겨난 것은 '담'(어린 물억새)이라 하고, 크게 자란 것은 '완'(어린 억새)이라 하며, 여물면 '환'이라 한다.

앞의 '가'(어린 갈대) 항목에 자세히 보인다.

朱子曰 萑葦 卽蒹葭也. 孔氏曰 初生者菼 長大者爲薍 成則爲萑. 詳見上葭条.

칠월에 화성이 서쪽으로 기울면	七月流火
팔월엔 물억새와 갈대를 벤다네.	八月萑葦
누에 치는 삼월엔 뽕나무 가지를 치네.	蠶月條桑
도끼를 가져다가	取彼斧斨
멀리 뻗은 가지 쳐내고	以伐遠揚
어린 가지 휘어잡아 잎만 따내네.	猗彼女桑
칠월에는 때까치 울고	七月鳴鵙
팔월에는 길쌈을 하네.	八月載績

검은 천 누런 천을 짰네.   載玄載黃

제일 고운 붉은 천으론   我朱孔陽

공자님 바지를 지어 드려야지.   爲公子裳

---

1) 『시경』「빈풍」(豳風)의 편 이름. 주공(周公)이 변(變)을 만났기 때문에 후직(后稷)과 선공(先公)의 풍화(風化) 및 왕업(王業)을 이룩하기 어려웠음을 말한 시.

요___蓼 · 애기풀

주자가 말하였다. '요'(秀蓼 · 遠志)는 풀이름이다.

『본초』에 말하였다. '요요'(애기풀. 山地에 나는 다년초. 줄기와 잎은 靈神草라 하며, 강장 및 거담제에 약용함)는 다른 이름으로 '원지'(애기풀 · 영신초. 뿌리는 補精壯陽劑에 약용함), '극원'(棘菀), '세초'이다. 뿌리 모양은 '호'(쑥)의 뿌리와 같고, 노란색이다. 싹은 '마황'(마황과의 상록 관목 또는 마황의 줄기. 發汗 · 利尿 등에 약용함)과 비슷한데 푸르고, 또 '필두'(蓽豆)와 같다. 잎은 또한 '대청'과 비슷한데 작다. 3월에 흰 꽃이 핀다. 뿌리 길이는 한 자에 이른다. 이시진이 말하였다. '원지'에는 잎이 큰 것과 작은 것의 두 종류가 있는데, 잎이 큰 것은 꽃이 붉다.

『이아』에 말하였다. '요요'는 '극원'(蕀菀 · 애기풀 · 원지 · 蕀苑)이다. 『주』에 말하였다. 지금의 '원지'이다. '마황'과 비슷하고, 꽃은 붉으며, 잎은 뾰족하고 노란색인데, 그 위는 '소초'라 한다.

『시집』에 말하였다. 4월에는 양기가 땅위에 지극하고 미음(陰氣가 처음 생기는 음력 5월)은 이미 땅 아래에 배어 있는데, '요'는 그것을 느껴서 일찍 꽃을 피운다.

朱子曰 葽 艸名. 本艸曰 葽繞 一名遠志 一名棘菀 一名細草. 根形如蒿
根 黃色. 苗似麻黃而靑 又如畢豆. 葉亦有似大靑 而小者. 三月開白花. 根
長及一尺. 李時珍曰 遠志有大葉小葉二種 大葉者花紅. 爾雅曰 葽繞 棘菀. 注
云 今遠志也. 似麻黃 赤花 葉銳而黃 其上謂之小艸. 詩緝曰 四月陽氣極
于上 而微陰已胎于下[1] 葽感之 而早秀.

사월에 애기풀 이삭 나고	四月秀葽
오월엔 매미가 울어,	五月鳴蜩
팔월에 곡식 거둬들이면	八月其穫
시월엔 나뭇잎 떨어지네.	十月隕蘀
동짓달에 오소리 잡으러 가선	一之日于貉
여우랑 살쾡이 잡아다	取彼狐貍
우리 공자님 갖옷을 지어야지.	爲公子裘
섣달에도 여럿이 사냥 나가선	二之日其同
무술 솜씨를 익혀,	載纘武功
작은 돼지 잡은 건 내가 가지고	言私其豵
큰 돼지 잡은 건 임금님께 드리리라.	獻豜于公

---

1) 『시집』에는 '微陰已受胎于下'이지만, 『시명다식』 원문을 따랐음.

욱__薁 · 머루

　주자가 말하였다. '욱'(머루 · 野葡萄. 포도과의 낙엽 만목)은 '영욱'(머루 · 산포도. 포도과의 낙엽 만초)이다.

　『본초』에 말하였다. '영욱'은 다른 이름으로 '연욱', '영설', '산포도'(머루), '야포도'(머루)이고, 덩굴의 이름은 '목룡'이다. 숲과 마을 사이의 들에 저절로 나서 자라고, 또한 꽂아 심어서 기를 수도 있다. 덩굴과 잎과 꽃과 열매는 '포도'와 더불어 다르지 않다. 그 열매는 작고 둥글며, 색이 진한 자주색은 아니다. 조금 시고, 또한 술을 만들 수 있다.

　공씨가 말하였다. '영욱'이라는 것은 또한 '울'(산앵두. 장미과의 열매)의 종류이면서 조금 다르다. 〈진궁각명〉에 "화림원[1] 안에는 '차하리'(薁李 · 郁李) 삼백열네 그루가 있고, '욱리'(산앵두나무 · 郁李) 한 그루가 있다"고 하였는데, '차하리'는 바로 '울'이고, '욱리'는 바로 '욱'이니, 두 가지는 서로 비슷하고 같은 때에 익는다.

朱子曰 薁 蘡薁也. 本艸曰 蘡薁 一名燕薁 一名嬰舌 一名山葡萄 一名野葡萄 藤名木龍. 野生林墅間 亦可挿植. 蔓葉花實與葡萄[2]無異. 其實小而圓 色不甚紫. 微酸 亦堪爲酒. 孔氏曰 蘡薁[3]者 亦是鬱類 而小別. 晉宮閣

銘云 華林園有車下李三百一十四株 蘡李一株. 車下李 卽鬱 蘡李 卽蘡 二
者相類 而同時熟.

유월에는 팥배랑 머루랑 따 먹고	六月食鬱及薁
칠월에는 아욱이랑 콩이랑 삶아 먹네.	七月亨葵及菽
팔월에는 대추를 떨고	八月剝棗
시월에는 벼를 베어,	十月穫稻
봄맞이 술을 담아	爲此春酒
노인들 오래 사시길 비네.	以介眉壽
칠월에는 오이 따 먹고	七月食瓜
팔월에는 박을 따며	八月斷壺
구월에는 삼씨를 줍네.	九月叔苴
씀바귀 캐고 가중나무 찍어다가	采荼薪樗
우리 농부들 먹여 보세.	食我農夫

---

1) 하남성(河南省) 낙양현(洛陽縣) 옛 낙양성(洛陽城) 안에 있던 동산. 본래 동한(東漢) 때는 방림
원(芳林園)이었는데, 위(魏)의 명제(明帝) 때 동산의 가운데에 흙산을 세우고, 둑을 쌓아 연못을
만들었음. 제왕(齊王) 방(芳)이 즉위하자, 이를 휘(諱)하여 화림(華林)이라 고쳐 불렀음.
2) 『시명다식』에는 '桃'이지만, 『본초강목』 원문을 따랐음.
3) 『모시정의』에는 '薁蘡'이지만, 『시명다식』 원문을 따랐음.

도 __茶 · 물억새 이삭

◆ 鴟鴞[1]

주자가 말하였다. '도'(물억새(荻)의 이삭)는 '환'(물억새)의 이삭이니, 둥지에 깔 수 있는 것이다.

공씨가 말하였다. '완'(어린 억새)은 '환'이라 하니, '환'의 이삭은 '완'의 이삭이 나오고 꽃이 핀 것이다.

나는 이렇게 생각한다. 『시경』에서 '도'를 말한 것은 모두 일곱 군데이니, 「패풍」(邶風) 〈곡풍〉(谷風)의 "누가 '도'를 쓰다고 했나"와 「빈풍」(豳風) 〈칠월〉(七月)의 "'도'를 캐고 '저'[2]를 찍어다가"와 「대아」(大雅) 〈면〉(緜)의 "'근'이나 '도'도 엿같이 달아라"와 「대아」 〈상유〉(桑柔)의 "도독[3]을 편안히 여기도다"는 '고채'(씀바귀)이다. 「정풍」(鄭風) 〈출기동문〉(出其東門)의 "여인들이 '도'와 같아라"는 '모'(띠)의 꽃이다. 「빈풍」 〈치효〉(鴟鴞)의 "내 '도'를 뽑아오고"는 '환'의 이삭이다. 「주송」(周頌) 〈양사〉(良耜)의 "'도'와 '료'를 뽑아내네"는 '위엽'(잡초)이다.

朱子曰 茶 萑苕 可藉巢者也. 孔氏曰 亂爲萑 萑苕爲亂之秀穗. 學祥按 詩之言茶 凡七 而誰謂茶苦 採茶薪樗 菫茶如飴 寧爲茶毒 苦菜也. 有女如茶 茅秀也. 予所捋茶 萑苕也. 以薅茶蓼 委葉也.

내 손이 다 닳도록	予手拮据
내 물억새 이삭 뽑아 오고	予所捋荼
내 띠풀 깔아 자리 만들었네.	予所蓄租
내 입이 부르트도록 일한 것도	予口卒瘏
내 아직 집이 없어서라네.	曰予未有室家

---

1) 『시경』「빈풍」의 편 이름. 주공(周公)이 난(亂)을 구원한 시.
2) 가죽나무. 소태나무과의 낙엽 활엽 교목. 독특한 냄새가 나고, 여름에 백록색(白綠色) 꽃이 핌.
   쓸모없는 사람이나 물건의 비유.
3) 고통. 또는 고통을 주거나 해침의 비유.

과라__果蠃·하눌타리

◉ 東山[1]

주자가 말하였다. '과라'(하눌타리·王瓜. 박과의 다년생 만초)는 '괄루'(하눌타리)이다.

『본초』에 말하였다. '과라'는 다른 이름으로 '과루', '천과', '황과'(오이·胡瓜), '지루', '택고'이다. 싹이 나서 '등'(등나무. 콩과의 낙엽 활엽 만목)처럼 줄기가 가늘게 널리 퍼져 길게 뻗친다. 잎은 '첨과'(참외·甘瓜·眞瓜. 박과에 속하는 일년생 만초)의 잎과 같은데 좁고, 갈래졌으며, 가는 털이 있다. 7월에 꽃이 피면 '호로'(조롱박·호리병박·葫蘆. 박과의 일년생 만초)의 꽃과 비슷하고, 옅은 노란색이다. 맺은 열매는 꽃 아래에 있는데, 크기는 주먹과 같고, 생겨나면 푸르다가 9월에 이르면 익어서 적황색이다. 그 모양에는 정확하게 둥근 것도 있고, 뾰족하게 긴 것도 있다.

공씨가 말하였다. 다른 이름으로 '천과'이다. 잎은 '과'(오이. 박과의 일년생 채소. 참외·수박·오이 등의 총칭)의 잎과 같은데, 모양은 둘씩 마주나서 덩굴로 벋어 자라고, 청흑색이며, 6월에 꽃이 피고, 7월에 열매를 맺으면 '과판'(오이씨)과 같다.

朱子曰 果蠃 栝樓也. 本艸曰 果蠃 一名瓜蔞 一名天瓜 一名黃瓜 一名地樓 一名澤姑. 生苗 引藤蔓. 葉如甜瓜葉而窄 作叉 有細毛. 七月開[2]花似壺蘆花 淺黃色. 結實在花下 大如拳 生靑 至九月熟 赤黃色. 其形有正圓者 有銳而長者. 孔氏曰 一名天瓜. 葉如瓜葉 形兩兩相[3]値蔓延 靑黑色六月華 七月實 如瓜瓣.

내 동산에 끌려가	我徂東山
오래도록 돌아오지 못했지.	慆慆不歸
내가 동쪽에서 돌아오던 날은	我來自東
부슬부슬 비가 내렸지.	零雨其濛
하눌타리 열매가	果蠃之實
처마 밑까지 뻗어 있고,	亦施于宇
쥐며느리가 방 안에	伊威在室
갈거미가 문간에 있는 그곳	蠨蛸在戶
집 근처 빈터는 사슴 놀이터 되고	町畽鹿場
밤길에 반딧불이 반짝이던 그곳	熠燿宵行
두려울 게 없어라.	不可畏也
끝없이 끝없이 그립기만 해라.	伊可懷也

---

1) 『시경』 「빈풍」의 편 이름. 원정군(遠征軍)의 귀향(歸鄕)을 읊었음.
2) 『시명다식』에는 '間'이지만, 『본초강목』 원문을 따랐음.
3) 『모시정의』에는 '拒'이지만, '相'과 통하므로 『시명다식』 원문을 따랐음.

150

평__苹 · 맑은대쑥

◆ 小雅 鹿鳴[1]

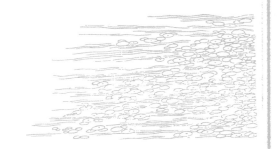

주자가 말하였다. '평'(맑은대쑥 · 개제비쑥 · 국화잎쑥 · 개쑥. 국화과의 다년초)은 '뢰소'(쑥)이니, 푸른색이고, 줄기는 희며, 마치 젓가락과 같다.

육씨가 말하였다. 줄기는 젓가락과 비슷한데 가볍고 무르며, 갓 나온 것은 향기롭고 날로 먹을 수 있으며, 또 쪄서 먹을 수도 있다.

『본초』에 말하였다. 물과 뭍에서 나는 두 종류가 있다. 생김새는 서로 비슷하나, 다만 뭍에서 나는 것은 매운 맛과 향기로움이 물에서 나는 것의 향기와 좋은 맛에 미치지 못한다. '평'은 바로 뭍에서 나는 '파호'(흰쑥)이니, 세상 사람들이 '애호'(쑥)라 부르는 것이 이것일 것이다. '록'(사슴)은 독을 풀어 없애는 아홉 종류의 풀을 먹는데, '백호'(흰쑥)는 그 중의 하나이다.

朱子曰 苹 藾蕭也 靑色 白莖如箸[2]. 陸氏曰 莖似箸 而輕脆 始生香可生食 又可蒸食. 本艸曰 有水陸二種. 形狀相似 但陸生辛薰 不及水生香美. 苹 卽陸生蟠蒿 俗呼艾蒿 是矣. 鹿食九種鮮毒之草 白蒿其一也.

끼륵끼륵 사슴이 울며	呦呦鹿鳴
들판에서 맑은대쑥을 뜯네.	食野之苹
내게 반가운 손님 오셔서	我有嘉賓
비파 타고 생황을 부네.	鼓瑟吹笙
생황을 불어 함께 즐기며	吹笙鼓簧
광주리를 바쳐 폐백 드리네.	承筐是將
손님께서 나를 좋아하여	人之好我
바르고 큰 길을 보여주시네.	示我周行

---

1) 『시경』 「소아」의 편 이름. 군신(群臣)과 빈객(賓客)을 연향(宴饗)하는 시.
2) 규장각본 『시명다식』에는 '筋'이지만, 소창문고본 『시명다식』 원문을 따랐음.

호__蒿 · 쑥

주자가 말하였다. '호'(쑥)는 '긴'(제비쑥. 국화과의 다년초)이니, 바로 '청호'이다.

육씨가 말하였다. '호'는 '청호'이니, 향기로운 가운데 구워서 먹는데, 형주와 예주의 사이와 여남[1]과 여음(安徽省 阜陽縣)에서는 모두 '긴'이라 한다.

『본초』에 말하였다. '청호'는 다른 이름으로 '초호', '방궤', '신호'[2], '향호'이다. 줄기는 거칠고 마치 손가락과 같으며, 부드럽고 살졌으며, 줄기와 잎은 색이 모두 짙은 푸른색이다. 그 잎은 '인진'(더위지기 · 사철쑥 · 茵陳 · 茵蔯蒿. 국화과의 다년초. 줄기와 잎은 약용함)과 조금 비슷하고 앞뒷면이 함께 푸르다. 그 뿌리는 희고 단단하다. 7~8월 사이에 가늘고 노란 꽃이 피는데 매우 향기롭다. 맺은 열매는 크기가 '마자'(삼씨)와 같고, 속에는 가는 씨앗이 있다.

朱子曰 蒿 菣也 卽靑蒿也. 陸氏曰 蒿 靑蒿也 香中炙啖 荊豫之間 汝南 汝陰 皆云菣也. 本艸曰 靑蒿 一名草蒿 一名方潰 一名犰蒿 一名香蒿. 莖 粗如指 而軟肥 莖葉色并深靑 其葉微似茵蔯 而面背俱靑. 其根白硬. 七

八月間³⁾開細黃花頗香. 結實大如麻子 中有細子.

끼륵끼륵 사슴이 울며	呦呦鹿鳴
들판에서 쑥을 뜯네.	食野之蒿
내게 반가운 손님 오셔서	我有嘉賓
덕스런 그 말씀 들을수록 밝아라.	德音孔昭
백성들 보기를 두터이 하니	視民不恌
군자들도 우러러 본받고 배우네.	君子是則是傚
내게 맛있는 술 있어	我有旨酒
반가운 손님과 마시며 즐기리.	嘉賓式燕以敖

---

1) 군(郡) 이름. 한(漢) 때 두었음. 청(淸)대 하남성(河南省) 여녕(汝寧)·진주(陳州) 두 부(府)와 안휘성(安徽省) 영주부(潁州府) 등의 경계가 모두 그 땅임. 지금 하남성(河南省) 여남현(汝南縣) 동남쪽에 있음.

2) 제비쑥(草蒿)의 다른 이름. 그 냄새가 '신'의 냄새와 같아 이르는 말. '신'은 '환'(貛·너구리)의 일종. 털빛은 누렇고 냄새가 나며, 늪 같은 데서 쥐 등을 잡아먹고 삶.

3) 『본초강목』에는 '間'이 없지만, 『시명다식』 원문을 따랐음.

금__쪽 · 닭의장풀

주자가 말하였다. '금'(닭의장풀. 닭의장풀과의 풀)은 풀이름이니, 줄기는 마치 비녀의 두 갈래 가지와 같고, 잎은 '죽'(대)과 같으며, 덩굴로 자란다.

육씨가 말하였다. 늪 가운데나 메마른 땅이나 소금기가 많은 땅에 나서 사는 풀로, 그 열매는 '우'(소)와 '마'(말)가 또한 즐겨 먹는다.

朱子曰 苳 草名 莖如釵股 葉如竹 蔓生. 陸氏曰 生澤中下地鹹處爲草 其實牛馬亦喜食之[1].

끼륵끼륵 사슴이 울며	呦呦鹿鳴
들판에서 닭의장풀을 뜯네.	食野之苳
내게 반가운 손님 오셔서	我有嘉賓
비파와 거문고 타며 함께 즐기네.	鼓瑟鼓琴
비파와 거문고 타며 함께 즐기니	鼓瑟鼓琴
서로 어울려 즐거움 끝없어라.	和樂且湛
내게 맛있는 술 있어	我有旨酒

손님의 마음 즐겁게 하리.　　　　　　以燕樂嘉賓之心

---

1) 『모시초목조수충어소』에는 '眞實牛馬皆喜食之'이지만, 『시명다식』 원문을 따랐음.

대__臺 · 향부자

◉ 白華 南山有臺[1]

주자가 말하였다. '대'(香附子 · 莎草)는 '부수'이니, 바로 '사초'이다.

육씨가 말하였다. 옛 설명에 "'부수'는 '사초'이니 도롱이와 삿갓을 만들 수 있다. 「소아」〈도인사〉에서도 '대'로 만든 삿갓에 치포관(緇布冠)[2]이로다"라 했다. 어떤 사람이 "'대'는 풀 중에 껍질이 튼튼하고, 가늘며 매끄럽고, 촘촘해서 우산을 만들 수 있는데, 남산[3]에 많이 있다"고 하였다.

『본초』에 말하였다. '사초'는 다른 이름으로 '작두향', '초부자', '수향릉', '수파극', '수샤', '후샤', '사결', '속근초', '지뢰근', '지모'이고, 뿌리의 이름은 '향부자'이다. 잎은 늙은 '구'(부추)의 잎과 같은데 단단하고, 윤이 나며, 칼등의 모서리 같은 것이 있다. 5~6월에 가운데에서 줄기 하나가 싹터 자라나는데, 세모졌고 속이 비었으며, 줄기 끝에서 몇 개의 잎이 다시 나온다. 푸른 꽃이 피고 이삭을 이루면 '서'(기장)와 같으며, 속에는 가는 씨앗이 있다. 그 뿌리에 수염이 있고, 수염 아래로 열매한두 개를 맺는데, 서로 함께 널리 퍼져 자라고, 열매 겉에는 가늘고 검은 털이 있으며, 큰 것은 '양조'(고욤 · 小柿 · 紅樗棗. 고욤나무의 열매)와 같지만 양쪽 끝이 뾰족하다.

내가 조사해보건대, 『이아』에 '대'와 '후사'는 풀이가 다르다.

朱子曰 臺 夫須 卽莎艸也. 陸氏曰 舊說 夫須 莎艸也. 可爲簑笠. 都人士云 臺笠緇撮. 或云 臺 艸有皮堅細滑緻可爲簑笠 南山多有. 本艸曰 莎艸 一名雀頭香 一名艸附子 一名水香棱[4] 一名水巴戟 一名水莎 一名侯莎 一名莎結 一名續根艸 一名地賴根 一名地毛 根名香附子. 葉如老韭葉而硬光澤有劍脊棱. 五六月中抽一莖 三棱中空 莖端復出數葉. 開靑花成穗如黍中有細子. 其根有鬚 鬚下結子一二枚 轉相延生 子上有細黑毛 大者如羊棗 而兩頭尖. 學祥按 爾雅 臺侯[5]莎 異釋.

남산에는 향부자가 있고	南山有臺
북산에는 명아주가 있네.	北山有萊
즐거워라 군자여	樂只君子
나라의 바탕이로다.	邦家之基
즐거워라 군자여	樂只君子
오래 오래 사시기를.	萬壽無期

---

1) 『시경』「소아」(小雅)의 편 이름. 나라를 잘 다스려 태평(太平)의 기초를 세울 수 있는 현자(賢者)를 얻음을 즐거워한 시.
2) 치포(緇布). 사(士)와 서인(庶人)이 상용하던 관의 한 가지. 관례(冠禮)를 행할 때 처음에 이 관을 쓰고, 다음에 피변(皮弁)과 작변(爵弁)을 썼음. '撮'은 '잡는다'는 뜻으로, 크기가 작아서 겨우 상투를 잡아맬 만하다는 데서 이르는 말.
3) 종남산(終南山). 주남산(周南山). 섬서성(陝西省) 장안(長安)의 남쪽에서 동서로 뻗어 있는 산.
4) 『시명다식』에는 '稜'이지만, 『본초강목』 원문을 따랐음.
5) 『시명다식』에는 '候'이지만, 『본초강목』 원문을 따랐음.

래__菜 · 명아주

　주자가 말하였다. '래'(명아주. 명아주과의 일년초)는 풀이름이니, 잎이 향기롭고 먹을 수 있는 것이다. 연주 사람들은 쪄서 먹을 수 있게 만들고, '래증'(명아주의 잎을 찐 것)이라 한다.

　『본초』에 말하였다. '래'는 다른 이름으로 '려', '홍심회조'(명아주 · 紅心草), '학정초', '연지채'(염주덩굴 · 落葵)이다. 어릴 때에 또한 먹을 수 있기 때문에 옛 사람들이 "려곽(명아주 잎과 콩 잎. 보잘 것 없는 반찬의 비유)과 고량(膏粱珍味. 기름진 고기와 좋은 곡식으로 만든 맛있는 음식)은 서로 같지 않다"고 하였다. 늙으면 줄기는 지팡이를 만들 수 있다.

　朱子曰 萊 艸名 葉香可食者也. 陸氏曰 兗州人蒸以爲茹謂之萊蒸. 本草曰 萊 一名藜 一名紅心灰藋 一名鶴頂艸 一名臙脂菜. 嫩時亦可食 故昔人謂藜藿與膏粱不同. 老則莖可爲杖.

아__莪 · 다북쑥

◆ 彤弓 菁菁者莪[1]

주자가 말하였다. '아'(다북쑥 · 莪蒿. 국화과의 다년초)는 '라호'(蘿蒿)이다.

육씨가 말하였다. '아'는 '호'(쑥)이니 다른 이름으로 '라호'이다. 습기가 많은 밭이나 지대가 낮아서 습한 곳에 난다. 잎은 '사호'와 비슷하나 가늘고, 3월경에 무더기로 난다. 줄기는 날로 먹을 수 있고, 또 쪄서 먹을 수도 있는데, 향기롭고 맛이 좋으며, 맛은 '루호'(물쑥)와 매우 비슷하다. 다만 맛이 '마'(삼)의 맛을 띠어서 '루호'의 향기나 단 맛과 같지 않다.

『본초』에 말하였다. '라호'는 다른 이름으로 '아호', '림호', '포낭호'이다. 뿌리가 품었다 떨기로 나기 때문에 포낭[2]이라 한다. 높은 산 등성이에 나고, '소계'(조뱅이. 국화과의 월년생 풀 또는 그 풀을 말린 약재. 止血劑 · 解毒劑에 약용함)와 비슷하며, 묵은 뿌리는 온갖 풀보다 앞선다.

『이아』에 말하였다. '아'는 '라'이다. 『주』에 말하였다. 지금의 '아호'이다.

朱子曰 莪 蘿蒿也. 陸氏曰 莪 蒿也 一名蘿蒿. 生澤田漸洳之處. 葉似邪

蒿而細 科生三月中. 莖可生食 又可蒸食 香美 味頗似蔞蒿. 但味帶麻 不
似蔞蒿香甘. 本草日 蘿蒿 一名莪蒿 一名䕲蒿 一名抱娘蒿. 抛[3]根叢生 故
日抱娘. 生高岡 似小薊 宿根先於百艸. 爾雅日 莪 蘿. 注云 今莪蒿也.

무성한 다북쑥이	菁菁者莪
저 언덕에 자랐네.	在彼中阿
군자를 만나보니	旣見君子
즐겁고도 예의 바르네.	樂且有儀

---

1) 『시경』「소아」의 편 이름. 군자가 인재(人材)를 키우고 길러서 천하가 기뻐하고 즐거워함을 읊
은 시.
2) 땅 속의 뿌리에서 줄기와 잎이 무더기로 자라나는 것을 보고, 아녀자가 자식을 품고 있다 출산
하는 것에 비유하여 일컫게 된 명칭임.
3) 『시명다식』에는 '謂'이지만, 『본초강목』원문을 따랐음.

기__芑 · 이고들빼기

◆ 采芑[1]

　주자가 말하였다. '기'(국화과의 식물)는 쓴 나물이니, 청백색이고, 그 잎을 따면 흰 즙이 나오는데, 살져서 날로 먹을 수 있고, 또한 쪄서 먹을 수도 있으니, 바로 지금의 '고속채'로, 말먹이에도 마땅하다.

　육씨가 말하였다. 청주에서는 '기'라 하고, 서하(晉 때 河西 및 荊襄 일대) 안문[2]의 '기'는 더욱 맛이 좋아서 본토박이들이 그것을 그리워하여 국경을 나오지 않는다.

　朱子曰 芑 苦菜也 青白色 摘其葉 有白汁出 肥可生食 亦可蒸爲茹 卽今 苦藚菜 宜馬食. 陸氏曰 青州謂之芑 西河鴈門 芑尤美 土[3]人戀之不出塞.

이고들빼기를 뜯세, 이고들빼기를 뜯세.	薄言采芑
새 밭에서 뜯고	于彼新田
묵은 밭에서도 뜯세.	于此菑畝
방숙 장군께서 납시어	方叔涖止
그의 병거 삼천 대로	其車三千
군사들을 훈련하네.	師干之試

방숙 장군께서 이들 이끄시고	方叔率止
네 마리 말이 끄는 수레를 타셨는데	乘其四騏
검푸른 네 마리 말이 가지런해라.	四騏翼翼
붉은 가죽 수레에	路車有奭
대자리로 가리개하고 해달 가죽 화살통,	簟茀魚服
말띠엔 고리 달고 말고삐엔 장식 달았네.	鉤膺鞗革

---

1) 『시경』 「소아」의 편 이름. 선왕(宣王)이 남쪽 지방 정벌한 것을 읊은 시.

2) 관(關)의 이름. 산서성(山西省) 대현(代縣)의 서북쪽. 안문산(雁門山)의 위에 있음.

3) 『시명다식』에는 '胡'이지만, 『모시초목조수충어소』 원문을 따랐음.

축__蓫 · 소리쟁이

◉ 祁父 我行其野[1]

주자가 말하였다. '축'(蓫 · 소리쟁이 · 羊蹄草. 여뀌과의 다년초)은 '우퇴'이니, 나쁜 나물이고, 지금 사람들은 '양제채'(牛舌菜)라 한다.

육씨가 말하였다. '려'(꼭두서니 · 茹藘)나 '복'(무 · 蘆菔)과 비슷한데 줄기가 붉다. 데쳐서 먹을 수 있는데, 부드럽고 맛이 좋으니, 많이 먹으면 사람으로 하여금 마음을 진정시킨다. 유주 사람들은 '축'(蓫)이라 한다.

『본초』에 말하였다. '축'(蓄. 겨우살이용으로 저장한 채소)은 육기의 『주』에 "'축'(蓄)이 바로 '축'(蓫)이다"라 했다. 다른 이름으로 '수채', '패독채', '우설채', '양제대황', '귀목', '동방숙', '연충륙', '수황근'이고, 열매의 이름은 '금교맥'이다. 물 근처와 습한 땅에 매우 많다. 잎의 길이는 한 자 남짓이고, '우'(소)의 혀 모양과 비슷하지만, '파릉'(시금치)과 비슷하지는 않다. 여름이 되면, 장다리(채소 따위의 꽃이 달린 줄기)가 솟아서 꽃이 피고 열매를 맺는데, 꽃잎은 한 가지 색이다. 하지(1년 중 낮이 가장 긴 날로 6월 21 · 22일경)에 말랐다가 가을이 깊어지면 살아나서 겨울을 넘기며 죽지 않는다. 뿌리 길이는 한 자에 가깝고, 적황색이며, '대황'(장군풀 또는 그 뿌리와 뿌리줄기. 便祕 · 潮熱 · 瘀血에 약용함)이나 '호라복'(野菜의 일종)의 모양과 같다.

『이아』에 말하였다. '퇴'(참소리쟁이. 여뀌과의 다년초)는 '우퇴'이다. 『주』에 말하였다. 지금 강동에서 '우퇴'라 부르는 풀은 높이가 한 자 남짓 쯤 되고, 모난 줄기에 잎은 길고 뾰족하며, 이삭이 있다. 이삭 사이에 꽃이 있는데, 자주색과 옥색이며, 즙을 내어 마실 수 있다.

朱子曰 蓫 牛蘈 惡菜也 今人謂之羊蹄菜. 陸氏曰 似蘆蕧 而莖赤. 可瀹 爲茹 滑而美也 多啖令人下氣. 幽州人謂之蓫. 本艸曰 蓄 陸璣注云 蓄 卽 蓫. 一名秀菜 一名敗毒菜 一名牛舌菜 一名羊蹄大黃 一名鬼目 一名東方 宿 一名連虫陸 一名水黃芹 子名金蕎麥. 近水及湿地極多. 葉長尺餘 似牛 舌之形 不似波稜. 入夏起薹 開花結子 花葉一色. 夏至 卽枯 秋深 卽生 凌 冬不死. 根長近尺 赤黃色 如大黃胡蘿蔔形. 爾雅曰 蕧 牛蘈. 注云 今江東 呼艸爲牛蘈者 高尺餘許 方莖 葉長而銳 有穗. 穗間有華 華紫縹色 可淋以 爲飲.

들판 길을 가다가	我行其野
소리쟁이를 뜯네.	言采其蓫
사돈이기 때문에	昏姻之故
그대의 집에 자러 갔지만,	言就爾宿
그대가 나를 먹여 주지도 않으니	爾不我畜
돌아간다네.	言歸思復

---

1) 『시경』 「소아」의 편 이름. 선왕(宣王)을 풍자한 시.

복__葍 · 메꽃

주자가 말하였다. '복'(메 · 메꽃 · 旋葍)'은 '부(메꽃. 메꽃과의 다년생 만초)이니 나쁜 나물이다.

육씨가 말하였다. 유주 사람들은 '연부'라 한다. 그 뿌리는 순 흰색인데, 뜨거운 재 속에 넣었다가 따뜻하게 먹을 수 있고, 흉년이 든 해에는 쪄서 먹어 굶주림을 막을 수 있다. 한(漢)대에 감천[1]에서 제사지낼 때 가끔 그 풀을 썼다. 두 종류가 있고, 잎이 가늘며 꽃 또한 나쁜 냄새가 있다.

『구황본초』에 말하였다. 세상 사람들은 '타완'이라 이름하고, 꽃은 다른 이름으로 '토아'이며, 싹은 다른 이름으로 '구아앙'이다. 덩굴로 벋어 자란다. 잎은 '산약'(마 · 薯 · 山藷. 강장제로 夢泄 · 帶下 · 腰痛 등에 약용함)의 잎과 비슷한데 좁고 작으며, 핀 꽃의 모양은 '견우화'(나팔꽃)와 비슷하지만 작고 짧으며 둥글고, 분홍색이다. 그 뿌리는 매우 많은데, 큰 것은 마치 작은 젓가락과 같고 거칠며, 길이는 한두 자이고, 색은 희며, 맛은 달고, 성질은 따뜻하다.

『이아』에 말하였다. 큰 잎에, 흰 꽃이고, 뿌리는 마치 손가락과 같으며, 순 흰색으로 먹을 수 있다.

朱子曰 葍 葍 惡菜也. 陸氏曰 幽州人謂之燕葍. 其根正白 可著熱灰中溫
噉之 饑荒之歲可蒸 而禦饑. 漢祭甘泉 或用之其艸.[2] 有兩種 葉細 而花[3]
亦有臭氣也. 救荒本草曰 俗名打碗 花一名兔兒 苗一名狗兒秧. 蔓延而生.
葉似山藥葉 而狹小 開花狀似牽牛花 微短而圓 粉紅色. 其根甚多 大者如
小筋麤 長一二尺 色白 味甘 性溫. 爾雅曰 大葉 白華 根如指 正白 可噉.

들판 길을 가다가	我行其野
메꽃을 뽑네.	言采其葍
옛 혼인을 생각지 않고	不思舊姻
그대는 새 짝을 찾고 있네.	求爾新特
참으로 부자를 맞는 것도 아니면서	成不以富
그저 새 짝만 찾고 있네.	亦祇以異

---

1) 궁전(宮殿) 이름. 섬서성(陝西省) 순화현(淳化縣) 서북쪽의 감천산(甘泉山) 위에 있음. 본래 진
   (秦)의 제왕(帝王)이 출행할 때 머물던 이궁(離宮)이던 것을 한(漢)의 무제(武帝)가 증축(增築)했
   음. 한편, 이는 물 이름일 수도 있음. 즉, 섬서성 감천현(甘泉縣) 서남쪽의 샘이거나 섬서성 순
   안현(淳安縣) 북쪽의 강이 그것임.
2) 『모시초목조수충어소』에는 '葉'이지만, 『시명다식』 원문을 따랐음.
3) 『시명다식』에는 '行'이지만, 『모시초목조수충어소』 원문을 따랐음.

위__蔚 · 제비쑥

◉ 小弄 蔞莪[1]

　주자가 말하였다. '위'(제비쑥 · 牡蒿. 국화과의 다년초)는 '모긴'이니, 3월에 처음 나고, 7월에 처음 꽃이 피는데, '호마'(胡麻. 참깨와 검은깨 따위의 범칭)의 꽃과 같지만 자적색이며, 8월에 꼬투리가 되는데, '소두' (팥)와 비슷하고, 꼬투리는 뾰족하며 길다.

　육씨가 말하였다. '위'는 '모호'이다.

　『본초』에 말하였다. 잎은 크기가 '충위'(익모초)와 같고, 꽃은 홍백색이다. 8~9월에 씨앗이 익는데, 세상 사람들이 '호마'(虎麻)라 하는 것이 이것이다. 다른 이름으로 '마선호', '마신호', '마시호', '련석초', '란석초'이다. 여기저기에 있다. '충위'처럼 싹이 짧고 작으며, 그 씨앗은 여름 중에 익는다. 두 식물은 처음 나면 서로 매우 비슷하다. 소송이 "곽박은 '모긴'을 가지고 씨앗이 없다고 하였고, 육기는 씨앗이 있다고 하였으니, 두 설명이 조금 다르다. 지금은 씨앗이 있다는 것을 씀이 마땅히 바르다"고 하였다. 이시진이 말하였다. 남조(南朝) 때 도홍경(陶弘景)의 『명의별록』(名醫別錄)에 "'모호' 와 '마선호'"는 원래 두 항목임이 옳다. 육기가 이른바 씨앗이 있다고 한 것은 바로 '마선호'이고, 씨앗이 없는 '모호'를 다시 끌어다가 그것을 풀이함은 잘못일 것이다. '모호'는 이 항목[2]에 자세히 보인다.

『이아』에 말하였다. '위'는 '모긴'이다. 『소』에 말하였다. 바로 '호'(쑥)의 씨앗 없는 수컷이다.

朱子日 蔚 牡菣也 三月始生 七月始華 如胡麻華 而紫赤 八月爲角 似小豆 角銳而長. 陸氏日 蔚 牡蒿也. 本艸日 葉大如芄蔚 花紅白色. 八月九月實熟 俗謂之虎麻 是也. 一名馬先蒿 一名馬新蒿 一名馬矢蒿 一名練石艸 一名爛石草. 所在有之. 芄蔚苗短小 其子夏中熟. 二物初生極相似也. 蘇頌日 郭璞 以牡菣爲無子 而陸璣云 有子 二說小異. 今當用有子者爲正. 李時珍日 別錄 牡蒿 馬先蒿 原是二條. 陸璣 所謂有子者 乃馬先蒿 而復引無子之牡蒿釋之 誤矣. 牡蒿詳見本條. 爾雅日 蔚 牡菣. 疏云 卽蒿之雄無子者.

커다랗게 자란 저게 다북떡쑥인가	蓼蓼者莪
다북떡쑥이 아니라 제비쑥이네.	匪莪伊蔚
슬프고 슬프구나 부모님께서	哀哀父母
나를 낳아 기르시느라 여위셨다네.	生我勞瘁

---

1) 『시경』「소아」의 편 이름. 자식이 부모를 추모하면서 부모 생전에 제대로 봉양하지 못했음을 슬퍼하는 내용. 인신하여 세상을 떠난 부모를 애도함.
2) 『본초강목』 제15권 〈모호〉(牡蒿) 조.

조__蔦 · 겨우살이

◈ 桑扈 頍弁[1]

　주자가 말하였다. '조'(겨우살이. 겨우살이과의 다년생 만초)는 잎이 '당로'(當顱. 말 머리에 다는 금장식)와 비슷하고, 열매는 '복분자'(산딸기. 그 모양이 동이 비슷하게 생긴 데서 이름. 陰痿 · 소변불금에 약용함)와 같으며, 적흑색이고 달며 맛이 좋다.

　『본초』에 말하였다. '조'는 다른 이름으로 '기설', '우목'(나무에 기생하여 사는 식물), '완동'(寄生木)이다. 대체로 '상'(뽕나무. 낙엽 활엽 관목), '곡'(떡갈나무. 참나무과의 낙엽 활엽 교목. 열매는 도토리), '거류'(고리버들 · 杞柳 · 柜柳), '양'(버들. 버드나무 류의 범칭), '풍'(단풍나무) 등의 나무 위에는 모두 있다. 이 식물은 스스로 조화(창조하고 化育함)한 기운을 느껴서 자라니, 같은 식물임이 옳다. 높은 것은 두세 자이다. 그 잎은 둥글면서 작고 뾰족하며, 두껍고 부드러운데, 앞면은 푸르고 윤이 나며, 뒷면은 연한 자주색이고 보드라운 잔털이 있다.

　정초가 『통지』에 말하였다. 기생(다른 생물의 몸에 붙어 영양을 섭취하며 생활함 또는 그 생물)에는 두 종류가 있으니, 한 종류는 큰 것으로 잎이 '석류'(석류나무과의 낙엽 활엽 교목 또는 그 열매. 석류 열매의 껍질을 약재로 이르는 말)의 잎과 같고, 한 종류는 작은 것으로 잎이 '마황'의

170

잎과 같다. 큰 것은 '조'라 하고, 작은 것은 '여라'(새삼)라 한다.

朱子曰 蔦 葉似當盧 子如覆盆子 赤黑甜美. 本艸曰 蔦 一名寄屑 一名寓
木 一名宛童. 凡桑櫯櫸柳楊楓等樹上皆有之. 此物自感造化之氣而生 則[2]
是一物也. 高者二三尺. 其葉圓 而微尖 厚而柔 面靑而光澤 背澹[3]紫而有
茸. 鄭樵 通志云 寄生有二種 一種大者 葉如石榴葉 一種小者 葉如麻黃
葉. 其子皆相似. 大者曰蔦 小者曰女蘿.

뾰족한 가죽 관을	有頍者弁
무엇하러 썼나?	實維何期
술도 맛이 있고	爾酒旣旨
안주도 철에 맞으니,	爾殽旣時
이 사람들이 어찌 남남이랴	豈伊異人
형제들이 모두 모였다네.	兄弟具來
겨우사리와 새삼이	蔦與女蘿
소나무 위에 뻗어 있네.	施于松上
군자들을 만나기 전엔	未見君子
마음의 시름으로 걱정하더니	憂心恑恑
군자들을 만나보고는	旣見君子
내 마음 좋아지네.	庶幾有臧

---

1) 『시경』 「소아」의 편 이름. 제공(諸公)이 주(周) 유왕(幽王)을 풍자한 시.
2) 『본초강목』에는 '別'이지만, 『시명다식』 원문을 따랐음.
3) 『본초강목』에는 '淡'이지만, 『시명다식』 원문을 따랐음.

여라__女蘿 · 새삼

주자가 말하였다. '여라'(새삼. 메꽃과의 식물)는 '토사'(새삼)이니, 풀 위에 덩굴로 벋어 자라고, 황적색이어서 마치 금과 같다.

육씨가 말하였다. 지금의 '토사'이니 '송라'(소나무겨우살이. 살균제 · 거담제에 약용함)가 아니다. '송라'는 원래 덩굴로 '송'(소나무. 소나무과 의 상록 침엽 교목) 위에 자라고 가지는 순 푸른색이니, '토사'와 더불어 다르다.

나는 이렇게 생각한다. 이시진은 '여라'를 가지고 '송' 위에 기생한다 고 하여 '토사'라는 것으로 풀이하였으니 잘못이다. 『본초강목』을 살펴 볼 만하다.

朱子曰 女蘿 菟絲也 蔓延岬上 黃赤如金. 陸氏曰 今菟絲 非松蘿. 松蘿 自蔓松上生枝正靑 與菟[1]絲殊異. 學祥按 李時珍 以女蘿爲松上寄生 以釋 菟絲者爲誤. 本草綱目可攷.

---

1) 『모시초목조수충어소』에는 '菟'이지만, 『본초강목』과 『시명다식』 원문을 따랐음.

록__綠 · 댑싸리

◈ 都人 采綠[1]

주자가 말하였다. '록'(댑싸리)은 '왕추'(蓋草)이다.
앞의 '록' 항목에 자세히 보인다.

朱子曰 綠 王芻也. 詳見上綠條.

아침 내내 댑싸리를 땄지만	終朝采綠
한 줌에도 차지를 않네.	不盈一匊
내 머리 엉클어졌으니	子髮曲局
돌아가 머리나 감아야지.	薄言歸沐

---

1) 『시경』 「소아」의 편 이름. 홀어미와 홀아비가 많음을 풍자한 시. 인신하여, 부녀자의 고독하고
   적막한 느낌을 이르는 말.

람＿藍 · 쪽

주자가 말하였다. '람'(쪽. 여뀌과의 일년초)은 물들이는 풀이다.

『본초』에 말하였다. 3~4월에 싹이 나고, 높이는 두세 자쯤이며, 잎은 '수료'(여뀌)와 비슷하고, 꽃은 홍백색이며, 열매도 또한 '료'(여뀌)의 씨앗과 같은데 크고 검은색이며, 5~6월에 열매를 딴다. 다만 푸른색을 물들일 수 있고, 쪽빛을 만들 수는 없으니, 이것을 '료람'(쪽)이라 이름한다. 따로 '목람', '숭람'(겨자과의 이년초. 줄기와 잎은 파란 물감의 원료로 씀), '오람'이 있다.

朱子曰 藍 染艸也. 本草曰 三月四月生苗 高二三[1]尺許 葉似水蓼 花紅白色 實亦若蓼子而大 黑色 五月六月采實. 但可染碧不堪作澱 此名蓼藍. 別有木藍菘藍吳藍.

아침 내내 쪽을 캤지만	終朝采藍
앞치마 한 자락에도 차지를 않네.	不盈一襜
닷새면 온다더니	五日爲期
엿새가 되어도 오지 못하네.	六日不詹

백화__白華·왕골

◈ 白華[1]

주자가 말하였다. '백화'(왕골)는 '야간'이니, 물에 오래 담갔던 것을 '간'(莎草)이라 한다.

앞의 '간' 항목에 자세히 보인다.

朱子曰 白華 野菅也 已漚爲菅. 詳見上菅條.

왕골을 마전하여	白華菅兮
흰 띠풀로 묶어 두네.	白茅束兮
우리 님 멀리 가서	之子之遠
나를 외롭게 만드셨네.	俾我獨兮

---

1) 『시경』 「소아」의 편 이름. 주나라 사람이 유왕(幽王)을 풍자한 시.

초__苕·능소화

◆ 苕之華[1]

　주자가 말하였다. '초'(陵霄花. 능소화과의 낙엽 만목)는 '릉초'이다.

　육씨가 말하였다. '초'는 다른 이름으로 '릉시'(紫葳), '서미'(둥근뱀차조기·鼠尾草. 꿀풀과의 다년초)이니 '왕추'(蓋草)와 비슷하다. 낮고 습기가 많은 땅이나 물속에서 자라고, 7~8월 중에 자주색 꽃이 피는데, 지금의 '자초'(지치. 지치과에 속하는 다년초. 뿌리는 화상·동상 등에 약용함)와 비슷하며, 꽃은 검은색을 물들일 수 있다. 삶아서 머리를 감으면 검게 된다. 잎이 푸르러 '람'(쪽)과 같지만 꽃이 많다.

　『본초』에 말하였다. '릉초'는 다른 이름으로 '자위', '릉소', '여위', '패화', '무위', '구릉', '귀목'이다. 들에서 자라는데, 덩굴은 겨우 몇 자이지만, 나무를 얻으면 위로 올라가서 높이가 몇 발이고, 여러 해가 된 것은 덩굴 크기가 마치 잔과 같다. 초봄에 가지가 나서, 한 가지에 몇 잎인데, 뾰족하고 길며 이 모양의 가시가 있고, 진한 푸른색이다. 여름부터 가을까지 꽃이 피니, 한 가지에 열 송이 남짓이고, 크기는 '견우화'(나팔꽃)와 같지만 머리 부분에서 다섯 꽃잎이 피며, 붉은색을 띤 누른색이고, 가는 점이 있으며, 가을이 깊어지면 다시 붉어진다. 8월에 꼬투리를 맺으면 '두'(콩)의 꼬투리 같고, 길이는 세 치쯤이며, 그 씨앗은 가볍고 얇아

서 '유'(느릅나무. 느릅나무과의 낙엽 교목)의 씨나 '마도령'(쥐방울)의
씨와 같다. 그 뿌리 길이 또한 '마도령'의 뿌리 모양과 같다.

『이아』에 말하였다. '초'는 '릉초'이니, 노란 꽃이 피는 것은 '표'이고,
흰 꽃이 피는 것은 '패'이다. 『주』에 말하였다. '초'는 꽃 색깔이 다르고,
이름도 또한 서로 같지 않다.

朱子曰 苕 陵苕也. 陸氏曰 苕 一名陵時 一名鼠尾 似王芻. 生下湿水中
七八月中華紫 似今紫䒷 華可染皂. 煮[2]以沐髮 卽黑. 葉靑如藍 而多華.
本草曰 陵苕 一名紫葳 一名凌霄 一名女葳 一名茇華 一名武威[3] 一名瞿陵
一名鬼目. 野生 蔓繞數尺 得木而上 卽高數丈 年久者藤大如杯. 春初生枝
一枝數葉 尖長有齒 深靑色. 自夏至秋開花 一枝十餘朶 大如牽牛花 而頭
開五瓣 赭黃色 有細点 秋深更赤. 八月結莢如豆莢 長三寸許 其子輕薄如
榆仁 馬兜鈴仁. 其根長亦如馬[4]兜鈴根狀. 爾雅曰 苕 陵苕 黃華 蔈 白華
茇. 注云 苕 華色異 名亦不同.

능소화가	苕之華
노랗게 많이 피었건만	芸其黃矣
마음의 시름으로	心之憂矣
가슴만 아파라.	維其傷矣

---

1) 『시경』 「소아」의 편 이름. 대부가 세상을 걱정한 시. 유왕(幽王) 때에 서융(西戎)과 동이(東夷)
　가 침범하여 병란이 일어나고 기근이 겹치니, 군자가 주나라의 망하게 됨을 걱정하고, 이러한
　때를 만난 자신을 서글퍼하여 지었음.
2) 『모시초목조수충어소』에는 '煑'이지만, '煮'와 통하므로 『시명다식』 원문을 따랐음.
3) 『시명다식』에는 '葳'이지만, 『본초강목』 원문을 따랐음.
4) 『본초강목』에는 '馬'가 없지만, 『시명다식』 원문을 따랐음.

근__菫 · 놋젓가락나물

◆ 大雅 縣[1]

주자가 말하였다. '근'(놋젓가락나물. 미나리아재비과의 독성이 있는 약초)은 '오두'(바곳)이다.

『본초』에 말하였다. '근'은 다른 이름으로 '오훼'(附子), '초오두'(토부자. 약재인 놋젓가락풀의 덩이뿌리. 매우 독하며 이앓이 · 心腹痛 등에 약용함), '토부자'(초오두 · 독공. 바곳의 뿌리. 積聚 · 심복통 · 齒痛 등에 약용함), '해독'(附子), '경자', '독공', '금아', '독백초', '원앙국'이고, 싹의 이름은 '랑'이다. 뿌리와 싹과 꽃과 열매는 모두 개천의 '오두'와 더불어 서로 같다. 다만 이것은 들에서 자라는 것과 연관되어 있고, 또 양조(발효 작용을 이용하여 술 · 간장 · 식초 등을 만듦)법과는 연관이 없으며, 그 뿌리는 겉이 검고 안이 흰데, 주름 잡혀 있고, 말리면 달라질 뿐이지만, 독은 매우 심해진다.

『이아』에 말하였다. '급'(오두)은 '근초'(菫草)이다. 『주』에 말하였다. '오두'이니, 강동에서는 '근'이라 부른다.

朱子曰 菫 烏頭也. 本艸曰 菫 一名烏喙 一名草烏頭 一名土附子 一名奚毒 一名耿子 一名[2]毒公 一名金鴉 一名獨白草[3] 一名鴛鴦菊 苗名莨.

根苗花實幷與川烏頭相同[4]. 但此係野生 又無釀造之法 其根外黑內白 皺
而枯燥爲異爾 然毒 卽甚焉. 爾雅曰 芨 菫艸. 注云 卽烏頭也 江東呼爲菫.

주나라의 들판이 기름져서	周原膴膴
놋젓가락나물이나 씀바귀도 엿같이 달아라.	菫荼如飴
이에 계획을 시작하시어	爰始爰謀
거북으로 점을 치시고는,	爰契我龜
머물러 살 만하다 하시면서	曰止曰時
여기에다 집을 지으셨네.	築室于玆

---

1) 『시경』「대아」(大雅)의 편 이름. 문왕(文王)의 일어남이 본래 태왕(太王)으로부터 말미암았음을
옳은 시.

2) 규장각본『시명다식』에는 '一名'이 또 있지만,『본초강목』과 소창문고본『시명다식』원문을 따
랐음.

3) 『시명다식』에는 '華'이지만,『본초강목』원문을 따랐음.

4) 소창문고본『시명다식』에는 '根苗葉實並與川烏頭相同'이지만,『본초강목』과 규장각본『시명다
식』원문을 따랐음.

기__芑 · 이고들빼기

◉ 文王有聲[1]

주자가 말하였다. '기'는 풀이름이다.

朱子曰 芑 艸名.

풍수에도 이고들빼기가 자라니	豐水有芑
무왕께서 어찌 일하지 않으시랴	武王豈不仕
따라야 할 계책을 남겨 주시어	詒厥孫謀
편안하게 자손들을 보호하셨으니,	以燕翼子
임금다우셔라, 훌륭하신 무왕이여.	武王烝哉

---

1) 『시경』 「대아」의 편 이름. 문왕(文王)이 숭(崇)을 정벌하였는데, 무왕(武王)이 문왕의 명성을 넓히고, 뒤를 이어 은(殷)을 정벌하였으며, 그 공(功)을 끝마침을 읊은 시.

순 筍·죽순

◆ 蕩 韓奕[1]

주자가 말하였다. '순'(대의 싹)은 '죽맹'(竹筍)이다.

육씨가 말하였다. '순'은 모두 4월에 나오지만, 오직 '파죽'[2]의 '순'은 8~9월에 나온다. 처음 땅 위로 나오면 길이가 몇 치인데, 삶아서 식초나 시즙[3]에 담갔다가 술안주로 하거나 먹을 수 있다.

『본초』에 말하였다. '죽순'(대의 순)은 다른 이름으로 '죽아', '죽태', '죽자'이다. 모두 흙 속의 포순(겨울에 나오는 죽순·대의 어린 싹)이 각각 때가 되면 나와서, 열흘 만에 죽순 껍질이 떨어지고 '대'를 이룬다.

朱子曰 筍 竹萌. 陸氏曰 筍 皆四月生 唯巴竹筍八月九月生. 始出地 長數寸 䈚以苦酒豉汁浸之 可以就酒及食. 本草曰 竹筍 一名竹芽 一名竹胎 一名竹子. 皆土中苞筍[4] 各以時而出 旬日落籜 而成竹也.

한나라 제후가 길 떠날 제사 드리고	韓侯出祖
도 땅에 나가 머물었네.	出宿于屠
현보가 전송하면서	顯父餞之
맑은 술 백 병을 주었네.	清酒百壺

안주는 무엇이던가?	其殽維何
구운 자라와 생선이었네.	炰鼈鮮魚
채소는 무엇이었나?	其蔌維何
죽순과 부들이었네.	維筍及蒲
선물은 무엇이었나?	其贈維何
네 마리 말과 큰 수레였네.	乘馬路車
음식 그릇을 많이 차려	籩豆有且
제후도 기뻐 즐겼네.	侯氏燕胥

---

1) 『시경』 「대아」의 편 이름. 선왕(宣王)이 제후들에게 명(命)을 내려주었기 때문에 윤길보(尹吉甫)가 선왕(宣王)을 찬미한 시.
2) 파국(巴國)에서 나는 죽(竹). 파(巴)는 사천성(四川省) 중경(重慶) 부근임.
3) 시(豉)는 메주임. 따라서 시즙은 메주를 발효시켜 만든 된장이나 청국장, 간장 등을 의미함.
4) 『본초강목』에는 '笋'이지만, '筍'과 통하므로 『시명다식』 원문을 따랐음.

료__蓼 · 여뀌

◆ 周頌 良耜[1]

주자가 말하였다. '료'(여뀌)는 물에서 자라는 풀이다.

앞의 '도'(씀바귀) 항목에 자세히 보인다.

朱子曰 蓼 水草也. 詳見上荼條.

날카로운 좋은 보습으로	畟畟良耜
양지 밭을 갈아엎고,	俶載南畝
여러 곡식을 씨 뿌리니	播厥百穀
곡식이 흙 기운에 자라네.	實函斯活
어떤 사람이 와서 그대를 돌보니,	或來瞻女
모난 광주리 둥근 광주리에다	載筐及筥
찰기장밥을 지어다 주네.	其饟伊黍
비스듬히 젖혀지게 삿갓을 쓰고	其笠伊糾
호미로 푹푹 파헤치며	其鎛斯趙
잡초와 여뀌를 뽑아내네.	以薅荼蓼
잡초와 여뀌가 시드니	荼蓼朽止

찰기장과 메기장이 무성해지네.	黍稷茂止
써걱써걱 곡식을 베어	穫之挃挃
수북하게 쌓아놓으니	積之栗栗
노적가리 성벽처럼 높이 쌓였네.	其崇如墉
빗살처럼 줄지어 서서	其比如櫛
집집마다 곡식을 실어들이네.	以開百室
집집마다 곡식이 차니	百室盈止
아내와 자식들이 편하게 먹고 사네.	婦子寧止
입술 검은 황소를 잡으니	殺時犉牡
그 뿔이 구부러졌네.	有捄其角
자자손손 제사를 이어	以似以續
조상들의 뜻을 이으리라.	續古之人

---

1) 『시경』 「주송」(周頌)의 편 이름. 가을에 사직(社稷)에 제사 지낼 때 올리는 시.

묘_茆 · 순채

◉ 魯頌 泮水[1]

　주자가 말하였다. '묘'(순채. 수련과의 다년초)는 '부규'이니, 잎은 크기가 손과 같고, 붉으며 둥글고 매끄러운데, 강남[2] 사람들이 '순채'(수련과의 다년생 수초)라 하는 것이다.

　육씨가 말하였다. '묘'와 '행채'(노랑어리연꽃)는 서로 비슷하고, 살진 것은 가운데에 손을 대면 미끄러워 멈출 수 없으며, 줄기 크기는 숟가락 자루와 같다. 잎은 날로 먹을 수 있고, 또 삶아 먹을 수도 있는데 부드럽고 맛이 좋다. 강남 사람들은 '수규'(순채)라 한다.

　『본초』에 말하였다. '묘'는 다른 이름으로 '순', '로규', '마제초'이다. 잎은 '행채'와 같지만 조금 둥글고, 모양은 '마'(말)의 발굽과 비슷하다. 그 줄기는 자주색이고, 크기는 젓가락과 같으며, 부드러워서 국을 만들 수 있다. 여름철에 노란 꽃이 핀다. 맺은 열매는 청자색이고, 크기는 '당리'(과일나무의 이름)와 같으며, 속에 가는 씨앗이 있다. 봄여름 어린 줄기에 잎이 없는 것은 '치순'이라 이름하니, '치'라는 것은 어린 것이다. 잎이 점점 펴져 자란 것은 '사순'(실 같이 가는 순채)이라 이름하니, 그 줄기가 마치 실과 같다. 가을에 이르러 늙으면 '규순'이라 이름하거나, 혹은 '저순'(행채의 속칭)이라 하니, '저'(돼지)에게 먹일 수 있다는 말이다. 또 '괴순'이나 '구순'이라 하는 것은 잘못된 것이다.

朱子曰 茆 鳧葵也 葉大如手 赤圓而滑 江南人謂之蓴菜者也. 陸氏曰 茆
與荇菜[3]相似 有肥者著手中 滑不得停 莖大如匕柄. 葉可以生食 又可鬻滑
美. 江[4]南人謂之水葵. 本草曰 茆 一名蓴 一名露葵 一名馬蹄艸. 葉如荇菜
而差圓 形似馬蹄. 其莖紫色 大如筯 柔滑可羹. 夏月開黃花. 結實靑紫色 大
如棠梨 中有細子. 春夏嫩莖未葉者名稚蓴[5] 稚者小也. 葉稍舒長者名絲蓴 其
莖如絲也. 至秋老 則名葵蓴 或作豬蓴 言可飼豬也. 又訛爲瑰蓴龜蓴焉.

즐거워라, 반궁의 물가에서	思樂泮水
순채를 캐네.	薄采其茆
노나라 임금님께서 오시어	魯侯戾止
반궁에서 술을 드시네.	在泮飮酒
맛있는 술을 드시니	旣飮旨酒
만수무강 하시리라.	永錫難老
저 큰 길을 따라서	順彼長道
오랑캐 무리들이 굴복해 오네.	屈此羣醜

---

1) 『시경』「노송」(魯頌)의 편 이름. 희공(僖公)이 반궁(泮宮)을 잘 수리(修理)함을 칭송한 시.
2) 양자강(揚子江) 이남 지방. 춘추(春秋) 때는 지금의 호북(湖北)의 강남과 호남(湖南)·강서(江
   西) 일대를 지칭했으나, 후에는 흔히 강소(江蘇)·안휘(安徽)의 남부와 절강(浙江) 일대를 일
   컬음.
3) 『모시초목조수어충소』에는 '菜'이지만, 『시명다식』원문을 따랐음.
4) 『모시초목조수어충소』에는 '江'이 없지만, 『시명다식』원문을 따랐음.
5) 『모시초목조수어충소』에는 '純'이지만, '蓴'과 통하므로 『시명다식』원문을 따랐음. 뒤의 '蓴'
   도 마찬가지임.

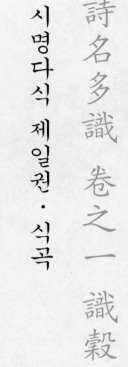

詩名多識 卷之一 識穀

시명다식 제일권 · 식곡

맥__麥 · 보리

◈ 鄘 桑中

주자가 말하였다. '맥'(보리. 밀과 보리의 총칭)은 곡식 이름이니, 가을에 심어 여름에 익는 것이다.

『본초』에 말하였다. '맥'의 싹과 낱알은 모두 '래'(밀 · 참밀 · 小麥. 벼과의 이년생 재배 식물)보다 크다. 지금의 '과'(靑稞 · 보리)이니, '맥'은 다른 이름으로 '모맥'(大麥)이고, '광맥'(쌀보리 · 대맥)과 비슷한데, 오직 껍질이 얇을 뿐이다.

『백호통』에 말하였다. '맥'은 금[1]이니, 금이 성하면 살고, 화[2]가 성하면 죽는다.

나는 이렇게 생각한다. '광맥'은 바로 지금 봄에 심는 '맥'이다.

朱子曰 麥 穀名 秋種夏熟者. 本草曰 麥之苗粒皆大於來. 今稞 麥 一名 牟麥 似穬麥 唯皮薄爾. 白虎通曰 麥 金也 金旺而生 火旺而死. 學祥按 穬麥 卽今春種之麥.

보리를 베러   爰采麥矣

매 고을 북쪽으로 갔지.   沬之北矣

누구를 생각하며 갔나,	云誰之思
어여쁜 익씨네 맏딸이지.	美孟弋矣
뽕밭에서 만나자 하고	期我乎桑中
상궁으로 나를 맞아들이더니	要我乎上宮
기수 강가까지 나를 바래다주었지.	送我乎淇之上矣

---

1) 오행(五行)의 하나. 방위로는 서쪽, 계절로는 가을, 소리로는 상(商), 간지(干支)로는 경신(庚辛)에 배당됨.

2) 오행의 하나. 방위로는 남쪽. 계절로는 여름, 십간(十干)으로는 병정(丙丁), 십이지(十二支)로는 인(寅), 오사(五事)로는 시(視), 오장(五臟)으로는 심(心), 별로는 심성(心星)에 배당됨.

서 _ 黍 · 찰기장

◆ 王 黍離[1]

주자가 말하였다. '서'(기장. 밭에 심는 농작물)는 곡식 이름이니, 싹은 '로'(갈대)와 비슷하고, 높이는 한 발 남짓이며, 이삭은 검은색이고, 열매는 둥글며 무겁다.

『본초』에 말하였다. '서'에는 몇 종류가 있다. 또 붉은 것과 검은 것이 있으니, '흑서'(검은 기장 · 옻기장)는 '거'(검은 기장 · 껍질이 검은 기장)라 하고, '단서'(붉은 기장 · 丹黍米 · 紅糧)는 껍질이 붉고 낟알이 노랗다. 이시진이 말하였다. '서'는 '직'(메기장)의 차진 것이다.

화곡 엄씨가 말하였다. '서'는 '속'(조)과 비슷하지만 '속'은 아니다. 두 종류가 있으니, 낟알이 찰진 것은 '출'(찰기장)이라 하고, 술을 빚을 수 있으며, 찰지지 않은 것은 '서'라 한다.

『설문』에 말하였다. '서'는 '화'(벼)의 따위로 찰진 것이다. 대서(더위가 몹시 심한 양력 7월 23일경)에 심기 때문에 '서'라 한다. 화(禾)를 따르고, 우(雨)가 성부(聲符)인데, 성부의 일부가 생략되었다. 공자가 "'서'는 술을 만들 수 있으니, '화'가 물에 들어간 것이다"라 하였다.

朱子曰 黍 穀名 苗似蘆 高丈餘 穗黑色 實圓重. 本草曰 黍有數種. 又有

丹黑 黑黍謂之秬 丹黍皮赤米黃. 李時珍曰 黍 稷之粘者. 華谷嚴氏曰 黍 似粟而非粟. 有二種 米黏者爲秫 可以釀酒 不黏者爲黍. 說文曰 黍 禾屬 而黏者也. 以大暑而種 故謂之黍. 从[2]禾 雨省聲. 孔子曰 黍可爲酒 禾入水也.

궁터에는 찰기장이 고개 숙이고	彼黍離離
저기 메기장 싹도 돋았네.	彼稷之苗
가도 가도 발걸음 힘이 없어	行邁靡靡
내 마음 호소할 곳이 없네.	中心搖搖
나를 아는 사람은	知我者
내 마음에 시름이 있다고 하지만,	謂我心憂
나를 모르는 사람은	不知我者
무얼 하느냐고 내게 물으니,	謂我何求
아득하게 푸르른 하늘이여	悠悠蒼天
이게 누구의 탓인지요?	此何人哉

---

1) 『시경』 「왕풍」의 편 이름. 서주(西周)가 망한 후, 동주(東周)의 대부가 옛 궁궐터에 기장이 자라난 것을 보고서 탄식하며 지었다는 시. 인신하여, 망국의 슬픔.
2) 규장각본 『시명다식』에는 '以'이지만, 『설문해자』와 소창문고본 『시명다식』 원문을 따랐음.

직__稷 · 메기장

주자가 말하였다. 다른 이름으로 '제'(메기장)이니, '서'(기장)와 비슷하지만 작은데, 어떤 사람은 '속'(조)이라 한다.

『본초』에 말하였다. '직'(메기장)은 다른 이름으로 '자'(기장 · 메기장)이다. 초(揚子江의 하류 일대인 湖南과 湖北 지방) 사람들은 '직'이라 하고, 관중1) 사람들은 '마'(메기장)라 한다.

『이아』에 말하였다. '자'는 '직'이다. 『주』에 말하였다. 지금 강동 사람들이 '속'을 '자'라 부른다.

이시진이 말하였다. '직'과 '서'의 싹은 비록 '속'과 매우 비슷하지만, 맺은 열매는 서로 같지 않다. '속'의 이삭은 모여들어 떨기로 모이지만, '직'과 '서'는 낟알로 듬성듬성 가지를 이룬다. '직'을 '속'이라 말한 것은 잘못일 것이다.

나는 이렇게 생각한다. 시진이 "'직'과 '서'는 같은 무리이면서 두 종류이다. 차진 것은 '서'라 하고, 차지지 않은 것은 '직'이라 한다. '도'(벼)에 '갱'(메벼)과 '나'(찰벼)가 있는 것과 같다"고 하였다. 이것을 가지고 살펴보면, '속'은 이것들과는 다른 종류임이 분명할 뿐이다.

朱子曰 一名穄 似黍而小 或曰 粟也. 本艸曰 稷 一名粢. 楚人謂之稷 關中謂之䵖. 爾雅曰 粢 稷. 注云 今江東人呼粟爲粢. 李時珍曰 稷黍之苗雖頗似粟 而結子不同. 粟穗叢聚攢簇 稷黍之粒疎散成枝. 謂稷爲粟 誤矣. 學祥按 時珍云 稷與黍一類二種也. 粘者爲黍 不粘者爲稷. 猶稻之有粳[2]糯也. 以此觀之 粟 則明是別類耳.

---

1) 전국(戰國) 말 진(秦)의 땅을, 혹은 함곡관(函谷關)·무관(武關) 등 여러 관에 둘러싸인 지역을 이르기도 하는데, 지금은 섬서성(陝西省) 위하(渭河) 유역 일대를 이름.

2) 『본초강목』에는 '輿'가 있지만, 『시명다식』 원문을 따랐음.

마_麻·삼

◆ 丘中有麻[1]

　주자가 말하였다. '마'(삼·大麻)는 곡식 이름이니, 씨는 먹을 수 있고, 껍질은 길쌈하여 베를 만들 수 있는 것이다.

　『본초』에 말하였다. '대마'(뽕나무과의 일년초. 줄기의 껍질은 섬유의 원료로 쓰며, 씨는 大麻仁이라 하여 약용 및 식용함)는 다른 이름으로 '화마', '황마', '한마'인데, 수그루는 '시마'(수삼. 대마의 수그루. 삼의 범칭), '모마'(대마의 수컷)라 이름하고, 암그루는 '저마'(子麻. 대마의 암그루), '자마'라 이름하며, 꽃은 '마비'(화마의 꽃), '마발'이라 이름한다. 지금 사람들은 그것으로 베와 신을 만든다. 큰 떨기는 '유마'(참깨)와 같다. 잎은 좁고 길며, 모양은 '익모초'의 잎과 같고, 가지 하나에 일곱 혹은 아홉 잎이다. 5~6월에 가늘고 노란 꽃이 피어서 이삭을 이루고, 열매를 맺으면 크기는 '호유'(고수풀)의 씨앗과 같으며, 기름을 얻을 수 있다. 그 껍질은 벗겨서 삼실(베실)을 만든다. 그 대는 희고 모졌으며, 가볍고 속이 비어서 초의 심지를 만들 수 있다. 이시진이 말하였다. 소공이 "'비'(삼씨)는 바로 '마'의 열매이니 꽃이 아니다"라 하였고, 『이아』에 "'분'(삼씨)은 '시'(수삼)의 열매이다"라 하였으며, 『의례』에 "'저'(삼씨)는 '마'의 씨가 있는 것이다"라 했다.

『이아』에 말하였다. '시'는 '마'이다. 『주』에 말하였다. 두 가지 이름을 구별했다.

朱子曰 麻 穀名 子可食 皮可績爲布者. 本草曰 大麻 一名火麻 一名黃麻 一名漢麻 雄者名枲麻牡麻 雌者名苴麻芓²⁾麻 花名麻蕡麻勃. 今人作布及履用之. 大科如油麻. 葉狹而長 狀如益母艸葉 一枝七葉或九葉. 五六月開細黃花成穗 隨卽結實 大如胡荽子 可取油. 剝其皮作麻. 其稭³⁾白而有棱輕虛可爲燭心. 李時珍曰 恭云 蕡 卽麻實 非花也. 爾雅云 黂⁴⁾枲實. 儀禮云 苴麻之有蕡者. 爾雅曰 枲 麻. 注云 別二名.

언덕 위에 삼밭이 있네.	丘中有麻
저 유씨댁 아드님이여, 아아	彼留子嗟
저 유씨댁 아드님이여, 아아	彼留子嗟
바라오니, 다시 선정을 베푸소서.	將其來施施

---

1) 『시경』 「왕풍」의 편 이름. 장왕(莊王)이 밝지 못하여 현인(賢人)이 추방을 당하니, 나라 사람들이 현인을 그리워하여 지은 시.
2) 『시명다식』에는 '芓'이지만, 『본초강목』 원문을 따랐음.
3) 『본초강목』에는 '秸'이지만, 『시명다식』 원문을 따랐음.
4) 『본초강목』에는 '蕡'이지만, 『시명다식』과 『이아』 원문을 따랐음.

도__稻·벼

◉ 唐 䅲羽[1]

주자가 말하였다. '도'(稻·벼)는 바로 지금 남방에서 먹는 '도미'(멥쌀·입쌀)이니, 물에서 자라고 색이 흰 것이다.

『본초』에 말하였다. '도'(稻)는 다른 이름으로 '도'(稌·벼), '나'(찰벼)이다. 남방의 논에 그것을 많이 심는다. 그 성질이 차져서 술을 빚을 수 있고, 탁주(濁酒)를 빚을 수 있으며, 떡으로 찔 수 있다. 그 종류 또한 많은데, 그 낟알 껍질은 붉거나 흰 두 가지 색이 있고, 어떤 것은 털이 있으며, 어떤 것은 털이 없다. 그 낟알도 또한 붉거나 흰 두 가지 색이 있으니, 붉은 것은 술이 많이 나오고 지게미가 적으며, 한 종류는 낟알이 희기가 마치 서리와 같고, 길이는 서너 푼이다.

『이아』에 말하였다. '도'(稌)는 '도'(稻)이다. 『소』에 말하였다. 두 가지 이름을 구별했다. 지금 패나라에서는 '도'(稌)라 부른다. 조사해보건대, 『설문』에 "'갱'(메벼)은 '도'(稻)의 따위이다"라 했고, 『자림』에 "'나'는 차진 '도'(稻)이고, '갱'은 '도'(稻)가 차지지 않은 것이다"라 했으며, 『본초』에 "'갱미'(멥쌀·粳糧)와 '도미'는 두 가지 곡물이다"라 했다. 그러나 '갱'과 '나'는 서로 매우 비슷한데, 차지거나 차지지 않은 점이 다를 뿐이다. 『설문』에서 '도'(稻)를 가지고 '나'라 한 것에 의거함이 마땅하다.

이시진이 말하였다. '도'(稻)와 '도'(稌)라는 것은 '갱'과 '나'를 같이 일컫는 이름이다. 『물리론』에 "'도'(稻)라는 것은 물을 대서 심는 것을 모두 일컫는다"고 한 것이 옳을 것이다. 본초서들은 오로지 '나'를 가리켜 '도'(稻)라 여겼다.

朱子曰 稻 卽今南方所食稻米 水生 而色白者也. 本艸曰 稻 一名稌 一名糯. 南方水田多種之. 其性粘 可以釀酒 可以爲粢 可以蒸糕. 其類亦多 其穀殼有紅白二色 或有毛 或無毛. 其米亦有赤白二色 赤者酒多糟少 一種粒白如霜 長三四分. 爾雅曰 稌 稻. 疏云 別二名也. 今沛國呼稌. 案 說文云 秔 稻屬也 字林云 糯 粘稻也 秔 稻不粘者也 本艸 以粳米稻米爲二物. 然秔糯甚相類 黏不黏爲異耳. 當依說文以稻爲糯. 李時珍曰 稻稌者 秔糯之通稱. 物理論所謂稻者漑種之總稱 是矣. 本草 則專指糯以爲稻也.

푸드득 너새 줄지어 날아와	肅肅鴇行
뽕나무 떨기에 내려앉네.	集于苞桑
나라 일로 쉴 새 없어	王事靡盬
벼와 차조도 심지 못했으니,	不能蓺稻粱
부모님은 무얼 드시고 사시나?	父母何嘗
아득히 푸른 저 하늘아,	悠悠蒼天
언제나 평화스런 날이 있을까?	曷其有常

---

1) 『시경』 「당풍」의 편 이름. 백성이 정역(征役)에 시달려 부모를 봉양할 수 없는 시대를 풍자한 시.

량__粱 · 차조

　주자가 말하였다. '량'(차조 · 조보다 알이 굵은 곡식)은 '속'(조)의 종류이니, 몇 가지 색깔이 있다.

　『본초』에 말하였다. 대체로 '량'과 '미'(쌀 · 입쌀)는 모두 '속'의 종류라고 한다. '청량'(생동찰. 차조의 일종)은 곡식 이삭에 털이 있고, 낟알은 푸르며, 껍질을 벗긴 낟알도 또한 조금 푸르고, '황량'(메조)이나 '백량'보다 가늘다. '황량'은 이삭이 크고 털이 길며, 낟알과 껍질을 벗긴 낟알이 모두 '백량'보다 거칠다. 이시진이 말하였다. 한(漢)대 이래로 비로소 크고 털이 긴 것은 '량'이라 하고, 가늘고 털이 짧은 것은 '속'이라 하였다. 지금은 모두 '속'이라 부르니 '량'이라는 이름은 도리어 자취를 감추게 되었을 것이다. 지금 세상 사람들은 '속' 중에서 이삭이 크고 까끄라기가 길며, 낟알이 거칠고, 붉거나 희거나 노란 털이 있는 종류를 '량'이라 일컫는다. 노랗거나 희거나 푸르거나 붉다는 것도 또한 색깔을 따라 이름을 정했을 뿐이다.

　朱子曰　粱　粟類　有數色也. 本草曰　凡云　粱米[1] 皆是粟類. 青粱穀穗有毛　粒青　米亦[2]微青　而細於黃白粱. 黃粱穗大毛長　穀米俱粗於白粱. 李時珍曰　自漢以來[3] 始以大而毛長者爲粱[4] 細而毛短者爲粟. 今則通呼爲粟　而粱之名

反隱矣. 今世俗稱⁵⁾粟中之大穗長芒 粗粒 而有紅毛白毛黃毛之品者 卽粱也. 黃白

靑赤 亦隨色 而命名.

---

1) 『시명다식』에는 '𪐷'이지만, 『본초강목』 원문을 따랐음.
2) 『시명다식』에는 '묘'이지만, 『본초강목』 원문을 따랐음.
3) 『본초강목』에는 '後'이지만, 『시명다식』 원문을 따랐음.
4) 규장각본 『시명다식』에는 '𥝱'이지만, 『본초강목』과 소창문고본 『시명다식』 원문을 따랐음.
5) 『시명다식』에는 '穗'이지만, 『본초강목』 원문을 따랐음.

숙__菽 · 콩

◆豳 七月

주자가 말하였다. '숙'(菽 · 콩)은 '두'(콩)이다.

『본초』에 말하였다. '대두'는 다른 이름으로 '숙'(尗)이고, 세상 사람들은 '숙'(菽)이라 쓰기도 한다. 꼬투리는 '협'이라 하며, 잎은 '곽'이라 하고, 줄기는 '기'(콩대)라 한다. 검거나 희거나 노랗거나 다갈색이거나 푸르거나 알록달록한 여러 가지 색이 있다. 하지 앞뒤로 심는데, 싹의 높이는 서너 자이고, 잎은 모여 있으며 끝이 뾰족하고, 가을에 작고 흰 꽃이 피어서 떨기를 이루며, 꼬투리를 맺으면 길이는 한 치쯤이고, 서리가 내리면 바로 시든다.

朱子曰 菽 豆也. 本艸曰 大豆 一名尗 俗作菽 角曰 莢 葉曰 藿 莖曰 萁. 有黑白黃褐青斑數色. 夏至前後下種 苗高三四尺 葉團有尖 秋開小白花成叢 結莢長寸許 經霜乃枯.

저__苴 · 삼씨

주자가 말하였다. '저'(삼씨)는 '마자'(삼씨)이다.

『본초』에 말하였다. '마'(삼)의 암그루이다.

앞의 '마' 항목에 자세히 보인다.

朱子曰 苴 麻子也. 本草曰 雌麻也. 詳見上麻條.

동__重·늦곡식

주자가 말하였다. 먼저 심어 뒤늦게 익는 것은 '동'(늦곡식)이라 한다.

朱子曰 先種後熟曰 重.

구월엔 채마밭에 타작마당 닦고	九月築場圃
시월엔 곡식을 거둬들이네.	十月納禾稼
찰기장·메기장과 늦곡식·올곡식	黍稷重穋
벼와 삼에다 콩·보리라네.	禾麻菽麥
아아, 우리네 농부들아	嗟我農夫
우리 집 추수는 다 끝났네.	我稼既同
안에 들어가 집일들 하게.	上入執宮功
낮에는 띠 베어 모으고	晝爾于茅
밤에는 새끼를 꼬아야지.	宵爾索綯
빨리 지붕을 이어야	亟其乘屋
내년에 또 새 곡식을 뿌리지.	其始播百穀

륙 __ 穋 · 올곡식

주자가 말하였다. 뒤늦게 심어 먼저 익는 것은 '륙'(올곡식)이라 한다.

朱子曰 後種先熟曰 穋.

곽__藿 · 콩잎

◉ 小雅 白駒[1]

주자가 말하였다. '곽'(콩잎)은 '묘'(싹 · 모)와 같다.

화곡 엄씨가 말하였다. '곽'은 '두'(콩)의 잎이니, 국을 만드는 데 쓴다.

朱子曰 藿 猶苗也. 華谷嚴氏曰 藿 豆葉 用以作羹.

새하얀 흰 망아지가	皎皎白駒
내 밭의 콩잎을 먹었네.	食我場藿
붙잡아 매어놓고	縶之維之
이 저녁 내내 못 가게 하여,	以永今夕
바로 그 사람이	所謂伊人
이곳에 좋은 손님 되게 하리라.	於焉嘉客

---

1) 『시경』「소아」의 편 이름. 주(周) 선왕(宣王)이 현인을 머물러 있지 못하게 함을 풍자한 시.

속__粟 · 메조

■ 黃鳥[1]

『본초』에 말하였다. '선속'(메조)이다. 강남과 강서(江右. 揚子江 중류 남쪽 연안의 땅) 사이에서 심는 것은 모두 이것이다. 그 낟알은 '량'(기장) 보다 가늘다. 싹은 '모'(띠)와 함께 비슷하다. 종류는 모두 몇십 가지이다.

本草曰 秈粟. 江南西間所種皆是. 其粒細於粱. 苗俱似茅. 種類凡數十.

꾀꼬리야 꾀꼬리야	黃鳥黃鳥
닥나무에 떼 지어 앉지 마라	無集于穀
우리 메조를 쪼지 마라.	無啄我粟
이 나라 사람들이	此邦之人
나에게 잘 대해주지 않으니,	不我肯穀
발길을 돌려 되돌아가리라	言旋言歸
우리 일가들 사는 곳으로 돌아가리라.	復我邦族

---

1) 『시경』 「소아」의 편 이름. 선왕(宣王)을 풍자한 시.

임숙__荏菽·완두

◈ 大雅 生民[1]

주자가 말하였다. '임숙'(완두)은 '대두'(콩)이다.

『본초』에 말하였다. '융숙'은 다른 이름으로 '완두'(콩과의 일이년생 만초), '회골두', '필두', '청소두', '청반두', '마루'이다. 지금 북쪽 땅에 매우 많다. 8~9월에 심는데, 싹이 나오면 부드럽고 약하며 덩굴과 같고, 수염처럼 늘어진 것이 있다. 잎은 '질려'(남가새)와 비슷하고, 둘씩 짝을 이루어 서로 반대쪽으로 자라난다. 3~4월에 작은 꽃이 피면, 마치 '아'(누에나방)의 모양과 같고, 옅은 자주색이다. 꼬투리를 맺으면 길이는 한 치쯤이고, 열매는 둥글어서 마치 알약과 같으며, 또한 '감초'의 씨와 같다. 호지(중국의 동북 지방)에서 나는 것은 크기가 '행인'(살구씨) 만하다. 온갖 곡식 가운데 가장 먼저 익는다.

『이아』에 말하였다. '융숙'은 '임숙'이라 한다. 『주』에 말하였다. 바로 '호두'이다.

朱子曰 荏菽 大豆也. 本草曰 戎菽 一名豌豆 一名回鶻豆 一名畢豆 一名靑小豆 一名靑斑豆 一名麻累. 今北土甚多. 八九月下種 苗生柔弱如蔓 有鬚. 葉似疾藜 兩兩對生. 三四月開小花如蛾形 澹紫色. 結莢長寸許 子圓

如藥丸 亦似甘艸子. 出胡地者大如杏仁. 百穀之中 最爲先登. 爾雅曰 戎菽
謂之荏菽. 注云 卽胡豆也.

기어 다니게 되시자	誕實匍匐
뜻을 알고 생각이 있으셨네.	克岐克嶷
음식을 찾아 잡수시게 되자	以就口食
완두를 심으셨는데	蓺之荏菽
그 완두가 무럭무럭 자랐네.	荏菽旆旆
벼도 쭉쭉 줄지어 자라고	禾役穟穟
삼과 보리도 무성하게 컸으며	麻麥幪幪
오이와 북치도 쑥쑥 자랐네.	瓜瓞唪唪

---

1) 『시경』 「대아」의 편 이름. 후직(后稷)이 하늘의 명을 받아 태어남을 칭송한 글.

거__秬 · 검은 기장

주자가 말하였다. '거'(검은 기장)는 '흑서'(검은 기장)이다.

『이아소』에 말하였다. '흑서'는 다른 이름으로 '거서'이니, 바로 '흑
서'의 큰 것을 말한다.

朱子曰 秬 黑黍也. 爾雅疏曰 黑黍 一名秬黍 卽黑黍之大名.

좋은 곡식 씨앗을 하늘이 내리시니	誕降嘉種
검은 기장과 검은 기장에다	維秬維秠
붉은 차조 흰 차조라네.	維穈維芑
검은 기장과 검은 기장 두루 심어	恒之秬秠
알곡을 베어 밭둑에다 쌓아 놓았네.	是穫是畝
붉은 차조 흰 차조 두루 심어	恒之穈芑
어깨에 메고 등에다 졌네.	是任是負
돌아와선 처음으로 제사지내셨네.	以歸肇祀

비 __秠 · 검은 기장

　주자가 말하였다. '비'(검은 기장)는 '흑서'(검은 기장)이니, 겨 하나에
낟알이 두 개인 것이다.
　『이아주』에 말하였다. 이것도 또한 '흑서'이나, 다만 속의 낟알 개수가
다를 뿐이다.

　朱子曰 秠 黑黍 一稃二米者也. 爾雅注云 此亦黑黍 但中米異耳.

문__糜 · 붉은 차조

주자가 말하였다. '문'(糜 · 붉은 차조)은 '적량'이니 곡식[1]이다.
『본초』에 말하였다. '적서'를 '문'(糜)이라 한다.
『이아』에 말하였다. '문'(虋 · 차조)은 '적묘'[2]이다. 『주』에 말하였다.
지금의 '적량'이니, 곡식이다. 『소』에 말하였다. '문'(虋)과 '문'(糜)은 한
가지이다.
나는 이렇게 생각한다. 곽박이 "'량'(차조)이니 곡식이다"라 하였고,
『본초』에 "'서'(기장)이다"라 하였는데, 어느 것이 옳은지 알지 못하겠다.

朱子曰 糜 赤粱 粟也. 本艸曰 赤黍曰 糜. 爾雅曰 虋 赤苗. 注云 今之赤
粱 粟也. 疏云 虋與糜同. 學祥按 郭璞曰 粱 粟 本艸曰 黍 未知孰是也.

---

1) 기존의 『시전』(詩傳)과 『이아』 관련 번역들에서는 이를 '赤粱粟'으로 보아 '붉은 조(차조)' 정도
로 번역하였음. 그러나 각종 사전류에서 '赤粱'은 확인할 수 있지만, '赤粱粟'이나 '粱粟'이란
어휘는 확인할 수 없음. 이는 다만 이것이 '白粱粟'과 호문(互文)적 의미일 것이라는 추측과 곽
박의 『이아주』를 바탕으로 나온 풀이임. 따라서 여기서는 '赤粱'과 '粟'을 따로 보아 풀이했음.
아울러 아래의 '白粱粟'은 사전류에서 그 흔적을 확인할 수 있으므로 그대로 두었음.
2) 글자 그대로 붉은 곡식 열매를 의미하는 명칭임.

기__芑 · 흰 차조

주자가 말하였다. '기'(흰 차조)는 '백량속'이다.

『본초』에 말하였다. '백서'를 '기'라 한다.

『이아』에 말하였다. '기'는 흰 곡식 열매이다. 『주』에 말하였다. 지금의 '백량속'이다.

朱子曰 芑 白粱粟也. 本草曰 白黍曰 芑. 爾雅曰 芑 白苗. 注云 今之白粱粟也.

래__來 · 밀

◈ 周頌 思文[1]

주자가 말하였다. '래'(밀)는 '소맥'(밀)이다.

朱子曰 來 小麥也.

문덕 많으신 후직께서는	思文后稷
하늘의 짝이 되실 만한 분일세.	克配彼天
우리 백성들 안정된 것이	立我烝民
모두 그분의 은덕일세.	莫匪爾極
우리에게 밀과 보리를 주시어	貽我來牟
상제께서 백성들을 두루 기르시게 하셨네.	帝命率育
이곳저곳을 가리지 않고	無此疆爾界
바른 도를 중국 땅에다 펴시었네.	陳常于時夏

---

1) 『시경』 「주송」(周頌)의 편 이름. 후직(后稷)의 덕이 하늘과 짝할 만함을 칭송한 내용.

모__牟 · 보리

주자가 말하였다. '모'(보리)는 '대맥'(보리)이다.
앞의 '맥' 항목에 자세히 보인다.

朱子曰 牟 大麥也. 詳見上麥條.

도__稌 · 메벼

◆ 豐年[1]

주자가 말하였다. '도'(稌 · 벼)는 '도'(稻 · 벼)이다.

삼산 이씨(이시진)가 말하였다. '도'(稌)는 '갱'(메벼)이다.

朱子曰 稌 稻也. 三山李氏曰 稌 秔也.

풍년 들어 찰기장도 잘되고 메벼도 잘되어	豐年多黍多稌
높이 지은 곳집이	亦有高廩
만으로 억으로 많아라.	萬億及秭
술 빚고 단술을 걸러	爲酒爲醴
조상들께 바쳐 올리고,	烝畀祖妣
온갖 예를 다 갖추니	以洽百禮
내리시는 복이 아름다워라.	降福孔皆

1) 『시경』 「주송」의 편 이름. 가을과 겨울에 보답하는 제사를 올리는 시.

詩名多識 卷之二 識木

시명다식 제이권·식목

도__桃 · 복숭아나무

◆ 周南 桃夭[1]

주자가 말하였다. '도'(복숭아나무. 장미과의 낙엽 교목)는 나무 이름
이니, 꽃이 붉고, 열매는 먹을 수 있다.

『본초』에 말하였다. '도'의 성질은 일찍 꽃이 피고, 심기 쉬우며 열매
가 많기 때문에 글자는 목(木)과 조(兆)를 따른다. 십억을 조라 하는데,
그것은 많다는 말이다.

전술(明代 州에 속한 陰陽學官)이 말하였다. '도'는 오목[2] 중에서 순수
한 것이니, 선목이다.[3]

朱子曰 桃 木名 華紅 實可食. 本草曰 桃性早花 易植 而子繁 故字從木
兆. 十億曰兆 言其多也. 典術曰 桃 五木之精 仙木也.

복숭아나무 하늘하늘한 가지에	桃之夭夭
활짝 꽃이 피었네.	灼灼其華
저 아가씨 시집가서	之子于歸
온 집안을 화락케 하라.	宜其室家

1) 『시경』「주남」의 편 이름. 젊은 남녀가 제때에 결혼하는 것을 찬미한 시.
2) ① 槐(홰나무)·柳(버들·버드나무)·桃·桑(뽕나무)·構(닥나무). 일설에는 梅(매화나무)· 桃·柳·桑·杉(삼나무). 桑·槐·楮(닥나무)·楡(느릅나무)·柳. 桑·槐·桐(오동나무)·樗 (가죽나무)·朴(후박나무). ② 불씨를 얻던 다섯 가지 목재.
3) "典術曰 桃者 五木之精 故能壓伏邪氣 服其華令人好色 蓋仙木也." (전술이 말하였다. "'도'라는 것은 오목 중에서 순수한 것이기 때문에 나쁜 기운을 눌러서 복종시킬 수 있고, 그 꽃은 사람 으로 하여금 여색(女色)을 좋아 하는 것을 복종시킬 수 있으니, 대개 선목이다.) 『비아』「석목」 (釋木).

초__楚 · 모형

◆ 漢廣

주자가 말하였다. '초'(牡荊. 마편초과의 낙엽 관목)는 나무 이름이니, '형'(가시나무. 가시가 있는 나무의 총칭)의 따위이다.

『설문』에 말하였다. 떨기로 나는 나무이니, 일설에는 '형'이라 한다.

朱子曰 楚 木名 荊屬. 說文曰 叢木也 一曰 荊.

빽빽이 우거진 섶 가운데	翹翹錯薪
저 가시나무를 베어다가	言刈其楚
저 아가씨 시집갈 적에	之子于歸
그 말에게 먹이리라.	言秣其馬
한수가 하도 넓어	漢之廣矣
헤엄쳐 갈 수도 없고	不可泳思
강수가 하도 길어	江之永矣
뗏목 타고 갈 수도 없네.	不可方思

감당__甘棠 · 팥배나무

◈ 召南 甘棠[1]

　주자가 말하였다. '감당'(팥배나무. 장미과의 낙엽 활엽 교목)은 '두리'이니, 흰 것은 '당'이라 하고, 붉은 것은 '두'라 한다.

　육씨가 말하였다. '감당'은 지금의 '당리'(野梨)이니, 다른 이름으로 '두리', '적당'이고, '백당'과 함께 한가지일 뿐이다. 다만 열매에 붉거나 흼과 맛이 좋거나 나쁨이 있다. 열매가 흰색이면 '백당'이라 하니 '감당'이고, 조금 시면서 부드럽고 맛이 좋다. '적당'의 열매는 떫고 시어서 맛이 없으니, 속담에 "떫기가 '두'와 같다"고 함이 이것이다. '적당'은 나뭇결이 질겨서 또한 활의 몸통을 만들 수 있다.

　『본초』에 말하였다. '당리'는 '야리'이다. 나무는 '리'(배나무)와 비슷하지만 작다. 잎은 '창출'(삽주 또는 삽주의 뿌리. 利尿 · 發汗 등에 약용함)의 잎과 비슷한데, 또한 모여 있는 것이 있고, 세 갈래진 것도 있으며, 잎 가장자리에는 톱니가 있고, 색은 매우 감파른(엷은 청흑색) 흰색이다. 2월에 흰 꽃이 피고, 맺은 열매는 '소련자'[2]와 같지만 크며, 서리가 내린 뒤에 먹을 수 있다. 그 뿌리는 '리'와 접붙이면 더욱 좋다. 그것은 달거나 신 것과 붉거나 흰 두 종류가 있다.

　『이아』에 말하였다. '두'는 '감당'이다.

나는 이렇게 생각한다. 『이아』에 또 '두'는 '적당'이라는 항목도 있으나, 뜻풀이는 다 같다.

朱子曰 甘棠 杜梨也 白者爲棠 赤者爲杜. 陸氏曰 甘棠 今棠梨 一名杜梨 赤棠也 與白棠同耳. 但子有赤白美惡. 子白色爲白棠 甘棠也 少酢滑美. 赤棠子澀 而酢無味 俗語云 澀如杜 是也. 赤棠 木理韌 亦可以作弓幹. 本艸曰 棠梨 野梨也. 樹似梨而小. 葉似蒼朮葉 亦有團者 三叉者 葉邊皆有鋸[3]齒 色頗黲白. 二月開白花 結實如小棟子大 霜後可食. 其根[4]接梨甚嘉. 有甘酢赤白二種. 爾雅曰 杜 甘棠. 學祥按 爾雅 又有杜赤棠條 義釋悉同.

무성한 저 팥배나무	蔽芾甘棠
베지도 말고 치지도 말라.	勿翦勿伐
소백님이 머무신 곳이라네.	召伯所茇

---

1) 『시경』 「소남」의 편 이름. 소백(召伯)의 교화가 남쪽 나라에 밝혀졌음을 찬미한 시.
2) 사전류에서 '소련자'는 찾을 수 없음. 다만, '련'은 멀구슬나무임. 송(宋) 라원(羅願)의 『이아익』(爾雅翼) 「석목」(釋木)에 따르면, "'련'은 높이가 한 길 남짓이고, 잎이 빽빽하여 괴(槐·홰나무)와 같으며, 뾰족하다. 3~4월에 꽃이 피는데 붉은 보라색이고, 향기로운 냄새는 뜰에 가득하다. 그 열매는 작은 방울과 같은데 익으면 누렇고, 세상 사람들이 '고련자'(苦棟子)라 하며, 또한 '금령자'(金鈴子)라 한다."고 하였음. 따라서 '소련자'는 '작은 멀구슬나무의 열매'라는 정도의 뜻풀이가 가능함. 멀구슬나무의 열매는 '연실'(棟實)이라고도 하며, 약재로써 기(氣)를 다스리고 지혈(止血)하는데 쓰임.
3) 『시명다식』에는 '鉅'이지만, 『본초강목』 원문을 따랐음.
4) 『본초강목』에는 '樹'이지만, 『시명다식』 원문을 따랐음.

매__梅·매실

◆ 摽有梅[1]

주자가 말하였다. '매'(매실나무. 장미과의 낙엽 활엽 교목)는 나무 이름이니, 꽃이 희고, 열매는 '행'(살구)과 같은데 시다.

육씨가 말하였다. '매'는 '행'(살구나무)의 따위이니, 나무와 잎이 모두 '행'과 같지만 검을 뿐이다. 햇볕에 쬐어 말려서 포를 만들어 야채국과 고깃국과 무침 속에 넣고, 또 머금어 입을 향기롭게 할 수 있다.

나는 이렇게 생각한다. 『이아』에 "'염'(매화나무)은 '매'이다"라 하였고, 『주』에 "'행'과 비슷하고, 열매는 시다"고 했으니, 이것은 잘못일 것이다. 뒤에 「종남」의 '매' 항목에 자세하다.

朱子曰 梅 木名 華白 實似杏而酢. 陸氏曰 梅 杏類也 樹及葉皆如杏 而黑耳. 曝乾爲腊 實羹臛虀中 又可含 而香口.[2] 學祥按 爾雅曰 梅 梅 注云 似杏 實酢 此誤矣. 下祥終南梅條.

매실이 다 떨어지고	摽有梅
그 열매 일곱만 남았네.	其實七兮
나를 데려가실 총각님네들	求我庶士

길일을 받아서 빨리 장가드셔요.　　迨其吉兮

---

1) 『시경』 「소남」의 편 이름. 소남(召南)의 나라가 문왕의 교화를 입어 남녀들이 제때에 혼인함을 읊은 시.
2) 『모시초목조수충어소』에는 '爆乾爲腊 置羹臛齊中 又可含以香口'이지만, 『시명다식』 원문을 따랐음.

복속__樸樕 · 떡갈나무

◆ 野有死麕

　주자가 말하였다. '복속'(떡갈나무)은 작은 나무이다.

　『본초』에 말하였다. '복속'은 다른 이름으로 '곡실'(도토리), '곡속'(떡갈나무), '대엽력', '력강자'(도토리)이다. 두 종류가 있다. 한 종류는 떨기로 나는 작은 것으로 '포'(졸참나무. 참나무과의 낙엽 교목)라 이름하고, 한 종류는 높은 것으로 '대엽력'이라 이름한다. 나무와 잎은 모두 '률'(밤나무. 낙엽 교목의 과수)과 비슷하니, 키가 크고 우람하며 거칠고 두터운데, 겨울철에 시들어 떨어진다. 3~4월에 꽃이 피면 또한 '률'과 같고, 8~9월에 열매를 맺으면 '상자'(橡實 · 상수리. 상수리나무의 열매)와 비슷하지만 매우 짧고 작으며, 그 꼭지에는 또한 국자 모양의 자루가 있다. 그 열매는 뻣뻣하고 떫어서 맛이 나쁘지만, 흉년에는 사람들이 또한 그것을 먹는다. 그 나뭇결은 거칠어서 '상'(상수리나무) 나무에 미치지 못한다.

　『이아』에 말하였다. '복속'은 '심'이다. 『주』에 말하였다. '곡속'의 다른 이름이다. 『소』에 말하였다. 고갱이가 습기를 견딜 수 있어서, 양자강과 황하 사이에서는 이것으로 기둥을 만드는데, 이 때문에 '복속'이 나무 이름이 되었다.

朱子曰 樸樕 小木也. 本艸曰 樸樕 一名槲實 一名槲樕 一名大葉櫟 一名
櫟橿子. 有二種. 一種叢生小者名枹 一種高者名大葉櫟. 樹葉俱似栗 長大
粗厚 冬月凋落. 三四月開花亦如栗 八九月結實似橡子 而稍短小 其蒂亦
有斗. 其實僵澀味惡 荒歲人亦食之. 其木理粗不及橡木. 爾雅曰 樸樕[1]
心. 注云 槲樕別名. 疏云 有心能湿 江河間以作柱 是以[2]樸樕爲木名也.

숲 속의 떡갈나무 베고	林有樸樕
들판에서 사슴을 잡아,	野有死鹿
흰 띠로 싸매 주니	白茅純束
아가씨 옥처럼 아름다워라.	有女如玉

---

1) 『이아』에는 '樕樸'이지만, 『시명다식』 원문을 따랐음.
2) 『이아』에는 '以'가 없지만, 『시명다식』 원문을 따랐음.

당체__唐棣 · 산사나무

◆ 何彼穠矣[1]

주자가 말하였다. '당체'(唐棣 · 산사나무)는 '체'(산이스라지나무 · 산 앵두나무 · 郁李 · 夫栘 · 棠棣)이니, '백양'(황철나무 · 사시나무 · 銀白 楊. 버드나무과의 낙엽 활엽 교목. 목재로 많이 쓰임)과 비슷하다.

육씨가 말하였다. '당체'(唐棣)는 '욱리'(奧李 · 산앵두나무 · 郁李)이 니, 다른 이름으로 '작매'이고, 또한 '차하리'라 한다. 여기저기 산속에 모두 있는데, 그 꽃은 어떤 것은 희고 어떤 것은 붉으며, 6월 중에 열매를 이루면 크기는 '리자'(자두)와 같고 먹을 수 있다.

『본초』에 말하였다. '당체'(唐棣)는 다른 이름으로 '부이'(扶栘), '체 양'(잎이 둥근 柳), '고비'(扶栘), '독요'(白楊)이다. 나무 크기는 열 몇 아 름이다. 잎은 둥글고 꼭지가 약해서 작은 바람에도 크게 흔들린다. 꽃도 뒤집혀서 서로 등진다.[2]

나는 이렇게 생각한다. 육씨가 '당체'(唐棣)를 가지고 '욱리'(郁李)라 한 것은 잘못일 것이다. '욱리'(郁李)는 바로 '상체'[3]이지 '당체'(唐棣)가 아니다.

朱子曰 唐棣 栘也 似白楊. 陸氏曰 唐棣 奧李也 一名雀梅 亦曰車下李.

所在山中皆有 其花或白或赤 六月中成實 大如李子可食. 本草曰 唐棣 一
名扶栘 一名栘楊 一名高飛 一名獨搖. 樹大十數圍. 圓葉弱蔕 微風大搖.
花反 而後合. 學祥按 陸氏 以唐棣爲郁李者 誤矣. 郁李 乃常棣 非唐棣也.

어찌 저리도 고울까	何彼穠矣
산사나무 꽃 같아라.	唐棣之華
어찌 저리도 경건스러울까	曷不肅雝
공주님의 수레는.	王姬之車

---

1) 『시경』 「소남」의 편 이름. 제후에게 하가(下嫁)하여 수레와 복장을 남편의 신분(身分)에 관계하
지 않고, 왕후(王后)보다 한 등급 낮게 하여 부도(婦道)를 잡아 엄숙하고 화(和)한 덕을 이룬 왕
희(王姬)를 찬미한 시.

2) "無風葉動 花反 而後合 詩云 唐棣之華 偏其反而 是也." (바람이 없어도 잎은 움직이고, 꽃도 뒤
집혀서 서로 등지니, 『시경』에 "당체(唐棣)의 꽃이여! 펄럭여서 뒤집히는구나"라 한 것이 이것
이다.) 『본초강목』 제35권 「목지이」(木之二) 〈부이〉(扶栘) 조. 여기에서 인용한 시는 『시경』의
일시(逸詩)로서 『논어』 「자한」(子罕)편에 따르면, 전문(全文)은 다음과 같음. "唐棣之華 偏其反
而 豈不爾思 室是遠而." (당체의 꽃이여! 펄럭여서 뒤집히는구나. 어찌 그대를 생각하지 않겠
느냐마는 집이 멀기 때문이니라.)

3) 나무의 이름. 일설에는 리(李·오얏나무·자두나무·앵도과의 낙엽 교목)의 한 종류라고 함.

리__李 · 자두나무

주자가 말하였다. '리'(자두나무)는 나무 이름이니, 꽃은 희고, 열매는 먹을 수 있다

『본초』에 말하였다. '리'는 다른 이름으로 '가경자'(자두)이다. 초록빛 잎에 흰 꽃이고, 나무는 오래 견뎌낼 수 있으며, 그 종류는 백 가지에 가깝다. 그 열매는 큰 것이 마치 잔이나 동물의 알만 하고, 작은 것은 탄알이나 '앵'(앵두)만 하다. 그 맛은 달거나 시거나 쓰거나 껄끄러운(떫은) 몇 종류가 있다. 그 색은 푸른색, 초록색, 자주색, 붉은색, 노란색, 붉은색, 표기색(옥색 · 청백색), 인지색(붉은색 · 燕脂색), 청피[1]색, 자회색으로 다른 것들이 있다. 그 모양은 '우'(소)의 염통, '마'(말)의 간, 내리, 행리, 수리, 리핵, 합핵, 씨가 없는 것, 편봉으로 다른 것들이 있다.

朱子曰 李 木名 華白 實可食. 本艸曰 李 一名嘉慶子. 綠葉白花 樹能耐久 其種近百. 其子大者如杯如卵 小者如[2]彈如櫻. 其味有甘酸苦澀[3]數種. 其色有靑綠紫朱黃赤縹綺胭脂靑皮紫灰之殊. 其形有牛心馬肝柰李杏李水李離核合核無核匾縫之異.

어찌 저리도 고울까	何彼穠矣
복숭아꽃 자도꽃 같아라.	華如桃李
평왕의 손녀딸이	平王之孫
제나라 왕자에게 시집가네.	齊侯之子

---

1) '청피'는 익지 않은 귤의 푸른 껍질을 말린 것. 한약재로 씀.
2) 규장각본 『시명다식』에는 '小'이지만, 『본초강목』과 소창문고본 『시명다식』 원문을 따랐음.
3) 『본초강목』에는 '澀'이지만, 『시명다식』 원문을 따랐음.

백 __ 柏·측백나무

◉ 邶 柏舟[1]

주자가 말하였다. '백'(측백나무. 측백나무과의 상록 침엽 교목)[2]은 나무 이름이다.

『본초』에 말하였다. '백'은 다른 이름으로 '측백'이다. 『육서정온』에 "많은 나무가 모두 햇빛을 향하지만, '백'만 홀로 서녘을 향하니 대개 음목(산 북쪽의 나무 또는 산의 응달에 있는 나무)이지만, 곧은 덕이 있기 때문에 글자는 백(白)을 따른다. 백이라는 것은 서쪽이다"라 했다.

『이아』에 말하였다. '백'은 '국'(측백나무와 노송나무의 총칭)이다.

朱子曰 柏 木名. 本艸曰 柏 一名側柏. 六書精蘊[3]云 萬木皆向陽 而柏獨西指 盖陰木 而有貞德者 故字從白. 白者 西方也. 爾雅曰 柏 椈.

두둥실 측백나무 배가　　　　　　汎彼柏舟

물결 따라 떠내려가네.　　　　　　亦汎其流

밤새 잠 못 이루었으니　　　　　　耿耿不寐

남모를 걱정이라도 있나봐.　　　　如有隱憂

내 마실 술이 없어　　　　　　　　微我無酒

나가 노닐지 못하는 건 아니라네.　　*以敖以遊*

---

1) 『시경』 「패풍」의 편 이름. 어진 사람이 뜻을 이루지 못하여 불우(不遇)함을 노래한 시.
2) 우리나라에서는 소나무과에 속하는 상록 교목인 '잣나무'를 의미하기도 함.
3) 『시명다식』에는 '繩'이지만, '蘊'이 맞으므로 바로잡았음.

극_棘 · 묏대추

◆ 凱風[1]

주자가 말하였다. '극'(묏대추. 일설에는 탱자나무)은 작은 나무이니, 떨기로 나고, 가시가 많으며, 자라기 어렵다.

자서[2]에 말하였다. '극'은 '조'(대추나무. 갈매나무과의 낙엽 교목)와 같지만, 가시가 많고, 나무가 단단하며, 색깔은 붉다. 흰 것은 '백극'(떨기나무)이라 하고, 열매가 신 것은 '이극'(묏대추나무. 일설에는 묏대추나무와 가시나무. 인신하여 가치가 없는 물건의 비유)이라 하며, 또한 '산조'라 이름한다.

朱子曰 棘 小木 叢生 多刺 難長. 字書云 棘如棗 而多刺 木堅 色赤. 白者爲白棘 實酸者爲樲棘 亦名酸棗.

따스한 바람이 남쪽으로부터	凱風自南
저 묏대추 새싹에 불어오네.	吹彼棘心
묏대추 새싹은 하늘하늘 자라건만	棘心夭夭
어머님은 고생만 하셨네.	母氏劬勞

1) 『시경』「패풍」의 편 이름. 효자를 찬미한 시.
2) 자전(字典). 또는 옛날에 글자를 익히던 교본. 사주편(史籒篇) 따위.

진__榛·개암나무

◆ 簡兮

주자가 말하였다. '진'(榛·개암나무. 자작나무과의 낙엽 교목. 도토리
와 비슷한 고소한 열매를 맺음)은 '률'(밤나무)과 비슷하지만 작다.

육씨가 말하였다. '진'(榛)은 '률'의 따위이니, 두 종류가 있다. 그 한
종류는 가지와 잎과 껍질이 '률'과 같고, 그 열매는 작으며, 모양은 '서
자'(상수리·皁斗. 상수리나무의 열매. 검정색의 염료로 쓰임)와 같고,
맛도 또한 '률'(밤)과 같으니, 이른바 『시경』「용풍」(鄘風)〈정지방중〉(定
之方中)의 "'진'(榛)과 '률'을 심고"라는 것이다. 그 한 종류는 가지와 잎
이 '수료'(여뀌)와 같으니, 자라면 높이가 한 발 남짓이고, '호도' 맛을 내
는데, 요동과 상당(山西省 동남부)에 모두 넉넉하여 산마다 '진'(榛)의 개
암이 있고, 가지와 잎은 '률' 나무와 비슷하며, 열매는 '상자'(상수리)와
비슷하고, 맛은 '률'(밤)과 비슷하며, 가지와 줄기는 횃불을 만들 수 있으
니, 각 지방에 모두 있다.

『본초』에 말하였다. '진'(榛)은 다른 이름으로 '진'(業)이다. 옛 '진'(榛)
자이다. 나무가 낮고 작아서 '형'(가시나무)과 같고, 떨기로 난다. 늦겨울
에 꽃이 피면 '력'(상수리나무. 참나무과의 다년생 낙엽 교목)의 꽃과 같
고, 가지를 이루어 아래로 늘어지며, 길이는 두세 치이다. 2월에 나는 잎

은 마치 처음 난 '앵도'(앵두나무)의 잎과 같은데, 쭈글쭈글한 주름살 같
은 무늬가 많고, 가는 이 모양과 가시가 있다. 그 열매는 송이에서 만들
어지는데, 열다섯 개가 서로 붙어 있고, 송이 하나에 열매도 하나이다.
열매는 '력'의 열매와 같은데, 아래는 크고 위는 뾰족하며, 자라면서 푸
르다가 익으면 다갈색이고, 그 껍질은 두텁고 단단하며, 그 씨는 희고 둥
근데, 크기는 '행인'(살구씨)과 같고, 또한 껍질과 가시가 있다. 그러나
비어 있는 것이 많기 때문에 속담에 "개암이 열 개라도 아홉은 비었다"고
한다.

朱子曰 榛 似栗而小. 陸氏曰 榛 栗屬 有兩種. 其一種枝[1]葉皮皆如栗
其子小 形如[2]杼子 味亦如栗 所謂樹之榛栗者也. 其一種枝葉如水蓼 生高
丈餘 作胡桃味 遼東上黨皆饒 山有榛之榛 枝葉似栗樹 子似橡子 味似栗
枝莖可以爲燭 五方皆有. 本艸曰 榛 一名亲. 古榛字. 樹低小如荊 叢生. 冬
末開花如櫟花 成條下垂 長二三寸. 二月生葉如初生櫻桃葉 多皺文 而有
細齒及尖. 其實作苞 三五相粘 一苞一實. 實如櫟實 下壯上銳 生靑熟褐 其
壺厚而堅 其仁白而圓 大如杏仁 亦有皮尖. 然多空者 故諺云 十榛九空.

---

1) 『모시초목조수충어소』에는 '之'이지만, 『본초강목』과 『시명다식』 원문을 따랐음.
2) 『모시초목조수충어소』에는 '似'이지만, 『시명다식』 원문을 따랐음.

률__栗 · 밤나무

◆ 鄜定之方中[1]

주자가 말하였다. '진'(개암나무)과 '률'(밤나무)은 두 나무이니, 그 열매는 '진'이 작고 '률'이 크다.

육씨가 말하였다. '률'은 주와 진과 오[2]와 양에 특히 넉넉하다. 오월[3]은 성의 안팎이 모두 '률'로 덮여 있다. 오직 어양(河北省 密雲縣 서남부)과 범양[4]의 '률'이 달고 맛이 좋으며 맛이 오래가서 다른 지방의 것은 다 미치지 못한다. 왜와 한국 여러 섬의 밤은 크기가 마치 달걀과 같은데, 또한 맛이 모자라고 좋지 않다.

『본초』에 말하였다. '률' 나무는 높이가 두세 발이고, 송이는 많은 가시가 나서 마치 '위'(고슴도치)의 털과 같고, 가지마다 네댓 개의 송이를 밑돌지 않으며, 푸르거나 노랗거나 붉은 세 가지 색이 있다. 속의 열매는 어떤 것은 하나, 어떤 것은 둘, 어떤 것은 셋, 어떤 것은 넷이다. 그 껍질은 나면서 노랗다가 익으면 자주색이 되고, 껍질 안 꺼풀 속에 씨가 있는데, 9월 상강(양력 10월 23~24일)에 익는다. 그 꽃은 가지에서 만들어지는데, 크기는 마치 젓가락 머리만 하고, 길이는 네댓 치이며, 등불을 켤 수 있다.

朱子曰 榛栗 二木 其實 榛小栗大. 陸氏曰 栗 周秦吳揚特饒. 吳越被城
表裡皆栗. 唯漁陽范陽栗甜美長味 他方者悉不及也. 倭韓國諸島上栗大如
鷄子 亦短味不美. 本艸曰 栗木高二三丈 苞生多刺如蝟⁵⁾毛 每枝不下四五
箇苞 有靑黃赤三色. 中子或單或雙或三或四. 其殼生黃熟紫 殼內有膜裹仁
九月霜降乃熟. 其花作條 大如筋頭 長四五寸 可以点燈.

정성이 하늘 한가운데 뜬 시월에	定之方中
초구 언덕에다 종묘를 짓네.	作于楚宮
해 그림자로 재어서 방향을 잡고	揆之以日
초구 언덕에다 궁전을 짓네.	作于楚室
개암나무 밤나무 심고	樹之榛栗
의나무 오동나무 노나무 옻나무 심어	椅桐梓漆
뒷날 베어서 거문고를 만든다네.	爰伐琴瑟

---

1) 『시경』 「용풍」의 편 이름. 위(衛)나라 문공(文公)을 찬미한 시.
2) 주(周) 때 희성(姬姓)의 나라. 지금의 강소성(江蘇省) 무석현(無錫縣) 일대. 월왕(越王) 구천(句
  踐)에게 멸망당했음.
3) 춘추 때의 오와 월. 또는 그 옛 땅. 두 나라가 오랫동안 싸운 데서, 서로 화합할 수 없는 원수
  사이의 비유.
4) ① 군(郡) 이름. 삼국 때 두었음. 하북성(河北省) 탁현(涿縣). ② 현(縣) 이름. 진(秦) 때 두었음.
  하북성(河北省) 정흥현(定興縣).
5) 『본초강목』에는 '猬'이지만, '蝟'와 통하므로 『시명다식』 원문을 따랐음.

의__椅 · 의나무

주자가 말하였다. '의'(의나무. 산유자나무과의 낙엽 교목)는 '재'(가래나무. 가래나무과의 낙엽 교목. 재질이 가볍고 질이 좋아 악기 · 건축 · 가구의 재료로 씀) 열매에 '동'(오동나무) 껍질이다.

육씨가 말하였다. '의'는 지금 사람들이 '오동'(오동나무. 재질이 가볍고 단단하여 가구 · 악기의 재료로 씀. 고대에는 봉황이 깃들이는 나무라 여겼음)이라 하니, 크게는 '동'(오동나무. 낙엽 활엽 교목)과 비슷하지만 작게는 구별되는 것이다.

『본초』에 말하였다. '재' 나무에는 세 종류가 있다. 나뭇결이 흰 것은 '재'라 하고, 붉은 것은 '추'(개오동나무. 능소화과의 낙엽 교목. 재목은 가구 · 바둑판의 재료로 씀)라 하며, '재' 중에서 무늬가 아름다운 것은 '의'라 한다.

朱子曰 椅 梓實桐皮. 陸氏曰 椅 今人云 梧桐也 則大類桐[1] 而小別也. 本艸曰 梓木有三種. 木理白者爲梓 赤者爲楸 梓之美文者爲椅.

---

1) 『모시초목조수충어소』에는 '同'이지만, 『시명다식』 원문을 따랐음.

동__桐 · 오동나무

주자가 말하였다. '동'(오동나무)은 '오동'(오동나무)이다.

육씨가 말하였다. '동'에는 '청동'(碧梧桐), '백동', '적동'이 있다. '백동'으로는 큰 거문고와 작은 거문고를 만든다. 지금 운남[1]과 장가[2] 사람들은 길쌈해서 베를 만드는데, 담요와 비슷하다.[3]

『본초』에 말하였다. '동'은 다른 이름으로 '백동', '황동', '포동'(백동), '의동'(의나무와 오동나무 또는 의나무), '영동'이다. 잎 크기는 지름이 한 자이고, 나서 자라기가 가장 쉽다. 껍질 색은 조금 희고, 그 목재는 가벼우며, 벌레나 나무좀이 살지 못하고, 여러 가지 물건을 만드는데, 집의 기둥에 매우 좋다. 2월에 꽃이 피면 '견우화'(나팔꽃)와 같지만 흰색이다. 맺은 열매는 크기가 '거조'(큰 대추)만 하고, 길이는 한 치 남짓이며, 껍질 속에 씨 조각이 있는데, 가볍고 '유협'(느릅나무의 열매. 초봄에 잎보다 먼저 가지 사이에서 나는 꼬투리로서 식용함)이나 '규'[4] 열매의 모양과 같으며, 늙으면 껍질이 찢어져서 바람을 따라 나부끼거나 날린다. 그 꽃이 자주색인 것은 '강동'(油桐)이라 이름하는데, '임동'(罌子桐)이니, 바로 '유동'(大戟科에 속하는 낙엽 활엽 교목. 씨에서 짠 기름을 桐油라 함)이다. '청동'은 바로 '오동' 중에서 열매가 없는 것이다.

나는 이렇게 생각한다. 도은거는 열매가 없는 것이 '청동'과 '강동'이라 하였고, 열매가 있는 것이 '오동'과 '백동'이라 하였다. 구종석은 열매가 없는 것이 '백동'과 '강동'이라 하였다. 소송은 '강동'이 '유동'이라 하였다. 송(宋)의 가사협은 열매 껍질이 푸른 것은 '오동'이고, 꽃이 피지만 열매가 없는 것은 '백동'이라 하였다. 여러 설명이 서로 같지 않다. 그러나 송(宋)의 진저가 『동보』에 "흰 꽃이 피는 '동' 열매에서 말미암아 나온 것은 일 년이면 서너 자나 솟을 수 있고, 그 열매 크기는 두세 치이다"라 하였으니, 이것에 의거하면 '백동'을 가지고 열매가 있는 것이라 함이 마땅하다.

朱子曰 桐 梧桐也. 陸氏曰 桐有靑桐白桐赤桐. 白桐爲[5]琴瑟. 今雲南牂柯[6]人績[7]以爲布 似毛布. 本艸曰 桐 一名白桐 一名黃桐 一名泡桐 一名椅桐 一名榮桐. 葉[8]大徑尺 最易生長. 皮色粗白 其木輕虛 不生虫蛀 作器物 屋柱甚良. 二月開花 如牽牛花 而白色. 結實大如巨棗 長寸餘 殼內有子片 輕虛如榆莢葵實之狀 老則殼裂 隨風飄揚. 其花紫色者名岡桐 荏桐卽油桐也. 靑桐 卽梧桐之無實者. 學祥按 陶隱居 以無子者爲靑桐岡桐 有子者爲梧桐白桐. 寇宗奭 以無子者爲白桐岡桐. 蘇頌 以岡桐爲油桐. 賈思勰 以實而皮靑者爲梧桐 華而不實爲白桐. 諸說不同. 然陳翥 桐譜云 白花桐因子 而出者 一年可起三四尺 其實大二三寸 據此當以白桐爲有子者.

---

1) ① 운령(雲嶺) 남쪽에 있는 성(省) 이름. 운령은 운남성(雲南省) 여강현(麗江縣)에 있는 산 이름. 설산(雪山). ② 한(漢)의 현(縣) 이름. 운남성 상운현(祥雲縣)의 남쪽.

2) ① 군(郡) 이름. 한(漢) 때 두었음. 귀주성(貴州省) 옛 준의부(遵義府)의 남쪽인 사남부(思南府)와 석천부(石阡府) 등에 이르는 땅. ② 현(縣) 이름. 수(隋) 때 두었음. 귀주성(貴州省) 덕강현(德江縣)의 서쪽.

3) "雲南牂柯人 取花中白氎淹漬 績以爲布 似毛布 謂之華布." (운남과 장가 사람들은 꽃 속의 흰 솜

털을 골라 뽑아서 물에 담갔다가, 길쌈해서 베를 만드는데, 담요와 비슷하며, '화포'라 한다.)
『본초강목』 제35권 「목지이」(木之二) 〈동〉(桐) 조.

4) 해바라기. 국화과의 일년초. 규곽(葵藿). 해바라기가 해를 따라 움직이는 데서 아랫사람이 윗
   사람을 충심으로 따름의 비유.

5) 『모시초목조수충어소』에는 '宜'이지만, 『시명다식』 원문을 따랐음.

6) 『모시초목조수충어소』에는 '呵'이지만, '柯'와 통하므로 『시명다식』 원문을 따랐음.

7) 『시명다식』에는 '續'이지만, 『모시초목조수충어소』 원문을 따랐음.

8) 『시명다식』에는 '莛'이지만, 『본초강목』 원문을 따랐음.

재__梓 · 노나무

주자가 말하였다. '재'(노나무)는 '추'(개오동나무) 중에서 결이 거칠고 색이 희며 열매가 있는 것이다.

『본초』에 말하였다. '재'는 다른 이름으로 '목왕'이다. '동'(오동나무)과 비슷하지만, 잎이 작고 꽃은 자주색이다.

나는 이렇게 생각한다. 『본초』 '재' 항목에는 여러 대가의 주와 소가 다르고 낱낱이 검사함이 부족하며, 또 여러 설명이 각각 서로 같지 않아서 지금 다 기록하지 않는다. 오직 이시진이 '재'에는 세 종류가 있다고 한 설명을 으뜸으로 삼음이 마땅하다. 이시진의 설명은 앞의 '의'(의나무) 항목에 있다.

朱子曰 梓 楸之疎理白色 而生子者. 本艸曰 梓 一名木王 似桐 而葉小花紫. 學祥按 本草梓條 諸家疏注殊欠簡約 且諸說各相不同 今不悉錄. 唯當以李時珍梓有三種之說爲宗. 李說上在椅條.

칠__漆 · 옻나무

주자가 말하였다. '칠'(옻나무. 낙엽 교목. 그 진액은 검은색 塗料로 씀)은 나무에 진액(津液)이 있는데, 차지고 검어서 여러 가지 물건을 꾸밀 수 있다.

『본초』에 말하였다. '칠'은 나무 높이가 두세 발 남짓이고, 껍질은 희며, 잎은 '춘'(참죽나무. 멀구슬나무과의 낙엽 활엽 교목)과 비슷하고, 꽃은 '괴'(홰나무)와 비슷하며, 그 열매는 '우리'(갈매나무 · 鼠李. 열매는 염료 또는 약재로 씀)의 열매와 비슷하고, 나무 고갱이는 노랗다. 도끼로 찍어 그 껍질을 열고, 대로 된 대롱을 그곳에 이어서 진액이 방울져 떨어지면, 옻칠이 만들어진다.

朱子曰 漆 木有液 黏黑 可飾器物. 本艸曰 漆 樹高二三丈餘 皮白 葉似椿 花似槐 其子似牛李子 木心黃. 以[1]斧斫其皮開 以竹管承之 滴汁則成漆.

---

1) 『본초강목』에는 '剛'이 있지만, 『시명다식』 원문을 따랐음.

상__桑 · 뽕나무

주자가 말하였다. '상'(뽕나무)은 나무 이름이니, 잎은 '잠'(누에. 누에 나방의 유충)을 먹일 수 있는 것이다.

『본초』에 말하였다. 열매의 이름은 '심'(오디)이다. '상'에는 몇 종류가 있다. '백상'이 있으니, 잎 크기는 손바닥과 같고 두텁다. '계상'(山桑. 산 수유과에 속하는 나무)은 잎과 꽃이 얇다. '자상'은 오디가 먼저 열리고 잎이 나중에 생긴다. '산상'(산뽕나무)은 잎이 뾰족하고 길다.

朱子曰 桑 木名 葉可飼蠶者. 本艸曰 子名椹. 桑有數種. 有白桑 葉大如掌而厚. 雞桑 葉花而薄. 子桑 先椹而後葉. 山桑 葉尖而長.

저 옛 터에 올라   升彼虛矣

초구를 바라보셨네.   以望楚矣

초구와 당읍을 바라보시며   望楚與堂

산과 높은 언덕을 살피셨네.   景山與京

내려와선 뽕나무 심을 곳까지 둘러보시며   降觀于桑

거북점 치니 길하다 나왔네.   卜云其吉

거기가 정말 좋은 곳이었네.　　　　　　終焉允臧

심__葚 · 오디

◈ 衛 氓[1]

주자가 말하였다. '심'(오디 · 뽕나무 열매)은 '상'(뽕나무)의 열매이다.
『본초』에 말하였다. '상심'(오디)은 다른 이름으로 '문무실'이다.

朱子曰 葚 桑實也. 本草曰 桑葚 一名文武實.

뽕나무 잎이 떨어지기 전엔	桑之未落
그 잎새 보드랍고 싱싱했었지.	其葉沃若
아아, 비둘기들아	于嗟鳩兮
오디를 너무 따먹지 마라.	無食桑葚
아아, 여자들아	于嗟女兮
남자를 너무 바치지 마라.	無與士耽
남자가 너무 바치는 건	士之耽兮
그래도 할 말이 있다지만,	猶可說也
여자가 너무 바치는 건	女之耽兮
할 말도 없다네.	不可說也

1) 『시경』 「위풍」의 편 이름. 선공(宣公) 때 예의가 사라져 음풍(淫風)이 크게 유행함을 풍자한 시.

회 __ 檜 · 전나무

◆ 竹竿

주자가 말하였다. '회'(전나무. 소나무과의 상록 침엽 교목)는 나무 이름이니, '백'(측백나무)과 비슷하다.

『본초』에 말하였다. 그 나무는 높이 솟아 곧고, 그 껍질은 얇으며, 그 껍질 속은 매끄럽고 윤기 있다. 그 꽃은 가늘고 자잘하며, 그 열매는 송이를 이루고, 모양은 마치 작은 방울과 같다. 서리 내린 뒤에 넷으로 쪼개지면, 속에는 몇 개의 씨앗이 있으니, 크기는 '맥'(보리)의 낟알만 하고, 매우 향기로워 사랑할 만하다. '백'의 잎에 '송'(소나무. 소나무과의 상록 침엽 교목)의 몸이 '회'이다.

朱子曰 檜 木名 似柏. 本艸曰 其樹聳直 其皮薄 其肌膩. 其花細瑣 其實成捄[1] 狀如小鈴 霜後四裂 中有數子 大如麥粒 芬香可愛. 柏葉松身者 檜也.

기수 강물은 아득히 흐르는데	淇水滺滺
전나무 노 저으며 소나무 배를 탔네.	檜楫松舟
이 배나 타고 나가 노닐며	駕言出遊

252

나의 이 시름 달래볼거나.　　　　　以寫我憂

---

1) 『본초강목』에는 '株'이지만, 『시명다식』 원문을 따랐음.

송__松 · 소나무

『본초』에 말하였다. '송'(소나무)은 나무에 옹이가 많고, 길게 높이 솟지만 마디가 많으며, 그 껍질은 거칠고 두터우며 비늘 모양이 있고, 그 잎은 나중에 시든다. 2~3월에 싹튼 꽃술에서 꽃을 피우면, 길이는 네댓 치이고, 그 꽃술을 따서 '송황'(소나무의 꽃 · 松花 또는 그 가루)이라 한다. 맺은 열매 모양은 마치 '저'(돼지)의 염통과 같고, 겹쳐져서 물고기 비늘처럼 차례차례 배열을 이루었으며, 가을에 늙으면, 열매는 긴 비늘 모양으로 쪼개진다. 그런데 잎은 두바늘잎과 세바늘잎과 다섯바늘잎의 구별이 있다. 세바늘잎인 것은 '괄자송'(栝松)이라 하고, 다섯바늘잎인 것은 '송자송'이라 한다. 그 씨앗 크기는 '백자'(잣)만 한데, 오직 요해[1]와 운남의 것이 씨앗 크기가 '파두'(大戟科에 속하는 파두나무의 씨를 말린 약재. 옴 · 악창 · 변비에 약용함)만 하고 먹을 수 있으며, '해송자'(잣)라 한다.

本艸曰 松 樹磥砢修聳多節 其皮粗厚有鱗形 其葉後凋. 二三月抽蕤生花 長四五寸 采其花蕤爲松黃. 結實狀如猪心 疊成鱗砌 秋老 則子長鱗裂. 然 葉有二針三針五針之別. 三針者爲栝子松 五針者爲松子松. 其子大如柏子

惟遼海及雲南者 子大如巴豆可食 謂之海松子.

---

1) ① 요동(遼東). 요하의 동쪽 연해 지구의 범칭. 즉, 지금의 요령성(遼寧省) 동부와 남부. ② 발해
   (渤海)의 요동만(遼東灣).

목과__木瓜 · 모과나무

◆ 木瓜[1]

주자가 말하였다. '목과'(모과. 열매는 타원형이고 향기가 있으며 식용 및 약용함)는 '무'(모과나무) 나무이니, 열매는 작은 '과'(오이)와 같고, 시지만 먹을 만하다.

『본초』에 말하였다. 나무 모양은 '내'(능금나무의 일종)와 같다. 늦봄에 꽃이 피면 짙은 다홍색이다. 그 열매는 큰 것이 '과'만 하고, 작은 것은 주먹만 하며, 겉이 노래서 분을 바른 것과 비슷하다. 그 잎은 윤기 있고 두텁다. 꼭지 사이에 거듭하여 꼭지가 따로 있어서 마치 젖 모양과 같다.

朱子曰 木瓜 楙木也 實如小瓜 酢可食. 本艸曰 木狀如柰. 春末開花 深紅色. 其實大者如瓜 小者如拳 上黃似着粉. 其葉光而厚. 蒂間別有重蒂如乳.

내게 모과를 던져주기에	投我以木瓜
아름다운 패옥으로 답례했네.	報之以瓊琚
모과의 답례가 아니라	匪報也
길이길이 좋은 짝이 되자고.	永以爲好也

1) 『시경』 「위풍」의 편 이름. 모과를 던져주기에 옥으로 보답하였다는 데서 서로 주고받는 선물을
   이르는 말.

목도__木桃 · 아가위나무

『본초』에 말하였다. '목도'(아가위·山査子)는 다른 이름으로 '사자'(아가위나무. 장미과의 낙엽 관목), '화원자'이다. '목과'(모과)보다 작고, 맛은 나무 열매처럼 시고 떫으며, 색은 조금 노랗고, 꼭지와 씨가 있는 열매는 모두 거칠며, 속의 씨는 조금 둥글다.

本草曰 木桃 一名櫨子 一名和圓子. 小於木瓜 味木而酢瀾[1] 色微黃 蒂核皆粗[2] 中之子小圓也.

내게 아가위를 던져주기에	投我以木桃
아름다운 옥으로 답례했네.	報之以瓊瑤
아가위의 답례가 아니라	匪報也
길이길이 좋은 짝이 되자고.	永以爲好也

---

1) 『본초강목』에는 '瀤'이지만, 『시명다식』 원문을 따랐음.
2) 『본초강목』에는 '核'이 있지만, 『시명다식』 원문을 따랐음.

목리__木李 · 명자나무

『본초』에 말하였다. '목리'(木李. 모과와 비슷하나 그보다 큰 과일 이름)는 다른 이름으로 '명사', '만사', '소사', '목리'(木梨)이다. 나무와 잎과 꽃과 열매와 짙은 향기는 '목과'(모과)와 비슷하지만, 다만 '목과'와 견주면 크고 노란색이다. 겹쳐진 꼭지가 없는 것이다.

나는 이렇게 생각한다. 서씨가 "'과'(오이)에는 '과질'(오이 덩굴)이 있고, '도'(복숭아나무)에는 '양도'(葰楚)가 있으며, '리'(자두나무)에는 '작리'(산앵두나무 · 郁李)가 있듯이, 모두 가지이거나 덩굴이기 때문에 '목과'와 '목도'와 '목리'를 말하여 그것들을 구별했다"고 하였다. 왜 이처럼 분명하게 구별되어 근거로 들 만한 것을 버리고, 사실과 다르게 잘못 이해함이 이와 같은가?

本艸曰 木李 一名楧櫨 一名蠻櫨 一名瘙櫨 一名木梨. 木葉花實酷類木瓜 但比木瓜大 而黃色. 無重蔕者也. 學祥按 徐氏曰 瓜有瓜瓞 桃有羊桃 李有雀李 皆枝蔓也 故言木瓜木桃木李以別之也. 何若[1]捨此犁然可據者 曲觧如此也.

내게 목리를 던져주기에	投我以木李
아름다운 구슬로 답례했네.	報之以瓊玖
목리의 답례가 아니라	匪報也
길이길이 좋은 짝이 되자고.	永以爲好也

---

1) 규장각본 『시명다식』에는 ‘붐’이지만, 소창문고본 『시명다식』 원문을 따랐음.

포__蒲 · 갯버들

◉ 王 揚之水[1]

　　주자가 말하였다. '포'(갯버들 · 水楊. 버드나무과의 낙엽 아교목)는 '포류'[2]이니, 『춘추전』에 "동택[3]의 '포'"[4]라 하였고, 두씨는 "'포'는 '양류'(버드나무)이고, 화살을 만들 수 있는 것이다"라 하였으니, 이것이다.

　　육씨가 말하였다. '포류'에는 두 종류가 있다. 껍질이 순전히 푸른 것은 '소양'(버들의 일종)이라 하고, 그중 껍질이 붉은 종류나 순전히 흰 것은 '대양'이라 한다. 그 잎은 모두 길고 넓으며 '류'(버들. 버드나무의 총칭)의 잎과 비슷하니, 모두 화살대를 만들 수 있는 것이기 때문에 『춘추전』에 "동택의 '포'를 우리가 다 써먹을 수 있습니까?"라 했다. 지금 사람들은 또 키나 그릇을 만드는 '양'(버들. 버드나무류의 범칭)이라 한다.

　　『본초』에 말하였다. '포류'는 다른 이름으로 '수양'(갯버들), '청양', '포양', '포이'(扶栘 · 白楊), '이류'(栘楊), '환부'이다. 단단하고 높이 우뚝 솟기 때문에 '양'이라 한다. 마땅히 물이 깊고 '포'(부들)나 '환'(물억새)이 자라는 땅에 많기 때문에 '수양', '포류', '환부'라는 이름이 있다. 잎은 둥글면서 넓고 크며 뾰족하고, 가지는 짧고 단단하여 '류'와 더불어 완전히 구별된다. 북쪽 땅에 더욱 많고, 꽃은 '류'와 더불어 같다.

朱子曰 蒲 蒲柳 春秋傳云 董澤之蒲 杜氏云 蒲 楊柳 可以爲箭者 是也.
陸氏曰 蒲柳有兩種. 皮正靑者曰小楊 其一種皮紅正白者曰大楊. 其葉皆長
廣似柳葉 皆可以爲箭幹 故春秋傳曰 董澤之蒲 可勝旣乎. 今人又以爲箕
鑵之楊也. 本艸曰 蒲柳 一名水楊 一名靑楊 一名蒲楊 一名蒲栘 一名栘柳
一名蘒苻. 硬而揚起 故謂之楊. 多宜水浚蒲蘒之地 故有水楊蒲柳蘒苻之
名. 葉圓濶而尖 枝條短硬 與柳全別. 北土尤多 花與柳同.

잔잔한 물결은	揚之水
갯버들단 하나 떠내려 보내지 못하네.	不流束蒲
집사람을 저기에 두고	彼其之子
나는 허 땅에 수자리 사네.	不與我戌許
그립고도 그리워라	懷哉懷哉
어느 달에야 돌아가려나.	曷月子還歸哉

---

1) 『시경』 「왕풍」의 편 이름. 백성들을 어루만지지 않고, 멀리 신(申)나라에 주둔시켜 수자리 살게
한 평왕(平王)을 주나라 백성들이 풍자한 시.
2) 갯버들. 포양(蒲楊). 그 나뭇잎이 가을이 되자마자 떨어지는 데서, 사람의 체질이 허약하거나
나이보다 일찍 노쇠(老衰)함의 비유로 쓰임.
3) 진(晉)의 땅 이름. 산서성(山西省) 문희현(聞喜縣)의 동북쪽 동지(董池)의 비탈에 있던 습지대.
4) "每射抽矢菆 納諸廚子之房. 廚子怒曰 非子之求 而蒲之愛. 董澤之蒲 可勝旣乎." (지장자(知莊子)
는 싸움에서 활을 쏠 때마다 좋은 화살은 골라내어 주자(廚武子)·위기(魏錡))의 화살
통에 넣었다. 주자가 화를 내며 말했다. "아들을 구하려는 것이 아니라, 화살만 아끼시는군요.
동택의 '포'를 우리가 다 써먹을 수 있습니까?") 『춘추좌씨전』 「선공」(宣公) 12년 조.

262

기__杞 · 키버들

◈ 鄭 將仲子[1]

주자가 말하였다. '기'(키버들 · 杞柳)는 '류'(버들)의 따위이니, 물가에 나고, 나무는 '류'와 같으며, 잎은 거칠고 흰색이며, 나뭇결은 조금 붉다.

육씨가 말하였다. 지금 사람들은 이것으로 거곡(수레바퀴의 굴대를 끼우는 부분 또는 수레바퀴)을 만드는데, 지금 북쪽 기수 가와 노나라 태산[2]과 문수[3] 가에서는 모두 전부 '순기'라 한다.

朱子曰 杞 柳屬也 生水傍 樹如柳 葉麄 而白色 理微赤. 陸氏曰 今人以爲車轂 今共北淇水傍魯國泰山汶水邊純杞也.

둘째 아드님	將仲子兮
우리 마을에 넘어오지 마세요.	無踰我里
내가 심은 키버들을 꺾지 마세요.	無折我樹杞
어찌 나무가 아깝겠어요?	豈敢愛之
우리 부모님이 무서워서죠.	畏我父母
둘째 아드님도 그립기는 하지만	仲可懷也

부모님의 말씀도   父母之言
역시 두려운걸요.   亦可畏也

---

1) 『시경』 「정풍」의 편 이름. 어머니가 아우만 사랑함을 이겨내지 못하고, 그 아우를 해친 장공(莊 公)을 풍자한 시.
2) 대종(岱宗). 대산(岱山). 대악(岱嶽). 태악(泰岳). 오악(五嶽)의 하나로, 산동성(山東省) 중부에 있으며, 주봉(主峰)은 옥황정(玉皇頂). 고대에 제왕이 봉선(封禪)하던 산.
3) 산동성에서 발원하여 제수(濟水)로 흘러드는 대문하(大汶河)와 산동성에서 발원하여 유하(濰 河)로 흘러드는 문하(汶河)와 산동성에서 발원하여 기하(沂河)로 흘러드는 소문수(小汶水).

단 _檀·박달나무

주자가 말하였다. '단'[1]은 껍질이 푸르고 반드러우며 윤이 나고, 재목은 강하고 질겨서 수레를 만들 수 있다.

육씨가 말하였다. '단'은 나무껍질이 순전히 푸르고, 반드러우며 윤이 난다. '계미'와 더불어 서로 비슷하고, 또 '박마'와도 비슷한데, '박마'는 '재유'이니, 그 나무껍질은 '박락'(얼룩덜룩한 털의 소)처럼 푸르면서 희고, 멀리서 보면 '마'(말)와 비슷하기 때문에 '박마'라 한다. 그러므로 속담에 "'단'을 베었으나 자세히 살피지 않아서 '계미'를 얻었으니, '계미'를 얻음은 오히려 '박마'를 얻었다고 할 수 있다"고 한다. '계미'는 다른 이름으로 '설혜'이다. 그러므로 제 사람들의 속담에 "산에 올라 '단'을 베는데, '설혜'를 먼저 벤다"[2]고 한다. 아래 장인 「진풍」(秦風) 〈신풍〉(晨風)에 "산에는 새순 돋는 '체'(산앵두나무·棠棣·唐棣. 앵두과의 낙엽활엽 관목)가, 진펄에는 '수'(산배나무)가 우뚝 서 있건만"이라 하였는데, 모두 산과 축축한 곳의 나무가 서로 알맞게 어울림이니, 길짐승이라 함은 마땅치 않다.

『본초』에 말하였다. '단'에는 누렇거나 흰 두 종류가 있고, 잎은 모두 '괴'(홰나무)와 같으며, 껍질은 푸르면서 윤이 나고, 껍질 속은 가늘면서 매끄러우며, 몸통은 무거우면서 단단하고, 모양은 '협미'(낙엽 관목)나 '재유'와 더불어 서로 비슷하다. 절구공이, 끝이 뾰족한 지게, 망치 같은 도구로 쓰기에 적당하다.

朱子曰 檀 皮靑滑澤 材彊韌 可爲車. 陸氏曰 檀 木皮正靑 滑澤. 與繫迷[3] 相似 又似駁[4]馬 駁馬 梓楡 其樹皮靑白駁犖 遙視似[5]馬 故謂之駁馬. 故 里語曰 斫檀不諦得繫迷 繫迷尙可得駁馬. 繫迷 一名挈櫨. 故齊人諺曰 上 山斫檀 挈櫨先殫. 下章云 山有枹[6]棣 湿有樹檖 皆山湿木相配 不宜謂獸. 本艸曰 檀有黃白二種 葉皆如槐 皮靑而澤 肌細而膩 體重而堅 狀與莢蒾 梓楡相似. 宜杵椓[7]鎚[8]器之用.

둘째 아드님	將仲子兮
우리 집 정원을 넘어오지 마세요.	無踰我園
내가 심은 박달나무를 꺾지 마세요.	無折我樹檀
어찌 나무가 아깝겠어요.	豈敢愛之
남의 말 많은 게 무서워서죠.	畏人之多言
둘째 아드님도 그립기는 하지만	仲可懷也
남의 말 많은 것도	人之多言
역시 두려운걸요.	亦可畏也

---

1) 참빗살나무. 낙엽 관목. 우리나라에서는 흔히 '박달나무'와 혼동하여 쓰고 있음.
2) 청(淸) 소진함(邵晋涵)의 『이아정의』(爾雅正義)에 설혜(가막살나무)의 껍질로 끈을 만들기 때문에 벌목하는 사람이 설혜를 먼저 벤다고 하였음.
3) 『모시초목조수충어소』와 『시명다식』에는 '繫迷'이지만, 이는 사전류에서 확인할 수 없음. 다만 '檕迷'를 확인할 수 있음. '檕迷'는 가막살나무로 박달나무와 비슷함. 따라서 '繫'는 '檕'의 오기(誤記)임. 여기서는 일단 『모시초목조수충어소』와 『시명다식』 원문을 따랐음.

4) 『모시초목조수충어소』에는 '駁'이지만, '駁'과 통하므로 『시명다식』 원문을 따랐음.

5) 『모시정의』에는 '駁'이 있지만, 『모시초목조수충어소』와 『시명다식』 원문을 따랐음.

6) 『모시정의』와 『시경』에는 '苞'이지만, '枹'와 통하므로 『모시초목조수충어소』와 『시명다식』 원문을 따랐음.

7) '㮇'은 사전류에 '두릅나무'(두릅나무과의 낙엽 아관목)로만 설명되어 있음. 그런데 한어대자전편집위원회(漢語大字典編輯委員會)에서 간행한 『한어대자전』(漢語大字典)에는 "尖頭担. 用以挑柴草梱"이라 하였고, 『광운』(廣韻)「동운」(東韻)에는 "㮇 尖頭擔也"라 하였음. '擔'에는 '担子, 挑子'라는 뜻이 있고, 이는 '어깨에 메거나 등에 지는 것'이므로 우리말로 새기면 '지게'임.

8) 『본초강목』에는 '鍾'이지만, '鏈'와 통하므로 『시명다식』 원문을 따랐음.

순__舜 · 무궁화

◆ 有女同車[1]

　　주자가 말하였다. '순'(舜 · 無窮花. 아욱과의 낙엽 활엽 관목)은 '목
근'이니, 나무는 '리'(오얏나무)와 같고, 그 꽃은 아침에 피었다가 저녁에
떨어진다.

　　육씨가 말하였다. '순'(舜)은 다른 이름으로 '친', '단'이고, 제와 노의
사이에서는 '왕증'(무궁화꽃 · 槿花)이라 한다. 5월에 처음 꽃이 피기 때
문에 「월령」에 "5월에 무궁화꽃이 핀다"고 했다.

　　『본초』에 말하였다. '순'(蕣)은 다른 이름으로 '일급', '조개모락화',
'번리초', '화노옥증'이다. 그 나무는 '리'와 같다. 그 잎의 끝은 뾰족하고
가장귀는 이 모양이 아니다. 그 꽃은 작으면서 고운데, 어떤 것은 흰색이
고 어떤 것은 분홍색이며, 홑겹의 꽃잎이 있고 여러 겹으로 포개진 것도
있다. 5월에 처음 핀다. 맺은 열매는 가볍고 속이 비었으며, 크기는 손가
락이나 발가락 끝만 하고, 가을이 깊어지면 스스로 쪼개지는데, 그속의
씨는 '유협'(느릅나무의 열매)이나 '포동'(白桐)이나 '마도령'(쥐방울)의
씨와 같다. 심으면 쉽게 자란다. 새로 돋아난 야들야들한 잎은 먹을 수
있어서 차 대신 만들어 마신다.

　　『이아주』에 말하였다. '근'(槿 · 무궁화꽃)은 아침에 피었다가 저녁에

떨어지고, 먹을 수 있다. 어떤 사람이 말하였다. 흰색은 '단'이라 하고, 붉은색을 '친'이라 한다.

『옥편』에 말하였다. '근'(槿)은 또한 '근'(堇)으로도 쓴다.

朱子曰 舜 木槿也 樹如李 其花朝生暮落. 陸氏曰 舜 一名櫬 一名椵[2] 齊魯之間謂之王[3]蒸. 五月始花 故月令仲夏[4]木槿榮. 本草曰 蕣 一名日及 一名朝開暮落花 一名藩籬[5]艸 一名花奴玉蒸. 其木如李. 其葉末尖 而無椏 齒. 其花小而艶 或白或粉紅 有單葉千葉者. 五月始開. 結實輕虛 大如指頭 秋深自裂 其中子如楡莢泡桐馬兜鈴仁. 種之易生. 嫩葉可茹 作飮代茶. 爾 雅注云 槿 朝生夕隕 可食. 或云 白日椵 赤日櫬. 玉篇曰 槿 亦作堇.

나와 같은 수레를 탄 여인	有女同車
그 얼굴이 무궁화꽃 같아라.	顔如舜華
왔다 갔다 거닐면	將翶將翔
아름다운 패옥이 찰랑거리네.	佩玉瓊琚
저 강씨네 어여쁜 맏딸	彼美孟姜
정말 아름답고도 고와라.	洵美且都

---

1) 『시경』「정풍」의 편 이름. 정(鄭)나라 사람들이 태자(太子) 홀(忽)이 제(齊)나라와 혼인하지 않음을 풍자한 시.
2) 『모시초목조수충어소』와 『시명다식』에는 '椵'이지만, 『이아소』 원문을 따랐음.
3) 『시명다식』에는 '玉'이지만, 『모시초목조수충어소』와 『이아소』 원문을 따랐음.
4) 『시명다식』에는 '春'이지만, 『모시초목조수충어소』와 『예기』와 『이아소』 원문을 따랐음.
5) 규장각본 『시명다식』에는 '籬'이지만, 『본초강목』과 소창문고본 『시명다식』 원문을 따랐음.

부소__扶蘇·부소나무

◆ 山有扶蘇

주자가 말하였다. '부소'는 '부서'이니, 작은 나무이다.

朱子曰 扶蘇 扶胥 小木也.

류__柳·버드나무

◆ 齊 東方未明[1]

주자가 말하였다. '류'(버드나무)는 '양'(버들)이 아래로 늘어진 것이니, 부드럽고 약한 나무이다.

『본초』에 말하였다. '류'는 다른 이름으로 '소양', '양류'(버드나무)이다. 세로로 심든, 가로로 심든, 거꾸로 심든, 바로 심든, 꽂아 심으면 모두 자란다. 초봄에 부드러운 싹이 나고, 노란 꽃술과 꽃이 핀다. 늦봄에 이르러 잎이 자란 뒤에, 꽃 가운데에 가늘고 검은 씨를 맺으며, 꽃술이 떨어지고 솜 같은 버들개지가 나오면, 마치 흰 융과 같고, 바람을 따라 날린다. 씨는 옷과 각종 도구에 달라붙어서 벌레를 자라게 할 수 있고, 못과 늪에 들어가면 '부평'(개구리밥·浮萍草)으로 변한다.

朱子曰 柳 楊之下垂者 柔脆之木. 本艸曰 柳 一名小楊 一名楊柳. 縱橫倒順挿之皆生. 春初生柔荑 卽開黃蘂花. 至春晚葉長成後 花中結細黑子 蘂落 而絮出 如白絨 因風而飛. 子着衣物能生虫 入池沼 卽化爲浮萍.

| 버드나무 가지라도 꺾어 채마밭에 울타리 치면 | 折柳樊圃 |
| 미치광이 사내도 넘나들지 않는데, | 狂夫瞿瞿 |

관청에서만은 밤낮도 가릴 줄 몰라   不能晨夜

새벽 아니면 밤에만 부른다네.   不夙則莫

---

1) 『시경』「제풍」의 편 이름. 조정(朝廷)이 일어나고 거처함이 절도가 없고, 호령이 제때에 맞지
   않아 시각(時刻)을 맡은 관원인 설호씨(挈壺氏)가 그 직책을 관장하지 못함을 풍자한 시.

추__樞 · 시무나무

◉ 唐 山有樞[1]

주자가 말하였다. '추'(시무나무)는 '지'(느릅나무. 느릅나무과의 낙엽 교목)이니, 지금의 '자유'(느릅나무의 일종)이다.

육씨가 말하였다. '추'는 그 찌르는 가시가 '자'(산뽕나무. 재질이 단단하여 활을 만드는 데 쓰며, 나무의 즙은 염료로 씀)와 같고, 그 잎은 '유'(느릅나무)와 같은데, 데쳐서 먹으면 '백유'(껍질이 흰 느릅나무)보다 맛이 좋고, 미끄럽다. '유'의 무리에는 열 종류가 있는데, 잎은 모두 서로 비슷하지만, 껍질과 나뭇결이 다를 뿐이다.

朱子曰 樞 莖也 今刺楡也. 陸氏曰 樞 其針刺如柘 其葉如楡 瀹爲茹美滑于白楡. 楡之類有十種 葉皆相似 皮及木理異爾.

산에는 시무나무 있고	山有樞
진펄에는 느릅나무 있네.	隰有楡
그대에게 옷이 있어도	子有衣裳
걸치지 않고,	弗曳弗婁
그대에게 수레와 말이 있어도	子有車馬

타지 않고 아끼다가,   弗馳弗驅

만약 그대 죽게 되면   宛其死矣

남이 그걸 즐기리라.   他人是愉

---

1) 『시경』「당풍」의 편 이름. 나라 사람들이 나라를 바로잡지 못한 진(晉)나라 소공(昭公)을 풍자한 시.

유__榆 · 느릅나무

주자가 말하였다. '유'(느릅나무)는 '백분'이다.

『본초』에 말하였다. '유'에는 붉거나 흰 두 종류가 있다. 흰 것은 '분' (白榆. 껍질이 흰 느릅나무)이라 이름하니, 그 나무는 매우 높고 크다. 아직 잎이 나지 않은 때에 가지 사이에서 먼저 '유협'(느릅나무의 열매)이 나오는데, 생김새는 엽전과 비슷하면서 작고, 색은 희며 꿰미를 이루니 세상 사람들은 '유전'이라 부른다. 뒤에 막 생겨나는 잎은 '산수유'(石棗) 의 잎과 비슷하면서 긴데, 뾰족하고 뿔처럼 날카롭게 위로 뻗었으며, 반드럽고 윤이 난다.

『이아』에 말하였다. '유'는 '백분'이다. 『주』에 말하였다. '분유'는 먼저 잎이 나고, 꼬투리를 맺으며, 껍질 색은 희다.

朱子曰 榆 白枌也. 本艸曰 榆有赤白二種. 白者名枌 其木甚高大. 未生葉 時 枝條間先生榆莢 形狀似錢而小 色白成串 俗呼榆錢. 後方生葉 似山茱萸 葉而長 尖觕滑[1]澤. 爾雅曰 榆 白枌. 注云 枌榆 先生葉 却着莢 皮色白.

고__栲 · 붉나무

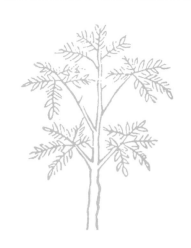

　　주자가 말하였다. '고'(붉나무. 옻나무과의 낙엽 소교목)는 '산저'이니, '저'(가죽나무)와 비슷하고, 색이 조금 희며, 잎이 조금 좁다.

　　육씨가 말하였다. '고'는 잎이 '력'(상수리나무)과 비슷하고, 나무껍질의 두께가 몇 치나 되며, '거폭'(수레의 바퀴살)을 만들 수 있는데, 어떤 사람들은 '고력'(북나무)이라 한다. 허신은 바로 '고'를 '구'로 읽어야 한다고 했으니, 지금 사람들이 '고'라 말하는 것은 그 소리가 잘못된 것이다.

　　『본초』에 말하였다. '산저'는 '고'라 이름한다. '춘'(참죽나무)과 '저'와 '고'는 바로 같은 나무의 세 종류이다. '고' 나무는 바로 '저'가 산속에서 자란 것으로, 나무가 또한 속이 비었고 크며, 목수들이 또한 가끔 그것을 쓴다. 그러나 '과'(오이)가 썩은 것과 같기 때문에 옛 사람들은 재목이 못 되는 나무라 여겼다.

　　『이아』에 말하였다. '고'는 '산저'이다. 『주』에 말하였다. 또한 '칠'(옻나무) 나무와 닮았다. 속담에 "'춘'(참죽나무. 멀구슬나무과의 낙엽 활엽 교목. 6월에 흰 꽃이 피고, 어린싹은 식용하며, 줄기는 기구의 재료로 씀)과 '저'와 '고'와 '칠'은 서로 비슷하여 한결같다"고 한다.

朱子曰 栲 山樗也 似樗 色小白 葉差狹. 陸氏曰 栲 葉似櫟 木皮厚數寸
可爲車輻 或謂之栲櫟. 許愼正以栲讀爲糗[1] 今人言栲 失其聲耳. 本艸曰
山樗 名栲. 椿栲栲㯔[2]一木三種也. 栲木 卽栲之生山中者 木亦虛大 梓人
亦或用之. 然瓜之如腐朽 故古人以爲不材之木. 爾雅曰 栲 山樗. 注云 亦
類漆樹. 俗語云 櫄栲栲漆相似如一.

산에는 붉나무 있고	山有栲
진펄에는 감탕나무 있네.	隰有杻
그대에게 집이 있어도	子有廷內
물 뿌리며 쓸지 않고,	弗洒弗埽
그대에게 종과 북이 있어도	子有鍾鼓
치지 않고 아끼다가,	弗鼓弗考
만약 그대 죽게 되면	宛其死矣
남이 그걸 차지하리라.	他人是保

---

1) 『모시초목조수충어소』와 규장각본 『시명다식』에는 '糗'이고, 소창문고본 『시명다식』에는 '糗'
   이지만, 『설문해자』 원문을 따랐음.
2) 『본초강목』에는 '乃'이고, 소창문고본 『시명다식』에는 '酒'이지만, '㯔'와 통하므로 규장각본
   『시명다식』 원문을 따랐음.

뉴__杻 · 감탕나무

    주자가 말하였다. '뉴'(감탕나무. 감탕나무과의 상록 활엽 교목)[1]는 '억'(감탕나무)이니, 잎이 '행'(살구나무)과 비슷하면서 뾰족하고, 흰색이며, 껍질은 순 붉은색이고, 그 나뭇결은 많이 굽었으며 조금 곧고, 재목은 활과 쇠뇌의 몸통을 만들 수 있는 것이다.

    육씨가 말하였다. '뉴'는 2월 중에 핀 꽃이 '련'(멀구슬나무 · 梅檀. 檀香木 · 紫檀 · 白檀 등 향나무를 통틀어 이르는 말. 약용하고, 기물을 만드는 데 씀)과 비슷하면서 가늘고, 꽃술은 순 흰색이다. 대개 이 나무는 지금 관청의 동산에 그것을 심고, 정식 이름은 '만세'라 한다. 이미 '억만'에서 이름을 얻었고, 그 잎이 또 아름답기 때문에 심는다. 공급산 아래에서는 사람들이 혹 '우근'이라 하고, 혹 '억'이라 한다.

    『이아』에 말하였다. '뉴'는 '억'이다. 『주』에 말하였다. '체'(산앵두나무)와 비슷하고, 잎은 가늘다. 잎이 새로 난 것은 '우'(소)에게 먹일 수 있고, 재목은 수레의 바퀴 테에 알맞다. 관서(函谷關 또는 潼關의 서쪽 지방)에서는 '뉴자'라 부르고, 다른 이름으로 '토강'이라고 한다.

朱子曰 杻 檍也 葉似杏而尖 白色 皮正赤 其理多曲少直 材可爲弓弩幹

者也. 陸氏曰 杻二月中開花似棟而細[2] 莛正白. 盖此樹今官園種之 正名曰
萬歲. 旣[3]取名于億萬 其葉又好 故種. 共汲山下 人或謂之牛筋 或謂之檍.
爾雅曰 杻 檍. 注云 似棟 細葉. 葉新生可飼牛 材中車輞. 關西呼杻子 一
名土橿.

---

1) 우리나라에서는 '싸리나무'를 의미하기도 함. 음은 '추'.
2) 『모시초목조수충어소』에는 '二月中葉疏 華如棟而細'이지만, 『시명다식』 원문을 따랐음.
3) 『시명다식』에는 '卽'이지만, 『모시초목조수충어소』 원문을 따랐음.

초__椒 · 초피나무

◆ 椒聊[1]

주자가 말하였다. '초'(초피나무)는 나무가 '수유'(운향과의 낙엽 활엽 교목)와 비슷하고, 바늘 같은 가시가 있으며, 그 열매는 맛이 맵고 향기가 짙다.

육씨가 말하였다. '초'는 잎이 단단하고 반드러우며 윤이 난다. 촉 지역 사람들은 차를 만들고, 오 지역 사람들도 차를 만들며, 모두 그 잎을 삶아 뭉쳐서 향료를 만든다.

『본초』에 말하였다. '진초'[2]는 '화초'(분디 · 산초. 씨는 조미료와 약재로 쓰임)이다. 진 지역에서 처음 생겨났고, 가장 쉽게 번창하여 매우 많다. 가지와 잎은 서로 반대쪽으로 자라고, 뾰족하며 가시가 있다. 4월에 가는 꽃이 핀다. 5월에 열매를 맺으니, 익지 않았을 때는 푸르지만 익으면 붉고, '촉초'[3]보다 크며, 그 옹이(나무의 몸에 박힌 가지의 그루터기)는 또한 '촉초'에 미치지 못하고, 옹이의 빛은 검다.

『이아』에 말하였다. '훼'(산초. 열매가 굵은 산초나무)는 '대초'(진초)이다. 『주』에 말하였다. 떨기로 나고, 열매가 큰 것은 '훼'라 한다.

朱子曰 椒 樹似茱萸 有針刺 其實味辛 而香烈. 陸氏曰 椒 葉堅 而滑澤.

蜀人作茶 吳人作茗 皆合煮其葉以爲香. 本艸曰 秦椒 花椒也. 始産于秦 最易蕃衍. 枝[4]葉對生 尖而有刺. 四月生細花. 五月結實 生靑熟紅 大於蜀椒 其目亦不及蜀椒目光黑也. 爾雅曰 檓 大椒. 注云 叢生 實大者爲檓.

초피나무 송이진 열매가	椒聊之實
무성하게 열려 됫박에 가득해라.	蕃衍盈升
저기 저 분네는	彼其之子
위대하기 짝이 없어라.	碩大無朋
초피나무 송이	椒聊且
가지가 멀리 뻗었네.	遠條且

---

1) 『시경』 「당풍」의 편 이름. 진(晉) 소공(昭公)을 풍자한 시. '초료'는 산초나무로, '료'는 조사임. 산초나무는 씨가 많이 퍼지는 데서, 자손이 많음의 비유.
2) 진(秦) 지방의 산초. 산초나무. 산초는 운향과(芸香科)에 속하는 낙엽 관목. 열매와 잎은 향신료로 씀.
3) 파초(巴椒). 천초(川椒). 산초과의 낙엽 관목. 특유한 향과 매운 맛이 있어 어린잎과 열매는 향신료로, 과실과 과피(果皮)는 약재로 쓰임.
4) 『본초강목』에는 '其'이지만, 『시명다식』 원문을 따랐음.

두 __杜 · 팥배나무

◆ 杕杜[1]

주자가 말하였다. '두'(팥배나무)는 '적당'이다.
앞의 '감당'(팥배나무) 항목에 자세히 보인다.

朱子曰 杜 赤棠也. 詳見上甘棠條.

홀로 우뚝 선 팥배나무도	有杕之杜
그 잎새가 무성하건만,	其葉湑湑
나만이 외롭게 길을 가네.	獨行踽踽
남이야 어찌 없을까마는	豈無他人
내 형제만은 못해라.	不如我同父
아아, 저기 길 가는 사람들은	嗟行之人
왜 나와 함께 가지 않을까?	胡不比焉
형제 없는 사람이건만	人無兄弟
왜 도와주지 않을까?	胡不佽焉

1) 『시경』「당풍」의 편 이름. 시대를 풍자한 시. 형제가 없는 사람이 자신의 외로운 처지를 마음 아파하는 내용. 인신하여, 골육(骨肉)의 정의(情誼)의 비유.

허__栩 · 상수리나무

◈ 鴇羽

주자가 말하였다. '허'(상수리나무. 참나무과의 낙엽 교목)는 '작력'(상
수리나무)이니, 그 열매는 '조두'라 하고, 껍질은 검은 물을 들일 수 있으
니, 이것이다.

육씨가 말하였다. '허'는 지금의 '작력'이다. 서주에서는 '력'(상수리
나무)을 '저'(杼 · 상수리나무)라 하고, 혹은 '허'라고도 한다. 그 열매는
'조'라 하고, 어떤 사람은 '조두'라고도 한다. 지금 경락¹⁾과 하내(河北.
河南省 黃河 이북 지역)에 많이 있고, '저두'라 한다. 어떤 사람은 '상두'
(상수리나무 열매의 껍질)라 한다. '력'을 '저'(杼)라 함은 모든 지방에서
통용되는 말이다.

『본초』에 말하였다. '허'는 다른 이름으로 '서'(상수리나무 · 참나무 또
는 상수리. 참나무과의 다년생 낙엽 교목)이다. 나무가 작을 때에는 가지
만 높이 솟지만, 크면 매우 높게 솟는다. 그 잎은 '저'(櫧 · 종가시나무.
참나무과의 상록 활엽 교목)의 잎과 같고, 나뭇결은 모두 꾸불꾸불하다.
4~5월에 피는 꽃은 '률'(밤나무)의 꽃과 같고, 노란색이다. 맺은 열매는
'려지'(여지나무 · 荔支. 무환자과의 상록 교목 또는 그 열매)의 씨만 하
고, 뾰족한 부분이 있다. 그 꼭지에는 국자 모양의 자루가 있는데, 반으

로 나뉘는 열매를 감싸고 있다. 그 씨는 늙은 연밥(연꽃의 열매)의 살과
같다.

朱子曰 栩 柞櫟也 其子爲皂斗 殼可以染皂者 是也. 陸氏曰 栩 今柞櫟
也. 徐州謂櫟爲杼 或謂之爲栩. 其子爲皂 或言皂斗. 今京洛及河內多有 杼
斗.[2] 或云 橡斗. 謂[3]櫟爲杼 五方通語也. 本艸曰 栩 一名芧. 樹小則聳枝
大則偃蹇. 其葉如櫧葉 而文理皆斜. 四五月開花如栗花 黃色. 結實如荔枝
核 而有尖. 其蒂有斗 包其[4]半截. 其仁如老蓮肉.

푸드득 느시 깃 퍼덕이며	肅肅鴇羽
상수리나무 떨기에 내려앉네.	集于苞栩
나라 일로 쉴 새 없어	王事靡鹽
메기장과 찰기장도 심지 못했으니,	不能蓺稷黍
부모님은 무얼 믿고 사시나?	父母何怙
아득히 푸른 저 하늘아,	悠悠蒼天
언제면 편히 살 곳 있을까?	曷其有所

---

1) 낙양(洛陽)의 별칭. 주(周) 평왕(平王)이 이곳에 도읍을 정한 것을 비롯하여 후한(後漢) 때도 도
   읍지로 정한 데서, 도읍을 두루 일컬음.
2) 『모시초목조수충어소』에는 '今京洛及河內多 言杼汁'이지만, 『시명다식』과 『이아소』 원문을 따
   랐음.
3) 『모시초목조수충어소』에는 '讀'이지만, 『시명다식』과 『이아소』 원문을 따랐음.
4) 『시명다식』에는 '苞'이지만, 『본초강목』 원문을 따랐음.

양__楊 · 버들

◆ 秦 車鄰[1]

『이아』에 말하였다. ‘양’(버들)은 ‘포류’(갯버들)이다.

앞의 ‘포’(갯버들) 항목에 자세히 보인다.

爾雅曰 楊 蒲柳. 詳見上蒲條.

언덕에는 뽕나무	阪有桑
진펄에는 버들,	隰有楊
군자를 뵙고는	旣見君子
나란히 앉아 생황을 부네.	並坐鼓簧
지금 즐기지 못하면	今者不樂
세월이 흘러 어느덧 죽으리라.	逝者其亡

1) 『시경』 「진풍」의 편 이름. 나라를 강대하게 만들어 거마(車馬)와 예악(禮樂)과 시어(侍御)의 아름다움이 있었던 진중(秦仲)을 찬미한 시.

조__條 · 개오동나무

◆終南[1]

주자가 말하였다. '조'(개오동나무. 일설에는 예덕나무)는 '산추'(개오동나무 · 山榎 · 楷. 능소화과의 낙엽 활엽 교목)이니, 껍질과 잎이 희고, 나무 색깔도 희며, 목재의 결이 좋아서 수레의 널빤지를 만들기에 마땅하다.

육씨가 말하였다. '조'는 '도'(개오동나무)이니 지금의 '산추'이다. 또한 질이 좋지 않은 전답의 '추'(개오동나무)와 같다. 습기를 잘 견디고, 또 널(시체를 담는 속 널) 나무로 쓸 수 있다. 의양(河南省 宜陽縣 서쪽 지역) 공북산에 많이 있다.

『이아』에 말하였다. '도'는 '산가'이다. 『주』에 말하였다. 지금의 '산추'이다.

『정자통』에 말하였다. '도'는 '추'라는 이름이 있지만, '추'는 아니다.

朱子曰 條 山楸也 皮葉白 色亦白 材理好 宜爲車版. 陸氏曰 條 楛也 今山楸也. 亦如下田楸耳. 能湿 又可爲棺木. 宜陽共北山多有之. 爾雅曰 楛山榎. 注云 今之山楸. 正字通曰 楛有楸名 非卽楸也.

종남산에 무엇이 있더냐   終南何有

개오동나무와 매실나무가 있네.　　　有條有梅

훌륭하신 분께서 여기 오시니　　　君子至止

비단 옷에다 여우 갖옷 입으셨네.　　錦衣狐裘

얼굴은 붉게 물들인 듯.　　　　　顔如渥丹

이분이 바로 우리 임금이셔라.　　　其君也哉

---

1) 『시경』 「진풍」의 편 이름. 진(秦) 양공(襄公)을 칭송한 시.

매__梅·매실나무

　육씨가 말하였다. '매'(매실나무)는 나무껍질과 잎이 '예장'(녹나무·豫樟)과 비슷하고, 잎 크기는 '우'(소)의 귀만 하며, 한 끝이 뾰족하다. 붉은 고갱이에, 꽃은 적황색이고, 열매는 푸른데, 먹을 수 없다. '염'(매화나무)은 잎이 크고, 서너 개의 잎이 하나의 떨기가 된다. 나뭇결은 '예장'보다 가늘고 고우며, 열매가 붉은 것은 재질이 단단하고, 열매가 흰 것은 재질이 무르다. 형주 사람들은 '매'라 한다. 종남산과 신성(陝西省 澄城縣 동북쪽), 상용(湖北省 竹山縣 동남쪽)에는 모두 '장'(녹나무. 녹나무과의 상록 교목. 가구 용재나 船材로 쓰임)과 '염'이 많고, 종남산과 상용, 신성에 두루 통하므로 또한 '매'라고도 한다.

　『본초』에 말하였다. '염'은 다른 이름으로 '남'(녹나무)이다. 그 나무는 곧게 올라가고, 무성하여 마치 당개(幢蓋. 옛날 將軍과 刺史의 儀仗으로 기나 휘장 따위)의 모양과 같으며, 가지와 잎은 서로 가로막지 않는다. 무성하고 곧게 뻗으며 해마다 시들지 않고, 새것과 묵은 것이 서로 바뀐다. 그 꽃은 적황색이다. 열매는 '정향'(鷄舌香. 물푸레나무과에 속하는 상록 교목. 열대에서 나며, 말린 꽃봉오리는 소화 장애 등에 약용하며, 씨는 기름을 짜서 芳香劑로 씀)과 비슷하고, 색이 푸른데, 먹을 수 없다. 줄기는 매우 곧고 커서 높은 것은 열 발 남짓이고, 큰 것은 몇십 둘레이며, 냄새는 매우 향기롭다. 들보와 마룻대, 여러 가지 물건을 만들면 모두 훌륭하니, 대개 품질이 좋은 재목이다.

『이아』에 말하였다. '매'는 '염'이다.

陸氏曰 梅 樹皮葉似豫章 葉大如牛耳 一頭尖. 赤心 華赤黃 子靑 不可食. 柟 葉大 可三四葉一叢. 木理細緻于豫章 子赤者 材堅 子白者 材脆. 荊州人曰 梅. 終[1]南及新城上庸[2]皆多樟柟 終南與上庸新城通 故亦有梅[3]也. 本艸曰 柟 一名楠. 其樹直上 童童若幢盖之狀 枝葉不相礙. 茂經歲不凋 新陳相換. 其花赤黃色. 實似丁香 色靑 不可食. 幹甚端偉 高者十餘丈 巨者數十圍 氣甚芬芳. 爲梁棟器物皆佳 盖良材也. 爾雅曰 梅 柟.

---

1) 『모시정의』에는 '江'이지만, 『모시초목조수충어소』와 『시명다식』 원문을 따랐음.
2) 『모시정의』에는 '蜀'이 있지만, 『모시초목조수충어소』와 『시명다식』 원문을 따랐음.
3) 『모시정의』에는 '柟'이지만, 『모시초목조수충어소』와 『시명다식』 원문을 따랐음.

력__櫟 · 상수리나무

◆ 晨風[1]

육씨가 말하였다. '포력'(상수리나무)이니, 진나라 사람들은 '작'(상수리나무)을 '력'(상수리나무)이라 하고, 하내 사람들은 '목료'(상수리나무)를 '력'이라 하니, '초'(산초나무)나 '살'(吳茱萸. 茱萸와 비슷하나 그보다 좀 작음)의 따위이다. 그 열매는 떼 지어 모여서 생기고, '구'(상수리)라 하는데, '목료'의 열매도 또한 떼 지어 모여서 생긴다.

『본초』에 말하였다. '력' 잎은 '률'(밤나무) 잎과 같다. 나무는 단단하지만 재목으로 갖출 수는 없고, 숯을 만들면 다른 나무는 모두 미치지 못한다. 그 껍질은 다만 검은색을 물들일 수 있는데, 만약 일찍이 우수(立春과 驚蟄 사이로 양력 2월 18일경)를 지난 것이라면 그 색은 연하다.

『이아』에 말하였다. '력'은 그 열매가 '구'이다. 『주』에 말하였다. 열매를 담고 있는 씨방이다. 그 열매는 '상'(상수리)이다. 씨방으로부터 '구'가 무리지어 생긴다. '작력'(상수리나무), '저'(상수리나무), '허'(상수리나무)이니, 모두 '력'의 두루 쓰이는 이름이다.

陸氏曰 苞櫟 秦人謂柞爲櫟 河內人謂木[2]蓼爲櫟 椒樧之屬也. 其子房生爲梂 木蓼子亦房生. 本草曰 櫟葉如栗葉. 木[3]堅不堪充材 爲炭 則他木皆

不及. 其壳雖可染皂 若曾經雨水者[4] 其色澹[5]. 爾雅曰 櫟 其實梂. 注云 盛
實之房. 其[6]實橡也. 有梂彙自裏[7]. 柞櫟也 杼也 栩也 皆櫟之通名.

산에는 새 순 돋는 상수리나무가	山有苞櫟
진펄에는 빽빽한 육박나무가 있건만,	隰有六駮
그이를 보지 못해	未見君子
시름겨운 마음은 즐겁지도 않아라.	憂心靡樂
어쩌라고 어쩌라고	如何如何
날 이다지도 잊으셨나요?	忘我實多

---

1) 『시경』 「진풍」의 편 이름. 춘추 때 진(秦)의 강공(康公)이 목공(穆公)의 구업(舊業)을 잊고 어진
   신하들을 추방한 것을 풍자한 시.
2) 『모시초목조수충어소』에는 '大'이지만, 『시명다식』 원문을 따랐음.
3) 소창문고본 『시명다식』에는 '大'이지만, 규장각본 『시명다식』 원문을 따랐음.
4) 소창문고본 『시명다식』에는 '則'이지만, 『본초강목』과 규장각본 『시명다식』 원문을 따랐음.
5) 『본초강목』에는 '淡'이지만, 『시명다식』 원문을 따랐음.
6) 『이아소』에는 '櫟'이지만, 『시명다식』 원문을 따랐음.
7) 『시명다식』에는 '裹'이지만, 『이아소』 원문을 따랐음.

육박 __六駁 · 육박나무

　주자가 말하였다. '박'(梓榆 · 駁馬)은 '재유'이니, 그 껍질이 청백색이어서 '박'(얼룩배기말)과 같다.

　육씨가 말하였다. 나무껍질은 '박락'(얼룩덜룩한 털의 소)처럼 푸르면서 희고, 멀리서 보면 '박마'(얼룩말)와 비슷하기 때문에 '박'이라 한다.

　이시진이 말하였다. '박마'는 '재유'이니, 또 '육박'이라 이름한다. 껍질 색은 청백색이고, 많이 얼룩덜룩하며, 또 '단목'과 비슷하다.

　朱子曰 駁 梓榆也 其皮靑白如駁. 陸氏曰 樹皮靑白駁犖 遙視似駁馬 故謂之駁. 李時珍曰 駁馬 梓榆也 又名六駁. 皮色靑白 多癬駁也 又似檀木.

수__檖 · 돌배나무

주자가 말하였다. '수'(돌배나무)는 '적라'이니, 열매가 '리'(배)와 비슷하고, 시지만 먹을 수 있다.

육씨가 말하였다. 다른 이름으로 '산리'(산돌배 · 똘배. 장미과의 낙엽소교목)이다. 지금 사람들은 '양수'라 하니, 그 열매는 '리'(배)와 비슷하지만, 단지 열매가 달거나 작음이 다를 뿐이다. 다른 이름으로 '록리'(산돌배나무), '서리'이고, 제군(臨淄. 山東省 동북부) 광요현(山東省 臨淄縣 북쪽) 요산[1]과 노나라와 하내 공북산 속에 있다. 지금 사람들도 또한 그것을 심는다. 매우 무르고 맛이 좋은 것도 있으며, 또한 '리'(배)처럼 맛있는 것도 있다.

『본초』에 말하였다. '양수'는 다른 이름으로 '록리', '산리'이다. 열매 크기는 '행'(살구)과 같고, 먹을 수 있다. 그 나무는 무늬가 촘촘하고 고운데, 붉은 것은 무늬가 세차고, 흰 것은 무늬가 부드럽다.

『이아』에 말하였다. '수'는 '라'이다.

朱子曰 檖 赤羅也 實似梨[2] 酢可食. 陸氏曰 一名山梨. 今人謂之楊檖 其實
如梨 但實甘小異耳. 一名鹿梨 一名鼠梨 齊郡廣饒縣堯山 魯國 河內共北山

中有. 今人亦種之. 極有脆美者 亦如梨之美者. 本草曰 楊[3]檖 一名鹿梨 一名
山梨. 實大如杏 可食. 其木文細密 赤者文急 白者文緩. 爾雅曰 檖 羅[4].

산에는 새순 돋는 산앵두나무가	山有苞棣
진펄에는 돌배나무가 우뚝 서 있건만,	隰有樹檖
그이를 보지 못해	未見君子
시름겨운 마음은 술 취한 듯해라.	憂心如醉
어쩌라고 어쩌라고	如何如何
날 이다지도 잊으셨나요?	忘我實多

---

1) 산(山) 이름. 산동성(山東省) 익도현(益都縣)의 서북(西北)쪽, 임구현(臨朐縣)의 동북(東北) 쪽에
   있음.
2) 『시집전』에는 '而小'가 있지만, 『시명다식』 원문을 따랐음.
3) 『시명다식』에는 '陽'이지만, 『본초강목』 원문을 따랐음.
4) 『이아』에는 '蘿'이지만, '羅'와 통하므로 『시명다식』 원문을 따랐음.

분__枌 · 흰 느릅나무

◈ 陳 東門之枌

주자가 말하였다. '분'(껍질 빛깔이 흰 느릅나무)은 '백유'이다.
앞의 '유'(느릅나무) 항목에 자세히 보인다.

朱子曰 枌 白楡也. 詳見上楡條.

동문에는 흰 느릅나무	東門之枌
완구에는 상수리나무,	宛丘之栩
자중씨네 딸이	子仲之子
그 아래서 춤을 추네.	婆娑其下

여상__女桑·어린 뽕나무

◆ 豳 七月

주자가 말하였다. '여상'(가지가 길고 연한 어린 뽕나무)은 어린 '상'
(뽕나무)과 같다.

『이아』에 말하였다. '제상'(암뽕나무 또는 어리고 긴 뽕나무 가지)은
'여상'이다. 『주』에 말하였다. 세상에서는 '상' 중에서 작고 가지가 긴 것
은 모두 '여상'이라 부른다.

공씨가 말하였다. 여자는 사람 중에서 약한 사람이니, '여상'은 어린 '상'이다.

朱子曰　女桑　如小桑也. 爾雅曰　桋桑　女桑　注云　俗呼桑之小　而條長者
皆爲女桑. 孔氏曰　女是人之弱者　女桑柔桑也.

울__鬱 · 팥배나무

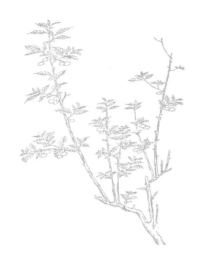

주자가 말하였다. '울'(팥배나무)은 '체'(산앵두나무)의 따위이다.

육씨가 말하였다. '울'은 그 나무 높이가 대여섯 자이고, 그 열매 크기
는 '리'(자두)와 같은데, 색이 붉고 먹으면 달다.

『본초』에 말하였다. '울'은 다른 이름으로 '작리', '욱리'(郁李), '욱리'
(薁李), '차하리'이다. 그 꽃은 분홍색이고, 그 열매는 작은 '리'만 하다.

朱子曰 鬱 棣屬. 陸氏曰 鬱 其樹高五六尺 其實大如李 色赤食之甘. 本艸
曰 鬱 一名雀李 一名郁李 一名薁李 一名車下李. 其花粉紅色 實如小李.

조__棗 · 대추나무

　『비아』에 말하였다. 큰 것은 '조'(대추나무)라 하고, 작은 것은 '극'(멧
대추나무)이라 한다.

　『본초』에 말하였다. '조' 나무는 붉은 고갱이이고, 가시가 있다. 4월에
작은 잎이 나면, 뾰족한 뾸잔 모양이고 윤이 난다. 5월에 작은 꽃이 피면,
흰색이면서 조금 푸르다. 남쪽과 북쪽에 모두 있다.

　埤雅曰　大曰　棗　小曰　棘. 本艸曰　棗木赤心有刺. 四月生小葉　尖觥光澤.
五月開小花　白色微靑. 南北皆有.

저__樗 · 가죽나무

주자가 말하였다. '저'(가죽나무)는 쓸모없는 나무이다.

육씨가 말하였다. '저'는 나무와 껍질이 모두 '칠'(옻나무)과 비슷하지만 푸른색일 뿐이고, 그 잎에서는 더러운 냄새가 난다.

『본초』에 말하였다. '춘'(참죽나무)과 '저'는 향기로운 것을 '춘'이라 이름하고, 냄새 나는 것을 '저'라 이름한다. 북쪽 사람들은 '저'를 '산춘'이라 부르고, 강동 사람들은 '호목수'라 부르니, 잎이 떨어진 곳에 있는 흔적이 마치 '호'(범 · 호랑이. 고양이과의 맹수)의 눈동자와 같기 때문이다. 또 '저포'(옛날 놀이의 한 가지 또는 도박)라는 것과 같기 때문에 이 이름을 얻었다. 세상에서는 꽃과 꼬투리가 있고, 나무의 키가 작으며, 줄기가 많고 구불구불하며 낮은 것을 가지고 '저'라 한다. 꽃과 열매가 없고, 나무의 키가 크며, 그 줄기가 바르고 곧은 것은 '춘'이라 한다.

나는 이렇게 생각한다. 육씨가 「소아」(小雅) 〈아행기야〉(我行其野) '폐포기저'의 소에서 "'산저'와 질이 좋지 않은 전답의 '저'는 대략 다름이 없으니, 잎이 비슷하면서 조금 좁을 뿐이다. 오 지역 사람들은 그 잎을 '명'이라 한다"고 하였다. 『본초』를 살펴보아도 다를 바가 거의 없으므로 이와 같이 옮겨 적는다.

朱子曰 樗 惡木也. 陸氏曰 樗 樹及皮皆似漆 靑色耳 其葉臭. 本草曰 椿
樗 香者名椿 臭者名樗. 北人呼樗爲山椿 江東呼爲虎目樹 謂葉脫處有痕
如虎之眼目. 又如樗蒲[1]子 故得此名. 世以有花莢 而木身小 幹多迂矮者爲
樗. 無花不實 木身大 其幹端直者爲椿. 學祥按 陸氏 蔽芾其樗 疏曰 山樗
與下田樗畧無異 葉似差狹耳. 吳人以其葉爲茗. 考之本艸 少無所異 故移
錄如此.

---

1) 『본초강목』에는 '蒱'이지만, 『시명다식』 원문을 따랐음.

기__杞·구기자나무

◆ 小雅 四牡[1]

주자가 말하였다. '기'(구기자나무. 가지과의 낙엽 활엽 관목)는 '구계'(구기자나무·枸杞. 가지과에 속하는 낙엽 관목. 대추씨 같은 붉은 열매와 뿌리의 껍질은 약용함)이다.

육씨가 말하였다. 다른 이름으로 '고기'이다. 봄에 나면 국을 만들어 먹는데 조금 쓰다. 그 줄기는 '매'(딸기나무. 딸기가 열리는 나무나 풀의 총칭)와 비슷하고, 열매는 가을에 익으면 순 붉은색이다. 줄기와 잎과 열매를 먹으면, 몸을 가볍게 하고 기운을 보탤 수 있다

『본초』에 말하였다. '구기'는 다른 이름으로 '구극', '첨채'(구기자나무의 새싹), '천정', '지절', '지선', '각로', '양유', '선인장', '서왕모장'이고, 뿌리 이름은 '지골피'[2]이다. 봄에 싹이 나면, 잎은 '석류' 잎과 같으며 부드럽고 얇아 먹을 수 있다. 그 줄기의 높이는 세 자에서 다섯 자이고, 떨기를 만든다. 6~7월에 작은 홍자색의 꽃이 생겨난다. 곧바로 붉은 열매를 맺으면, 모양은 조금 길고 '조'(대추) 씨와 같다.

朱子曰 杞 枸檵也. 陸氏曰 一名苦杞. 春生作羹茹微苦. 其莖似苺 子秋熟正赤. 莖葉及子服之 輕身益氣. 本艸曰 枸杞 一名枸棘 一名甜菜 一名

天精 一名地節 一名地仙 一名却老 一名羊乳 一名仙人杖 一名西王母杖
根名地骨皮. 春生苗 葉如石榴葉 而軟薄堪食. 其莖幹高三五尺 作叢. 六七
月生小紅紫花. 隨便結紅實 形微長如棗核.

훨훨 나는 작은 비둘기	翩翩者雛
날다가 멈추더니	載飛載止
구기자나무 수풀에 모여 앉았네.	集于苞杞
나랏일 아직도 끝나지 않아	王事靡盬
어머님 봉양할 틈도 없어라.	不遑將母

---

1) 『시경』 「소아」의 편 이름. 사신(使臣)을 위로하고, 수고로움을 밝힌 시.
2) '지골'은 구기자나무의 다른 이름이기도 함.

상체__常棣 · 산이스라지나무

◆ 常棣[1]

주자가 말하였다. '상체'는 '체'(산앵두나무)이니 열매가 '앵두'와 같고, 먹을 수 있다.

육씨가 말하였다. '상체'는 허신이 '백체수'(郁李)라 하였으니, '리'(자두나무)와 같으면서 작고, 열매는 '앵두'와 같으며, 순 흰색으로 지금 관청의 동산에 심는다. 또 붉은 '체' 나무도 있는데, 또한 '백체'와 비슷하고, 잎은 가시 있는 '유'(느릅나무) 잎과 같으나 조금 둥글며, 열매는 순 붉은색으로 '욱리'(郁李)와 같으면서 작은데, 5월에 비로소 익으니, 관서로부터 천수(甘肅省 甘谷縣 서남 지역)와 농서(甘肅省 동남부 일대)에 많이 있다.

『본초』에 말하였다. '당체'는 다른 이름으로 '욱리'(薁李)인데, 『이아』의 '상체'가 바로 이것이다.

나는 이렇게 생각한다. 『본초』에 "'당체'는 바로 '욱리'(郁李)의 다른 이름이다"라 하였으나, 『시집전』과 육씨는 나누어 갈라 설명하여 종류를 구별하였으니, 누가 옳은가를 알지 못하겠다. 그러므로 지금 우선 다 적어 둔다.

朱子曰 常棣 棣也 子如櫻桃 可食. 陸氏曰 常棣 許愼云 白棣樹也 如李
而小 如櫻桃 正白 今官園種之. 又有赤棣樹 亦似白棣 葉如刺楡葉 而微圓
子正赤如郁李而小 五月始熟 自關西天水隴西多有之. 本草曰 棠棣 一名薁
李 爾雅 常棣 卽此. 學祥按 本草 棠棣 卽郁李之一名 而本傳及陸氏 分釋
別類 未知孰是. 故今姑悉錄.

산이스라지 꽃이 활짝	常棣之華
환하게 피었네.	鄂不韡韡
세상 사람 가운데	凡今之人
형제보다 좋은 이 없어라.	莫如兄弟

---

1) 『시경』「소아」의 편 이름. 관숙(管叔)과 채숙(蔡叔)이 도를 잃었음을 민망히 여겨, 형제를 연악
(燕樂)한 시.

기＿杞 · 호랑가시나무

◈ 南山有臺

　주자가 말하였다. '기'(호랑가시나무)는 나무가 '저'(가죽나무)와 같고, 다른 이름으로 '구골'(구기자나무 · 枸杞)이라 한다.

　육씨가 말하였다. '기'는 산에 있는 나무이다. 그 모양은 '로'(거먕옻나무 · 黃櫨)와 같고, 나뭇결은 희고 매끄러워서 상자나 널빤지를 만들 만하다. '목맹'(등에)이 잎 가운데에서 그것을 말고 열매처럼 있다가, 날개가 돋아서 '맹'(등에. 등에과에 속하는 곤충의 총칭)이 된다.

　『본초』에 말하였다. '기'는 다른 이름으로 '묘아자'이다. 나무는 '여정'(광나무. 물푸레나무과의 상록 활엽 교목)과 같고, 껍질 속의 결은 매우 희며, 잎 길이는 두세 치로, 선명한 녹색이고 두터우며 단단하고, 다섯 개의 뿔 모양 가시가 있으며, 네 계절 시들지 않는다. 5월에 가늘고 흰 꽃이 핀다. 맺은 열매는 '여정'이나 '발갈'(菝葜. 청미래덩굴과의 낙엽 만목. 어린 순과 잎은 식용하고, 뿌리는 약용함)의 열매와 같은데, 9월에 익으면 새빨간 색이고, 껍질이 얇으며 맛은 달고, 씨에는 네 개의 씨앗이 있다.

　나는 이렇게 생각한다. 『시경』에는 세 종류의 '기'가 있다. 「정풍」〈장중자〉(將仲子)의 "내가 심은 '기'(키버들)를 꺾지 마세요"는 '류'(버드나무)의 따위이고, 「소아」〈남산유대〉(南山有臺)의 "남산에는 '기'(호랑가시나무)가 있고"와 「소아」〈잠로〉(湛露)[1]의 "저 '기'와 '극'(멧대추나무)에 있도다"는 산에 있는 나무이며, 「소아」〈사모〉(四牡)의 "'기'(구기자나무) 수풀에 모여 앉았네"와 「소아」〈북산〉(北山)[2]의 "그 '기'를 뜯노라"와 「소아」〈사월〉(四月)의 "진펄에는 '기'와 '이'(들메나무)가 있네"는 '구기'(구기자나무)이다.

朱子曰 杞 樹如樗 一名狗骨. 陸氏曰 杞 山木也. 其狀如櫨 木理白滑 可爲函板. 有木虫在葉中 卷之如子 羽化爲虫. 本艸曰 杞 一名貓兒刺. 樹如女貞 肌理甚白 葉長二三寸 靑翠而厚硬 有五刺角 四時不凋. 五月開細白花. 結實如女貞及菝葜子 九月熟時 緋紅色 皮薄味甜 核有四瓣. 學祥按 詩有三杞. 鄭風 無折我樹杞 柳屬也 小雅 南山有杞 在彼杞棘 山木也 集于苞杞 言采其杞 隰有杞桋 枸杞也.

남산에는 호랑가시나무가 있고	南山有杞
북산에는 자두나무가 있네.	北山有李
즐거워라 군자여	樂只君子
백성의 어버이로다.	民之父母
즐거워라 군자여	樂只君子
칭송 그침이 없으시기를	德音不已

---

1) 천자가 제후들에게 연회를 베풀어 줌을 읊은 시. 인신하여 임금의 은덕을 비유함.
2) 나라의 부역 때문에 부모 봉양을 할 수 없음을 읊은 시.

구__枸·헛개나무

주자가 말하였다. '구'(헛개나무·枳椇·枳枸. 갈매나무과의 낙엽 교목. 열매는 약용함)는 '지구'이니, 나무가 높고 크며 '백양'(황철나무)과 비슷하고, 열매가 가지 끝에 붙어 있는데, 크기는 손가락만 하며, 길이는 몇 치이고, 씹으면 달고 맛이 좋아 마치 엿과 같으며, 8월에 익는데, 또한 '목밀'이라 이름한다.

육씨가 말하였다. '지구' 나무는 여러 곳에 모두 있고, 나무의 가지는 곧지 않다. 8~9월에 열매가 익는데, 강남의 것이 맛이 좋고, '목밀'이라 한다. 술 맛을 해칠 수 있어서, 만약 그 나무를 가지고 기둥을 만들면, 집 안의 술이 모두 싱거워진다. 옛말에 "'지구'에 와서 둥지를 짓는다"[1]고 일렀으니, 그 맛이 달기 때문에 날아다니는 새가 그리워하여 그곳에 둥지를 짓는다는 말이다.

『본초』에 말하였다. 다른 이름으로 '지구', '밀지구', '밀굴률', '목당', '목산호', '계조자'이고, 나무 이름은 '백석목'인데, 다른 이름으로 '금구목', '계공', '교가지'이다. 높이는 서너 발이고, 잎은 둥글며 크기가 '상'(뽕나무)과 '자'(산뽕나무)만 하고, 여름철에 꽃이 핀다. 가지 끝에 맺는 열매는 마치 '계'(닭) 발톱 모양과 같고, 길이는 한 치쯤이며, 인끈처럼 구부러졌고, 열리면 두세 갈래가 되는데, 마치 '계'의 며느리발톱과 같다. 어릴 때는 푸른색이고, 서리가 내리는 때를 거치면 노란색이며, 씹으면 맛이 달아 마치 꿀과 같다. 열려서 다 갈라진 곳마다 한두 개의 작은 열매를 맺는데, 모양은 '만형자'[2]와 같고, 속에는 납작한 씨가 있으니 붉은색이며, '산조인'(酸棗·山棗. 멧대추의 씨. 한약재로 씀)과 같다.

주자가 말하였다. 건양(山東省 嶧縣 서쪽)에서는 모두 '공자'라 하고, 세상 사람들은 '라'라 하며, 한(漢) 지역에서는 '지두', 내 고향에서는 '겸구'라 부른다. 맛이 달고, 술에 취한 것을 풀어주며, 사람이 사는 집에 이 나무가 있으면, 술을 빚어 만들 수 없다.

朱子曰 枸 枳枸 樹高大似白楊 有子着[3]枝端 大如指 長數寸 噉之甘美 如飴 八月熟 亦名木蜜. 陸氏曰 樜[4]枸樹 所在皆有 枝柯不直. 八九月子[5]熟 江南[6]美之 謂之木蜜. 能敗[7]酒味 若以其木爲柱 則屋中之酒皆薄也. 古語云 枳枸來巢 言其味甘 故飛鳥慕 而巢之. 本艸曰 一名枳椇 一名蜜樜楸 一名蜜屈律 一名木餳 一名木珊瑚 一名雞爪子 木名白石木 一名金鉤木 一名枅栱 一名交加枝. 高三四丈 葉圓大如桑柘 夏月開花. 枝頭結實 如雞爪形 長寸許 紐曲 開作二三歧 儼若雞之足距. 嫩時靑色 經霜乃黃 嚼之味甘如蜜. 每開歧處處 結一二小子 狀如蔓荊子 內有扁核赤色 如酸棗仁[8]. 朱子曰 建陽謂之皆拱子 俗謂之癩 漢指頭 吾鄕呼爲兼句. 味甘 觧酒毒 人家有此木 則醞酒不成.

남산에는 헛개나무가 있고	南山有枸
북산에는 광나무가 있네.	北山有楰
즐거워라 군자여	樂只君子
어찌 오래 사시지 않으랴.	遐不黃耇

즐거워라 군자여   樂只君子

늙은 뒤에도 편안하시기를.   保艾爾後

---

1) 송옥(宋玉)의 부(賦) 가운데 한 구절.
2) 만형(蔓荊·순비기나무)의 열매. 한약재로 씀. 만형은 모래땅에서 자라는데, 줄기는 비스듬히
   서거나 모래 위를 김.
3) 『시집전』에는 '䔿'이지만, 『시명다식』 원문을 따랐음.
4) 『모시초목조수충어소』에는 없지만, 『본초강목』과 『시명다식』 원문을 따랐음.
5) 『모시초목조수충어소』와 『본초강목』에는 없지만, 『시명다식』 원문을 따랐음.
6) 『모시초목조수충어소』와 『본초강목』에는 '特'이지만, 『시명다식』 원문을 따랐음.
7) 『모시초목조수충어소』에는 '䒑'이지만, 『본초강목』과 『시명다식』 원문을 따랐음.
8) 『본초강목』과 소창문고본 『시명다식』에는 '形'이 있지만, 규장각본 『시명다식』 원문을 따랐음.

유 __ 楺 · 광나무

주자가 말하였다. '유'(광나무 · 女楨木. 물푸레나무과의 상록 관목)는 '서재'이니, 나무와 잎과 나뭇결이 '추'(개오동나무)와 같고, 또한 '고추'라 이름한다.

육씨가 말하였다. '유'는 '산추'(개오동나무)의 특이한 것이다. 젖었을 때는 무르지만, 말랐을 때는 단단하다. 한(漢) 지역 사람들은 '유'라 한다.

『본초』에 말하였다. '추'는 줄을 맞추어 벌여 있고, 줄기가 곧고 높이 솟아 사랑할 만하다. 가을에 이르러 드리워진 가지는 마치 실과 같아서 '추선'(가을이 되어 늘어진 개오동나무의 가는 가지)이라 하는데, 그 나무가 젖었을 때는 무르지만, 마르면 단단하기 때문에 좋은 재목이라 하고, 바둑판을 만들기에 마땅하니, 바로 '재'(가래나무)의 붉은 것이다.

『이아』에 말하였다. '유'는 '서재'이다. 『주』에 말하였다. '추'의 따위이니, 지금 강동에 '호재'가 있다.

朱子曰 楺 鼠梓 樹葉木理如楸 亦名苦楸. 陸氏曰 楺 山楸之異者. 湿時脆 燥時堅. 漢人謂之楺. 本草曰 楸有行列 莖幹直聳可愛. 至秋[1]垂條如線謂之楸線 其木湿時脆 燥則堅 故謂之良材 宜作棋枰 卽梓之赤者也. 爾雅

曰 楰 鼠梓. 注云 楸屬也 今江東有虎梓.

---

1) 『시명다식』에는 '上'이지만, 『본초강목』 원문을 따랐음.

곡__穀 · 닥나무

◆ 鶴鳴[1]

주자가 말하였다. '곡'(닥나무. 뽕나무과의 낙엽 교목)은 다른 이름으로 '저'(닥나무)이니, 쓸모없는 나무이다.

육씨가 말하였다. '곡'은 유주 사람들이 '곡상'이라 하는데, 어떤 사람은 '저상'이라고도 한다. 형주와 양주, 교주(廣西省 蒼梧縣)와 광주[2]에서는 '곡'이라 한다. 중주(河南省. 천하의 중앙에 있다는 뜻) 사람들은 '저'라 한다. 지금 강남 사람들은 그 껍질을 길쌈해서 베를 만들고, 또 찧어서 종이를 만드는데, '곡피지'라 한다. 길이는 몇 발이고, 깨끗한 흰빛으로 윤이 나며, 그 속은 매우 아름답다. 그 잎이 갓 나온 것은 먹을 수 있다.

『본초』에 말하였다. '저'에는 두 종류가 있다. 한 종류는 껍질에 알록달록한 꽃무늬가 있어서 '반곡'이라 하니, 지금 사람들이 껍질을 써서 갓을 만드는 것이다. 한 종류는 껍질이 희고 꽃무늬가 없으며, 가지와 잎이 크고 서로 비슷하다. 다만 그 잎을 얻으면, '포도' 잎과 비슷하고 꽃잎을 만들며, 열매가 있는 것이 아름답다. 그 열매는 초여름에 생기는데, 크기는 탄알만 하고, 청록색이며, 6~7월에 이르면 점점 짙은 다홍색이 되어 익는다. 『유양잡조』에 "곡전(田畑 · 火田. 초목을 불태워 개간한 밭)을 오래 내버려두면, 반드시 '구'(닥나무의 일종)가 자란다. 잎에 꽃잎이 있으면 '저'라 하고, 없으면 '구'라 한다"고 하였다. 이시진이 말하였다. 수나무는 껍질이 알록달록하고 잎에는 가장귀진 아귀가 없으며, 3월에 꽃이 피면 긴 이삭을 이루는데, '류'(버들)의 꽃 모양과 같고, 열매를 맺지 않는다. 암나무는 껍질이 희고, 잎에는 가장귀진 아귀가 있으며, 또한 자잘한 꽃이 피고, 맺은 열매는 '양매'(소귀나무)와 같다.

朱子曰 穀 一名楮 惡木也. 陸氏曰 穀 幽州人謂之穀桑 或曰 楮桑. 荊揚交廣謂之穀. 中州人謂之楮. 今江南人績其皮以爲布 又擣以爲紙 謂之穀皮紙. 長數丈 潔白光輝 其裡[3]甚好. 其葉初生可以爲茹. 本草曰 楮有二種. 一種皮有斑花文 謂之斑穀 今人用皮爲冠者. 一種皮白無花 枝葉大相類. 但取其葉似蒲桃[4]葉作瓣 而有子者爲佳. 其實初夏生 大如彈丸 靑綠色 至六七月漸深紅色 乃成熟. 酉陽雜俎云 穀[5]田久廢必生構. 葉有瓣曰楮 無曰構. 李時珍曰 雄者皮斑 而葉無椏叉[6] 三月開花成長[7]穗 如柳花狀 不結實. 雌者皮白 而葉有椏叉 亦開碎花 結實如楊梅.

높은 언덕에서 두루미가 우니	鶴鳴于九皐
그 소리가 하늘에 들리네.	聲聞于天
물고기가 물가에 있다가	魚在于渚
이따금 깊은 연못에 잠기기도 하네.	或潛在淵
즐거운 저 동산에는	樂彼之園
박달나무도 심어져 있고	爰有樹檀
그 아래에 닥나무도 있네.	其下維穀
다른 산의 돌로	他山之石
이 산의 옥을 갈 수 있다네.	可以攻玉

1) 『시경』 「소아」의 편 이름. 선왕(宣王)을 가르친 시.

2) 주(州) 이름. 삼국 때 오(吳)에 두었음. 광동(廣東)·광서(廣西) 두 성(省)에서 옛 렴주(廉州)와 경주(瓊州) 두 부(府)를 제외한 지역.

3) 『모시초목조수충어소』에는 '裏'이지만, '裡'와 통하므로 『시명다식』 원문을 따랐음.

4) 『본초강목』에는 '葡萄'이지만, '蒲桃'와 통하므로 『시명다식』 원문을 따랐음.

5) 『본초강목』에는 '谷'이지만, 『시명다식』 원문을 따랐음.

6) 『시명다식』에는 '杈'이지만, 『본초강목』 원문을 따랐음.

7) 『시명다식』에는 '長'이 없지만, 『본초강목』 원문을 따랐음.

이__栵 · 들메나무

◆ 四月[1]

주자가 말하였다. '이'(들메나무)는 붉은 '색'(멧대추나무)이니, 나뭇잎이 가늘고 갈라졌으며 뾰족하다. 껍질의 결은 뒤섞이고 어그러졌으며, 산속에 떨기로 나기를 좋아하고, 수레의 바퀴 테를 만들기에 알맞다.

육씨가 말하였다. '색'은 잎이 '작'(상수리나무)과 같고, 껍질이 얇으며 희다. 그 나뭇결이 붉은 것을 '적색'이라 하니, 다른 이름으로 '이'이다. 흰 것은 '색'이라 한다. 그 나무들은 모두 단단하고 질겨서 지금 사람들이 수레바퀴를 만든다.

朱子曰 栵 赤棣也 樹葉細 而岐銳. 皮理錯戾 好叢生山中 中爲車輞. 陸氏曰 棣 葉如柞 皮薄而白. 其木理赤者爲赤棣 一名栵. 白者爲棣. 其木皆堅韌 今人以爲車轂.

산에는 고사리와 고비가 있고	山有蕨薇
진펄에는 구기자나무와 들메나무가 있네.	隰有杞栵
군자가 이 노래를 지어	君子作歌
슬픈 마음을 알리네.	維以告哀

1) 『시경』「소아」의 편 이름. 대부가 유왕(幽王)을 풍자한 시.

작__柞 · 신갈나무

◆ 車舝[1]

주자가 말하였다. '작'(신갈나무)은 '력'(상수리나무)이니, 가지가 길고
잎이 무성하며, 떨기로 나고 가시가 있다.

앞의 '력' 항목에 자세히 보인다.

朱子曰 柞 櫟也 枝長葉盛 叢生有刺[2]. 詳見上櫟條.

저 높은 산등성이에 올라	陟彼高岡
신갈나무 찍어 장작을 만들었네.	析其柞薪
신갈나무 찍어 장작을 만드노라니	析其柞薪
그 잎새가 무성하기도 해라.	其葉湑兮
그대와 만나고 보니	鮮我覯爾
내 마음 후련해지네.	我心寫兮

---

1) 『시경』「소아」의 편 이름. 대부가 유왕(幽王)을 풍자한 시.
2) '柞'은 『시경』「대아」(大雅)〈면〉(綿) 편에도 나옴. '枝長葉盛 叢生有刺'는 이 편의 주자 주에 해당함.

역__栩 · 떡갈나무

◆ 大雅 縣

　주자가 말하였다. '역'(떡갈나무)은 '백유'(두릅나무)이니, 작은 나무이고, 떨기로 나며 가시가 있다.

　육씨가 말하였다. '작'(상수리나무)과 '역'은 『삼창』에서 '역'은 바로 '작'이라 설명하였다. 그 목재의 결은 온통 희고, 붉은 고갱이가 없는 것이 '백유'이다. 결이 곧아 쉽게 쪼개지므로 소가 끄는 수레의 굴대를 만들 만하고, 또 모(긴 자루 끝에 날을 단 창)와 극(양쪽에 날이 있는 창)과 살(날이 긴 창)을 만들 만하다.

　『본초』에 말하였다. '력'(상수리나무)에는 두 종류가 있는데, 한 종류는 열매를 맺지 않는 것으로, 그 이름을 '역'이라 하니, 그 나무는 고갱이가 붉다.

　『이아주』에 말하였다. 열매는 마치 귀걸이와 같고, 자적색이며 먹을 수 있다.

　나는 이렇게 생각한다. 『시집전』은 『이아』에서 '백유'(두릅나무)라 말한 것을 가지고 풀이하였고, 육씨는 『삼창』에서 '작'(상수리나무)이라 설명한 것을 끌어 썼다. 두 설명이 같지 않은데, 누가 옳은지 알 수 없다.

朱子曰 栩 白桵也 小木 叢生有刺. 陸氏曰 柞栩 三蒼 說栩 卽柞也. 其材理全白無赤心者爲白桵.[1] 直理易破 可爲犢車軸 又可爲矛戟鍛[2]. 本艸曰 櫟有二種 一種不結實者 其名曰栩 其木心赤. 爾雅注曰 實如耳璫 紫赤可啖. 學祥按 本傳釋以爾雅所云白桵也 陸氏引三蒼說云 卽柞也. 二說不同未知孰是.

그 오랑캐들에 대한 노여움을 그치지는 않으셨지만,	肆不殄厥慍
그들을 돌보심도 그치지는 않으셨네.	亦不隕厥問
신갈나무 떡갈나무 뽑아내어	柞棫拔矣
길을 열어 통하게 하시니,	行道兌矣
오랑캐들 냅뛰며	混夷駾矣
어쩔 줄을 몰랐다네.	維其喙矣

---

1) 『모시초목조수충어소』에는 '其材理全白無赤心者曰桵'이지만, 『시명다식』과 『이아소』 원문을 따랐음.
2) 『육가시명물소』와 『이아소』에는 '可爲櫝車輻 又可爲矛戟矜'이지만, 『모시초목조수충어소』와 『시명다식』 원문을 따랐음.

호__楛·싸리나무

◆ 早麓[1]

　주자가 말하였다. '호'(牡荊 비슷한 붉은 빛깔의 나무. 화살대를 만드
는 데 씀)는 '형'(가시나무)과 비슷하지만 붉다.

　육씨가 말하였다. '호'는 그 모양이 '형'과 비슷하지만 붉다. 줄기는
'시'(가새풀)와 비슷하다. 상당 사람들은 얽어서 말(10되 들이 그릇)과 둥
근 광주리와 네모진 상자 등의 그릇을 만들고, 또 휘어 구부려서 비녀를
만든다. 그러므로 상당 사람들은 우스갯말로 부인에게 "붉은 연지(분)를
사려느냐 마려느냐"고 물을 때, "부엌 아궁이에 붉은 흙이 있고 말고"라
하고, "비녀를 사려느냐 마려느냐" 물을 때, "산에야 '호'가 있고 말고"라
한다.

　『본초』에 말하였다. '형'에는 푸르거나 붉은 두 종류가 있다. 푸른 것
은 '형'이라 하고, 붉은 것은 '호'라 한다. 어린 가지는 모두 둥근 광주리
와 소쿠리를 만들 수 있다.

　朱子曰 楛 似荊而赤. 陸氏曰 楛 其形似荊而赤. 莖似蓍. 上黨人織以爲斗[2]
筥箱器 又揉[3]以爲釵. 故上黨人調[4] 問婦人欲買赭不[5] 曰[6]竈下[7]自有黃
土. 問買釵不 曰山中自有楛. 本艸曰 荊 有靑赤二種. 靑者爲荊 赤者爲楛.

嫩條皆可爲筥囤[8].

저 한산 기슭을 바라보니	瞻彼旱麓
개암나무 싸리나무가 우거졌네.	榛楛濟濟
점잖으신 군자님께서	豈弟君子
점잖게 녹을 구하시네.	干祿豈弟

---

1) 『시경』 「대아」의 편 이름. 주(周) 나라의 선조가 후직(后稷)과 공류(公劉) 등 선조의 공업(功業)을 받았음을 읊은 시.
2) 『이아익』에는 '牛'이지만, 『모시정의』와 『시명다식』 원문을 따랐음.
3) 『모시정의』와 『이아익』에는 '屇'이지만, 『모시초목조수충어소』와 『시명다식』 원문을 따랐음.
4) 『모시정의』에는 '曰'이 있지만, 『모시초목조수충어소』와 『시명다식』과 『이아익』 원문을 따랐음.
5) 『모시초목조수충어소』와 『이아익』에는 '否'이지만, '不'와 통하므로 『모시정의』와 『시명다식』 원문을 따랐음. 뒤의 '不'도 마찬가지임.
6) 『모시정의』에는 '謂'이지만, 『모시초목조수충어소』와 『시명다식』과 『이아익』 원문을 따랐음.
7) 『이아익』에는 '中'이지만, 『모시정의』와 『모시초목조수충어소』와 『시명다식』 원문을 따랐음.
8) 『시명다식』에는 '簹'이지만, 『본초강목』 원문을 따랐음.

렬__栵 · 산밤나무

◆ 皇矣[1]

주자가 말하였다. '렬'(산밤나무)은 줄지어 자라는 것이다.

육씨가 말하였다. '렬'은 '이'(산밤나무)이니, 잎이 '유'(느릅나무)와 같고, 나뭇결이 단단하며 질기고 붉어서 수레의 끌채를 만들 만하다.

『이아』에 말하였다. '렬'은 '이'이다. 『주』에 말하였다. 나무는 '곡속' (떡갈나무)과 비슷하지만, 낮고 작다. 열매는 작은 '률'(밤)과 같고, 먹을 수 있다. 지금 강동에서는 '이률'이라 부른다. 『광운』에 말하였다. '렬'은 '이'이니, 초 지역에서는 '서률'(상수리)이라 부른다.

朱子曰 栵 行生者也. 陸氏曰 栵 栭 葉如榆[2] 木理堅韌而赤 可爲車轅.
爾雅曰 栵 栭. 注云 樹似檞檖 而庳小. 子如細栗 可食. 今江東[3]呼爲栭栗.
廣韵[4]云 栵 栭 楚呼芋栗.

찍어내고 뽑아버리니	作之屛之
말라 죽고 시들어 죽은 나무며	其菑其翳
솎아내고 쓸어내니	修之平之
떨기로 난 나무와 줄로 난 산밤나무며	其灌其栵

줄기 쳐서 앞을 트니	啓之辟之
당버들 인가목이며	其檉其椐
치우고 베어내니	攘之剔之
산뽕나무와 구지뽕나무로다.	其檿其柘
상제께서 밝은 덕 지닌 분을 옮기시니	帝遷明德
오랑캐들이 길을 메우며 달아났네.	串夷載路
하늘께서 그 짝을 지어 주시니	天立厥配
받으실 명이 이미 굳어졌네.	受命旣固

---

1) 『시경』 「대아」의 편 이름. 주(周)나라와 문왕(文王)을 찬미한 시.
2) 『모시초목조수충어소』에는 '也'가 있지만, 『시명다식』 원문을 따랐음.
3) 『이아주』에는 '亦'이 있지만, 『시명다식』 원문을 따랐음.
4) 소창문고본 『시명다식』에는 '韻'이지만, '韵'과 통하므로 규장각본 『시명다식』 원문을 따랐음.

정__檉·당버들

주자가 말하였다. '정'(당버들·渭城柳. 낙엽 소교목)은 '하류'(河楊·檉柳)이니, '양'(버들)과 비슷하고, 붉은색이며, 강가에 난다.

육씨가 말하였다. 물가에 나고, 껍질은 순 붉은색으로 진한 붉은색과 같다. 다른 이름으로 '우샤'(정류)이고, 가지와 잎은 '송'(소나무)과 비슷하다.

『본초』에 말하였다. '정류'(위성류)는 다른 이름으로 '적정', '적양'(오리나무. 일설에는 위성류), '하류', '수사류', '인류', '삼면류', '관음류'이다. 줄기는 작고 가지는 약하며, 꽂아 심으면 쉽게 자란다. 껍질은 붉고, 가는 잎이 마치 실과 같아서 부드럽고 아름답게 흔들리니 사랑할 만하다. 수홍색(粉紅. 銀硃와 胭脂를 조합하여 이룬 색)이라서 '료'(여뀌)의 꽃과 같다.

『이아주』에 말하였다. 지금 황하 가에 붉은 줄기의 '소양'(버들)이다.

朱子曰 檉 河柳也 似楊 赤色 生河邊. 陸氏曰 生水旁 皮正赤如絳. 一名
雨師 枝葉似松. 本草曰 檉柳 一名赤檉 一名赤楊 一名河柳 一名垂絲柳
一名人柳 一名三眠柳 一名觀音柳. 小幹弱枝 揷之易生. 赤皮 細葉如絲

婀娜可愛. 一年三次作花 花穗長三四寸 水紅色如蓼花也[1]. 爾雅注曰 今河
旁赤莖小楊.

---

1) 『본초강목』에는 '色'이지만, 『시명다식』 원문을 따랐음.

거__椐 · 인가목

주자가 말하였다. '거'(인가목. 대와 비슷하며, 마디가 있는 작은 나무)는 '궤'(령수목)이니, 부어오른 마디가 '부로'(대 또는 대가 지팡이의 재료가 되는 데서 지팡이를 일컬음)와 비슷하여 지팡이를 만들 수 있다.

육씨가 말하였다. 마디 가운데가 부어올라서 '부로'와 비슷하니, 지금의 '령수'(거. 지팡이나 말채찍을 만들 수 있음. 인신하여 지팡이)가 이것이다. 지금 사람들은 말채찍과 지팡이를 만든다. 홍농[1] 공북산에 많이 있다.

『본초』에 말하였다. 길쭉하게 둥글고 껍질은 붉다. 『한서』에 "공광이 나이가 많고 늙자, '령수목'으로 만든 지팡이를 내려주었다"[2]고 했다. 안사고의 『주』에 "나무는 '죽'(대)과 비슷하게 마디가 있고, 길이는 여덟 내지 아홉 자를 넘지 않으며, 둘레는 서너 치이니 그대로 지팡이 치수에 들어맞아서 마땅히 깎고 손질할 필요가 없다"고 했다. 지팡이를 만들어 지금 사람들은 수명을 늘이고 목숨을 더한다.

朱子曰 椐 樻也 腫節似扶老 可爲杖者也. 陸氏曰 節中腫 似扶老 [3]今靈壽 是也. 今人以爲馬鞭及杖. 弘[4]農共北山甚[5]有之. 本艸曰 圓長皮赤[6].

漢書 孔光年老 賜靈壽杖. 顏師古 注云 木似竹有節 長不過八九尺 圍三四
寸 自然有合杖制 不須削理. 作杖 今人延年益壽.

---

1) 군(郡) 이름. 한(漢) 때 두었음. 지금의 하남성(河南省) 낙양(洛陽)·숭(嵩)·내향(內鄕) 현(縣)의
   서쪽과 섬서성(陝西省) 상현(商縣) 동쪽의 사이 지역.
2) 『한서』 81 「공광전」(孔光傳).
3) 『이아음의』(爾雅音義)에는 '卽'이 있지만, 『모시초목조수충어소』와 『시명다식』 원문을 따랐음.
4) 『모시초목조수충어소』에는 '宏'이고, 소창문고본 『시명다식』에는 '卽'이지만, 규장각본 『시명
   다식』과 『이아음의』 원문을 따랐음.
5) 『이아음의』에는 '晢'이지만, 『모시초목조수충어소』와 『시명다식』 원문을 따랐음.
6) 『본초강목』에는 '紫'이지만, 『시명다식』 원문을 따랐음.

염__ 檿 · 산뽕나무

　주자가 말하였다. '염'(산뽕나무. 뽕나무과의 낙엽 교목)은 '산상'(산뽕나무)이다.

　『이아주』에 말하였다. '염'은 '상'(뽕나무)과 비슷하고, 재목은 활과 쇠뇌와 수레의 끌채를 만들기에 알맞다.

　朱子曰 檿 山桑也. 爾雅注云 檿 似桑 材中弓弩及車轅[1].

---

1) 『이아주』에는 '材中作弓及車轅'이지만, 『시명다식』 원문을 따랐음.

자__柘 · 구지뽕나무

주자가 말하였다. '염'(산뽕나무)과 '자'(구지뽕나무)는 모두 아름다운 재목이니, 활 몸통을 만들 수 있고, 또 '잠'(누에)을 칠 수도 있다.

『본초』에 말하였다. 떨기로 나기를 좋아한다. 줄기는 성기면서 곧다. 잎은 우거졌고 두터우며, 둥글면서 끝이 뾰족하다. 그 잎을 '잠'(누에)에게 먹여, 명주실을 얻어서 거문고를 만들면, 맑은 소리와 울림이 평소보다 좋다. 또 나뭇결에 무늬가 있고, 또한 돌려 깎아 그릇을 만들 수 있다.

朱子曰 壓與柘 皆美材 可爲弓幹 又可蠶也. 本草曰 喜叢生. 幹疏而直. 葉豊而厚 團[1]而有尖. 其葉飼蠶 取絲作琴瑟 淸響勝常. 又木理有文[2] 亦可旋爲器.

---

1) 소창문고본 『시명다식』에는 '圓'이지만, '團'과 통하므로 『본초강목』과 『시명다식』 원문을 따랐음.
2) 『본초강목』과 소창문고본 『시명다식』에는 '紋'이지만, '文'과 통하므로 규장각본 『시명다식』 원문을 따랐음.

오동 __梧桐·오동나무

◆ 卷阿[1]

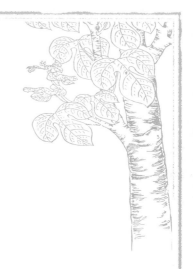

『본초』에 말하였다. 나무는 '동'(오동나무)과 비슷한데, 껍질은 푸르고 거칠치 않으며, 그 나무는 마디가 없고 곧게 자라며, 결은 가늘고 성질은 단단하다. 잎은 '동'과 비슷한데 조금 작고, 윤이 나며 매끄럽고 끝이 뾰족하다. 그 꽃은 꽃술이 가늘고, 아래로 떨어지면 마치 골마지(간장·된장·술 따위에 생기는 곰팡이)와 같다. 그 열매 꼬투리는 길이가 세 치쯤이고, 다섯 조각이 합해 이루어졌으며, 늙으면 찢어져 열리는데, 마치 키(곡식을 까부르는 기구)와 같고, '고악'이라 한다. 그 열매는 '고악' 위에 이어져 있는데, 많은 것은 대여섯 개이고, 적은 것은 가끔 두세 개이다. 열매 크기는 '호초'(후추)만 하고, 그 껍질은 주름졌다.

『이아』에 말하였다. '오'(오동나무)는 '츤'(오동나무를 棺材로 썼던 데서 생긴 다른 이름)이다. 『주』에 말하였다. 지금의 '오동'(오동나무)이다.

本艸日 樹似桐而 皮靑不散 其木無節直生 理細而性緊. 葉似桐 而稍小 光滑有尖. 其花細蘂 墜下如醸. 其莢長三寸許 五片合成 老則裂開如箕 謂之橐[2]鄂. 其子綴於[3]橐鄂上 多者五六 小[4]或二三. 子大如胡椒 其皮皺. 爾雅日 梧 櫬. 注云 今梧桐.

봉황이 우네.	鳳皇鳴矣
저 높은 산등성이에서.	于彼高岡
오동나무가 자라네	梧桐生矣
산 동쪽 기슭에서.	于彼朝陽
오동나무 우거져서	菶菶萋萋
봉황 소리 어우러지네.	雝雝喈喈

---

1) 『시경』「대아」의 편 이름. 소강공(召康公)이 성왕(成王)에게 어진 사람을 등용하도록 경계한 내용의 시.
2) 『시명다식』에는 '菶'이지만, 『본초강목』 원문을 따랐음. 뒤의 '蕢'도 마찬가지임.
3) 『본초강목』에는 '于'이지만, '於'와 통하므로 『시명다식』 원문을 따랐음.
4) 『본초강목』에는 '少'이지만, '小'와 통하므로 『시명다식』 원문을 따랐음.

詩名多識 卷之二 識菜

시명다식 제이권·식채

포__匏·박

◆ 邶 匏有苦葉[1]

　　주자가 말하였다. '포'(박. 박과의 일년생 만초)는 '호'(호리병박. 박과의 일년생 만초)이다.

　　육씨가 말하였다. '포' 잎은 어릴 때 국으로 끓여 먹을 수 있고, 또 물에 담갔다가 삶으면 매우 맛이 좋다. 양주 사람들이 먹는다. 8월에 이르면 잎이 쓰기 때문에 쓴 잎이라고 한다.

　　『본초』에 말하였다. '고호'(호리병박)는 다른 이름으로 '고포', '고호로'이다. 2월에 심고, 덩굴져 늘어진다. 5~6월에 흰 꽃이 피고, 맺은 열매는 흰색인데, 크거나 작고 길거나 짧으며, 각 종류마다 색깔이 있다. 단 것은 크고, 쓴 것은 작다.

　　『비아』에 말하였다. 길면서 위가 야윈 것을 '호'라 하고, 목이 짧고 배가 큰 것을 '포'라 한다.

　　『정자통』에 말하였다. '호'의 성질은 달고, '포'의 성질은 쓰다. 그러므로 『좌전』에서 숙향이 "'고포'는 맛이 써 먹지 못한다. 사람들이 물을 건너는 데 이바지할 뿐이다"[2]라 했다. 후세 사람들이 모두 '포'와 '호'를 합하여 하나라고 한 것은 이러한 설명에 근거한다. 『설문』에 "'호'는 '포'이다"라 했고, 육기의 『시소』에 "'포'는 '호'이다"라 했는데, 아울러 잘못되었다.

朱子曰 匏 瓠也. 陸氏曰 匏葉少時可爲羹 又可淹煮[3]極美. 揚州人食. 至
八月葉卽苦 故曰 苦葉[4]. 本草曰 苦瓠 一名苦匏 一名苦壺盧. 二月下種
引蔓. 五六月開白花 結實白色 大小長短 各有種色. 甘者大 苦者小. 埤雅
曰 長而瘦上曰瓠[5] 短頸大腹曰匏. 正字通曰 瓠性甘 匏性苦. 故左傳 叔向
曰 苦匏不材 于[6]人共濟而已. 後人皆合匏瓠爲一據[7]此說. 說文 瓠 匏也
陸璣詩疏 匏 瓠也 幷[8]非.

박에는 쓴 잎이 달려 있고	匏有苦葉
제수에는 깊은 나루가 있네.	濟有深涉
깊으면 옷 입은 채로 건너고	深則厲
얕으면 옷을 걷고 건너지.	淺則揭

---

1) 『시경』「패풍」(邶風)의 편 이름. 부인 선강(宣姜)과 함께 음란한 짓을 한 위(衛)나라 선공(宣公)
   을 풍자한 시.
2) 원래 이 구절의 출전은 『국어』「노어」(魯語) 하(下)임. "諸侯伐秦 及涇莫濟. 晉叔向見叔孫穆子曰
   諸侯謂秦不恭 而討之 及涇而止 於秦何益. 穆子曰 豹之業與匏有苦葉矣 不知其他. 叔向退 召舟虞
   與司馬曰 夫苦匏不材 於人共濟而已. 魯叔孫賦匏有苦葉 必將涉矣. 具舟除隧 不共有法. 是行也 魯
   人以莒人先濟 諸侯從之."(제후들이 진(秦)나라를 치려고 경수(涇水)에 이르렀으나 건너지 못했
   다. 진(晉)나라의 숙향이 숙손목자(叔孫豹‧노(魯)나라 대부)에게 말했다. "제후들이
   진(秦)나라가 공경하지 않아 치려고 경수에 이르렀으나 멈추었소. 진(秦)나라를 치는 데 무슨
   도움이 되겠소." 숙손목자가 말했다. "내 일은 〈포유고엽〉을 읊는 데 있을 뿐, 그밖의 것은 모
   르오." 숙향은 물러나와 주우(배를 관장하는 관원)와 사마를 불러 말했다. "무릇 '고포'는 맛이
   써 먹지 못한다. 사람들이 물을 건너는 데 이바지할 뿐이다. 노나라의 숙손목자가 〈포유고엽〉
   을 읊었으니 반드시 장차 건널 수 있을 것이다. 배를 갖추고 도로를 닦으라. 이바지하지 못하
   면 군법으로 다스릴 것이다." 이를 행하여 노나라가 거나라 군사를 먼저 건너게 하고, 제후들
   의 군사가 이를 따랐다.) 반면, 『춘추좌씨전』「양공」(襄公) 14년 조의 기록은 『국어』에 비해 소
   략하다. "夏 諸侯之大夫從晉侯 伐秦 以報櫟之役也. 晉侯待于竟 使六卿帥諸侯之師以進 及涇不

濟. 叔向見叔孫穆子 穆子賦匏有苦葉 叔向退 而具舟. 魯人莒人先濟."(여름에 각 제후의 대부들이 진(晉)나라 제후를 좇아 진(秦)나라를 쳐서 력에서의 싸움에 대한 보복을 하였다. 진(晉)나라 제후는 국경에서 기다리면서 육경들로 하여금 제후들의 군사를 거느려 나아가게 하였는데, 경수에 이르러 건너지 못했다. 숙향이 숙손목자를 만났는데, 숙손목자가 〈포유고엽〉을 읊자, 숙향은 물러나와 배를 갖추었다. 노나라 사람들과 거나라 사람들이 먼저 건넜다.) 이 구절의 출전에 대해서『모시정의』에는『외전』(外傳),『비아』와『육가시명물소』에는『국어』로 되어 있음. 따라서 이 구절의 출전을『춘추』라고 밝힌 것은『시명다식』저자의 착오임.

3)『모시초목조수충어소』에는 '鬻'이지만, '煮'와 통하므로『모시정의』와『시명다식』원문을 따랐음.

4) 규장각본『시명다식』에는 '柒'이지만,『모시초목조수충어소』와 소창문고본『시명다식』원문을 따랐음.

5)『시명다식』에는 '匏'이지만,『비아』원문을 따랐음.

6)『국어』(國語)와『모시정의』와『비아』에는 '於'이지만,『시명다식』원문을 따랐음.

7) 소창문고본『시명다식』에는 '㨿'이지만, '據'와 통하므로 규장각본『시명다식』원문을 따랐음.

8) 소창문고본『시명다식』에는 '並'이지만, '幷'과 통하므로 규장각본『시명다식』원문을 따랐음.

봉_葑 · 순무

◆ 谷風

　주자가 말하였다. '봉'(순무 · 蕪菁. 십자화과의 일이년초)은 '만청'(순무)이다.

　육씨가 말하였다. 유주 사람들은 혹 '개'(겨자 · 辛菜. 겨자과의 향채 또는 그 씨로 만든 양념)라 한다.

　『본초』에 말하였다. '무청'은 다른 이름으로 '만청', '구영숭', '제갈채'이다. '로복'(무 · 蘿蔔)과 견주면 줄기가 짧고 가늘다. 잎은 크고, 땅위에 잇닿아 자라며, 두텁고 넓으며 크고 짤막하며 살졌는데 낮다. 그 색은 붉다. 초여름에 장다리가 올라와서 노란 꽃이 피는데, 네 개가 나오니 '개'와 같고, 맺은 꼬투리도 또한 '개'와 같다. 그 열매는 가지런하게 둥글고, '개자'(겨자씨)와 비슷한데 자적색이다.

　화곡 엄씨가 말하였다. 강남에는 '숭'(배추. 야채의 일종)이 있고, 강북(양자강 이북의 지방)에는 '만청'이 있으니, 서로 비슷하지만 다르다. 봄에는 싹을 먹고, 여름에는 고갱이를 먹으며, 가을에는 줄기를 먹고, 겨울에는 뿌리를 먹는다.

　양웅이 『방언』에 말하였다. '풍'(순무)과 '요'(순무)는 '무청'이다. 진[1]과 초에서는 '봉'이라 하고, 제와 노에서는 '요'라 하고, 관서에서는 '무청'이라 하고, 조[2]와 위의 교외에서는 '대개'라 한다.

'풍'과 '봉'은 글자는 비록 다르지만, 소리는 실제로 같으니, 이에 일곱 가지는 같은 식물이다.

朱子曰 葑 蔓菁也. 陸氏曰 幽州人或謂之芥. 本草曰 蕪菁 一名蔓菁 一名九英菘 一名諸葛菜. 比蘆菔梗短而細. 葉大 連地上生 厚濶短肥而庳. 其色紅. 夏初起薹 開黃花 四出如芥 結角亦如芥. 其子均圓 似芥子 而紫赤色. 華谷嚴氏曰 江南有菘 江北有蔓菁 相似而異. 春食苗 夏食心 秋食莖 冬食根. 揚雄 方言曰 蕾 蕘 蕪菁也. 陳楚謂之葑 齊魯謂之蕘 關西謂之蕪菁 趙魏之部[3]謂之大芥. 蕾與葑 字雖異 音實同 卽七者一物也.[4]

부드러운 골짜기 바람이	習習谷風
흐리게 했다가 비까지 오게 하네.	以陰以雨
애써 한마음이 되어야지	黽勉同心
성을 내어선 안 좋다오.	不宜有怒
순무 캐고 무 캘 적에	采葑采菲
뿌리만 보지 마오.	無以下體
처음 약속 어기지 말고	德音莫違
그대와 죽기까지 살고파라.	及爾同死

---

1) 지금의 하남성(河南省)에 있었던 춘추(春秋) 때 제후국의 하나.
2) 지금의 산서성(山西省)에 있었던 주(周) 목왕(穆王)이 조보(造父)를 봉한 나라이자, 지금 하북(河北)의 서남부와 산서의 중부, 섬서(陝西)의 동북쪽을 차지했던 전국칠웅(戰國七雄)의 하나.
3) 『방언』에는 '郊'이지만, '部'와 통하므로 『시명다식』 원문을 따랐음.
4) '蕾與葑 字雖異 音實同 卽七者一物也'의 출전은 『이아소』 권8 수(須) 조.

비__菲·무

주자가 말하였다. '비'(순무 비슷한 야채)는 '복'(무·蘿菖·蘿蔔)과 비슷한데, 줄기가 거칠고, 잎이 두터우며 길고, 털이 있다.

육씨가 말하였다. 『이아』에 '식채'(무와 비슷한 나물 이름)라 하였다. 하내에서는 '숙채'라 한다. 3월 중에 찌거나 삶아서 먹고, 달고 맛이 좋아 국으로 만들 수도 있다. 뿌리는 손가락만 하고, 순 흰색이며, 먹을 수 있다. 유주 사람들은 '물'(순무)이라 한다.

『이아주』에 말하였다. '비초'는 낮고 습기가 많은 땅에 나는데, '무청'(순무)과 비슷하고, 꽃은 자적색이며, 먹을 수 있다.

朱子曰 菲 似菖 莖巏 葉厚而長 有毛. 陸氏曰 爾雅[1]謂[2]薏菜. [3]河內[4]謂[5]宿[6]菜. 三月中蒸鬻[7]爲茹 甘[8]美可作羹. 根如指 正白 可啖. 幽州人謂之芴. 爾雅注曰 菲艸[9] 生下濕地 似蕪菁 華紫赤色 可食.

---

1) 『모시초목조수충어소』와 『이아소』에는 '又'가 있지만, 『시명다식』 원문을 따랐음.
2) 『모시초목조수충어소』와 『이아소』에는 '之'가 있지만, 『시명다식』 원문을 따랐음.
3) 『모시초목조수충어소』와 『이아소』에는 '속'이 있지만, 『시명다식』 원문을 따랐음.

4) 『모시초목조수충어소』와 『이아소』에는 '𦯍'이 있지만, 『시명다식』 원문을 따랐음.

5) 『모시초목조수충어소』와 『이아소』에는 '之'가 있지만, 『시명다식』 원문을 따랐음.

6) 『시명다식』에는 '䔷'이지만, 『모시초목조수충어소』와 『이아소』 원문을 따랐음.

7) 『시명다식』에는 '虇'이 없지만, 『모시초목조수충어소』와 『이아소』 원문을 따랐음.

8) 『시명다식』에는 '滑'이지만, 『모시초목조수충어소』와 『이아소』 원문을 따랐음.

9) 소창문고본 『시명다식』과 『이아주』에는 '草'이지만, 규장각본 『시명다식』 원문을 따랐음.

호서__瓠犀·박씨

◉ 衛 碩人

주자가 말하였다. '호서'(瓠犀·박씨. 미인의 깨끗하고 가지런한 이의 비유)는 '호'(호리병박) 속의 씨이다.

정씨가 말하였다. '호서'(瓠犀)는 '호'의 씨이다.

공씨가 말하였다. 「석초」에 '호서'(瓠棲)는 씨라 했다.

손염이 말하였다. '서'(棲)와 '서'(犀)는 글자가 다르지만, 소리는 같다.

朱子曰 瓠犀 瓠中之子. 鄭氏曰 瓠犀 瓠瓣. 孔氏曰 釋艸云 瓠棲 瓣也. 孫炎曰 棲與犀 字異音同.

손은 보드라운 띠 싹 같고	手如柔荑
살결은 엉긴 기름 같네.	膚如凝脂
목덜미는 하얀 나무굼벵이 같고	領如蝤蠐
이는 박씨처럼 가지런해라.	齒如瓠犀
작은 매미 이마에 누에나방 눈썹	螓首蛾眉
생긋 웃으면 보조개 어여쁘고	巧笑倩兮
아름다운 눈까지 맑기도 해라.	美目盼兮

규 __ 葵·아욱

❑ 圖 七月

주자가 말하였다. '규'는 나물 이름이다.

『본초』에 말하였다. '규'(아욱·蔣葵. 아욱과의 이년초)는 다른 이름으로 '활채', '로규', '위족'이다. 해를 향해 기울지만, 그 뿌리까지 비추지는 못한다. 잎은 크고 꽃은 작은데, 꽃은 자황색이며, 그 가장 작은 것은 '압각규'(아욱의 일종)라 이름한다. 그 열매 크기는 손가락 끄트머리만 한데, 껍질은 얇고 납작하며, 열매 안의 씨는 가볍고 속이 비어서 '유협'(느릅나무의 열매)의 씨와 같다. 4~5월에 심은 것은 씨를 남길 수 있다. 6~7월에 심은 것은 '추규'라 한다. 8~9월에 심은 것은 '동규'라 한다. 해를 지낸 것은 거두어들인다. 정월에 다시 심은 것은 '춘규'라 한다. 그러나 묵은 뿌리는 봄에 이르면 다시 자란다. 왕정이 『농서』에 "'규'는 양기(陽氣)를 따르는 풀이니, 온갖 나물의 우두머리이다"라 했다.

朱子曰 葵 菜名. 本艸曰 葵 一名滑菜 一名露葵 一名衛足. 傾日 不使照其根. 大葉小花 花紫黃色 其最小者名鴨脚葵. 其實大如指頂 皮薄而扁 實內子輕虛如楡莢仁. 四五月種者可留子. 六七月種者爲秋葵 八九月種者爲冬葵 經年收採[1]. 正月復種者爲春葵. 然宿根至春亦生. 王禎 農書云 葵

陽艸也 爲百菜之主.

---

1)『본초강목』에는 '茶'이지만, '採'와 통하므로『시명다식』원문을 따랐음.

과__瓜 · 오이

『본초』에 말하였다. '과'(오이)는 다른 이름으로 '황과', '호과'이다. 정월이나 2월에 심으면 3월에 싹이 나고 덩굴로 이어나간다. 잎은 '동과'(동아. 박과의 일년생 만초 또는 그 열매. 씨는 冬瓜子, 껍질은 冬瓜皮라 하여 약용함) 잎과 같고, 또한 털이 있다. 4~5월에 노란 꽃이 피고, 맺힌 '과'는 둘레가 두세 치인데, 긴 것은 한 자쯤 되고, 푸른색이며, 껍질 위에는 부스럼 같은 것이 있는데 마치 사마귀와 같고, 늙으면 황적색이다. 그 씨는 '채과'(오이의 일종. 生瓜 · 越瓜 · 甜瓜의 따위)의 씨와 더불어 같다.

왕정이 말하였다. '과'의 종류는 하나가 아니다. 푸성귀에 응하는 것은 '채과', '호과', '월과'(박과의 일년생 만초. 오이보다 큰 열매를 맺음)이다.

나는 이렇게 생각한다. '월과'는 '채과' 및 '호과'와 다르지 않다. 과일과 푸성귀로 채울 만하고, 장이나 메주나 엿이나 식초에 담가 저장하기에 모두 마땅하다. 또한 김치를 만들 수 있다. 그런즉 '과'에는 두 종류가 있으니, 자세하게 나누어 구별할 수 없다.

本艸曰 瓜 一名黃瓜 一名胡瓜. 正二月下種 三月生苗引蔓. 葉如冬瓜葉 亦有毛. 四五月開黃花 結瓜圍二三寸 長者至尺許 靑色 皮上有瘖瘟如疣子 至老則黃赤色. 其子與菜瓜子同. 王禎曰 瓜之爲種不一. 供菜爲菜瓜胡瓜越瓜. 學祥按 越瓜 卽菜瓜與胡瓜無異. 可充果蔬 醬豉糖醋藏浸皆宜 亦可作葅.[1] 然則瓜有二種 不可細辨.

---

1) ‘可充果蔬 醬豉糖醋藏浸皆宜 亦可作葅’는 출전이 『본초강목』 제28권 〈월과〉(越瓜) 조임.

호__壺·박

주자가 말하였다. '호'(壺·박)는 '호'(瓠·호리병박)이다.

장락 유씨가 말하였다. 시든 것을 '호'(壺)라 할 수 있는데, 어린 것은 먹을 수 있다.

『본초』에 말하였다. 배가 있고 자루가 긴 것은 '호'(瓠)에 관련시킬 수 있고, '호'(壺) 중에서 허리가 가는 것은 '포로'(허리가 잘록한 호리병박의 일종)라 한다.

앞의 '포'(박) 항목에 자세히 보인다.

朱子曰 壺 瓠也. 長樂劉氏曰 枯者可爲壺 嫩者可供茹. 本艸曰 有腹長柄者爲縣瓠 壺之細腰者爲蒲蘆. 詳見上匏條.

구__韭·부추

주자가 말하였다. '구'(부추. 백합과의 다년초)는 나물 이름이다.

『본초』에 말하였다. '구'는 다른 이름으로 '초종유', '기양초'이다. '구'의 줄기 이름은 '구백'이고, 뿌리 이름은 '구황'[1]이며, 꽃 이름은 '구청'이다. 떨기로 나고, 뿌리가 넉넉하며,[2] 잎이 길고 파릇파릇하다. 뿌리를 나누어 심을 수 있고, 씨앗을 심을 수도 있다. 그 성질은 안에서 자라나오지 겉에서 자라나지 않는다. 잎의 높이는 세 치이다. 8월에 꽃이 피어서 떨기를 이룬다. 9월에 씨를 거두는데, 그 씨는 검은색이고 납작하다.

朱子曰 韭 菜名. 本艸曰 韭 一名艸鍾乳 一名起陽草. 韭之莖名韭白 根名韭黃 花名韭菁. 叢生豊本 長葉靑翠. 可以根分 可以子種. 其性內生 不得外長. 葉高三寸. 八月開花成叢. 九月收子 其子黑色而扁.

선달에 탕탕 얼음을 깨어	二之日鑿冰冲冲
정월에 얼음 창고에 들여다놓고,	三之日納于凌陰
이월 이른 아침 얼음 꺼낼 때엔	四之日其蚤
새끼 양이랑 부추 차리고 제사 지내네.	獻羔祭韭

구월에 된서리 내리면	九月肅霜
시월에 타작마당 치우고	十月滌場
두어 통 술로 잔치 벌이네.	朋酒斯饗
새끼 양이랑 양이랑 잡고	日殺羔羊
임금 계신 곳으로 올라가,	躋彼公堂
외뿔소 뿔 술잔을 들어	稱彼兕觥
만수무강 축원하세.	萬壽無疆

---

1) '구황'은 빛깔이 노르스름하고 연하며 맛이 좋은, 겨울에 기른 부추를 의미하기도 함.
2) '풍본'은 부추의 다른 이름이기도 함.

근__芹 · 미나리

◆ 桑扈 采菽[1]

　주자가 말하였다. '근'(미나리. 산형과의 다년초)은 물에서 자라는 풀
이고 먹을 수 있다.

　『본초』에 말하였다. '고근'(미나리의 일종)은 다른 이름으로 '근채',
'수영', '초규'(水芹)이다. '수근'과 '한근'도 있다. '수근'은 강과 호수나
못과 늪의 물가에 나고, '한근'은 바닥이 편편한 땅에 나는데, 붉거나 흰
두 종류가 있다. 2월에 싹이 나고, 그 잎은 마디에서 서로 반대쪽으로 자
라며, '궁궁'(궁궁이. 산형과의 다년초)과 비슷하다. 그 줄기에는 마디가
있고 모졌으며 속은 비었는데, 그 냄새가 매우 향기롭다. 5월에 가늘고
흰 꽃이 피는데, '사상'(뱀도랏 · 蛇床 · 蛇粟. 산형과의 이년초. 씨는 蛇
牀子라 하며, 약용함)의 꽃과 같다. 초 지역 사람들은 캐서 굶주림을 구
제하니, 그 이로움이 적지 않다. 도은거가 "2월과 3월이 아름다운 때이고, 김
치를 만들 수 있으며, 데쳐서 먹을 수도 있다. 또 '사근'도 있는데, 싱싱한 나물로
만들 수 있고, 또한 날로 먹을 수도 있다"고 했다.

　朱子曰 芹 水艸可食. 本草曰 苦蘄 一名芹菜 一名水英 一名楚葵. 有水
芹旱芹. 水芹生江湖陂澤之涯 旱芹生平地 有赤白二種. 二月生苗 其葉對

350

節而生 似芎藭. 其莖有節稜²⁾ 而中空 其氣芬芳. 五月開細白花 如蛇牀花.
楚人采以濟饑 其利不少³⁾. 陶隱居曰 二月三月作英時 可作葅及⁴⁾瀹食之⁵⁾. 又有
渣芹 可爲生菜 亦可生噉⁶⁾.

솟아오르는 샘물가에서	觱沸檻泉
미나리를 캐네.	言采其芹
군자님들 내조하시니	君子來朝
깃발이 보이네.	言觀其旂
깃발들이 펄럭이고	其旂淠淠
말방울 소리 짤랑거리며,	鸞聲嘒嘒
씩씩한 말들이 끄는 수레로	載驂載駟
군자님들이 오셨네.	君子所屆

1) 『시경』 「소아」의 편 이름. 유왕(幽王)의 신의(信義) 없음을 풍자한 시.
2) 『본초강목』에는 '棱'이지만, '稜'과 통하므로 『시명다식』 원문을 따랐음.
3) 『본초강목』에는 '小'이지만, '少'와 통하므로 『시명다식』 원문을 따랐음.
4) 『본초강목』에는 '熟'이 있지만, 『시명다식』 원문을 따랐음.
5) 『본초강목』에는 '之'가 없지만, 『시명다식』 원문을 따랐음.
6) 『본초강목』에는 '啖'이지만, '噉'과 통하므로 『시명다식』 원문을 따랐음.

질__瓞·북치

◆ 大雅 縣

주자가 말하였다. 큰 것을 '과'(오이)라 하고, 작은 것을 '질'(북치. 그 루갈이로 열린 작은 오이)이라 하니, '과'가 뿌리에 가깝거나 갓 생겨난 것은 늘 작고, 그 덩굴이 끊어지지 않고 끝에 이르면 뒤늦게 커진다.

『이아』에 말하였다. '질'은 '박'(북치)이니, 덩굴이 퍼져 지난해에 이어서 나는 것을 '질'이라 한다. 『주』에 말하였다. 세상 사람들은 '박과'(작은 오이)를 '질'이라 부른다. '소'(紹)라는 것은 오이 덩굴 끝에 또한 열매가 달리는 것인데, 다만 작은 것은 '박'과 같다.

공씨가 말하였다. '과'의 종류는 두 종류가 있다. 큰 것은 '과'이고, 작은 것은 '질'이다. '과' 덩굴이 뿌리에 가까이 있는 '과'는 반드시 지난해의 큰 '과'보다 작은데, 그 작은 것이 '박'과 같기 때문에 '질'이라 한다. '질'은 '박'의 다른 이름이다.

朱子曰 大曰瓜 小曰瓞 瓜之近本初生者常小 其蔓不絕至末而後大也. 爾雅曰 瓞 瓝 其紹瓞. 注云 俗呼瓝瓜爲瓞. 紹者 瓜蔓緒 亦著子 但小如瓝. 孔氏曰 瓜之族類[1]有二種. 大者[2]瓜 小者瓞. 瓜蔓近本之瓜 必小于[3]先歲之大瓜 以其小如瓝[4] 故謂之瓞. 瓞是瓝之別名.

길게 뻗은 오이와 북치여 　　　綿綿瓜瓞

백성들을 처음 다스리실 적에 　　民之初生

저수에서 칠수까지 이르셨네. 　　自土沮漆

고공단보께서는 　　　　　　　古公亶父

굴을 파고 지내셨네. 　　　　　陶復陶穴

집이랄 것도 없으셨네. 　　　　未有家室

---

1) 『모시정의』와 『이아소』에는 '本'이 있지만, 『시명다식』 원문을 따랐음.

2) 『모시정의』와 『이아소』에는 '曰'이 있지만, 『시명다식』 원문을 따랐음. 뒤의 '曰'도 마찬가지임.

3) 『모시정의』와 『이아소』에는 '於'이지만, '于'와 통하므로 『시명다식』 원문을 따랐음.

4) 『시명다식』에는 '瓝'이지만, 『모시정의』와 『이아소』 원문을 따랐음.

詩名多識 卷之三 識鳥

시명다식 제삼권·식조

저구 __雎鳩·물수리

◈ 周南 關雎

주자가 말하였다. '저구'(물수리·魚鷹. 물수리과의 새. 강·호수·바다 등에서 물고기를 먹고 서식함)는 물새이니, 다른 이름은 '왕저'이다. 모양은 '부예'(鳧鷖. 물새의 일종으로 물오리와 갈매기)와 비슷하고, 지금 양자강과 회수(河南省에서 발원하여 長江으로 흘러드는 강) 사이에 있다.

육씨가 말하였다. '저구'는 크기가 '치'(올빼미. 또는 소리개)만 하고, 눈이 움푹 들어가 있으며, 눈 위로 뼈가 튀어 나왔다. 유주에서는 '취'(수리)라 하고, 양웅과 허신은 모두 "'백궐'(鷢·白鷢子. 매의 일종. 꽁지에 흰 점이 있음)이니 '응'(매)과 비슷한데, 꼬리 위가 희다"고 했다.

『본초』에 말하였다. '저구'는 다른 이름으로 '악', '어응', '조계', '비파', '하굴조'이다. '응'과 비슷한데, 황토색이며, 눈이 움푹 들어가 있고, 높은 언덕을 좋아한다. 암수가 서로 얻으면, 정이 지극하면서도 분별이 있어서, 어울리면 짝지어 날지만, 떨어지면 사는 곳이 다르다.[1] 물 위를 빙빙 돌며 날다가 물고기를 잡아먹어서, 강표(江外. 中原에서 볼 때, 양자강 이남 지역) 사람들은 '식어응'이라 부른다. 또한 '샤'(뱀)도 먹는다. 그 고기는 누린내가 나고 맛이 없어서 먹을 수 없다. 육기가 '취'로 여김과 양웅이 '백궐'로 여김과 황씨가 '두견'²⁾으로 여김은 모두 잘못되었을 것이다. 이시진이 말하였다. 물 위를 빙빙 돌며 날다가, 날개를 쳐서 바람을 일으켜 물고기가 나오게 하기 때문에 '비파'(미친 듯이 날뛰는 파도)라 한다.

나는 이렇게 생각한다. '저구'를 주자는 물새라고 풀이하였고, 시진은 산에 사는 날짐승³⁾에 포함시켰다. 그러나 이미 '어응'이라 이름하고, 또 '비파'라 부르기도 하니, 틀림없이 산 가장자리에 깃들어 살면서, 때때로 강 중간의 작은 섬이나 강가로 올 것이다. 또한 『이아소』에서도 말했다. 물고기를 노리다가 얻어서 먹으니, 마치 '치효'(부엉이)가 먹이를 찾아 시골 마을로 내려가는 것과 같다. 『시경』에 "황하 섬 속에 있고"라 말했다고 해서 갑자기 물새라 이름할 수는 없다.

朱子曰 雎鳩 水鳥 一名王雎. 狀類鳧鷖 今江淮間有之. 陸氏曰 雎鳩 大小如鴟⁴⁾ 深目 目上骨露⁵⁾. 幽州⁶⁾謂之鷲⁷⁾ 而楊雄 許愼 皆曰白鷲 似鷹 尾上白. 本艸曰 雎鳩 一名鶚 一名魚鷹 一名鵰鷄 一名沸波 一名下窟鳥⁸⁾. 似鷹 而土黃色 深目好峙. 雄雌相得 摯⁹⁾而有別 交則雙翔 別則異處. 能翶翔水上捕魚食 江表人呼爲食魚鷹. 亦啗¹⁰⁾蛇. 其肉腥惡 不可食. 陸璣以爲鷲 揚雄以爲白鷲 黃氏以爲杜鵑 皆誤矣. 李時珍云 翶翔水上 扇魚令出 故謂之¹¹⁾ 沸波. 學圃按 雎鳩 朱子則釋以水鳥 時珍則入於山禽. 然旣名魚鷹 又號沸波 則必是栖在山邊 時來江渚. 爾雅疏 亦云. 伺魚取食 如鴟鴞之下村閭. 不可以詩云 在河之洲 遽名水鳥也.

구룩구룩 물수리는	關關雎鳩
황하 섬 속에 있고,	在河之洲
아리따운 아가씨는	窈窕淑女
군자의 좋은 짝일세.	君子好逑

1) 이 구절의 근거는 한(漢) 유향(劉向)의 『열녀전』(列女傳) 「인지전」(仁智傳) 〈위곡옥부〉(魏曲沃負) 편임. "夫雎鳩之鳥 猶未嘗見乘居 而匹處也."(무릇 '저구'라는 새도 오히려 일찍이 암수 나란히 누워 있는 것을 보지 못했다.)

2) 두견새. 두우(杜宇). 두백(杜魄). 자규(子規). 촉백(蜀魄). 두견이과의 새. 뻐꾸기와 같으나 몸이 작음. 촉망제(蜀望帝)의 죽은 넋이 화(化)하여 이 새가 되었다는 전설이 있음.

3) 『본초강목』에서 '저구'에 대한 설명은 제49권 「임금류」(林禽類)에 포함되어 있음.

4) 『모시초목조수충어소』에는 '鳩'이지만, 『모시정의』와 『시명다식』과 『이아소』 원문을 따랐음.

5) 『모시초목조수충어소』에는 '出'이 있지만, 『모시정의』와 『시명다식』과 『이아소』 원문을 따랐음.

6) 『모시정의』와 『모시초목조수충어소』에는 '人'이 있지만, 『시명다식』과 『이아소』 원문을 따랐음.

7) 『모시초목조수충어소』에는 '鷺'이지만, 『모시정의』와 『시명다식』과 『이아소』 원문을 따랐음.

8) 『시명다식』에는 '鳥'이지만, 『본초강목』 원문을 따랐음.

9) 『본초강목』에는 '鷩'이지만, 『모시정의』와 『시명다식』과 『이아소』 원문을 따랐음.

10) 『본초강목』에는 '唊'이지만, '唈'과 통하므로 『시명다식』 원문을 따랐음.

11) 『본초강목』에는 '曰'이지만, 『시명다식』 원문을 따랐음.

황조__黃鳥 · 꾀꼬리

◆ 葛覃

주자가 말하였다. '황조'(꾀꼬리 · 黃鶯)는 '리'(꾀꼬리 · 黃鸝)이다.

육기가 말하였다. '황리류'(黃鸝留)이다. 어떤 사람들은 '황률류'라 한다. 유주 사람들은 '황앵'(黃鸎)이라 한다. 어떤 사람들은 '황조'라 한다. 다른 이름으로 '창경', '상경', '리황', '초작'이다. 제 사람들은 '단서'라 한다. 관서에서는 '황조'라 한다. 마땅히 '심'(오디)이 익을 때에 와서 '상'(뽕나무) 사이에 있기 때문에 속담에 "'황률류'가 우리들의 '맥'(보리)이 누렇고, '심'이 익었음을 본다"고 하였으니, 또한 이것은 절기에 응하고 계절에 따라서 오는 새이다. 어떤 사람들은 '황포'라 한다.

『본초』에 말하였다. 다른 이름으로 '청조'[1], '황백로'이다. '구욕'(구관조)보다 크고, 암수가 짝지어 날며, 몸의 털은 노란색이고, 깃과 꼬리에는 검은색이 섞였으며, 눈썹은 검고 부리는 뾰족하며, 다리는 푸르다. 입춘(2월 4 · 5일경) 뒤에 우는데, 그 소리는 맑고 고우며, 마치 베틀 소리와 같다. 겨울철에는 숨어서 겨울을 나는데, 전당 속[2]에 들어가 진흙을 가지고 스스로 감싸는데 마치 알과 같고, 봄이 되면 비로소 나온다.

『이아』에 말하였다. '황'(꾀꼬리)은 '황조'이다. 『주』에 말하였다. 세상 사람들은 '황리류'(黃離留)라 부른다.

이시진이 말하였다. 당 현종(제6대 임금)은 '금의공자'(꾀꼬리)라 불렀다.

朱子曰 黃鳥 鶊也. 陸璣曰 黃鸝留³⁾也. 或謂之黃栗留. 幽州人謂之黃鸎 或謂之黃鳥. 一名倉庚 一名商庚 一名鶖⁴⁾黃 一名楚雀. 齊人謂之摶⁵⁾黍. 關西謂之黃鳥. 當葚熟時來在桑間 故里語曰 黃栗留看我麥黃葚熟⁶⁾ 亦⁷⁾是應節趨⁸⁾時之鳥. 或謂之黃袍. 本草曰 一名靑鳥 一名黃伯勞. 大於鸜鵒 雌雄雙飛 體毛黃色 羽及尾有黑色相間 黑眉尖嘴 靑脚. 立春後 卽鳴 其音圓滑如織機聲. 冬月 則藏蟄 入田塘中 以泥自裹如卵 至春始出. 爾雅曰 皇 黃鳥. 注云 俗呼黃離留. 李時珍云 唐玄宗呼爲金衣公子.

칡덩굴이 뻗어	葛之覃兮
골짜기 안까지 자라	施于中谷
그 잎사귀 무성해라.	維葉萋萋
꾀꼬리가 날아와	黃鳥于飛
떨기나무에 모여 드니	集于灌木
그 소리 꾸륵거리네.	其鳴喈喈

---

1) 파랑새. 푸른 빛깔의 새. 서왕모(西王母)에게 먹을 것과 편지를 전해 주었다는 신조(神鳥). 인신하여 사자(使者).

2) '전당'은 논밭에 주는 물을 모아둔 연못. 따라서 문맥상 '전당 속'은 두 논이나 밭 사이에 경계를 이루는 작은 둑이나 언덕을 의미하는 '두렁'임.

3) 『시명다식』에는 '鸝'이지만, 『모시초목조수충어소』와 『모시정의』와 『이아소』 원문을 따랐음.

4) 『시명다식』에는 '鶖'이지만, 『모시초목조수충어소』와 『모시정의』와 『이아소』 원문을 따랐음.

5) 『시명다식』에는 '博'이지만, 『모시초목조수충어소』와 『모시정의』와 『이아소』 원문을 따랐음.

6) 『모시정의』와 『이아소』에는 '不'이 있지만, 『모시초목조수충어소』와 『시명다식』 원문을 따랐음.

7) 『모시정의』에는 '不'자(字)라 보고, 앞 문구 말미에 두었지만, 『모시초목조수충어소』와 『시명

다식」과 『이아소』 원문을 따랐음.

8) 『모시정의』에는 '茝'이지만, '趈'와 통하므로 『모시초목조수충어소』와 『시명다식』과 『이아소』
원문을 따랐음.

작__鵲·까치

◆ 召南 鵲巢[1]

주자가 말하였다. '작'(까치. 까마귀과의 새)은 새 이름이다.

『본초』에 말하였다. '작'은 다른 이름으로 '비박조', '희작'(까치가 울면 기쁜 일이 있다는 데서 유래한 별칭), '건작'이다. '오'(까마귀. 까마귀과의 몸이 온통 검은 새)의 따위이다. 크기는 '아'(큰부리까마귀·갈가마귀·烏鴉·寒鴉)와 같은데, 꼬리는 길고, 부리는 뾰족하며 발톱은 검고, 등은 초록색이며 배는 희고, 꼬리 날개 죽지에는 검은색과 흰색이 뒤섞여 있다. 위아래로 날면서 우는데, 그 소리에 감응하여 새끼를 배며, 그것을 보고서 새끼를 낳는다. 계동(음력 섣달인 12월의 늦겨울)에 둥지를 짓기 시작하는데, 문은 태세[2]를 등지고 태을[3]을 향하여 낸다. 다음해에 바람이 많을 것을 알면 둥지는 반드시 낮다.

주자가 말하였다. '작'은 둥지를 잘 지어서, 그 둥지는 가장 완전하고 견고하다.

朱子曰 鵲 鳥名. 本艸曰 鵲 一名飛駁鳥 一名喜鵲 一名乾鵲. 烏屬也. 大如鴉 而長尾 尖嘴黑爪 綠背白腹 尾翮黑白駁[4]雜. 上下飛鳴 以音感而孕 以視而抱. 季冬始巢 開戶背太歲向太乙. 知來歲風多 巢必卑下. 朱子曰 鵲善爲巢 其巢最爲完固.

까치집이 있는데	維鵲有巢
비둘기가 들어가 사네.	維鳩居之
저 아가씨 시집가는데	之子于歸
백 대의 수레로 맞아들이네.	百兩御之

---

1) 『시경』 「소남」의 편 이름. 부인(夫人)의 덕을 읊은 시. 인신하여 부덕(婦德).
2) 태세성(太歲星). 태세성이란 옛날 중국 천문학상 상징적 별이름. 이 별은 세성(歲星)과 서로 대응이 되는 별로 천문관들은 이 태세성이 있는 곳을 불길한 쪽으로 여겼음. 따라서 집을 옮기거나 토목건축 등을 할 때에 이 방향을 꺼림.
3) 태을성(太乙星). 태을성이란 음양가에서 북쪽 하늘에 있어 병란(兵亂), 재앙, 생사(生死) 등을 맡아 다스린다고 하는 별.
4) 『본초강목』에는 '駁'이지만, '駮'과 통하므로 『시명다식』 원문을 따랐음.

구_鳩 · 흰 비둘기

주자가 말하였다. '구'(흰 비둘기)는 새 이름이다.
뒤의 '반구'(산비둘기) 항목에 자세히 보인다.

朱子曰 鳩 鳥名. 詳見下斑鳩條.

작 __ 雀 · 참새

◆ 行露[1]

『본초』에 말하였다. '작'(참새)은 다른 이름으로 '와작', '빈작'(賓雀 · 家雀 · 賓爵)이다. 깃털은 알록달록한 다갈색이고, 턱과 부리는 모두 검다. 머리는 '산'(마늘)알만 하고, 눈은 '초'(산초나무 열매)를 쪼갠 것만 하다. 꼬리 길이는 두 치쯤이고, 발톱과 며느리발톱은 연노랑색이다. 뛰어오르나 걷지는 못한다. 그것은 놀라 두려운 듯 살펴보고, 그 눈은 밤에는 시력을 잃으며, 그 알에는 얼룩이 있고, 그 성질은 가장 음란하다.

『고금주』에 말하였다. '작'은 다른 이름으로 '가작'이다.

『설문』에 말하였다. 사람 곁에 의지하는 작은 새이다.

『비아』에 말하였다. '작'은 동물 중에서 음란한 것이다.

本艸曰 雀 一名瓦雀 一名賓雀. 羽毛斑褐 頷觜皆黑. 頭如顆蒜 目如劈[2] 椒. 尾長二寸許 爪距黃白色. 躍而不步. 其視驚瞿 其目夜盲 其卵有斑 其性 最淫. 古今注曰 雀 一名家貧. 說文曰 依人 小鳥也. 埤雅曰 雀 物之淫者也.

누가 참새에겐 부리가 없다 했나?   誰謂雀無角

그렇다면 어떻게 우리 집을 뚫었겠나?   何以穿我屋

누가 그대에게 집 없다 했나?	誰謂女無家
그렇다면 어떻게 나를 옥에 불렀겠나?	何以速我獄
비록 나를 옥으로 불렀더라도	雖速我獄
아내를 삼지는 못하리라.	室家不足

---

1) 『시경』 「소남」의 편 이름. 소백(召伯)이 송사 다스림을 읊은 시.
2) 『본초강목』에는 '𪃍'이지만, '鳴'과 통하므로 『시명다식』 원문을 따랐음.

연__燕 · 제비

◆ 邶 燕燕[1]

주자가 말하였다. '연'(제비 · 玄鳥)은 '을'이다.

『이아』에 말하였다. '연연'(제비)은 '을'이다. 『주』에 말하였다. 다른 이름으로 '현조'이고, 제 사람들은 '을'이라 부른다. 『소』에 말하였다. '연연'은 바로 지금의 '연'이니, 옛 사람들이 거듭 말했다. 손염과 사인은 '휴주'(杜鵑 · 子規 · 子寯)와 '연연'과 '을'은 같은 동물의 세 가지 이름이라고 하였으나, 곽박은 취하지 않았다.

공영달이 말하였다. 「석조」에 "'휴주'는 '연'이고, '연'은 '을'이다"라 했고, 손염은 "세 가지 이름을 구별했다"라 했다.

『본초』에 말하였다. '연'은 다른 이름으로 '현조', '지조'(사나운 새), '의이', '유파', '천녀'이다. 크기는 '작'(참새)과 같은데, 몸은 길고, 입은 성하며 턱은 살지고 크며, 날개는 넓고 꼬리는 갈라져 있다. 등지고 난다. 춘사[2]에 왔다가 추사[3]에 간다. 그것은 오면, 진흙을 물어서 집의 지붕 아래에 둥지를 짓고, 그것은 가면, 숨을 죽이고 토굴 속에서 겨울을 난다. 어떤 사람은 그것이 바다도 건너는 것이라고 하지만, 망령되게 말한 것이다.

나는 이렇게 생각한다. 공영달의 『소』에 "'연'의 이름은 '휴주'이다"라는 설명이 일어난 까닭은 손염과 사인이 「석조」의 글을 잘못 풀이했다는 것이다. 왜냐하면 『본초』는 사물의 이름에 대한 올바른 경전임이 틀림없기 때문이다. 구류⁴⁾와 백가⁵⁾의 설명에 대한 여러 가지 자료를 찾아 모아서 어떤 경우에도 빠뜨린 것이 없다. 지금 '연'의 이름 풀이를 조사해보건대, 처음에는 보이지 않더니, '휴'자와 '주'자가 혹은 여러 대가에게서 나오니, '두견(두견새)'의 이름 풀이에, 한편으로 '자휴'라 하였고, 또 '주연'이라 하였다. 『설문』에서 말했다. 그렇다면 「석조」 글의 '휴'와 끊는 곳 '주'와 '연' 세 글자는 '두견'에 대한 풀이임이 옳다. '연'과 끊는 곳 '을' 두 글자만이 '을'에 대한 풀이임이 옳다. 손염의 무리로부터 장차 『이아』의 "휴주연연을" 다섯 글자를 「석조」의 글에는 이 다섯 글자가 이어져 있다. '주연'의 '주' 위로는 '휴'를 보태고, 아래로는 '연을'에 '연'을 이어 씀으로써 '연'을 거듭하여 하나같이 '을'의 세 가지 이름을 아울러 일컫는다고 풀이했다. 문장 끊어 읽는 규칙을 잘못 풀이하여 사물의 이름을 제멋대로 함이 이와 같을 수 없다. 곽박이라는 사람도 또한 그것이 잘못되었음을 알아서 비록 따로따로 풀이하여 말했지만, 다만 두 동물의 구별되는 이름이라고만 알고, 자규와 현조 구두를 온전하게 나누지 못해서 꼬리를 잃었다. '휴주'는 '연'자가 모자란다. '자규'라 하여 같은 글자가 겹친 것으로 풀이하였고, '연연'은 '연'자가 덧붙었다. '을조'(제비)라 풀이하고, 또 주의 "옛 사람들이 거듭 말했다"라 함을 좇아서, 바로 "'연연'(제비)이 날아가네"와 "'연연'의 꼬리 길게 이어졌다"가 『한서』 동요에 있다. 이러한 증거라고 하였다. 그러나 「패풍」의 '연연'은 노래한 것이고, 『한서』의 '연연'도 아이들이 부른 노래이다. 『이아』는 문장이 질박하고 고상한 글이다. 그것은 하나씩 주를 내서 풀었고, 이름마다 한 가지 사물이니, 신중하고 엄숙함을 볼 수 있다. 어찌 옛 사람들이 거듭 말했기 때문에 재차 말할 수 있겠는가. 글 짓는 법이 스스로 다르고, 뜻과 이치는 거

리가 멀어서 동떨어져 있으니, 경순(곽박의 자)이 자구를 해석함도 또한
미치지 못할까 두렵다.

朱子曰 燕 鳦也. 爾雅曰 燕燕 鳦. 注云 一名玄鳥 齊人呼鳦. 疏云 燕燕
卽今之燕 古人重言之. 孫炎 舍人 以巂周燕燕鳦鳥[6] 一物三名 郭所不取[7]. 孔穎達
曰 釋鳥云 巂周 燕 燕 鳦 孫炎云 別三名. 本艸曰 燕 一名玄鳥 一名鷙鳥
一名鷾鴯 一名游波 一名天女. 大如雀 而身長 蘭口豊頷 布翅歧尾. 背飛.
春社來 秋社去.[8] 其來也 銜泥巢於[9]屋宇之下 其去也 伏氣蟄於窟穴之中.
或謂其渡海者 謬談也. 學圃按 孔疏云 燕名巂周之說 職由於孫[10]炎舍人
之誤解釋鳥文也. 何者本艸是 乃物名之正經. 蒐羅諸說九流百家 無或遺漏
者也. 今按燕之釋名 初不見 巂字周字之或出於諸家者 乃於杜鵑之釋名
一曰子巂 又曰周燕. 說文云. 然則釋鳥文之巂 句 周燕三字 是釋杜鵑也. 燕
句 鳦二字 是釋鳦也. 而孫炎輩 將爾雅巂周燕燕鳦五字 釋鳥文連此五字 解
之. 以周燕之周上足巂 下燕鳦之燕連作 重燕 并稱一鳦之三名. 誤解句讀
胡亂物名 莫此若也. 郭璞者 亦知其非 雖曰各釋 但知二物之別名 子規與
玄鳥 不分句讀之囵[11]圖 失尾之. 巂周 欠燕字 釋以子規 重言之 燕燕 贅燕
字 釋以乙鳥 又從 而注之曰 古人重言之 乃以燕燕于飛 燕燕尾涎涎 漢書
童謠云 爲此左證. 然邶風之燕燕 歌詠也 漢書之燕燕 童謠也. 爾雅簡古之
經. 其釋一詁 名一物 謹嚴可見. 豈可以古人重言之 故重言之哉. 文法自異
義理懸殊 景純之注解 亦恐未達也.

제비들이 날아가네	燕燕于飛
앞서거니 뒤서거니,	差池其羽
누이 시집갈 적에	之子于歸
멀리 들판에 나가 전송했네.	遠送于野

바라보아도 보이지 않게 되어 　　　　瞻望弗及

눈물이 비 오듯 흐르네. 　　　　　　泣涕如雨

---

1) 『시경』 「패풍」의 편 이름. 위(衛)나라 장강(莊姜)이 친정으로 돌아가는 첩(妾)을 전송한 시.

2) 입춘(立春) 뒤 다섯 번째의 무일(戊日)에 토신(土神)에게 농사의 풍작을 기원하며 지내는 제사.

3) 입추(立秋) 뒤 다섯 번째의 무일에 토신에게 지내는 제사.

4) 선진(先秦)의 아홉 학파. 곧, 유가(儒家)·도가(道家)·음양가(陰陽家)·법가(法家)·명가(名
家)·묵가(墨家)·종횡가(縱橫家)·잡가(雜家)·농가(農家). 그외에 소설가(小說家)를 더하여
십가(十家)라고 일컫기도 함.

5) 백씨(百氏). 많은 학자. 또는 유가(儒家)의 정계(正系) 이외에 일가(一家)의 설(說)을 세운 학자
의 통칭.

6) 『이아소』에는 '爲'이지만, 『시명다식』 원문을 따랐음.

7) 『이아소』에는 '也'가 있지만, 『시명다식』 원문을 따랐음.

8) 소창문고본 『시명다식』에는 '春社去'이고, '來秋社'는 서미(書尾)에 필사되어 있음.

9) 『본초강목』에는 '于'이지만, 『시명다식』 원문을 따랐음.

10) 『시명다식』에는 '孔'이지만, '孫'이 맞으므로 바로잡았음.

11) 『시명다식』에는 '圍'이지만, '囿'이 맞으므로 바로잡았음.

치__雉 · 꿩

◆ 雄稚[1]

　주자가 말하였다. '치'(꿩. 꿩과의 새)는 '야계'이니, 수컷은 벼슬이 있고, 꼬리가 길며, 몸에 여러 가지 빛깔이 어우러진 고운 무늬가 있고, 싸움을 잘한다.

　『본초』에 말하였다. 모양과 크기는 '계'와 같고, 알록달록한 빛깔이며 날개는 수놓은 듯 아름답다. 수컷은 여러 가지 고운 빛깔과 무늬가 어우러졌고 꼬리가 길지만, 암컷은 무늬가 어둡고 꼬리가 짧다. 그 이름은 '효'(꿩)라 한다. 그것은 사귀되 거듭하지 않고, 그 알은 다갈색이다. 장차 알 낳을 때가 되면, 암컷은 수컷을 피하여 몰래 숨어 엎드려 있는데, 그렇지 않으면 수컷이 그 알을 먹는다. 이시진이 말하였다. 『상서』에 '화충'(꿩. 고대 袞服에 장식으로 그려 넣은 것)이라 했고, 「곡례」에 '소지'(제사에 쓰이는 살진 꿩)라 했다.

　『이아』에 말하였다. 남방에서는 '수', 동방에서는 '치'(들꿩 · 鷂雉), 북방(황하 유역 및 그 북쪽)에서는 '희', 서방에서는 '준'(鷷雉)이라 한다.

　『금경』에 말하였다. '치'는 '개조'이다. 흰 바탕에 다섯 빛깔의 무늬가 갖추어진 것은 '휘치'라 하고, 푸른 바탕에 다섯 빛깔의 무늬가 갖추어진 것은 '요치'라 하며, 주황색(자황색 · 홍색과 황색의 중간색)은 '별치'

(꿩·金鷄)라 하고, 흰 것은 '조치'(꿩·白鷴)라 하며, 검은 것은 '해치'
(秩秩. 바다 가운데의 산 위에 깃들여 사는 꿩)라 한다.

朱子曰 雉 野鷄 雄者有冠 長尾 身有文采 善鬪[2]. 本草曰 形大如鷄 而
斑色繡翼. 雄者文采 而尾長 雌者文暗 而尾短. 其名[3]曰鷂. 其交不再 其
卵褐色. 將卵時 雌避其雄 而潛伏之 否則雄食其卵也. 李時珍曰 尙書 謂之
華虫 曲禮 謂之疏趾. 爾雅曰 南方曰 弓東方曰 鶅 北方曰 鵗 西方曰 鷷. 禽
經曰 雉 介鳥也. 素質五采備曰 翬雉 靑質五采備曰 鷂雉 朱黃曰 鷩雉 白
曰 鵫雉 玄曰 海雉.

장끼가 날아올라	雄雉于飛
그 날개 퍼덕이네.	泄泄其羽
나의 이 그리움은	我之懷矣
내가 만든 그리움이지.	自詒伊阻

---

1) 『시경』「패풍」의 편 이름. 음란하고 부역만 일삼는 선공(宣公)을 위(衛)나라 백성들이 풍자한 시.
2) 소창문고본 『시명다식』에는 '鬮'이지만, '鬪'와 통하므로 규장각본 『시명다식』 원문을 따랐음.
3) 『설문해자』에는 '鳴'이지만, 금릉본(金陵本) 『본초강목』과 『시명다식』에는 '名'임. '鷂'는 『설
   문해자』를 따를 경우에 '꿩울 요'이지만, 금릉본 『본초강목』과 『시명다식』을 따를 경우에 '꿩
   효'임. 금릉본 『본초강목』과 『시명다식』 원문을 따랐음.

안__鴈 · 기러기

◆ 匏有苦葉

　주자가 말하였다. ‘안’(雁 · 기러기. 오리과의 철새)은 새 이름이니, ‘아’(거위. 오리과의 家禽)와 비슷하고, 추위를 두려워하여 가을에는 남쪽으로 내려오고, 봄에는 북쪽으로 올라간다.

　『본초』에 말하였다. 『금경』에 “‘안’(鴈 · 기러기) 또는 ‘안’(鴈)이다”라 했고, 장화는 주에서 “‘안’(鴈) 또는 ‘안’(鴈)은 아울러 음이 ‘안’(雁)이다. 겨울에는 남쪽으로 가서 물가에 모이고, 봄에는 북쪽으로 가서 산언덕에 모이기 때문에 글자는 ‘간’과 ‘안’(厈)을 따른다. 작은 것은 ‘안’(雁)이라 하고, 큰 것은 ‘홍’(큰기러기)이라 한다”고 했다. 푸르거나 흰 두 가지 빛깔이 있다. 푸른 것은 ‘야아’(들에 사는 거위)라 한다. ‘안’(雁)은 네 가지 덕을 지녔다. 추우면 북쪽으로부터 남쪽으로 내려오고, 더우면 남쪽으로부터 북쪽으로 올라가니 그것은 ‘신’이다. 날 때에 차례가 있고, 앞에서 울면 뒤에서 응하니 그것은 ‘예’이다. 짝을 잃으면 거듭 짝하지 않으니 그것은 ‘절’이다. 밤이면 무리는 자더라도 한 놈은 돌아다니며 경계하고, 낮이면 ‘로’(갈대)를 물고 줄 맨 주살(오늬에 줄을 매어 쓰는 화살)을 피하니 그것은 ‘지’이다.

朱子曰 雁 鳥名 似鵝 畏寒 秋南春北. 本艸曰 禽經云 鴈 鵝[1] 張華注云
鴈 鵝 并音雁. 冬則征[2]南 集于水干 春則向北 集于山岸 故字從干斥. 小者
曰雁 大者曰鴻. 有蒼白二色. 蒼者爲野鵝. 雁[3]有四德. 寒則自北而南 熱則
自南而北 其信也. 飛則有序 而前鳴後和 其禮也. 失偶不再配 其節也. 夜
則羣宿 而一奴巡警 晝則啣[4]蘆以避繒繳 其智也.

기럭기럭 기러기가 울며 가고	雝雝鳴雁
환하게 아침 햇살이 비치네.	旭日始旦
총각이 장가들려면	士如歸妻
얼음이 다 녹기 전에 해야지.	迨冰未泮

---

1) 규장각본 『시명다식』에는 '鵝'이고, 소창문고본 『시명다식』에는 '鵝'이지만, 『금경』과 『본초강
   목』 원문을 따랐음. 뒤의 '鵝'도 마찬가지임.
2) 『금경』과 『본초강목』에는 '適'이지만, 『시명다식』 원문을 따랐음.
3) 『시명다식』에는 '雁'이 없지만, 『본초강목』 원문을 따랐음.
4) 『본초강목』에는 '銜'이지만, '啣'과 통하므로 『시명다식』 원문을 따랐음.

류리 __ 流離 · 올빼미

■ 旄丘[1]

육씨가 말하였다. '류리'(流離 · 올빼미)는 '효'[2]이다. 함곡관으로부터 서쪽에서는 '효'를 '류리'(流離)라 한다. 그 새끼는 자라서 크면 도리어 그 어미를 잡아먹는다. 그러므로 장환이 "'류률'은 어미를 잡아먹는다"고 하였고, 허신이 "'효'는 '불효조'이다"라 하였으니, 이것이다.

『본초』에 말하였다. '류리'(流離)는 다른 이름으로 '홍혼'이다. 말의 뜻은 자세하지 않다.

뒤의 '효'(올빼미) 항목에 자세히 보인다.

『이아』에 말하였다. 어릴 때 아름답지만, 자라서 추해지는 새가 '류률'이다. 『주』에 말하였다. '류률'은 '류리'(留離)와 같다. 『시경』에 이른바 "'류리'(流離)의 새끼들이여"이다.

나는 이렇게 생각한다. '류리'(流離)는 확실히 '효' 새끼의 이름이다. 그러므로 옛 설명 및 육기와 곽박은 『이아소』에는 '류'(流)가 '류'(留)로 되어 있다. 거의 모두 그것을 따랐다. 그러나 이 시를 자세히 살펴보면, 뜻은 마땅히 『시집전』을 따라야 하니, 차례대로 이렇게 기록하여, 후세 사람들이 널리 살피도록 갖춘다.

陸氏曰 流離 梟也. 自關而西謂梟爲流離. 其子適長大 還食其母. 故張奐
云 鶹鷅食母 許愼云 梟 不孝鳥 是也. 本草曰 流離 一名鬾魂. 言其不祥
也. 詳見下鴞條. 爾雅曰 鳥少好[3]長醜爲鶹鷅. 注云 鶹鷅猶留離. 詩所云 留
離之子. 學圃按 流離的是梟雛之名. 故舊說及陸璣郭璞 爾雅疏流作留 擧皆
從之. 然觀此詩 義宜從集傳 而第此錄之 以備後人博考焉.

하찮은 신세 된	瑣兮尾兮
올빼미의 새끼들이여,	流離之子
위나라 대신들은	叔兮伯兮
귀를 막고 지내는구나.	襃如充耳

---

1) 『시경』「패풍」의 편 이름. 려(黎)나라의 신하들이 위(衛)나라 임금을 꾸짖은 시.
2) 올빼미. 올빼미과의 맹금(猛禽). 예로부터 그 어미를 잡아먹는 흉악한 새라 하여 불효조(不孝
鳥)라 일컬음. 인신하여 악인(惡人).
3) 『이아』에는 '美'이지만, '好'와 통하므로 『시명다식』 원문을 따랐음.

오 __烏 · 까마귀

◈ 北風[1]

주자가 말하였다. '오'(까마귀)는 '아'(큰부리까마귀)이고, 검은색이다.
『본초』에 말하였다. '자오'(까마귀 · 慈烏)는 다른 이름으로 '효조'(反
哺鳥), '한아'(寒鳥. 까마귀 또는 겨울철의 까마귀)이다. 이시진이 말하였
다. '오'에는 네 종류가 있다. 작고 순전히 검으며, 부리가 작고 어미에게
먹이를 물어다주는 것은 '자오'이다. '자오'와 비슷한데 부리가 크고, 배
아래가 희며, 어미에게 먹이를 물어다주지 않는 것은 '아오'이다. '아오'
와 비슷한데 크고, 목이 흰 것은 '연오'이다. '아오'와 비슷한데 작고, 부
리가 붉으며 굴속에서 사는 것은 '산오'이다. '산오'는 다른 이름으로
'익'(鷁鳥. 물새의 일종. 해오라기 비슷하나 크며, 깃은 흰색이고 바람에
잘 견딤)인데, 『이아』에는 '익'이 '탁'으로 되어 있다. 서쪽 지방에서 나온다.
'연오'는 다른 이름으로 '백두', '귀작', '할갈'(티티새 · 百舌鳥)이다. 『금
경』에 "'자오'는 어미에게 먹이를 물어다주고, '백두'는 상서롭지 못하며, 부리가
크고 잘 경계하며, '현오'는 밤에 운다. 또 촉의 변방에 '화아'(七面鳥 · 火鷄)가
있는데, 불을 머금을 수 있다"고 했다.

朱子曰 烏 鴉[2] 黑色. 本艸曰 慈烏 一名孝鳥 一名寒雅[3]. 李時珍云 烏

有四種. 小而純黑 小觜反哺者 慈烏也. 似慈烏 而大觜 腹下白 不反哺者
鴉⁴⁾烏也. 似鴉烏而大 白項者 燕烏也. 似鴉烏而小 赤觜穴居者 山烏也.
山烏 一名鷁 爾雅 鷁作䳜 出西方. 燕烏 一名白脰 一名鬼雀 一名鸒鷰. 禽經
云 慈烏反哺 白脰不祥 巨⁵⁾觜善警 玄⁶⁾鳥吟夜. 又蜀徼有火鴉 能銜火.

붉은 놈은 다 여우고	莫赤匪狐
검은 놈은 다 까마귀일세.	莫黑匪烏
나를 사랑하고 좋아하시니	惠而好我
손잡고 함께 수레에 오를지라.	携手同車
어찌 늦장을 부릴 텐가	其虛其邪
어서 빨리 가야겠네.	既亟只且

---

1) 『시경』 「패풍」의 편 이름. 국가에 위란이 닥쳐옴을 근심하여 사랑하는 사람과 함께 피난하고자
 하는 내용.
2) 『시집전』에는 '䳜'이지만, '鴉'와 통하므로 『시명다식』 원문을 따랐음.
3) 『본초강목』에는 '鴉'이지만, '雅'와 통하므로 『시명다식』 원문을 따랐음.
4) 『본초강목』에는 '雅'이지만, '鴉'와 통하므로 『시명다식』 원문을 따랐음.
5) 『시명다식』에는 '人'이지만, 『금경』에는 '巨'이고, 『본초강목』에는 '大'임. 『금경』 원문을 따랐음.
6) 『금경』에는 '哀'이지만, 『본초강목』과 『시명다식』 원문을 따랐음.

홍 __ 鴻 · 큰 기러기

◆ 新臺[1]

『본초』에 말하였다. 작은 것은 '안'(기러기)이라 하고, 큰 것은 '홍'(큰 기러기)이라 한다.

앞의 '안' 항목에 자세히 보인다.

本艸曰 小者曰 鴈 大者曰 鴻. 詳見上雁條.

고기 그물을 쳐놓았더니	魚網之設
큰 기러기만 걸려들었네.	鴻則離之
아름다운 총각을 구했건만	燕婉之求
늙은 꼽추만 걸려들었네.	得此戚施

---

1) 『시경』 「패풍」의 편 이름. 위(衛)나라 선공(宣公)이 며느리의 미모에 반해 자기가 차지하려고 신대를 지어 억류하자, 백성들이 그를 미워하여 지은 시.

순__鶉 · 메추라기

◆ 鄘 鶉之奔奔[1]

주자가 말하였다. '순'(메추라기 · 鶴鶉)은 '암'(메추라기의 일종)의 따위이다.

『본초』에 말하였다. '순'은 성질이 선량하고 꾸밈이 없으며, 얕은 풀밭에 숨고, 늘 거처하는 곳이 없으며, 항상 짝이 있다. 그것은 다니다가 작은 풀만 만나도 돌아서 피해 가니, 또한 선량하고 꾸밈이 없다고 말할 만할 것이다. 그 새끼는 '문'이라 한다. 그것이 알에서 처음 태어난 것은 '라순'이라 하고, 초가을에 이르면 '조추'라 하며, 가을의 중간 무렵 뒤에는 '백당'이라 하니, 같은 동물의 네 가지 이름이다.

朱子曰 鶉 鶴屬. 本草曰 鶉性醇[2] 竄伏淺艸 無常居 而有常匹. 其行遇小草 卽旋避之 亦可謂醇矣. 其子曰鴆. 其卵初生謂之羅鶉 至秋初謂之早秋中秋已後謂之白唐 一物四名也.

메추라기는 짝지어 날고	鶉之奔奔
까치도 끼리끼리 놀건만,	鵲之彊彊
사람 같지도 않은 것을	人之無良

내가 형으로 섬겨야 하다니.　　　　我以爲兄

---

1) 『시경』「용풍」의 편 이름. 위(衛)나라 선강(宣姜)이 음란하여 메추라기보다도 못하다고 풍자한 시.
2) 『본초강목』에는 '淳'이지만, '醇'과 통하므로 『시명다식』 원문을 따랐음. 뒤의 '醇'도 마찬가지임.

구__鳩 · 산비둘기

◈ 衛氓

주자가 말하였다. '구'(비둘기)는 '골구'(鶻鳩 · 鶻嘲. 일설에는 산비둘기)이니, '산작'(三光鳥. 딱새과의 새)과 비슷한데 작고, 꼬리가 짧으며, 청흑색이고, 많이 운다.

『이아』에 말하였다. '굴구'(산비둘기와 비슷한 새)는 '골주'이다.

『본초』에 말하였다. '골조'는 다른 이름으로 '학구', '아국', '람루'이다. 그 눈은 '골'(산비둘기)과 비슷하고, 그 모양은 '학'(산비둘기)과 비슷하며, 그 울음은 뒤섞여 어지럽게 지저귀고, 그 꼬리는 굽어서 짧고 좁으며, 그 깃은 마치 낡고 해진 옷과 같기 때문에 여러 이름이 있다.

朱子曰 鳩 鶻鳩也 似山鵲[1]而小 短尾 青黑色 多聲. 爾雅曰 鶌鳩 鶻鵃.
本艸曰 鶻嘲 一名鶻鳩 一名阿鵴 一名鸓鶹. 其目似鶻 其形似鷽 其聲啁嘲
其尾屈促 其羽如縷縷 故有諸名.

---

1) 『시집전』에는 '雀'이지만, 『모시정의』와 『시명다식』과 『이아주』 원문을 따랐음.

계__鷄 · 닭

◆ 鄭 女曰鷄鳴[1]

『설문』에 말하였다. '계'(닭 · 知時鳥)는 때를 아는 가축이다.

『이아』에 말하였다. '계'의 큰 것이 '촉'이다. '촉'의 새끼는 '여'(병아리)이다. 아직 자라지 못한 '계'는 '련'(병아리 · 어린 닭)이다. 뛰어난 힘이 있는 것은 '분'이다.

『본초』에 말하였다. 다른 이름으로 '촉야'이다. 이시진이 말하였다. 『광지』에 "작은 것은 '형'이라 하고, 그 새끼는 '구'[2]라 한다"고 했다.

형병이 말하였다. 『춘추설제사』에 "'계'는 양이 쌓여서 생겼고, 남쪽 방위의 상징이다. 태양은 순수한 물체이고, 불꽃이 위로 타오른다. 그러므로 태양이 나오면 '계'가 우니, 같은 종류로 감응하는 것이다"라 했다.

왕세정이 『완위여편』에 말하였다. 한데 깃들어 사는 '계'는 '로계'(야생 닭)라 하니, 송옥(宋玉)의 〈초혼〉 부에 "한데 깃든 '계'와 '휴'(바다에 사는 큰 거북) 고깃국"이라 한 것이 이것이다.

『한시외전』에 말하였다. '계'는 다섯 가지 덕을 지녔다. 머리에 갓을 이고 있음은 '문'이다. 발에 며느리발톱을 달고 있음은 '무'이다. 적이 앞에 있으면 용감하게 싸움은 '용'이다. 먹이를 보면 서로 부름은 '인'이다. 밤을 지키되 때를 놓치지 않고 옳은 '신'이다.

說文曰 雞 知時畜也. 爾雅曰 鷄[3] 大者蜀. 蜀子雓. 未成鷄健. 絶有力奮.
本艸曰 一名燭夜. 李時珍曰 廣志云 小者曰 荊 其雛曰 轂. 邢昺曰 春秋說
題辭云 鷄爲積陽 南方之象. 火陽 精物炎上. 故陽出雞鳴 以類感也. 王世
貞 宛委餘編云 露栖雞曰 露鷄 招魂賦曰 露鷄臛蠵 是也. 韓詩外傳曰 鷄
有五德. 首戴冠[4] 文也. 足搏拒[5] 武也. 敵在前敢鬪[6] 勇也. 見[7]食相呼[8]
仁也. 守夜不失時[9] 信也.

아내는 "닭이 우네요"하고	女曰雞鳴
남편은 "아직 날이 안 밝았을 텐데."	士曰昧旦
"당신 일어나서 밖을 보셔요,	子興視夜
샛별이 벌써부터 반짝이네요."	明星有爛
"들판에 나가 이리저리 다니면서	將翱將翔
물오리나 기러기도 쏠 수 있겠군."	弋鳧與鴈

---

1) 『시경』 「정풍」의 편 이름. 덕(德)을 좋아하지 않고, 여색(女色) 좋아함을 풍자한 시.
2) 새 새끼. 연작류(燕雀類)처럼 어미 새가 먹이를 먹여주는 새끼. 병아리처럼 스스로 먹이를 쪼
   는 새끼는 추(雛)라고 함.
3) 『이아』에는 '雞'이지만, '鷄'와 통하므로 『시명다식』 원문을 따랐음. 뒤의 '鷄'도 마찬가지임.
4) 『한시외전』에는 '者'가 있지만, 『시명다식』 원문을 따랐음.
5) 소창문고본 『시명다식』에는 '距'이고, 『한시외전』에는 '距者'이지만, '距'는 '拒'와 통하므로
   규장각본 『시명다식』 원문을 따랐음.
6) 『한시외전』에는 '者'가 있지만, 『시명다식』 원문을 따랐음.
7) 『한시외전』에는 '得'이지만, 『시명다식』 원문을 따랐음.
8) 『한시외전』에는 '告'이지만, 『시명다식』 원문을 따랐음.
9) 『시명다식』에는 '時'가 없지만, 『한시외전』 원문을 따랐음.

부__ 鳧 · 물오리

주자가 말하였다. '부'(물오리 · 野鴨)는 물새인데, '압'(집오리)과 같고, 푸른색이며, 등 위에 무늬가 있다.

육씨가 말하였다. '부'는 크기가 '압'만 한데, 푸른색이고, 다리가 짧으며, 부리도 짧고, 물새 중에서 성실한 것이다.

『본초』에 말하였다. '부'는 다른 이름으로 '야압', '야목', '미'(되강오리), '침부'이다. 몇백 마리가 무리를 지어 아침 일찍부터 밤 늦게까지 하늘을 덮는데, 나는 소리는 마치 바람이 불고 비가 오는 것 같고, 이르는 곳의 곡식은 하나도 남지 않는다.

『이아』에 말하였다. '부안'(물오리와 기러기)의 무리는 그 발이 물갈퀴이고, 발뒤꿈치가 곧게 뻗었다. 『주』에 말하였다. 발가락 사이에 물갈퀴가 이어져 서로 붙어 있다. 날 때는 그 발뒤꿈치를 펴서 곧게 뻗는다.

朱子曰 鳧 水鳥[1] 如鴨 靑色 背上有文. 陸氏曰 鳧 大小如鴨 靑色 卑脚 短喙 水鳥之謹愿[2]者也. 本艸曰 鳧 一名野鴨 一名野鶩 一名鸍 一名沈鳧. 數百爲群 晨夜蔽天 而飛聲如風雨 所至稻粱一空. 爾雅曰 鳧雁[3]醜 其足 蹼 其踵企. 注云 脚指間有幕蹼屬相著. 飛則伸其脚跟企直.

1) 『시명다식』에는 '鳧'이지만, 『시집전』 원문을 따랐음.
2) 『모시초목조수충어소』에는 '顧'이지만, '鴈'과 통하므로 『시명다식』 원문을 따랐음.
3) 『이아』에는 '鴈'이지만 '雁'과 통하므로 『시명다식』 원문을 따랐음.

보 __鴇·느시

◆唐 鴇羽[1]

　주자가 말하였다. ‘보’(능에 · 너새 · 野雁. 기러기의 일종)는 새 이름이
니, ‘안’(기러기)과 비슷한데 크고, 뒷발가락이 없다.

　육씨가 말하였다. ‘보’는 ‘안’과 비슷한데, ‘호’(범)의 무늬이다. 발굽이
이어졌고, 성질은 나무에 머무르지 않는데, 나무에 머무르면 괴롭게 된
다. 그러므로 이것을 가지고 군자가 정역을 따름이 위태롭고 괴로움을
비유했다.

　『본초』에 말하였다. ‘보’는 다른 이름으로 ‘독표’이다. 그 나는 것은 위
엄 있고 바르며, 음식은 새김질한다. 살지고 풍만하며 기름이 많고, 고기
가 크며 맛이 좋다. 민[2]의 말에 “‘보’는 혀가 없고, ‘토’(토끼)는 지라(脾
臟)가 없다”고 한다. 어떤 사람은 “모두 암컷이고, 수컷은 없어서 다른 새
와 더불어 교배한다”고 한다. ‘보’의 성질은 무리지어 살고, ‘안’처럼 여
럿이 벌여 줄 서서 가기 때문에 글자는 ‘보’(눌 · 나란하다)를 따른다.
‘보’(눌)는 음이 ‘보’이고, 서로 차례로 늘어놓는 것이다.

　朱子曰 鴇 鳥名 似雁而大 無後趾. 陸氏曰 鴇鳥似雁[3] 而虎文. 連蹄 性
不樹止 樹止 則爲苦. 故以喩君子從征役爲危苦也. 本艸曰 鴇 一名獨豹.

其飛也肅肅 其食也鴰. 肥腯多脂 肉粗味美. 閩語曰 鴇無舌 兔無脾. 或云
純雌無雄 與他鳥合. 陸佃云 鴇性羣[4]居 如雁有行列 故字從阜. 阜音保
相次也.

---

1) 규장각본 『시명다식』에는 '羽'가 없지만, 소창문고본 『시명다식』 원문을 따랐음.
2) 종족 이름. 월족(越族)에서 갈려나온 소수민족의 하나. 지금의 복건성(福建省)에 거주하였음.
   인신하여 복건성을 일컫는 말로 씀.
3) 규장각본 『시명다식』에는 '鷹'이지만 '雁'과 통하므로 『모시초목조수충어소』와 소창문고본
   『시명다식』 원문을 따랐음.
4) 『본초강목』에는 '群'이지만, '羣'과 통하므로 『비아』와 『시명다식』 원문을 따랐음.

란__鸞 · 봉황

◆ 秦 駟驖[1]

『본초』에 말하였다. 채형은 "'봉'(봉새)과 비슷한 다섯 가지가 있다. 붉은색이 많은 것은 '봉'이고, 푸른색이 많은 것은 '란'(鳳凰의 일종. 전설상의 靈鳥)이며, 노란색이 많은 것은 '원추'(봉황의 일종)이고, 자주색이 많은 것은 '악착'(봉황의 일종)이며, 흰색이 많은 것은 '곡'(고니 · 天鵝 · 黃鵠)이다"라 했다.

本艸曰 蔡衡云 象鳳有五[2]. 赤多者鳳 靑多者鸞 黃多者鵷鶵[3] 紫多者鸑鷟 白多者鵠[4].

북쪽 동산에 노닐고 있는 　　　　　　遊于北園

네 마리 검정말은 잘도 길들었어라. 　四馬旣閑

방울소리 울리는 가벼운 수레에 　　　輶車鸞鑣

사냥개들 실려서 쉬고 있구나. 　　　載獫歇驕

---

1) 『시경』 「진풍」의 편 이름. 양공(襄公)을 찬미한 시.

2) 금릉본 『본초강목』과 『시명다식』에는 '四'이지만, 육기(陸璣)의 『모시초목조수충어소광요』(毛詩草木鳥獸蟲魚疏廣要) 원문을 따랐음.

3) 『시명다식』에는 '鸛'가 없지만, 『모시초목조수충어소광요』와 『본초강목』 원문을 따랐음.

4) 금릉본 『본초강목』과 『시명다식』에는 '鸘鵠'이지만, 『모시초목조수충어소광요』 원문을 따랐음. '숙상'은 전설상의 신조(神鳥).

신풍 __晨風 · 새매

◆ 晨風

주자가 말하였다. '신풍'(새매 · 구지내)은 '전'(鸇 · 새매)이다.

육씨가 말하였다. '신풍'은 다른 이름으로 '전'(鸇)이니 '요'(새매)와 비슷하다. 청황색이고, '연'(제비)의 턱에 부리가 굽었으며, 바람을 향하여 날개를 펴 흔든다. 이에 바람을 따라 빠르게 날아가서 '구합'(비둘기) · '연'(제비) · '작'(참새)을 재빨리 공격하여 잡아먹는다.

『본초』에 말하였다. '전'(展)을 '전'(鸇)이라 하니, 색은 푸르고, 울면 큰 바람이 분다.

朱子曰 晨風 鸇也. 陸氏曰 晨風 一名鸇 似鷂. 靑[1]黃色 燕頷鉤喙 嚮風搖翅. 乃因風飛急 疾擊鳩鴿燕雀食之. 本艸曰 展曰 鸇 色靑 鳴則大風.

후르륵 새매가	鴥彼晨風
울창한 저 북쪽 숲 위를 날건만,	鬱彼北林
그이를 보지 못해	未見君子
시름겨운 마음은 하염없어라.	憂心欽欽
어쩌라고 어쩌라고	如何如何

날 이다지도 잊으셨나요?   忘我實多

---

1) 『이아소』에는 '青'이 없지만, 『모시초목조수충어소』와 『시명다식』 원문을 따랐음.

로__鷺 · 해오라기

◆ 陳 宛丘[1]

주자가 말하였다. '로'(해오라기 · 해오리 · 白鷺 · 白鳥)는 '용서'로, 지금의 '로사'이니, 아름답고 깨끗한 흰빛이며, 머리 위에 긴 털 열 몇 가닥이 있다.

『본초』에 말하였다. 다른 이름으로 '사금', '설객'이다. 『금경』에 "얕은 물에서 걸어 다니며, 스스로 고개를 숙였다 올렸다 하기를 좋아하여, 마치 방아 찧거나 김매는 모양과 같기 때문에 '용서'라 한다"고 했다. 요동과 낙랑[2]에서는 모두 '백로'라 한다. 숲에 깃들고 물에서 먹으며, 차례를 이루고 무리지어 난다. 깨끗한 흰빛은 마치 눈과 같고, 목은 가늘며 길고, 다리는 푸르며 꽁지깃은 훌륭하고, 키는 한 자쯤이며, 발가락은 떨어져 있고 꼬리는 짧으며, 부리 길이는 세 치이다. 정수리에는 긴 털이 있는데, 털이 긴 모양은 마치 실과 같고, 물고기를 잡고자 하면, 그것을 늘어뜨린다. 『변화론』에 "'로'는 눈으로 곁눈질하여 새끼를 밴다"고 했다.

나는 이렇게 생각한다. '교정'(해오라기 · 池鷺. 백로과의 새)은 눈으로 서로 바라보고서 새끼를 밴다고 하니, '로'도 또한 같아서 시로 지은 듯하다.

朱子曰 鷺 舂鋤[3] 今鷺鷥 好而潔白 頭上有長毛十數枚. 本艸曰 一名絲禽 一名雪客. 禽經云 步于淺水 好自低仰 如舂如鋤之狀 故曰舂鋤. 遼東樂浪皆云白鷺. 林棲水食, 羣[4]飛成序. 潔白如雪 頸細而長 脚靑善翹 高尺許[5] 觧指短尾 喙長三寸. 頂有長毛 毿然如絲 欲取魚 則弭之. 變化論云 鷺以目眄[6] 而受胎. 學圃按 鶬鶋以睛交而孕 鷺亦同賦歟.

둥둥 북을 치면서	坎其擊鼓
완구 아래서 노는구나.	宛丘之下
겨울도 여름도 없이	無冬無夏
해오라기 깃 부채 들고 춤만 추는구나.	值其鷺羽

---

1) 『시경』 「진풍」의 편 이름. 방탕하고 혼란하며 법도가 없는 유공(幽公)을 풍자한 시.
2) 한(漢)의 무제(武帝)가 위씨조선(衛氏朝鮮)을 치고, 그 지방에 설치한 사군(四郡)의 하나. 지금의 평양 부근으로, 고구려 미천왕(美川王) 때 고구려에 귀속됨.
3) 『시집전』에는 '鉏'이지만, '鋤'와 통하므로 『본초강목』과 『시명다식』 원문을 따랐음. 뒤의 '鋤'도 마찬가지임.
4) 『본초강목』에는 '群'이지만, '羣'과 통하므로 『시명다식』 원문을 따랐음.
5) 『본초강목』에는 '余'이지만, 『시명다식』 원문을 따랐음.
6) 『본초강목』에는 '盼'이지만, '眄'과 통하므로 『시명다식』 원문을 따랐음.

효__鴞 · 올빼미

◈ 墓門[1]

　주자가 말하였다. ‘치’(솔개 · 소로기)는 ‘효’(올빼미)이니, 소리가 상서롭지 못한 새이다.

　육씨가 말하였다. ‘효’(鴞 · 올빼미)는 크기가 ‘반구’(산비둘기)만 하고, 초록색이다. 사람이 사는 집에 들어오면 불길하니, 가의가 읊었던 ‘복조’[2]라는 것이 이것이다. 그 고기는 매우 맛이 좋아서 고깃국을 만들 수 있고, 또 구워 먹을 수 있다. 한나라에서는 임금이 사용하는 물건을 바칠 때, 각각 그 계절을 따랐는데, 오직 ‘효’(鴞)만 겨울과 여름에 늘 바쳤으니, 그것이 맛이 좋았기 때문이다.

　『본초』에 말하였다. ‘효’(鴞)는 다른 이름으로 ‘효치’, ‘토효’, ‘산효’, ‘계효’, ‘류리’, ‘홍혼’이다. 이시진이 말하였다. ‘효’(鴞)와 ‘효’(梟)와 ‘복’(鵩)과 ‘훈호’는 같은 동물이다. 지금 세상 사람들이 ‘행호’라 부르는 것이 이것이다. 모양은 ‘모계’(암탉)와 같고, 알록달록한 무늬가 있으며, 머리는 ‘구욕’(구관조)과 같고, 눈은 ‘묘’(고양이)의 눈과 같으며, 그 울음은 스스로 자기 이름을 부르는 것과 같고, ‘상심’(오디)을 즐겨 먹는다. 옛 사람들은 그것을 많이 먹었다.

朱子曰 鴟 鴞 惡聲之鳥也. 陸氏曰 鴞 大如班[3]鳩 綠色. 入人家凶 賈誼所賦鵩鳥[4] 是也. 其肉甚美 可爲羹臛 又可爲炙[5]. 漢供御物 各隨其時 唯[6]鴞冬夏常施之 以其美故也. 本艸曰 鴞 一名梟鴟 一名土梟 一名山鴞 一名鷄[7]鴞 一名流離 一名魖魂. 李時珍云 鴞梟鵩訓狐 一物也. 卽今俗所呼幸胡者 是也. 狀如母雞[8] 有斑文 頭如鴝鵒 目如猫目 其鳴自呼 好食桑葚. 古人多食之.

묘문에 있는 매실나무에	墓門有梅
올빼미들이 모여들었네.	有鴞萃止
그 사람 나쁘다는 걸	夫也不良
노래로 따졌네.	歌以訊之
따져도 돌아서지 않다가	訊子不顧
실패한 뒤에야 날 생각하겠지.	顚倒思予

---

1) 『시경』 「진풍」의 편 이름. 훌륭한 스승이 없어 불의(不義)에 이르러 악(惡)이 만백성에 가해지게 한 진타(陳佗)를 풍자한 시.
2) 〈복조부〉(鵩鳥賦)의 약칭. '복조'는 올빼미와 비슷한 새로 상서롭지 않은 새.
3) 『본초강목』에는 '班'이 없지만, 『모시초목조수충어소』와 『시명다식』과 『이아소』 원문을 따랐음.
4) 『본초강목』에는 '鳥'가 없지만, 『모시초목조수충어소』와 『시명다식』과 『이아소』 원문을 따랐음.
5) 『본초강목』에는 '炙食'이지만, 『모시초목조수충어소』와 『시명다식』과 『이아소』 원문을 따랐음.
6) 『이아소』에는 '唯'가 없지만, 『모시초목조수충어소』와 『시명다식』 원문을 따랐음.
7) 소창문고본 『시명다식』에는 '雞'이지만, '鷄'와 통하므로 『본초강목』과 규장각본 『시명다식』 원문을 따랐음.
8) 『본초강목』에는 '鷄'이지만, '雞'와 통하므로 『시명다식』 원문을 따랐음.

제___鵜 · 사다새

◆ 曹 候人[1]

주자가 말하였다. '제'(사다새 · 伽藍鳥)는 '오택'(洿澤)이니, 물새이고, 세상 사람들이 '도하'(淘河 · 사다새. 사다새과의 물새. 물속에 들어가 물고기를 잘 잡아먹는 데서 붙여진 이름)라 하는 것이다.

육씨가 말하였다. '제'는 물새이다. 모양은 '악'(물수리)과 같은데 매우 크다. 부리 길이는 한 자 남짓이고, 곧으며 넓다. 입속은 순전히 붉은색이고, 턱 아래 늘어진 멱살 크기는 마치 몇 되를 담을 수 있는 주머니와 같다. 무리지어 날기를 좋아한다. 만약 작은 못 속에 물고기가 있다면, 무리가 함께 물을 퍼서 그 늘어진 멱살에 가득 채워서 버린다. 물을 다 없애서 물고기가 땅에 있으면 곧 함께 잡아먹기 때문에 '도하'(淘河)라 한다.

『본초』에 말하였다. '제호'는 다른 이름으로 '도하'(逃河), '도아', '리호', '오택'(鴮鸅)이다. 이시진이 말하였다. 마치 푸른 '아'(거위)와 같다. 몸은 물거품 같고, 오직 가슴 앞에 두 개의 고깃덩어리가 달려 있는데, 주먹만 하다. 옛날에 어떤 사람이 고기를 훔쳐서 황하에 들어가게 되었는데, 변하여 이 새가 되었다고 하며, 따라서 '도하'(逃河)라 이름 지었다고 한다.

朱子曰 鵜 洿澤[2] 水鳥也 俗所謂淘河也. 陸氏曰 鵜 水鳥. 形如鴞 而極
大. 喙長尺餘 直而廣. 口中正赤 頷下胡大如數升[3]囊. 好群飛. 若小澤中有
魚 便群共抒水 滿其胡 而棄之. 令水竭盡 魚在陸地 乃共食之 故曰淘河.
本艸曰 鵜鶘 一名逃河 一名淘鵝[4] 一名犁鶘 一名鴮鸅[5]. 李時珍云 如蒼
鵝. 身是水沫 惟胸前有兩塊肉 如拳. 云昔爲[6]人窃肉入河 化爲此鳥 因名
逃河.

사다새가 보 둑에 있어	維鵜在梁
그 날개 젖지 않네.	不濡其翼
저 소인배들에겐	彼其之子
대부의 옷차림이 어울리지 않네.	不稱其服

---

1) 『시경』「조풍」의 편 이름. 공공(共公)이 현인을 멀리하고, 소인만 가까이함을 풍자한 시.
2) 『이아』에는 '鴮鸅'이지만, '洿澤'과 통하므로 『시명다식』과 『시집전』 원문을 따랐음.
3) 『이아소』에는 '斗'이지만, 『본초강목』과 『시명다식』 원문을 따랐음.
4) 『본초강목』에는 '鵝'이지만, '鵝'와 통하므로 『시명다식』 원문을 따랐음.
5) 금릉본 『본초강목』과 『시명다식』에는 '鸅'이지만, 『이아』 원문을 따랐음.
6) 『본초강목』에는 '有'이지만, 『시명다식』 원문을 따랐음.

시구__鳲鳩 · 뻐꾸기

◆ 鳲鳩[1]

　주자가 말하였다. '시구'(뻐꾸기 · 尸鳩)는 '길국'(秸鞠)으로, 또한 '대
승'(오디새 · 후투티 · 戴任 · 戴鵀)이라고도 하니, 지금의 '포곡'이다. 새
끼를 먹임에 아침에는 위로부터 아래로 내려오고, 저녁에는 아래로부터
위로 올라가서, 모두에게 고르게 함이 한결같다.

　육씨가 말하였다. '시구'는 '길국'(鴶鵴)이다. 지금 량과 송[2] 지역의 사
이에서는 '포곡'을 '길국'(鴶鵴)이라 하는데, 다른 이름으로 '격곡', '상
구'라 한다.

　『본초』에 말하였다. 다른 이름으로 '획곡', '곽공'이고, 북쪽 사람들은
'발곡'이라 이름한다. 크기는 '구'(비둘기)만 하고, 노란색을 띠며, 크게
울어서 서로 부르지만, 서로 모이지는 않는다. 마땅히 둥지를 만들지 못
해서 나무 구멍과 빈 '작'(까치)의 둥지 속에 많이 산다. 이시진이 말하였
다. '포곡'은 이름이 많으니, 각각 그 울음소리의 비슷함을 따라서 부른
다. 마치 세상 사람들이 '아공아파', '할맥삽화', '탈각파고'의 따위로 부
름은 모두 그 우는 때가 농사를 지을 수 있는 절기임을 따랐기 때문인 것
과 같을 뿐이다.

　곽박이 『이아소』에서 말하였다. '대승'은 스스로 구멍 속에서 살지, 둥

지에서 살지 않는데도 『방언』에서 '대승'이라 함은 잘못이다.

나는 이렇게 생각한다. 『시경』에는 세 종류의 '구'가 있다. 〈작소〉의 '구'는 '발구'(비둘기 또는 집비둘기)이니, 바로 〈사모〉의 '추'(작은 비둘기)와 더불어 같은 동물이다. 〈맹〉의 '구'는 '골구'(산비둘기)이다. 서로 같지 않은 것이 없다. '시구'는 '포곡'이니, 바로 〈소완〉의 '시구'와 더불어 똑같은 동물이다. 지금 비록 여러 설명이 서로 어긋나서, 확실하지 않고 나누기 어렵지만, 항목을 뒤쫓아 차례차례로 아울러 기록하여, 후세 사람들을 기다린다. 어떤 사람이 "'시구'는 바로 『예기』「월령」의 '명구'(산비둘기)이니, '명'은 '시'자의 잘못이다"라 했다. 또 조사해보건대, '대승'은 '급구'이니, 다른 이름으로 '비겹'[3], '가리'인데, '시구'와는 다르다.

朱子曰 鳲鳩 秸鞠也 亦名戴勝 今之布穀也. 飼子 朝從上下 暮從下上 平均如一也. 陸氏曰 鳲鳩 鵠鶹. 今梁宋之間謂布穀爲鵠鶹 一名擊穀 一名桑鳩. 本草曰 一名獲穀 一名郭公 北人名撥穀. 大如鳩 而帶黃色 喉[4]鳴相呼 而不相集. 不應[5]爲巢 多居樹穴及空鵲巢中. 李時珍云 布穀名多 各因其聲似 而呼之. 如俗呼阿公阿婆 割麥挿禾 脫卻[6]破袴之類 皆因其鳴時可爲農候故耳. 郭璞云 爾雅疏 戴勝 自生穴中 不巢生 而方言云 戴勝[7] 非也. 學圃按 詩有三鳩. 鵲巢之鳩 鳲鳩也 卽與四牡之雛 一物也. 氓之鳩 鶻鳩也. 無異同. 鳲鳩 布穀也 卽與小宛之鳲鳩 同一物也. 今雖衆說相左 囫圇難分 逐條幷錄 以俟後人. 或云 鳲鳩 卽月令 鳴鳩也 鳴 乃鳲字之誤. 又按 戴勝 鵁鳩 一曰鶻鵃 一曰駕犁 與鳲鳩異也.

뻐꾸기가 뽕나무에 있어	鳲鳩在桑
그 새끼들이 일곱 마릴세.	其子七兮
훌륭하신 군자는	淑人君子

그 모습 한결같아라.   其儀一兮

그 모습 한결같고   其儀一兮

마음도 맺은 듯 변함없어라.   心如結兮

---

1) 『시경』「조풍」의 편 이름. 재위자(在位者)에 군자가 없어 마음 씀이 한결같지 못함을 풍자한 시. 일설에는 군자의 마음 씀이 균평(均平)함을 찬미하는 시. 인신하여, 임금이 인덕(仁德)으로 아랫사람을 대우함.
2) 춘추 십이열국(十二列國) 중 미계자(微子啓)가 세운 나라. 전국 때 제(齊)에 멸망당하였음.
3) 새벽녘에 닭보다 먼저 지저귀므로 최명조(催明鳥)라고도 함.
4) 『본초강목』에는 '啼'이지만, '嗁'와 통하므로 『시명다식』 원문을 따랐음.
5) 『본초강목』에는 '能'이지만, 『시명다식』 원문을 따랐음.
6) 『본초강목』에는 '却'이지만, '卻'과 통하므로 『시명다식』 원문을 따랐음.
7) 『시명다식』에는 '鳲鳩'이지만, 『시명다식』과 『육가시명물초』와 『이아소』 원문을 따랐음.

창경__倉庚 · 꾀꼬리

◆ 豳 七月

주자가 말하였다. '창경'(꾀꼬리)은 '황리'이다.
앞의 '황조'(꾀꼬리) 항목에 자세히 보인다.

朱子曰 倉庚 黃鸝也. 詳見上黃鳥條.

칠월에 화성이 서쪽으로 기울면	七月流火
구월엔 겨울 지낼 옷을 마련하네.	九月授衣
봄날이 따뜻해져	春日載陽
꾀꼬리 울어대면,	有鳴倉庚
아가씨들 옴푹한 대광주리 들고	女執懿筐
저 오솔길 따라 다니며	遵彼微行
부드러운 뽕잎을 따네.	爰求柔桑
봄날은 기나긴데	春日遲遲
다북떡쑥 수북이 뜯노라면,	采蘩祁祁
아가씨 마음은 서글퍼져라	女心傷悲
공자(公子)님께 시집가고 싶어진다네.	殆及公子同歸

격__鵙 · 때까치

주자가 말하였다. '격'(때까치 · 개고마리. 까치보다 작고 등이 회색인 새)은 '백로'이다.

『본초』에 말하였다. '격'은 다른 이름으로 '박로', '백조'이니, 바로 '안'(세가락메추라기. 메추라기과의 일종)이다. 여름부터 울어서 겨울에 그치니, 「월령」에 시기를 기다리는 새이다. 본초 책들에 생김새가 드러나지 않아서 후세 사람들은 알지 못하는 것이다.

곽박이 『주』에 말하였다. 『이아』에 "'격'은 '할갈'(티티새)과 비슷하지만 크다"고 했다.

朱子曰 鵙 伯勞也. 本艸曰 鵙 一名博勞 一名伯趙 卽鶪也. 夏鳴冬止 乃月令候時之鳥也[1]. 本艸不著形狀 而後人無識之者. 郭璞注 爾雅曰[2] 鵙似鶙鶋而大.

---

1) 『본초강목』에는 '也'가 없지만, 『시명다식』 원문을 따랐음.
2) 『본초강목』에는 '云'이지만, '曰'과 통하므로 『시명다식』 원문을 따랐음.

치효__鴟鵂 · 부엉이

◈ 鴟鵂

　주자가 말하였다. '치효'(부엉이)는 '휴류'(부엉이 · 수알치새)이니, 나쁜 새로, 새의 새끼를 잡아서 먹는 것이다.

　육씨가 말하였다. '치효'는 '황작'[1]과 비슷하지만 작다. 그 부리는 뾰족하여 마치 송곳과 같고, '모유'(띠 이삭)를 얻어다가 둥지를 만들고, '마'(삼)를 가지고 꿰매는데, 마치 버선을 꿰매는 듯하다. 나뭇가지에 붙여 매다는데, 어떤 것은 방이 한 개이고, 어떤 것은 방이 두 개이다. 유주 사람들은 '녕결'(뱁새 · 鸋鴂)이라 하는데, 어떤 사람들은 '교부'라 하고, 어떤 사람들은 '여장'이라 한다. 관동에서는 '공작'(뱁새 · 巧婦鳥. 집을 교묘하게 잘 짓는 데서 일컬음)이라 하는데, 어떤 사람들은 '과리'라 하고, 관서에서는 '상비'라 하는데, 어떤 사람들은 '말작'(굴뚝새)이라 하며, 어떤 사람들은 '교녀'라 한다.

　『본초』에 말하였다. 다른 이름으로 '각치'(수리부엉이 · 수알치새 · 鴟鵂. 올빼미과의 큰 새), '관'(부엉이), '기기'(부엉이), '곡록응'(수리부엉이)이다. 이 동물에는 두 종류가 있다. '치효'는 크기가 '치'(솔개)나 '응'(매)만 하고, 노란 빛깔과 검은 빛깔이 알록달록한 색이며, 머리와 눈은 '묘'(고양이)와 같고, 두 귀에 뿔처럼 털이 있다. 낮에는 숨어 있다가 밤에만 나오고, 울면서 암수가 서로 부르는데, 그 소리는 마치 늙은이와 같아서 처음에는 부르는 것 같다가, 나중에는 웃는 것 같은데, 이르는 곳은 매우 상서롭지 못하다.

나는 이렇게 생각한다. 옛 선비들은 모두 지금의 '교부'라고 여겼지만, 곽박은 『주』에서 '치'의 종류라 하였으니, 『본초』에서 '치휴'라 한 것이 '교부'는 아닐 것이다.

朱子曰 鴟鴞 鵂鶹 惡鳥 攫鳥子 而食者也. 陸氏曰 鴟鴞 似黄雀而小. 其喙尖如錐 取茅莠[2]爲巢[3] 以麻紩之 如刺襪然. 縣著樹枝 或一房 或二房. 幽州人[4]謂之鸋鴃 或曰巧婦 或曰女匠. 關東謂之工雀 或謂之過蠃 關西謂之桑飛 或謂之襪雀 或曰巧女. 本艸曰 一名角鴟 一名雚 一名鴟鵂 一名轂[5]轆鷹. 此物有二種. 鴟鴞 大如鴟鷹 黄黑斑色 頭目如猫 有毛角兩耳. 晝伏夜出 鳴則雌雄相喚 其聲如老人 初若呼 後若笑 所至多不祥. 學圃按 先儒皆以爲今之巧婦 郭注云 鴟類[6] 本艸曰 鴟鴞 則巧婦 非矣.

부엉이야 부엉이야,	鴟鴞鴟鴞
내 새끼 이미 잡아먹었으니	旣取我子
내 둥지는 헐지 마라.	無毀我室
알뜰살뜰 길러낸	恩斯勤斯
어린 자식 불쌍해라.	鬻子之閔斯

---

1) 수컷은 연한 황록색에 배는 흰색이며, 암컷은 연노랑색에 암갈색의 줄무늬가 있음.
2) 『이아소』에는 '莠'이지만, '莠'와 통하므로 『모시정의』와 『모시초목조수충어소』와 『시명다식』 원문을 따랐음.
3) 『모시정의』와 『이아소』에는 '窠'이지만, '巢'와 통하므로 『모시초목조수충어소』와 『시명다식』 원문을 따랐음.

4) 『이아소』에는 '或'이 있지만, 『모시정의』와 『모시초목조수충어소』와 『시명다식』 원문을 따랐음.
5) 규장각본 『시명다식』에는 '戦'이지만, 『본초강목』과 소창문고본 『시명다식』 원문을 따랐음.
6) 『시명다식』에는 '鷁'이지만, 『이아주』 원문을 따랐음.

관__鸛 · 황새

◈ 東山

　주자가 말하였다. ‘관’(황새 · 한새. 백로 비슷한 새)은 물새이고, ‘학’ (두루미)과 비슷한 것이다.

　육씨가 말하였다. ‘관’은 ‘관작’이니, ‘홍’(큰기러기)과 비슷한데 크다. 목은 길고 부리는 붉으며, 몸은 희고 꼬리와 날개는 검다. 나무 위에 둥지를 만드는데, 크기는 마치 수레바퀴만 하다. 알은 마치 세 되짜리 잔만 하다. 높은 곳에서 사람을 바라보며, 그 새끼를 살피다가 새끼로 하여금 엎드리게 하거나 집을 버리고 떠나간다. 다른 이름으로 ‘부부’, ‘흑고’, ‘배조’, ‘조군’이다. 또 진흙으로 그 둥지의 한쪽 곁에 못을 만들고, 물을 머금어 그곳을 채워서, 물고기를 잡아 못 속에 조금씩 두었다가 그 새끼에게 먹인다. 만약 그 새끼를 죽이면, 한 마을이 가뭄의 재앙에 이른다.

　『본초』에 말하였다. 머리에 붉은색이 없고, 목에 검은 띠가 없으며, 몸은 ‘학’과 비슷하고, 잘 울지 않는데, 다만 부리를 서로 부딪쳐서 소리를 낸다. 또한 두 종류가 있으니, ‘백관’과 ‘오관’이다.

　朱子曰 鸛 水鳥 似鶴者也. 陸氏曰 鸛 鸛雀也 似鴻而大. 長頸赤喙 白身 黑尾翅. 樹上作巢 大如車輪. 卵如三升杯[1]. 望見人 按其子 令伏徑舍去.

一名負釜 一名黑尻 一名背竈 一名阜帚[2]. 又泥其巢一傍爲池 含水滿之
取魚置池中稍稍 以食其雛. 若殺其子 則一村[3]致旱灾. 本艸曰 頭無丹 項
無烏帶 身似鶴 不善唳 但以喙相擊而鳴. 亦有二種 白鸛 烏鸛.

내 동산에 끌려가	我徂東山
오래도록 돌아오지 못했지.	慆慆不歸
내가 동쪽에서 돌아오던 날은	我來自東
부슬부슬 비가 내렸지.	零雨其濛
황새가 개미둔덕에서 울고	鸛鳴于垤
아내는 방 안에서 탄식하며	婦歎于室
쓸고 닦고 쥐구멍 막고 있을 때	洒掃穹窒
내 마침 돌아왔지.	我征聿至
주렁주렁 오이가	有敦瓜苦
밤나무 장작 위에 뒹굴고 있었지.	烝在栗薪
이것저것 내 못 본 지가	自我不見
어느새 삼 년이나 지났구나.	于今三年

---

1) 『모시초목조수충어소』에는 '桮'이지만, '杯'와 통하므로 『시명다식』 원문을 따랐음.
2) 『모시초목조수충어소』에는 '帬'이지만, '帚'과 통하므로 『시명다식』 원문을 따랐음.
3) 『모시초목조수충어소』에는 '邨'이지만, '村'과 통하므로 『시명다식』 원문을 따랐음.

추__雛 · 작은 비둘기

◆ 小雅 四牡

주자가 말하였다. '추'(작은 비둘기)는 '부불'(뻐꾸기)이니, 지금의 '발구'(비둘기 또는 작은 비둘기)이다.

육씨가 말하였다. '추'는 지금의 '소구'이니, 다른 이름으로 '부구'이다. 유주 사람들은 혹 '고랑'(비둘기의 일종)이라 한다. 량과 송 지역의 사이에서는 '추'라 하는데, 양주 사람들 또한 그러하다.

『본초』에 말하였다. '반구'(산비둘기)는 다른 이름으로 '반추', '금구', '발구', '축구'이다. 작으면서 알록달록하지 않은 것은 '추'이다. '시구'(뻐꾸기)는 '응'(매)으로 변할 수 있고, '반구'는 '황갈후'(山鳩. 비둘기 비슷한 황갈색의 새)로 변할 수 있다는 설명은 나온 곳을 알지 못하겠다.[1] 지금의 '구'(비둘기)는 작으면서 잿빛인 것과 크면서 마치 '리화'(배꽃) 같은 점이 있는 것으로, 모두 잘 울지 않는다. 오직 목 아래 얼룩이 마치 진주와 같은 것은 소리가 크고 울 수 있다. 성질은 정성스럽고 효성스럽지만, 둥지를 만드는 데 서툴러 겨우 몇 개의 나뭇가지로 얽어서 가끔 알이 떨어진다. 하늘에서 장차 비가 내리려 하면, 그 암컷을 내쫓았다가, 날이 개어 부르면 암컷이 돌아온다.

朱子曰 雛 夫不也 今鵓鳩也. 陸氏曰 雛 今小鳩也. 一名鵓鳩. 幽州人
或謂之鶌鳩. 梁宋之間謂之雎 揚州人 亦然. 本艸曰 斑鳩 一名斑佳 一
名錦鳩 一名鵓鳩 一名祝鳩. 小而無斑者曰 雛. 鷹鳩能化鷹 而斑鳩化黃
褐侯之說 不知所出處. 今鳩小 而灰色 及大 而斑如梨花点者 并不善鳴.
唯項下斑如眞珠者 聲大能鳴. 性慤孝 而拙於爲巢 纔架數茎 往往墮
卵. 天將雨 卽逐其雌 霽則呼 而反之.

훨훨 나는 작은 비둘기	翩翩者雛
날다가 내려오더니	載飛載下
상수리나무 수풀에 모여 앉았네.	集于苞栩
나랏일 아직도 끝나지 않아	王事靡盬
아버님 봉양할 틈도 없어라.	不遑將父

---

1) 『금경』에 다음과 같은 글이 있음. "仲春鷹化爲鳩 仲秋鳩復化爲鷹. 故鳩之目猶如鷹之目. 所謂鷹
者 鷂 鳩者 卽鷹鳩."(중춘에 '응'(매)이 변하여 '구'(비둘기)가 되었다가, 중추에 '구'가 다시
변하여 '응'이 된다. 그러므로 '구'의 눈은 '응'의 눈과 같다. 이른바 '응'이라는 것은 '요(새
매)'이고, '구'라는 것은 바로 '시구'이다.)
2) 『시명다식』에는 '婦'이지만, 『모시정의』와 『시집전』 원문을 따랐음.
3) 『이아소』에는 '鷗鶌'이지만, 『시명다식』과 『육가시명물초』 원문을 따랐음.
4) 『이아소』에는 '隹'이지만, '雎'와 통하므로 『시명다식』과 『육가시명물초』 원문을 따랐음. 뒤의
'雛'도 마찬가지임.
5) 『본초강목』에는 '鳴'이지만, 『시명다식』 원문을 따랐음.
6) 『본초강목』에는 '惟'이지만, '唯'와 통하므로 『시명다식』 원문을 따랐음.
7) 『시명다식』에는 '生'이지만, 『본초강목』 원문을 따랐음.
8) 『본초강목』에는 '于'이지만, '於'와 통하므로 『시명다식』 원문을 따랐음.

척령__脊令·할미새

◆ 常棣

주자가 말하였다. '척령'(脊令·할미새·鶺鴒)은 '옹거'이니, 물새이다.

육씨가 말하였다. '척령'(脊令)은 크기가 '안작'(세가락메추라기)만 하다. 다리와 털은 길고 부리는 뾰족하며, 등 위는 청회색이고, 배 아래는 희며, 목 아래는 검은데 마치 엽전 무늬 털을 빙 두른 것 같다. 그러므로 두양(陝西省 麟遊縣) 사람들은 '련전'[1]이라 한다.

『이아』에 말하였다. '척령'(鶺鴒)은 '옹거'이다. 『주』에 말하였다. '작'(참새)의 따위이다. 날 때 울고, 움직일 때 몸을 흔든다.

朱子曰 脊令 雝渠 水鳥也. 陸氏曰 脊令 大如鷃雀. 長脚長尾尖喙 背上靑灰色 腹下白 頸下黑如連錢. 故杜陽人謂之連錢. 爾雅曰 鶺鴒 雝渠. 注云 雀屬也. 飛則鳴 行則搖[2].

할미새 들판에서 바쁘듯	脊令在原
형제의 어려움을 급히 구하네.	兄弟急難
아무리 좋은 벗이 있다 해도	每有良朋
그럴 때에는 긴 한숨만 쉬네.	況也永歎

1) '련전(連錢)'은 '척령'의 다른 이름임.
2) 『이아주』에는 '搖'이지만, '搖'와 통하므로 『시명다식』 원문을 따랐음.

준 __ 隼 · 새매

◆ 采芑

주자가 말하였다. '준'(새매)은 '요'(새매. 매의 일종)의 따위로, 매우 빠른 새이다.

육씨가 말하였다. 제 사람들은 '격정'(매)이라 하고, 어떤 사람들은 '제견'(새매 · 鴟 · 雀鷹. 매의 일종)이라 한다. 봄에 변해서 '포곡'(뻐꾸기)이 되는 것이 이것이다. 여기에 속하는 몇 종류는 모두 '준'이라 이른다.

『본초』에 말하였다. '치'(솔개 · 鳶鷹)는 다른 이름으로 '작응', '준'이다.

朱子曰 隼 鷂屬 急疾之鳥也. 陸氏曰 齊人謂之擊征 或謂之題肩[1] 或謂之雀鷹. 春化爲布穀者 是也. 此屬數種 皆謂[2]隼. 本艸曰 鴟 一名雀鷹 一名隼.

쏜살같은 저 새매가	鴥彼飛隼
하늘에 닿을 듯 날더니	其飛戾天
모두 여기로 모여드네.	亦集爰止
방숙 장군께서 납시어	方叔涖止
그의 병거 삼천 대로	其車三千

군사들을 훈련하네.	師干之試
방숙 장군께서 이를 이끄시니	方叔率止
징을 치고 북을 치며	鉦人伐鼓
군사들을 늘어세우고 훈시하시네.	陳師鞠旅
밝고도 진실하신 방숙 장군께서	顯允方叔
둥둥 북을 울리며	伐鼓淵淵
북소리 따라 군사들을 정비하네.	振旅闐闐

---

1) 『시명다식』에는 '齊見'이지만, 『모시정의』와 『모시초목조수충어소』 원문을 따랐음.
2) 『모시초목조수충어소』에는 '爲'이지만, 『시명다식』 원문을 따랐음.

학___鶴 · 두루미

◆ 鶴鳴

주자가 말하였다. '학'(두루미)은 새 이름이니, 목은 길고, 몸은 높고 우뚝하며, 다리는 길고, 정수리는 붉으며, 몸은 희고, 목과 꼬리는 검은데, 그 울음은 높고 우렁차서 팔구 리까지 들린다.

육씨가 말하였다. '학'은 생김새와 크기가 '아'(거위)와 같다. 길이는 세 자이고, 다리는 청흑색인데, 높이는 세 자 남짓이다. 정수리와 눈은 붉다. 부리 길이는 네 치 남짓이다. 대부분 순수한 흰색이지만, 또한 푸른색도 있다. 푸른색이 도는 것은 사람들이 '적협'(학의 일종)이라 한다. 늘 한밤중에 울어서 『회남자』에 또한 "'계'(닭)는 장차 아침이 될 것을 알고, '학'은 한밤중을 안다"고 했다. 암컷은 울음소리가 조금 뒤떨어진다. 오 사람들의 식물원과 동물원 및 사대부의 집에서 모두 그것을 기른다. '계'(닭)가 울 때 또한 운다.

『본초』에 말하였다. 다른 이름으로 '선금'(학 · 仙客 · 仙鶴. 신선이 타고 다닌다는 데서 이르는 말), '태금'(학 · 胎仙)이다. 뺨은 붉고 다리는 푸르며, 목은 길고 꼬리는 짧으며, 무릎은 크고 발가락은 가늘다. 날개는 희고 깃은 검은데, 또한 잿빛과 푸른빛이 도는 것도 있다.

朱子曰 鶴 鳥名 長頸 竦身 高脚 頂赤 身白 頸尾黑 其鳴高亮 聞八九里. 陸氏曰 鶴 形狀大如鵝[1]. 長三尺 脚靑黑 高三尺餘. 赤頂赤目. 喙長四寸餘. 多純白 亦有蒼色. 蒼色者 人謂之赤頰. 常夜半鳴 淮南子 亦云 鷄知將旦 鶴知夜半. 雌者聲差下. 今吳人園囿中及士大夫家皆養之. 鷄鳴時 亦鳴. 本艸曰 一名仙禽 一名胎禽. 赤頰靑脚 脩頸凋尾 粗膝纖指. 白羽黑翎 亦有灰色蒼色者也.

---

1) 『모시초목조수충어소』에는 '鵞'이지만, '鵝'와 통하므로 『시명다식』 원문을 따랐음.

명구__鳴鳩 · 뻐꾸기

◆ 小宛[1]

주자가 말하였다. '명구'(뻐꾸기)는 '반구'(산비둘기)이다.

육씨가 말하였다. '명구'는 지금 운남의 새이다. 크기는 '구'(비둘기)만 한데 노랗다. 크게 울어 서로 부르지만 한데 모이지는 않는다. '금조'라 하고, 어떤 사람은 '황'이라 하지만, 마땅히 '구'의 울음소리로 바꾸어야 하기 때문에 이름이 변했다. 또 '명구'라 하는데, 다른 이름은 '상'이다. 또 이것을 '전'(새매)이라 하기도 한다.

『집주』에 말하였다. 육씨는 "'발구'(비둘기 또는 집비둘기)와 비슷한데, 목에 화려하고 아름다운 빛깔의 무늬가 있다"고 했다.

나는 이렇게 생각한다. '명구'와 '시구'(뻐꾸기)는 같은 동물임이 분명하다. 육씨의 『소』에 "서로 부르지만 한데 모이지는 않는다"고 하였는데, 이것은 '포곡'(뻐꾸기)의 성질이다. 또 이것을 '전'이라 함도 또한 '포곡'이 변한 것이니, '포곡'이라는 것은 '시구'이다. 또 조사해보건대, 육씨가 '발구'와 비슷하다고 하였는데, '발구'라는 것은 '반구'이다. 바로 '추'(작은 비둘기)이다. '명구'는 과연 '반구'가 아니고, 다만 비슷할 뿐이다. 그것은 '반구'가 아님이 분명할 것이다.

朱子曰 鳴鳩 斑鳩也. 陸氏曰 鳴鳩 今雲南鳥. 大如鳩而黃. 嘛鳴相呼 不同集. 謂金鳥 或云黃 當爲鳩聲轉 故名移也. 又云鳴鳩 一名爽[2]. 又云是鸅. 集注曰 陸氏云 似鶻鳩 項有繡文[3]. 學圃按 鳴鳩鶻鳩明是一物也. 陸氏疎之云 相呼 不同集 是布穀之性也. 又云是鸅 亦布穀之化也 布穀者鶻鳩也. 又按 陸氏云 似鶻鳩 則鶻鳩者斑鳩也. 卽雛也. 鳴鳩果是斑鳩非 但似而已也. 其非斑鳩 則明矣.

조그만 저 뻐꾸기가	宛彼鳴鳩
날개 치며 하늘 높이 날아가네.	翰飛戾天
내 마음 시름에 겨워	我心憂傷
옛 조상들을 생각하네.	念昔先人
날이 밝기까지 잠 못 이루며	明發不寐
어버이를 그리워하네.	有懷二人

---

1) 『시경』 「소아」의 편 이름. 대부가 유왕(幽王)을 풍자한 시.
2) 『시명다식』에는 '炎'이지만, 『모시초목조수충어소』 원문을 따랐음.
3) 소창문고본 『시명다식』에는 '紋'이지만, '文'과 통하므로 규장각본 『시명다식』 원문을 따랐음.

상호__桑扈 · 고지새

주자가 말하였다. '상호'(桑扈. 鳴禽類의 작은 새)는 '절지'(콩새 · 竊玄 · 桑弧. 철에 따라 털빛이 다름)이니, 세상 사람들은 '청취'라 부르는데, 고기만 먹고, 곡식을 먹지 않는다.

육씨가 말하였다. '청작'이다. 사람들이 말려놓은 고기나 기름과 통발 속의 물고기를 잘 훔치기 때문에 '절지'라 한다.

『본초』에 말하였다. 다른 이름으로 '랍취작'(蠟觜. 참새과의 새 · 부리의 빛깔이 동물의 지방질이나 밀랍의 빛깔과 같음)이다. 크기는 '구욕'(구관조)만 하고, 창갈색이며, 노란 얼룩점이 있는데, 조나 벼를 잘 먹는다. 그 부리는 조금 굽었고, 두터우며 크고 빛나는데, 어떤 것은 옅은 노란색에 흰색이고, 어떤 것은 옅은 푸른색에 검은색이며, 어떤 것은 옅은 검은색에 붉은색이다.

『이아』에 말하였다. '춘호'는 '분춘'이고, '하호'는 '절현'이며, '추호'는 '절람'이고, '동호'는 '절황'이다. '상호'는 '절지'이고, '극호'는 '절단'이며, '행호'는 '책책'(嗒嗒)이고, '소호'는 '책책'(嘖嘖)이다. 『주』에 말하였다. 여러 '호'(농사일을 시작하고, 누에를 칠 무렵에 찾아오는 철새)는 모두 그 털색과 울음소리에 따라 이름을 삼았다. '절람'은 푸른색이다.

　나는 이렇게 생각한다. 『이아』「석고」에 "'절'은 '천'(색깔이 옅음)이다"라 했으니, 대개 때를 따라서 그 털의 색이 아름답게 변한다는 뜻이다. 옅은 푸른색을 '절람'이라 이르는 것과 같다. 오히려 반드시 기름과 살코기를 훔쳐 먹음을 가지고 이름을 삼은 것이 아니다. 『본초』에서도 "조나 벼를 잘 먹는다"고 했지, "고기를 훔친다"는 설명은 따로 없다. '지'라는 것은 '연지'(燕脂·胭脂. 잇꽃의 꽃잎으로 만든 붉은 물감. 화장하는 데나 그림 그리는 데에 쓰임)이니, '절지'는 옅은 붉은색을 말하는 것과 같다.

　朱子曰 桑扈 窃[1]脂也 俗呼青觜 肉食 不食粟. 陸氏曰 青雀也. 好窃人脯肉脂及箔中[2]膏 故曰[3]窃脂也. 本艸曰 一名蠟觜雀. 大如鴝鵒 蒼褐色 有黃斑点 好食粟稻. 其嘴[4]喙微曲 而厚壯光瑩 或淺黃淺白 或淺青淺黑 或淺玄淺丹. 爾雅曰 春扈 鳻鶞 夏扈 窃玄 秋扈 窃藍 冬扈 窃黃. 桑扈[5] 窃脂 棘扈 窃丹 行扈 唶唶 宵扈 嘖嘖. 注云 諸扈皆因其毛色音聲以爲名. 窃藍 青色. 學圃按 爾雅 釋詁 窃 淺也. 盖隨時嬗變其毛[6]色之意也. 如窃青之云 窃藍. 猶[7]未必以窃食脂肉以爲名也. 本艸云 好食粟稻 更無窃肉之說. 脂者 臁脂也 窃脂猶云淺紅也.[8]

쿠쿠 고지새가	交交桑扈
뜰을 찾아다니며 곡식을 쪼네.	率場啄粟
슬프구나, 나는 병들고 궁하여	哀我填寡
감옥에 갇혀 있네.	宜岸宜獄
곡식 한 줌 내어 점치며	握粟出卜
어떻게 해야 잘될는지 알아보았네.	自何能穀

1) 소창문고본 『시명다식』과 『시집전』과 『이아주소』에는 '竊'이지만, '窃'과 통하므로 규장각본 『시명다식』 원문을 따랐음. 뒤의 '窃'도 마찬가지임.

2) 『모시초목조수충어소』에는 '筩中'이 있고, 『이아소』에는 '簫中'이 있지만, 『시명다식』에는 없음. '簫'는 '筩'과 통하므로 『모시초목조수충어소』 원문을 따랐음.

3) 『이아소』에는 '以名'이지만, 『모시초목조수충어소』와 『시명다식』 원문을 따랐음.

4) 『본초강목』에는 '觜'이지만, '嘴'와 통하므로 『시명다식』 원문을 따랐음.

5) 『시명다식』에는 '鳸'이지만, 『이아』 원문을 따랐음.

6) 소창문고본 『시명다식』에는 '其毛'가 서미(書眉)에 필사되어 있지만, 규장각본 『시명다식』 원문을 따랐음.

7) 규장각본 『시명다식』에는 '猶'가 없지만, 소창문고본 『시명다식』 원문을 따랐음.

8) '學圃按'부터 '窃脂猶云淺紅也'는 소창문고본 『시명다식』 원문을 따랐음. 규장각본 『시명다식』의 이 부분은 다음과 같음. "學圃按 脂者 臙脂也 窃脂猶云淺紅也. 盖隨時孎變其毛色之意也. 如窃靑之云 窃藍. 爾雅 釋詁 窃 淺也 未必以窃食脂肉以爲名也. 本艸云 好食粟稻 更無窃肉之說."

여__鸒¹⁾ · 갈가마귀

◆ 小弁²⁾

주자가 말하였다. '여'는 '아오'이니, 작은데 많은 수가 무리 짓고, 배 아래는 희다. 강동에서는 '필오'라 부른다.

『본초』에 말하였다. '오아'(갈가마귀)는 다른 이름으로 '아오', '필거', '초오', '대취오'이다. 부리는 크고, 성질은 욕심이 지나치며 사납고, 울기를 좋아하며, 줄 맨 주살을 잘 피한다. 옛날에는 '아'(큰부리까마귀)가 지나가는 것을 가지고 길함과 흉함을 점쳤다. 그러나 북쪽 사람들은 '아'를 좋아하고 '작'(까치)을 싫어하지만, 남쪽 사람들은 '작'을 좋아하고, '아'를 싫어하는데, 오직 사광만은 목이 흰 것을 가지고 상서롭지 못하다고 하였으니, 그것에 가깝다.

朱子曰 鸒 鴉³⁾烏也 小而多羣⁴⁾ 腹下白. 江東呼爲鵯烏. 本艸曰 烏鴉 一名鴉烏 一名鵯鶋 一名楚烏 一名大觜烏. 大觜 而性貪鷙 好鳴⁵⁾ 善避繒繳. 古有雅⁶⁾經以占吉凶. 然北人喜鴉惡鵲 南人喜鵲惡鴉 惟師曠以白項者爲不祥 近之.

푸드득 갈가마귀가 날개 치며 　　　　　弁彼鸒斯

떼 지어 돌아가네.	歸飛提提
백성들은 못 지내는 이 없건만	民莫不穀
나만 혼자 괴로워하네.	我獨于罹
무슨 죄를 하늘에 졌던가?	何辜于天
내 죄가 무엇이던가?	我罪伊何
내 마음의 시름이여	心之憂矣
어찌 해야 좋으랴	云如之何

---

1) 규장각본 『시명다식』에는 '鸞'이지만, 소창문고본 『시명다식』 원문을 따랐음.
2) 『시경』 「소아」의 편 이름. 주(周) 유왕(幽王)이 포사(襃姒)를 총애하여 신후(申后)와 태자 의구
  (宜臼)를 내쫓자, 의구의 스승이 풍자하여 지었다 함. 일설에는 윤길보(尹吉甫)의 아들이 후처
  때문에 자신을 내쫓은 아버지를 풍자하여 지은 시라고도 함.
3) 『시집전』에는 '雅'이지만, '鴉'와 통하므로 『시명다식』 원문을 따랐음.
4) 『시집전』에는 '群'이지만, '羣'과 통하므로 『시명다식』 원문을 따랐음.
5) 『시명다식』에는 '鳥'이지만, 『본초강목』 원문을 따랐음.
6) 『본초강목』에는 '鴉'이지만, '雅'와 통하므로 『시명다식』 원문을 따랐음.

단__鶉·수리

◈ 四月

주자가 말하였다. '단'(鶉·수리)은 '조'(독수리. 매와 비슷하나 더 큰 새)이다.

『본초』에 말하였다. '조'는 다른 이름으로 '취'(수리. 매과의 큰 새), '단'(鵇·수리·독수리)이다. 음은 '단'(團)이다. '단'(鶉)과 더불어 같다. '응'(매)과 비슷하지만 크고, 꼬리는 길지만 날개는 짧으며, 흉악하고 사나우며 힘이 세고, 하늘을 빙빙 돌며 작은 것이라도 보지 못함이 없다. '조조'(매의 일종)는 바로 '취'이니, 북쪽 지방에서 나오는데, 색이 검다.

朱子曰 鶉 鵰也. 本艸曰 鵰 一名鷲 一名鵇. 音團. 與鶉同. 似鷹而大 尾長翅短 鷙悍多力 盤旋空中 無細不覩. 皁[1]鵰 卽鷲也 出[2]北地 色皁.

저 수리와 솔개가 날개짓하며	匪鶉匪鳶
하늘 위로 날아오르고,	翰飛戾天
저 철갑상어와 다랑어는	匪鱣匪鮪
못 속으로 잠기어 달아나네.	潛逃于淵

1) 『본초강목』에는 '륙'이지만, '뉵'와 통하므로 『시명다식』 원문을 따랐음. 뒤의 '뉵'도 마찬가지임.

2) 규장각본 『시명다식』에는 '此'이지만, 『본초강목』과 소창문고본 『시명다식』 원문을 따랐음.

연__鳶 · 솔개

주자가 말하였다. '연'(솔개 · 老鷹 · 鵄鷹)은 사나운 새이고, 그것은 날면 높은 하늘에 이른다.

『본초』에 말하였다. '치'(솔개)는 다른 이름으로 '연'이다. '응'(매)과 비슷한데 조금 작고, 그 꼬리는 키(배나 비행기의 방향을 잡는 장치)와 같으며, 높이 빙빙 돌며 날기를 가장 잘하고, 오로지 '계'(닭)와 '작'(참새)을 잡는다.

『이아』에 말하였다. '연'과 '오'(까마귀)의 무리는 날 때 빙빙 돌며 난다. 『주』에 말하였다. 날개를 펴서 빙빙 돌며 난다.

朱子曰 鳶 鷙鳥[1]也 其飛上薄雲漢. 本艸曰 鴟 一名鳶. 似鷹 而稍小 其尾如舵 極善高翔 專捉鷄雀. 爾雅曰 鳶烏醜 其飛也翔. 注云 布翅翺翔.

---

1) 『시집전』에는 '鳥'가 없지만, 『시명다식』 원문을 따랐음.

원앙__鴛鴦 · 원앙

◆ 鴛鴦[1]

주자가 말하였다. '원앙'(원앙 · 증경이. '원'은 수컷, '앙'은 암컷. 암수가 떨어지지 않는다 하여 부부의 비유)은 '필조'(짝지은 새)이다.

『본초』에 말하였다. '원앙'은 다른 이름으로 '황압'이다. '부'(물오리)의 종류이고, 남쪽 지방의 호수와 시내에 있다. 땅에 낸 구멍 속에 깃들어 사는데, 크기는 작은 '압'(집오리)만 하고, 그 바탕은 행황색(琥珀色 · 淡柿色)이며, 여러 가지 어우러진 고운 빛깔과 무늬가 있고, 머리는 붉은데 푸른 빛깔의 털이 있으며, 날개와 꼬리는 검고, 발바닥은 붉으며, 머리에 희고 긴 털이 있는데 드리우면 꼬리까지 이른다. 목을 서로 마주 대고 엎드려 자며, 그것은 사귀되 거듭하지 않는다.

朱子曰 鴛鴦 匹鳥也. 本艸曰 鴛鴦 一名黃鴨. 鳧類也 南方湖溪中有之. 棲于土穴中 大如小鴨[2] 其質杏黃色 有文采 紅頭翠鬣 黑翅黑尾 紅掌 頭有白長毛垂之至尾. 交頸而卧 其交不再.

원앙이 날아가니   鴛鴦于飛

그물을 치네.   畢之羅之

군자께선 만년토록   君子萬年

복과 녹을 누리시네.   福祿宜之

---

1) 『시경』 「소아」의 편 이름. 유왕(幽王)을 풍자한 시.
2) 『시명다식』에는 '鶹'이지만, 『본초강목』 원문을 따랐음.

교 _鵁 · 꿩_

◆ 車輦

주자가 말하였다. '교'(꽁지가 긴 꿩의 일종)는 '치'(꿩)이니, '적'(翟 · 꿩)보다 조금 작고, 달리면서 울며, 그 꼬리가 길고, 고기는 매우 맛이 좋다.

육씨가 말하였다. 그러므로 숲과 산 아래에 사는 사람들의 말에 "네발 짐승으로 맛이 좋은 것은 '포'(고라니. 사슴의 일종)이고, 두발 짐승으로 맛이 좋은 것은 '교'이다"라 한다.

『본초』에 말하였다. '교'는 '적'(鸐 · 꽁지가 긴 꿩)과 비슷하여 꼬리 길이가 대여섯 자이다.

『이아』에 말하였다. '교치'이다. 『주』에 말하였다. 바로 '교계'이다. 『소』에 말하였다. '교'는 꼬리가 긴 '치'로, 달리면서 우는데, 꼬리를 가지고 말 머리 장식을 만들어서 천자의 수레를 끄는 '마'(말)의 머리 위에 붙인다.

朱子曰 鵁 雉也 微小於翟 走而且鳴 其尾長 肉甚美. 陸氏曰 故林麓山
下人[1]語云[2] 四足之美有麃 兩足之美有鵁. 本艸曰 鵁 似鸐 而尾長五六尺.
爾雅曰 鵁雉. 注云 卽鵁鶏[3]也 疏云 鵁 長尾雉 走鳴 乘轝[4]以尾爲防釳著

430

馬頭上.

저 울창한 평지 숲에	依彼平林
꿩들이 모여 있네.	有集維鷮
키 큰 저 아가씨 훌륭하게도	辰彼碩女
아름다운 덕을 배웠네.	令德來教
안락하게 즐기며	式燕且譽
싫증내지 않고 그대를 좋아하리라.	好爾無射

---

1) 『시명다식』에는 '故林麓山下人'이 없지만, 『시집』 원문을 따랐음. 이 가운데 '麓'은 『모시초목 조수충어소』에는 '廬'이고, 『이아소』에는 '木'임.
2) 『모시초목조수충어소』와 『시집』과 『이아소』에는 '曰'이지만, 『시명다식』 원문을 따랐음.
3) 『이아주』에는 '雞'이지만, '鷄'와 통하므로 『시명다식』 원문을 따랐음.
4) 『이아소』에는 '興'이지만, '轝'와 통하므로 『시명다식』 원문을 따랐음.

추___鵃 · 무수리

◆ 白華

　주자가 말하였다. '추'(무수리. 황새과의 물새)는 '독추'(禿鵃. 머리 위
에 털이 없는 물새)이다.

　『본초』에 말하였다. '독추'(鵃鵃)는 다른 이름으로 '부로', '자로'(鸕鵃.
물새인 무수리의 일종)이다. 물새 중에서 큰 것이다. 남쪽 지방에서 나오
는데 큰 호수에 머무르며 산다. 그 모양은 '학'(두루미)과 같지만 크고,
짙푸른 색이며, 날개를 펼치면 너비가 대여섯 자이고, 고개를 들면 높이
가 예닐곱 자이며, 목은 길고 눈은 붉으며, 머리와 목에는 모두 털이 없
다. 그 정수리의 겉은 사방 두 치쯤이고, 붉은색으로 '학'의 정수리와 같
다. 그 부리는 짙은 노란색이고, 납작하며 곧은데, 길이는 한 자 남짓이
다. 그 멀떠구니(날짐승의 모이주머니) 아래에는 또한 늘어진 멱살 자루
가 있으니, '제호'(사다새)의 모양과 같다. 그 발과 발톱은 '계'(닭)와 같
고, 검은색이다. 성질은 욕심이 매우 지나치고 나쁜데, 사람과 더불어 싸
울 수 있고, 물고기와 '사'(뱀)와 새의 새끼를 즐겨 먹는다.

　朱子曰　鵃　禿鵃也. 本艸曰　鵃鵃　一名扶老　一名觜鵃　水鳥之大者也. 出
南方有大湖泊處. 其狀如鶴而大　靑蒼色　張翼廣五六尺　擧頭高六七尺　長

頸赤目 頭項皆無毛. 其頂皮方二寸許 紅色如鶴頂. 其喙深黃色 而扁直 長尺餘. 其嗉下 亦有胡袋 如鵜鶘[1]狀. 其足爪如鷄 黑色. 性極貪惡 能與人鬪 好啖魚蛇及鳥雛.

무수리는 어살에 있고,	有鷲在梁
두루미는 숲 속에 있네.	有鶴在林
아, 우리 님께서	維彼碩人
참으로 내 마음 괴롭히네.	實勞我心

---

1) 규장각본 『시명다식』에는 '鶘'이지만, 『본초강목』과 소창문고본 『시명다식』 원문을 따랐음.

응__鷹 · 매

◑ 大雅 大明[1]

『본초』에 말하였다. '응'(매)은 다른 이름으로 '각응'(뿔매. 보통 매보다 크고, 뒷머리에 털뿔(毛角)이 있으며, 몹시 사나움), '상구'이다. 요해에서 나오는 것이 으뜸이고, 북쪽 지역과 동북쪽 오랑캐의 것이 그 다음이다. 북쪽 사람들은 대부분 새끼를 얻어서 기르지만, 남쪽 사람들은 8~9월에 그것을 꾀어서 얻는다. 새 중에서 거칠고 사나운 것이다. '치응'과 '토응'이 있다.

本艸日 鷹 一名角鷹 一名鶒鳩. 出遼海者上 北地及東北胡者次之. 北人多取雛養之 南人八九月以媒取之. 乃鳥之疏暴者. 有雉鷹 兔鷹.

목야 넓은 들판에	牧野洋洋
박달나무 수레가 빛나고	檀車煌煌
류거흘 씩씩하기도 해라.	駟騵彭彭
태사인 강태공이	維師尙父
매가 날 듯이 활약하며,	時維鷹揚
무왕을 도와서	涼彼武王

434

저 큰 상나라를 치니,   肆伐大商

싸움하던 아침은 맑고도 밝았네.   會朝淸明

---

1) 『시경』「대아」의 편 이름. 문왕(文王)이 밝은 덕을 두었기 때문에 하늘이 다시 무왕(武王)에게
   명함을 읊은 시.

예 __鷖 · 갈매기

◆鳬鷖[1]

주자가 말하였다. '예'(갈매기)는 '구'(갈매기 · 白鷗)이다.

『본초』에 말하였다. '구'는 다른 이름으로 '예', '수효'이다. 남쪽의 강과 바다와 호수와 시내 가에서 산다. 모양과 색깔은 '백합'(흰 집비둘기) 및 작은 '백계'(흰 닭)와 같은데, 부리와 다리가 길고 무리지어 날면 해처럼 눈부시게 빛나며, 3월에 알을 낳는다.

朱子曰 鷖 鷗也. 本艸曰 鷗 一名鷖 一名水鴞. 生南方江海湖溪間. 形色如白鴿及小白鷄 長喙長脚 群飛耀日 三月生卵.

물오리와 갈매기는 경수에 노는데	鳬鷖在涇
임금님의 시동을 잔치하여 즐겁게 해드리네.	公尸來燕來寧
술은 맑고	爾酒旣淸
안주도 향그러운데,	爾殽旣馨
임금님의 시동이 즐겁게 술 마시니	公尸燕飮
복과 녹이 이루어지네.	福祿來成

1) 『시경』「대아」의 편 이름. 군자가 수성(守成)의 공을 온전히 한다면, 천신과 지기(地祇)와 조고 (祖考)가 편안히 여기고 즐거워함을 노래한 시.

봉황__鳳凰·봉황

◆ 卷阿

주자가 말하였다. '봉황'(聖王이 나오면 나타난다는 상상의 瑞鳥)은 상서로운 새로, 수컷을 '봉', 암컷을 '황'이라 한다.

『본초』에 말하였다. '봉황'은 다른 이름으로 '서언'이다. 남쪽의 '주조'(鳳凰)이다. 『한시외전』에 "'봉'의 모양은 앞은 '홍'(큰 기러기)이고 뒤는 '린'(麒麟의 암컷)이며, '연'(제비)의 턱에 '계'(닭)의 부리이고, '사'(뱀)의 목에 물고기 꼬리이며, '관'(황새)의 이마에 '원'(원앙의 수컷)의 뺨이고, '용'(전설상의 짐승)의 무늬에 '귀'(거북)의 등이다. 날개에 다섯 빛깔의 무늬를 갖추었고, 높이는 네댓 자이며, 온 세상을 빙빙 돌며 날다가 세상에 도가 있으면 나타난다"고 했다. 그 날개는 마치 방패와 같고, 그 울음소리는 마치 소(대나무 대롱을 엮어 만든 악기)와 같다. 살아 있는 벌레를 부리로 쪼지 않고, 살아 있는 풀을 꺾지 않는다. 무리지어 살지 않고, 짝지어 다니지 않는다. '오동'(오동나무)이 아니면 깃들지 않고, '죽'(대)의 열매가 아니면 먹지 않으며, 물맛이 좋은 샘이 아니면 마시지 않는다.

朱子日 鳳凰 靈鳥[1]也 雄日鳳 雌日凰. 本艸日 鳳凰 一名瑞鷃. 南方朱

鳥也. 韓詩外傳云 鳳之象 鴻前麟[2]後 燕頷鷄喙 蛇頸魚尾 鸛顙鴛顋 龍文 龜背[3]. 羽備五采 高四五尺[4] 翺翔四海 天下有道 則見. 其翼若干[5] 其聲若 簫. 不啄生虫 不折生艸. 不群居 不侶行. 非梧桐不棲 非竹實不食 非醴泉 不飮.

봉황이 날아가며	鳳皇于飛
훨훨 나래를 치다가	翽翽其羽
머물 곳을 찾아 내려앉네.	亦集爰止
여러 임금님의 훌륭한 신하들이 모였으니	藹藹王多吉士
군자님들이 부리시어	維君子使
천자님을 받들게 하네.	媚于天子

1) 『시명다식』에는 '靈鳥'가 없지만, 『시집전』 원문을 따랐음.
2) 규장각본 『시명다식』에는 '獜'이지만, 『본초강목』과 소창문고본 『시명다식』과 『한시외전』 원문을 따랐음. 뒤의 '麟'도 마찬가지임.
3) '鳳之象'부터 '龍文龜背'는 『본초강목』과 『시명다식』과 『이아주』 원문을 따랐음. 『한시외전』의 이 부분은 다음과 같음. "夫鳳象 鴻前麟後 蛇頸 而魚尾 龍文 而龜身 燕頷 而鷄喙."
4) 『이아주』에는 '六尺許'이지만, 『본초강목』과 『시명다식』 원문을 따랐음.
5) 『시명다식』에는 '竽'이지만, 『본초강목』 원문을 따랐음.

효__鴞 · 올빼미

◉ 瞻仰[1]

주자가 말하였다. '효'(올빼미)는 소리가 상서롭지 못한 새이다.
앞의 '효'(올빼미) 항목에 자세히 보인다.

朱子曰 鴞 惡聲[2]鳥也. 詳見上鴉条.

슬기로운 사내는 성을 이루는데	哲夫成城
슬기로운 여인은 성을 기울어뜨리네.	哲婦傾城
아아, 그 슬기로운 여인이	懿厥哲婦
올빼미 짓에다 솔개 짓을 하네.	爲梟爲鴟
여인에게 긴 혀가 있어	婦有長舌
마침내 화란을 일으키니,	維厲之階
그 화란은 하늘로부터 내린 것이 아니라	亂匪降自天
여인으로부터 생겨났네.	生自婦人
가르치지도 않고 깨우치지도 않으면서	匪教匪誨
오직 이 여인만을 총애하네.	時維婦寺

1) 『시경』 「대아」의 편 이름. 유왕(幽王)의 행실이 크게 무너짐을 범백(凡伯)이 풍자한 시.
2) 『시집전』에는 '之'가 있지만, 『시명다식』 원문을 따랐음.

도충__桃虫[1]·뱁새

◉ 周頌 小[2]毖[3]

　주자가 말하였다. '도충'(뱁새·桃雀)은 '초료'이니 작은 새이다. '초료'의 새끼가 변하여 '조'(독수리)가 된다 하여, 옛말에 "'초료'는 '조'를 낳는다"고 했으나, 처음에는 작지만 나중에는 커진다는 말이다.

　『본초』에 말하였다. 다른 이름으로 '몽구'(굴뚝새), '교부조', '여장', '황두작'이다. '호'(쑥)나 나무 사이에서 태어나고, 대로 엮어 만든 울타리 위에서 산다. 모양은 '황작'과 비슷하지만 작고, 잿빛에 얼룩이 있으며, 울음소리는 마치 숨을 내쉬는 것과 같고, 부리는 마치 날카로운 송곳과 같다. '모'(띠)와 '위'(갈대)를 얻어다가 털과 솜털로 둥지를 만드는데, 크기는 달걀만 하고, '마'(삼) 줄기로 그것을 매다는데, 매우 섬세하고 빈틈없게 만든다. 나무 위에 매다는데, 어떤 것은 방이 한 개이고, 어떤 것은 방이 두 개이다. 그러므로 "둥지를 트는 것은 나뭇가지 하나에 지나지 않고, 매 끼니는 낟알 몇 개에 지나지 않는다"[4]고 한다.

　『이아』에 말하였다. '도충'은 '초'(뱁새)이고, 그 암컷은 '애'(뱁새)이다. 『주』에 말하였다. '초묘'(뱁새)는 '도작'이다. 『소』에 말하였다. 함곡관으로부터 동쪽에서는 '공작'이라 하는데, 어떤 사람들은 '과리', '여장'이라 하고, 유주 사람들은 혹 '녕결'이라 한다. 함곡관으로부터 서쪽에서는 '상비'라 한다.

『설원』에 말하였다. '위초'(갈대의 이삭)를 '마'(삼)로써 꿰매어 둥지를 만드는데, 마치 버선을 꿰매는 듯하다. 그러므로 다른 이름은 '말작'이다.

朱子曰 桃虫 鷦鷯 小鳥也. 鷦鷯之雛化 而爲鵰 故古語曰 鷦鷯生鵰 言始小 [5]終大也. 本艸曰 一名蒙鳩 一名巧婦鳥 一名女匠 一名黃脰雀. 生蒿木之間 居藩籬之上. 狀似黃雀而小 灰色有斑 聲如吹噓 喙如利錐. 取茅葦毛毳爲[6]窠 大如鷄卵 而繫之以麻髮 至爲精密. 懸於[7]樹上 或一房 二房. 故曰 巢林[8]不過一枝 每食不過數粒. 爾雅曰 桃虫 鷦[9] 其雌鴱. 注云 鷦鴱桃雀也. 疏云 自關而東謂之工爵 或謂之過蠃 或謂之女鷗 幽州人[10]或謂之鸋鳩. 自關而西謂之桑飛. 說苑云 巢於葦苕以麻紩之 如刺襪然. 故一名襪雀.

내 겪은 아픔을 경계 삼아	予其懲
나중에 올 환란을 삼가리라.	而毖後患
나는 벌로 하여금	莫予荓蜂
스스로 독한 바늘 구하게는 않으리라.	自求辛螫
처음에는 참으로 뱁새 새끼 같지만	肇允彼桃蟲
큰 새가 되어 훨훨 날리라.	拚飛維鳥
지금은 집안의 많은 어려움 감당 못하여	未堪家多難
여전히 뱁새 새끼처럼 여뀌 위에 앉아 있네.	予又集于蓼

---

1) 『시집전』에는 '蟲'이지만, '虫'과 통하므로 『시명다식』 원문을 따랐음.

2) 『시명다식』에는 '少'이지만, 『시집전』 원문을 따랐음.

3) 『시경』 「대아」의 편 이름. 사왕(嗣王)이 도움을 구한 시.

4) 소림일지(巢林一枝). 새가 둥지를 트는 데는 나뭇가지 하나면 족함. 분수를 지키고 욕심을 내
　지 않음의 비유. "鷦鷯巢於深林 不過一枝."『장자』(莊子)「소요유」(逍遙遊).

5) 『시집전』에는 '而'가 있지만, 『시명다식』 원문을 따랐음.

6) 『본초강목』에는 '而'이지만, 『시명다식』 원문을 따랐음.

7) 『본초강목』에는 '于'이지만, '於'와 통하므로 『시명다식』 원문을 따랐음.

8) 『시명다식』에는 '枝'이지만, 『본초강목』 원문을 따랐음.

9) 『시명다식』에는 '鷗'가 없지만, 『이아』 원문을 따랐음.

10) 『이아소』에는 '幽州人'이 없지만, 『시명다식』 원문을 따랐음.

현조__玄鳥 · 제비

◆ 商頌 玄鳥[1]

주자가 말하였다. '현조'(제비)는 '을'이다.

앞의 '연'(제비) 항목에 자세히 보인다.

朱子曰 玄鳥 乙[2]也. 詳見上燕条.

하늘이 제비에게 명하시어	天命玄鳥
내려와 상나라 조상을 낳게 하시고	降而生商
커다란 은나라 땅에 살게 하셨네.	宅殷土芒芒
옛날 상제께서 용맹스런 탕왕께 명하시어	古帝命武湯
사방 나라들을 바로잡으셨네.	正域彼四方
제후들에게 두루 명하시어	方命厥后
모든 나라를 다스리시니,	奄有九有
상나라의 옛 임금께서	商之先后
받으신 명을 잘 보전하시어	受命不殆
손자 무정(武丁) 임금에까지 이르렀네.	在武丁孫子
손자 무정 임금도	武丁孫子

용맹스런 탕 임금보다 못하시지 않아,　武王靡不勝

용 깃발 꽂은 제후들의 수레가　龍旂十乘

많은 재물을 가져다 바치네.　大糦是承

천자 사시는 천리 땅에　邦畿千里

백성들도 머물러 사니,　維民所止

여기서부터 온 세상 땅을 다스리셨네.　肇域彼四海

온 세상 제후들이 제사를 도우려고　四海來假

많이들 몰려오네.　來假祁祁

큰 나라 땅이 황하에 걸쳤네.　景員維河

은나라 천명을 올바로 받들어　殷受命咸宜

온갖 복을 누리게 되었네.　百祿是何

---

1) 『시경』 「상송」의 편 이름. 고종(高宗)인 무정(武丁)을 제사지내는 시.

2) 『시집전』에는 '𡬱'이지만, '乙'과 통하므로 『시명다식』 원문을 따랐음.

詩名多識 卷之三 識獸

시명다식 제삼권 · 식수

마 馬·말

◉ 周南 卷耳

『본초』에 말하였다. 조사해보건대, 허신이 "'마'(말. 가축의 일종)는 '무'(굳센 모습)이다. 그 글자는 머리와 갈기와 꼬리와 발의 모양을 본떴다. 수말은 '즐', '아'라 한다. 암말은 '사', '과', '초'라 한다. 거세한 것은 '선'이라 한다. 한 살은 '환', 두 살은 '구'(망아지), 세 살은 '비', 네 살은 '도'라 한다"고 했다.

本艸曰　按　許愼云　馬　武也. 其字象頭髦尾足之形. 牡馬曰騭[1] 曰兒. 牝馬曰騍　曰騝[2]　曰艸. 去勢曰騸. 一歲曰駣[3] 二歲曰駒　三歲曰駓　四歲曰駣.[4]

저 높은 산에 오르려니	陟彼崔嵬
내 말이 지쳐 병들었네.	我馬虺隤
내 잠시 금잔에 술이라도 따라	我姑酌彼金罍
길이 그리움을 잊어보리라.	維以不永懷

---

1) 『시명다식』에는 '騭'이지만, 『본초강목』 원문을 따랐음.

2) 『시명다식』에는 '䅇'이지만, 『본초강목』과 『이아』 원문을 따랐음.

3) 『시명다식』에는 '䴯'이지만, 『본초강목』과 『설문해자』 원문을 따랐음.

4) 이 문장은 『본초강목』 이본에 따르면 "一歲日犉 二歲日駒 三歲日駣"이지만, 『모시명물도설』과 『시명다식』 원문을 따랐음.

시__兕·외뿔소

주자가 말하였다. '시'(외뿔소)는 '야우'이니, 뿔이 한 개이고, 푸른색
이며, 무게는 천 근이다.

『비아』에 말하였다. '시'는 뿔로 잘 들이받기 때문에 옛 임금들이 벌 술
잔을 만들어, 술 마시는 일을 금하는 것으로 삼았다.

『본초』에 말하였다. '시'는 다른 이름으로 '서'(무소·코뿔소·犀牛)
이다. '산서'와 '수서'(코뿔소의 일종. 주로 물속에서 생활함)와 '시서'
가 있다. '시서'는 바로 '서'의 암컷으로, 또한 '사서'라고도 하고, 다만
뿔 한 개가 정수리에 있는데, 결이 곱고 매끄러우며, 희끗희끗하고 뚜렷
하다.

朱子曰 兕 野牛 一角 靑色 重千斤. 埤雅云 兕善抵觸 故先王制罰爵以
爲酒戒. 本艸曰 兕 一名犀. 有山犀 水犀 兕犀. 兕犀 卽犀之牸者 亦曰沙
犀 止有一角在頂 文理細膩 斑白分明.

저 높은 언덕에 오르려니   陟彼高岡
내 말이 누렇게 병들었네.   我馬玄黃

내 잠시 외뿔소 뿔잔에 술이라도 따라   我姑酌彼兕觥

길이 근심을 잊어보리라.   維以不永傷

토__ 兎 · 토끼

◆ 兎罝[1]

『본초』에 말하였다. '토'(토끼)는 '명시'이다. 크기는 '리'(살쾡이 · 野猫. 고양이과의 짐승)만 한데 털은 다갈색이고, 모양은 '서'(쥐. 쥐과 짐승의 총칭)와 같은데 꼬리가 짧으며, 귀는 크고 뾰족하다. 윗입술은 틈이 벌어졌고 지라가 없으며, 수염이 길고 앞발이 짧다. 꽁무니에는 아홉 개의 구멍이 있고, 책상다리를 하고 앉으며, 힘차고 재빠르게 잘 달린다. 수컷의 털을 핥아서 새끼를 배고 다섯 달 만에 새끼를 토해낸다. 그 큰 것은 '착'이라 하니, '토'와 비슷하지만 크고, 푸른색인데, 머리는 '토'와 같으며, 발은 '록'(사슴)과 같다.

本艸曰 兎 一名明䏡[2]. 大如貍[3]而毛褐 形如鼠 而尾短 耳大而銳. 上脣缺 而無脾 長鬚[4]而前足短. 尻[5]有九孔 跌居 趫捷善走. 舐雄豪而孕 五月而吐子. 其大者爲㲋[6] 似兎而大 青色 首與兎同 足與鹿同.

촘촘히 짜인 토끼 그물	肅肅兎罝
말뚝 박는 소리가 쩡쩡 울리네.	椓之丁丁
씩씩한 무사는	赳赳武夫

제후의 방패와 성이라네.　　　　　公侯干城

---

1) 『시경』「주남」의 편 이름. 문왕(文王)의 후비의 덕화(德化)로 현자(賢者)가 많음을 노래함. 인신하여 재야(在野)의 현인(賢人).
2) 『본초강목』에는 '視'이지만, '眎'와 통하므로 『시명다식』 원문을 따랐음. '明視'는 고대에 종묘제사에 쓰던 토끼.
3) 『본초강목』에는 '狸'이지만, '貍'와 통하므로 『시명다식』 원문을 따랐음.
4) 『본초강목』에는 '須'이지만, '鬚'와 통하므로 『시명다식』 원문을 따랐음.
5) 『이아소』에는 '兔'이지만, 『고금주』와 『본초강목』과 『시명다식』 원문을 따랐음.
6) 『시명다식』에는 '奧'이지만, 『본초강목』 원문을 따랐음.

구__駒 · 망아지

◆漢廣

　　주자가 말하였다. '구'(망아지)는 말 중에서 어린 것이다. 말이 여섯 자
아래면 '구'라 한다.
　　앞에 자세히 보인다.

　　朱子曰 駒 馬之小者. 馬六尺以下曰駒. 詳見上.

린 __麟·기린

◆ 麟之趾[1]

주자가 말하였다. '린'(기린)은 '균'(노루)의 몸에 '우'(소)의 꼬리이고, '마'(말)의 발굽으로, 짐승의 우두머리이다.

육씨가 말하였다. '린'은 노란색이다. 발굽은 둥글고, 뿔은 한 개인데, 뿔 끝에 살이 있다. 소리는 쇠북의 음률에 알맞고, 행동은 법도에 알맞다. 노닐 때는 반드시 장소를 가리고, 자세히 살핀 뒤에 머물러 산다. 살아 있는 풀을 밟지 않고, 살아 있는 벌레도 밟지 않는다. 무리지어 살지 않고, 짝지어 다니지도 않는다. 함정에 빠지지 않고, 그물에 걸리지도 않는다. 임금이 지극히 어질면 나타난다. 지금 병주[2]의 경계에 '린'이 있는데, 크기는 '록'(사슴)만 하지만, 상서로운 '린'은 아니기 때문에 사마상여의 〈자허부〉(子虛賦)에서도 "'미'(사불상)를 쏘고, '린'의 다리를 붙잡았다"고 했으니, 이 '린'을 말한다.

朱子曰 麟 麕身 牛尾 馬蹄[3] 毛蟲之長也. 陸氏曰 麟[4] 黃色. 圓蹄一角 角端有肉. 音中鐘呂 行中規矩. 游[5]必擇地 詳而後處. 不履生艸 不踐生蟲.[6] 不群[7]居 不侶行. 不入陷阱 不罹羅網. 王者至仁 則出. 今并州界有麟 大小如鹿 非瑞[8]麟也 故司馬相如賦曰 射麋脚麟 謂此麟也.

기린의 발이여	麟之趾
번성한 공후의 아들들은	振振公子
아아, 기린이로다.	于嗟麟兮

---

1) 『시경』 「주남」의 편 이름. 〈관저〉의 효응(效應). 〈관저〉의 교화가 행해지면, 천하에 예가 아닌 것을 범하지 않아, 비록 쇠망(衰亡)한 세상의 공자일지라도, 모두 성실하고 인후(仁厚)함이 린지(麟趾)의 때와 같다는 내용.

2) 고대 구주(九州)의 하나. 우순(虞舜) 때의 항산(恆山)으로, 지금의 하북성(河北省) 보정(保定)과 산서성(山西省)의 태원(太原)·대동(大同) 일대의 지역.

3) 『모시초목조수충어소』에는 '蹢'이지만, '蹄'와 통하므로 『시명다식』과 『이아소』 원문을 따랐음.

4) 규장각본 『시명다식』에는 '獜'이지만, 『모시초목조수충어소』와 소창문고본 『시명다식』 원문을 따랐음. 뒤의 '麟'도 마찬가지임.

5) 『모시초목조수충어소』와 『이아소』에는 '遊'이지만, '游'와 통하므로 『시명다식』 원문을 따랐음.

6) 『모시초목조수충어소』와 『이아소』에는 "不履生蟲 不踐生草"이고, 규장각본 『시명다식』에는 "不履生艸 不賤生虫"이지만, 소창문고본 『시명다식』 원문을 따랐음.

7) 『모시초목조수충어소』와 『이아소』에는 '羣'이지만, '群'과 통하므로 『시명다식』 원문을 따랐음.

8) 『이아소』에는 '應'이 있지만, 『모시초목조수충어소』와 『시명다식』 원문을 따랐음.

서_鼠·쥐

◆ 召南 行露

『본초』에 말하였다. '서'(쥐. 쥐과 짐승의 총칭)는 다른 이름으로 '추서', '가록'이다. 모양은 '토'(토끼)와 비슷한데 작고, 청흑색이다. 이는 네 개가 있고, 어금니는 없다. 수염은 길고 퉁방울눈(툭 불거진 눈)이다. 앞발톱은 네 개이고, 뒷발톱은 다섯 개이다. 꼬리 무늬는 마치 가는 모시 베와 같고 털이 없으며, 길이는 몸과 더불어 같다. 오장(心臟·肺臟·脾臟·肝臟·腎臟)이 모두 갖추어져 온전하고, 간에는 일곱 개의 얇은 조각이 있으며, 쓸개는 간의 짧은 조각 사이에 있는데, 크기는 '황두'(콩)만 하고, 순 흰색이며, 살졌지만 늘어지지 않는다.

本艸曰 鼠 一名雕鼠 一名家鹿. 形似兔而小 靑黑色. 有四齒 而無牙. 長鬚[1]露眼. 前爪四 後爪五. 尾文如織 而無毛 長與身等. 五臟俱全 肝有七葉 膽在肝之短葉間 大如黃豆 正白色 䐈[2]而不垂.

누가 쥐에겐 어금니가 없다 했나?　　　誰謂鼠無牙

그렇다면 어떻게 우리 담을 뚫었겠나?　何以穿我墉

누가 그대에게 집 없다 했나?　　　　誰謂女無家

그렇다면 어떻게 나를 소송했겠나?	何以速我訟
비록 나를 소송했더라도	雖速我訟
역시 그대를 따르지는 않으리라.	亦不女從

---

1) 『본초강목』에는 '須'이지만, '鬚'와 통하므로 『시명다식』 원문을 따랐음.
2) 『시명다식』에는 '貼'이지만, 『본초강목』 원문을 따랐음.

고양__羔羊 · 새끼 양

◆ 羔羊[1]

주자가 말하였다. 작은 것은 '고'(새끼 양)라 하고, 큰 것은 '양'(양. 가축의 일종)이라 한다.

『본초』에 말하였다. 숫양은 '고'(검은 숫양 · 검은 양), '저'(羝 · 숫양 · 세 살 된 양)라 한다. 암양은 '자', '장'(어미 양)이라 한다. 흰 것은 '분'(흰 숫양), 검은 것은 '유'(검은 암양)라 한다. 털이 많은 것은 '고력'(검은 양. 털이 매우 긺), 오랑캐의 '양'은 '내누'라 한다. 뿔이 없는 것은 '동', '타'라 한다. 거세한 것은 '갈'이라 한다. '양'의 새끼를 '고'라 하는데, 난 지 다섯 달 된 것은 '저'(羜)라 하고, 여섯 달 된 것은 '무'라 하며, 일곱 달 된 것은 '달'이라 하고, 한 살이 채 안 된 것은 '조'라 한다.

朱子曰 小曰羔 大曰羊. 本艸曰 牡羊 曰羖 曰羝. 牝羊 曰羒[2] 曰牂. 白曰粉 黑曰羭[3]. 多毛曰羖䍐 胡羊曰羱羺. 無角 曰童 曰𦍩. 去勢曰羯. 羊子曰羔 羔五月曰羜 六月曰羍 七月曰羍 未卒歲曰羜.

| 새끼 양 털가죽 옷에 | 羔羊之皮 |
| 흰 명주실 다섯 가닥, | 素絲五紽 |

관청에서 퇴근하는데 　　　　　退食自公

당당하고도 의젓하셔라. 　　　　委蛇委蛇

---

1) 『시경』「소남」의 편 이름. 경대부(卿大夫)의 인품이 고결함을 비유한 데서 인신하여, 청렴하고 절조가 있는 사대부를 기리는 말.
2) 『시명다식』에는 '䖲'이지만, 『본초강목』 원문을 따랐음.
3) 『시명다식』에는 '䗶'이지만, 『본초강목』 원문을 따랐음.

균__麕 · 노루

◈ 野有死麕

　주자가 말하였다. '균'(노루)은 '장'(獐)이니, '록'(사슴)의 따위이고, 뿔이 없다.

　『본초』에 말하였다. 다른 이름으로 '장'(麞)이다. 가을과 겨울에는 산에 살고, 봄과 여름에는 진펄에 산다. '록'과 비슷하지만 작고, 뿔이 없으며, 황흑색이고, 큰 것도 이삼십 근에 지나지 않는다. 수컷은 어금니가 입 밖으로 튀어나와 있어서 세상 사람들은 '아장'(나이가 많은 노루)이라 일컫는다.

　『이아』에 말하였다. '균'은 수컷을 '우'라 하고, 암컷은 '률'이라 하며, 그 새끼는 '조'라 하고, 큰 것은 '포'(고라니. 사슴의 일종)라 한다.

　朱子曰 麕 獐也 鹿屬 無角. 本艸曰 麕 一名麞. 秋冬居山 春夏居澤. 似鹿而小 無角 黃黑色 大者不過二三十斤. 雄者有牙出口外 俗稱牙麞. 爾雅曰 麕 牡曰麌 牝曰麜 其子曰麆 大者曰麃.

록__鹿·사슴

주자가 말하였다. '록'(사슴)은 짐승 이름이니, 뿔이 있다.

『본초』에 말하였다. 다른 이름으로 '반룡'이다. '마'(말)의 몸에 '양'(양)의 꼬리이고, 머리는 기울었고 길며, 다리는 높고 빠르게 다닌다. 수컷은 뿔이 있는데, 여름에 이르면 빠진다. 크기는 작은 '마'만 하고, 누런 바탕에 흰 얼룩이 있어서 세상 사람들은 '마록'(노루. 사슴의 일종)이라 일컫는다. 암컷은 뿔이 없고, 작으며 얼룩도 없고, 연노랑색 털이 섞였으며, 세상 사람들은 '우록'(암사슴)이라 일컫는데, 새끼를 밴 지 여섯 달 만에 낳는다. '록'의 성질은 음란하여 수컷 한 마리가 늘 암컷 몇 마리와 사귀니, '취우'[1]라 한다. '귀'(거북)를 즐겨 먹고, 좋은 풀을 구별할 수 있다. 먹을 때는 서로 부르고, 다닐 때는 서로 무리짓는다. 멈추어 쉴 때에는 둥글게 에둘러서 뿔이 밖을 향하게 하여 해로운 것을 막고, 누워 잘 때에는 입이 꽁무니뼈를 향하여 독맥[2]을 통하게 한다.

『이아』에 말하였다. '록'은 수컷을 '가', 그 새끼는 '미', 뛰어난 힘이 있는 것은 '견'이라 한다.

朱子曰 鹿 獸名 有角. 本艸曰 一名斑龍. 馬身羊尾 頭側而長 高脚而行

速. 牡者有角 夏至則解. 大如小馬 黃質白斑 俗稱馬鹿. 牝者無角 小而無
斑 毛雜黃白色 俗稱麀鹿 孕六月 而生子. 鹿性淫[3] 一牡常交數牝 謂之聚
麀. 喜食龜 能別良艸. 食則相呼 行則相[4]旅. 居則環角外向以防害 臥則口
朝尾閭[5] 以通督脈[6]. 爾雅曰 鹿 牡麚 其子麛 絶有力麉.

---

1) '취우'의 사전적 의미는 이와 조금 다름. 즉, '암사슴 한 마리를 수사슴과 그 새끼 수사슴이 함
   께 흘레한다'는 뜻으로 윤리 도덕을 어지럽히는 행위를 이름.
2) 기경(奇經) 팔맥(八脈)의 하나. 인체의 중앙에서 상하로 관통함. '기경'은 인체 각 기관의 활동
   을 연락 · 조절 · 통제하는 작용에 관계된 특수한 경락(經絡)임. '팔맥'은 사람의 몸에 있는 열
   두 개의 경맥(經脈)을 제외한 여덟 개의 맥으로, 양유(陽維) · 음유(陰維) · 양교(陽蹻) · 음교(陰
   蹻) · 충(衝) · 독(督) · 임(任) · 대(帶)임.
3) 『시명다식』에는 '陰'이지만, 『본초강목』 원문을 따랐음.
4) 『본초강목』에는 '同'이지만, 『시명다식』 원문을 따랐음.
5) 규장각본 『시명다식』에는 '閒'이지만, 『본초강목』과 소창문고본 『시명다식』을 따랐음.
6) 규장각본 『시명다식』에는 '胍'이지만, 『본초강목』과 소창문고본 『시명다식』을 따랐음.

방__尨 · 삽살개

주자가 말하였다. '방'(尨 · 삽살개. 털이 더부룩한 개)은 '견'(개. 가축의 일종)이다.

『본초』에 말하였다. '견'은 다른 이름으로 '지양'이다. 『설문』에 "털이 많은 '견'은 '방'(龐)이라 한다"고 했다.

朱子曰 尨 犬也. 本艸曰 犬 一名地羊. 說文曰 犬多毛曰龐[1].

천천히 가만가만	舒而脫脫兮
내 앞치마 건드리지 마셔요.	無感我帨兮
삽살개 짖지 않게 하셔요.	無使尨也吠

---

1) 『본초강목』에는 '尨'이지만, '龐'과 통하므로 『시명다식』 원문을 따랐음.

파__豝 · 암퇘지

◉ 騎虞

주자가 말하였다. '파'(암퇘지 · 어미 돼지)는 암컷 '시'(돼지)이다.

『본초』에 말하였다. 암컷은 '체'(돼지), '파', '루'라 한다.

나는 이렇게 생각한다. 『집주』의 모(牡)자는 마땅히 빈(牝)자로 써야
한다.

　　朱子曰 豝 牝[1]豕也. 本艸曰 牝 曰彘 曰豝 曰獲. 學圃按 集注 牡當作牝.

---

1) 『시명다식』과 『시집전』에는 '牡'이지만, 『본초강목』 원문을 따랐음.

추우__騶虞 · 검은 무늬 흰 범

　주자가 말하였다. '추우'(騶牙 · 騶唫)는 짐승이니, 검은 무늬의 '백호' (흰 범)인데, 살아 있는 것을 먹지 않는다.

　육씨가 말하였다. '추우'는 몸보다 꼬리가 길고, 살아 있는 동물을 먹지 않으며, 살아 있는 풀도 밟지 않는다. 임금에게 덕이 있으면 나타나 덕에 응하니, 지극한 짐승이다.

　朱子曰 騶虞 獸[1] 白虎黑文 不食生物者也. 陸氏曰 騶虞 尾長於躬[2] 不食生物 不履生艸者[3]. 帝[4]王有德 則見應德 而至者也.

---

1) 『시집전』에는 '名'이 있지만, 『시명다식』 원문을 따랐음.
2) 『모시초목조수충어소』에는 '于軀'이고, 소창문고본 『시명다식』에는 '於軀'이지만, '於躬'와 통하므로 규장각본 『시명다식』 원문을 따랐음.
3) 『모시초목조수충어소』에는 '者'가 없지만, 『시명다식』 원문을 따랐음.
4) 『모시초목조수충어소』에는 '君'이지만, 『시명다식』 원문을 따랐음.

종___豵 · 어린 돼지

주자가 말하였다. 한 살 된 것은 '종'[1]이라 하니, 또한 어린 '시'(돼지)
이다.

『본초』에 말하였다. '시'의 새끼가 세 마리 태어난 것은 '종'이라 한다.

朱子曰 一歲曰 豵 亦小豕也. 本艸曰 豕之三子曰 豵.

---

1) 난 지 여섯 달에서 일 년 미만의 돼지. 일설에는 세쌍둥이로 태어난 돼지. 『이아』에도 "豕生三
豵"이라 하여 후자(後者)로 보았음.

호 __狐 · 여우

◉ 邖 旇丘

주자가 말하였다. '호'(여우. 개과에 속하는 포유동물)는 짐승 이름이니, '견'(개)과 비슷하고, 황적색이다.

『본초』에 말하였다. 누렇거나 검거나 흰 세 가지 종류가 있다. 낮에는 굴속에 숨어 있다가 밤에 나와 훔쳐 먹는다. 울음소리는 젖먹이와 같고, 냄새는 누린내가 매우 심하다. 털가죽은 갖옷을 만들 수 있고, 겨드랑이 털은 순전히 흰데, '호백'(여우 겨드랑이의 흰 털이 있는 가죽)이라 한다. 허신은 "요사스러운 짐승이고, 귀신이 타는 것이다. 세 가지 덕이 있으니, 그 색깔은 '중화'[1]이고, 앞은 작고 뒤가 크며, 죽을 때에는 '수구'[2]한다"고 했다. 어떤 사람이 "'호'는 백 년을 살고, 북두성에 절하면, 남자나 여자로 변하여 사람을 홀린다"고 했다.

朱子曰 狐 獸名 似犬 黃赤色. 本艸曰 有黃黑白三種. 日伏[3]穴 夜出窃食. 聲如嬰兒 氣極臊[4]烈. 毛皮可爲裘 [5]腋毛純白 謂之狐白. 許愼云 妖獸 鬼所乘也. 有三德 其色中和 小前大後 死則首丘[6]. 或云 狐至百歲 禮北斗 變爲男婦以惑人[7].

여우 갖옷이 너덜너덜하게 해져도	狐裘蒙戎
위나라 수레는 동쪽으로 오지 않네.	匪車不東
위나라 대신들이여,	叔兮伯兮
함께 도와줄 마음 없으신지.	靡所與同

---

1) 다른 성질의 두 물질이 서로 융합하여 각각의 그 특징이나 작용을 잃음 등의 뜻으로 치우침이 없는 바른 상태를 의미함.
2) 여우가 죽을 때, 머리를 본디 살던 언덕을 향하고 죽는 일. 인신하여, 고향을 잊지 아니함. 또는 죽은 후 고향에 묻힘의 비유.
3) 『본초강목』에는 '于'가 있지만, 『시명다식』 원문을 따랐음.
4) 규장각본 『시명다식』에는 '㸅'이지만, 『본초강목』과 소창문고본 『시명다식』 원문을 따랐음.
5) 『본초강목』에는 '其'가 있지만, 『시명다식』 원문을 따랐음.
6) 『설문해자』에는 '邱'이지만, '丘'와 통하므로 『본초강목』과 『시명다식』 원문을 따랐음.
7) 『본초강목』에는 '禮北斗 而變化爲男女淫婦以惑人'이지만, 『시명다식』 원문을 따랐음.

호__虎·범

◉ 簡兮

『본초』에 말하였다. '호'(범)는 다른 이름으로 '오도', '대충'이다. 산에 사는 짐승의 우두머리이다. 모양은 '묘'(고양이)와 같고, 크기는 '우'(소)만 하며, 누런 바탕에 검은 무늬이고, 이빨은 톱니처럼 날카로우며, 발톱은 뾰족하고 구부러졌으며, 수염은 굳세고 뾰족하며, 혀는 크기가 손바닥만 하고, 거꾸로 가시가 나 있으며, 목은 짧고, 코 막힌 소리를 낸다. 울부짖으면 우레와 같아서 온갖 짐승이 놀라 두려워한다. 밤에 볼 때, 한쪽 눈은 빛을 내쏘고, 한쪽 눈은 물체를 본다. 울부짖는 소리는 마치 우레와 같아서 바람에 쓸리는 초목처럼 순종하고, 살아 있는 온갖 짐승이 놀라 두려워한다.

本艸曰 虎 一名烏鵵 一名大蟲. 山獸之君也. 狀如貓[1] 而大如牛 黃質黑章 鋸[2]牙鉤爪 鬚[3]健而尖 舌大如掌 生倒刺 項短鼻齃. 夜視 一目放光 一目看物. 聲吼如雷 風從[4] 而生百獸震恐.

헌칠하니 키 큰 사람이	碩人俣俣
궁전 뜨락에서 춤추는데,	公庭萬舞

힘이 범과 같아   有力如虎

고삐를 실끈처럼 다루네.   執轡如組

---

1) 『본초강목』에는 '貓'이지만, '猫'와 통하므로 『시명다식』 원문을 따랐음.
2) 『시명다식』에는 '鉅'이지만, 『격물론』(格物論)과 『본초강목』 원문을 따랐음. 『일주서』(逸周書) 「왕회」(王會)에 "白馬鋸牙 食虎豹"와 '유신'(庾信)의 〈애강남부〉(哀江南賦)에 "彼鋸牙 而鉤爪" 라는 용례가 있음.
3) 『본초강목』에는 '須'이지만, '鬚'와 통하므로 『시명다식』 원문을 따랐음.
4) 『본초강목』에는 'ㅆ'이지만, '從'과 통하므로 『시명다식』 원문을 따랐음.

상__象 · 코끼리

◆ 牁 君子偕老[1]

『본초』에 말하였다. 잿빛과 흰빛의 두 가지 색깔이 있는데, 모양은 살지고 크며, 얼굴은 보기에 흉하다. 큰 것은 몸길이가 한 발 남짓이고, 높이는 그것에 걸맞으며, 크기는 여섯 자쯤이다. 몸은 몇 년 만에 갑절이 되는데, 눈은 겨우 '시'(돼지)만 하다. 네 다리는 마치 기둥과 같고, 발가락은 없는데, 발톱은 있다. 걸을 때는 왼발을 먼저 옮기고, 앉을 때는 앞다리를 땅에 붙인다. 그 머리는 숙일 수 없고, 그 목은 돌릴 수 없다. 그 귀는 아래로 드리워졌다. 그 코는 크기가 다리만 하고, 아래로 드리워져 땅까지 이른다. 코끝은 매우 깊고, 열거나 닫을 수 있다. 가운데에 작은 갈퀴 같은 살이 있어서 바늘이나 티끌이라도 주울 수 있다. 음식을 먹거나 물을 마실 때 모두 코를 가지고 말아서 입에 넣는다. 몸 전체의 힘은 모두 코에 있기 때문에 그것을 다치면, 죽을 뿐이다. 뒤에 혈(침을 놓거나 뜸을 뜨는 인체의 부위)이 있는데, 얇기가 마치 북의 가죽과 같아서 그곳을 찔러도 또한 죽는다. 입 안에는 씹는 이빨이 있고, 두 입술 밖으로 두 개의 어금니가 나와 있어서 코까지 오는데, 수컷은 길이가 예닐곱 자이지만, 암컷은 겨우 한 자 남짓일 뿐이다. 암컷과 흘레할 때는 물속에서 서로 가슴을 붙이고 있는데, 여러 짐승과 더불어 같지 않다.

本艸曰 有灰白二色 形體擁腫 面目醜陋. 大者身長丈餘 高称[2]之 大六尺許. 肉倍數年 目纔若豕. 四足如柱 無指 而有爪甲. 行則先移左足 臥則以臂著地. 其頭不[3]能俯 其頸不能囬[4]. 其耳下韗. 其鼻大如臂 下垂至地. 鼻端甚深 可以開合. 中有小肉爪 能拾針芥. 食物飮水皆以鼻卷入口. 一身之力皆在於[5]鼻 故傷之 則死耳. 後有穴 薄如鼓皮 刺之 亦死. 口內有食齒兩吻出兩牙來鼻 雄者長六七尺 雌者纔尺餘耳. 交牝 則在水中 以胸相貼與諸獸不同.

남편과 함께 늙어야 할 몸에	君子偕老
머리 꾸미개와 여섯 구슬 박은 비녀,	副笄六珈
얌전하고 느긋한 걸음걸이에	委委佗佗
산 같고 바다 같은 몸가짐.	如山如河
왕후의 꽃무늬 옷이 어울리건만,	象服是宜
그대의 더러운 행실은	子之不淑
어찌 된 짓인가?	云如之何

1) 『시경』 「용풍」의 편 이름. 음란하여 군자를 섬기는 도리를 잃은 위(衛)나라 부인을 풍자한 시.
2) 소창문고본 『시명다식』에는 '稱'이지만, '称'과 통하므로 『본초강목』과 규장각본 『시명다식』원문을 따랐음.
3) 『시명다식』에는 '可'이지만, 『본초강목』 원문을 따랐음.
4) 『본초강목』에는 '回'이지만, '囬'와 통하므로 『시명다식』 원문을 따랐음.
5) 『본초강목』에는 '于'이지만, '於'와 통하므로 『시명다식』 원문을 따랐음.

래__騋 · 일곱 자 이상인 말

◆ 定之方中

주자가 말하였다. '마'(말)가 일곱 자 이상인 것은 '래'라 한다.

朱子曰 馬 七尺以上爲騋.

단비가 흡족히 내린 뒤에	靈雨旣零
경마잡이에게 명하셨지.	命彼倌人
날 개이면 일찍 수레를 내어	星言夙駕
뽕나무 밭에 가 머무셨지.	說于桑田
그분은 인자한데다	匪直也人
마음 씀이 성실하고 깊으셨지.	秉心塞淵
일곱 자 이상인 암말이 삼천 마리나 되셨지.	騋牝三千

우__牛·소

◆ 王 君子于役[1]

『본초』에 말하였다. '우'(소. 가축의 일종)의 수컷은 '고'(거세한 소),
'특'(황소), '강'(등이 붉은 수소), '적'이라 한다. 암컷은 '사'(牸), '자'(어
미 소)라 한다. 남쪽의 소를 '오'라 하고, 북쪽의 소를 '진'(작으면서 잡색
인 소)이라 한다. 순수한 색깔은 '희', 검은 것은 '유', 흰 것은 '약', 붉은
것은 '성', 얼룩배기는 '리'라 한다. 거세한 것은 '건'(불깐 소) 또는 '개'
(犗)라 한다. 뿔이 없는 것은 '과'라 하고, 새끼는 '독'(송아지)이라 하며,
낳아서 두 살 된 소는 '패'라 하고, 세 살 된 소는 '삼'이라 하며, 네 살 된
소는 '사'(牭)라 하고, 다섯 살 된 소는 '개'(牫)라 하며, 여섯 살 된 소는
'비'라 한다. 소는 귀가 먹어 소리를 듣지 못하면, 코로 듣는다. '우'의 눈
동자는 세로로 서 있고, 가로로 놓여 있지 않다. 그 우는 소리는 '모'라
하고, 목에 드리워진 살은 '호'라 하며, 발굽은 '위'라 하고, 백엽(처녑.
소·양 등 새김질하는 짐승의 위)은 '비'라 하며, 뿔의 심을 '새'라 하고,
코뚜레를 '권'이라 하며, 씹어 먹은 풀이 다시 나오는 것은 '치'(새김질)
라 하고, 뱃속의 풀이 소화되지 않은 것은 '성제'라 한다.

本艸曰 牛之牡者 曰牯 曰特 曰犅 曰犒. 牝者 曰牸 曰牸. 南牛曰㹀 北

牛曰㸴. 純色曰犧 黑曰㹊 白曰㹀 赤曰犆 駁曰犁. 去勢曰犍 又曰犗. 無角
曰㸸[2] 子曰犢 生二歲曰㹖 三歲曰犙 四歲曰牭 五歲曰㸺 六歲曰犕. 牛[3]耳
聾 其聽以鼻. 牛瞳竪 而不橫. 其聲曰牟 項垂曰胡 蹄肉曰𤙕 百葉曰膍 角[4]
胎曰鰓 鼻木曰牶 嚼艸復出曰齝 腹艸未化曰聖齌.

우리 님께선 행역에 나가시어	君子于役
돌아올 날 기약이 없네.	不知其期
언제나 오시려나?	曷至哉
닭은 홰에 오르고	雞棲于塒
날은 저물어	日之夕矣
소와 양까지 돌아왔는데,	羊牛下來
우리 님께선 행역에 나가셨으니	君子于役
내 어이 그립지 않으랴.	如之何勿思

---

1) 『시경』 「왕풍」의 편 이름. 군자가 부역 가서 돌아올 기한이 없으니, 대부가 그 위난(危難)을 생
   각해 평왕(平王)을 풍자한 시.
2) 『시명다식』에는 '牛'이지만, 『본초강목』 원문을 따랐음.
3) 『시명다식』에는 '牛'가 없지만, 『본초강목』 원문을 따랐음.
4) 『시명다식』에는 '角'이 없지만, 『본초강목』 원문을 따랐음.

보 _鴇 · 먹총이

◆ 鄭 大叔于田[1]

주자가 말하였다. '려'(가라말. 털빛이 검은 말)에 흰 털이 섞여 있는 것은 '보'(鴇 · 먹총이. 흰 털이 섞인 검은 말)라 하니, 지금의 '오총'이라는 것이다.

『이아』에 말하였다. '려'에 흰색이 섞여 있는 것은 '보'(駂)이다. 『소』에 말하였다. 털빛이 검고 흰데, 다시 털이 서로 어지럽게 섞여 있는 것이다.

朱子曰 驪白雜毛曰鴇 今所謂烏驄也. 爾雅曰 驪白雜毛駂.[2] 疏云 毛色黑白 而復有雜毛相錯[3]者.

숙이 사냥을 가며	叔于田
네 마리 먹총이가 끄는 수레를 탔네.	乘乘鴇
멍에를 멘 두 마리는 머리가 가지런하고	兩服齊首
두 마리 곁말은 손처럼 움직이네.	兩驂如手
숙이 늪에 드니	叔在藪
짐승몰이 불길이 한꺼번에 활활 번지네.	火烈具阜
숙의 말이 느려지고	叔馬慢忌

숙의 활쏘기가 뜸해지더니,　　　　　叔發罕忌

화살통 뚜껑을 풀고　　　　　　　　抑釋掤忌

활집에다 활을 넣네.　　　　　　　　抑鬯弓忌

---

1) 『시경』 「정풍」의 편 이름. 장공(莊公)을 풍자한 시.
2) 『시명다식』에는 '驪白雜色驈'이지만, 『이아』 원문을 따랐음.
3) 『시명다식』에는 '相錯'이 없지만, 『이아소』 원문을 따랐음.

표__豹 · 표범

◉ 羔裘[1]

『본초』에 말하였다. '표'(표범. 고양이과의 맹수)는 다른 이름으로 '정', '실자손'이다. 모양은 '호'(범)와 같지만 작고, 얼굴은 희며 머리는 둥글고, 스스로 그 털의 무늬를 소중히 여긴다.

本艸日 豹 一名程 一名失刺孫. 狀如[2]虎而小 白面團頭 自惜其毛采.

표범가죽 장식의 새끼 양 갖옷을 입으신 분	羔裘豹飾
매우 늠름하고도 힘이 있어라.	孔武有力
저러한 분이라야	彼其之子
이 나라의 법을 맡기지.	邦之司直

---

1) 『시경』 「정풍」의 편 이름. 옛날 군자를 말하여 조정을 풍자한 시.
2) 『본초강목』에는 '似'이지만, 『시명다식』 원문을 따랐음.

랑__狼 · 이리

◆ 齊 還[1]

주자가 말하였다. '랑'(이리. 개와 비슷하고, 입이 크며, 사나운 짐승)은 '견'(개)과 비슷한데, 머리는 뾰족하고 뺨은 희며, 앞은 높고 뒤는 넓다.

『본초』에 말하였다. 다른 이름으로 '모구'이다. '시'(승냥이. 개과에 속하는 이리 비슷한 맹수)의 따위이다. 그것은 굴에서 산다. 주둥이는 뾰족하고, 갈비뼈는 달라붙어 하나로 되었으며, 다리는 그다지 높지 않다. '계'(닭), '압'(집오리), '서'(쥐) 같은 동물을 잘 먹는다. 그 색깔은 누런색과 검은색이 섞였고, 또한 청회색을 가진 것도 있다. 그 울음소리는 크거나 작게 할 수 있고, 어린아이 울음소리를 내서 사람을 홀리며, 거칠고 속된데, 그것이 겨울에 우는 소리는 듣기에 더욱 나쁘다. 그 창자는 곧기 때문에 울면 뒤의 구멍에서 모두 분비물이 솟아나오고, 똥은 봉화 연기로 만들면 곧게 올라가며 비뚤게 올라가지 않는다. 그 성질은 사방을 잘 둘러보고, 욕심이 많으며 도리에 어긋나서 힘으로 짓밟는다. 늙으면 그 늘어진 멱살은 마치 자루처럼 되어서, 늘어진 멱살을 밟거나 꼬리를 밟는 까닭에, 나아가지도 못하고 물러나지도 못하는 근심이 있다.

『이아』에 말하였다. '랑'은 수컷이 '환', 그 새끼는 '격', 뛰어난 힘이 있는 것은 '신'이다.

　朱子曰 狼 似犬 銳頭白頰 前高[2]廣後. 本艸曰 一名毛狗. 犲屬也. 其居有穴. 尖喙 駢脅[3] 脚不甚高. 能食鷄鴨鼠物. 其色雜黃黑 亦有蒼灰色者. 其聲能大能小 作兒啼以魅人 野俚尤惡其冬鳴. 其腸直 故鳴 則後竅皆沸[4] 糞爲烽煙 直上不斜. 其性善顧 而貪戾踐藉. 老則其胡如袋 所以跋胡疐尾 進退兩患. 爾雅曰 狼 牡曰獾 其子曰獥 絕有力曰迅.

그대의 건장한 모습을	子之昌兮
노산 남쪽에서 만났네.	遭我乎猺之陽兮
나란히 달려 두 마리 이리를 뒤쫓고는	并驅從兩狼兮
내게 읍하며, 훌륭하다고 칭찬하네.	揖我謂我臧兮

---

1) 『시경』 「제풍」의 편 이름. 사냥에 빠지고 좋아하여 만족함을 모르는 애공(哀公)을 풍자한 시.
2) 『시집전』에는 '高前'이지만, 『시명다식』 원문을 따랐음.
3) 『본초강목』과 소창문고본 『시명다식』에는 '脇'이지만, '脅'과 통하므로 규장각본 『시명다식』 원문을 따랐음.
4) 『본초강목』에는 '而'가 있지만, 『시명다식』 원문을 따랐음.

로__盧 · 검은 사냥개

◆ 盧令[1]

주자가 말하였다. '로'(검은 사냥개)는 사냥개이다.

장화가 『박물지』에 말하였다. 한국에 검은 개가 있는데, 이름은 '로'라 한다.

朱子曰 盧 田犬也. 張華 博物志 韓國有黑犬名曰盧.

검은 사냥개 방울 소리 절렁절렁　　盧令令

그 사냥꾼이 아름답고도 어질어라.　　其人美且仁

---

1) 『시경』 「제풍」의 편 이름. 양공(襄公)이 정사를 돌보지 않고, 사냥에 빠짐을 풍자한 시.

려__驪 · 가라말

◆ 載驪[1]

주자가 말하였다. '려'(가라말)는 검은색 말이다.

朱子曰 驪 馬黑色也.

가라말 네 필 늠름하고	四驪濟濟
늘어진 고삐도 아름다워라.	垂轡濔濔
노나라 오가는 길 평탄하여	魯道有蕩
제나라 공주가 제 맘대로 즐기네.	齊子豈弟

---

1) 『시경』 「제풍」의 편 이름. 제(齊)나라 사람이 무례하고 음란한 양공(襄公)을 풍자한 시.

환__貆 · 오소리

◆ 伏檀[1)]

주자가 말하였다. '환'(貆 · 오소리 또는 오소리 새끼)은 '학'(담비. 족제비과의 산짐승)의 따위이다.

『본초』에 말하였다. '학'은 '환'(貛. 오소리 또는 너구리)과 더불어 같은 굴에서 따로 살기 때문에 글자는 '각'을 따른다. 『설문』에는 '학'(오소리)이라 했고, 『이아』에는 '학'의 새끼가 '환'(貆)이라 했다. 산과 들 사이에 산다. 모양은 '리'(살쾡이)와 같은데, 머리는 뾰족하고 코도 뾰족하며, 색깔은 알록달록하다. 그 털은 매우 두텁고 따뜻하며 매끄러워서 갖옷을 만들 만하다. 낮에는 숨어 있다가 밤에만 나와서 벌레를 잡아먹는데, 나오면 이에 '환'(貛)이 따른다. 그 성질은 잠자기를 좋아하여, 사람들이 가끔 그것을 기르면서, '죽'(대)을 가지고 두드려 깨웠다가, 그만두면 다시 잠들기 때문에 사람들이 잠자기 좋아하는 사람을 '학수'라 한다.

朱子曰 貆 貉類. 本艸曰 貉與貛[2)]同穴各處 故字從各. 說文 作貈 爾雅 貈子曰貆[3)]. 生山野間. 狀如貍 頭銳鼻尖 斑色. 其毛深厚溫滑 可爲裘服. 日伏夜出 捕食虫[4)]物 出則貛隨之. 其性好睡 人或畜[5)]之 以竹扣[6)]醒 已而復寐 故人好睡者 謂之貉睡.

쾅쾅 박달나무 베어다가	坎坎伐檀兮
황하 물가에 내버려 두곤,	寘之河之干兮
황하 물만 맑게 물놀이 치네.	河水清且漣猗
심지도 않고 거두지도 않건만	不稼不穡
어찌 삼백호 세금을 곡식으로 거둬들이며,	胡取禾三百廛兮
짐승 사냥도 하지 않건만	不狩不獵
어찌 그대 뜨락엔 오소리 걸린 게 보이는가?	胡瞻爾庭有縣貆兮
참다운 저 군자는	彼君子兮
놀고먹지 않는다던데.	不素餐兮

---

1) 『시경』 「위풍」의 편 이름. 탐욕스럽고 무능한 관리가 자리만 차지하고 있어 어진 사람이 나가지 못함을 풍자한 시.
2) 『본초강목』에는 '獹'이지만, '獵'과 통하므로 『시명다식』 원문을 따랐음. 뒤의 '獵'도 마찬가지임.
3) 『본초강목』에는 '貊'이지만, 『시명다식』과 『이아』 원문을 따랐음.
4) 소창문고본 『시명다식』에는 '蠱'이지만, '虫'과 통하므로 『본초강목』과 『시명다식』 원문을 따랐음.
5) 『본초강목』에는 '畜'이지만, '畜'과 통하므로 『시명다식』 원문을 따랐음.
6) 『본초강목』에는 'ㅉ'이지만, '扣'와 통하므로 『시명다식』 원문을 따랐음.

석서__碩鼠 · 큰 쥐

◆ 碩鼠[1]

　육씨가 말하였다. 번광은 『이아』의 '석서'(鼫鼠. 농작물을 해치는 쥐의 하나)라 하였고, 허신은 '석서'(鼫鼠)가 '오기서[2]'라 하였다. 지금 하동 (山西省 境內의 황하 동쪽 지역)에 큰 '서'(쥐)가 있는데, 사람처럼 설 수 있고, 두 앞다리를 목 위에 엇건다. 발을 구르고 날뛰며 춤추고 잘 운다. 사람이 심어놓은 곡식의 어린싹을 먹다가, 사람이 쫓아가면 달아나 나무 구멍 속으로 들어가고, 또한 다섯 가지 재주가 있다. 어떤 사람은 '작서' (다람쥐 · 栗鼠 · 松鼠)라 한다. 그 모양이 크기 때문에 『서』에 큰 '서'라 했다. 위나라와 지금의 하동과 하북현의 것이 이것이다. 『시경』에서 말한 그 토산물은 마땅히 이 '서'를 말함이니, 지금의 큰 '서'는 아니고, 또 곡식의 어린싹도 먹지 않는다. 『본초』에 또 "'루고'(하늘밥도둑 · 땅강아지 · 螻蛄 · 天螻 · 土狗. 땅강아지과의 곤충. 땅속에 살며, 밤에 나와 식물의 뿌리를 해침)가 '석서'(石鼠 · 하늘밥도둑)이고, 다섯 가지 재주가 있다"고 했다. 예나 지금이나 각 지방 산물의 이름과 벌레와 새는, 사물은 다르면서 이름은 같을 수 있으나 연고가 다르다.

　『본초』에 말하였다. 다른 이름으로 '작서'(쥐의 일종. 곡식을 먹어 해를 끼치며, 꼬리털로는 붓을 매어 씀), '준서'(다람쥐의 일종)이다. 모양은 '서'보다 크고, 머리는 '토'(토끼)와 비슷하며, 꼬리에는 털이 있고, 청황색이며, '률'(밤)과 '두'(콩)를 즐겨 먹는다. 이시진이 말하였다. 육기가 "이것 또한 다섯 가지 재주가 있고, '루고'와 더불어 이름이 같다"고 한 것은 잘못일 것이다.

陸氏日 樊光謂 卽爾雅鼫鼠也 許愼云 鼫鼠 五伎[3]鼠也. 今河東有大鼠 能人立 交前兩脚于[4]頸上. 跳[5]舞善鳴. 食人禾苗 人逐 則走入樹空[6]中 亦有五[7]伎. 或謂之雀鼠. 其形大 故序[8]云 大[9]鼠也. 魏今河東河北縣 是[10]也. 詩[11]言其方物 宜謂此鼠 非今大[12]鼠 又不食禾苗. 本艸又謂螻蛄爲石鼠 亦五伎. 古今方土名虫鳥 物異名同故異也. 本艸日 一名鼫鼠 一名鼰鼠. 形大於[13]鼠 頭似兔 尾有毛 靑黃色 好食栗豆. 李時珍日 陸機謂此亦有五技 與螻蛄同名者 誤矣.

큰 쥐야 큰 쥐야	碩鼠碩鼠
우리 찰기장 먹지 마라.	無食我黍
삼 년 너를 사귀었건만	三歲貫女
나를 돌보려 않는구나.	莫我肯顧
내 이젠 너를 떠나	逝將去女
저 즐거운 땅으로 가련다.	適彼樂土
즐거운 땅, 즐거운 땅이여	樂土樂土
내 편히 살 곳을 얻으리라.	爰得我所

---

1) 『시경』 「위풍」의 편 이름. 임금이 백성의 재물을 함부로 거두어들임을 풍자한 시.
2) 날다람쥐. 오서(鼫鼠). '오기서'란 우리말로 옮기면 다섯 재주를 지닌 쥐. '오기'란, 허신의 『설문』에 의하면 ① 날 수는 있지만 지붕을 넘지 못하고, ② 헤엄칠 수 있지만 계곡물을 건너지 못

하고, ③ 나무를 탈 수 있지만 끝까지 가지 못하고, ④ 뛸 수는 있지만 사람보다 앞서지 못하고, ⑤ 구멍을 팔 수 있지만 몸을 숨기지 못한다는 것임. 따라서 다섯 재주라는 것은 용렬한 재주를 일컬음. 이 이야기는 '오서오기'(梧鼠五技)라 하여 『순자』(荀子) 「권학」(勸學) 편에도 보임.

3) 『모시초목조수충어소』에는 '技'이지만, '伎'와 통하므로 『시명다식』 원문을 따랐음. 뒤의 '伎'도 마찬가지임.

4) 『모시정의』와 『이아소』에는 '於'이지만, '于'와 통하므로 『모시초목조수충어소』와 『시명다식』 원문을 따랐음.

5) 『이아소』에는 '號'이지만, 『모시정의』와 『모시초목조수충어소』와 『시명다식』 원문을 따랐음.

6) 『모시초목조수충어소』에는 '空樹'이지만, 『모시정의』와 『시명다식』과 『이아소』 원문을 따랐음.

7) 『이아소』에는 '五'가 없지만, 『모시정의』와 『모시초목조수충어소』와 『시명다식』 원문을 따랐음.

8) 『시명다식』에는 '叙'이지만, 『모시정의』와 『모시초목조수충어소』 원문을 따랐음.

9) 『시명다식』에는 '石'이지만, 『모시정의』와 『모시초목조수충어소』 원문을 따랐음.

10) 『모시초목조수충어소』와 『시명다식』에는 '是'가 없지만, 『모시정의』 원문을 따랐음.

11) 『모시정의』에는 '詩'가 없지만, 『모시초목조수충어소』와 『시명다식』 원문을 따랐음.

12) 『모시정의』에는 '覷'이지만, 『모시초목조수충어소』와 『시명다식』 원문을 따랐음.

13) 『본초강목』에는 '于'이지만, '於'와 통하므로 『시명다식』 원문을 따랐음.

철__驖[1] · 구렁절따말(밤색 털의 말)[2]

◈ 秦 馴驖

네 마리 커다란 구렁절따말에다	馴驖 孔阜
여섯 고삐를 한 손에 쥐고,	六轡在手
임금님이 사랑하는 신하들도	公之媚子
임금님 따라 사냥을 가네.	從公于狩

---

1) 『시명다식』에 이 항목의 설명은 없음.

2) 유희(柳僖)의 『물명고』(物名考)에는 '청가라'(푸른빛 도는 온통 검은 말)라는 설명도 있음.

험__獫 · 주둥이 긴 사냥개

주자가 말하였다. 주둥이가 긴 것은 '험'이라 하니, 사냥개의 이름이다.

朱子曰 長喙曰獫 田犬名.

헐교__歇驕 · 주둥이 짧은 사냥개

주자가 말하였다. 주둥이가 짧은 것은 '헐교'라 하니, 사냥개의 이름
이다.

『이아』에 말하였다. 주둥이가 짧은 것은 '갈효'이다.

朱子日 短喙日歇驕 田犬名. 爾雅日 短喙 猲獢.

기__騏 · 철청총이

◆ 小戎[1]

주자가 말하였다. '기'(철청총이. 검푸른 반점이 있는 말)는 얼룩무늬 말이다.

공씨가 말하였다. 색깔이 검푸른 것을 '기'(綦)라 하고, '마'(말)의 이름은 '기'(騏)라 하니, 그 색깔이 검푸른 무늬를 띠고 있음을 알 수 있다. 지금의 '총마'(총이말 · 靑驄馬)이다.

朱子曰 騏 騏文也. 孔氏曰 色之靑黑者爲綦 馬名爲騏 知其色作綦文. 今之驄[2]馬也.

수레 턱 낮은 병거에	小戎俴收
다섯 군데 가죽 감은 수레 채를 쥐셨었지.	五楘梁輈
복마(服馬)와 참마(驂馬)의 고삐에다	游環脅驅
가슴걸이의 흰 쇠고리,	陰靷鋈續
범 가죽 자리에 긴 바퀴통	文茵暢轂
나의 철청총이와 왼쪽 뒷발 흰 말이 끌었지.	駕我騏馵
임을 생각할수록	言念君子

옥처럼 온유하셔라.   溫其如玉

지금 서융(西戎) 판잣집에 계시니   在其板屋

내 마음 속 어지러워라.   亂我心曲

---

1) 『시경』 「진풍」의 편 이름. 병갑(兵甲)을 장만하여 서융(西戎)을 토벌한 양공(襄公)을 찬미한 시.

2) 규장각본 『시명다식』에는 '驄'이지만, '驄'과 통하므로 『모시정의』와 소창문고본 『시명다식』
   원문을 따랐음.

주__馵 · 왼쪽 뒷발 흰 말

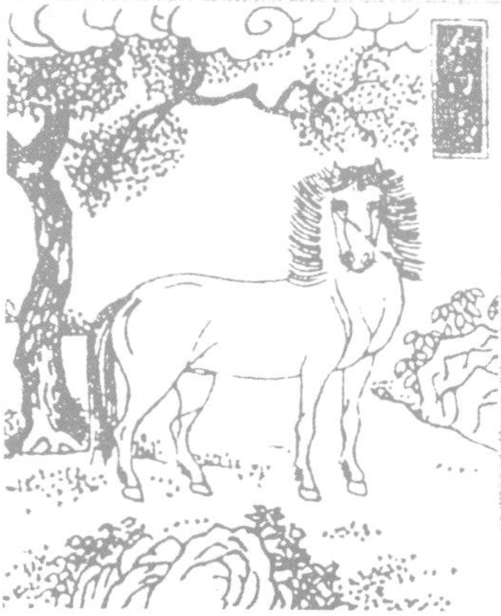

주자가 말하였다. '마'(말)의 왼발이 흰 것은 '주'(왼쪽 뒷발 흰 말)라 한다.

朱子曰 馬左足白曰馵.

류__騮 · 월따말

주자가 말하였다. 붉은 '마'(말)의 갈기가 검은 것은 '류'(월따말. 털빛
은 붉고 갈기와 꼬리는 검은 말)라 한다.

朱子曰 赤馬黑鬛曰騮.

네 마리 커다란 수말을 몰며	四牡孔阜
여섯 고삐를 손에 쥐셨었지.	六轡在手
가운데는 철청총이와 월따말,	騏騮是中
양 가녁엔 공골말과 가라말.	騧驪是驂
용무늬 방패 한 쌍에다	龍盾之合
흰 쇠고리엔 참마 안쪽 고삐를 매었었지.	鋈以觼軜
임 그리워라	言念君子
서융 고을에 온유하게 계시겠지.	溫其在邑
언제쯤 돌아오시려나?	方何爲期
어찌 이다지도 그리운 건가?	胡然我念之

와 __騧 · 공골말

　주자가 말하였다. 누런 ‘마’(말)의 주둥이가 검은 것은 ‘와’(공골말 ·
주둥이 검은 누른 말)라 한다.
　『이아주』에 말하였다. 지금의 옅은 누런색인 것은 ‘와’라 한다.

　朱子曰　黃馬黑喙曰騧. 爾雅注曰　今之淺黃色者爲騧[1].

---

1) 『이아주』에는 ‘今以淺黃色者爲騧馬’이지만, 『시명다식』 원문을 따랐음.

학 _貉 · 담비

◈ 豳 七月

주자가 말하였다. '학'(담비)은 '호리'이다.

앞의 '환' 항목에 자세히 보인다.

朱子曰 貉 狐狸也. 詳見上貆条.

리__狸 · 살쾡이

『본초』에 말하였다. '리'(살쾡이. 고양이과에 속하는 동물)는 다른 이름으로 '야묘'이다. 모양은 '묘'(고양이)와 비슷한데, 그 무늬는 두 가지가 있다. 하나는 마치 엽전 무늬를 두른 것 같고, 하나는 '호'(범)의 무늬와 같다.

『이아』에 말하였다. '리'의 새끼는 '사'(살쾡이 새끼)라 하고, 그 발에는 '번'(짐승 발바닥)이 있으며, 그 자취는 '유'(자귀. 짐승의 발자국)인데, 발가락 끝이 닿았던 곳이다.

本艸曰 狸 一名野貓[1]. 形類貓 其文有二 一如連錢 一如虎文. 爾雅曰 狸子曰貗 其足蹯 其跡内[2] 指頭處也.

---

1) 『본초강목』에는 '貓'이지만, '貓'와 통하므로 『시명다식』 원문을 따랐음. 뒤의 '貓'도 마찬가지임.
2) 『시명다식』에는 '厹'이지만, 『이아』 원문을 따랐음.

견__豜·세 살 된 돼지

주자가 말하였다. '견'(세 살 난 멧돼지 또는 큰 돼지나 짐승)은 세 살
된 '시'(돼지)이다.

朱子曰 豜 三歲豕.

황 __皇·황부루

◆ 東山

주자가 말하였다. 옅은 누런색은 '황'(황부루. 황색과 백색의 털이 섞인 말)이라 한다.

공씨가 말하였다. '마'(말)의 색깔이 누런 곳도 있고, 흰 곳도 있는 것을 말한다.

朱子曰 黃白曰皇. 孔氏曰 謂馬色有黃處有白處也.

내 동산에 끌려가	我徂東山
오래도록 돌아오지 못했지.	慆慆不歸
내가 동쪽에서 돌아오던 날은	我來自東
부슬부슬 비가 내렸지.	零雨其濛
꾀꼬리 날아	倉庚于飛
그 날개 곱게 빛나네.	熠燿其羽
아내 시집올 적에	之子于歸
황부루 류부루가 수레 끌었지.	皇駁其馬
장모가 아내 허리에 수건 매어주며	親結其縭

온갖 의식을 다 치러냈지.　　　　九十其儀

신혼 시절도 그처럼 좋았으니　　　其新孔嘉

오래 된 지금이야 오죽 좋으랴.　　其舊如之何

박__駁 · 류부루

　주자가 말하였다. '류'(월따말)에 흰 색깔이 있는 것은 '박'(얼룩배기 말)이라 한다.

　공씨가 말하였다. '마'(말)의 색깔이 붉은 곳도 있고, 흰 곳도 있는 것을 말한다. '류'는 붉은색이다.

　朱子曰 騮白曰駁. 孔氏曰 謂馬色有騮處 有白處. 騮 赤色也.

락__駱 · 가리온

◆ 小雅 皇皇者華[1]

　　주자가 말하였다. 흰 '마'(말)에 검은 갈기가 있는 것은 '락'(가리온)이라 한다.

　　朱子曰 白馬黑鬣曰駱.

내 말은 가리온　　　　　　我馬維駱

여섯 고삐 매끈해라.　　　　六轡沃若

달리고 또 달려서　　　　　載馳載驅

두루 묻고 헤아리네.　　　　周爰咨度

---

1) 『시경』 「소아」의 편 이름. 군주가 예악으로 사신을 전송하고, 사신이 멀리 나가 나라를 빛냈음을 읊은 시.

인__騽 · 그은총이

주자가 말하였다. 털에 옅은 검은색과 흰색이 섞인 것은 '인'(그은총이. 흰 털이 섞인 검은 말)이라 한다.

『이아소』에 말하였다. '음'은 옅은 검은색이니, 옅은 검은색 털에 흰색깔이 함께 섞인 털이 있는 것으로, 지금은 '니총'이라 이름한다.

공씨가 말하였다. '잡모'는 몸에 두 종류의 털이 사이에 서로 섞인 것이다.

朱子曰 陰白雜毛曰騽. 爾雅疏曰 陰 淺黑色 毛淺黑 而白兼雜毛者 今名泥驄. 孔氏曰 雜毛是體有二種之毛相間雜.

내 말은 그은총이   我馬維騽
여섯 고삐 가지런해라.   六轡旣均
달리고 또 달려서   載馳載驅
두루 묻고 알아보네.   周爰咨詢

저__羜·새끼 양

◆ 伐木[1]

주자가 말하였다. '저'(새끼 양)는 아직 자라지 않은 '양'(양)이다.

『이아소』에 말하였다. 세상 사람들은 다섯 달 된 '고'(새끼 양)를 '저'라 부른다.

朱子曰 羜 未成羊也. 爾雅疏曰 俗呼五月羔爲羜.

어여차 나무를 베고	伐木許許
맛있게 술을 걸렀네.	釃酒有藇
살진 새끼 양 잡아놓고	旣有肥羜
일가 어른들 오시라 했네.	以速諸父
마침 오지 못한다 해도	寧適不來
내가 돌보지 않아서는 아니지.	微我弗顧
아아, 깨끗이 쓸고 닦아	於粲灑掃
여덟 그릇 음식을 차려 놓았네.	陳饋八簋
살진 숫짐승 잡아 놓고	旣有肥牡
친지 어른들을 오시라 했네.	以速諸舅

마침 오지 못한다 해도 　　　　　寧適不來

내게 잘못이 있어서는 아니지. 　　　微我有咎

---

1) 『시경』「소아」의 편 이름. 오래 사귄 벗에게 잔치를 베푸는 시.

어__魚[1]·해달

◉ 采薇[2]

　주자가 말하였다. '어'는 짐승 이름이니, '저'(돼지)와 비슷하고, 동쪽
바다에 있는데, 그 가죽은 등 위에 알록달록한 무늬가 있고, 배 아래는
순 푸른색이며, 궁건(활과 화살을 넣어두는 기구. 동개·弓衣)과 시복(화
살을 넣는 통)을 만들 수 있다.

　육씨가 말하였다. '어'는 다른 이름으로 '어리'이다. 지금 궁건과 보차
(화살을 넣는 기구)를 만드는 것이다. 그 가죽은 말려서 궁건과 시복을
만들어 비록 오랜 세월을 지내더라도, 바닷물이 장차 밀려들거나 하늘이
장차 비를 내리려 하면, 그 털이 모두 밀물처럼 일어서는데, 물러가거나
하늘이 개면, 그 털은 다시 예전과 같게 된다. 비록 몇천 리 밖에 있더라
도 바닷물이 밀려드는 기운을 아니, 몸소 살펴서 느끼는 것이다.

　나는 이렇게 생각한다. 『본초』에 "'해달'(해다리. 족제비과의 바다짐
승)은 바다 속에 산다. '달'[3]과 비슷하고, 크기는 '견'(개)만 하며, 다리
아래에 마치 사람 엄지발가락의 굳은살 같은 가죽이 있고, 털은 물에 닿
아도 젖지 않는다. 또한 사람이 그 고기를 먹는다. 또 바다 속에는 '해우'
(바다소. 海牛類의 바다짐승), '해마'(海象. 바다에 사는 포유동물. 위턱
에 두 개의 긴 이가 있어 象牙의 대용품으로 씀), '해려'(강치. 강치과의

바다짐승. 털빛은 흑갈색이고, 태평양 북부에 삶) 등이 있는데, 털가죽은 뭍에 있지만, 모두 거센 바람과 밀려오는 조수를 미리 헤아려서 털을 곤두세울 수 있다"고 했다. 설명이 『박물지』에 나온다. 털이 곤두선다는 설명과 육기의 『소』가 서로 들어맞으니, 이것들은 아마도 그것에 가까운 듯하다.

朱子曰 魚 獸名 似豬[4] 東海有之 其皮背上斑文 腹下純靑 可爲弓鞬矢服也[5]. 陸氏曰 魚 一名魚貍. 今以爲弓鞬步又者也. 其皮雖乾燥 以爲弓鞬矢服 經年 海水將[6]潮及天將雨 其毛皆起水潮 還及天晴 其毛復如故. 雖在數千里外 可以知海水之潮氣[7] 自相感也. 學圃按 本艸 海獺生海中. 似獺 而大如犬 脚下有皮如人[8]胼拇 毛著[9]水不濡. 人亦食其肉. 海中 又有海牛海馬海驢等 皮毛在陸地 皆候風潮 猶能毛起. 說出博物志. 毛起之說與陸疏相符 此恐近之.

수레에 네 마리 말을 매니	駕彼四牡
네 마리 말이 씩씩도 해라.	四牡騤騤
군자는 타고 가고	君子所依
소인은 뒤따르네.	小人所腓
네 마리 말이 가지런히 달리며	四牡翼翼
상아 활고자에 해달 가죽 활 통을 했네.	象弭魚服
어찌 하룬들 경계하지 않으랴	豈不日戒
험윤의 침략이 너무 급해라.	玁狁孔棘

---

1) 소창문고본 『시명다식』에는 이 항목에 "在下"(아래에 있다)라는 주(註)만 달려 있음. 이 판본의 필자가 뒤의 「노송」(魯頌) 〈경〉(駉)에 나오는 '魚'라는 '말'의 일종에 대한 설명과 혼동하고, 설

명을 달지 않은 듯함.

2) 『시경』, 「소아」의 편 이름. 수자리 보낸 것을 읊은 시.

3) 수달. 수달(水獺) · 해달(海獺) · 산달(山獺)의 총칭. 족제비와 비슷한데, 발은 짧고, 꼬리는 길며, 발가락 사이에 물갈퀴가 있어 헤엄을 잘 치고, 물고기를 잡아먹고 삶.

4) 『모시정의』와 『시집전』에는 '猪'이지만, '豬'와 통하므로 『시명다식』 원문을 따랐음.

5) 『시명다식』에는 '矢服也'가 없지만, 『시집전』 원문을 따랐음.

6) 『모시정의』에는 '將'이 없지만, 『모시초목조수충어소』와 『시명다식』 원문을 따랐음.

7) 『모시정의』에는 '氣'가 없지만, 『모시초목조수충어소』와 『시명다식』 원문을 따랐음.

8) 『시명다식』에는 '人'이 없지만, 『본초강목』 원문을 따랐음.

9) 『본초강목』에는 '着'이지만, '著'와 통하므로 『시명다식』 원문을 따랐음.

우__麀·암사슴

◈ 吉日[1]

주자가 말하였다. '록'(사슴)의 암컷은 '우'(암사슴)라 한다.
앞의 '록'(사슴) 항목에 자세히 보인다.

朱子曰 鹿牝曰麀. 詳見上鹿条.

좋은 날을 가려 경오일을 받고   吉日庚午

내가 탈 말도 골라냈네.   旣差我馬

짐승들 모이는 곳엔   獸之所同

암사슴 수사슴 떼 지어 노네.   麀鹿麌麌

칠수와 저수의 물로부터 이들을 뒤쫓아   漆沮之從

천자 계신 곳으로 몰아오네.   天子之所

---

1) 『시경』 「소아」의 편 이름. 아랫사람을 잘 접대하고, 윗사람을 잘 받든 선왕(宣王)의 사냥을 찬
   미한 시.

웅__熊·곰

◆ 斯干[1]

『본초』에 말하였다. '웅'(곰. 곰과의 포유류 동물)은 큰 '시'(돼지)만 하고, 세로 눈이며, 사람의 발에 검은색이다. 봄과 여름은 살지고 건강한 때로, 가죽은 두텁고 힘은 성하며 많아서, 늘 나무에 오르며 기운을 쓰다가, 가끔 땅으로 떨어져도 스스로 좋아하여, 세상 사람들은 '질표'라 부르니, 바로 『장자』에 웅경조신[2]이라 말한 것이다. 겨울철은 겨울잠을 자는 때라서 먹지도 않는데, 굶주리면 그 발바닥을 핥기 때문에 그 맛이 좋은 곳은 발바닥에 있고, '웅번'(熊掌·熊蹯. 곰의 발바닥. 매우 진귀한 음식의 한 가지)이라 한다. 그것은 산속을 다니다가, 비록 몇십 리 하더라도 반드시 기어간 곳이 있고, 바위와 말라 죽은 나무가 있으니, 산속에서 사는 사람들은 '웅관'(곰이 사는 곳)이라 한다. 그 기름은 '웅백'(곰의 등에 있는 지방. 그 색이 옥처럼 희고, 맛이 매우 좋음)이라 한다.

本艸曰 熊如大豕 而豎目 人足黑色. 春夏臕[3]肥時 皮厚筋弩[4] 每升木引氣 或墮地自快 俗呼跌臕 卽莊子所謂熊經鳥申也. 冬月蟄時不食 飢則舐其掌 故其美[5]在掌 謂之熊蹯. 其行山中 雖數十[6]里 必有跧伏之所 在石巖枯木 山中人謂之熊館. 其脂謂之熊白.

512

점쟁이가 점쳐주었네.	大人占之
곰과 말곰은	維熊維羆
아들 낳을 조짐이고,	男子之祥
살무사와 뱀은	維虺維蛇
딸 낳을 조짐이라네.	女子之祥

---

1) 『시경』 「소아」의 편 이름. 선왕(宣王)이 궁실을 이룬 것을 읊은 시.
2) 도인양생법(導引養生法)의 한 가지. 곧, 곰이 나무에 기어오르는 듯하고, 새가 발을 펴는 듯한 자세를 취함. 『장자』 「각의」(刻意) 편.
3) 『본초강목』에는 '膘'이지만, '臕'와 통하므로 『시명다식』 원문을 따랐음. 뒤의 '臕'도 마찬가지임.
4) 『이아익』에는 '鶩'이지만, 금릉본 『본초강목』과 『시명다식』 원문을 따랐음.
5) 『시명다식』에는 '尾'이지만, 『본초강목』 원문을 따랐음.
6) 금릉본 『본초강목』과 『시명다식』에는 '干'이지만, 『이아익』 원문을 따랐음.

비__羆 · 말곰

주자가 말하였다. '비'(곰의 일종)는 '웅'(곰)과 비슷하지만, 머리가 길고 다리가 높으며, 사납고 흉악하며 잔인하고, 힘도 세어서 나무를 뽑을 수 있다.

육씨가 말하였다. '비'에는 '황비'와 '적비'(상서로운 짐승)가 있다. 그 기름은 웅백과 같지만, 결이 거칠고, 웅백만큼 맛이 좋지는 않다.

『본초』에 말하였다. '웅'(곰)과 '비'와 '퇴'(작은 곰과 비슷한 짐승)는 세 종류이면서 한 무리이다. '비'는 바로 '황웅'(黃能. 전설상의 짐승)으로, '호'(범)도 또한 두려워한다. 사람을 만나면 사람처럼 서서, 사람을 움켜잡기 때문에 세상 사람들은 '인웅'이라 부른다.

朱子曰 羆 似熊 而長頭高脚 猛憨多力 能拔樹木[1]. 陸氏曰 羆有黃羆[2] 赤羆 大於熊. 其脂如熊白 而麤[3]理 不如熊白美也. 本艸曰 熊羆魋 三種一類也. 羆 卽黃熊 虎亦畏之. 遇人 則人立 而攫之 故俗呼爲人熊.

---

1) 『시집전』에는 '木'이 없지만, 『시명다식』 원문을 따랐음.

2) 『모시초목조수충어소』와 『이아소』에는 '有'가 있지만, 『시명다식』 원문을 따랐음.

3) 『모시초목조수충어소』에는 '鱻'이고, 소창문고본 『시명다식』에는 '鱻'이지만, 모두 '麂'와 통하므로 규장각본 『시명다식』 원문을 따랐음.

순__犉 · 입술 검은 소

◉ 無羊[1)

주자가 말하였다. 누런 '우'(소)가 입술이 검은 것은 '순'이라 한다.
『이아』에 말하였다. '우'가 일곱 자인 것은 '순'이다. 『소』에 말하였다.
'순'에는 두 가지 뜻이 있다. 입술이 검은 것을 '순'이라 하고, 일곱 자인
것도 또한 '순'이라 한다.

朱子曰 黃牛黑脣曰犉. 爾雅曰 牛七尺爲犉. 疏云 犉有二義. 黑脣者爲犉
七尺者亦爲犉.

누가 그대에게 양이 없다고 했나?	誰謂爾無羊
한 떼만 해도 삼백 마리나 되는데.	三百維群
누가 그대에게 소가 없다고 했나?	誰謂爾無牛
입술 검은 소가 아흔 마리나 되는데.	九十其犉
그대의 양들이 돌아오는데	爾羊來思
사이좋게 뿔을 맞대고 오네.	其角濈濈
그대의 소들이 돌아오는데	爾牛來思
반지르르한 귀를 쫑긋거리며 오네.	其耳濕濕

1) 『시경』「소아」의 편 이름. 선왕(宣王)이 가축을 잘 기름을 읊은 시.

견 __犬·개

◉ 巧言[1]

허씨가 『설문』에 말하였다. 거세한 것은 '의'(불깐 개)라 하고, 높이가
넉 자인 것은 '오'라 하며, 미친개는 '제'라 한다. 한 마리를 낳으면 '호'
라 하고, 두 마리를 낳으면 '사'라 하며, 세 마리를 낳으면 '종'(솥발이)이
라 한다.

『이아』에 말하였다. 아직 털이 자라지 않은 것은 '구'라 하고, 뛰어난
힘이 있는 것은 '조'라 한다.

　許氏 說文云　去勢曰猗　高四尺曰獒　狂犬曰猘. 生一子曰玁[2] 二子曰獅[3]
三子曰猣[4]. 爾雅曰　未成毫狗　絕有力狣.

커다란 궁전과 종묘는	奕奕寢廟
군자가 지었으며	君子作之
뚜렷한 나라의 법도는	秩秩大猷
성인이 정하셨네.	聖人莫之
남이 지닌 속마음을	他人有心
내가 헤아려 알 수 있으니,	予忖度之

깡충깡충 약은 토끼도　　　　　　躍躍毚兎

개를 만나면 잡히고 만다네.　　　　遇犬獲之

---

1) 『시경』 「소아」의 편 이름. 대부(大夫)가 참언(讒言)에 폐해를 입어, 유왕(幽王)을 풍자한 시.

2) 『이아』에는 '毚'이지만, '毚'와 통하므로 『본초강목』과 『설문해자』와 『시명다식』 원문을 따랐음.

3) 『이아』에는 '師'이지만, 『본초강목』과 『설문해자』와 『시명다식』 원문을 따랐음.

4) 『이아』에는 '獲'이지만, '獲'과 통하므로 『본초강목』과 『설문해자』와 『시명다식』 원문을 따랐음.

시__豺 · 승냥이

◉ 巷伯[1]

『설문』에 말하였다. '시'(승냥이)는 '랑'(이리)의 따위이고, '구'(개)의
울음소리이다.

『본초』에 말하였다. 세상 사람들은 '시구'(승냥이)라 이름한다. 그 모
양은 '구'와 비슷하지만 매우 희고, 앞은 낮으며 뒤는 높고, 꼬리는 길다.
그 몸은 가늘고 야위었지만, 굳세고 사나우며, 그 털은 황갈색인데 흐트
러져 있고, 그 송곳니는 마치 송곳과 같아서 사물을 깨물 수 있다. 무리
지어 다니면 '호'(범)도 두려워하고, 또 '양'(羊)을 즐겨 먹는다. 그 울음
소리는 '견'(개)과 같고, 그 냄새는 누린내라서 싫어할 만하다.

說文曰 豺 狼屬 狗聲. 本艸曰 俗名豺狗. 其形似狗 而頗白 前矮後高 而
長尾. 其體[2]細瘦 而健猛 其毛黃褐色 而髶髿 其牙如錐 而嚙物. 群行虎亦
畏之 又喜食羊. 其聲如犬 其氣臊臭可惡.

남을 헐뜯는 저 자들은	彼譖人者
누구와 함께 헐뜯나?	誰適與謀
저 헐뜯는 자들을 잡아다가	取彼譖人

승냥이와 범에게 던져 주리라.　　　　投畀豺虎

승냥이나 범도 먹지 않으면　　　　　豺虎不食

북녘의 불모지에다 던져 버리리라.　　投畀有北

북녘의 불모지에서도 받지 않으면　　有北不受

하느님께 던져 드리리라.　　　　　　投畀有昊

---

1) 『시경』「소아」의 편 이름. 시인(寺人)이 참언(讒言)에 폐해를 입어, 유왕(幽王)을 풍자한 시.

2) 『본초강목』에는 '体'이고, 소창문고본 『시명다식』은 '體'이지만, '軆'와 통하므로 규장각본 『시명다식』 원문을 따랐음.

노__猱·원숭이

◆ 角弓[1]

　주자가 말하였다. '노'(원숭이의 일종)는 '미후'(沐猴·猕猴. 회갈색의
털이 나고, 얼굴은 붉은 원숭이)이다.

　육씨가 말하였다. '노'는 초 사람들이 '목후'(원숭이)라 한다. 늙은 것
은 '확'(큰 원숭이)이라 하고, 팔이 긴 것은 '원'(원숭이)이라 하며, '원'
중에서 허리가 흰 것은 '참호'(털이 검고 허리 주위에 띠처럼 흰 털이 있
는 원숭이)라 하는데, '참호'와 '원'은 빨라서 '미후'보다도 더 빠르다. 그
울음은 '교교'[2]하는데, 슬프다.

　『본초』에 말하였다. '융'(길고 부드러운 털을 가진 원숭이)은 다른 이
름으로 '노'이다. 그 모양은 크기가 '원'과 비슷하고, 꼬리가 길며 금빛을
띠고 있어서 세상 사람들은 '금선융'이라 이름한다. 날렵하고 재빨라서
나무에 잘 오르고, 그 꼬리를 매우 아낀다. 사람이 독화살을 쏴서 중독되
면, 스스로 그 꼬리를 물어뜯는다. 그 가죽으로 '안욕'(안장이나 길마 밑
에 까는 깔개인 언치 위에 펼쳐 까는 깔개)을 만든다.

　朱子曰 猱 獼猴也. 陸氏曰 猱 楚人謂之沐猴 老者爲玃 長臂者爲猨 猨之
白腰者爲獑胡[3] 獑胡猨駿 捷于[4]獼猴. 其鳴噭噭而悲. 本艸曰 狨 一名猱.

522

其狀大小類猨[5] 長尾作金色 俗名金線狨. 輕捷善緣木 甚愛其尾. 人以藥矢
射之 中毒 卽自齧其尾也. 其皮作鞍褥.[6]

원숭이를 나무에 오르게 가르치지 말게.	毋敎猱升木
진흙 위에다 진흙을 덧바르는 셈이라네.	如塗塗附
군자가 아름다운 도를 지니면	君子有徽猷
소인들도 따르게 되리라.	小人與屬

---

1) 『시경』 「소아」의 편 이름. 유왕(幽王)이 그 구족(九族)과 친하지 않고, 아첨하는 사람 좋아함을 풍자한 시.
2) 곡(哭)하는 소리. 웃음소리. 새나 짐승의 울음소리 등을 나타내는 의성어(擬聲語).
3) 『광운』(廣韻)에는 '猇'이지만, 『모시정의』와 『모시초목조수충어소』와 『시명다식』 원문을 따랐음. 뒤의 '猇'도 마찬가지임.
4) 『모시정의』에는 '於'이지만, '于'와 통하므로 『모시초목조수충어소』와 『시명다식』 원문을 따랐음.
5) 『본초강목』에는 '猿'이지만, '猨'과 통하므로 『시명다식』 원문을 따랐음.
6) 『본초강목』에는 '以其皮爲褥也'이지만, 『시명다식』 원문을 따랐음.

시 __豕 · 돼지

◈ 漸漸之石[1]

『본초』에 말하였다. 수컷은 '가'(수돼지), '야'라 한다. 거세한 수컷은 '분'(불깐 돼지)이라 한다. 네 발굽이 흰 것은 '해'라 한다. '저'(돼지)의 높이가 다섯 자인 것은 '액'(큰 돼지)이라 한다. '시'(돼지)의 새끼는 '저', '돈', '호'라 한다. 새끼 한 마리가 태어난 것은 '특'이라 하고, 두 마리가 태어난 것은 '사'라 하며, 세 마리가 태어난 것은 '종'(縱)이라 한다. 막내 새끼는 '요'라 한다. 낳아서 석 달 된 것은 '혜'라 하고, 여섯 달 된 것은 '종'(豵)이라 한다. 양주(옛 九州의 하나로 陝西省 서남부와 四川省 일대) 에서는 '접'(품종이 좋은 돼지)이라 하고, 하남(黃河의 남쪽 지역)에서는 '체'라 하며, 오와 초에서는 '희'(큰 돼지)라 하고, 어양에서는 큰 '저'를 '파'라 하며, 제와 서주에서는 작은 '저'를 '추'(새끼 돼지)라 한다.

『비아』에 말하였다. '마'(말)는 바람을 좋아하고, '시'는 비를 좋아한다.

本艸曰 牡 曰豭 曰牙. 牡去勢曰豶. 四[2]蹄[3]白曰豥. 豬[4]高五尺曰豟. 豕 之子 曰豬 曰豚 曰豰. 一子曰特 二子曰師 三子曰豵. 末子曰幺[5]. 生三月 曰豯[6] 六月曰豵. 梁州曰豜 河南曰彘 吳楚曰豨 漁陽以大豬爲豝 齊徐以小 豬爲豰. 埤雅曰 馬喜風 豕喜雨.

발굽 흰 돼지가	有豕白蹢
물을 건너고	烝涉波矣
달이 필성 만났으니	月離于畢
큰 비가 내리겠네.	俾滂沱矣
동쪽으로 정벌 나가는 무인은	武人東征
다른 일 할 겨를도 없네.	不遑他矣

---

1) 『시경』 「소아」의 편 이름. 오래된 부역에 고통 받은 하국(下國)이 유왕(幽王)을 풍자한 시.

2) 규장각본 『시명다식』에는 '日'이지만, 『본초강목』과 소창문고본 『시명다식』 원문을 따랐음.

3) 소창문고본 『시명다식』에는 '蹢'이지만, '蹄'와 통하므로 『본초강목』과 규장각본 『시명다식』 원문을 따랐음.

4) 『본초강목』에는 '猪'이지만, '豬'와 통하므로 『시명다식』 원문을 따랐음. 뒤의 '豬'도 마찬가지임.

5) 『본초강목』에는 '么'이지만, '幺'와 통하므로 『시명다식』 원문을 따랐음.

6) 『본초강목』에는 '豨'이지만, 『시명다식』 원문을 따랐음.

장양__牂[1]羊 · 암양

◈ 苕之華

주자가 말하였다. 암컷 '양'(羊)이다.
앞의 '양' 항목에 자세히 보인다.

朱子曰 牝羊也. 詳見上羊条[2].

암양은 머리만 커다랗고	牂羊墳首
통발 속에는 삼성(三星)이 비치네.	三星在罶
사람은 먹어야 하건만	人可以食
배부른 사람은 드물어라.	鮮可以飽

---

1) 규장각본 『시명다식』에는 '牂'이지만, 『시집전』과 소창문고본 『시명다식』 원문을 따랐음. 뒤의
  '牂'도 마찬가지임.
2) 소창문고본 『시명다식』에는 '上詳羊條'이지만, 규장각본 『시명다식』 원문을 따랐음.

원__騵 · 류거흘

◆ 大雅 大明

주자가 말하였다. '류'(월따말)의 배가 흰 것은 '원'(류거흘)이라 한다.

朱子曰 騮馬白腹曰騵.

묘 __ 貓 · 고양이

◆ 韓奕

주자가 말하였다. '묘'(고양이)는 '호'(범)와 비슷하지만, 털이 가늘고 짧으며 색이 엷다.

『이아』에 말하였다. '호'가 털이 가늘고 짧으며 색이 엷은 것은 '잔묘'라 한다.

朱子曰 貓 似虎 而淺毛. 爾雅曰 虎竊毛謂之虦貓.[1]

궤보는 몹시 용감해서	蹶父孔武
가보지 않은 나라가 없었네.	靡國不到
한나라에 시집간 길씨 혼처 알아보더니	爲韓姞相攸
한나라보다 더 좋은 곳 없더라네.	莫如韓樂
참으로 즐거운 한나라 땅이여,	孔樂韓土
냇물과 못물이 넘쳐흐르고	川澤訏訏
방어와 연어 큼직큼직하며	魴鱮甫甫
암사슴 수사슴이 떼 지어 노네.	麀鹿噳噳
곰도 있고 말곰도 있고	有熊有羆

고양이도 있고 범도 있네.　　　　　　　有貓有虎

좋게 여기고 시집보내 살게 하니　　　慶旣令居

한나라 길씨는 편하게 즐기네.　　　　韓姞燕譽

---

1) 규장각본 『시명다식』에는 '虎編毛謂之虦貓也'이지만, 『이아』와 소창문고본 『시명다식』 원문을
　따랐음.

비__貔¹⁾·비

주자가 말하였다. '비'(호랑이와 비슷한 맹수. 인신하여 용맹한 군사의 비유)는 사나운 짐승의 이름이다.

육씨가 말하였다. '비'는 '호'(범)와 비슷한데, 어떤 사람은 '웅'(곰)과 비슷하다고 하며, 다른 이름으로 '집이', '백호'(흰 여우·백여우. 여우와 비슷하고, 작으며, 빛깔이 흼)이고, 그 새끼는 '혹'(흰 여우의 새끼)이라 한다. 요동사람들은 '백비'라 한다.

『설문』에 말하였다. '표'(표범)의 따위이고, 맥나라(北貉. 중국 북방에 있던 나라 이름)에서 나온다.

朱子曰 貔 猛獸名. 陸氏曰 貔 似虎 或曰似熊 一名執夷 一名白狐 其子 爲嗀²⁾. 遼東人謂之白羆³⁾. 說文曰 豹屬 出貉國.

커다란 한나라 성은	溥彼韓城
연나라 백성들이 완성시켰네.	燕師所完
선조들이 받으신 명을 이어받아	以先祖受命
오랑캐 나라까지 다스리니,	因時百蠻

천자님께서 한나라 제후에게	王錫韓侯
추나라 맥나라까지 맡기셨네.	其追其貊
북쪽 나라들을 모두 맡아	奄受北國
그곳의 백(伯)이 되니,	因以其伯
성을 쌓고 해자를 파서	實墉實壑
밭을 다스리고 세금을 정하였네.	實畝實籍
천자님께 비 가죽과	獻其貔皮
붉은 표범 누런 말곰 가죽을 바치었네.	赤豹黃羆

1) 『시집전』에는 '貔'이지만, '豼'와 통하므로 『시명다식』 원문을 따랐음. 뒤의 '豼'도 마찬가지임.
2) 『시명다식』에는 '毅'이지만, 『모시초목조수충어소』와 『이아음의』 원문을 따랐음.
3) 『이아음의』에는 '熊'이지만, 『모시정의』와 『모시초목조수충어소』와 『시명다식』과 『이아소』 원문을 따랐음.

율__騵 · 쌍창워라

◆ 魯頌 駉[1]

주자가 말하였다. '려'(가라말) 말의 사타구니가 흰 것은 '율'(쌍창워라 · 가랑이만 흰 검은 말)이라 한다.

공씨가 말하였다. '려'는 검은색이고, '과'는 넓적다리 사이이니, '과'라는 것은 넓적다리가 매달린 곳이다.

朱子曰 驪馬白跨曰騵. 孔氏曰 驪 黑色[2] 跨 髀間也 跨者 所跨據之處.

살찌고 흰칠한 수말들이	駉駉牡馬
멀리 들 밖에 달리고 있네.	在坰之野
참으로 건장한 말들이네.	薄言駉者
쌍창워라에 황부루 하며	有騵有皇
가라말에다 황고랑[3] 있어	有驪有黃
수레를 힘차게 끌고 가네.	以車彭彭
한없이	思無疆
훌륭한 말들일세.	思馬斯臧

1) 『시경』 「노송」의 편 이름. 사관(史官) 극(克)이 인정(仁政)을 베푼 희공(僖公)을 칭송한 시.
2) 『모시정의』에는 '也'가 있지만, 『시명다식』 원문을 따랐음.
3) 털빛이 누른 말. 황고라말. 황마(黃馬).

추___騅 · 청부루

　주자가 말하였다. 옅은 푸른색과 흰색 털이 섞인 것은 '추'(청부루. 검
푸른 털에 흰 털이 섞인 말)라 한다.

　朱子曰 蒼白雜毛曰騅.

살찌고 훤칠한 수말들이	駉駉牡馬
멀리 들 밖에 달리고 있네.	在坰之野
참으로 건장한 말들이네.	薄言駉者
청부루에다 황부루에다	有騅有駓
절따말도 있고 철청총이도 있어,	有騂有騏
수레를 힘차게 끌고 달리네.	以車伾伾
끝없이	思無期
재주 좋은 말들일세.	思馬斯才

비__駓 · 황부루

주자가 말하였다. 누런색과 흰색 털이 섞인 것은 '비'(황부루. 흰 빛깔이 섞인 누른 말)라 한다.

공씨가 말하였다. 지금의 '도화마'(桃花馬 · 月毛馬 · 桃花毛. 흰 털에 붉은 점이 있는 말)이다.

朱子曰 黃白雜毛曰駓. 孔氏曰 今桃華[1]馬也.

---

1) 『모시정의』에는 '花'이지만, '華'와 통하므로 『시명다식』 원문을 따랐음.

성__騂 · 절따말

주자가 말하였다. 누런빛을 띤 붉은색은 '성'(절따말. 붉은 빛깔의 말. 인신하여 붉은 빛깔의 소 · 양 · 돼지 등의 희생)이라 한다.

朱子曰 赤黃曰騂.

락__雒[1] · 표가라(몸은 검고 갈기는 흰 말)

살찌고 흰칠한 수말들이	駉駉牡馬
멀리 들 밖에 달리고 있네.	在坰之野
참으로 건장한 말들이네.	薄言駉者
돈점박이 연전총(連錢驄)에 갈기 검은 가리온	有驈有駱
월따말에다 갈기 흰 표가라도 있어,	有駵有雒
수레를 끌고 쏜살같이 달리네.	以車繹繹
싫어하지도 않고	思無斁
힘차게 내닫는 말들일세.	思馬斯作

---

1) 『시명다식』에 이 항목의 설명은 없음.

타__驒 · 연전총

　주자가 말하였다. 푸른색과 검정색 털이 섞인 '린'(얼룩말)은 '타'(연전총)이다. 색깔에는 진하거나 옅은 것이 있고, 여러 빛깔이 섞여 아롱져서 마치 물고기의 비늘과 같으니, 지금의 '연전총'이다.

　朱子曰 靑驪驎曰驒. 色有深淺 斑[1]駁如魚鱗 今之連錢驄[2]也.

---

1) 『모시정의』와 『시집전』에는 '班'이지만, '斑'과 통하므로 『시명다식』 원문을 따랐음.
2) 규장각본 『시명다식』에는 '驄'이지만, '驄'과 통하므로 『모시정의』와 소창문고본 『시명다식』과 『시집전』 원문을 따랐음.

하 __ 騢 · 적부루마

주자가 말하였다. 붉은색과 흰색 털이 섞인 것은 '하'(적부루마)라 한다.
공씨가 말하였다. '동'은 붉은색이니, 지금의 '자백마'(옛날 駿馬의 이
름)이다.

朱子曰 彤白雜毛曰騢. 孔氏曰 彤 赤也 今赭白馬也[1].

살찌고 흰칠한 수말들이	駉駉牡馬
멀리 들 밖에 달리고 있네.	在坰之野
참으로 건장한 말들이네.	薄言駉者
그은총이와 적부루에다	有駰有騢
정강이 하얀 말에 쌍골희도 있어,	有驔有魚
수레를 끌고 힘차게 달리네.	以車祛祛
다른 생각도 없이	思無邪
달려만 가는 말들일세.	思馬斯徂

---

1) 『모시정의』에는 "卽今赭白馬是也"이지만, 『시명다식』 원문을 따랐음.

담__驔 · 다리에 긴 털 난 말

주자가 말하였다. 정강이에 털이 난 것은 '담'(다리에 긴 털이 난 말)이라 하니, 털이 정강이에 있는데, 희다.

공씨가 말하였다. '간'은 다리의 정강이이니, 대개 무릎 아래를 말한다.

朱子曰 毫[1]骭曰驔 毫在骭 而[2]白也. 孔氏曰 骭 脚脛 蓋膝下名也[3].

---

1) 『모시정의』와 『시집전』에는 '豪'이지만, '毫'와 통하므로 『시명다식』 원문을 따랐음. 뒤의 '毫'도 마찬가지임.
2) 『시명다식』에는 '曰'이지만, 『모시정의』와 『시집전』 원문을 따랐음.
3) 『모시정의』에는 "然則骭者 膝下之名"이지만, 『시명다식』 원문을 따랐음.

어__魚 · 쌍골희

주자가 말하였다. 두 눈이 흰 것은 '어'(쌍골희 · 두 눈의 털빛이 흰 말)라 하니, 물고기의 눈과 비슷하다.

『이아』에 말하였다. 한쪽 눈이 흰 것은 '한'이고, 두 눈이 흰 것은 '어'이다.

朱子曰 二目白曰魚 似魚目也. 爾雅曰 一目白 瞷[1] 二目白 魚.

---

1) 소창문고본 『시명다식』과 『이아』에는 '瞯'이지만, '瞷'과 통하므로 규장각본 『시명다식』 원문을 따랐음.

현__駽 · 돗총이

◆ 有駜[1]

주자가 말하였다. 푸른색과 검정색이 섞인 것은 '현'(돗총이. 털빛이 검푸른 말)이라 하니, 지금의 '철총'(鐵驄 · 鐵驄馬)이다.

朱子曰 靑[2]驪曰駽 今鐵驄[3]也.

살지고 억센	有駜有駜
네 마리 돗총이들이 달리네.	駜彼乘駽
이른 아침부터 늦은 밤까지 관청 일을 보고	夙夜在公
관청에서 잔치하네.	在公載燕
올해부터 시작해서	自今以始
해마다 풍년이 들리라.	歲其有
군자님은 녹이 있어	君子有穀
자손에게 물리시니	詒孫子
모두들 즐거워라.	于胥樂兮

1) 『시경』「노송」의 편 이름. 희공(僖公)이 군신(君臣) 간에 도(道)가 있음을 칭송한 시.
2) 『시명다식』에는 '赤'이지만, 『시집전』 원문을 따랐음.
3) 『모시정의』에는 '鐵驄'이고, 규장각본 『시명다식』에는 '鐵騘'이지만, '鐵驄'과 통하므로 소창 문고본 『시명다식』과 『시집전』 원문을 따랐음.

詩名多識 卷之四 識蟲

시명다식 제사권·식충

종사 _螽斯 · 여치

◆ 周南 螽斯[1]

주자가 말하였다. '종사'(여치 또는 베짱이. 여치과의 곤충. 일설에는 메뚜기)는 '황'(누리 · 蝗蟲 · 飛蝗. 메뚜기과의 곤충. 일설에는 메뚜기)의 따위이니, 길고 푸르며, 더듬이와 다리가 길고, 다리를 서로 비벼서 소리를 내며, 한 번에 아흔아홉 마리의 새끼를 낳는다.

육씨가 말하였다. 『이아』에 "'사종'(베짱이)은 '송서'(螽斯. 베짱이 또는 메뚜기)이다"라 했고, 양웅은 "'용서'(베짱이)이다"라 했다. 유주 사람들은 '용기'라 하니, '용기'는 바로 '용서'이다. 푸른색에 검은 얼룩이 있고, 그 다리는 '대모'(열대 지방에 사는 바다거북의 하나)의 무늬와 비슷하며, 5월 중에 두 다리를 서로 비벼서 소리를 내는데, 몇십 걸음 밖까지 들린다.

『본초』에 말하였다. '초종'(메뚜기)과 비슷하지만, 큰 것은 '종사'라 한다.

『석문』에 말하였다. 곽박이 "강동에서는 '책맹'(벼메뚜기)이라 부른다"고 했다.

朱子曰 螽斯 蝗屬 長而靑 長角長股 能以股相切作聲 一生九十九子. 陸

氏曰 爾雅云²⁾ 蜇³⁾螽 蜙蝑也 揚雄云 舂黍也. 幽州人謂之舂箕 舂箕 卽舂

黍. 靑色黑⁴⁾斑 其股似玳⁵⁾瑇文 五月中以兩股相搓作聲 聞數十步. 本艸曰

似艸螽 而大者曰 螽斯. 釋文曰 郭璞云 江東呼爲蚱蜢.

여치들 날개 소리	螽斯羽
스륵스륵 들리네.	詵詵兮
그대 자손들도	宜爾子孫
번성하리라.	振振兮

---

1) 『시경』 「주남」의 편 이름. 후비(后妃)가 투기하지 않아 자손이 많음을 노래한 시. 인신하여 자
손이 많음의 비유.

2) 『모시초목조수충어소』에는 '曰'이지만, '云'과 통하므로 『시명다식』 원문을 따랐음.

3) 『시명다식』에는 '蜇'가 없지만, 「이아」 원문을 따랐음.

4) 『모시초목조수충어소』에는 '黑色'이지만, 『시명다식』 원문을 따랐음.

5) 「이아소」에는 '瑇'이지만, '玳'와 통하므로 『모시초목조수충어소』와 『시명다식』 원문을 따랐음.

초충__艸蟲 · 베짱이

◈ 召南 艸蟲

주자가 말하였다. '초충'(베짱이)은 '황'(누리)의 따위이니, 우는 소리
가 기이하고, 푸른색이다.

육씨가 말하였다. '초충'은 '상양'(벌레의 일종)이다. 크기와 길이는
'황'만 하고, '모'(띠) 풀 속에 있기를 좋아한다. 지금 사람들은 '황'의 새
끼가 '종'(메뚜기)의 새끼라 하고, 연주 사람들은 '특'(누리. 벼의 잎을 갉
아먹는 蝗蟲의 일종)이라 한다.

『본초』에 말하였다. '부종'(메뚜기 또는 누리의 애벌레) 중에서 풀 위
에 있는 것은 '초종'이라 한다.

朱子曰 艸蟲 蝗屬 奇音靑色. 陸氏曰 艸蟲 常羊也. 大小長短如蝗 好在茅
艸中. 今人謂蝗子爲螽子 兗州人[1]謂之螣. 本艸曰 阜[2]螽 在艸上者曰 艸螽.

베짱이는 울고	喓喓草蟲
메뚜기는 뛰노네.	**趯趯阜螽**
당신을 못 보았을 적엔	未見君子
내 마음 시름겹더니,	憂心忡忡

당신을 보고 나자   亦旣見止

당신을 만나고 나자   亦旣覯止

내 마음 놓이네.   我心則降

---

1) 『본초강목』에는 '亦'이 있지만, 『시명다식』 원문을 따랐음.

2) 『본초강목』에는 '顗'이지만, '皐'와 통하므로 『시명다식』과 『시집전』 원문을 따랐음.

부종__阜螽 · 메뚜기

주자가 말하였다. '부종'(메뚜기 또는 누리의 애벌레)은 '번'(메뚜기의 애벌레)이다.

육씨가 말하였다. '부종'은 '황'(누리)의 새끼로, 다른 이름은 '부번'(벌레의 이름)이다. 지금 사람들은 '황'의 새끼가 '종'(메뚜기)의 새끼라 하고, 연주 사람들은 또한 '특'(누리)이라 한다.

『본초』에 말하였다. '종사'(메뚜기)는 다른 이름으로 '부번', '책맹'(벼메뚜기)이다. 『이아』에 "'부종'은 '번'이다. '초종'(메뚜기)은 '부번'이다. '사종'(螽斯. 누리 또는 베짱이. 메뚜기 또는 여치과의 곤충)은 '송서'이다. '계종'(방아깨비 · 舂米郎)은 '계척'이다. '토종'(송장메뚜기)은 '양계'(메뚜기)이다. 몇 종류가 모두 '황'과 비슷하지만, 크기는 한결같지 않다"고 했다.

朱子曰 阜螽 蠜也. 陸氏曰 阜螽 蝗子 一名負蠜. 今人謂蝗子爲螽子 兗州人亦謂之螣. 本艸曰 螽斯 一名負蠜 一名蚱蜢. 爾雅云 阜螽 蠜也. 艸螽[1] 負蠜也. 斯[2]螽 蜙蝑也. 蟿螽 螇蚸也. 土螽 蠰谿[3]也. 數種皆類蝗 而大小不一.

1) 『시명다식』에는 '蟲'이지만, 『본초강목』과 『이아』 원문을 따랐음.
2) 『이아』에는 '蛋'이지만, 금릉본 『본초강목』과 『시명다식』 원문을 따랐음.
3) 금릉본 『본초강목』과 『시명다식』은 '蠑'이지만, 『이아』 원문을 따랐음.

추제__蝤蠐 · 나무굼벵이

◉ 衛 碩人

　주자가 말하였다. '추제'(나무굼벵이. 하늘소의 애벌레. 인신하여 미인의 희고 긴 목의 비유)는 나무벌레 중에서 희고 긴 것이다.

　육씨가 말하였다. '제조'(굼벵이. 풍뎅이의 애벌레)는 더러운 흙 속에 산다. 『이아』에 "'비'(蟦蠐 · 풍뎅이의 애벌레)는 '제조'이고, '추제'는 '갈'(나무좀)이다"라 했다.

　『본초』에 말하였다. '추제'는 다른 이름으로 '목두충'(나무를 갉아먹는 벌레), '길굴'(나무좀)이다. '잠'(누에)과 비슷한데, 나무 속에 있으면서 나무를 먹는 것은 '갈'이라 한다. '잠'과 비슷한데, 나무 위에 있으면서 나뭇잎을 먹는 것은 '촉'(뽕나무벌레. 빛깔은 푸르고, 모양은 누에를 닮은, 곤충의 애벌레)이라 하고, '촉'과 비슷하지만 작고, 나아갈 때 머리와 꼬리가 서로 나아가면서 구부린 뒤에 펴는 것은 '척확'(자벌레)이라 하며, '척확'과 비슷한데, 푸르고 작은 것은 '명령'[1]이라 한다. 세 가지 벌레는 모두 나무 구멍에서 살 수 없고, 여름이 되면 모두 날개가 돋아서 '아'(나방)가 된다.

　『이아』에 말하였다. '추제'는 '갈'이다. 『주』에 말하였다. 나무 속에 있다. 지금 비록 통틀어 '갈'이라 이름하지만, 있는 곳은 다르다.

朱子曰 蝤蠐 木虫之白 而長者也. 陸氏曰 蠐螬 生糞土²⁾中. 爾雅云³⁾ 蟦⁴⁾
蠐螬也 蝤蠐 蝎也. 本艸曰 蝤蠐 一名木蠹虫. 一名蛣蝓. 似蠶 而在木中食
木者 爲蝎. 似蠶 而在樹上食葉者 爲蠋 似蠋而小 行則首尾相就 屈而後伸
者 爲尺蠖 似尺蠖 而靑小者 爲螟蛉. 三虫皆不能穴木 至夏俱羽化爲蛾. 爾
雅曰 蝤蠐 蝎. 注云 在木中. 今雖通名爲蝎 所在異.

---

1) 명충(螟蟲)나방의 애벌레. 또는 애벌레의 총칭. '명충'은 '마디충'으로, 벼를 갉아먹는 벌레임.
2) 『모시초목조수충어소』와 『시명다식』에는 '土'가 없지만, 『이아주』 원문을 따랐음.
3) 『모시초목조수충어소』에는 '云'이 없지만, 『시명다식』 원문을 따랐음.
4) 『시명다식』에는 '蟦'이지만, 『모시초목조수충어소』와 『이아』 원문을 따랐음.

진__蜄 · 작은 매미

주자가 말하였다. '진'(매미의 일종)은 '선'(매미. 매미과 곤충의 총칭)
과 같지만 작고, 그 이마는 넓으면서 네모지고 반듯하다.

『본초』에 말하였다. '진'도 또한 '선'의 이름인데, 사람들이 그 이름을
숨기고, '제녀'[1]라고 부른다. 조사해보건대, 시인은 제나라 임금의 여자
인 장강을 찬미한 것이니, 뜻은 대개 여기에서 얻었다.

『정운』에 말하였다. 다른 이름은 '청청'(작은 매미의 일종)이니 '찰'(작
은 매미)이다. 머리는 네모지고, 무늬가 있다.

『몽계필담』에 말하였다. '초료'(매미의 일종) 중에서 작고, 초록색인
것을 북쪽 사람들은 '진'이라 한다.[2]

朱子曰 蜄 如蟬而小 其額廣 而方正. 本艸曰[3] 蜄亦蟬名 人隱其名 呼爲
齊女. 按詩人美莊姜爲齊侯之子 義盖取此. 正韻[4]曰 一名蜻蜻 蚻也. 頭方
有文. 夢溪筆談云 蟭蟟之小 而綠色者 北人謂之蜄.

1) '매미'의 다른 이름. 제(齊)의 왕후가 원한을 품고 죽어서 매미로 변했다는 데서 유래함.

2) 『몽계필담』 「잡지」(雜誌) 1.

3) 이 항목에 인용한 『본초』의 글 순서는 다음과 같음. "按詩人美莊姜爲齊侯之子. 蟬亦蟬名 人隱其名 呼爲齊女 義盖取此.."

4) 『시명다식』에는 '訬'이지만, '韻'이 맞으므로 바로잡았음. 뒤의 '韻'도 마찬가지임.

아_蛾·누에나방

　　주자가 말하였다. '아'(누에나방)는 '잠아'(누에나방)이니, 그 눈썹은 가늘고 길며 굽어있다.

　　『이아』에 말하였다. '아'는 '라'이다. 『소』에 말하였다. 이것은 바로 '잠용'(누에의 번데기)이 변한 것이다.

　　『운회』[1]에 말하였다. '아'는 '황접'(나비의 일종)과 비슷하지만 작고, 그 눈썹은 굽어 서로 이어져서 마치 선을 그은 것 같다.

　　朱子曰 蛾 蠶蛾也 其眉細 而長曲. 爾雅曰 蛾 羅. 疏云 此 卽蠶蛹所變 者也. 韻會曰 蛾 似黃蝶而小 其眉句曲如畫.

---

1) 원(元) 웅충(熊忠)의 『고금운회거요』(古今韻會擧要) 「평성」(平聲) 하 5. 가여과통(歌與戈通) 〈아〉(蛾) 조.

승__蠅·파리

◆ 齊 鷄鳴[1]

『본초』에 말하였다. 여름에 나오고 겨울에 숨으니, 따뜻함을 좋아하고 추위를 싫어한다. 푸른 것은 소리가 굉장히 크고, 금빛을 덮어쓴 것은 소리가 맑고 그윽하면서 우렁차며, 푸른 것의 똥은 사물을 썩게 할 수 있고, 큰 것의 머리는 마치 불과 같으며, 소리가 고르면서 긴 것은 '모'(띠)의 뿌리가 변한 것이다. '승'(파리. 雙翅類 파리목 곤충의 총칭)은 소리가 코에서 나고, 발은 서로 엇걸기를 좋아한다. 그 '저'(구더기)는 어미 뱃속의 태반에서 생겨난다. '저'는 재 속에 들어가서 허물을 벗고 '승'으로 변하니, '잠'(누에)이나 '갈'(나무좀)이 '야'(나방)로 변하는 것과 같다.

本艸日 夏出冬蟄 喜暖惡寒. 蒼者聲雄壯 負金者聲淸括 靑者糞能敗物 巨者首如火 麻者茅根所化. 蠅聲在鼻 而足喜交. 其蛆胎生. 蛆入灰中蛻化 爲蠅 如蠶蝎之化蛾也.

"닭이 벌써 울었으니   雞旣鳴矣
조정에 대신들이 다 모였겠네요."   朝旣盈矣
"닭 울음소리가 아니라   匪雞則鳴

파리 소리였을 테지."　　　　　蒼蠅之聲

---

1) 『시경』「제풍」의 편 이름. 어진 후비(后妃)를 생각한 시.

실솔__蟋蟀 · 귀뚜라미

◐ 唐 蟋蟀[1]

주자가 말하였다. 벌레 이름이니, ‘황’(누리)과 비슷하지만 작고, 순전히 검으며, 윤이 나서 마치 옻칠한 듯하고, 더듬이와 날개가 있는데, 어떤 사람은 ‘촉직’(促織 · 귀뚜라미. 날이 추워지니 빨리 베를 짜라고 재촉하여 우는 벌레란 뜻)이라 한다.

육씨가 말하였다. 다른 이름으로 ‘공’(귀뚜라미), ‘청렬’(귀뚜라미)이다. 초 사람들은 ‘왕손’이라 한다. 유주 사람들은 ‘촉직’(趣織 · 귀뚜라미)이라 하니, 빨리 하도록 재촉한다는 말이다. 속담에 “‘촉직’(趣織)이 우니, 게으른 며느리[2]가 놀란다”고 했는데, 이것이다.

朱子曰 虫名 似蝗而小 正黑有光澤如漆 有角翅 或謂之促織. 陸氏曰 一名蛬[3] 一名蜻蛚[4]. 楚人謂之王孫. 幽州人謂之趣[5]織 督促之言也. 里語云[6] 趣織鳴 懶婦驚 是也.

귀뚜라미가 대청에 오르니	蟋蟀在堂
이 해도 벌써 저무는구나.	歲聿其莫
지금 우리가 즐기지 않으면	今我不樂

세월은 그냥 지나가리라.	日月其除
그러나 지나치게 즐기지만 말고	無已大康
언제나 집안일도 생각해야지.	職思其居
즐기면서도 지나치진 말아야지.	好樂無荒
훌륭한 사람은 조심해야 한다네.	良士瞿瞿

---

1) 『시경』 「당풍」의 편 이름. 진(晉) 희공(僖公)이 지나치게 검소하여 예(禮)에 맞지 않음을 풍자한 시.
2) '나부'는 귀뚜라미의 다른 이름이기도 함.
3) 『모시정의』와 『모시초목조수충어소』와 『이아소』에는 '蟗'이지만, '蛬'과 통하므로 『시명다식』 원문을 따랐음.
4) 『모시정의』와 『모시초목조수충어소』는 '蛬'이지만, '蜽'과 통하므로 『시명다식』과 『이아소』 원문을 따랐음.
5) 『모시정의』와 『이아소』는 '趣'이지만, '趨'과 통하므로 『모시초목조수충어소』와 『시명다식』 원문을 따랐음. 뒤의 '趣'도 마찬가지임.
6) 『모시정의』와 『모시초목조수충어소』와 『이아소』에는 '日'이지만, '云'과 통하므로 『시명다식』 원문을 따랐음.

부유__蜉蝣·하루살이

◆ 曹 蜉蝣[1]

주자가 말하였다. 벌레 이름이니, '거략'(하루살이)이다. '길강'(말똥구리·쇠똥구리·蛣蜣. 풍뎅이과의 곤충)과 비슷한데, 몸이 좁고, 더듬이가 길며, 황흑색이고, 아침에 태어나서 저녁에 죽는다.

육씨가 말하였다. '부유'(하루살이)는 지방의 사투리이고, 통틀어 '거략'이라 한다. '갑충'[2]과 비슷하고, 더듬이가 있으며, 크기는 손가락만 하고, 길이는 서너 치이며, 딱딱한 껍데기 아래에는 날개가 있어서 날 수 있다. 여름철에 날이 흐리고 비가 올 때 땅속에서 나온다. 지금 사람들은 불에 구워 익혀 먹는데, 맛 좋기가 '선'(매미)과 같다. 번광이 "이것은 똥속의 '갈'(좀벌레) 벌레로, 비를 따라 나온다"고 했다.

『본초』에 말하였다. '강랑'(말똥구리·쇠똥구리. 풍뎅이과 곤충의 일종), '부유', '복육'(매미의 애벌레 또는 매미의 허물), '천우'(黑角蟲. 갑충의 일종)는 모두 '제조'(굼벵이), '두'(좀벌레), '갈'(나무좀)이 변한 것이다. 이것 또한 '강랑'의 한 종류임을 모를 수 없다. 어떤 사람은 '부유'가 물에 사는 벌레라 한다. 모양은 '잠아'(누에나방)와 비슷하다.

朱子曰 虫名[3] 渠略[4]也. 似蛣蜣 身狹 而長角 黃黑色 朝生暮死. 陸氏曰

蜉蝣 方土語也 通謂之渠畧. 似甲虫 有角 大如指 長三四寸 甲下有翅能飛. 夏月陰雨時地中出. 今人燒炙噉之 美如蟬也. 樊光曰 是[5)]糞中蝎[6)]虫隨雨而出. 本艸曰 蛣蜣蜉蝣蝮蛸[7)]天牛 皆蠐螬蠹蝎所化. 此亦蛣蜣之一種不可不知也. 或曰蜉蝣水虫[8)]. 狀似䗾蛾.

하루살이 깃처럼	蜉蝣之羽
환하고도 고운 옷만 입고 사네.	衣裳楚楚
이 마음 시름겨우니	心之憂矣
내 돌아가 살 곳은 어디인가?	於我歸處

---

1) 『시경』「조풍」의 편 이름. 나라가 작고 좁은데도 스스로 법을 지키지 않고, 사치함을 좋아하며, 소인을 임용하여 장차 의지할 곳이 없게 한 소공(昭公)을 풍자한 시.
2) 초시류(鞘翅類) 곤충의 총칭. 온몸이 단단한 껍데기로 싸여 있고, 앞날개가 단단함. 딱정벌레 · 풍뎅이 · 하늘소 등이 있음.
3) 『시집전』에는 '虫名'이 없지만, 『시명다식』 원문을 따랐음.
4) 『모시정의』와 『모시초목조수충어소』와 『시집전』과 『이아소』에는 '略'이지만, '畧'과 통하므로 『시명다식』 원문을 따랐음. 뒤의 '畧'도 마찬가지임.
5) 『모시정의』와 『이아소』에는 '樊光謂之'이지만, 『모시초목조수충어소』와 『시명다식』 원문을 따랐음.
6) 『모시초목조수충어소』와 『시명다식』에는 '蠍'이지만, 『모시정의』와 『이아소』 원문을 따랐음.
7) 규장각본 『시명다식』에는 '蝴'이지만, 『본초강목』 원문을 따랐음.
8) 『본초강목』에는 '也'가 있지만, 『시명다식』 원문을 따랐음.

잠__蠶 · 누에

◆ 繭 七月[1]

『본초』에 말하였다. 실을 품었다 낳는 벌레이다. 종류가 매우 많아서 크거나 작고 희거나 검으며 알록달록한 색깔의 다름이 있다. 그 벌레는 양에 속하여 마른 것을 좋아하고 축축함을 싫어하며, 먹지만 마시지는 않고, 세 번 잠자고 세 번 깨어나며, 이십칠 일 만에 늙는다. 알에서 태어나서 '묘'(개미누에)가 되고, '묘'로부터 허물을 벗어서 '잠'(누에)이 되며, '잠'이 '견'(누에고치)이 되고, '견'이 '용'(누에번데기)이 되며, '용'이 '아'(누에나방)가 되고, '아'가 알을 낳아서, 알이 다시 '묘'가 되는데, 또한 어미 뱃속의 태반에서 생겨나는 것도 있다. 어미와 더불어 같이 늙으니, 대개 '신충'(누에)이다.

『이아』에 말하였다. '상'은 '상견'이다. 『주』에 말하였다. '상'(뽕나무)의 잎을 먹고 '견'을 만드는 것이니, 바로 지금의 '잠'이다.

本艸曰 孕絲虫也. 種類甚多 有大小白烏斑色之異. 其虫屬陽 喜燥惡濕 食而不飮 三眠三起 二十七日而老. 自卵出 而爲蚱 自蚱蛻 而爲蠶 蠶而繭 繭而蛹 蛹而蛾 蛾而卵 蛋[2]而復蚱 亦有胎生者. 與母同老 盖神虫也. 爾雅 曰 蠔桑[3]繭. 注云 食桑葉作繭者 卽今蠶.

564

1) 규장각본 『시명다식』에는 '鬘'이지만, 「빈풍」에 '잠'편이 없으므로 바로잡았음. '잠'은 〈칠월〉 편에 나오므로 이는 규장각본 『시명다식』 저자의 착오임.
2) 『본초강목』에는 '卵'이지만, '蛋'과 통하므로 『시명다식』 원문을 따랐음.
3) 『시명다식』에는 '柔'이지만, 『이아』 원문을 따랐음.

조__蜩 · 매미

주자가 말하였다. '조'(매미)는 '선'(매미)이다.

육씨가 말하였다. 우는 '조'는 '선'이니, 송과 위[1]에서는 '조'라 하고, 진과 정[2]에서는 '랑'(蛈蜩. 매미의 일종)이라 하며, 해대(山東省 渤海에서부터 泰山까지의 지대)의 사이에서는 '선'이라 하는데, '선'은 두루 통하는 말이다.

『본초』에 말하였다. '책선'(말매미. 몸뚱이가 크고 검으며 윤이 남)은 다른 이름으로 '조', '제녀'(매미)이다. '선'은 여러 '조'를 모아놓은 이름이다. 모두 '제조'(굼벵이)와 '복육'(매미의 허물. 감기 · 해소 등에 약용함)으로부터 변해서 '선'이 되는데, 또한 알에서 변하여 자라는 것도 있지만, 모두 삼십 일이면 죽는다. 네모진 머리에 넓은 이마를 갖추었고, 두 날개에 다리는 여섯이며, 옆구리로 울고, 바람과 이슬을 마시며, 오줌은 누지만 똥은 싸지 않는다. 여름철에 울기 시작하는데, 크고 색이 검은 것은 '책선'이다. 또 '면'(말매미), '마조'(말매미)라 하니, 「빈풍」시에 "오월에 '조'가 울며"라 한 것이 이것이다.

구종석이 말하였다. '책선'은 여름철에 몸통과 울음소리가 함께 커지고, 줄곧 똑같은 소리를 낸다. 저물녘과 밤을 이용해 흙 속에서 나와 높은 곳에 올라가 등껍질을 쪼개고 나온다.

　　朱子曰 蜩 蟬也. 陸氏曰 鳴蜩 蟬也 宋衛謂之蜩 陳鄭云蜋 海岱之間謂之
蟬 蟬通語也. 本艸曰 蚱蟬 一名蜩 一名齊女. 蟬 諸蜩總名也. 皆自蠐螬腹
蜟變 而爲蟬 亦有轉丸化成者 皆三十日而死. 俱方首廣額 兩翼六足 以脅
而鳴 吸風飲露 溺而不糞. 夏月始鳴 大而色黑者 蚱蟬也. 又曰蛥[3]馬蜩 豳
詩 五月鳴蜩者 是也. 寇宗奭曰 蚱蟬 夏月身與聲俱大 始終一般聲. 乘昏
夜 出土中 升高處 折背殼而出.

---

1) 주(周) 무왕(武王)이 아우 강숙(康叔)을 봉한 나라. 지금의 하남성(河南省)에 있었음.
2) 주(周) 선왕(宣王)이 아우 우(友)를 봉한 나라. 지금의 섬서성(陝西省)에 있었음.
3) 『본초강목』에는 '曰'이 있지만, 『시명다식』 원문을 따랐음.

사종__斯螽 · 여치

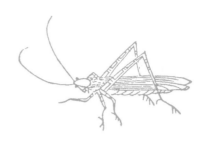

주자가 말하였다. '사종'(螽斯. 메뚜기 또는 여치과의 곤충. 누리 또는 베짱이)과 '사계'(베짱이 · 紡織娘)와 '실솔'(귀뚜라미)은 같은 것인데, 계절에 따라 변화하여 그 이름을 달리한다.

앞의 '종사'(여치 또는 베짱이) 주에 자세하다.

나는 이렇게 생각한다. 「주남」에서는 '종사'라 했고, 여기에서는 '사종'이라 하였다. 주자가 『시경』 가운데에는 진실로 '사'(斯)자를 가지고 어조사로 삼은 것이 있으니, 「소아」〈소반〉(小弁)의 "'록'(사슴)은 달아날 적에도"와 「소아」〈잠로〉(湛露)의 "흠뻑 내린 이슬이여"와 같은 따위가 이것이다"라 했다. 그러나 〈칠월〉 시에 "'사종'이 다리 비벼 울고"는 어쩌면 '종사'라고 생각하니, 이것은 이름이다"라 했다. 공씨는 "〈칠월〉의 '사종'은 글자가 비록 앞과 뒤의 순서가 뒤바뀌었지만, 그 실제는 하나이다"라 했다. 또한 어리석은 내 뜻도 이와 같다.

朱子曰 斯螽莎鷄[1]蟋蟀 一物[2] 隨時變化 而異其名. 詳上螽斯注. 學圃按 周南 謂之螽斯 此云 斯螽. 朱子曰 詩中固有以斯爲語辭者 如鹿斯之奔 湛湛露斯之類 是也. 然七月詩乃云 斯螽動股 則恐螽斯 是名也. 孔氏曰 七

568

月 斯螽 文雖顚倒 其實一也. 愚意盖亦如此.

오월에는 여치가 다리 비벼 울고	五月斯螽動股
유월에는 베짱이가 날개 떨며 우네.	六月莎雞振羽
칠월에는 들에서 지내다가	七月在野
팔월에는 처마 밑에서 살다가	八月在宇
구월에는 문간까지 들어왔다가	九月在戶
시월이 되면 귀뚜라미	十月蟋蟀
내 침상 밑까지 들어와 우네.	入我牀下
벽 구멍 막고 연기로 쥐 쫓고	穹窒熏鼠
북향 창 막고 진흙으로 문틈 바르네.	塞向墐戶
아아, 내 아내와 아이들아,	嗟我婦子
해가 또 바뀌려 하는구나.	日爲改歲
이 방에 들어와 편히 쉬어라.	入此室處

---

1) 『시집전』에는 '雞'이지만, '鶏'와 통하므로 『시명다식』 원문을 따랐음. 뒤의 '鶏'도 마찬가지임.
2) 『시명다식』에는 '名'이지만, 『시집전』 원문을 따랐음.

사계 __莎雞 · 베짱이

　육씨가 말하였다. '사계'(베짱이)는 '황'(누리)과 같지만, 알록달록한 색깔이고, 털 날개가 몇 겹인데, 순 붉은색이다. 어떤 사람은 '천계'[1]라 한다. 6월 중에 날아다니며, 날개를 떨쳐서 '삭삭'하는 어지러운 소리를 낸다. 유주에서는 '포착'이라 한다.

　『이아』에 말하였다. '한'은 '천계'이다. 『주』에 말하였다. 작은 벌레로, 몸통은 검고 머리는 붉으며, 다른 이름은 '사계'이고, 또 '저계'(가죽나무에 살며, 날개에 채색 무늬가 있는 벌레의 이름)라 한다. 이순은 다른 이름으로 '산계'라 했다.

　이시진이 말하였다. 곽박이 '저계'를 가지고 '사계'라 함은 잘못일 것이다. 사계는 '사초' 사이에서 살고, '실솔'(귀뚜라미)의 종류이며, 라원도 『이아익』에서 '사계'를 가지고 '락위'(방직랑 · 絡絲娘. 범메뚜기 또는 베짱이)라 했으니, 바로 세상 사람들이 '방사'(베짱이)라 이름하는 것이다.

　나는 이렇게 생각한다. 주자가 "'사종'과 '사계'와 '실솔'은 한 가지 사물이 계절에 따라 변화하여 그 이름을 달리하는 것임이 옳다"고 했다. 또한 이천도 "세 가지 사물의 이름이고, 색깔이 각각 다르다"는 설명을 하였고, 육씨는 이미 따로 풀이가 있었다. 또 『이아』와 『본초』를 살펴보았지만, 모두 의견이나 생각이 없다. '사종'과 '실솔'은 자구를 해석함이 아주 다르고, 또한 '사계'는 비슷하면서도 다른 사물이라 하니, 다만 자세하게 분별할 수 없는 보잘 것 없는 견문이 한스럽다. 오직 후세 사람들의 폭넓은 지식을 기다린다.

陸氏曰 莎雞 如蝗 而斑[2]色 毛翅數重 [3]翅正赤. 或謂之天鷄.[4] 六月中飛 而振羽 索索作聲. 幽州謂之蒲錯.[5] 爾雅云 螒 天雞. 注云 小虫 黑身赤頭 一名莎雞 又曰樗雞. 李巡曰 一名酸雞. 李時珍曰 郭璞 以樗雞謂莎雞[6] 誤矣. 莎雞 居莎草間 蟋蟀之類 羅願 爾雅翼 以莎雞爲絡緯 卽俗名紡絲者. 學圃按 朱子曰 斯螽莎雞蟋蟀 是一物之隨時變化 而異其名. 伊川 亦有三物名 色各異之說 而陸氏 旣有另釋. 且攷之爾雅本艸 悉無所見. 斯螽 蟋蟀 注釋判異 莎雞似亦別物 但恨謏聞未得詳辨. 惟俟後人博識.

---

1) '천계'는 이 외에도 ① 하늘에 있다는 전설상의 새 ② 별 이름 ③ 금계(金鷄) ④ 잠자리 등을 의미함.

2) 『모시정의』와 『이아소』에는 '班'이지만, '斑'과 통하므로 『모시초목조수충어소』와 『시명다식』 원문을 따랐음.

3) 『모시정의』와 『이아소』에는 '其'가 있지만, 『모시초목조수충어소』와 『시명다식』 원문을 따랐음.

4) 『이아소』에는 '或謂之天鷄'가 없지만, 『모시정의』와 『모시초목조수충어소』와 『시명다식』 원문을 따랐음.

5) 『모시정의』와 『이아소』에는 '幽州人謂之蒲錯是也'이지만, 『모시초목조수충어소』와 『시명다식』 원문을 따랐음.

6) 『본초강목』에는 '以爲莎鷄'이지만, 『시명다식』 원문을 따랐음. 뒤의 '雞'도 마찬가지임.

촉__蠋 · 뽕나무벌레

◆ 東山

주자가 말하였다. '촉'(뽕나무벌레)은 '상충'(뽕나무벌레 또는 蝒蟲)으로 '잠'(누에)과 같은 것이다.

『본초』에 말하였다. '잠'과 비슷한데, 나무 속에 있으면서 나무를 먹는 것은 '갈'(나무좀)이라 이름하고, 나무 위에 있으면서 나뭇잎을 먹는 것은 '촉'이라 이름한다.

『이아』에 말하였다. '액'(나방류의 애벌레)은 '오촉'(해충인 天蛾. 범나비(鳳蝶)의 애벌레)이다. 『주』에 말하였다. 큰 벌레는 손가락만 하고, '잠'과 비슷하며, 『한자』[1]에 보인다.

『장자』「경상초」주에 말하였다. '촉'은 '두'(콩) 잎 가운데의 크고 푸른 벌레이다.

나는 이렇게 생각한다. 『본초』에 '상두'(나무좀 · 蝎)는 '상갈'이라 하였지만, '촉'을 가지고 '상충'이라 한다는 문장은 없다. 무릇 나무 위에 있으면서 나뭇잎을 먹는 것은 통틀어 '촉'이라 함이 마땅하다.

朱子曰 蠋 桑虫如蠶者也. 本艸曰 似蠶 而在木中食木者 名[2]蝎 在樹上
食葉者 名蠋. 爾雅曰 蚅 烏蠋. 注云 大虫如指似蠶 見韓子. 莊子 庚桑楚

注云 蠋 豆藿中 大靑虫也. 學圃按 本艸 桑蠹 曰桑蝎 無以蠋爲桑虫之文.
凡在樹上食葉者 當通謂之蠋.

내 동산에 끌려가	我徂東山
오래도록 돌아오지 못했지.	慆慆不歸
내가 동쪽에서 돌아오던 날은	我來自東
부슬부슬 비가 내렸지.	零雨其濛
동산에서도 돌아갈 날만 생각하다	我東曰歸
서쪽 고향 생각에 슬프기만 했지.	我心西悲
평상복을 챙기며	制彼裳衣
다신 싸움터에 안 오리라 다짐했지.	勿士行枚
꿈틀꿈틀 뽕나무 벌레가	蜎蜎者蠋
뽕나무 밭에 기어가네.	烝在桑野
나도 웅크리고 홀로 잤었지.	敦彼獨宿
수레 밑에서 새우잠도 잤었지.	亦在車下

---

1) 『한비자』(韓非子) 「내저설」(內儲說) 상 "蟺似蛇 蠶似蠋." ('선(두렁허리)'은 '사(뱀)'와 비슷하
고, '잠'은 '촉'과 비슷하다.)
2) 『본초강목』에는 '爲'이지만, 『시명다식』 원문을 따랐음.

이위__伊威 · 쥐며느리

주자가 말하였다. '이위'(伊威 · 쥐며느리. 쥐며느리과의 절지동물 · 약재로 씀)는 '서부'(鼠婦)이다.

육씨가 말하였다. '이위'(伊威)는 다른 이름으로 '위서'(委黍), '서부'(鼠婦)이다. 벽 밑과 독 아래에 있으면서 땅속에서 살고, '백어'(좀)와 비슷한 것이 이것이다.

『본초』에 말하였다. 서부(鼠婦)는 다른 이름으로 '서부'(鼠負), '부번', '서고', '서점', '위서'(蛜蝛), '이위'(蚜蝛), '습생충', '지계', '지슬'이다. 육전의 『비아』에 "'서부'(鼠負)는 그것을 먹으면, 사람으로 하여금 음란함을 좋아하게 하므로 이름에 '부'(婦)가 있다. 또 '서고'라는 이름은 '서부'(鼠婦)와 같고, '서점'은 '서부'(鼠負)와 같다"고 했다. 그렇다면 '부'(婦)와 '부'(負) 두 글자의 뜻은 함께 통할 것이다. 축축한 곳을 따라 생겨나서 자라기 때문에 세상 사람들은 '습생충'이라 이름한다. 다리가 많고, 큰 것은 길이가 서너 푼이며, 그 색깔은 '인'(지렁이 · 蚯蚓)과 같고, 등에는 가로지른 무늬가 있어서 오그라들었다가 편다. 이시진이 말하였다. 모양은 '의어'(반대좀 · 蟗魚 · 紙魚. 옷이나 책을 갉아먹는 좀)와 비슷한데 조금 크고, 잿빛이다.

『이아』에 말하였다. '번'(쥐며느리)은 '서부'(鼠負)이다. 『주』에 말하였다. 질그릇이나 오지그릇 밑에 사는 벌레이다.

朱子曰 伊威 鼠婦也. 陸氏曰 伊威 一名委黍 一名鼠婦[1]. 在壁根下甕底土中生 似白魚者 是也. 本艸曰 鼠婦 一名鼠負 一名負蟠 一名鼠姑 一名鼠粘 一名蟠蟥 一名蚜蟓 一名湿生虫 一名地雞[2] 一名地虱. 陸佃 埤雅云 鼠負 食之令人善淫 故有婦名.[3] 又名鼠姑 猶鼠婦也 鼠粘 猶鼠負也. 然則婦負二義俱通矣. 因湿化生 故俗名湿生虫. 多足 大者長三四分 其色如蚓 背有橫文[4]蹙起. 李時珍曰 形似衣魚稍大 灰色. 爾雅曰 蟠 鼠負. 注云 甕器底虫.

---

1) 『모시정의』에는 '鼠蝀'이지만, '鼠婦'와 통하므로 『시명다식』 원문을 따랐음.
2) 『본초강목』에는 '鷄'이지만, '雞'와 통하므로 『시명다식』 원문을 따랐음.
3) 『비아』의 원문은 다음과 같음. "鼠婦 食之令人善淫術 曰鼠婦 淫婦 是也."
4) 『본초강목』에는 '紋'이지만, '文'과 통하므로 『시명다식』 원문을 따랐음.

소소__蠨蛸 · 갈거미

주자가 말하였다. '소소'(갈거미)는 작은 '지주'(蜘蛛·거미)이니, 문에 드나드는 사람이 없으면, 거미줄을 쳐서 막는다.

육씨가 말하였다. '소소'는 다른 이름으로 '장기'(갈거미), '장각'이다. 형주와 하내 사람들은 '희모'(갈거미)라 한다. 이 벌레가 와서 사람의 저고리에 붙으면, 마땅히 친한 손님이 와서 기쁨이 있으니, 유주 사람들은 '친객'(납거미)이라 한다. 또한 마치 '지주'(蜘蛛)처럼 그물을 치고 산다는 것이 이것이다. 또 육씨가 말하였다. 문을 향해 거미줄 치기를 좋아하고, 사람이 그것에 닿으면, 앞뒤 다리를 마치 풀처럼 펴서 사람으로 하여금 정신이 헛갈리지 않게 하므로 '장기'라 이름한다.

『본초』에 말하였다. '지주'(蜘蛛)는 그 종류가 매우 많으니, '토지주', '초지주', '소소', '장기'가 있다.

『이아』에 말하였다. '소소'는 '장기'이다. 『주』에 말하였다. 작은 '지주'(鼅鼄·거미)가 다리 긴 것을 세상 사람들은 '희자'(갈거미)라 부른다.

朱子曰 蠨蛸 小蜘蛛也 戶無人出入 則結網當之. 陸氏曰 蠨蛸 一名[1] 長踦[2] 一名長脚. 荊州河內人謂之蟢[3]母. 此虫來著人衣 當[4]有親客至 有

喜也 幽州人謂之親客. 亦如蜘蛛爲網羅居之 是也[5]. 又陸氏曰 喜結網當戶
人觸之 則伸前後足如艸 使人不疑爲虫 故名長踦. 本艸曰 蜘蛛 其類極[6]多 有
土蜘蛛 艸蜘蛛 蠨蛸 長踦. 爾雅曰 蠨蛸 長踦. 注云 小鼅鼄長脚者 俗呼
爲喜子.

---

1) 『모시정의』와 『모시초목조수충어소』와 『이아소』에는 '一名'이 없지만, 『시명다식』 원문을 따
랐음.
2) 『이아소』에는 '長踦'가 없지만, 『모시정의』와 『모시초목조수충어소』와 『시명다식』 원문을 따
랐음.
3) 『모시정의』와 『모시초목조수충어소』와 『이아소』에는 '喜'이지만, '蟢'와 통하므로 『시명다식』
원문을 따랐음.
4) 『모시초목조수충어소』에는 '罾'이지만, 『모시정의』와 『시명다식』과 『이아소』 원문을 따랐음.
5) 『모시초목조수충어소』와 『시명다식』에는 '是也'가 없지만, 『모시정의』와 『이아소』 원문을 따
랐음.
6) 『본초강목』에는 '甚'이지만, '極'과 통하므로 『시명다식』 원문을 따랐음.

소행 __宵行 · 반딧불이

주자가 말하였다. '소행'(반딧불이. 개똥벌레)은 벌레 이름이니, '잠'(누에)만 하고, 밤에 다니며, 목 아래에 빛이 있어 '형'(개똥벌레. 개똥벌레과의 곤충)과 같다.

복씨가 말하였다. 옛 설명은 '습습'을 가지고 '형'이라 했고, '소행'을 가지고 밤에 날아다닌다고 했지만, 아래 장에 "선명한 그 깃이로다"와 더불어 서로 어긋나니, '소행'은 벌레 이름임을 마땅히 알 수 있다.

『본초』에 말하였다. 다른 이름으로 '야광'(반딧불), '소촉'(宵燭 · 개똥벌레), '단조'(丹良 · 개똥벌레)이다. 세 가지 종류가 있다. 한 종류는 작고, 밤에 날아다니며, 배 아래가 밝게 빛나는데, 바로 '모'(띠)의 뿌리가 변한 것이니, 여씨의 〈월령〉에 "썩은 풀이 변하여 '형'이 된다"고 한 것이 이것이다. 한 종류는 길이가 '저'(노래기 · 蛆蝶 · 馬蚿)나 '촉'(뽕나무벌레)만 하고, 꽁무니에 빛이 있으며, 날개가 없어서 날지 못하는데, 바로 '죽'(대)의 뿌리가 변한 것이니, 다른 이름으로 '견'(노래기 · 香娘閣氏)이라 하고, 세상 사람들은 '형저'(土螢 · 蛆螢)라 하니, 명당의 〈월령〉에 "썩은 풀이 변하여 '견'이 된다"고 한 것이 이것이고, 그것을 '소행'이라 이름하는데, '모'나 '죽'의 뿌리는 밤에 보면 빛이 나니, 축축하고 따뜻한 기운이 다시 움직여 마침내 변해서 모양을 이룰 뿐이다. 한 종류는 '수형'(개똥벌레의 일종)이니, 물속에 살고, 당나라 이자경의 〈수형부〉에 "저것은 어찌하여 풀로 변했고, 이것은 어찌하여 샘에 사는가"라 한 것이 이것이다.

『이아』에 말하였다. '형화'(개똥벌레 또는 반딧불)는 '즉소'이다. 『주』에 말하였다. 밤에 날아다니고, 배 아래에 불빛이 있다.

朱子曰 宵行 虫名 如蠶 夜行 喉下有光如螢. 濮氏曰 舊說 以熠熠 卽螢 以宵行爲夜飛 與下章 熠熠其羽 相戾 當知宵行 乃虫名. 本艸曰 一名夜光 一名宵燭 一名丹鳥. 有三種. 一種小而宵飛 腹下光明 乃茅根所化也 呂氏月令 所謂腐艸化爲螢者 是也. 一種長如蛆蠋 尾後有光 無翼不飛 乃竹根所化也 一名蠲 俗名螢蛆 明堂月令 所謂腐艸化爲蠲[1] 是也 其名宵行 茅竹之根 夜視有光 復感湿熱之氣 遂變化成形爾. 一種水螢 居水中 唐 李子卿 水螢賦 所謂彼何爲[2]而化艸 此何爲而居泉 是也. 爾雅曰 螢火 卽炤. 注云 夜飛 腹下有火.

---

1) 『본초강목』에는 '者'가 있지만, 『시명다식』 원문을 따랐음.
2) 『시명다식』에는 '鳥'이지만, 『본초강목』 원문을 따랐음.

훼__虺 · 살무사

주자가 말하였다. '훼'(살무사)는 '사'(뱀)의 따위이니, 목은 가늘고
머리는 크며, 색은 무늬 있는 끈과 같은데, 큰 것은 길이가 예닐곱 자나
된다.

『본초』에 말하였다. '완'(살무사)과 '복'(蝮蛇 · 독사의 일종)은 같은 종
류이니, 바로 '훼'이다. 길이는 한 자 남짓인데, '복'은 크고 '훼'는 작지
만, 그 독은 같다. 『식경』에 "'훼'의 색깔은 흙과 같은데, 작은 것은 '복
사'와 같다"고 한 것이 이것이다. 이시진이 말하였다. 다른 이름으로 '올'이
다. '올'은 바로 '훼' 자이다. '완'과 '올' 자는 모양이 서로 비슷한데, 전해가며
베끼다가 잘못되었을 뿐이다.

『이아』에 말하였다. '복훼'(독사의 일종)는 너비가 세 치이고, 머리 크
기는 엄지만 하다. 『주』에 말하였다. 몸통 너비는 세 치이고, 머리 크기는
사람의 엄지손가락만 하다.

이시진이 말하였다. '복훼'는 두 종류일 것이다. 대개 '복'은 길고 크지만,
'훼'는 짧고 작으니, 스스로 나누기가 어렵지 않다.

朱子曰 虺 蛇屬 細頸大頭 色如文綬 大者 長七八尺. 本艸曰 虺與蝮同

類 卽虺也. 長尺餘 蝮大 而虺小 其毒 則一. 食經 所謂 虺色如土 小如蝮蛇者 是也. 李時珍曰 一名虵. 虵 卽虺字. 虵虺字象相近 傳寫脫誤爾[1]. 爾雅曰 蝮虺 博三寸 首大如擘. 注云 身廣三寸 頭大如人擘指. 李時珍曰 蝮虺 爲[2] 二種矣. 蓋蝮長大 虺短小 自[3]不難辨.

---

1) 『시명다식』에는 '也'이지만, 『본초강목』 원문을 따랐음.
2) 『시명다식』에는 '有'이지만, 『본초강목』 원문을 따랐음.
3) 『시명다식』에는 '自'가 또 있지만, 『본초강목』 원문을 따랐음.

사 _ 蛇 · 뱀

나는 이렇게 생각한다. 이시진이 "'사'(뱀)의 종류에 대한 자질구레한 말들은 종류를 좇을 수 없을 정도이니, 무리를 모아, 참고하여 살펴보기에 편하게 한다"고 했다. 대개 그 설명한 것이 뒤섞여 어지럽고 매우 많으며, 많은 학자들의 설명을 두루 끌어다가 종류를 나눈 것이 매우 많다. 지금 여기에 모두 기록할 수 없으니, '사'라는 글자는 여러 '사'의 모아놓은 이름에 지나지 않을 뿐이다.

學圃按 李時珍曰 蛇類璅[1]語 不可類從者 萃族[2] 以便考閱. 盖其所論紛紜襍沓 泛引百家之說 分類甚多. 今不能悉錄於此 而蛇字不過爲諸蛇之總名耳.

---

1) 『본초강목』에는 '瑣'이지만, '璅'와 통하므로 『시명다식』 원문을 따랐음.
2) 『본초강목』에는 '于左'가 있지만, 『시명다식』 원문을 따랐음.

척__蜴 · 도마뱀

◆ 正月[1]

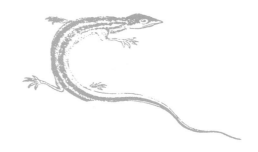

주자가 말하였다. '척'(도마뱀)은 '원'(도롱뇽의 일종)이고, '훼'(살무사)와 '척'은 모두 독을 쏘는 동물이다.

육씨가 말하였다. '훼척'(도마뱀)은 다른 이름으로 '영원'(도마뱀과 비슷하게 생긴 도롱뇽과의 양서동물), '척'이다. 어떤 사람은 '사의'(도롱뇽의 일종)라 하는데, '석척'(도마뱀)과 같고, 청록색이며, 크기는 손가락만 한데, 생김새가 싫어할 만하다.

『본초』에 말하였다. '석척'은 다른 이름으로 '석룡자', '산룡자', '천룡', '저파사', '수궁'(蝎虎 · 壁虎 · 蝘蜓. 파충류에 속하는 도마뱀 비슷한 동물. 이를 빻아 여자의 몸에 발라놓으면, 不貞을 막을 수 있다 하여 이르는 말)이다. 산속의 돌 틈에 사는 것은 '석룡'(도마뱀)이라 하니, 바로 '석척'이고, 세상 사람들은 '저파사'라 부른다. '사'(뱀)와 비슷하고 네 발이 있으며, 머리는 납작하고 꼬리는 길며, 모양은 가늘고, 길이는 예닐곱 치인데. 큰 것은 한두 자이고, 가는 비늘이 있으며 금벽색이다. 그것 중에서 온몸이 오색인 것은 수컷인데, 약으로 쓸 수 있고 더욱 뛰어나다. 풀이 무성한 늪지대 사이에 사는 것은 '사의'라 하니, 또 '사사', '사구모', '수석척', '영원'이라 이름하고, 세상 사람들은 또한 '저파사'라 부른

다. ‘사’는 다친 곳이 있으면, 풀을 물어다가 펼쳐 깔고, 또 물에 들어갈
수 있어 물고기와 합하기 때문에 여러 이름을 얻었다. 모양은 ‘석룡’과
같지만, 머리는 크고 꼬리는 짧으며, 생김새는 거칠고, 그 색깔은 청황색
이며, 또한 흰 얼룩이 있는 것도 있는데, 약으로 쓰지는 않는다. 집의 벽
이나 담장 틈에 사는 것은 ‘언정’이니, 바로 ‘수궁’이다. ‘사의’와 비슷하
지만, 짧고 작으며, 회갈색인데, 아울러 사람을 쏘지 않는다.

『이아』에 말하였다. ‘영원’은 ‘석척’이고, ‘석척’은 ‘언정’이며, ‘언정’
은 ‘수궁’이다. 『주』에 말하였다. 돌아가면서 서로 풀이하였는데, 다른
말로 폭넓게 네 가지 이름을 나누었다. 『소』에 말하였다. 『시경』「소아」
〈정월〉에 “어찌 ‘훼척’처럼 되었나”라 함이 이것을 말한 것이다.

『설문』에 말하였다. 풀에 있는 것은 ‘석척’이라 하고, 벽에 있는 것은
‘언정’이라 한다.

나는 이렇게 생각한다. 『이아』에서는 비록 같은 동물로 풀이하였지만,
『본초』와 『설문』의 설명처럼, 산속의 돌 틈에 사는 것과 풀이 무성한 늪
지대 사이에 사는 것과 집의 벽이나 담장 틈에 사는 것으로 종류를 나누
는 것이 마땅하다.

朱子曰 蜴 蜥也 蚖蜴 皆毒螫之虫也. 陸氏曰 蚖蜴 一名蠑螈 [2]蜴也. 或
謂之蛇医[3] 如蜥蜴 青綠色 大如指 形狀可惡. 本艸曰 蜥蜴 一名石龍子 一
名山龍子 一名泉龍 一名豬婆蛇 一名守宮. 生山石間者曰石龍 卽蜥蜴 俗
呼豬婆蛇. 似蛇有四足 頭扁尾長 形細 長七八寸 大者一二尺 有細鱗金碧
色. 其五色全者爲雄 入藥尤勝. 生艸澤間者曰蛇醫 又名蛇師 蛇舅母 水蜥
蜴 蠑螈 俗亦呼豬婆蛇. 蛇有傷 則銜艸 而[4]敷之 又能入水與魚合 故得諸
名. 狀同石龍 而頭大尾短 形粗 其色青黃 亦有白斑者 不入藥用. 生屋壁
間者曰蝘蜒 卽守宮也. 似蛇醫 而短小 灰褐色 并不螫人. 爾雅曰 蠑螈 蜥

蝎 蜥蜴 蝘蜓 蝘蜓 守宮也. 注云 轉相解 博異語 別四名也. 疏云 詩 小雅
正月 胡爲虺蜴 謂此也. 說文曰 在艸曰蜥蜴 在壁曰蝘蜓. 學圃按 爾雅 雖
釋以一物 而宜以山石艸澤壁間分類 如本艸說文說也.

하늘이 높다고 말하지만	謂天蓋高
몸을 굽히지 않을 수 없고,	不敢不局
땅이 두텁다고 말하지만	謂地蓋厚
조심하여 걷지 않을 수 없네.	不敢不蹐
이러한 말 부르짖는 게	維號斯言
도에 맞고 이치에도 맞건만	有倫有脊
슬프게도 지금 사람들은	哀今之人
어찌 살무사나 도마뱀처럼 되었나?	胡爲虺蜴

---

1) 『시경』「소아」의 편 이름. 대부가 유왕(幽王)을 풍자한 시.
2) 『모시정의』에는 '水'가 있지만, 『모시초목조수충어소』와 『시명다식』 원문을 따랐음.
3) 『모시정의』와 『모시초목조수충어소』에는 '醫'이지만, '医'와 통하므로 『시명다식』 원문을 따랐음.
4) 『본초강목』에는 '以'이지만, 『시명다식』 원문을 따랐음.

명령__螟蛉·뽕나무 애벌레

◉ 小宛

주자가 말하였다. '명령'(애벌레)은 '상'(뽕나무) 위의 작고 푸른 벌레이니, '보굴'(자벌레·尺蠖)과 비슷하다.

육씨가 말하였다. '명령'이라는 것은 건위문학에서 "'상' 위의 작고 푸른 벌레이니, '보굴'과 비슷하고, 그 색깔은 푸르며, 가늘고 작은데, 어떤 것은 풀잎 위에도 있다"고 했다.

『모전』에 말하였다. '명령'은 '상충'(마디충)이다.『소』에 말하였다. 세상 사람들은 '상만'이라 하고, 또한 '융녀'라 부르기도 한다.

『이아』에 말하였다. '명령'은 '상충'이다.

朱子曰 螟蛉 桑上小靑虫也 似步屈. 陸氏曰 螟蛉者 犍爲文學曰[1] 桑上小靑虫也 似步屈 其色靑 而細小 或在艸葉[2]上. 毛傳曰 螟蛉 桑虫也 疏云 俗謂之桑蟃 亦呼爲戎女. 爾雅曰 螟蛉 桑虫.

언덕 가운데 콩이 열려	中原有菽
백성들이 따고 있네.	庶民采之
뽕나무 애벌레가 새끼를 낳자	螟蛉有子

나나니벌이 업고 다니네.　　　　　蜾蠃負之

그대 자식도 가르치고 깨우쳐서　　　教誨爾子

그처럼 착하게 만들어야지.　　　　式穀似之

---

1) 『모시정의』와 『이아소』에는 '犍爲文學曰'이 없지만, 『모시초목조수충어소』와 『시명다식』 원문을 따랐음. '건위'는 현재 사천성(四川省) 일대임.
2) 『모시정의』와 『이아소』에는 '萊'이지만, 『모시초목조수충어소』와 『시명다식』 원문을 따랐음.

과라__蜾蠃 · 나나니벌

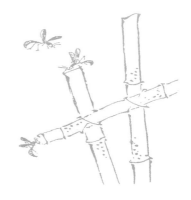

　주자가 말하였다. '과라'(蜾蠃 · 나나니벌)는 '토봉'(땅벌)이니, '봉'
(蜂 · 벌. 막시류의 곤충)과 비슷하지만, 허리가 가는데, '상충'(마디충)을
얻어서 나무 구멍 속에 업어다 두면 칠일 만에 변하여 그 새끼가 된다.

　육씨가 말하였다. '과라'(蜾蠃)는 다른 이름으로 '포로'이다. '봉'(蜂)
과 비슷하지만, 허리가 가늘기 때문에 허신은 '세요'라 했다. '상충'을 얻
어서 나무 구멍 속이나 혹은 편지와 붓을 넣어두는 통에 업어다 두면, 칠
일 만에 변하여 그 새끼가 된다. 속담에 "빌면서, '나를 닮아라. 나를 닮
아라'"라 한다.

　『본초』에 말하였다. 다른 이름으로 '열옹'(나나니벌 · 허리가 가늘고
길며, 모래땅을 파서 집을 짓고 삶), '토봉', '세요봉'(細腰蜂), '포로'이
다. 지금 한 종류의 벌은 검은색이고, 허리는 매우 가늘며, 진흙을 물어
다 사람이 사는 집과 그릇이나 물건 가장자리에 마치 나란한 '죽'(대) 대
롱처럼 방을 만드는 것이 이것이다. 그 태어난 새끼는 마치 '률'(밤)과 같
고 '미'(쌀)보다 큰데, 방 속에 두고, 풀 위의 초록색 벌레나 '지주'(거미)
열 마리 남짓을 사로잡아서 방 속을 채우며, 입구를 거듭 막고, 그 새끼
가 자라서 양식으로 삼기를 기다린다. 그중의 한 종류로 '로'(갈대)의 대

롱 속에 들어가는 것도 또한 풀 위의 초록색 벌레를 잡는다. 『시경』에 "'명령'(마디충)이 새끼를 낳자 '과라'(蜾蠃)가 업고 다니네"라 한 것이, 허리가 가는 곤충은 암컷이 없어서, 모두 초록색 벌레를 얻어다가 가르치고 빌면, 바뀌어 자기의 새끼가 된다는 말이라 함은 잘못된 것이다. 시를 지은 사람은 관찰하지 않았고, 공자는 어찌하여 그것을 따라 치우쳤는가? 어찌 성인에게도 틈이 있음이 모두 이처럼 많은가?

『이아』에 말하였다. '과라'(果蠃)는 '포로'이다. 『주』에 말하였다. '세요봉'(細腰蠭)이니, 세상사람들은 '열옹'이라 부른다. 『소』에 말하였다. 『법언』에 "'명령'의 새끼가 죽으면서 '과라'(蜾蠃)를 만나 빌며 '나와 같아라. 나와 같아라. 오래되면 닮을 것이다'라 한다"고 했다.

이시진이 말하였다. 조사해보건대, 『해이신어』에 "'과라'(果蠃)는 스스로 '률'과 같은 알이 있는데, 다른 벌레의 몸통에 붙여 둔다. 그 벌레는 죽지도 않고 살지도 못하며, 오래되면 점점 마르는데, 새끼는 자라서 그것을 먹고 나온다. 공교롭게 '승'(파리)의 알도 '잠'(누에)의 몸통에 붙여 두었다가, 오래되면 알이 변하여, 누에고치에 구멍을 내고 나오니 똑같다"고 했다.

나는 이렇게 생각한다. '열옹'은 원래 암수가 있고, 또 그 알도 있으며, '명령'을 업어간다고 그렇게 말한 것은 새끼의 식량으로 삼는 데 지나지 않는 것이다.

朱子曰 蜾蠃 土蜂也 似蜂 而小腰 取桑虫 負之於木空中 七日而化爲其子. 陸氏曰 蜾蠃[1] 一名蒲盧[2]也. 似蜂 而小腰 故許愼云 細腰也. 取桑虫 負之于木空中 或書簡筆筒中[3] 七日而化爲其子. 里語曰 呪云 象我 象我.[4] 本艸曰 一名蠮螉 一名土蜂 一名細腰蜂 一名蒲盧. 今一種蜂 黑色 腰甚細 銜泥於人屋及器物邊作房 如倂[5]竹管者 是也. 其生子如栗米大 實中 乃捕取艸上靑蜘蛛十餘枚 滿中 仍塞口 以待其子大爲粮也. 其一種入

蘆管中者 亦取艸上靑虫. 詩云 螟蛉有子 蜾蠃負之 言細腰之物無雌 皆取靑虫教祝 便變成己子 斯爲謬矣. 造詩者未審 而夫子何爲因其僻耶. 豈聖人有缺 多皆此類.[6] 爾雅曰 果蠃[7] 蒲盧. 注云 卽細腰蠭也 俗呼爲蠮螉. 疏云 法言云 螟蛉之子 殪而逢蜾蠃 祝之曰 類我 類我 久則肖之 是也. 李時珍曰 按解頤新語云 果蠃自有卵如粟 寄在虫身. 其虫不死不生 久則漸枯 子大食之而出. 正如蠅卵寄附於蠶身 久則卵化 穴繭而出也. 學圃按 蠮螉 旣有雌雄 又有其卵 其云負螟蛉者 不過爲子糧.

---

1) 『이아소』에는 '果蠃'이지만, '蜾蠃'와 통하므로 『모시정의』와 『모시초목조수충어소』와 『시명다식』 원문을 따랐음.

2) 『모시정의』에는 '土蜂'이고, 『이아소』에는 '土蠭'이지만, 『모시초목조수충어소』와 『시명다식』 원문을 따랐음.

3) 『모시정의』와 『이아소』에는 '或書簡筆簡中'이 없지만, 『모시초목조수충어소』와 『시명다식』 원문을 따랐음.

4) 이 문장은 『모시정의』에는 없고, 『이아소』에는 "法言云 螟蛉之子 殪而逢果蠃 祝之曰 類我 類我 久則肖之 是也"이지만, 『모시초목조수충어소』와 『시명다식』 원문을 따랐음.

5) 『본초강목』에는 '幷'이지만, 『시명다식』 원문을 따랐음.

6) 『본초강목』에는 "聖人有缺 多皆類此"이지만, 금릉본 『본초강목』과 『시명다식』 원문을 따랐음.

7) 『시명다식』에는 '蠃'이지만, 『이아소』 원문을 따랐음. 뒤의 '蠃'도 마찬가지임.

역__蜮 · 물여우

◆ 何人斯[1]

　　주자가 말하였다. '역'(물여우)은 '단호'(물여우 또는 날도래과 곤충의 유충)이니, 양자강과 회수에 모두 있고, 모래를 머금어 물속에 비치는 사람의 그림자를 쏘면, 그 사람은 갑자기 병이 들지만, 그 모습은 볼 수가 없다.

　　육씨가 말하였다. '역'은 다른 이름으로 '사영'(射工. 전설상의 독충. 물속에 있다가 사람에게 물을 뿜거나 모래를 머금었다가 쏘는데, 맞은 사람은 종기가 생김)이다. '귀'(거북)와 같고, 다리는 셋이며, 양자강과 회수의 물가에 모두 있다. 사람이 강가의 언덕 위에 있으면, 그림자가 물속에 나타나고, 사람의 그림자에 내던지면, 그 사람이 죽기 때문에 '사영'이라 한다. 남쪽 지방 사람들은 장차 물에 들어가려 하면, 먼저 기와나 돌을 물속에 던져서 물을 흐리게 한 뒤에 들어간다. 어떤 사람은 "모래를 머금어 사람을 쏘면 사람의 살갗 속으로 들어가고, 거기에 옴과 같은 부스럼이 난다"고 했다.

　　『본초』에 말하였다. '역'은 다른 이름으로 '계귀충', '사공', '사영', '수노', '함사', '단호', '수호'이다. 길이는 두세 치이고, 너비는 한 치쯤이며, 모양은 납작하고, 앞은 넓지만 뒤는 좁으며, '선'(매미)의 모양과 매우 비슷하니, 『포박자』에도 "그 모양은 마치 우는 '조'(말매미)와 같다"
고 했다. 배는 부드럽고 등은 단단한데, '별'(자라)처럼 등껍데기를 졌고,
검은색이므로 육기는 "그 모양이 '별'과 같다"고 했다. 6~7월에 등껍데
기 아래에 날개가 생겨서 날 수 있고, '필필'하는 소리를 낸다. 머리는 넓
고 주둥이는 뾰족하며, 두 개의 불거진 눈이 있다. 그 머리와 눈은 못생
겼고 검어서 마치 '호'(여우)나 귀신과 같으며, 주둥이의 맨 앞에는 손톱
과 같은 뾰족한 뿔이 있다. '해'(게. 갑각류 십각목의 단미류에 속하는 동
물의 총칭)의 다리처럼 여섯 개의 다리가 있다. 두 다리는 주둥이 아래에
있는데, 크고 발톱은 하나이다. 네 다리는 배 아래에 있는데, 작고 발톱
은 나뉘어 있다. 어쩌다가 두 개의 앞다리를 구부려 그 주둥이를 감싸 쥐
면 공교롭게도 가로놓인 쇠뇌 위의 화살 모양과 똑같다. 겨울에는 계곡
의 사이에서 겨울잠을 자는데, 사는 곳은 큰 눈이 내려도 쌓이지 않고,
찌는 듯한 기운이 일어난다.

　『비아』에 말하였다. 긴 뿔이 있는데, 마치 쇠뇌를 짊어진 것처럼 입 앞
에 가로놓여 있다. 그 뿔은 아름답게 구부러져 마치 좋은 쇠뇌와 같다.
기운을 써서 물의 기세를 따라 화살처럼 사람에게 쏘기 때문에 세상 사
람들은 '수노'라 부른다. '아'(거위)는 그것을 먹을 수 있다.

　朱子曰 蜮 短狐也 江淮水皆有之 能含沙以射水中人影 其人輒[2]病 而不
見其形也. 陸氏曰 蜮 一名射影. 如龜三[3]足 江淮水濱皆有之. 人在岸上 影
見[4]水中 投人影 則殺之 故曰射影也. 南方人將入水 先以瓦石投水中 令
水濁 然後入. 或曰 含[5]沙射人入人肌[6] 其瘡[7]如疥. 本艸曰 蜮 一名溪鬼虫
一名射工 一名射影 一名水弩 一名含沙 一名短狐 一名水狐. 長二三寸 廣
寸許 形扁 前濶後狹 頗似蟬狀 故抱朴子言 其狀如鳴蜩也. 腹軟背硬 如鼈
負甲 黑色 故陸璣言 其形如鼈也. 六七月甲下有翅能飛 作鉍鉍聲. 濶頭尖

喙 有二骨眼. 其頭目醜黑如狐如鬼 喙頭有尖角如爪 長一二分. 有六足如
蟹足. 二足在喙下 大而一爪. 四足在腹下 小而歧爪. 或時雙屈前足 抱拱其
喙 正如橫弩上矢[8]之狀. 冬則蟄於谷間 所居之處 大雪不積 氣起如蒸. 埤
雅曰 有長角 橫在口前如弩檐臨. 其角端曲如上弩. 以氣爲矢曰[9]水勢 以
射人 故俗呼水弩 鵝[10]能食之.

귀신이나 물여우가 되면	爲鬼爲蜮
남들이 볼 수 없겠지만	則不可得
부끄러운 그 얼굴	有靦面目
남에게 좋잖게 보이네.	視人罔極
이 좋은 노래 지어서	作此好歌
삐딱한 그 마음 바로잡으려네.	以極反側

---

1) 『시경』「소아」의 편 이름. 포공(暴公)이 왕의 경사(卿士)가 되어 소공(蘇公)을 참소하므로 소공
이 지어 포공을 풍자한 시.

2) 『시집전』에는 '輻'이지만, '輒'과 통하므로 『시명다식』 원문을 따랐음.

3) 『시명다식』에는 '二'이지만, 『모시초목조수충어소』와 『육가시명물소』 원문을 따랐음.

4) 『모시초목조수충어소』에는 '在'이지만, 『모시정의』와 『시명다식』 원문을 따랐음.

5) 『모시초목조수충어소』에는 '細'가 있지만, 『모시정의』와 『시명다식』 원문을 따랐음.

6) 『모시정의』에는 '含沙射人皮肌'이지만, 『모시초목조수충어소』와 『시명다식』 원문을 따랐음.

7) 『모시초목조수충어소』에는 '創'이지만, '瘡'과 통하므로 『모시정의』와 『시명다식』 원문을 따
랐음.

8) 『시명다식』에는 '天'이지만, 『본초강목』 원문을 따랐음.

9) 『비아』에는 '因'이지만, '曰'과 통하므로 『시명다식』 원문을 따랐음.

10) 『비아』에는 '鴬'이지만, '鵝'와 통하므로 『시명다식』 원문을 따랐음.

명__螟 · 마디충

◆ 大田[1]

주자가 말하였다. 고갱이를 파먹는 것은 '명'(마디충)이라 한다.

육씨가 말하였다. '명'은 '자방'(마디충 · 이화명충. 식물의 줄기를 파먹는 벌레의 총칭)과 비슷한데, 머리는 붉지 않다. '특'(누리)은 '황'(누리)이다. '적'(마디충)은 '도'(복숭아나무)나 '리'(자두나무) 속의 '두충'(좀벌레)과 비슷하지만, 머리가 붉고 몸통이 길면서 가늘 뿐이다. 어떤 사람의 설명에 "'모'(농작물의 뿌리를 갉아먹는 해충)는 '루고'(하늘밥도둑)이다. 싹과 뿌리를 갉아먹어 사람에게 근심이 된다"고 했다. 허신은 "벼슬아치가 어두워서 법을 해치면 '명'이 생기고, 벼슬아치가 빌리기를 구걸하면 '특'(螣蠈. 곡식의 어린잎을 갉아먹는 해충)이 생기며, 벼슬아치가 법을 어기고 사람들의 재물을 착취하면 '모'가 생긴다"고 했다. 옛 설명에 "'명특'과 '모적'은 한 종류의 벌레이다"라 했으니, 마치 구적간궤[2]라 말하면, 안팎으로 말하는 것과 같을 뿐이다. 그러므로 건위문학에서 "이 네 종류의 벌레는 모두 '황'이다"라 했지만, 실제로는 같지 않기 때문에 나누어 그것을 풀이했다.

『본초』에 말하였다. '황'도 또한 '종'(메뚜기)의 종류이니, 크고 머리는 네모졌으며, 머리에 '왕'(王) 자가 있고, 상서롭지 못한 기운이 생겨나는

594

것이며, 하늘을 덮듯 날아다니고, 성질은 쇳소리를 두려워한다. 북쪽 사람들은 볶아서 먹는다. 한 번에 여든한 마리의 새끼를 낳는다. 겨울에 큰 눈이 내리면, 땅속에 들어가 죽는다.

『설문』에 말하였다. '황'은 '종'이다.

『한서』 주에 말하였다. '황'은 바로 '종'이다. 싹을 먹어서 재앙이 되고, 지금 세상 사람들은 '파종'이라 부른다.[3]

朱子曰 食心曰螟. 陸氏曰 螟似蚼蚄[4] 而頭不赤. 螣 蝗也. 賊 似[5]桃李中蠹虫 赤頭身長而細耳. 或說云 蟊 螻蛄. 食苗根爲人害[6]. 許愼云 吏冥冥[7]犯法 卽生螟. 吏[8]乞貸 則生螣 吏抵[9]冒取人[10]財 則生蟊. 舊說云 螟[11]螣蟊賊 一種虫也 如言寇賊姦[12]宄 內外言之耳. 故犍爲文學曰 此四種虫皆蝗也 實不同 故分釋之. 本艸曰 蝗 亦螽類 大而方首 首有王字 沴氣所生蔽天而飛 性畏金聲. 北人炒食之. 一生八十一子. 冬有大雪 則入土而死. 說文曰 蝗 螽也. 漢書 注曰 蝗 卽螽也. 食苗爲灾 今俗呼爲簸蝗[13].

껍질이 생기고 속알도 생겨	旣方旣皁
이삭이 단단히 여물어가네.	旣堅旣好
가라지조도 없고 강아지풀도 없네.	不稂不莠
마디충과 누리를 없애고	去其螟螣
모래좀과 마디충도 잡아내야	及其蟊賊
우리 밭곡식에 해가 없으니,	無害我田稚
신농씨께서 신령하시어	田祖有神
이 벌레들을 잡아 불길 속에 던지시네.	秉畀炎火

1) 『시경』 「소아」의 편 이름. 유왕(幽王)을 풍자한 시.
2) '구'는 떼로 다니면서 때리고 겁주는 것, '적'은 사람을 죽이는 것, '간'은 해로움이 밖에 있는 것, '궤'는 해로움이 안에 있는 것.
3) 『한서』 「문제기」(文帝紀) 〈황〉(蝗) 주(註).
4) 『모시정의』에는 '子方'이지만, 『모시초목조수충어소』와 『시명다식』과 『이아소』 원문을 따랐음.
5) 『모시초목조수충어소』와 『모시정의』에는 '似'가 없지만, 『모시정의』와 『이아소』 원문을 따랐음.
6) 『모시정의』와 『이아소』에는 '患'이지만, '㿩'와 통하므로 『모시초목조수충어소』와 『시명다식』 원문을 따랐음.
7) 『모시정의』에는 '冥冥'이 없고, 『시명다식』에는 '冥人'이지만, 『모시초목조수충어소』와 『이아소』 원문을 따랐음.
8) 『모시정의』에는 '吏'가 없지만, 『모시초목조수충어소』와 『시명다식』과 『이아소』 원문을 따랐음.
9) 『모시초목조수충어소』에는 '冥'이지만, 『시명다식』과 『이아소』 원문을 따랐음.
10) 『이아소』에는 '民'이지만, 『모시초목조수충어소』와 『이아소』 원문을 따랐음.
11) 『모시초목조수충어소』에는 '螟'이 없지만, 『모시정의』와 『시명다식』과 『이아소』 원문을 따랐음.
12) 『모시초목조수충어소』와 『시명다식』에는 '奸'이지만, 『모시정의』와 『이아소』 원문을 따랐음.
13) 『시명다식』에는 '鐘'이지만, 『한서』 원문을 따랐음.

특__螣 · 누리 모__螽 · 모래좀 적__賊 · 마디충

아울러 앞에 자세히 보인다.

并詳見上.

채__蠆 · 전갈

◆ 都人士[1]

주자가 말하였다. '채'(전갈의 일종)는 쏘는 벌레이니, 꼬리 끝은 세운 듯하여, 머리털이 굽어 위로 올라간 것과 비슷한 것이다.

육씨가 말하였다. '채'는 다른 이름으로 '두백'(전갈)이니, 하내에서는 '문'(전갈 또는 모기)이라 하고, 유주에서는 '갈'이라 한다.

이시진이 말하였다. '채미충'(전갈)은 다른 이름으로 '갈', '이기', '주부충', '두백'이다. 모양은 '수민'(소금쟁이 · 水馬)과 같고, 다리는 여덟 개이며, 꼬리는 길고, 마디가 있으며, 색은 푸르다.

朱子曰 蠆 螫虫也 尾末揵然 似髮之曲上者. 陸氏曰 蠆 一名杜伯 河內謂之蚊 幽州謂之蠍. 李時珍[2]曰 蠆尾虫 一名蛬[3] 一名蚚蟍 一名主簿虫 一名杜伯[4]. 形如水黽 八足 而長尾 有節色靑.

저 서울 사람은	彼都人士
띠를 늘어뜨렸네.	垂帶而厲
저 군자의 따님은	彼君子女
틀어 올린 머리가 전갈 같아라.	卷髮如蠆

이제부터 못 보게 되었으니 　　　　我不見兮

그를 따라가고 싶어라. 　　　　言從之邁

---

1) 『시경』「소아」의 편 이름. 주(周)나라 사람들이 윗사람의 의복이 일정하지 못함을 풍자한 시.
2) 『시명다식』에는 '朱子'이지만, '李時珍'이 맞으므로 바로잡았음.
3) 『본초강목』에는 '蠮'이지만, '蜜'과 통하므로 『시명다식』 원문을 따랐음.
4) 『시명다식』에는 '白'이지만, 『본초강목』 원문을 따랐음.

당__螗·매미

◆ 大雅 蕩[1]

　주자가 말하였다. '당'(몸집이 작은 매미의 일종)은 '선'(매미)이다.

　육씨가 말하였다. '당'은 '선' 중에서 크고, 검은색인 것이다. 다섯 가지 덕이 있으니, '문', '청', '렴', '검', '신'이다. 다른 이름으로 '언조', '조료'이다. 청주와 서주에서는 '혜록'이라 하고, 초 사람들은 '혜고'라 하며, 진과 연[2]에서는 '설결'(씽씽매미·寒蟬)이라 하고, 어떤 사람은 '정목'(씽씽매미)이라 한다.

　『본초』에 말하였다. '당조'(螗蜩·螗蜩. 몸은 청록색이고, 몸집이 작은 매미)는 다른 이름으로 '언', '선화', '관선'(뿔매미. 머리에 있는 돌기가 花冠과 비슷한 데서 이름), '호선'이다. 『예기』에 "'범'(벌)은 머리 위에 갓이 있고, '선'은 늘어진 갓끈이 있다"[3]라 한 것이 이것일 것이다. 육운의 〈한선부〉에 "'선'은 다섯 가지 덕을 지녔다. 머리 위에 망건이 있음은 '문'이다. 공기를 머금고 이슬을 마심은 '청'이다. 곡식을 받아들이지 않음은 '렴'이다. 살되 보금자리를 두지 않음은 '검'이다. 늘 있되 절기에 응함은 '신'이다"라 했다. 육전은 『비아』에서 "'당'은 머리가 네모지고 넓으며 관이 있고, '선'과 비슷한데 작으며, 울음소리는 맑고 우렁차다"고 했다. 송기는 『방물찬』에서 "'선' 중에서 허물을 벗지 않은 것은 가을에 이르면, 꽃으로 핀다. 그 머리 길이는 한두 치이고, 황벽색이다"라 했다. 아울러 이것을 가리킨다.

『이아』에 말하였다. '당조'이다. 『주』에 말하였다. 「하소정」의 전에 "강남에서는 '당제'라 한다"고 했다.

朱子曰 螗 蟬也. 陸氏曰 螗 蟬之大 而黑色者. 有五德 文淸廉儉信. 一名蝘虭 一名虭蟟. 靑徐謂之螇蚗 楚人謂[4]之蟪蛄 秦燕謂之蛥蚗[5] 或名之蜓蚞. 本艸曰 螗蜩 一名蝘 一名蟬花 一名冠蟬 一名胡蟬. 禮記 所謂蚻[6]則冠而蟬有緌者 是矣. 陸雲 寒蟬賦云 蟬有五德. 頭上有幘 文也. 含氣飮[7]露 淸也. 黍稷不享 廉也. 處不巢居 儉也. 應候有常 信也. 陸佃 埤雅云 螗 首方廣有冠 似蟬而小 鳴聲淸亮. 宋祁 方物贊云 蟬之不脫者 至秋 則花. 其頭長一二寸 黃碧色. 并指此也. 爾雅曰 螗蜩. 注云 夏小正傳云 江南謂之螗蛦[8].

문왕께서 말씀하셨네. "아아,	文王曰咨
그대 은나라 백성들이여.	咨女殷商
매미처럼 울부짖고	如蜩如螗
속에서는 국이 끓듯 애태우네.	如沸如羹
낮고 높은 사람들 거의 망해 가건만	小大近喪
사람들은 여전히 그대로 행동하네.	人尙乎由行
안으로는 은나라가 분노에 차서	內奰于中國
오랑캐 나라에까지 뻗어가네."	覃及鬼方

1) 『시경』 「대아」의 편 이름. 여왕(厲王)이 무도하니 천하가 탕탕(蕩蕩)하여 기강과 문장이 없어 주나라 왕실이 크게 무너짐을 소목공(召穆公)이 서글퍼 한 시.

2) 주(周) 때 희성(姬姓)의 제후국. 전국(戰國) 때 칠웅(七雄)의 하나. 진(秦)에 멸망되었음. 북연 (北燕).

3) 매미의 부리에는 갓끈처럼 늘어진 부분이 있다는 의미. 『예기』「단궁」(檀弓) 하.

4) 『모시정의』에는 '名'이지만, 『시명다식』 원문을 따랐음.

5) 『시명다식』에는 '軼'이지만, 『모시정의』 원문을 따랐음.

6) 『예기』에는 '范'이지만, 금릉본 『본초강목』과 『시명다식』 원문을 따랐음.

7) 『시명다식』에는 '吸'이지만, 『본초강목』 원문을 따랐음.

8) 『시명다식』에는 '螗'가 없지만, 『이아주』 원문을 따랐음.

봉_蜂·벌

◈ 周頌 小毖

『본초』에 말하였다. '봉'(벌)은 다른 이름으로 '밀봉'(꿀벌)이다. 꼬리 끝이 날카롭기 때문에 '봉'이라 한다. 세 가지 종류가 있다. 한 종류는 숲의 나무나 혹은 땅굴 속에 집을 만들어 사니, '야봉'이라 한다. 한 종류는 사람들이 사는 집에 도구를 갖추고 거두어 기르는 것이니, '가봉'이라 한다. 모두 작고, 조금 누런색이며, 꿀은 모두 짙고 맛이 좋다. 한 종류는 산의 바위나 높고 험준한 곳에 집을 만들어 사니, 바로 '석밀'(石淸. 우리나라에서는 석벌이 산속의 바위틈에 채운 꿀을 의미하기도 함)이다. 그 '봉'은 검은색이고, '우맹'(등에·牛虻. 마소에 붙어서 피를 빨아 먹고, 파리보다 조금 큰 곤충)과 비슷하다. 세 가지는 모두 무리지어 살고, 왕이 있다. 왕은 뭇 벌들보다 크고, 색깔은 짙푸르다. 모두 하루에 두 번 찾아뵙는데, 위와 아래가 밀물처럼 응한다. 무릇 '봉'의 수놈은 꼬리가 뾰족하고, 암놈은 꼬리가 갈라져 있다. 서로 흘레하면, 곧장 서둘러 물러난다. 꽃 냄새를 맡을 때에는 입가에 난 긴 털로 코를 대신하고, 꽃가루를 따면 넓적다리에 품는다.

本草曰 蜂 一名蜜蜂. 尾垂鋒 故謂之蜂. 有三種. 一種在林木或土穴中作

房 爲野蜂. 一種人家以器收養者 爲家蜂. 并小而微黃 蜜皆濃美. 一種在山巖高峻處作房 卽石蜜也. 其蜂黑色似牛䖟. 三者皆羣居有王. 王大於衆蜂而色靑蒼. 皆一日兩衙 應潮上下. 凡蜂之雄者尾銳 雌者尾歧 相交 則黃退. 嗅花 則以鬚代鼻 采花 則以股抱之.

詩名多識 卷之四 識魚

시명다식 제사권·식어

방__魴 · 방어

◆ 周南 汝墳[1]

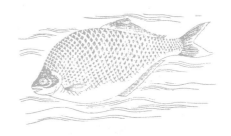

　주자가 말하였다. ‘방’(자라와 비슷한 물고기)은 물고기 이름이니, 몸은 넓고 얇으며, 힘이 적고 비늘은 가늘다.

　육씨가 말하였다. ‘방’은 지금 이수[2]와 낙수[3]와 제수(河南省에서 발원하여 바다로 흘러드는 강)와 영수(河南省 登封縣에서 발원하여 淮水로 흘러드는 강)의 ‘방어’이다. 넓적하고 얇으며, 기름지고 담백하며, 힘은 적고 비늘은 가늘며, 물고기 중에 맛이 좋은 것이다.

　『본초』에 말하였다. ‘방어’는 다른 이름으로 ‘편어’이다. ‘방’(魴)은 네모졌다는 것이고, ‘편’(鯿)은 넓적하다는 것이다. 그 모양은 네모졌고, 그 몸통은 넓적하다. 한수[4]와 면수(陝西省에서 발원하여 양자강으로 흘러드는 강. 漢水의 上流)에 더욱 많다. 머리는 작고 목은 움츠렸으며, 등뼈는 크고 배는 넓으며, 몸은 넓적하고 비늘은 가늘며, 그 색은 청백색이다. 뱃속에 기름이 있는데, 가장 기름지고 맛이 좋다. 그 성질은 늘 흐르는 물에 마땅하다. 그러므로 『시경』 「진풍」 〈형문〉(衡門)에 “물고기를 먹는데 어찌 꼭 황하의 ‘방’이라야 하나”라 했다. 속담에 “이수와 낙수의 ‘리’(잉어)와 ‘방’은 맛좋기가 ‘우’(소)나 ‘양’(양)과 같다”고 한다.

　『이아』에 말하였다. ‘방’은 ‘비’(방어)이다. 『주』에 말하였다. 강동에서는 '방어'를 '편'이라 하는데, 다른 이름은 '비'이다. 양수의 '방'이 더욱 맛이 좋기 때문에 그 지방의 말에 "거취(滿洲 遼寧省 海城縣 서남부)의 곡식, 양수의 '방'"이라 한다.

朱子曰 魴 魚名 身廣而薄 少力細鱗. 陸氏曰 魴 今伊洛濟潁魴魚也. 廣而薄 肥恬 而少力5) 細鱗 魚之美者. 本艸曰 魴魚 一名鯿魚. 魴 方也 鯿 扁也. 其狀方 其身扁也. 漢沔尤多. 小頭縮項 穹脊濶腹 扁身細鱗 其色青白. 腹內有肪 味最腴美. 其性宜活水. 故詩云 豈其食魚 必河之魴. 俚語云 伊洛鯉魴 美如牛羊. 爾雅曰 魴 魾. 注云 江東6)呼魴魚爲鯿 一名魾. 梁水魴 尤美 故鄉語曰 居就糧 梁水魴.

방어는 꼬리가 붉어지고	魴魚頳尾
왕실은 불타듯 어지러워라.	王室如燬
불타듯 어지럽다지만	雖則如燬
부모님이 가까이 계시다오.	父母孔邇

---

1) 『시경』 「주남」의 편 이름. 주 문왕(文王)의 교화가 널리 미침을 칭송한 시.
2) 하남성(河南省) 노씨현(盧氏縣) 웅이산(熊耳山)에서 발원하여 낙양(洛陽)·낙수(洛水)로 흘러드는 강.
3) 낙하(洛河). 섬서성(陝西省)에서 발원하여 황하(黃河)로 흘러드는 강. '이수'와 아울러 '이낙'으로 불림.
4) 한강(漢江). 양자강(揚子江)의 가장 큰 지류. 수원(水源)은 섬서성(陝西省)의 파총산(蟠冢山).
5) 『이아소』에는 '肉'이지만, 『모시초목조수충어소』와 『시명다식』 원문을 따랐음.
6) 『이아소』에는 '人'이 있지만, 『시명다식』 원문을 따랐음.

전__鱣 · 철갑상어

◆ 衛 碩人

주자가 말하였다. '전어'(철갑상어)는 '룡'(용. 전설상의 짐승)과 비슷한데, 누런색이고, 머리는 뾰족하며, 입은 턱 아래에 있고, 등 위와 배 아래에 모두 단단한 껍질이 있으며, 큰 것은 천 근 남짓이나 된다.

육씨가 말하였다. '전'은 강과 바다에서 나는데, 3월 중에 황하의 하구에서 올라온다. '전'은 너비가 네댓 자이다. 지금 맹진(河南省 孟縣 · 孟津)의 동쪽과 석적 위에서는 그것을 낚시로 잡는데, 큰 것은 천 근 남짓이다. 쪄서 고깃국을 만들 수 있고, 또 절임을 만들 수도 있으며, 알은 젓갈로 담글 수 있다.

『본초』에 말하였다. '전어'는 다른 이름으로 '황어', '랍어', '옥판어'이다. 살져서 헤엄치기를 좋아하지 않고, 가기 어려워 나아가지 못하는 모양이다. '옥판'은 그 살색을 말함이다. 양자강과 회수와 황하에서 나고, 요해의 깊은 물에 살며, 비늘이 없는 큰 물고기이다. 그 모양은 '심'(鱏 · 鱏魚 · 鱘. 큰 다랑어 또는 청새치)과 비슷한데, 그 색깔은 회백색이고, 그 등에는 뼈 같은 딱지가 석 줄로 나있으며, 그 코는 길고 수염이 있으며, 그 입은 턱 아래에 가깝고, 그 꼬리는 갈라져 있다. 그 냄새는 매우 비리다. 그 기름과 고기는 겹겹이 서로 사이에 있고, 고기 색깔은 희며,

기름 색깔은 노란색이고 마치 밀랍과 같다. 그 등뼈 및 코와 아울러 등지느러미와 아가미는 모두 무르고 부드러워 먹을 수 있다. 그 내장과 알은 소금에 절여 저장하면 또한 맛이 좋다.

『이아』에 말하였다. '전'이다. 『주』에 말하였다. '전'은 큰 물고기이다. '심'(鱏)과 비슷한데 짧고, 코와 입은 턱 아래에 있으며, 몸통에 빗겨 줄진 딱지가 있다.

朱子曰 鱣魚 似龍 黃色 銳頭 口在頷下 背上腹下 皆有甲 大者千餘斤. 陸氏曰 鱣 出江海 三月[1]中從河下頭來上. 鱣 廣四五尺. 今于盟津東石磧上釣取之 大者千餘斤. 可蒸爲臛 又可爲鮓 魚[2]子可爲醬. 本艸曰 鱣魚 一名黃魚 一名蠟魚 一名玉版魚. 肥而不善游 有邅如之象. 玉版 言其肉色也. 出江淮黃河遼海深水處 無鱗大魚也. 其狀似鱘 其色灰白 其背有骨甲三行 其鼻長有鬚 其口近頷下 其尾歧. 其氣甚腥. 其脂與肉層層相間 肉色白 脂色黃如蠟. 其脊骨及鼻 并鬐與鰓 皆脆軟可食. 其肚及子鹽藏亦佳. 爾雅曰 鱣. 注云 鱣 大魚. 似鱘而短 鼻口在頷下[3] 體有邪行甲.

---

1) 『시명다식』에는 '中'이지만, 『시명다식』과 『이아소』 원문을 따랐음.
2) 『시명다식』에는 '魚'가 없지만, 『이아소』 원문을 따랐음.
3) 『시명다식』에는 '口在頷下'가 없지만, 『이아소』 원문을 따랐음.

유 __鮪 · 다랑어

주자가 말하였다. '유'(다랑어)는 '전'(철갑상어)과 비슷한데 작고, 청
흑색이다.

육씨가 말하였다. '유어'는 머리가 작고 뾰족하여 쇠로 만든 투구와 비
슷하며, 입은 턱 아래에 있고, 그 등껍데기로는 '강'(생강)을 갈 수 있으
며, 큰 것도 예닐곱 자를 넘지 않는다. 익주 사람들은 '전유'라 한다. 큰
것은 '왕유'(큰 상어)라 하고, 작은 것은 '숙유'라 하는데, 다른 이름은
'락'(작은 다랑어)이다. 살 색깔은 희고, 맛은 '전'만 못하다. 지금 동래[1]
와 요동 사람들은 '위어'라 하는데, 어떤 사람들은 '중명'이라고도 한다.
중명이라는 사람은 낙랑위였는데, 바다 속에 빠져죽어 변해서 이 물고기
가 되었다. 또 하남 공현 동북쪽에 있는 낭떠러지 가의 산허리에 동굴이
있다. 옛말에 "이 동굴은 사방의 여러 곳과 통하는데, '유'가 이 동굴을
따라와서, 북쪽으로 하서(黃河 서쪽의 땅 · 河右)에 들어가 용문[2]으로 올
라가 칠저[3]로 들어간다. 그러므로 장형의 〈서경부〉(西京賦)에 '왕유'가
산굴에 산다고 하였는데, 산굴을 '수'(岫)라 하니, 이 동굴을 말한 것이
다"라 했다.

『본초』에 말하였다. '유어'는 다른 이름으로 '심어'(鱏魚), '심어'(鱏

魚), '벽어'이다. 양자강과 회수와 황하에서 나고, 요해의 깊은 물에 살며, 또한 '전'의 따위이다. 산굴에도 사는데, 긴 것은 한 발 남짓이나 된다. 봄에 이르면 비로소 나와 수면에 떠올라 햇빛을 향해 다가가는데, 해를 보면 눈앞이 아물아물해진다. 그 모양은 '전'과 같지만, 등 위에 딱지는 없다. 그 색은 짙은 녹색인데, 배 아래의 색은 희다. 그 코의 길이는 몸통과 같고, 입은 턱 아래에 있으며, 먹지만 마시지는 않는다. 뺨 아래에 푸르고 알록달록한 무늬가 있는데, 마치 '매'(매화나무)의 꽃과 같다. 꼬리는 '병'(丙) 자처럼 갈라져 있다. 고기 색깔은 순 흰색이고, 맛은 '전'에 버금가며, 지느러미와 뼈는 무르지 않다.

『이아』에 말하였다. '락'은 '숙유'이다. 『주』에 말하였다. '전'의 따위이다.

朱子曰 鮪 似鱣而小 色青黑. 陸氏曰 鮪魚 頭小而尖 似鐵兜鍪 口[4]在頷下 其甲可以摩薑 大者不過七八尺. 益州人謂之鱣鮪. 大者爲王鮪 小者爲叔鮪[5] 一名鮥. 肉色白 味不如鱣也. 今東萊遼東人謂之尉魚 或謂之仲明[6]. 仲明者 樂浪尉也 溺死海中化爲此魚. 又[7]河南鞏縣東北崖[8]上 山腹有穴. 舊說[9] 此穴與江湖通 鮪從此穴而來 北入河西上龍門 入漆沮. 故張衡 賦云 王鮪岫[10]居 山穴爲岫 謂此穴也. 本艸曰 鮪魚 一名鱏魚 一名鱣魚 一名碧魚. 出江淮黃河遼海深水處 亦鱣屬也. 岫居 長者丈餘. 至春始出 而浮陽 見日 則目眩. 其狀如鱣 而背上無甲. 其色青碧 腹下色白. 其鼻長與身等 口在頷下 食而不飲. 頰下有青斑文[11] 如梅花狀. 尾歧如丙. 肉色純白 味亞於鱣 鰭[12]骨不脆. 爾雅曰 鮥 鮛[13]鮪. 注云 鱣屬.

---

1) 군(郡) 이름. 한(漢) 때 두었음. 산동(山東)의 등주(登州)와 내주(萊州) 지역. 지금의 산동성(山東省) 액현(掖縣).

612

2) 우문(禹門). 산서성(山西省) 하진현(河津縣) 서북과 섬서성(陝西省) 한성시(韓城市) 동북에 있음. 황하가 이곳에 이르면 양쪽 언덕의 깎아지른 듯한 절벽이 대문처럼 맞서 있으므로 이름.

3) 칠수(漆水)와 저수(沮水). 합하여 석주하(石州河)로 들어감. 칠수는 섬서성(陝西省) 동관현(同官縣) 동북쪽 대신산(大神山)에서 발원하고, 저수는 동관현 북쪽의 분수령(分水嶺)임.

4) 『이아소』에는 '亦'이 있지만, 『모시초목조수충어소』와 『시명다식』 원문을 따랐음.

5) 『모시초목조수충어소』와 『이아소』에는 '魩鮪'이지만, '叔鮪'와 통하므로 『시명다식』 원문을 따랐음.

6) 『모시초목조수충어소』와 『시명다식』에는 '魚'가 있지만, 『이아소』 원문을 따랐음.

7) 『이아소』에는 '曰'이 있지만, 『모시초목조수충어소』와 『시명다식』 원문을 따랐음.

8) 『모시초목조수충어소』에는 '睢'이고, 『이아소』에는 '崖'이지만, '厓'와 통하므로 『시명다식』 원문을 따랐음.

9) 『이아소』에는 '云'이 있지만, 『모시초목조수충어소』와 『시명다식』 원문을 따랐음.

10) 『모시초목조수충어소』와 『이아소』에는 '岫'이지만, '峀'와 통하므로 『시명다식』 원문을 따랐음.

11) 『본초강목』에는 '紋'이지만, '文'과 통하므로 『시명다식』 원문을 따랐음.

12) 『본초강목』에는 '鱀'이지만, '鱭'와 통하므로 『시명다식』 원문을 따랐음.

13) 『시명다식』에는 '鯂'이지만, 『본초강목』 원문을 따랐음.

환__鰥 · 자가사리

◆ 齊 斂筍[1]

　주자가 말하였다. '환'(鰥 · 자가사리)은 큰 물고기이다.

　공씨가 말하였다. 『공총자』「항지」편에 "위나라 사람이 황하에서 낚시질하여, '환어'를 얻었는데, 수레에 크게 가득 찼다. 자사가 '그것을 어떻게 얻었소?'라 묻자, '내가 낚시질할 때, 미끼로 '방'(방어) 한 마리를 드리웠더니, '환'(鰥)이 지나가면서 쳐다보지도 않더군요. 다시 '돈'(새끼돼지)의 반을 썼더니 '환'(鰥)이 삼킨 듯합니다'라 대답했다"고 했다.

　『본초』에 말하였다. '환어'는 다른 이름으로 '감어', '함어', '황협어'(자가사리 · 黃頰魚. 동자개과의 민물고기)이다. 그 성질은 혼자 다니기 때문에 '환'(鰥)[2]이라 한다. 강과 호수 속에 산다. 몸은 '종'(조기 · 石首魚)과 비슷한데 배가 평평하고, 머리는 '환'(鯇 · 산천어 · 草魚)과 비슷한데 입이 크며, 뺨은 '점'(메기)과 비슷한데 누런색이고, 비늘은 '준'(松魚 · 赤目魚)과 비슷한데 작고 가늘다. 먹는 물고기 중에 독이 제일 많아서, 못 속에 이것이 있으면, 다른 물고기를 기를 수 없다. 『산해경』「동산경」에 "고아수에는 '감어'가 많다"고 했는데, 이것이다.

　朱子曰 鰥 大魚也. 孔氏曰 孔叢子 抗志篇云 衛人釣於河 得鰥魚焉 其

大³⁾盈車. 子思問曰 如何得之 對曰 吾下釣⁴⁾垂一魴之餌 鰈過 而不視. 更⁵⁾ 以豚之半 鰈⁶⁾則吞矣. 本艸曰 鰈魚 一名鱧魚 一名鮥魚 一名黃頰魚. 其性 獨行 故曰鰈. 生江湖中. 軆似鯮⁷⁾而腹平 頭似鮎而口大 頰似鮎而色黃 鱗 似鱒而稍細. 大者三四十斤 唅魚冣毒⁸⁾ 池中有此 不能畜魚. 東山經云 姑 兒之水多鱧魚 是也.

다 떨어진 통발을 보에다 놓자　　　敝笱在梁

방어와 큰 자가사리가 들락거리네.　　其魚魴鰈

제나라 공주가 친정으로 돌아가자　　齊子歸止

따라가는 무리가 구름 같아라.　　　其從如雲

---

1) 『시경』「제풍」의 편 이름. 제(齊)나라 사람들이 노(魯)나라 환공(桓公)이 미약하여 문강(文姜)을 막고 제어하지 못하여 두 나라의 병폐가 되게 함을 미워하여 문강을 풍자한 시.

2) '환'은 늙어서 아내가 없는 남자인 '홀아비'를 의미하기도 함.

3) 『시명다식』에는 '子'이지만, 『모시정의』와 『육가시명물소』 원문을 따랐음.

4) 『시명다식』에는 '下釣'가 없지만, 『모시정의』와 『육가시명물소』 원문을 따랐음.

5) 『모시정의』와 『육가시명물소』에는 '又'이지만, '更'과 통하므로 『시명다식』 원문을 따랐음.

6) 『시명다식』에는 '鰈'이 없지만, 『모시정의』와 『육가시명물소』 원문을 따랐음.

7) 『본초강목』에는 '鰻'이지만, '鯮'과 통하므로 『시명다식』 원문을 따랐음.

8) 『본초강목』에는 '啗魚最毒'이지만, '唅魚冣毒'과 통하므로 『시명다식』 원문을 따랐음. 뒤의 '冣'도 마찬가지임.

서__鱮 · 연어

주자가 말하였다. '서'(연어)는 '방'(방어)과 비슷하지만, 두텁고 머리가 크며, 어떤 사람들은 '련'(연어)이라 한다.

육씨가 말하였다. '서'는 '방'과 비슷한데, 물고기 중에서 맛이 없는 것이므로 속담에 "그물로 물고기를 잡아 '서'를 얻었지만, 먹은 것만 못하다"고 한다. 그 머리가 더욱 크고 살진 것은 서주 사람들이 '련'이라 하는데, 어떤 사람들은 '용'(黑鰱 · 錢魚)이라 한다. 유주 사람들은 '효□[1]'라 하는데, 어떤 사람들은 '호용'이라 한다.

『본초』에 말하였다. '서'는 모양이 '용'과 비슷한데 머리가 작고 모양이 납작하며, 비늘은 가늘고 배는 살졌다. 그 색은 제일 희기 때문에 〈서정부〉[2]에 "빛나는 '방'이 뛰어오르고, 희디흰 '서'가 날아오르네"라 했다. 물이 없으면 쉽게 죽으니, 대개 약한 물고기다. 『비아』에 "'서'는 서로 어울려 무리지어 다니기를 좋아하기 때문에 '서'라 하고, 서로 잇닿아 있기 때문에 '련'이라 한다"고 했다.

朱子曰 鱮 似魴 厚而頭大 或謂之鰱. 陸氏曰 鱮 似魴 魚之不美者 故俚語曰 網魚得鱮 不如啗茹. 其頭尤大 而肥者 徐州人謂之鰱 或謂之鱅. 幽州

人謂之鰷鱸 或謂之胡鱅. 本艸曰 鱮 狀如鱅 而頭小形扁 細鱗肥腹. 其色㝡
白 故西征賦云 華魴[3]躍鱗 素鱮揚鬐. 失水易死 盖弱魚也. 埤雅曰 鱮 好
群行相與也 故曰鱮 相連也 故曰鰱.

다 떨어진 통발을 보에다 놓자	敝笱在梁
방어와 큰 연어가 들락거리네.	其魚魴鱮
제나라 공주가 친정으로 돌아가자	齊子歸止
따라가는 이들이 비오듯 해라.	其從如雨

---

1) 음(音) 미상(未詳).
2) 진(晉)의 반악(潘岳)이 지은 문장(文章)의 편 이름. 그가 장안령(長安令)을 지낼 때, 행역(行役)
   의 일에서 느낀 점과 경서(經書)에 등장하는 인물과 산수(山水) 등에 대해서 논했음.
3) 『시명다식』에는 '鮫'이지만, 『본초강목』과 『육가시명물소』 원문을 따랐음.

룡__龍[1] · 용

◆ 秦 小戎

---

1) 『시명다식』에 이 항목의 설명은 없음.

리__鯉 · 잉어

◆ 陳 衡門[1]

『본초』에 말하였다. 그 등골뼈는 비늘과 한 줄기로 딱 들어맞고, 비늘은 머리부터 꼬리까지 크고 작음 없이 모두 서른여섯 개이며, 비늘마다 작고 검은 점이 있다. 여러 물고기 중에서 오직 이것이 가장 아름답다.

本艸曰 其脊中[2]鱗一道 從頭至尾 無大小 皆三十六鱗 每鱗有小黑點. 諸魚唯[3]此取佳.

물고기를 먹는데	豈其食魚
어찌 꼭 황하의 잉어라야 하나?	必河之鯉
장가를 드는데	豈其取妻
어찌 꼭 송나라 자씨 딸이라야 하나?	必宋之子

---

1) 『시경』 「진풍」의 편 이름. 근후(謹厚)하기만 하고 뜻을 세움이 없었던 희공(僖公)을 타이른 시.
2) 『시명다식』에는 '脇'이지만, 『본초강목』과 『비아』 원문을 따랐음.
3) 『본초강목』에는 '惟'이지만, '唯'와 통하므로 『시명다식』 원문을 따랐음.

준__鱒 · 송어

◆ 豳 九罭[1]

주자가 말하였다. '준'(송어)은 '혼'(산천어 · 鯶)과 비슷한데, 비늘이 가늘고 눈이 붉다.

육씨가 말하였다. '준'은 '혼어'와 비슷한데, 비늘이 '혼'보다 가늘고, 눈은 붉으며, 가는 무늬가 많다.

『본초』에 말하였다. '준어'는 다른 이름으로 '필어', '적안어'이다. 모양은 '혼'과 비슷한데 작고, 붉은 핏줄이 눈동자를 지나가며, 몸은 둥글고 길며, 비늘은 '혼'보다 가늘고, 푸른 바탕에 붉은 무늬이며, '라'(소라)와 '방'(조개)을 즐겨 먹고, 그물에서 달아나기를 잘한다.

朱子曰 鱒 似鯶[2] 而細鱗眼赤. 陸氏曰 鱒 似鯶[3]魚 而鱗細于琿[4]也 赤眼多細文. 本艸曰 鱒魚 一名鮋魚 一名赤眼魚. 狀似鯶而小 赤脉貫瞳 身圓而長 鱗細于鯶 靑質赤章 好食螺蚌 善于遁網.

촘촘한 그물에	九罭之魚
송어와 방어가 걸렸네.	鱒魴
우리 님을 뵙고 보니	我覯之子

용무늬 저고리에 수놓은 바지 입으셨네.　　袞衣繡裳

---

1) 『시경』「빈풍」의 편 이름. 주나라 대부가 조정에서 주공(周公)을 몰라줌을 풍자하여 주공을 찬미한 시.
2) 『시명다식』에는 '鱮'이지만, 『모시정의』와 『시집전』과 『이아소』 원문을 따랐음.
3) 『모시초목조수충어소』에는 '鯤'이지만, '鱣'과 통하므로 『모시정의』와 『시명다식』과 『이아소』 원문을 따랐음.
4) 『시명다식』에는 '鱮'이지만, 『모시초목조수충어소』와 『모시정의』와 『이아소』 원문을 따랐음.

상__鱨 · 자가사리

◆ 小雅 魚麗[1]

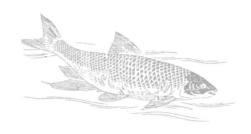

주자가 말하였다. '상'(자가사리)은 날아오르는 것이니, 지금의 '황협어'가 이것이다. 머리는 '연'(제비)과 비슷하고, 몸통은 물고기이며, 모양은 두터우면서 길고 크며, 아가미 뼈는 순전히 노란색인데, 물고기 중에서 크고 힘이 있으며, 날 수 있는 것이다.

육씨가 말하였다. '상'은 지금 강동에서 '황상어'(黃鱨魚)라 부르는데, 다른 이름은 '황협어'이다. 꼬리는 조금 누렇고, 큰 것은 길이가 한 자 예닐곱 치쯤이다.

『본초』에 말하였다. '황상어'(黃顙魚)는 다른 이름으로 '황상어'(黃鱨魚), '황협어', '앙알', '황알'이다. 이마는 누렇고, 비늘이 없는 물고기이다. 몸통과 꼬리는 모두 작은 '점'(메기)과 비슷한데, 배 아래는 누렇고, 등 위는 청황색이며, 아가미 아래에 두 개의 가로놓인 뼈가 있고, 수염은 두 개이며, 밥통이 있다. 무리지어 헤엄치면서 '알알'(수레가 움직일 때 · 노를 저을 때 · 베를 짤 때 나는 소리)하는 소리를 낸다. 성질은 가장 잘 죽지 않는다. 육전은 "그 쓸개가 봄과 여름에는 하품에 가깝고, 가을과 겨울에는 상품에 가깝다"고 했다.

나는 이렇게 생각한다. '환'(자가사리)도 또한 다른 이름이 '황협어'이니, 이것은 두 가지 사물이면서 이름은 같은 것이다.

朱子曰 鱨 揚也. 今黃頰魚 是也. 似燕頭 魚身 形厚而長大 頰骨正黃 魚之大 而有力 鮮飛者. 陸氏曰 鱨 今江東呼黃鱨魚 一名黃頰魚. 尾微黃 大者長尺七八寸許. 本艸曰 黃頰魚 一名黃鱨魚 一名黃頰魚 一名鉠鰊 一名黃²⁾鰊. 黃頰 無鱗魚也. 身尾俱似小鮎 腹下黃 背上靑黃 䚡下有二橫骨 兩鬚 有胃. 群游作聲如軋軋. 性㝡難死. 陸佃云 其膽春夏近下³⁾ 秋冬近上⁴⁾ 亦一異也. 學圃按 鰈 一名 亦黃頰魚 則是二物 而同名也.

통발에 걸린 고기는	魚麗于罶
자가사리와 모래무지로다.	鱨鯊
군자에게 차려내온 술은	君子有酒
맛이 있고도 많아라.	旨且多

---

1) 『시경』「소아」의 편 이름. 만물이 풍성하고 많아 예(禮)를 갖추었음을 찬미한 시.
2) 『시명다식』에는 '燕'이지만, 『본초강목』 원문을 따랐음.
3) 『시명다식』에는 '上'이지만, 『본초강목』과 『비아』 원문을 따랐음.
4) 『시명다식』에는 '下'이지만, 『본초강목』과 『비아』 원문을 따랐음.

사__鯊[1] · 모래무지

   주자가 말하였다. '샤'(모래무지. 잉어과의 민물고기)는 '타'(모래무지)
이니, 좁고 작은 물고기이며, 늘 입을 벌리고 모래를 불어내기 때문에 또
'취샤'라 이름한다.

   육씨가 말하였다. '샤'는 '취샤'이니, '즉'(붕어)과 비슷하다. 좁고 작은
물고기이며, 몸통은 둥글고 검은 점이 있으며, 다른 이름은 '중순약'이
다. '샤'는 늘 입을 벌리고 모래를 불어낸다.

   『본초』에 말하였다. '사어'는 다른 이름으로 '사구어', '사온'(문절망
둑)이다. 큰 것은 길이가 네댓 치이고, 그 머리와 꼬리는 똑같은 크기이
다. 머리 모양은 '준'(송어)과 비슷한데, 몸이 둥글어서 '선'(두렁허리)과
비슷하고, 살은 두텁고 입술은 크며, 비늘은 가늘고 옅은 누런색이며, 검
은 얼룩점 무늬가 있다. 등에는 등지느러미가 있는데 날카롭고 매우 단
단하다. 그 꼬리는 갈라져 있지 않다. 어릴 때에는 알로 지낸다. 맛은 매
우 좋다. 세상 사람들은 '가랑어'라 부른다.

   복씨가 말하였다. '사어'는 종류가 많은데, 매우 큰 것도 있다. 그 껍질
은 마치 모래와 같고, 지금 사람들은 칼과 검의 칼집을 만들기 때문에
'사어'라 한다.

『비아』에 말하였다. '샤'는 크기가 손가락만 하고, 좁고 둥글며 길고, 검은 점이 있다.

『통아』에 말하였다. '샤'는 정월에 먼저 오는데, 다만 몸통의 반인 앞은 넓으면서 납작하고, 뒤는 네모지고 좁으니, 육씨가 좁고 작다고 여긴 것은 잘못이다.

『정자통』에 말하였다. 눈과 뺨이 붉고, 등 위에 지느러미가 있으며, 배 아래에 날개 모양의 지느러미가 있고, 맛은 기름지며 좋기 때문에 『육서정온』에 "바다 속에서 생겨나는 것으로, 그 가죽이 모래와 같고, '치구'(크게 벌린 입)라는 이름을 얻었으며, 비늘은 없고 어미 뱃속의 태반에서 생겨나며, 큰 것 한 대가 배에 가득 찬다"고 했다.

朱子曰 魦 鮀也 魚狹而小 常張口吹沙 故又名吹沙. 陸氏曰 魦 吹沙也 似鯽. 魚狹而小 體圓而 有黑點 一名重唇[2]箋. 魦 常張口吹沙. 本艸曰 鯊 魚 一名沙溝魚 一名沙鰮. 大者長四五寸 其頭尾一般大. 頭狀似鱒 體圓似 鱓[3] 厚肉重唇 細鱗黃白色 有黑斑点文. 背有鬐刺甚硬. 其尾不歧. 小時 卽 有子. 味頗美. 俗呼爲呵[4]浪魚. 濮氏曰 鯊魚 多種 有極大者. 其皮如沙 今 人以爲刀劍鞘 故沙魚. 埤雅曰 鯊 大如指 狹圓而長 有黑点. 通雅曰 鯊 正 月先至 但[5]身前半濶而扁 後方而狹 陸氏以爲狹小 非也. 正字通曰 赤目 赤頰 背上有鬣 腹下有翅 味肥美 六書故曰 海中所産以其皮如沙 得名哆 口 無鱗胎生 大者代之盈舟.

---

1) 『시집전』에는 '鯊'이지만, '魦'와 통하므로 『시명다식』 원문을 따랐음. 뒤의 '魦'도 마찬가지임.

2) 『모시초목조수충어소』에는 '脣'이지만, '唇'과 통하므로 『시명다식』 원문을 따랐음.

3) 『본초강목』에는 '鱣'이지만, '鱓'과 통하므로 『시명다식』 원문을 따랐음.

4) 『시명다식』에는 '阿'이지만, 『본초강목』 원문을 따랐음.

5) 『시명다식』에는 '但'이 없지만, 『통아』(通雅) 원문을 따랐음.

례__鱧 · 가물치

주자가 말하였다. '례'(가물치 · 黑魚)는 '동'(가물치)인데, 또는 '환'(산천어)이라 한다.

이시진이 말하였다. 『모시』의 여러 주에 '례'를 '환어'(연어과의 민물고기. 몸은 긴 원통형이며, 수초를 먹음)라 한 것은 잘못일 것이다.

육씨가 말하였다. '례'는 허신이 '리어'(잉어)라 여겼는데, 나는 '리'(잉어)와 비슷하지만, 뺨이 좁고 두텁다고 생각한다.

『본초』에 말하였다. '례어'는 다른 이름으로 '려어', '흑례', '현례', '오례', '동어', '문어'이다. 모양은 길고 몸통은 둥글며, 머리와 꼬리는 서로 비슷하고, 비늘은 가늘며 검은색이고, 꽃무늬 얼룩점이 있으며, '복사'(독사의 일종)와 매우 비슷하고, 혀와 이빨과 밥통이 있으며, 등과 배에는 꼬리까지 이어진 지느러미가 있고, 꼬리는 갈라져 있지 않다. 생김새가 미워할 만하고, 냄새는 비리며 맛이 없어서 먹거리로는 등급이 낮은 것이다. 남쪽 사람들 중에 맛있는 음식이라 하는 사람이 있지만, 북쪽 사람들은 그것 먹기를 더욱 절제한다. 도가[1]에서는 그것을 가리켜 '수염'(물속의 싫은 것)이라 하고, 재계와 도가의 비결에서도 꺼리는 것이다.

『이아소』에 말하였다. '례'는 지금의 '종'(가물치)이라는 물고기이다.

'동'과 '종'은 소리와 뜻이 같다.

『설문』에 말하였다. '례'는 '호'(큰메기ㆍ大鮎)이다.

이시진이 말하였다. '례'의 머리에는 북두칠성 무늬가 있고, 밤마다 북두[2]를 뵈니, 스스로 그러한 예가 있기 때문에 '례'라 한다. 또 '샤'(뱀)와 더불어 기운이 통하고, 색이 검은 북쪽의 물고기이기 때문에 검을 '현'과 '흑'자가 들어간 여러 이름이 있다. 세상 사람들은 '화시두어'라 부르는데, 이것이다. 그 작은 것은 '동어'라 이름한다.

나는 이렇게 생각한다. 허신이 『설문』에 "'례'는 '호'이다"라 했고, 육씨는 "허신이 '례'를 가지고 '리어'라 했다"고 하였으니, 의심할 만하다.

朱子曰 鱧 鮦也 又曰 鯇也. 李時珍曰 毛詩諸注 謂鱧 卽鯇魚者 誤矣. 陸氏曰 鱧 許愼以爲鯉魚 磯以爲似鯉 頰狹而厚. 本艸曰 鱧魚 一名蠡魚 一名黑鱧 一名玄鱧 一名烏鱧 一名鮦魚 一名文魚. 形長軆圓 頭尾相等 細鱗玄色 有斑点花文 頗類蝮蛇 有舌有齒有肚 背腹有鬛連尾 尾無歧. 形狀可憎 氣息鮏[3]惡 食品所卑. 南人有珍之者 北人尤絶之. 道家指爲水厭 齋籙所忌. 爾雅疏云 鱧 今鱷魚也 鮦與鱷 音義同. 說文云 鱧 鱯也. 李時珍曰 鱧 首有七星 夜朝北斗 有自然之禮 故謂之鱧. 又與蛇通氣 色黑 北方之魚也 故有玄黑諸名. 俗呼火柴頭魚 卽此也. 其小者名鮦魚. 學圃按 許愼 說文 鱧 鱯也 陸氏 謂許愼以鱧爲鯉魚 可疑.

통발에 걸린 고기는	魚麗于罶
방어와 가물치로다.	魴鱧
군자에게 차려내온 술은	君子有酒
많고도 맛이 있어라.	多且旨

1) 구류십가(九流十家) 중의 하나. 노자(老子)와 장자(莊子)를 대표로 하고, 자연을 숭상하여 무위(無爲)를 주장함.

2) 북두성(北斗星). 북두칠성(北斗七星). 북쪽 하늘에 국자 모양으로 배열되어 있는 큰곰자리의 일곱 개 별.

3) 『본초강목』에는 '猩'이지만, '鮏'과 통하므로 『시명다식』 원문을 따랐음.

언__鰋·메기

주자가 말하였다. '언'(메기)은 '점'(메기)이다.

『본초』에 말하였다. '언어'는 다른 이름으로 '제어'(鮧魚·큰메기), '제어'(鯷魚), '점어'이다. 비늘이 없는 물고기이다. 머리는 크고 이마는 누웠으며, 입과 배는 크고, '민'(민어·鮰魚. 바닷물고기)의 몸에 '례'(메기)의 꼬리이며, 이빨과 밥통과 수염이 있다. 흐르는 물에 살고, 청백색인데, 고여 있는 물에 사는 것은 청황색이다. 큰 것은 또한 삼사십 근에 이른다. 이것은 큰 입과 큰 배를 갖추었는데, 아울러 입이 작은 것은 없다.

『이아주』에 말하였다. '언'은 이마가 흰 물고기이다.

朱子曰 鰋 鮎也. 本艸曰 鰋魚 一名鮧魚 一名鯷魚 一名鮎魚. 無鱗之魚. 大首偃額 大口大腹 鮰身鱧[1]尾 有齒有胃有鬚. 生流水[2] 色靑白 生止水者 色靑黃. 大者亦至三四十斤. 俱是大口大腹 幷無口小者. 爾雅注曰 鰋 額白魚.

| 통발에 걸린 고기는 | 魚麗于罶 |
| 메기와 잉어로다. | 鰋鯉 |

군자에게 차려내온 술은 　　　　　君子有酒

맛이 있고도 많아라. 　　　　　　旨且有

---

1) 『시명다식』에는 '鱧'이지만, 『본초강목』 원문을 따랐음.
2) 『본초강목』에는 '薷'가 있지만, 『시명다식』 원문을 따랐음.

가어__嘉魚 · 곤들매기

◆ 南有嘉魚[1]

　주자가 말하였다. '가어'(곤들매기. 연어과의 민물고기. 모양은 松魚와 비슷함)는 '리'(잉어)의 바탕에 '준'(송어) 또는 '즉'(붕어)의 살이고, 면수 남쪽의 병혈[2]에서 나온다.

　『본초』에 말하였다. '가어'는 다른 이름으로 '미어', '졸어'(蜀에서 '가어'를 일컫는 말), '병혈어'이다. 임예의 『익주기』에 "'가어'는 촉의 고을 곳곳에 있다. 모양은 '리'와 비슷한데, 비늘이 가늘어서 '준'과 같고, 고기는 살졌으며 맛이 좋고, 큰 것은 대여섯 근이다"라 했다. 유천[3]을 먹고, 병혈에서 나온다. 2~3월에 물을 따라 굴에서 나오고, 8~9월에 물을 거슬러 굴로 들어간다.

　朱子曰 嘉魚 鯉質 鱒鯽肌 出於沔南之丙穴. 本艸曰 嘉魚 一名鮇[4]魚 一名拙魚 一名丙穴魚. 任豫 益州記云 嘉魚 蜀郡[5]處處有之. 狀似鯉 而鱗細如鱒 肉肥而美 大者五六斤[6]. 食乳泉 出丙穴. 二三月隨水出穴 八九月逆水入穴.

남쪽에는 곤들매기가　　　　　　　南有嘉魚

떼 지어 꼬리 치며 노네. 烝然罩罩

군자에게 술이 있으니 君子有酒

손님을 대접하며 즐기리라. 嘉賓式燕以樂

---

1) 『시경』, 「소아」의 편 이름. 만물이 풍성하고 많아 예(禮)를 갖추었음을 찬미한 시.

2) '가어'가 나오는 동굴(洞窟)의 이름. 대병산(大丙山)의 굴. 산은 섬서성(陝西省) 략양현(略陽縣)의 동남쪽에 있고, 면현(沔縣)의 경계와 인접해 있음.

3) 종유동(鐘乳洞)의 종유석(鐘乳石)에서 떨어지는 물. '종유동'은 석회암 동굴이고, '종유석'은 그곳 천장에 달려 있는 돌고드름.

4) 『시명다식』에는 '鮇'이지만, 『본초강목』 원문을 따랐음.

5) 『시명다식』에는 '鮃'이지만, 『익주기』 원문을 따랐음.

6) 『익주기』에는 '尺'이지만, 『본초강목』과 『시명다식』 원문을 따랐음.

별__鼈[1] · 자라

◆ 六月[2]

『본초』에 말하였다. ‘별’(자라)은 다른 이름으로 ‘단어’, ‘신수’이다. 딱
딱한 껍데기가 있는 동물이다. 물에서도 살고 뭍에서도 살며, 등뼈가 갈
비뼈와 이어져 있어서 ‘귀’(거북)와 같은 종류이다. 사연[3]이 고기와 등껍
데기의 가장자리에 있기 때문에 ‘귀’라 하니, 딱딱한 껍데기 속은 고기인
데, ‘별’은 고기 속도 딱딱한 껍데기 같다. 귀가 없어서 눈으로 듣는다.
순전히 암컷이고, 수컷이 없어서 ‘사’(뱀)나 ‘원’(큰 자라 또는 蠑蚖. 도롱
뇽 종류의 범칭)과 짝을 짓는다. 그러므로 『만필』의 방법에 “‘원’의 기름
을 태워서 ‘별’을 부를 수 있다. 여름에 알을 품어서 깨면 어미는 그 그림
자처럼 보살펴 기른다”고 했다. 『비아』에 “알에서 태어나면 사랑하고 보
살펴 기른다. 그 모양은 해를 따라 도는 것 같다. 물속에 있으면, 위에 반
드시 물거품이 있다”고 했다.

本草曰 鼈 一名團魚 一名神守. 甲虫也. 水居陸生 穹脊連脇 與龜同類.
四緣有肉裙 故曰龜 甲裡肉 鼈 肉裡甲. 無耳 以目爲聽. 純雌無雄 以蛇及
黿爲匹. 故萬畢術云 燒黿脂可以致鼈也. 夏日孚乳 其抱以影. 埤雅[4] 卵生
思抱. 其狀隨日影而轉. 在水中 上必有浮沫.

윤길보 장군 기뻐하시니	吉甫燕喜
많은 상을 받으셨다네.	旣多受祉
호(鎬) 땅에서 돌아와보니	來歸自鎬
내가 떠난 지도 오래되었네.	我行永久
여러 벗님들에게 먹고 마시길 권하니	飮御諸友
자라구이에다 잉어회까지 있네.	炰鱉膾鯉
벗님 가운데 누가 있던가?	侯誰在矣
효도와 우애로 이름난 장중이 있네.	張仲孝友

---

1) 『본초강목』에는 '鱉'이지만, '鼈'과 통하므로 『시명다식』 원문을 따랐음.
2) 『시경』 「소아」의 편 이름. 선왕(宣王)이 북벌한 것을 읊은 시.
3) 불가(佛家)에서 말하는 인연(因緣)·차제연(次第緣)·연연(緣緣)·증상연(增上緣). 또는 인연·
   등무간연(等無間緣)·소연연(所緣緣)·증상연.
4) 『본초강목』에는 '云'이 있지만, 『시명다식』 원문을 따랐음.

패__貝 · 조개

◆ 巷伯

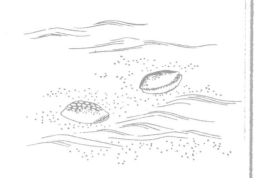

주자가 말하였다. '패'(조개. 瓣鰓類 蛤科에 딸린 연체동물의 총칭)는 물속에 사는 딱딱한 껍데기가 있는 동물이다.

육씨가 말하였다. '패'는 '귀'(거북)나 '별'(자라)의 따위이다. 큰 것은 '항'(큰조개 · 大貝)이라 하고, 작은 것은 '패'라 한다. 여러 가지 어우러진 고운 빛깔과 그 무늬가 각기 다르고, 크기가 다른 것도 매우 많다. 옛날에 돈으로 쓴 '패'가 이것이다. '여지'는 노란색으로 바탕을 이루고, 흰색으로 무늬를 이룬다. '여천'은 흰색으로 바탕을 이루고, 노란색으로 무늬를 이룬다. 또 '자패'(文貝. 조개의 일종. 껍데기에 자색으로 아름다운 淡色 무늬가 있어 화폐로 썼음)가 있는데, 그 흰 바탕은 마치 옥과 같고, 자주색 점으로 무늬를 이루며, 모든 가로와 세로 줄이 서로 만난다. 그 조개의 큰 것은 늘 지름이 한 자이고, 작은 것은 예닐곱 치이다. 지금 구진(安南의 河內 이남, 順化 이북 지역)과 교지[1]에서는 술잔과 쟁반과 보물을 만든다.

『본초』에 말하였다. '자패'는 다른 이름으로 '문패', '아라'이다. 동쪽과 남쪽의 바다 속에서 나온다. 모양은 '패자'와 비슷한데, 크기는 두세 치이고, 등 위에 자주색 얼룩이 있으며, 몸통은 희다. 남쪽 오랑캐들이 따서는 저자에서 돈으로 여긴다.

『상패경』[2]에 말하였다. 주중이 금고에게 그것을 받아서 회계[3] 태수인 엄조에게 전해주었는데,[4] 그 대략을 말하자면 "'패' 중에서 한 자 남짓하고, 모양이 마치 붉은 번갯불과 먹구름 같으면 '자패'라 한다. 흰 바탕에 홍흑색은 '주패'(진주조개·珠母)라 한다. 푸른 바탕에 초록색 무늬는 '수패'라 한다. 검은 무늬에 노란 줄은 '하패'라 한다. 이 아래에 '부패'와 '탁패'와 '조패'와 '혜패'가 있다"고 했다.

朱子曰 貝 水中介虫也. 陸氏曰 貝 龜鼈之屬. 大者爲[5]蚖 小者爲貝. 其文采[6]之異 大小之殊甚衆. 古者貨貝 是也. 餘蚳 黃爲質 以白爲文. 餘泉 白爲質 以[7]黃爲文. 又有紫貝 其白質如玉 紫点[8]爲文 皆行列相當. 其貝[9] 大者 常有徑一尺 小者七八寸[10]. 今九眞交趾以爲杯盤寶[11]物也. 本艸曰 紫貝 一名文貝 一名硏螺. 出東南海中. 形似貝子 而大二三寸 背有紫斑 而骨白. 南夷采以爲貨市. 相貝經[12] 朱仲受之於㙁[13]高 以遺會稽太守 嚴助 其略曰 貝盈尺狀[14]如赤電黑雲曰[15] 紫貝. 素質紅黑[16]曰 珠貝. 靑地綠文曰 綬貝. 黑文黃畫曰 霞貝. 下此有浮貝 濯貝 𣊟貝 慧貝.

알록달록 아름답게	萋兮斐兮
조개 무늬로 비단을 짰네.	成是貝錦
남을 헐뜯은 저 사람아	彼譖人者
너무 심하게 헐뜯었구나.	亦已大甚

---

1) 군(郡) 이름. 한(漢) 때 두었음. 지금의 베트남 북부인 통킹·하노이 지방. 뒤에 교주(交州)라 일컬음.
2) 미상(未詳)이지만, 『비아』의 〈패〉(貝) 항목에 "古者相貝有經"이라 했으므로, '조개'에 대해 등

급별로 나누어 정리한 연구서인 듯함.

3) 군(郡) 이름. 진(秦) 때 두었음. 지금의 강소(江蘇)의 동부와 절강(浙江)의 서부 지역. 오(吳)가 다스렸음.

4) 이와 관련된 일화는 『비아』에 다음과 같이 소개되어 있음. "古者相貝有經 其經曰 朱仲受之於琴高. 琴高乘魚浮于河海 水産必究. 仲學仙於高 而得其法 又獻珠於武帝. 去不知所之. 嚴助爲會稽太守 仲又出遺助 以徑尺之貝. 幷致此文於助曰 皇帝唐堯夏禹 三代之正瑞靈奇之秘寶 其有次此者 …"(옛날에 '패'(조개)를 살피고 정리한 경서가 있었는데, 그 경서에 말하였다. "주중이 금고에게 '패'를 받았다. 금고는 물고기를 타고 강과 바다를 헤엄쳐서 물에서 나는 것들은 반드시 찾아 구했다. 주중은 금고에게서 신선의 술법을 배워 얻었고, 무제에게 '주'(진주)를 바쳤다. 떠나간 곳을 알 수 없었다. 엄조가 회계태수가 되었을 때, 주중은 다시 세상에 나타나 엄조에게 지름이 한 자 되는 '패'를 전해주었다. 아울러 이러한 글도 엄조에게 보냈다. '이것은 황제, 요임금, 우임금 삼대의 매우 상서롭고 신령스러우며 기이한 보기 드문 보배인데, 이것에 버금가는 것들이 있으니…'") 등장인물 중 '주중'과 '금고'는 미상(未詳)인데, '주중'은 음력 5월을 의미하고, '금고'는 '잉어'의 다른 이름이기도 함.

5) 『시명다식』에는 '爲'가 없지만, 『모시초목조수충어소』 원문을 따랐음.

6) 『모시초목조수충어소』에는 '彩'이지만, '采'와 통하므로 『시명다식』 원문을 따랐음.

7) 『모시초목조수충어소』와 『시명다식』에는 '以'가 없지만, 『이아소』 원문을 따랐음.

8) 『모시초목조수충어소』와 『이아소』에는 '點'이지만, '点'과 통하므로 『시명다식』 원문을 따랐음.

9) 『모시초목조수충어소』와 『시명다식』에는 '貝'가 없지만, 『이아소』 원문을 따랐음.

10) 『모시정의』는 '常有徑至一尺六七寸者'이고, 『이아소』는 '當至一尺六七寸者'이지만, 『모시초목조수충어소』와 『시명다식』 원문을 따랐음.

11) 『시명다식』에는 '實'이지만, 『모시정의』와 『모시초목조수충어소』와 『이아소』 원문을 따랐음.

12) 『육가시명물소』에는 '云'이 있지만, 『시명다식』 원문을 따랐음.

13) 『비아』에는 '琴'이지만, '棽'과 통하므로 『시명다식』 원문을 따랐음.

14) 『육가시명물소』에는 '狀'이 없지만, 『비아』와 『시명다식』 원문을 따랐음.

15) 『비아』와 『육가시명물소』에는 '謂之'이지만, 『시명다식』 원문을 따랐음. 뒤의 '曰'도 마찬가지임.

16) 『시명다식』에는 '赤質紅章'이지만, 『비아』와 『육가시명물소』 원문을 따랐음.

귀 _龜 · 거북

◈ 大雅 縣

『본초』에 말하였다. '수귀'는 다른 이름으로 '현의독우'(거북)이다. 물이나 불이나 산이나 연못에 사는 네 종류가 있다. 딱딱한 껍데기가 있는 동물은 삼백육십 가지인데, '신귀'(영검하여 점치는 데에 쓰는 거북)는 우두머리가 된다. '귀'의 생김새는 리괘[1]의 모양이고, 그 정신은 감괘[2]에 있다. 위는 높으니 하늘을 본받아 꾸몄고, 아래는 평평하니 땅을 본받아 다듬었다. 음기를 등지고 양기를 향하며, '샤'(뱀)의 머리에 '룡'(용)의 목이다. 겉은 뼈이고 속은 살이며, 임맥[3]을 늘일 수 있다. 어깨는 넓고 허리는 크며, 알에서 태어나고 사랑하여 보살펴 기르며, 그 귀로 숨 쉰다. 암수가 꼬리로 흘레하고, 또한 '샤'(뱀)와 더불어 짝을 짓는다.

『이아』에 말하였다. 첫 번째는 '신귀'라 하고, 두 번째는 '령귀'(큰 거북 또는 점을 치는 데 사용하는 큰 거북의 범칭 · 蠵)라 하며, 세 번째는 '섭귀'(陵龜. 작은 거북)라 하고, 네 번째는 '보귀'(고대에 길흉을 점치는 데 쓰던 거북)라 하며, 다섯 번째는 '문귀'(등껍데기에 여러 가지 고운 빛깔과 무늬가 있는 거북)라 하고, 여섯 번째는 '서귀'(가새풀 덤불 밑에 숨어 있는 거북 또는 점치는 데에 쓰는 가새풀과 거북 껍데기)라 하며, 일곱 번째는 '산귀'라 하고, 여덟 번째는 '택귀'라 하며, 아홉 번째는 '수귀'라 하고, 열 번째는 '화귀'라 한다.

本艸日 水龜 一名玄衣督郵. 水火山澤四種. 甲虫三百六十 而神龜爲之
長. 龜形象離 其神在坎. 上隆 而文以法天 下平 而理以法地. 背陰向陽 蛇
頭龍頸. 外骨內肉 腸屬於首 能連任脉⁴⁾. 廣肩大腰 卵生思抱 其息以耳.
雌雄尾交 亦與蛇匹. 爾雅日 一日神龜 二日靈龜 三日攝龜 四日寶龜 五日
文龜 六日筮龜 七日山龜 八日澤龜 九日水龜 十日火龜.

---

1) 팔괘(八卦)의 하나. 밝은 상(象)으로 화(火)·일월(日月)·남(南)에 해당함.
2) 팔괘(八卦)의 하나. 물·달·악인(惡人)·북방(北方)·숨다·괴로워하다·굳은 마음 등을 상징함.
3) 인체의 경맥(經脈). 기경팔맥(奇經八脈)의 하나. 몸의 앞 정중선에 분포된 경맥.
4) 『시명다식』에는 '胍'이지만 『본초강목』 원문을 따랐음.

타__鼉 · 악어

◈ 靈臺[1]

　주자가 말하였다. '타'(악어의 일종)는 '석척'(도마뱀)과 비슷한데, 길이는 한 발 남짓이고, 가죽은 북을 메울 수 있다.

　육씨가 말하였다. '타'는 모양이 '석척'과 비슷하고, 다리는 네 개이며, 길이는 한 발 남짓이고, 알에서 태어나는데, 크기는 '아'(거위)의 알만 하며, 껍데기는 마치 갑옷과 같으니, 지금 약으로 쓰는 '타어갑'이 이것이다.

　『본초』에 말하였다. '타룡'(악어의 일종)은 다른 이름으로 '사룡'(악어 · 鰐), '토룡'이다. '타'가 사는 굴은 매우 깊어서, 어부들은 대껍질로 만든 닻줄에 미끼를 매달아 그것을 찾는데, 그것이 낚시 바늘 삼키기를 기다렸다가 천천히 끌어당겨 빼낸다. 성질은 마치 번갯불처럼 빠르게 종횡으로 움직이지만, 위로 오르지는 못한다. 그 울음소리는 마치 북과 같고, 밤에는 시각을 알리는 북에 응해 울기 때문에 '타고'(악어가죽으로 메운 북 또는 악어의 울음소리)라 하고, 또한 '타경'[2]이라고도 하는데, 이인(남방 소수민족의 범칭)들은 그것을 듣고 비가 내릴 것을 점친다. 그 머리뼈는 맑고 깨끗해서 물고기의 머리뼈[3]보다 뛰어나다. 알에서 태어나는데 매우 많아서 백 개에 이르고, 또한 스스로 그것을 먹기도 한다.

남쪽 사람들은 그 고기를 소중하게 여겨서 혼인을 공경하는 것처럼 생각한다.

朱子曰 鼉 似蜥蜴 長丈餘 皮可冒鼓. 陸氏曰 鼉 形似蜥蜴 四足 長丈餘 生卵 大如鵝卵 甲如鎧 今合藥 鼉魚甲 是也. 本艸曰 鼉龍 一名蛇魚 一名 土龍. 鼉穴極深 漁人以篾纜繫餌探之 候其吞鉤 徐徐引出. 性能橫飛 不能 上騰. 其聲如鼓 夜鳴應更 謂之鼉鼓 亦曰鼉更 俚人聽之以占雨. 其枕瑩淨 勝于魚枕. 生卵甚多至百 亦自食之. 南人珍其肉 以爲嫁娶之敬.

아아, 질서 있게 종을 치니	於論鼓鍾
아아, 천자님 공부하는 곳이 즐거워라.	於樂辟雝
악어 북을 둥둥 울리며	鼉鼓逢逢
장님 악사들이 음악을 연주하네.	矇瞍奏公

---

1) 『시경』 「대아」의 편 이름. 문왕(文王)이 천명(天命)을 받자, 백성들이 즐거워하며 처음 귀부(歸附)함을 읊은 시.

2) 시간을 알리는 북소리. '타룡'(鼉龍)이 밤에 시간을 알리는 북소리에 호응하여 운다는 데서 이름.

3) 물고기의 머리뼈 중에 전서(篆書)의 '정'(丁)자 모양과 비슷한 뼈로, 도장을 만드는 데 쓰임.

태¹⁾__台²⁾ · 복어

◆ 行葦³⁾

증손자가 주인인데	曾孫維主
단술을 그득하게 내어놓네.	酒醴維醹
큰 국자로 술을 떠서	酌以大斗
노인들의 장수를 비네.	以祈黃耇
구부정하게 늙은 노인을	黃耇台背
이끌고 부축해서	以引以翼
길하게 오래 사시라고	壽考維祺
크나큰 복을 비네.	以介景福

---

1) 『시명다식』에 이 항목의 설명은 없음.
2) 복. 태(鮐). 태배(台背). 태배(鮐背). 바닷물고기의 일종. '태배'(台背)는 노인을 이름. 나이가 들면 등에 복어(鰒魚)의 무늬와 같은 검은 반점이 생긴다는 데서 이름.
3) 『시경』「대아」의 편 이름. 주나라 왕실의 충후(忠厚)함을 읊은 시.

조__鰷 · 피라미

◉ 周頌 潛[1]

주자가 말하였다. '조'(鰷 · 피라미)는 '백조'이다.

『비아』에 말하였다. '조'(鰷)는 모양이 좁고 길어서 마치 나뭇가지인 듯하다.

『본초』에 말하였다. '조어'는 다른 이름으로 '백조', '찬어', '수어'이다. 강과 호수 속에 사는 작은 물고기이다. 길이는 겨우 몇 치이고, 모양은 좁고 납작해서 생김새는 마치 '류'(버들)의 잎과 같다. 비늘은 가늘고 가지런하며, 깨끗한 흰빛이라서 사랑할 만하고, 성질은 무리지어 헤엄치기를 좋아한다. 순자가 "'조'(鰷)는 수면에 떠올라 햇빛을 향해 다가가는 물고기이다. 젓갈로 담그기에 가장 마땅하다"고 했다.

『이아』에 말하였다. '수'는 '흑자'(피라미)이다. 『주』에 말하였다. 곧 '백조어'(피라미)인데, 강동에서는 '수'라 부른다. 『시경』 「주송」에 "'조'(鰷)며 '상'(자가사리)이며 '언'(메기)이며 '리'(잉어)까지 있네"가 이것이다.

朱子曰 鰷 白鰷也. 埤雅[2]曰 鰷 形狹而長 若條然. 本艸曰 鰷魚 一名白
鰷[3] 一名鱟魚 一名鮂魚. 生江湖中小魚也. 長僅數寸 形狹而扁 狀如柳葉
鱗細而整 潔白可愛 性好群游. 荀子曰 鰷 浮陽之魚也. 冣宜鮓菹. 爾雅曰

鮂 黑鰦. 注云 卽白鯈魚 江東呼爲鮂. 詩 頌[4]曰 鰷鱨鰋鯉 是也.

아아, 칠수와 저수에는	猗與漆沮
고기깃에 고기도 많아라.	潛有多魚
철갑상어에다 다랑어에다	有鱣有鮪
피라미며 자가사리며 메기며 잉어까지 있네.	鰷鱨鰋鯉
이 고기들을 잡아다 제사하여	以享以祀
크신 복을 비네.	以介景福

---

1) 『시경』「대아」의 편 이름. 계동(季冬·12월)에 물고기를 올리고, 봄에 상어를 올리는 시.
2) 『시명다식』에는 '陸氏'이지만, '埤雅'가 맞으므로 바로잡았음.
3) 『본초강목』에는 '鰍'이지만, '鯈'와 통하므로 『시명다식』 원문을 따랐음. 뒤의 '鯈'도 마찬가지임.
4) 『시명다식』에는 '頌'이 없지만, 『이아주』 원문을 따랐음.

발문

　예전 1805년, 나는 심양에 노닐면서, 목공은 수재와 함께 술집에서 시를 평하고 글씨를 논하였다. 이야기가 『파경』1)의 사물 이름에 미쳐서는 같음과 다름이나 자세함과 간략함을 분별함에, 혹 얻은 것도 있고 잃은 것도 있으며, 혹 앞서 아직 드러나지 않은 것을 드러내기도 하였지만, 또 혹 옳고 그름을 지나치게 따져서 사실과 다르게 잘못 이해함에 얽매인 것도 있었다. 그러나 평소 가졌던 생각을 털어내고 그의 말을 들었다. 대개 그는 학식이 넓고 넉넉한 사람이었다.

　이 년 뒤 1807년에 경기도 동쪽의 두릉으로 돌아가 농사에 힘쓰니, 호수와 산의 아름다움은 있었지만, 그곳의 사람들은 평범하고 못나서 한산의 편석2)도 없음을 한스러워 했다. 갈팡질팡 어물어물 또한 대여섯 번의 추위와 더위가 바뀌었을 것이다. 요사이 '정유산'(정학연) 형제와 사귀게 되었다. 달빛 있는 밤, 바람 일렁이는 아침, 편지로 안부를 묻고, 때로 직접 얼굴을 대하고 이야기를 나누기도 하였다. '운포'(정학유)는 형제 중 아우였다. 모두 아름답고 환했으며, 온화하고 우아하여 그들과 늦게 만난 것을 한탄했고, 두 사람 또한 나를 기뻐하였다.

　하루는 운포자가 『시명다식』 네 권을 보여주었는데, 바로 그가 『시경』

을 읽는 틈틈이 풀, 나무, 날짐승, 길짐승의 네 부분으로 나누어, 빠진 것과 모자란 것을 보충하고, 이리저리 조사하고 고증함에 힘쓴 것이었다. 다리가 둘이면서 깃이 있으면 날짐승이라 하고, 다리가 넷이면서 털이 있으면 길짐승이라 했다. 풀과 나무에 이르면, 이삭과 꽃의 다름이나 다섯 가지 곡식의 종류로 나누었다. 뒷걸음질하는 벌레와 옆으로 가는 것과 연이어 가는 것과 구불구불 앞으로 가는 것을 구별하였고, 목구멍으로 소리를 내는 것과 부리로 우는 것과 옆구리로 우는 것과 날개로 우는 것과 넓적다리로 우는 것과 가슴으로 우는 것을 나누었으며, 어미의 태 안이나 알에서 태어나는 것과 바람이나 축축한 곳에서 자라는 것들을 비교하였다. 모두 기록하지 않은 것이 없어서, 한번 책을 펴면 마치 산우(周의 벼슬 이름. 山林의 政令을 관장하였음)와 임형(周의 벼슬 이름. 산림 지키는 일을 관장하였음)과 수인(周의 벼슬 이름. 사냥과 貢納의 일을 관장하였음)과 나씨(周의 벼슬 이름. 새 잡는 그물과 까마귀 잡는 일을 관장하였음)에게 맡아보는 일을 물어서, 각각의 본성을 상세히 아는 것과 같았다.

아! 기이하도다. 어찌 이처럼 낱낱이 분명하고 분명한가. 목공은이 살아 자리를 같이 하여 그것의 옳고 그름을 따질 수 없음이 원통하도다. 창려는 "『이아』는 벌레와 물고기에 주를 달았으니, 정히 뇌락한 사람 아니리."[3]라 하였다. 이는 억지로 책을 지어 장담을 하는 것이니, 진실로 그릇된 것이다. 백씨인 유산이 이미 머리말을 자세하게 지었으니, 감히 쓸데없는 말을 많이 하지 않겠다. 이 책을 다행히 얻어 보면 자신의 쓰임에 절실하고, 후세 사람들에게 보탬이 되리라는 것을 기록하여 돌려보낸다.

1813년 늦겨울에 초호전부는 두양에서 발을 짓노라.

往在乙丑 余薄遊瀋陽 與穆秀才公恩 評詩論書於酒肆中. 語及葩經物名

辨同異詳略 或有得有失 或發於前之未發 又或間間拘於曲解. 然扣素抱
聞其言. 盖博洽人也.

後二年丁卯 歸田于畿東之斗陵 縱有湖山之勝 人物闌茸 恨無寒山片石.
俇俇然偊偊焉者 亦五六寒暑矣. 近與丁酉山兄弟證交. 月地風朝 問訊起居
時或面晤. 耘連其季也. 皆秀朗溫雅 歎其相見之晚 而兩人亦余喜也.

一日耘連子示以詩名多識四弓 卽其讀詩之暇 分四部艸木鳥獸 勤補遺缺
左攷右據. 二足而羽謂之禽 四足而毛謂之獸. 之艸之木 秀英之異 五穀之
種. 曁却行仄行連行紆行之別 脰鳴注鳴旁鳴翼鳴股鳴胸鳴之分 胎卵化 風
濕生之類. 莫不畢錄 一開卷 如與山虞林衡獸人羅氏 問所掌 而詳其性.

嗟乎 異哉. 何如是一一瞭瞭也耶. 恨不得與穆生合席可否之也. 昌黎曰
爾雅注蟲魚 芝非磊落人. 此强作書生壯談 誠非也夫. 伯氏酉山已詳爲之
序 不敢贅說. 於其還之也 以識其幸以得見 切於已用 裨於後之人也.

癸酉冬之季 莒湖田夫 斗陽 跋

---

1) 『시경』의 다른 이름. 한유(韓愈)의 〈진학해〉(進學解) 중 "詩正而葩"(시는 바르고 아름다우며)에
   서 온 말.

2) '寒山片石 薦福千錢'에서 온 말. "庚辰自南朝至北方 惟愛温子昇寒山寺碑 後還 人間 '北方何
   如?' 曰 '惟寒山一片石 堪共語 餘驢鳴犬吠耳. 題何工卷詩曰 延陵墓上止十字, 薦福寺裏須千錢.'"
   『세설』(世說) 중에서.

3) 한유(韓愈)의 5언 장편시 〈讀皇甫湜公安園池詩書其後〉의 한 구절임. "人之材力 信自有限 李翱
   皇甫湜 皆韓退之高弟 而二人獨不傳其詩 不應散亡 無一篇存者 計是非其所長 故不多作耳. 退之集
   中有 〈題湜公安園池詩後〉云 '爾雅注蟲魚 定非磊落人.' 又有 '用將濟諸人 捨得業孔顏,' 意若譏其
   徒爲無益 而勸之使不作者. 翱見於遠遊聯句 惟前之詎灼灼 此去信悠悠 一出之後 遂不復見 亦可知
   矣. 然二人以非所工 而不作 愈於不能 而强爲之, 亦可謂善用其短矣." 섭몽득(葉夢得), 『석림시
   화』(石林詩話) 중에서.

조선 후기 옹골진 인문학자의 생물학적 연구 성과

• 해제 | 김형태

『시경』을 읽는 의미

유가(儒家) 경서(經書)의 하나인 『시경』은 오래 전부터 우리 시가문학에 풍부한 영감(靈感)을 불어넣었던 텍스트이다. 물론 그것이 지닌 경학(經學)적 중요성을 배제한 채 문학적 소재의 원천으로만 국한시켜 바라보는 시각이 결코 온당한 것은 아니다. 그러나 『시경』의 기저에 서정성과 삶의 반영이라는 측면도 자리 잡고 있다는 점에서 그것은 분명 우리 시가문학에 활용될 수 있는 충분한 자질을 갖추었다고 할 수 있다. 그 활용은 주로 인용의 형태로 이루어졌는데, 가사나 한시 갈래 등에 활용된 예는 일일이 열거할 수 없을 정도이다. 따라서 『시경』이 인용된 우리 문학 작품의 경우, 올바른 독법 및 해석을 위해 『시경』 문구나 물명(物名)에 대한 의미 파악이 반드시 필요하다. 그리고 그 물명에는 인간이 고안한 사물은 물론 다양한 생물도 포함된다.

『시경』의 본향(本鄕)인 중국에서는 일찍이 그 사물 및 생물의 정체성에 대한 관심이 훈고학(訓詁學)을 중심으로 고조되어, 삼국시대 오(吳) 육기(陸璣, 261~303)의 『모시초목조수충어소』(毛詩草木鳥獸蟲魚疏)[1] 2권

(卷), 원(元)대 허겸(許謙)의 『시집전명물초』(詩集傳名物鈔) 8권, 명(明)대 풍부경(馮復京)의 『육가시명물소』(六家詩名物疏) 55권, 청(淸)대 서정(徐鼎)의 『모시명물도설』(毛詩名物圖說) 9권 등의 유서(類書)[2]류가 편찬되었고, 근자에는 『시경』의 물명 관련 텍스트를 포함한 저술들이 『시경요적집성』(詩經要籍集成) 42책(册)[3]으로 묶여 편찬되었다.

한편, 일본에서도 에도(江戶)시대를 중심으로 1731년(享保 16)에 강촌여규(江村如圭)가 『시경명물변해』(詩經名物辨解) 7권을 편찬하였고, 1778년(安永 7)에 연재관(淵在寬)이 육기의 저술을 일본어로 보충하고 그림을 곁들인 『육씨초목조수충어소도해』(陸氏草木鳥獸蟲魚疏圖解) 4권을 편찬하였으며, 1785년(天明 5)에 강원봉(岡元鳳)이 그림을 곁들여 『모시품물도고』(毛詩品物圖攷) 7권을 편찬하였고, 1808년(文化 5)에 소야란산(小野蘭山)이 중국 서정의 저술에 일본식 이름과 그림을 덧붙여 『모시명물도설』 9권을 편찬하였다.

우리나라의 유서 중 '물명고'(物名考)류[4]에 속하는 저술들이 이상 중국과 일본의 저술에 필적할 만한데, 이들이 다룬 물명은 사물 전반에 걸친 광범위한 것이다. 따라서 필자는 평소의 관심대로 그 범위를 『시경』의 생물에 국한시켜 다룬 저술을 조사하였고, 그 결과 『시명다식』의 존재를 확인하였다. 이 책은 이미 학계에 그 존재가 알려져 있었지만,[5] 그간 관심을 끌지 못하다가 최근 정약용(1762~1836)의 장남 정학연[6]의 시집 『삼창관집』(三倉館集)이 일본 궁내청서릉부(宮內廳書陵部)에서 발견되면서 다시 주목 받게 되었다.[7]

『시명다식』은 정약용의 둘째 아들이자 〈농가월령가〉(農家月令歌)의 작가로 알려진 정학유[8]의 저술이다. 이는 형 정학연이 쓴 서문에서 동생 정학유의 초명인 '치구'(穉裘)를 언급한 것과 1책 본문 앞머리에 "洌水 丁學祥 編", 2책 본문 앞머리에 "洌水 丁學圃 輯"이라고 저자를 밝힌 데서도 확인할 수 있다. 그의 또 다른 초명이 '학포'였다는 점을 감안하면, '학상' 역시 그의 필명이거나 또 다른 이름이다. 내용은 『시경』에 등장하는 생물의 이름을 고증하여 해설한 것인데, 생물을 총 8개 항목으로 나누어 『시경』 각 장의 편명과 물명을 적고, 설명을 붙였다. 내용적 희소성에 비해 그 이본이 일본과 미국에도 존재하는 상황 및 비교적 최근의 저술이지만 중국에까지 서명이 알려졌다는 점[9]을 고려하면, 『시명다식』은 비교적 당대에 유명했던 가치 있는 저술임에 틀림없다.

『시명다식』은 어떤 책인가

전세계에 흩어진 이본들

『시명다식』의 서지적 특성을 살피기 위해서는 이본의 현황을 파악하는 것이 필수적이다. 이본이 서로 적지 않은 차이를 보이고 있고, 그 대비를 통해서 『시명다식』의 서지적 특성을 확인할 수 있기 때문이다. 『시명다식』의 이본은 현재 3종이 있다. 서울대학교 규장각(奎章閣), 동경대학교 소창문고(小倉文庫), 버클리대학교 아사미문고(淺見倫太郎文庫)에 각각 소장되어 있다. 필자는 이 가운데 규장각본과 소창문고본을 구해볼 수 있었고, 번역도 두 사본을 저본으로 삼았다. 그리고 여러 방면으로 아사미문고본의 입수를 시도했지만, 여건상 서문과 발문을 비롯한 일부 내용만 사진으로 확인했다.[10]

저술 연대 추정과 권수별 저자명 표기에 오류가 있지만, 1996년에 직접 실물을 확인한 천혜봉의 아사미문고본에 대한 해제는 다음과 같다.

詩名多識 卷1-4

丁學游(憲·高宗朝)著. 寫本. [高宗~純宗年間]寫 4卷 2册. 四周雙邊. 半郭 18.7×12.6cm, 有界, 半葉. 10行 23字, 註雙行. 無魚尾. 24.2

×15.5cm. 線裝(4針). 楮紙.

著者名: 丁學祥(卷之一), 丁學圃(卷之二三)으로 署名되어 있으나 本名은 丁學游임.

序: 乙丑(1865)仲夏[丁]穉修(丁學淵;憲·高宗朝)書

跋: 癸酉(1873)冬之季苕湖田夫斗陽跋

裏題紙: 庚辰(1883)三月初四日未時[11]

이외에 필자가 사진을 통해 직접 확인한 아사미문고본에서 다음과 같은 사실을 확인했다. 우선 각 책의 표지 좌측에 "詩名多識"이라는 표제가 있고, 그 아래에 각각 "乾"과 "坤"이라고 표기하여 1책과 2책을 구분했다. 우측 상단에는 건책에 "艸穀木菜", 곤책에 "鳥獸蟲魚"라고 해당 내용을 표기했으며, 각각 우측 하단에는 "共二"라고 책의 수를 밝혔다. 각 책의 저자는 건책이 "洌水 丁學祥", 곤책이 "洌水 丁學圃"로 되어 있을 뿐, 규장각본이나 소창문고본처럼 "編"이나 "輯"이라는 표현은 없다.

서문의 앞에는 "劬經堂藏板"이라고 소장처가 표기되어 있으며, 전반적인 필체는 규장각본이나 소창문고본과 다르다. 다만, 큰 글자 크기와 말미에 형 정학연의 "弍倉館"이라는 패기(牌記)가 있다는 점만은 소창문고본의 서문과 같다.

본문의 앞에는 규장각본과 같이 "詩名多識卷之~"라는 권수제가 있고, 필체는 규장각본이나 소창문고본처럼 해·행서체를 사용했지만, 내용상 구분이 필요한 곳에는 백권(白圈)을 사용했다.

발문은 규장각본과 달리 초서체를 사용했는데, 필자가 입수한 사진에는 필사기가 포함된 말미 부분이 제외되어 있어서 이것이 발문을 지은 사람의 친필인지는 확인하지 못했다.

이상의 내용을 종합해보면, 아사미문고본은 다음에서 언급할 규장각

본과 소창문고본에서 확인할 수 있는 특성들을 두루 지니고 있다고 하겠
는데, 차후로 실물을 입수하여 내용상의 가감 등을 서로 대비하여 그 선
본 여부와 이본의 계열을 더욱 명확히 밝힐 필요가 있다.

　다음으로 필자가 직접 확인하고, 번역의 저본으로 사용한 규장각본과
소창문고본의 서지적 사항을 대비하면 다음과 같다.

	규장각본	소창문고본
도서 번호	奎 5591	L 175069 言語
사본 형태	4권 2책 (無界紙 필사본)	3권 3책 (有界紙 필사본)
분량	101장(54+47), 매면 10행, 매행 20여 자	84장(37+21+26), 매면 10행, 매행 20여 자
표제	詩名多識 一 (右上 "鳥獸蟲魚", 右下 "共二") 詩名多識 二 (右上 "艸穀木菜", 右下 "共二")	詩名多識 天 (右上 "蓬山藏", 右下 "共三") 詩名多識 地 (右上 "蓬山藏", 右下 "共三") 詩名多識 人 (右上 "蓬山藏", 右下 "共三")
권수제 및 저자명	詩名多識卷之一　洌水 丁學祥 編 詩名多識卷之二　洌水 丁學祥 輯 詩名多識卷之三　洌水 丁學圃 輯 詩名多識卷之四　洌水 丁學圃 輯	詩名多識卷之一　洌水 丁學祥 輯 詩名多識　　　　洌水 丁學祥 輯 詩名多識　　　　洌水 丁學圃 輯
구성	詩名多識 一: 序, 識草, 識穀, 　　　　　　識木, 識菜 詩名多識 二: 識鳥, 識獸, 識蟲, 　　　　　　識魚, 跋	詩名多識 天: 序, 識草, 識穀 詩名多識 地: 識木, 識菜 詩名多識 人: 識鳥, 識獸
도서	① "京城帝國大學圖書庫" (一·二冊 표지 안, 一·二冊 1장 앞) ② "서울대학교도서" (一·二冊 1장 앞) ③ "朝鮮總督府圖書之印" (一·二冊 1장 앞) ④ "京城帝國大學圖書" (一·二冊 25장 앞)	① "東京大學圖書" (天·地·人冊 1장 앞) ② "弍倉館" (天冊 3장 뒤)

이상의 대비에서 가장 두드러진 특성은 두 사본의 형태와 분량이 다르다는 점이다. 소창문고본은 책 수가 많지만, 규장각본은 권수와 장수가 많아서 결과적으로 규장각본의 내용이 더욱 충실하다. 즉, 소창문고본은 후반부의 「식충」과 「식어」 및 발문이 누락되었음을 확인할 수 있다. 이 점을 염두에 두고, 노경희는 소창문고본이 원래는 4권 4책이었으나, 마지막 4책이 없어진 영본(零本)이고, 책의 장정이나 체제, 글씨, 계선의 유무 등을 고려할 때 소창문고본이 규장각본보다 선본(善本)으로 볼 수 있다[12]고 하였다.

그러나 필자의 견해는 이와 다르다. 우선 두 사본은 정학유의 친필본이 아니다. 그 근거로 규장각본은 서문부터 발문까지 필체가 시종일관 동일하다는 점을 들 수 있다. 정학연이 지은 『시명다식』 서문과 규장각본에 실려 있는 초호전부(苕湖田夫)의 발문에 다음과 같은 구절이 있다.

(가) 내 아우 '치구'가 봄날 『모시』를 읽더니 하루는 『시명다식』 네 권을 가지고, 나에게 서문을 지어달라고 청하며 말하였다. … 그와 더불어 말한 것으로 서문을 삼는다. 1805년 음력 5월에 치수는 쓰노라.[13]

(나) 요사이 정유산(정학연) 형제와 사귀게 되었다. 달빛 있는 밤, 바람 일렁이는 아침, 편지로 안부를 묻고, 때로 직접 얼굴을 대하고 이야기를 나누기도 하였다. 운포(정학유)는 형제 중 아우였다. 모두 아름답고 환했으며, 온화하고 우아하여 그들과 늦게 만난 것을 한탄했고, 두 사람 또한 나를 기뻐하였다. 하루는 운포자가 『시명다식』 네 권을 보여주었는데, 바로 그가 『시경』을 읽는 틈틈이 풀, 나무, 날짐승, 길짐승의 네 부분으로 나누어, 빠진 것과 모자란 것을 보충하고, 이리저리 조사하고 고증함에 힘쓴 것이었다. … 1813년 늦겨울에 초호전부는 두양에서 발을 짓노라.[14]

(가)는 서문, (나)는 발문의 일부이다. 위의 내용에 근거하면, 『시명다식』을 지은 후, 형에게 서문을 부탁하고, 정씨 형제의 스승이었던 초호전부에게 발문을 받은 사람은 정학유 자신이다. 초호전부가 발문을 지어줄 당시에 정학유가 생존해 있었으니 그가 본문을 직접 썼다면 스승의 귀한 글을 자신의 책 뒷부분에 그대로 사용했을 것이다. 따라서 이 점은 규장각본이 정학유가 아닌 제삼자에 의해서 처음부터 끝까지 필사되었음을 입증한다.

아울러 앞의 도표에서 확인할 수 있듯이, 규장각본은 1책과 2책 표지의 항목 표시가 내용과 서로 어긋난다. 즉, 표지 우측 상단에 1책은 "鳥獸蟲魚", 2책은 "艸穀木菜"인데, 실제 각 책에 수록된 내용은 이와 정반대이다. 필자가 판단할 때, 여러 정황상 이는 원본의 저자 정학유의 실수가 아니라, 현존 규장각본을 재차 필사한 사람의 착오일 가능성이 높다.

다음으로 소창문고본은 내용의 일부가 누락되었고, 유계지에 필사되었다는 특징을 보인다. 보통 조선시대 서책에는 대체로 계선이 있고, 이는 먼저 계판(界版), 투식판(套式板) 등에서 계선이 들어 있는 책지(冊紙)를 박아내서 필사했다.[15] 그런데 소창문고본의 계선은 선의 길이가 일정하지 않고, 조악(粗惡)한 것으로 미루어 그려 만든 것으로 보인다.

한편, 『삼창관집』역시 유계지에 필사되었는데, 이는 서유구(徐有榘, 1764~1845) 집안의 전용 원고지인 자연경실장(自然經室藏)[16]이고, 따라서 『삼창관집』은 서유구 집안에서 필사하여 소장하고 있었음이 밝혀졌다. 이외에도 정약용 저서의 경우, 이 용지에 필사된 것들이 몇 책 더 있다는 점에 착안한 필자는 『시명다식』과 『삼창관집』의 유계지를 비교했지만, 서로 다른 용지임을 확인했다.

또한 규장각본과 달리 천책(天冊) 3장 뒤의 "乙丑仲夏樏修書" 아래에 '弎倉館'[17]이라는 패기가 있다는 점도 특징이다. 물론 패기는 중국의 전적에 자주 나타나며, 이를 번각(翻刻)한 우리나라 전적에도 그대로 모각된 것과 그것을 본떠서 우리의 간인 사항을 표시한 것이 종종 나타난다.[18] 그러나 이러한 패기의 존재를 서문의 필체가 본문의 필체보다 크다는 소창문고본 서문의 형태와 연결하여 범위를 좁혀보면, 앞서 언급한 일본에서 편찬된 『시경』 물명서와 매우 유사함을 확인할 수 있다. 따라서 소창문고본 필사자가 일본인일 가능성도 배제할 수 없다.

또한 소창문고본은 누락된 뒷부분을 제외하면, 매 면과 행의 글자 수가 규장각본과 거의 동일하다. 다만, 규장각본의 정연(整然)한 필사 상태에 비하여 소창문고본은 서미(書眉)에 보사(補寫)한 곳이 더러 있다.

(가) 뿌리 아래의 가지는 **하나가 수컷이 되고**, 둘이 암컷이 되는데, 암컷이 죽순으로 자란다. (根下之枝 **一爲雄** 二爲雌 雌者生筍.) 「식초」〈죽〉(竹) 조(條)

(나) 『본초』에 말하였다. '퇴'는 다른 이름으로 '익명', '정위', '야천마', '저마', '화험', '울취초', **'고저초'**, '하고초', '토질한'이다. (本草曰 蓷 一名益明 一名貞蔚 一名野天麻 一名猪麻 一名火杴 一名鬱臭艸 **二名苦低草** 一名夏枯艸 一名土質汗.) 「식초」〈퇴〉(蓷) 조

(다) 춘사에 **왔다가 추사**에 간다.(春社**來** 秋社去.) 「식조」〈연〉(燕) 조

(라) 대개 때를 따라서 **그 털의** 색이 아름답게 변한다는 뜻이다. (盖隨時孌變**其毛**色之意也.) 「식조」〈상호〉(桑扈) 조

위의 예문에서 진하게 표시된 부분이 규장각본 행간에는 있지만, 소창

문고본의 경우, 행간의 누락된 부분에 백권(白圈)과 '△' 부호를 표시하고, 서미에 보사한 곳이다. 한편, 소창문고본에는 규장각본의 착간(錯簡)된 부분을 바로잡은 대목도 있다.

(가) 나는 이렇게 생각한다. 『이아』 「석고」에 "'절'은 '천'(색깔이 옅음)이다"라 했으니, 대개 때를 따라서 그 털의 색이 아름답게 변한다는 뜻이다. 옅은 푸른색을 '절람'이라 이르는 것과 같다. 오히려 반드시 기름과 살코기를 훔쳐 먹음을 가지고 이름을 삼은 것이 아니다. 『본초』에서도 "조나 벼를 잘 먹는다"고 했지, 고기를 훔친다는 설명은 따로 없다. '지'라는 것은 '연지'이니, '절지'는 옅은 붉은색을 말하는 것과 같다. (學圃按爾雅 釋詁 竊 淺也 盖隨時嬗變其毛色之意也. 如竊靑之云 竊藍. 猶未必以竊食脂肉以爲名也. 本艸云 好食粟稻 更無竊肉之說. 脂者 臙脂也 竊脂猶云淺紅也.) 소창문고본 「식조」〈상호〉(桑扈) 조

(나) 나는 이렇게 생각한다. '지'라는 것은 '연지'이니, '절지'는 옅은 붉은색을 이르는 것과 같다. 대개 때를 따라서 그 털의 색이 아름답게 변한다는 뜻이다. 옅은 푸른색을 '절람'이라 이르는 것과 같다. 『이아』 「석고」에 "'절'은 '천'(색깔이 옅음)이다"라 했으니, 반드시 기름과 살코기를 훔쳐 먹음을 가지고 이름을 삼은 것이 아니다. 『본초』에서도 "조나 벼를 잘 먹는다"고 했지, 고기를 훔친다는 설명은 따로 없다. (學圃按 脂者 臙脂也 竊脂猶云淺紅也. 盖隨時嬗變其毛色之意也. 如竊靑之云 竊藍. 爾雅釋詁 竊 淺也 未必以竊食脂肉以爲名也. 本艸云 好食粟稻 更無竊肉之說.) 규장각본 「식조」〈상호〉 조

명금류(鳴禽類)의 작은 새인 '상호'에 대해서 정학유가 설명한 부분이

다. 주자(朱子)는 이 새를 '절지'(竊脂)라 하였고, 세상 사람들은 '청취'(靑觜)라 부르는데, 고기만 먹고, 곡식을 먹지 않는다고 하였다. 또 육기도 '청작'(靑雀)으로 사람들이 말려놓은 고기나 기름과 통발 속의 물고기를 잘 훔치기 때문에 '절지'라고 하였다. 그런데 정학유는 『이아』와 『본초』를 근거로 '절'(竊)자와 '지'(脂)자가 고기를 잘 훔치는 '상호'의 습성보다는 그 색깔과 관련 있는 글자임을 밝혔다. 위의 예문을 통해 규장각본은 '절'과 '지'에 대한 설명 순서가 바뀌어 있지만, 소창문고본은 설명 순서가 바름을 확인할 수 있다.

이외에도 참고문헌의 하나인 『이아』의 표기를 규장각본은 '爾雅', 소창문고본은 '尒疋'라고 표기하는 등 사용한 문자가 서로 다른 곳도 있으며, 심지어 소창문고본에는 설명이 빠진 항목도 있다. 즉, 규장각본에는 「식수」 중 족제비과의 바다짐승인 〈어〉(魚·해달) 항목에 대한 설명이 있지만, 소창문고본에는 이 항목에 "在下"(아래에 있다)라는 주(註)만 달려 있다. 이는 소창문고본의 필사자가 뒤의 「노송」(魯頌) 〈경〉(駉) 편에 등장하는 '어'(魚)라는 '말'의 일종을 이것과 같은 것으로 혼동하고, 여기에는 설명을 달지 않았던 것으로 보인다.

이러한 사실은 현존 『시명다식』 이본의 선후관계에 두 방향이 존재할 수 있다는 점을 시사한다. 그것은 규장각본이 소창문고본보다 선행한다는 전제 하에 첫째, 불완전한 소창문고본이 완전한 규장각본을 저본으로 삼아 필사되었을 가능성이다. 둘째, 정학유가 직접 필사한 『시명다식』 원본에서 4권 2책의 규장각본 계열과 3권 3책 내지는 4권 4책의 소창문고본 계열이 파생되었을 가능성이다. 전자는 소창문고본이 규장각본과 달리 보사가 많다는 점과 착간된 부분을 바로잡았다는 점을 근거로 제시할 수 있다. 일반적으로 누락되었거나 잘못된 부분을 보충하고 고쳐서 완벽한 텍스트를 만들고자 하는 것이 합리적 저술 태도이기 때문이다. 후자는 사용한 문자가 서로 다른 곳이 적지 않다는 점과 소창문고본의 경우, 규장각본과 다르게 설명이 처음부터 누락된 부분이 존재한다는 사실을 근거로 제시할 수 있다. 또 책의 구성이 규장각본은 '一 · 二'의 방식이고, 소창문고본은 '天 · 地 · 人'의 방식이며, 각각 표지 우측 하단에 "共二"나 "共三"으로 전체 책의 수를 명확히 밝히고 있다는 점도 그 가능성을 뒷받침한다.

현재로서는 이러한 두 가지 가능성을 모두 염두에 둘 수밖에 없다. 하지만 확실한 것은 분량과 내용 및 필사 상태 등을 참고할 때, 소창문고본보다는 규장각본이 선본(善本)이라는 점이다.

『시명다식』은 어떻게 구성되어 있나

『시명다식』의 구성을 정확하게 이해하기 위해서는 내용의 누락이 없는 선본인 규장각본을 참고하는 편이 바람직하기 때문에 여기서는 규장각본을 위주로 살펴보고, 필요한 경우에만 소창문고본을 언급하도록 한다.

1책의 1장은 정학연의 서문이다. 이 글은 『시명다식』의 저술 동기 및 저술 시기에 대한 중요한 정보를 담고 있으며, 학연과 학유의 대화체로 구성되어 있다는 특성을 지니고 있다.

서문에 따르면, 『시명다식』 제명은 그 출전이 『논어』임을 알 수 있다. 그 속에는 본인은 물론이고 『시경』에 관심 있는 모든 사람들이 쉽게 많은 생물을 이해할 수 있게 하려는 원대한 저술 동기가 내재되어 있다. 아울러 애인(愛人)의 정신은 물론, 한낱 미물(微物)일지라도 인간과 동일시하고 사랑하려는 아름다운 마음이 그 바탕에 깔려 있음을 알 수 있다. 그리고 책과 관련된 설명과 평가의 상황을 대화체로 처리하여 현실감을 살리면서 자칫 현학적으로 비칠 수 있는 형식적 글에 생동감을 불어넣었다.

내용 중 '先言他物 而无所取象'(먼저 다른 사물을 말하지만, 구체적 형상은 취하지 않는다)은 주희가 『시집전』에서 밝힌 '흥'(興) 이론의 매우 중요한 개념이다. 즉, 주희는 『시경』의 시에서 조수초목을 먼저 말했으나, 뒤에 그것이 지닌 비유의 뜻을 설파하지 않는 것이 많다고 보았다. 그런데 정학유는 그것을 부정하고 '흥'의 보조관념으로 등장하는 물명의 의미에 천착하고자 한 것이다. 또 여기에서 말한 '법칙'이라는 것은 각 사물의 구체적 내용이고, '성인'은 다분히 『주역』(周易) 등을 의식한 표현이다. 따라서 『시명다식』의 집필은 우선적으로 당대 '시경학'의 중요 문제를 다루고 있는 것이다.

서문의 을축년을 저술 시기로 간주하면, 이는 정학유의 생몰년을 감안하여 그가 20세 되던 해인 1805년(순조 5)임이 분명하다.[19] 그다음 을축년인 1865년(고종 2)은 정학유와 정학연이 이미 사망한 뒤이기 때문이다.

본문의 구성은 326가지 생물(식물 170종, 동물 156종)을 '풀', '곡식', '나무', '푸성귀', '날짐승', '길짐승', '벌레', '물고기'의 8항목으로 나누어 각각 「識草」, 「識穀」, 「識木」, 「識菜」「識鳥」, 「識獸」, 「識蟲」, 「識魚」라는 항목 이름을 붙이고, 해당 물명과 설명을 달았다. 그 항목별 분량과 물명은 다음과 같다.

	권수	책수	분량	생물 수	물명
識草	1권	1책	2앞~29뒤	78種	荇菜, 葛, 卷耳, 薖, 茉苢, 蓫, 藬, 蕨, 薇, 蘋, 藻, 白茅, 蕸, 蓬, 荼, 薺, 苓, 蘆, 芐, 唐, 蒫, 綠, 竹, 葵, 竹, 芄蘭, 葦, 蓤草, 萑, 蕭, 艾, 荷華, 游龍, 茹藘, 茶, 蕳, 勺藥, 莫, 蕡, 蔽, 苦, 蔝, 苠, 紵, 菅, 苕, 鷊, 蒲, 菡萏, 萇楚, 稂, 蓍, 萑, 蔞, 蓷, 蔦, 女蘿, 綠, 藍, 白華, 苕, 堇, 芑, 筍, 蓼, 莤
識穀			29뒤~33뒤	20種	麥, 黍, 稷, 麻, 稻, 粱, 菽, 苴, 重, 穋, 蘆, 粟, 荏菽, 秬, 秠, 虋, 芑, 來, 牟, 稌
識木	2권		34앞~51앞	62種	桃, 楚, 甘棠, 梅, 樸樕, 唐棣, 李, 柏, 棘, 榛, 栗, 椅, 桐, 梓, 漆, 桑, 葚, 檜, 松, 木瓜, 木桃, 木

				李, 蒲, 杞, 檀, 舜, 扶蘇, 柳, 樞, 榆, 栲, 杻, 椒, 杜, 栩, 楊, 條, 梅, 櫟, 六駁, 檖, 枌, 女桑, 鬱, 棗, 栲, 杞, 常棣, 杞, 枸, 椋, 穀, 栲, 柞, 棫, 楛, 栵, 檉, 椐, 檿, 柘, 梧桐
識菜		51앞~54앞	10種	匏, 葑, 菲, 瓠犀, 葵, 瓜, 壺, 韭, 芹, 虇
識鳥	3권	1앞~16앞	44種	雎鳩, 黃鳥, 鵲, 鳩, 雀, 燕, 雉, 鴈, 流離, 烏, 鴻, 鶉, 鳩, 鷄, 鳧, 鴇, 鸞, 晨風, 鷺, 鴞, 鵜, 鶌鳩, 倉庚, 鴟, 鴟鴞, 鸛, 雛, 脊令, 隼, 鶴, 鳴鳩, 桑扈, 鸒, 鶉, 鳶, 鴛鴦, 鶴, 鷙, 鷹, 鷺, 鳳凰, 梟, 桃蟲, 玄鳥
識獸	2책	16앞~27앞	63種	馬, 兕, 兔, 駒, 麟, 鼠, 羔羊, 麀, 鹿, 尨, 犯, 驕, 虞, 猭, 狐, 虎, 象, 騋, 牛, 鎬, 豹, 狼, 盧, 驪, 貆, 碩鼠, 驖, 獯, 歇驕, 騏, 騽, 騮, 騧, 貉, 狸, 狅, 皇, 駁, 駱, 駰, 犴, 魚, 麃, 熊, 羆, 犉, 犬, 豵, 猱, 豕, 牂羊, 顯, 貓, 犯, 驈, 騅, 駓, 驒, 雒, 驔, 騢, 魚, 駽
識蟲	4권	28앞~38뒤	30種	螽斯, 艸蟲, 阜螽, 蜩螗, 蓁, 蛾, 蠅, 蟋蟀, 蜉蝣, 蠆, 蜩, 斯螽, 莎雞, 蠋, 伊威, 蠨蛸, 宵行, 蚅, 蛇, 蝪, 螟蛉, 蜾蠃, 蛾, 螟, 螣, 蟊, 賊, 蠹, 蟓, 蜂
識魚		38뒤~46앞	19種	魴, 鱣, 鮪, 鰥, 鯢, 龍, 鯉, 鱨, 鱒, 鯊, 鱧, 鰋, 嘉魚, 鼈, 貝, 龜, 鼉, 台, 鰷

각 항목 이름에 이어서 설명이 필요한 생물이 등장하는 『시경』의 해당 장과 편명을 쓰고, 물명을 나열하여 설명을 달았다. 인용된 문헌과 순서는 예외도 있지만, 일반적으로 '남송(南宋)대 주희(朱熹, 1130~1200)의 『시전』(詩傳) → 육기의 『모시초목조수충어소』 → 명(明)대 이시진(李時珍, 1518~93)의 『본초강목』(本草綱目) → 『이아』(爾雅), 진(晉) 곽박(郭璞, 276~324)의 『이아주』(爾雅注) → 본인 의견'의 순서를 따랐다.

각 인용 텍스트의 구분을 보면, 규장각본은 백권이나 흑권(黑圈)을 사용하지 않고, 자간(字間)을 비워서 표시했다. 그러나 아사미문고본은 전체적으로 백권을 사용했고, 소창문고본도 적으나마 천책(天册) 17장 앞부터 18장 앞까지 〈하화〉(荷華) 조의 일부, 〈유룡〉(游龍) 조, 〈여려〉(茹蔖) 조, 〈도〉(茶) 조의 일부에서 백권을 사용했다.

이외에도 한(漢)대 양웅(揚雄, 기원전 53~서기 18)의 『방언』(方言), 후한(後漢)대 허신(許愼, 30~124)의 『설문해자』(說文解字), 송(宋)대 라원(羅願)의 『이아익』(爾雅漢)과 엄찬(嚴粲)의 『시집』(詩緝)과 육전(陸佃, 1042~1102)의 『비아』(俾雅) 등도 인용하였다. 그런데 이들 대부분은 원문의 일부가 『본초강목』에 인용되어 있기 때문에 정학유는 주로 『본초강목』을 참고했던 것으로 보인다.[20]

2책의 47장은 초호전부의 발문이다. 필자는 아직까지 초호전부의 정체를 명확하게 규명하지 못했다. 발문을 토대로 『조선왕조실록』(朝鮮王朝實錄), 『문과방목』(文科榜目), 『잡과방목』(雜科榜目) 등에 대한 조사를 진행하였지만 성과가 없었다.[21] 다만, 발문의 내용을 통해서 단편적 정보는 확인하였다.

우선 첫 번째 단락에서 그가 중국에 다녀왔던 사실과 평소 『시경』의 물명에 관심이 많았다는 정보를 얻을 수 있다. 그가 중국 심양에 있었다던 을축년은 1805년임이 분명하다. 1745년은 학연과 학유의 출생 이전이고, 1865년이면 학연과 학유가 사망한 뒤이므로 이들과 교유했다는 다음 단락과 어긋나기 때문이다.

조선은 1805년 2월에 정순왕후(貞純王后)의 죽음을 알리기 위해 오정원(吳鼎源)을 정사(正使)로 삼아 청(淸)에 고부사(告訃使)를 파견했다.[22] 이 외에도 윤6월에 문안사(問安使), 10월에 진하겸사은사(進賀兼謝恩使)와 사은겸동지사(謝恩兼冬至使)를 파견했다. 따라서 초호전부는 공식적이든 비공식적이든 이 사행 중의 일원으로 중국을 방문했을 것이다. '薄遊'했다는 표현을 볼 때, 초호전부는 당시의 수행원 내지 자제군관으로 짐작된다. 초호전부와 함께 술집에서 이야기를 나누었다는 목공은 수재의 정체 역시 현재 불분명한 상황이지만, 당시 심양에 거주하던 중국인이거나 만주인일 가능성이 높다.

중국에 다녀온 2년 뒤인 1807년, 초호전부는 두릉으로 돌아와 학연, 학유 형제와 교유한다. 두릉은 주지하다시피 다산의 본가가 있던 경기도 양평군 용문면 망능리(望陵里)[23]이다. 초호전부 역시 이 지역에 기반을 갖고 있었던 것으로 보이며, 귀향 오륙년 후인 1812년부터 1813년 무렵에 정씨 형제와 친하게 지냈고, 이들이 찾아와 가르침을 청했다는 것을 보면, 상당한 학식을 지녔으며, 스승의 입장에서 이들 형제와 교유했을 것이다. 발문이 지어진 시기를 이 때로 보면, 말미의 "癸酉冬之季苕湖田夫斗陽跋"이라는 문구에 드러난 간지(干支)와 1813년은 정확히 일치한다. 이 점에 착안하여 『삼창관집』을 중심으로 이 시기를 전후하여 이들 형제와 교유한 초호전부의 흔적을 찾았지만, 아직 그 실마리를 잡지 못했다. 아들에 대한 부친 정약용의 영향이 대단했던 만큼, 차후 연구에서는 부친과 교유했던 인물로 그 범위를 넓혀 초호전부의 정체를 규명하고자 한다.

『시명다식』은 무엇을 추구했는가

실천하며 고증하여 가장 밑까지 알아내라

우선 『시명다식』은 『시경』의 생물을 훈고한 중국과 일본의 서적들보다 그 고증 체계가 독창적이다. 특히 식물의 항목을 「식초」, 「식곡」, 「식목」, 「식채」로 세분화한 것은 중국과 일본의 『시경』 훈고 서적들에서는 찾아볼 수 없는 『시명다식』만의 독창성이 잘 드러나 있는 대목이다. 왜냐하면, 유사한 체제와 내용을 갖춘 중국과 일본의 훈고서들은 대부분 식물의 항목을 「식초」와 「식목」으로 단순하게 이분화했지만, 정학유는 초본

(草本) 식물을 일반 풀과 곡식류와 푸성귀류로 구체화시켰기 때문이다. 이것은 더욱 철저하고 세밀한 고증을 추구하고자 했던 정학유의 학술 태도를 보여주며, 그 전제의 저변에는 『시경』과 관련하여 고증을 중시했던 부친 정약용의 영향력이 지대했다.

오늘 한 가지 물건에 대하여 이치를 캐고 내일 또 한 가지 물건에 대하여 이치를 캐는 사람들도 또한 이렇게 착수를 했다. 격(格)이라는 뜻은 가장 밑까지 완전히 다 알아낸다는 것을 의미하는 것이니, 가장 밑에까지 알아내지 못한다면 또한 아무런 보탬이 없는 것이다.[24]

이상은 1804년에서 1805년경에 정약용이 정학유에게 쓴 편지 중 독서방법에 대해 언급한 부분이다. 철저한 격물(格物)의 필요성을 강조한 내용이다. 시기적으로도 『시명다식』의 저술 시기와 일치한다. 정약용은 『시경』의 고증을 중시하면서 그것을 단순한 고증 이상의 차원으로 나아가기 위한 방편으로 삼았는데, 그에게 있어서 면밀한 고증이란 새로운 경전 해석의 모색과 정당화를 위한 것이었고, 또 그 경학은 당대의 절박한 이념적 문제가 투영된 것이었다.[25] 따라서 그는 당대의 절박한 문제 상황을 극복하기 위한 사상적 모색의 근거로서 경학에 관심을 쏟았다. 그리고 사회정치적 비판의 의의를 중심으로 『시경』을 이해하여 당대 현실의 모순을 그리는 자신의 시 세계에 확고한 이념적 근거를 부여하고자 하였다.[26] 그러나 정학유는 이러한 부친의 영향 하에 고증을 중시하면서도 이념적 측면보다는 이를 현실과 접목시키려 했던 것으로 보인다.

네가 양계(養鷄)를 한다고 들었는데, 양계란 참으로 좋은 일이긴 하지만 이것에도 또한 품위 있는 것과 비천한 것, 깨끗한 것과 더러운 것의 차이가 있다. 참으로 농서(農書)를 많이 읽어서 좋은 방법을 가려 시험해 보거라. 더러 빛깔 종류를 구별해 길러도 보고, 또는 닭의 보금자리와 홰를 다르게 하여 다른 집 닭보다 살찌고 번식할 수 있도록 길러야 한다. 또 때로는 가끔 닭의 정경을 시로 지어 보면서 그 생태를 파악해야 하느니, 이것이야말로 책을 읽은 사람만이 할 수 있는 양계인 것이다. … 이미 닭을 기르고 있으니 아무쪼록 앞으로 많은 책 중에서 닭 기르는 이론을 뽑아내어 차례로 정리하여 계경(鷄經)을 짓는다면 육우(陸羽)라는 사람의 『다경』(茶經), 혜풍(惠風) 유득공(柳得恭)의 『연경』(煙經)같이 또한 하나의 좋은 책이 될 것이다. 세속적인 일에 종사하면서도 선비의 깨끗한 취미를 가지고 지내려면 모름지기 늘 이런 식으로 하면 된다.[27]

위 예문도 역시 1804년에서 1805년경에 정약용이 정학유에게 쓴 편지 중 닭을 기르는 자세에 대해 언급한 부분이다. 정약용은 닭을 기르는 아들에게 바람직한 양계를 위해서도 공부가 필요하고, 한편으로는 가축의 생태 파악도 중요하며, 이러한 경험을 바탕으로 훗날 전문적 내용의 저술을 펴내라고 당부하였다. 그리고 실천과 학술 활동을 병행하는 것이 선비 본연의 자세임을 강조하였다. 이외에도 1802년 강진 유배지에 있던 다산이 두 아들에게 과일, 채소, 약초 등을 재배하라고 서신으로 당부했던 것도 주지의 사실이다.

이상의 내용들을 감안하면, 다산이 평소 고증에 기반한 학술활동과 실천을 얼마나 중요시했는지 알 수 있고, 자식들에 대한 그 영향력도 짐작할 수 있으며, 정학유가 『시명다식』을 저술하면서 학문적 지식을 실생활과 접목시켜 실천했음을 확인할 수 있다.

다음으로 『시명다식』은 참고문헌을 인용하고 설명을 진행하는 방식이 앞서 책의 구성에서 살펴보았듯이 매우 정연하다. 물론 중국과 일본의 『시경』 관련 훈고서들도 참고문헌의 인용에 일정한 체계는 있다. 그러나 『시명다식』은 식물의 경우, 일반 식물과 식용할 수 있는 풀로 나누는 정연한 분류체계에서 중국과 일본의 훈고서들보다 체계적이다. 물론 중국과 일본의 『시경』 훈고서들은 『시명다식』에서 다루지 않았던 참고문헌을 인용한 경우도 있기 때문에 번잡해 보이는 측면도 있지만, 이들에게서 『시명다식』처럼 처음부터 끝까지 세밀한 분류 체계는 확인하기 어렵다.

『시명다식』은 설명의 맨 앞에 주자의 주를 인용하여 먼저 설명 대상의 일반적 의미를 밝혔다. 이러한 주자 주의 배치 의미는 이중성을 지닌다. 즉, 정학유는 경서 해설서로서 『시전』의 중요성을 인정하면서도 한편, 주자의 고증이 치밀하지 못하고 일반적 해설의 수준에 머무른다는 한계를 인식하고 있었음을 암시한다. 이 점은 오직 교화론의 입장만을 고집한 주자의 생각은 정당하지 않으며, 『시경』은 마땅히 풍자의 관점에서도 음미되어야 한다[28]고 논리를 전개한 정약용의 주자 비판과도 일맥상통한다.

『모시초목조수충어소』를 주자 주 다음에 붙인 것도 이러한 주자 주의 소략함을 극복하려는 전제하의 설정이라고 할 수 있다. 『모시초목조수충어소』는 설명 대상의 지역별 별명과 생태 등을 비교적 잘 정리했기 때문에 주자 주에서 불명확했던 정체가 더욱 명확해지는 측면이 있다. 그리고 『본초강목』의 설명에서는 주로 그 대상의 모양과 습성, 식용(食用) 여부 등을 인용했고, 『이아』에서는 대표적 이름의 자원(字源) 등을 밝혔다.

많은 책을 비교하여 알기 쉽게 하라

정학유는 『시명다식』을 저술하기 위해서 다양한 서적들을 참고했다. 간혹 둘 또는 그 이상의 서적에 중복되어 있는 설명을 인용한 경우가 있는데, 이러한 때는 그중 가장 합리적인 설명을 따랐다.

『본초』에 말하였다. 채형은 "'봉(봉새)'과 비슷한 네 가지가 있다. 붉은색이 많은 것은 '봉'이고, 푸른색이 많은 것은 '란'(鳳凰의 일종·전설상의 靈鳥)이며, 노란색이 많은 것은 '원추'(봉황의 일종)이고, 자주색이 많은 것은 '악착'(봉황의 일종)이며, 흰색이 많은 것은 '곡'(고니·天鵝·黃鵠)이다"라 했다. (本艸曰 蔡衡云 象鳳有四. 赤多者鳳 靑多者鸞 黃多者鵷鶵 紫多者 鸑鷟 白多者鵠.) 「식조」〈란〉(鸞) 조

이상은 『시경』 「진풍」(秦風) 〈사철〉(駟驖) 편에 등장하는 '란'에 대한 설명이다. 채형의 설명은 육기의 『모시초목조수충어소광요』(毛詩草木鳥獸蟲魚疏廣要)에도 실려 있는데, '봉'과 비슷한 종류를 다섯 가지라 하였고, 금릉본을 제외한 광서본(廣西本) 계열의 『본초강목』에서도 다섯 가지라고 하였다. 그런데 위의 예문에서 확인되듯이 '봉'과 비슷한 종류를 설명하면서 붉은색이 많은 것을 이미 '봉'이라고 언급했으니, 그 종류는 네 가지라 함이 더욱 합리적이다. 따라서 정학유는 금릉본 『본초강목』을 따라 '봉'과 비슷한 종류를 네 가지로 규정했다.

또한 『본초강목』 등에서 설명 대상의 습성을 확인하여 인용했는데, 다음과 같은 『본초강목』의 구절은 〈농가월령가〉에 영향을 준 것으로 보인다.

(가) 세 가지는 모두 무리지어 살고, 왕이 있다. 왕은 뭇 벌들보다 크고, 색깔은 짙푸르다. 모두 하루에 두 번 찾아뵙는데, 위와 아래로 밀물처럼 응한다. (三者皆羣居有王. 王大於衆蜂 而色靑蒼. 皆一日兩衙 應潮上下.) 「석충」〈봉〉(蜂) 조

(나) 벌통에   새끼나니   새통에   받으리라
      천만이   일심하야   봉왕을   호위하니

꿀먹기도   하려니와   군신분의   깨닫도다[29]

(가)는 정학유가 『본초강목』에서 인용한 것인데, 여왕벌을 중심으로 군
집생활을 하는 '벌'의 습성을 소개한 부분이고, (나)는 〈농가월령가〉 '사
월령'(四月令)의 일부분이다. 양봉(養蜂)을 통해 실질적 이로움과 정신적
깨달음을 얻을 수 있다고 하였다. 두 가지의 표현 수단은 다르지만 내용
은 매우 비슷하다. 다만, (가)에서 설명된 부분을 정리하여 (나)에서는
'군신분의'라는 표현으로 집약했다. 이외에도 〈농가월령가〉에 등장하는
생물 중 적지 않은 것들이 이미 『시명다식』에서 다룬 것들이므로 정학유
의 『시명다식』 저술과 〈농가월령가〉의 창작에는 일정한 영향 관계가 있
다고 할 수 있다.

아울러 정학유는 자신의 보충 설명이 필요한 항목 즉, 제가의 설명이
엇갈리는 것들에 "學祥案"·"學祥按"(1책), "學圃按"(2책)으로 시작하는
문구를 곁들여 앞선 제가(諸家)의 설명이 옳은가 그른가를 판별하여 합
리성을 강화하였다.[30]

대상물에 대한 명확한 이해를 돕기 위해 속담이나 일정한 이야기를 인
용했다는 사실도 합리성의 측면에서 이해할 수 있다. 특정한 대상물을
문자만으로 누군가에게 이해시키는 일은 결코 쉽지 않다. 따라서 그것의
특징적인 면을 부각시키는 속담이나 이야기는 대상물의 이미지를 왜곡
시키지 않고, 신속하게 상대방을 이해시킬 수 있는 적절한 수단이다. 정
학유는 이 점을 이용했고, 다음의 예시들이 이러한 사실을 잘 보여준다.

(가) 유주 사람들은 '촉직'(趣織·귀뚜라미)이라 하니, 빨리 하도록
재촉한다는 말이다. 속담에 "'촉직(趣織)'이 우니, 게으른 며느리가 놀
란다"고 했는데, 이것이다. (幽州人謂之趣織 督促之言也. 里語云 趣織

668

鳴 懶婦驚 是也.)「식충」〈실솔〉(蟋蟀) 조

(나) 육씨가 말하였다. '호'는 그 모양이 '형'과 비슷하지만 붉다. 줄기는 '시'(가새풀)와 비슷하다. 상당 사람들은 얽어서 말(10되 들이 그릇)과 둥근 광주리와 네모진 상자 등의 그릇을 만들고, 또 휘어 구부려서 비녀를 만든다. 그러므로 상당 사람들은 우스갯말로 부인에게 "붉은 연지(분)를 사려느냐 마려느냐"고 물을 때, "부엌 아궁이에 붉은 흙이 있고 말고"라 하고, "비녀를 사려느냐 마려느냐" 물을 때, "산에야 '호'가 있고 말고"라 한다. (陸氏曰 楛 其形似荊而赤. 莖似著. 上黨人織以爲斗筥箱器 又揉以爲釵. 故上黨人調 問婦人欲買赭不 曰竈下自有黃土. 問買釵不 曰山中自有楛.)「식목」〈호〉(楛) 조

(가)는 '귀뚜라미', (나)는 '모형'(牡荊·가시나무) 비슷한 붉은 빛깔의 나무로, 화살대를 만드는 데 썼던 '호'나무를 설명한 부분이다. 굳이 나누자면 (가)는 속담에, (나)는 일정한 서사에 가깝다. 즉, (가)는 '귀뚜라미'의 별칭인 '촉직'의 의미를 설명하고, 이해를 돕기 위해 그 말이 사용된 속담을 인용한 것이다. '촉직'의 생김새는 모르더라도 이 구절만 보면, 길쌈도 팽개치고 여름 내내 게으름을 피우던 부인네가 가을밤 귀뚜라미 소리에 놀라는 모습이 눈에 선하다. 그리고 '촉직'의 의미가 뇌리에 명확하게 남는다. 물론 『시명다식』에 인용된 속담의 경우, 그 유래가 중국이기 때문에 용례는 우리의 사정과 부합하지 않을 수도 있지만, 이를 문학적 보편성의 차원에서 이해한다면, 충분히 수용하고 받아들일 수 있는 수준의 것이다.

(나)에 소개된 상당 사람들의 말은 당시 경제 상황을 보여주며, 경제적 약자를 조롱하는 의미가 담겨 있다. 즉, 경제적으로 곤궁한 사람들

은 장사치들에게 분이나 비녀를 사 쓸 형편이 못 되므로 주변에서 쉽게 구할 수 있는 황토로 분을 대신하거나, '호'나무로 비녀를 대신할 수도 있다는 의미이다. 따라서 이 구절을 통해 당시의 풍속은 물론이고, 주변에서 쉽게 얻을 수 있었던 '호'나무의 용도와 관련된 정보까지 얻을 수 있다.

『시명다식』에 산재한 이와 같은 속담과 일정한 이야기의 인용은 물명의 명확한 이해를 도울 뿐만 아니라, 합리적 설명을 위한 도구적 기능도 수행한다.

볼 수 있고 먹을 수 있는 것에 실용적인 가치가 있다

『시명다식』의 실용성은 여러 가지 참고문헌 중에서도 거의 매 항목에 걸칠 만큼 『본초강목』의 인용 빈도가 매우 높다는 사실을 통해 확인할 수 있다. 이시진은 『본초강목』의 저술을 위해 각지를 여행하면서 그 지방의 독자적 민간요법을 조사하고, 임상실험을 거쳤으며, 각종 서적을 참고하여 26년 만에 『본초강목』을 완성하였다. 그러므로 『본초강목』에는 각 생물의 일물이명(一物異名)이 망라되어 있고, 맛과 습성이 매우 자세하게 기록되어 있다. 즉, 『본초강목』은 단순한 약전(藥典)이 아니라, 생물의 고증 및 섭생(攝生)과 관련된 실용적 저술이라고 할 수 있다.

『시명다식』의 설명에서도 식용(食用) 여부와 맛의 문제가 매우 중요하게 대두된다. 예컨대, 「식초」〈백모〉(白茅) 조에서 '그 뿌리는 매우 긴데 희고 부드러워 마치 힘줄과 같고 맛이 달다'(其根甚長 白軟如筋 而有節 味甘)라고 한 것과 「식조」〈저구〉(雎鳩) 조에서 '그 고기는 누린내가 나고 맛이 없어서 먹을 수 없다'(其肉腥惡 不可食)라고 한 것 등 『본초』에서 인용한 설명이 여기에 포함된다. 또한 주변에서 손쉽게 구할 수 있던 식물명에 대한 설명이 가장 많고, 식생활과 관련해서 중요한 「식곡」과 「식채」 부분을 새롭게 설정한 점 역시 이 책의 실용적 측면을 부각시키려 했던 의도로 볼 수 있다.

아울러 정학유가 이러한 『본초강목』의 실용성을 평소에 얼마나 중요시했는지는 앞서 언급했던 〈농가월령가〉 '이월령'(二月令)의 한 대목에도 확인할 수 있다.

본초를 상고하야	약재를 캐오리라
창백출 당귀천궁	시호방풍 산약택사
낱낱이 기록하야	때미처 캐여두소
촌가에 기구없어	값진약 쓰올소냐[31]

이상은 『본초강목』을 자세히 살펴보고 약재를 캐되, 제철을 적어두었다가 시의 적절하게 사용할 수 있게 한다면, 지천에 널린 약초만으로도 충분히 값비싼 약을 대신할 수 있다는 내용이다. 바로 이러한 실용성이 정학유가 『시명다식』을 짓게 된 동기이자, 이 책을 보는 사람들에게 바라던 바라고 해도 무방할 것이다.

물론 『본초강목』과 『시명다식』의 표기 수단이 한문이라는 점에서 이들이 일반 민중에게 널리 보급되어 읽혔을 가능성은 없다. 그러나 최소한 당시 『본초강목』에 익숙했던 계층에게는 『시명다식』 역시 실용서로서 그 기능을 충분히 수행할 만한 잠재성을 내포하고 있다. 그리고 그러한 기능은 당시 향촌 지도자로서의 역할까지 수행했던 향반(鄕班)에 의해 구두(口頭)로 민초들에게 전파되었을 가능성도 배제할 수 없다. 바로 〈농가월령가〉 등의 가사 작품이 이러한 가능성을 뒷받침하는 좋은 예이다.

아울러 『시명다식』은 『본초강목』과 달리, '용'(龍) 등 비현실적 생물들에 대한 내용은 명칭만 적고, 해당 설명은 과감하게 생략하였는데, 이 점도 좀더 실용적 측면에 주안점을 두고, 현실 세계의 생물에 대한 설명에 주력하고자 했던 정학유의 의도로 보인다.

한편 〈구〉(駒) 조에서 "위에 자세히 보인다"(詳見上)라 함과 〈태〉(台ㆍ복) 조의 설명도 이러한 양상을 보이는데, 앞에 자세한 설명이 없다는 점을 감안할 때, 이것들은 차후에 이 책을 보완하려 했던 단서로 볼 수 있다. 또한 설명이 들어가야 할 부분을 빈 채로 놔둔 것들 역시 나중에 보완하려 했던 것으로 보인다.

『시명다식』은 현대의 우리에게 어떤 의미를 갖는가

이상에서 『시명다식』의 서지적ㆍ내용적 특성을 간략하게 살펴보았다. 이 과정에서 새롭게 정리할 수 있었던 것은 앞에서도 언급한 바와 같이 우선, 규장각본과 소창문고본은 모두 정학유의 친필본이 아니라는 것이다. 그리고 소창문고본의 후반부가 누락되었고, 보사(補寫)의 흔적이 있다는 점에서 규장각본이 소창문고본보다 선본(善本)이라는 것이다. 한편, 이본의 계통에 4권 2책과 3권 3책 내지는 4권 4책의 두 계열이 존재했을 가능성도 배제할 수 없다.

『시명다식』의 저술은 서문에 제시된 1805년경에 이루어졌고, 발문의 내용을 감안할 때, 규장각본과 소창문고본은 정학유 사후에 제삼자에 의해서 필사된 것으로 볼 수 있다. 특히 패기(牌記)와 서문의 필사 형태 및 계선지 등을 고려하면 소창문고본은 일본인에 의해 필사되었을 가능성도 있다.

내용적으로 『시명다식』은 기존의 『시경』 물명서보다 항목을 세분화했고, 설명이 정연하다는 점에서 독창성을 지니고 있다고 파악하였다. 또 여러 참고문헌 중 신뢰할 만한 것을 사용했고, 보충 설명이 있으며, 이해를 돕기 위해 보편적 속담이나 이야기를 인용했다는 점을 합리성과 결부시켰다. 마지막으로 『본초강목』을 주요 참고문헌으로 삼았다는 사실에서 『시명다식』은 실용성을 내포한 저술이라고 보았다. 그러나 그 기저에는 단순히 현실 생활의 실용적 측면에 도움을 주기 위한 것만이 아니라, 당대 시경학의 중요 문제를 다루기 위한 목적도 포함되어 있다.

『시명다식』은 『시경』이라는 특정 텍스트에 대한 유서적 성격의 저술이다. 따라서 『시경』 문구의 인용이 적지 않은 우리 문학의 특성상, 『시명다식』은 그 문맥의 명확한 의미를 파악하는 데 많은 도움을 줄 수 있다. 나아가 굳이 『시경』의 인용에 국한시키지 않더라도 생물의 명칭, 모양, 습성과 관련하여 백과사전적 지식을 얻을 수 있는 매우 귀중한 자료이다. 또한 『시명다식』은 조선 후기 실학적 가풍을 전수 받은 정학유라는 인문학자의 집념 어린 생물학적 연구 성과로서 이와 유사한 중국과 일본의 저술에 비해 결코 뒤지지 않는 합리성과 실용성을 갖춘 독창적 체계의 저술이다.

물론 '물명고' 류에 속하는 저서들처럼 생물의 이름을 우리말로 환원하여 수록하지 않았다는 점과 부분적으로 전고(典故)의 출처에 착오가 있거나 불명확하다는 한계를 지니고 있지만, 대신 각 생물에 대한 설명이 매우 자세하므로 두 가지 부류를 함께 활용한다면 철저한 고증을 통해 문학 작품의 분석과 그 성과의 지평이 더욱 넓어질 수 있다.

---

1) 이 책은 오래 전에 망실되었고, 금본(今本)은 후대에 『모시정의』(毛詩正義) 등에서 집록(輯錄)한 것이므로 원본이나 완성본이라고 할 수 없지만, 삼국시대 이전 사물의 명칭에 대한 훈고가 잘 보존되어 있어 참고할 만하다. 주대박(周大璞) 지음, 『훈고학의 이해』, 정명수 · 장동우 옮김 (동과서, 1997), 146쪽.

2) '유서'는 내용을 사항별로 분류하여 편찬한 책으로, 일찍이 중국에서 기원하여 우리나라와 일본에 전해졌으며, 동양 고유의 서적 편찬 형식을 지니고 있다. 이는 동양의 경(經) · 사(史) · 자

(子)·집(集)의 전 영역 또는 일정 영역에 걸친 많은 서적으로부터 시문(詩文)·인물(人物)·전고(典故)·천문(天文)·지리(地理)·전장(典章)·제도(制度)·비금(飛禽)·주수(走獸)·초목(草木)·충어(蟲魚) 및 기타 많은 사물과 관련된 문장을 뽑아 유별(類別)·운별(韻別)·자별(字別) 등으로 분류하여 편찬함으로써 검색에 편리하도록 한 일종의 공구서(工具書)이다. 崔桓, 「한국 類書의 종합적 연구(I) −중국 유서의 전입 및 유행」, 『中國語文學』第41輯(영남중국어문학회, 2003), 367쪽.

3) 中國詩經學會, 『詩經要籍集成』一冊~四十二冊(北京: 學苑出版社, 2002).

4) 대표적 저술은 다음과 같다. ① 유희(柳僖), 『물명고』(物名考) 5권 2책 ② 정약용(丁若鏞), 『물명괄』(物名括) 1책 ③ 류우일(柳雨日), 『물명찬』(物名纂), 1890년(고종 16) ④ 이가환(李嘉煥)·이재위(李載威), 『물보』(物譜) 1책 등이 있다. 이 외에도 규장각에 "物名考"라는 제명의 작자 미상의 저술 3종류가 더 있다. '물명고'류 유서의 편자 및 서명 등에 대해서는 洪允杓, 「十八, 十九 世紀의 한글 註釋本 類書에 대하여 −특히 '物名考'類에 대하여」, 『周時經學報』1(周時經學會, 1988) 참조.

5) 『韓國詩經資料集成』詩經部(대동문화연구원, 1995)에 영인 수록. 林熒澤, 「丁若鏞의 康津 流配 時의 교육활동과 그 성과」, 『韓國漢文學研究』第21輯(韓國漢文學會, 1999), 136~149쪽.

6) 丁學淵(1783~1859). 초명(初名)은 학가(學稼)·무장(武牂), 자(字)는 치기(穉箕)·치수(穉修), 호(號)는 유산(酉山). 나주정씨월헌공파종회(羅州丁氏月軒公派宗會)의 주요 인물 소개에 따르면, "一七八三年(正祖 癸卯) 九月 十二日生. 일찍이 父親의 품절이 있으신 훈육을 받아 操行이 단아청검하시고 學問이 심오하셨으나 十九세 때에 아버지가 康津으로 귀양 가시고 長長 十八年間을 적소에 계시게 되자 罪人을 자처하시며 門友書學을 일체 돌보지 않으시고 心孝로서 一 生을 보내시다. 아버지의 귀양이 풀리심에 비로소 出庭人面하셨고 哲宗 壬子年에 여러 번의 부름심을 못 이겨 繕工監役에 계시었다. 己未 一八五九年 九月 一日 七十七세에 卒하시니 楊州 瓦阜面 烏洞(지금의 南楊州市) 子坐에 모셨다."고 하였다. 나주정씨월헌공파종회, /www.naju-jung.or.kr/.

7) 『삼창관집』 영인은 다산학술문화재단의 지원으로 일본에 소장된 정약용 저편서(著編書)의 필사본 현황 파악 및 서지적 조사 작업을 진행한 노경희에 의해 『다산학』6호와 7호에 수록되어 있다. 여기에는 성균관대학교 대동문화연구원에서 수행한 '茶山 학단 자료의 수집 및 해제' 프로젝트를 수행한 김영진 교수의 도움이 컸다고 한다. 노경희, 「일본 궁내청서릉부宮內廳書陵部 소장본, 정학연丁學淵 시집 『삼창관집三倉館集』의 영인 및 해제(1)」, 『다산학』6호(다산학술문화재단, 2005).

8) 丁學游(1786~1855). 초명은 학포(學圃)·문장(文牂), 자는 치구(穉裘), 호는 운포(耘逋). 나주정씨월헌공파종회의 주요 인물 소개에 따르면, "一七八六年(正祖 丙午) 七月 二十九日生. 일찍이 아버지의 품절 있으신 훈육을 받아 操行이 관후신담하시고 學問이 심오하셨으나 十六세에 아버지께서 康津으로 가시어 長長 十八年間을 계시게 됨에 罪人을 자처하시고 자숙하시며 근검으로 家庭을 보호하시고 아버지가 귀양에서 풀리심에 비로소 다시 서학을 닦으시고 一八五五年(哲宗 乙卯) 二月 一日 七十세에 卒하시니 楊州 下道面 步鶴洞(지금의 南楊州市) 酉坐에 모시고 『農家月令歌』를 지으시어 有名하시다."고 하였다. 나주정씨월헌공파종회, 앞의 웹사이트.

9) 『시경요적집성』의 「조선한문저술」(朝鮮漢文著述) 목록에 『시명다식』, 정약용의 『시경강의』(詩

經講義) 12권 및 『보유』(補遺) 3권, 신작(申綽, 1760~1828)의 『일시』(逸詩) 1권과 『시차고』(詩
次故) 22권 및 『부외잡』(附外雜) 1권과 『시경이문』(詩經異文) 3권 제목이 차례대로 기록되어 있
다. 中國詩經學會, 앞의 책 四十二冊, 490쪽.

10) 아사미문고의 목록을 확인한 김영진 교수에 의하면, 아사미문고본은 규장각본과 같이 4권 2
책의 필사본이다. 필자는 김영진 교수의 배려로 『시명다식』 아사미본의 표지와 서문, 1책 및 2
책의 본문 앞부분과 발문 일부 등 9장의 사진을 구해 볼 수 있었다. 이 자리를 빌어 감사드린다.

11) 千惠鳳, 「經部 詩類」, 『美國 BERKEREY大學 東亞圖書館 ASAMI文庫』(韓國書誌學會, 1996).

12) 노경희, 앞의 글, 434~435쪽.

13) "余弟檞裴 春日讀毛詩 一日持詩名多識四卷 而請余爲序日 … 夫記其所與語者以爲序. 乙丑仲夏
檞修 書."

14) "近與丁酉山兄弟證交. 月地風朝 問訊起居時或面晤. 耘遘其季也. 皆秀朗溫雅 歎其相見之晚 而兩
人亦余喜也. 一日耘遘示予以詩名多識四弖 卽其讀詩之暇 分四部艸木鳥獸 勤補遺缺 左攷右據.
… 癸酉冬之季 苕湖田夫 斗陽 跋."

15) 千惠鳳, 『韓國 書誌學』(민음사, 1991), 554~555쪽.

16) 중앙 하단의 판심제(版心題)에 "自然經室藏"이라는 문구가 있다. 서유구 집안의 장서(藏書) 상
황 등과 관련한 부분은 김영진, 「조선 후기 실학파의 총서 편찬과 그 의미」, 『한국 한문학 연
구의 새 지평』(이혜순 외 편, 소명출판, 2005) 참조.

17) 노경희는 이 패기가 정학연이 '삼창관'을 자신의 별명으로 썼을 가능성을 보여주는 것으로,
그의 시집이 『삼창관집』이라 제명된 배경을 짐작하게 하는 대목이라고 하였다. 노경희, 앞의
글, 435~436쪽.

18) '패기'는 장방형(長方形), 아형(亞形), 타원형(橢圓形) 등의 모양을 그려 그 안에 간인자의 이
름, 호, 자 그리고 간인지, 간인처, 간인년 등을 표시한 것이다. 천혜봉, 앞의 책, 562쪽.

19) 규장각 해제에는 그 저술 시기가 누락되어 있고, 李萬烈의 『韓國史年表』에 1843년, 백과사전
류에 1865년으로 잘못 기록되어 있다. 노경희는 저술 시기를 필자와 동일하게 규정했다. 노
경희, 앞의 글, 436쪽.

20) 필자는 번역 과정에서 『본초강목』 원문 대조는 張同君 編, 第2版 校点本 『本草綱目』(北京: 人
民衛生出版社, 2004)을 참고했는데, 오자(誤字) 등을 대조한 결과, 정학유는 주로 1592년 출
판된 금릉본(金陵本) 『본초강목』을 참고했던 것으로 보인다.

21) 『조선왕조실록』은 국사편찬위원회, 『문과방목』은 한국학중앙연구원의 학술 데이터베이스를
활용했으며, 『잡과방목』은 李成茂 · 崔珍玉 · 金喜福 編, 『朝鮮時代雜科合格者總覽-雜科榜目의
電算化』(韓國精神文化硏究院, 1990)를 활용했지만, 아직 그 정체를 규명하지 못한 상태이다.

22) 1805년의 연행과 관련하여 세 편의 연행록이 전한다. 이봉수(李鳳秀, 1778~1852)의 〈부연시〉(赴
燕詩), 이시원(李始源, 1753~1807)의 〈부연시〉, 당시의 서장관(書狀官)이었던 강준흠(姜浚
欽, 1768~?)의 〈연행록〉(輈軒錄)이다. 모두 한시의 형식인데, 여기에도 초호전부와 관련된
단서는 없다. 임기중, 『연행록 연구』(일지사, 2002), 25~39쪽.

23) 이곳은 본래 지평군 하서면 지역이었는데, 1908년에 양평군으로 편입되었고, 1914년 지방행
정구역 폐합조치에 따라 상망리, 하망리, 두릉리를 합쳐 '상망'과 '두릉' 두 지명의 글자를 합
성해 망능리로 일컫고, 용문면에 편입시켰다. 현재 다산 생가가 있는 유적지의 행정구역은

경기도 남양주시 조안면 능내리이다.

24) 丁若鏞·丁若銓 저, 『다산서간정선』, 丁海廉 편역주(現代實學社, 2002), 47쪽.

25) 金興圭 著, 『朝鮮後期의 詩經論과 詩意識』(高麗大學校 民族文化硏究所, 1982), 152쪽.

26) 같은 책, 155쪽.

27) 丁若鏞·丁若銓 저, 앞의 책, 45~46쪽.

28) 金興圭 著, 앞의 책, 17쪽.

29) 정렬모 편주, 『가사선집』(조선문학예술총동맹출판사, 1964), 302쪽.

30) 1책 「식초」의 전반부 갈(葛), 미(薇), 조(藻), 제(蕛), 죽(竹), 퇴(蘿) 조는 "學祥案"으로 시작했
고, 중·후반부 하화(荷華), 유룡(游龍), 도(荼·띠 꽃), 속(蕒), 장초(萇楚), 랑(稂), 도(荼·물
억새 이삭), 대(臺), 여라(女蘿) 조와 「식곡」의 맥(麥), 직(稷), 문(虋) 조와 「식목」의 감당(甘棠),
매(梅), 당체(唐棣), 동(桐), 재(梓), 목리(木李), 저(樗), 상체(常棣), 기(杞), 역(棫) 조와 「식채」
의 과(瓜) 조는 "學祥按"으로 시작했다. 2책 「식조」의 관저(雎鳩), 연(燕), 유리(流離), 로(鷺),
시구(鳲鳩), 치효(鴟鴞), 명구(鳴鳩), 상호(桑扈) 조와 「식수」의 파(貏), 어(魚) 조와 「식충」의 종
사(螽斯), 사계(莎雞), 촉(蠋), 사(蛇), 척(蜴), 과라(蜾蠃) 조와 「식어」의 상(鱨), 례(鱧) 조는 "學
圃按"을 사용했다. 따라서 모두 47개 항목에 정학유의 의견이 개진되었다.

31) 정렬모 편주, 앞의 책, 298쪽.

인용 인명

가의(賈誼): 기원전 201~169. 한(漢)의 낙양(洛陽) 사람. 정삭(正朔)을 고치고, 복색(服色)을 바꾸었으며, 법률과 제도를 제정하고, 예악을 진흥시켰음. 후에 장사왕(長沙王)의 태부(太傅)를 지내고, 양(梁) 회왕(懷王)의 태부가 됨. 저서에 『신서』(新書)·『가장사집』(賈長沙集)이 있음.

공광(孔光): 자(字)는 자하(子夏). 시호는 간렬(簡烈). 전한(前漢) 사람. 경학(經學)에 밝았음. 성제(成帝) 때 박사(博士)에 천거되었고, 어사대부(御史大夫)·승상(丞相) 등을 지냈음.

공영달(孔穎達): 574~648. 자는 중달(仲達). 당(唐)의 학자. 태종(太宗)의 명을 받들어 『오경정의』(五經正義)를 편찬하였음.

곽박(郭璞): 276~324. 자는 경순(景純). 중국 육조시대의 학자로, 서진(西晉) 말에 강남에 가서 오행(五行)과 천문, 특히 점술로 이름을 떨치고, 동진(東晉)왕조 성립 초에 그 장래의 운명과 길흉화복을 예언하였음. 322년 왕돈(王敦)이 반란을 일으켰을 때 흉(凶)하다는 단정을 내렸기 때문에 살해당하였음. 『산해경』(山海經)·『목천자전』(穆天子傳)·『이아』(爾雅)·『삼창』(三蒼)에 주석을 달았고, 선계(仙界)에 대한 동경을 노래한 〈유선시〉(遊仙詩)가 있음.

구종석(寇宗奭): 북송(北宋) 말기의 사람. 1119년에 의서(醫書)인 『본초연의』(本草衍義) 20권을 지었음.

도홍경(陶弘景): 456~536. 자는 통명(通明). 남조(南朝) 때 단양(丹陽) 말릉(秣陵) 사람. 구곡산(句曲山)에 은거하며, 양무제(梁武帝)를 도와 '산중재상'(山中宰相)이라 일컬어짐. 『본초경집주』(本草經集注)·『주후백일방』(肘後百一

方) 등을 편찬했고, 『진고』(眞誥) 등의 도가 서적을 저술하였으나, 늙어서는 불교의 계(戒)를 받고 유(儒)·불(佛)·도(道)의 융합을 주장하였음.

두예(杜預): 222~284. 자는 원개(元凱). 진(晉)의 경조(京兆) 사람. 박학하고 모략이 풍부하여 '두무고'(杜武庫)라 일컬어졌으며, 『춘추좌씨전집해』(春秋左氏傳集解)를 지었음.

모공(毛公): 한초(漢初)에 『시경』을 전수한 대모공(大毛公)인 모형(毛亨)과 소모공(小毛公)인 모장(毛萇).

번광(樊光): 후한(後漢)의 경조(京兆) 사람. 『이아』에 주를 달았음.

보광(輔廣): 자는 한경(漢卿). 호는 잠암(潛菴). 송(宋)의 경원(慶源) 사람. 여조겸(呂祖謙)과 주희에게 사사(師事)함. 당시 사람들이 '전이선생'(傳貽先生)이라 칭했음. 저서에 『사서찬소』(四書纂疏)·『육경집해』(六經集解)·『통감집의』(通鑑集義)·『시동자문』(詩童子問)·『일신록』(日新錄) 등이 있음.

복양래(濮陽淶): 호는 진암(眞菴). 명(明)의 광덕(廣德) 사람. 벼슬은 남창부통판(南昌府通判)을 지냈음. 저서에 『사서정의』(四書貞義)·『예기정의』(禮記貞義)·『운학대성』(韻學大成)·『도서성리정의』(圖書性理訂疑)가 있음.

사교(謝僑): 자는 국미(國美). 량(梁)의 사람. 사거(謝擧)의 형의 아들.

사마상여(司馬相如): 기원전 179~117. 자는 장경(長卿). 전한(前漢)의 문인. 사천성(四川省) 성도(成都) 출신. 무제(武帝) 때 낭(郎)으로서 서남이(西南夷)와의 외교에 공이 컸음. 사부(辭賦)에 능하여 한위육조(漢魏六朝) 문인의 모범이 되었음.

소공(蘇恭): 당(唐)의 사람으로, 원래 이름은 소경(蘇敬). 『당본초』(唐本草)의 편자(編者)임. 송(宋)대 조광윤(趙匡胤)의 조부(祖父)가 조경(趙敬)이므로 이를 휘(諱)하여 경(敬)을 공(恭)으로 바꾸었음. 송 이후의 본초는 구례(舊例)를 따라 소공이라고 인용했음. 『당본초』는 『당신수본초』(唐新修本草) 또는 『신수본초』라고도 하며, 당(唐)대 국가에서 제정·반포(659)한 약전(藥典)임.

소송(蘇頌): 1020~1101. 자는 자용(子容). 복건성(福建省) 천주(泉州) 사람. 의학자. 송(宋) 인종(仁宗) 때 왕명으로 동물·식물·광물의 산지와 약물의 산출지 등을 조사하였음. 태상박사(太常博士)가 되어 본초서를 모아 『도경본초』(圖經本草) 21권을 지었음.

소식(蘇軾): 1036~1101. 자는 자첨(子瞻). 호는 동파(東坡). 송(宋)의 미산(眉山) 사람. 순(洵)의 아들로 당송팔대가(唐宋八大家)의 한 사람. 저서에 『역전』(易傳)·『서전』(書傳)·『논어설』(論語說)·『구지필기』(仇池筆記)·『동파지림』

(東坡志林) 등이 있음.

손염(孫炎): 자는 숙연(叔然). 삼국(三國) 때 위(魏)의 유학자. 정현(鄭玄)의 문인이며, 처음으로 반절(反切)을 고안하여 『이아음의』(爾雅音義)를 지었음.

송기(宋祁): 자는 자경(子京). 송(宋)의 안륙(安陸) 사람. 구양수(歐陽脩)와 함께 『당서』(唐書)를 수찬함. 저서에 『송경문집』(宋景文集)·『익부방물략』(益部方物略)·『필기』(筆記) 등이 있음.

순황(荀況): 기원전 313~238. 전국(戰國) 때 조(趙)의 학자. 순경(荀卿). 또는 손경(孫卿)이라고도 함. 그의 학문은 공자(孔子)를 종주(宗主)로 하며, 사람의 본성은 악한 측면이 있기 때문에 예의와 교육으로 바로잡아야 한다는 성악설(性惡說)을 주장하여 맹자(孟子)의 성선설(性善說)과 정면으로 대립함. 한비자(韓非子)와 이사(李斯)는 그의 문인임.

심괄(沈括): 1030~94. 자는 존중(存中). 북송(北宋)의 전당(錢塘) 사람. 과학자이자 정치가. 1054년 지방관으로 임명된 이래, 왕안석의 정치개혁 하에 수리(水利), 관개(灌漑), 천체관측, 전차제도(戰車制度) 연구 등에 종사하였음. 저서에 『몽계필담』(夢溪筆談)·『장흥집』(長興集) 등이 있음.

안사고(顔師古): 이름은 주(籒). 사고는 자. 당(唐)의 만년(萬年) 사람. 안지추(顔之推)의 손자. 가학(家學)을 이어 독서를 많이 하여 훈고(訓詁)에 밝았고, 글을 잘 지었음. 벼슬은 비서감(祕書監)·홍문관학사(弘文館學士)에 이르렀고, 저서에 『광류정속』(匡謬正俗)이 있음.

양설힐(羊舌肸): 자는 숙향(叔向). 춘추(春秋)때 진(晉) 사람.

양웅(揚雄): 기원전 53~서기 18. 자는 자운(子雲). 한(漢)의 유학자로 사천성(四川省) 촉군(蜀郡) 성도(成都) 출신. 전한(前漢)·신(新)·후한(後漢) 세 왕조를 섬겼음. 저서로는 『태현경』(太玄經)·『법언』(法言)이 있음.

엄조(嚴助): 한(漢) 때 오(吳)의 사람. 무제(武帝) 때, 중대부(中大夫)와 회계태수를 지냈음. 뒤에 회남왕(淮南王) 안(安)의 반역에 연루되어 죽임을 당했음.

엄찬(嚴粲): 자는 명경(明卿)·탄숙(坦叔). 송(宋)의 소무(邵武) 사람. 벼슬은 청상령(淸湘令)을 지냄. 『시경』에 정통하였고, 저서에 『엄씨시집』(嚴氏詩緝)이 있음.

왕세정(王世貞): 1526~90. 자는 원미(元美). 호는 엄주산인(弇州山人). 명(明)의 정치가. 문인. 이반룡(李攀龍)과 함께 문필서한(文必西漢)·시필성당(詩必盛唐)을 주장하여 그 시대의 기풍이 되었으며, 후칠자(後七子)의 영수(領袖)가 되었음.

왕정(王禎): 자는 백선(伯善). 원(元)의 동평(東平) 사람. 저서에 『농서』 · 『농무집』(農務集)이 있음.

위굉(衞宏): 자는 경중(敬仲) · 차중(次仲). 후한(後漢)의 동해(東海) 사람. 『모시서』(毛詩序)와 『고문상서』(古文尙書)의 훈지(訓旨)를 지었음.

유근(劉瑾): 자는 공근(公瑾) · 공근(公謹). 원(元)의 안복(安福) 사람. 널리 경사(經史)에 통달하였으나, 은거하고 출사하지 않았음. 저서에 『시전통석』(詩傳通釋) · 『율려성서』(律呂成書)가 있음.

유흠(劉歆): ?~23. 자는 자준(子駿). 후에 이름을 수(秀), 자를 영숙(穎叔)으로 바꾸었음. 한(漢) 사람. 유향(劉向)의 아들. 아버지의 일을 계승하여 육경(六經)을 정리하고, 칠략(七略)을 엮었음. 저서에 『삼통력보』(三統曆譜)가 있음.

육기(陸機): 261~303. 자는 사형(士衡). 진(晉)의 오군(吳郡) 사람. 오(吳)가 망하자 10년 동안 은거하며 독서에 전념한 후, 낙양(洛陽)에 들어가 문명을 떨쳤음. 저서에 『문부(文賦)』 · 『모시초목조수충어소』(毛詩草木鳥獸蟲魚疏), 문집에 『육사형집』(陸士衡集)이 있음.

육전(陸佃): 1042~1102. 자는 농사(農師). 호는 도산(陶山). 송(宋)의 산음(山陰) 사람. 벼슬은 상서좌승(常書左丞)에 이름. 저서에 『비아』 · 『예상』(禮象) 등이 있음.

응소(應劭): 자는 중원(仲遠). 후한(後漢) 때 여남(汝南) 사람. 박학다식하여 많은 책을 썼는데, 지금은 『한관의』(漢官儀) · 『예의고사』(禮儀故事) · 『풍속통』(風俗通) 등이 남아 있음.

이순(李巡): 후한(後漢)의 여양(汝陽) 사람. 영제(靈帝) 때 중상시(中常侍)에 이르렀음. 환관들의 전횡(專橫)이 극에 달했음에도 홀로 충절을 지켰음. 여러 선비들과 함께 오경(五經)의 문장을 비석에 새겼고, 채옹(蔡邕) 등이 그 문자를 바로잡았음. 이에 오경이 정리되었고, 이로부터 논쟁이 종식되었음.

이시진(李時珍): 1518~93. 자는 동벽(東壁). 호는 빈호(瀕湖). 명(明)의 기주(蘄州) 사람. 35세에 약물의 기준서(基準書)를 집대성하는 일에 착수하여 생전에 탈고하였지만, 그가 죽은 후인 1596년에 『본초강목』(本草綱目) 52권이 간행됨. 저서에 『기경팔맥고』(奇經八脈考) · 『빈호맥학』(瀕湖脈學) 등이 있음.

자사(子思): 기원전 483?~402. 이름은 급(伋). 자사는 그의 자. 춘추(春秋) 시대 노(魯)의 유가(儒家). 공자의 손자. 증삼(曾參)에게 배웠고, 『중용』(中庸)을 지었음.

장우석(掌禹錫): 자는 당경(唐卿). 송(宋)의 언성(鄲城) 사람. 영종(英宗) 때 벼슬

이 상서공부시랑(尙書工部侍郞)에 이르렀음. 『황우방역도지』(皇祐方域圖志)·『지리신서』(地理新書)·『교정류편』(校正類篇)·『신농본초』(神農本草)의 편찬에 참여하였으며, 저서에 『군국수감』(郡國手鑑)·『주역집해』(周易集解) 등이 있음.

장화(張華): 자는 무선(茂先). 하북성(河北省) 출신. 서진(西晉)시대 문인이자 정치가. 시문(詩文)에 능했고, 남녀의 애정을 노래한 화려한 정시(情詩) 5수와 잡시(雜詩) 3수는 특히 유명함. 저서에 천하의 이문(異聞)과 신선에 관한 이야기 및 고대 일화 등을 모은 『박물지』(博物志)가 있음.

장환(張奐): 자는 연명(然明). 후한(後漢) 주천(酒泉) 사람. 호흉노중랑장(護匈奴中郞將)으로서 흉노(匈奴)를 안정시킴.

정이(程頤): 1033~1107. 자는 정숙(正叔). 북송(北宋)의 낙양(洛陽) 사람. 이천백(伊川伯)을 지냈으므로 '이천선생'이라 함. 형인 정호(程顥)와 같이 주돈이(周敦頤)에게 배웠고, 함께 북송 이학(理學)을 창시하였음. 저서에 『역전』(易傳)·『춘추전』(春秋傳) 등이 있음.

정초(鄭樵): 1104~60. 자는 어중(漁仲). 송(宋)의 포전(莆田) 사람. 고증학(考證學)에 밝았음. 저서에 『통지』 200권이 있음.

정현(鄭玄): 127~200. 자는 강성(康成). 북해(北海) 산동성(山東省) 사람. 후한(後漢)의 학자. 모든 경(經)에 널리 정통하여 한대(漢代) 경학(經學)을 통일적으로 집대성(集大成)하였음. 『모시전』(毛詩箋)·『주례』(周禮)·『의례』(儀禮)·『예기』(禮記) 등의 주를 지었고, 이것들은 완전하게 현존하지만, 그밖의 것은 단편적으로 남아 있음.

주희(朱熹): 1130~1200. 자는 원회(元晦)·중회(仲晦). 호는 회암(晦菴)·둔옹(遯翁). 별호(別號)는 자양(紫陽)·고정(考亭). 시호는 문(文). 남송(南宋)의 학자. 저서에 『자치통감강목』(資治通鑑綱目)·『사서장구집주』(四書章句集注)·『시집전』(詩集傳)·『주역본의』(周易本義)·『초사집주』(楚辭集注) 등과 후인이 집록(輯錄)한 『주문공집』(朱文公集)·『주자어류』(朱子語類) 등이 있음.

증삼(曾參): 기원전 505~435. 자는 자여(子輿). 춘추 때 노(魯) 사람. 공자(孔子)의 제자. 높여서 증자라 일컬음. 효성(孝誠)이 지극하였으며, 공자의 덕행과 학설을 조술(祖述)하여 자사(子思)에게 전했음.

진계유(陳繼儒): 1558~1639. 자는 중순(仲醇). 호는 미공(眉公)·미도인(眉道人)·미공(麋公)·백석산초(白石山樵). 명(明)의 송강화정(松江華亭) 사람. 곤산(昆山)의 남쪽에 은거하였고, 뒤에 동여산(東余山)에서 살았음. 시문에 매우 뛰어났음. 저서에 『미공전집』(眉公全集)이 있음.

최표(崔豹): 자는 정능(正能). 진(晉) 사람. 혜제(惠帝) 때 태부(太傅)를 지냈고, 저서에 『고금주』가 있음. 『고금주』는 고대의 각종 사물과 제도에 대해 해석하고 고증한 책임. 3권.

한보승(韓保昇): 오대(五代) 촉(蜀) 사람. 한보정(韓保正)의 아우. 벼슬은 한림학사(翰林學士)에 이르렀음. 널리 배워 사물에 막힘이 없었고, 살펴보지 않은 것이 없을 정도였음. 물명(物名)에 대한 학문에 더욱 자세했음. 맹창(孟昶)의 명을 받아 『당본초』(唐本草)의 잘못을 고치고 주(注)를 더해 도경(圖經)을 만들어 『촉본초』(蜀本草)라 함.

한유(韓愈): 768~824. 자는 퇴지(退之). 시호는 문(文). 당(唐)의 등주(鄧州) 남양(南陽) 사람. 당송팔대가(唐宋八大家)의 한 사람. 형부시랑(刑部侍郞)·이부시랑(吏部侍郞) 등을 지냄. 육경(六經)과 제자백가(諸子百家)에 통달함. 유종원(柳宗元)과 함께 병려문(騈儷文)을 반대하며 고문 부흥에 힘씀. 그의 글을 문인 이한(李漢)이 편집한 『창려선생집』(昌黎先生集) 50권이 있음.

항안세(項安世): 자는 평보(平父). 송(宋)의 괄창(括蒼) 사람. 벼슬은 비서성정자(祕書省正字)를 지냈음. 영종(寧宗)이 즉위했을 때, 주희(朱熹)의 부름을 받고 사(祠)가 되어 함께 간지(諫止)하였음. 저서에 『역완사』(易玩辭)·『항씨가훈』(項氏家訓)이 있음.

허신(許愼): 30~124. 자는 숙중(叔重). 후한(後漢) 초기의 학자로 박학(博學)하였고, 『설문해자』(說文解字) 14편과 『오경이의』(五經異義)를 지었음. 어릴 때부터 경서(經書)에 통달하여 당시 사람들이 '오경무쌍허숙중'(五經無雙許叔重)이라 일컬었음.

형병(邢昺): 932~1010. 자는 숙명(叔明). 송(宋)의 제음(濟陰) 사람으로 두호(杜鎬)·손석(孫奭) 등과 함께 삼례(三禮)와 삼전(三傳)을 교정하였고, 『논어』(論語)·『효경』(孝經)·『이아』(爾雅)의 소(疏)를 지었음.

호인(胡寅): 자는 명중(明仲). 시호(諡號)는 문충(文忠). 송(宋) 사람. 호안국(胡安國) 아우의 아들로 호안국의 양자(養子). 배우던 사람들이 '치당선생'(致堂先生)이라 일컬음. 저서에 『논어상설』(論語詳說)·『독사관견』(讀史管見)·『배연집』(裴然集)이 있음.

인용 서명

『가우보주본초』(嘉祐補注本草): 줄여서 『가우본초』(嘉祐本草)라고 하는데, 송(宋) 가우(인종(仁宗)의 연호) 2년(1057)부터 5년(1060)에 장우석, 임억, 소송 등 이 명을 받들어 만든 편저임. 『개보중정본초』(開寶重定本草)를 감본(監本)으로 하고, 제가(諸家)의 본초 등에 실린 약학 지식을 참고하였으며, 당시의 의 가(醫家)들이 상용(常用)하지만, 본초서에 기록되지 않은 약물을 조사하여 그 내용을 보충하고 주해를 만들었음. 신구(新舊) 약품 1,082종을 수록하여 『개 보중정본초』에 비해 99종이 증가하였음. 21권.

『경전석문』(經傳釋文): 당(唐)의 육덕명(陸德明)이 지음. 제가(諸家)의 독음(讀 音), 훈고(訓詁)와 문자의 이동(異同)을 모아 고증한 책. 30권.

『고금운회』(古今韻會): 원(元)의 웅충(熊忠)이 편찬함. 원명은 『고금운회거요』(古今 韻會擧要)인데, 글자를 오음(五音) 집운(集韻)에 따라 배열하여 엮었음. 30권.

『고금주』(古今注): 진(晉)의 최표(崔豹) 지음. 고대의 각종 사물과 제도에 대해 해 석하고, 고증하였음. 3권.

『공총자』(孔叢子): 한(漢)의 공부(孔鮒) 지음. 공자(孔子) 및 그 일족(一族)의 언행 (言行)을 적었음. 3권 21편.

『광운』(廣韻): 송(宋)의 진팽년(陳彭年) · 구옹(邱雍) 등이 『절운』(切韻) 등을 근거 로 하여 체계적으로 증보한 운서(韻書). 26,194자(字)를 206운(韻)에 나누어 배열하고, 글자마다 음훈(音訓)을 주해(注解)하였음.

『구황본초』(救荒本草): 명(明)의 주숙(朱橚) 지음. 『본초』에 실린 138종에 주숙이 캐거나 찾은 376종을 새로 더하여 기근(饑饉)을 도울 수 있는 풀 400여 종을

실은 실용서임. 8권.

『국어』(國語): 춘추(春秋) 때 좌구명(左丘明)이 지음. 주(周)·노(魯)·제(齊)·진(晉)·정(鄭)·초(楚)·오(吳)·월(越) 여덟 나라의 일을 기록한 역사책. 『춘추외전』(春秋外傳). 21편.

『금경』(禽經): 사광(師曠)이 편찬하였으며, 진(晉)의 장화(張華)가 주를 낸 책. 위서(僞書) 논쟁이 있었지만, 실제 모두 후인들이 의탁(依託)했으며, 날짐승의 무리를 두루 실었음. 송(宋) 육전(陸佃)의 『비아』(埤雅)에 이 책을 처음 인용하였음.

『논어』(論語): 사서(四書)의 하나. 공자(孔子)와 그의 제자나 당시 사람들과의 문답 및 제자들끼리의 문답 등을 공자 사후(死後)에 제자들이 모아서 엮은 유가(儒家)의 경전. 원래는 공자가 살던 집의 벽에서 나온 『고논어』(古論語) 21편, 제(齊)에서 전해진 『제논어』(齊論語) 22편, 노(魯)에서 전해진 『노논어』(魯論語) 20편 등 3종이 있었으나 현존하는 것은 『노논어』뿐임.

『농서』(農書): 원(元)의 왕정이 찬했음. 그림을 곁들여 농사에 대해 자세하게 설명했음. 「농상통결」(農桑通訣) 6권, 「곡보」(穀譜) 4권, 「농기도보」(農器圖譜) 12권으로 총 22권.

『대대기』(大戴記): 『대대례기』(大戴禮記). 한(漢)의 대덕(戴德)이 제가(諸家)의 예서(禮書) 200여 편을 줄여서 85편으로 엮은 책. 지금은 39편만 남았음.

『동경몽화록』(東京夢華錄): 송(宋)의 맹원로(孟元老)가 지었음. 남송(南宋)의 도성(都城)을 중심으로 방시(坊市), 절서(節序), 풍속, 전례(典禮), 의위(儀衛) 등을 정리하여 자세하게 기록한 책. 10권.

『만필』(萬畢): 회남왕(淮南王) 안(安)이 지은 책. 지금은 전해지지 않음.

『맹자』(孟子): 사서(四書)의 하나. 맹자와 그 제자의 언론(言論)을 기술한 책.

『모시정의』(毛詩正義): 한(漢)의 모형(毛亨)의 전(傳)과 정현(鄭玄)의 전(箋)을 바탕으로 당(唐)대 공영달(孔穎達)이 643년에 왕명을 받아 편찬한 『시경』의 해설서. 40권.

『모시초목조수충어소』(毛詩草木鳥獸蟲魚疏): 삼국(三國) 때 오(吳)의 육기(陸璣)가 지음. 『시경』에 나오는 동식물의 명칭 가운데 고금(古今)에 서로 다른 것을 분별하여 밝혔음. 2권

『몽계필담』(夢溪筆談): 고사(故事)·변증(辨證)·악률(樂律)·인사(人事)·관정(官政) 등 17부문으로 분류하여 당시의 과학기술, 역사, 고고학, 문학예술 등 다방면에 걸친 연구 성과를 기록하였음. 26권.

『물리론』(物理論): 진(晉)의 양천(楊泉)이 진한(秦漢) 제자(諸子)의 학설을 모아서 찬했음. 1권.

『물명고』(物名考): 조선 후기 실학자이자 음운학자인 유희(柳僖)의 대표적 저술. 조선 후기의 7,000여 물명을 다양하게 수집하여 주석한 물보류(物譜類)로서 그 주석에 쓰인 순수한 어휘만도 1,600여개임. 국어학사적 사료로서 중요한 음운서임.

『박물지』(博物志): 진(晉)의 장화(張華) 지음. 『산해경』(山海經) 체제를 본뜬 기괴(奇怪) 소설로, 신선(神仙)·방술(方術) 등의 고사(故事)가 많음. 지금 전하는 것은 후인이 여러 책에서 인용한 유문(遺文)을 모아 엮은 것이어서 내용이 매우 복잡함. 10권.

『방언』(方言): 한(漢)의 양웅이 『이아』의 체제를 모방하여 중국 각 지방의 사투리를 모아 기록한 책. 13권.

『백호통의』(白虎通義): 후한(後漢)의 반고(班固) 지음. 장제(章帝)가 여러 유학자를 백호관(白虎觀)에 모아, 오경(五經)의 이동(異同)을 강론한 것을 기록한 책. 4권.

『법언』(法言): 한(漢)의 양웅(揚雄)이 『논어』의 체재를 본떠서 지은 책. 성인을 높이고, 왕도(王道)를 논하여 유가(儒家)의 전통사상을 선양(宣揚)하였음. 13권.

『본초강목』(本草綱目): 본초학을 총괄하여 저술한 책. 명(明)의 이시진(李時珍)이 전대 제가의 본초를 보충·삭제하여 바로잡았음. 52권.

『비아』(埤雅): 『이아』(爾雅)를 증보한다는 뜻으로 지은 책. 어(魚)·수(獸)·조(鳥)·충(蟲)·마(馬)·목(木)·초(草)·천(天)의 8편으로 분류하여 해설하였음. 20권.

『사기』(史記): 한(漢)의 사마천(司馬遷)이 황제(黃帝)로부터 한무제(漢武帝)에 이르기까지 약 3,000년의 역사를 기전체(紀傳體)로 적은 역사서. 12본기(本紀), 10표(表), 8서(書), 30세가(世家), 70열전(列傳)으로 구성되었음. 원제는 『태사공서』(太史公書). 130편.

『산해경』(山海經): 중국 상고의 지리서. 모두 18편으로 되어 있었다고도 하고, 13편이라고도 함. 『사기』(史記)에 이 책 이름이 처음 보이지만, 작자에 대한 언급은 없음. 하우(夏禹) 때의 책이라는 설이 있으나, 일반적으로 주(周)·진(秦) 대에 살던 사람이 지은 것으로 추정함. 전한(前漢) 말 유흠(劉歆)이 원문에 몇 편을 더 보태어 편찬하였고, 진(晉)의 곽박(郭璞)이 여기에 주를 붙였음. 산과 바다에 사는 이상한 생물에 대해 그림을 그리고 설명을 곁들였는데,

서술된 내용 중에는 황당무계한 이야기도 포함되어 있음.

『삼창』(三蒼): 한(漢) 초의 자서(字書). 원래 창힐편(蒼頡篇)·원력편(爰歷篇)·박학편(博學篇)의 3편이었던 것을 후에 합하여 창힐편이라 함. 위진(魏晉) 이후는 창힐편을 상권, 양웅(揚雄)의 훈찬편(訓纂篇)을 중권, 가방(賈訪)의 방희편(滂喜篇)을 하권으로 하여 일컬음.

『서명』(西銘): 송(宋)의 장재(張載)가 학당(學堂)의 서쪽 창에 걸어 놓았던 글. 동쪽 창에 건 것을 폄우(砭愚), 서쪽의 것을 정완(訂頑)이라 하였는데, 정이(程頤)가 동명(東銘), 서명(西銘)이라 고쳤음. 장재가 주장하는 이학(理學)의 종지(宗旨)가 대략 갖추어져 있음. 1권.

『설문해자』(說文解字): 한(漢)의 허신(許愼)이 지은 책. 소전(小篆) 9,353자와 고문(古文)·주문(籒文) 1,163자를 540부(部)로 분류하여 자형(字形)·자의(字義)·자음(字音)을 해설하였음. 30권.

『설원』(說苑): 한(漢)의 유향(劉向)지음. 순(舜)임금 때부터 한(漢) 초까지 세상에 알려지지 않았던 일들 중 사람들이 본받을 만한 일들을 모아 편찬한 책. 20권.

『시집』(詩緝): 송(宋)의 엄찬(嚴粲)이 지었음. 여조겸(呂祖謙)의 『독시기』(讀詩記)를 바탕으로 하고, 여러 설명을 모아 자신의 견해를 보충한 『시경』의 해설서. 시인의 본래 뜻을 깊이 살펴 음훈(音訓)의 의심스러운 점과 물명을 고증하여 세밀하고 명확하게 밝혔음. 36권.

『시집전』(詩集傳): 남송(南宋)대 주희(朱熹)가 지은 『시경』의 주해서(註解書).

『역위통괘험현도』(易緯通卦驗玄圖): 원제(原題)는 『역위통괘험』(易緯通卦驗). 이 책은 '역위'(易緯) 여덟 종 가운데 하나인데, 한(漢)의 정현(鄭玄)이 주(注)했음. 상권(上卷)에서는 계응(稽應)의 도리(道理)를 설명했고, 하권에서는 괘기(卦氣)의 징험(徵驗)을 설명했음. '역위'는 『위서』(緯書) 일곱 종 가운데 하나임. 『위서』는 한(漢)대 사람이 공자(孔子)의 이름을 빌려 지은 책임. 유가(儒家) 경전의 뜻을 인간의 길흉화복에 억지로 끌어다 맞추어 치란흥망을 예언하였는데 허황된 말이 많음. '칠경'(七經)에 상대되는 역위·서위(書緯)·시위(詩緯)·예위(禮緯)·악위(樂緯)·춘추위(春秋緯)·효경위(孝經緯)의 '칠위'(七緯)가 있음. 2권.

『연문석의』(連文釋義): 청(淸)의 왕언(王言)이 찬함. 1권.

『열녀전』(列女傳): 한(漢)의 유향(劉向) 지음. 여러 전기를 모의(母儀), 현명(賢明), 인지(仁智), 정순(貞順), 절의(節義), 변통(辨通), 폐얼(嬖孽)의 7항목으로 수록하였음. 7권.

686

『예기』(禮記): 오경(五經)의 하나. 한(漢)의 대성(戴聖 · 少戴)이 선진(先秦)의 서적에서 가려 뽑아 편찬한 것으로, 『주례』(周禮), 『의례』(儀禮)와 더불어 삼례(三禮)라 일컬음. 49편.

『옥편』(玉篇): 남조(南朝) 때 양(梁)의 고야왕(顧野王)이 엮은 한자(漢字) 자전(字典). 30권 542부.

〈왕회도〉(王會圖): 왕자(王者)와 제후(諸侯)가 함께 모인 모양을 그린 그림

『왜한삼재도회』(倭漢三才圖會): 명대(明代) 왕기(王圻)의 저술을 고병겸(顧秉謙)이 본받아 지은 『삼재도회』(三才圖會)를 1712년에 일본의 사도양안(寺島良安)이 본떠 엮은 책. 만물을 96항목으로 나눠, 각 부분마다 해당 설명과 그림을 수록하여 당시의 풍물과 각 분야의 전반적인 내용들을 쉽게 알 수 있도록 했음. 106권.

『유양잡조』(酉陽雜俎): 당(唐)의 단성식(段成式) 지음. 신선 · 부처 · 사람 · 귀신에 관한 일에서부터 동물 · 식물 · 음식 · 사묘(寺廟) 등에 이르기까지 여러 항목으로 나누어 기록하였음. 20권, 속집 10권.

『육가시명물소』(六家詩名物疏): 명(明)의 풍부경(馮復京)이 지었음. 채변(蔡卞)의 『시명물소』(詩名物疏)를 참고하고, 부족한 부분을 널리 고증하여 자세하게 보충한 『시경』의 해설서. '육가'는 제시(齊詩), 노시(魯詩), 모시(毛詩), 한시(韓詩), 정현(鄭玄)의 전(箋), 주희(朱熹)의 전(傳)임. 55권.

『육서정온』(六書精蘊): 명(明)의 위교(魏校)가 찬(撰)했음. 고문(古文) 소전(小篆)의 잘못된 것을 바로잡고, 고문에서 빠진 소전을 가려서 보충하였음. 1,468자를 정리하였고, 상수(象數) · 천문(天文) · 지리(地理) 등 12류(類)로 나누어 풀이하였음. 6권.

『의례』(儀禮): 십삼경(十三經)의 하나. 춘추전국 때의 예제(禮制)에 관한 것을 모아 기록한 책. 『주례』(周禮) · 『예기』(禮記)와 합하여 삼례(三禮)라고도 함. 17권.

『이아』(爾雅): 십삼경(十三經)의 하나. 중국 고대의 자전(字典)으로, 각 부문에 관한 고금(古今)의 문자를 설명한 책. 19권.

『이아소』(爾雅疏): 송(宋)의 형병(邢昺)이 편찬한 『이아』의 주석서(註釋書).

『이아음의』(爾雅音義): 당(唐)의 경학자(經學者) 육덕명(陸德明)이 편찬한 『이아』의 주석서(註釋書).

『이아익』(爾雅翼): 송(宋)의 라원(羅願) 지음. 초(草) · 목(木) · 조(鳥) · 수(獸) · 충(蟲) · 어(魚)의 여섯 항목으로 나누어 밝혔는데, 『비아』(埤雅)와 아울러 매우 자세함. 인용한 근거가 정확하고, 주장하는 이론이 더없이 신중하고 엄숙함.

32권.

『이아정의』(爾雅正義): 청(淸)의 소진함(邵晋涵)이 편찬한 『이아』의 주석서(註釋書).

『이아주』(爾雅注): 진(晉)의 곽박(郭璞)이 편찬한 『이아』의 주석서(註釋書).

『일주서』(逸周書): 진(晉) 때 급군(汲郡) 사람인 부준(不準)이 위(魏) 안리왕(安釐王)의 무덤을 도굴하여 발견한 고서들이기 때문에 『급총주서』(汲冢周書)라고도 함. 한(漢)과 위(魏)의 사람들이 저술한 책에 이 책들을 매우 많이 참고하고 인용하였음. 10권.

『자림』(字林): 남조(南朝) 때 송(宋)의 여침(呂忱)이 찬했음. 문자(文字)에 대한 훈고(訓詁)를 요약한 책임. 7권.

『장자』(莊子): 『남화진경』(南華眞經). 장주(莊周)와 그 학파의 사상을 모은 책. 장주가 지었다는 내편(內篇)과 그의 제자 및 후대의 도가(道家)가 지었다는 외편(外篇)·잡편(雜篇)으로 이루어져 있음. 원래 52편이었다고 하나, 지금 전하는 것은 33편임.

『정자통』(正字通): 명(明)의 장자열(張自烈)이 편찬한 자전(字典). 『자휘』(字彙)의 체제를 따르고 그 내용을 수정·보충한 것으로, 『자휘』와 함께 『강희자전』(康熙字典)의 저본이 됨. 12권.

『채보』(菜譜): 패원익헌(貝原益軒)이 지었음. 먹을 수 있는 채소, 해초(海草), 버섯 등 136종의 모양과 배양(培養)법 등을 기술했음. 3권.

『초사』(楚辭): 한(漢)의 유향(劉向)이 편집한 초사체(楚辭體) 문장의 총집(總集). 전국(戰國)때 초(楚)의 굴원(屈原), 송옥(宋玉), 경차(景差)의 부(賦)와 굴원의 부를 모방한 가의(賈誼), 왕포(王褒) 등의 작품 16편을 수록하였음.

『춘추좌씨전』(春秋左氏傳): 『춘추』(春秋)를 해설한 '춘추삼전(春秋三傳)' 가운데 하나. 『좌씨춘추』, 『좌씨전』이라고도 함. 춘추시대 노(魯)의 좌구명(左丘明)이 저자로 알려져 있음. 처음으로 소개된 시기는 전한(前漢)말기임. 『공양전』(公羊傳)과 『곡량전』(穀梁傳)이 『춘추』에 드러난 공자의 정신을 순리적으로 해석한 데 반해 『춘추좌씨전』은 춘추시대의 사실에 입각해 역사적으로 기술한 것이며, 문학적으로 뛰어난 가치를 지님. 그러나 사상적으로는 왕을 절대시하는 입장을 취하였음. 지금 전하는 것은 전한(前漢)말기 유흠(劉歆) 일파가 편찬한 것이고, 원본은 소실되었음.

『통아』(通雅): 명(明)의 방이지(方以智)가 『이아』의 체재를 본떠서 만든 책. 52권.

『통지』(通志): 송(宋)의 정초(鄭樵)가 1161년에 지은 중국의 역사서. 정초는 각 왕조의 단대사(斷代史)가 아닌 통사(通史)를 쓰는 것이 역사의 본령이라 생각하고, 사항 위주로 역사의 흐름을 서술한 「씨족략」(氏族略), 「도읍략」(都邑略), 「육서략」(六書略) 등 20략을 이 책에 수록하였음. 주관을 중시한 송나라의 학풍을 나타낸다는 점이 특색임. 200권.

『포박자』(抱朴子): 진(晉)의 갈홍(葛洪)이 자신의 호(號)를 제목으로 삼아 지은 책. 신선(神仙)·연단(練丹)·부록(符籙) 등 도가(道家)의 일을 논한 내편(內篇) 20권과 시정(時政)의 시비(是非)와 인간사의 선악(善惡)을 논한 외편(外篇) 50권으로 구성되었음.

『한비자』(韓非子): 전국(戰國) 때 한(韓)의 공자(公子)인 한비(韓非)가 법가(法家)의 학설을 집대성한 것에, 후학들이 한비의 학설에 입각하여 쓴 글을 더해 집대성한 책. 55편 20권.

『한서』(漢書)「예악지」(禮樂志):『한서』는 이십사사(二十四史)의 하나. 후한(後漢) 때 반표(班彪)가 착수하고, 그의 아들 반고(班固)가 대성하였으며, 8표(表) 등 완결되지 못한 부분을 반고의 여동생 반소(班昭)가 보충하였음. 유방(劉邦)에서부터 왕만(王莽) 때까지 230년간의 주요 사적을 기록하였음. 12제기(帝紀)·8표·10지(志)·70열전(列傳)으로 구성됨. 120권. 「예악지」는 10지의 하나로, 『한서』권22.

『한시』(韓詩): 한(漢) 초에 한영(韓嬰)이 전수(傳授)한 『시경』(詩經).

『한시외전』(韓詩外傳): 한(漢) 초기에 전하던 『시경』은 노(魯)·제(齊)·한(韓)·모(毛) 네 가문에 있었는데, 한영(韓嬰)이 선진제자(先秦諸子)의 학설 및 춘추전국 때의 사적을 인용하여 『시경』의 뜻을 설명하였음. 그가 『내전』(內傳) 4권과 『외전』(外傳) 6권을 지었다는 기록이 『한서』(漢書)「예문지」(藝文志)에 보임.

『홍무정운』(洪武正韻): 명(明) 태조(太祖) 홍무 연간에 만든 운서(韻書). 종래의 206운(韻)을 76운으로 합병하였으나, 널리 통용되지 못하였음. 16권.

찾아보기

◈ 본문에 등장하는 인명과 책명을 중심으로 찾아보기를 구성하였다. 같은 사람 및 책을 여러 가지로 칭한 경우에는 많이 나오는 순서대로 병기하였고, 인용 인명 및 인용 책명에서 설명한 정식 명칭은 진한 글자로 밝혀주었다. 주자 · **주희**, 육씨 · **육기**, 『본초』 · 『**본초강목**』, 『이아』, 『주』 · 『**이아주**』, 이시진의 항목은 『시명다식』 전체에 걸쳐 빈번하게 등장하므로 찾아보기에서 제외하였다.

지은이

정학유(丁學游, 1786~1855)

본관 나주(羅州). 자 문장(文牂). 호 운포(耘逋). 조선 후기 문인. 다산 정약용의 둘째 아들. 〈농가월령가〉의 저자로 알려져 있으며 형 학연과 함께 유배중인 아버지의 저술을 정리하여 완성시키는 등 정약용의 학문 활동을 도왔다. 세상에 도움이 되는 학문을 하고자 했던 아버지의 뜻을 이어받아 평생을 학문과 저술 활동에 힘썼다. 『시명다식』은 『시경』에 등장하는 동·식물의 이름을 고증한 책으로, 과학적이고 현실적인 학문을 추구하는 실학의 특징을 보여주는 저술이다.

옮긴이

허경진

한시를 독자가 읽게끔 쉬운 한글로 바꿔보겠다는 생각에 한문학을 전공했다. 대학원 시절부터 한시를 번역, 최치원부터 황현에 이르는 '한국의 한시' 40여 권을 출간했으며, 100권을 채우는 것이 꿈이다. 목원대학교 국어교육과 교수를 거쳐 현재 연세대학교 국문학과 교수로 있으며, 최근에는 생활 속의 우리 옛 문학을 정리하는 일에 매진하고 있다. 주요 저서로는 『허균평전』『한국의 읍성』『사대부 소대헌 호연재 부부의 한평생』등이 있고, 주요 역서로는 『악인열전』『서유견문』등이 있다.

옮긴이

김형태

「대화체 가사 연구」로 연세대학교에서 박사 학위를 취득했다. 본격적인 학문의 길로 접어들면서 한문 원전의 중요성을 절감하고, 권우 홍찬유 선생을 비롯한 한학자들로부터 한문을 배웠다. 주요 관심 분야는 우리 시가문학에 구현된 담론 방식의 특성 규명과 조선후기 유서류(類書類) 한문 원전의 정리 및 번역이다. 주요 논문으로는 「대화체 가사의 유형별 특성 고찰」, 「시명다식의 문헌적 특성과 가치 연구(1)」 등 10여 편이 있고, 역서로는 『금수회의록(외)』 등이 있다.